办公室隐婚

上册

轻黯 著

青岛出版集团 | 青岛出版社

图书在版编目（CIP）数据

办公室隐婚/轻黯著. —青岛：青岛出版社，2022.5
ISBN 978-7-5552-2649-9

Ⅰ.①办… Ⅱ.①轻… Ⅲ.①长篇小说－中国－当代 Ⅳ.①I247.5

中国版本图书馆CIP数据核字（2022）第040061号

BANGONGSHI YINHUN

书　　名	办公室隐婚
作　　者	轻　黯
出版发行	青岛出版社
社　　址	青岛市崂山区海尔路182号
本社网址	http://www.qdpub.com
邮购电话	18613853563　0532-68068091
责任编辑	郭红霞
特约编辑	孙昭月
校　　对	李晓晓
装帧设计	蒋　晴
照　　排	梁　霞
印　　刷	三河市良远印务有限公司
出版日期	2022年5月第1版　2024年8月第2次印刷
开　　本	16开（710mm×980mm）
印　　张	38
字　　数	600千
书　　号	ISBN 978-7-5552-2649-9
定　　价	69.80元（全2册）

编校印装质量、盗版监督服务电话 4006532017　0532-68068050

目录

上册

第一章　初　见　　　　　　　　1

第二章　可能真的会动心　　　　52

第三章　你不要对我这么好　　　103

第四章　安全感　　　　　　　　156

第五章　照亮她的内心　　　　　210

第六章　谁的心上人　　　　　　262

目录

下册

第七章	满眼星辰	309
第八章	我　在	358
第九章	你太过璀璨	403
第十章	心头好	448
第十一章	永不分离	507
番外合集		567
独家番外	情有独钟	596

第一章
初　见

涂筱柠今天很烦躁，因为玩游戏的时候总有微信跳出来。

"你的年薪大概有多少？"

发消息的人还是相亲对象，她蹙眉快速回复。

"我还没转正。"

"那你什么时候转正？"

"要等机会，我签的是劳务派遣合同。"

"柠爷快来救我，干吗呢？！"

同伴凌惟依在呼叫，涂筱柠赶紧切回游戏界面，就看到凌惟依操作的角色死了的画面，还没反应过来，自己也被狙击了。

"涂筱柠！"耳机里传来凌惟依愤怒的声音，这声音差点儿把涂筱柠的耳朵炸了。

"齐郁和他表弟不是还活着吗？齐兄，成败就靠你了！"涂筱柠摘下一个耳机喝了口水，顺便切回微信，没再看到回复，就去刷朋友圈。

然后她看到一条状态，一个"呵呵"的表情图配上一段话：经济基础决定上层建筑。这年头，真是什么人都有脸出来相亲了。

涂筱柠直接点开这人的头像按了删除，又切到游戏界面，这回齐郁跟他表弟操作的角色也都死了。

"再战！"齐郁愤愤不平。

"柠爷，这把请好好玩，兄弟们想进决赛圈。"凌惟依很诚恳。

"好嘞！"涂筱柠把耳机戴好。

"柠爷，你太猛了，猛得有点儿不正常。"凌惟依是她的闺密，大学四年和她头对脚地睡，形影不离。齐郁是凌惟依的男朋友，二人从大一入学就好到现在，涂筱柠和齐郁也就成了死党。因为涂筱柠大大咧咧并时不时地做些霸气的事情，齐郁从大学就叫她柠爷，凌惟依有时也跟着叫。涂筱柠反常的游戏状态显然引起了凌惟依的注意。

涂筱柠观察着四周的情况，也没打算瞒着他们。

"我把那人删了。"

"谁？"凌惟依问。

涂筱柠懒得再说，继续调着镜头张望四周。

"那个相亲的？"凌惟依想起来了。涂筱柠第一次跟那人见面还是她陪着去的呢。

涂筱柠没否认，凌惟依又问："咋回事？"

"应该是嫌我没正式编制。"涂筱柠说。

"哟，他嫌弃你？我还没嫌弃他的工作不好呢，而且身高就比你高一厘米，微信名也好意思叫'玉树临风'？"凌惟依的语气很冲。

"噗。"齐郁的表弟忍不住笑了。

齐郁也笑："玉树临风？那我改天叫风流倜傥。"然后兄弟二人在语音里笑作一团。

涂筱柠没理会这幼稚的兄弟俩，跟凌惟依说："别攻击人家的职业和身材。"

"人品问题。我就纳闷儿呢，第一次见面就旁敲侧击地问你的工作、你爸妈的工作、家里几套房、什么时候买车。我想这是干吗啊？我们女方还没好意思问呢，你跑上来调查户口啊？他哪是出来相亲？也不看看自己的脸，真够大的。"

听到凌惟依这么激动，涂筱柠没把那人发朋友圈的事说出来。

"你们太弱了！"齐郁的小表弟表示很嫌弃，不玩了。

齐郁正好也有事，凌惟依显然没了玩的心思，四个人从游戏中解散，凌惟依切到微信跟涂筱柠语音。

"没事啊，齐郁马上考事业单位，考上了让他给你介绍青年才俊。"

涂筱柠发现水杯里没水了，起身出房门："青年才俊可看不上我。"

"谁说的？你就是太悲观。"

"不，是这社会太现实。"涂筱柠打开房门就看到在拖地的母亲，两个人对视了一眼，她总觉得母亲的眼神不善，"好了，不说了，我先挂了。"

"好吧，下周有空一起吃肉。"

"嗯。"

"脚抬起来，没看见我拖地呢？"果然，母亲来找碴儿了。

涂筱柠赶紧抬脚。

"这只也抬起来！"

涂筱柠直冲进厨房。

"嘿！你这死孩子，厨房刚拖好你那脏鞋就给我往里踩！"身后是涂母的高喝。

"你说你，这么大的人了，还能做什么？休息日也不多看书学点儿东西，就知道玩游戏，你还没意识到自己吃的亏？"涂母拎着拖把将她堵在厨房里。

涂筱柠只是听着，默默地倒水。

"你好不容易进了银行，不想转正了是吧？一辈子就当个劳务派遣工拿点儿微薄工资？"涂母开始碎碎念。

涂筱柠只当听紧箍咒，自顾自地喝水。

看她没反应，涂母更怒了，摘下她的耳机："你有没有在听我说话？"

"听着呢。"

涂母把她的耳机丢在一旁，质问："那你知不知道你已经在DR银行三年了？这快要第四年了。"

涂筱柠在心里叹了口气："我知道，我也在努力。"

"努力？我就没看到你努力过！"涂母继续数落，忽地想到什么，盯着她，"你和小段聊得怎么样了？"

涂母说的小段就是之前那个跟涂筱柠相亲的男人，是涂母的同事介绍的。

涂筱柠觉得这话题换得有点儿快，把自己的耳机悄悄拿回来说："我刚把他的微信删了。"

"什么？！"涂母的反应一点儿不比凌惟依的小，"怎么回事？"

"我说我是劳务派遣，他就不理我了，我们还有必要聊下去吗？"涂筱柠实话实说。

涂母亲一愣，倒是没料到对方那么现实。

一时间，母女俩都沉默了。

涂母又继续拖地："我说什么来着？你不努力连个对象都找不到，你要是银行正式编制我们还挑挑他呢，现在你却被人挑。"

涂母低着头，涂筱柠看不到她的表情，却知道她心里是不服气的。

"他的价值观有问题，即使没这出，我们也很难聊下去了。"涂筱柠说。

"我知道银行不是你想进的，可我和你爸就想着，女孩子进银行稳定些，说出去也好听。"涂母再开口时缓了缓语气。

涂筱柠觉得母亲走煽情路线还不如骂她呢。

涂筱柠撇嘴。稳定？只有老年人才觉得银行的工作稳定，银行这座围城里的苦只有银行人知道罢了，况且她真的没觉得银行哪里好。

"今年我会争取到转正机会的。"她只能安慰母亲。

"真的？"

"真的。"

回了房，涂筱柠获得解放似的四仰八叉地躺在床上。

一个人想在DR转正哪有那么容易？她想想自己的成长之路，从幼儿园到大学全有母亲的参与，等她要工作了，母亲直接帮她选了银行，可她只是三本学历，好不容易才进了DR，当了个非编制的大堂经理。

她所有的路都是母亲选的，而她的另一半……可想而知也会是母亲挑的。

她望着窗外翻了个身，把自己埋在枕头下面。

人生啊人生，涂筱柠，你的人生什么时候可以自己做主？

第二天是周一，一早下起雷阵雨，涂筱柠的心情一点儿都不美好。

她举着伞冲到公交站台时完美地和直达单位的公交车错过。下一班公交车要等十分钟，她一咬牙上了另一辆绕路的公交车。

下雨天公交车上的人异常多，涂筱柠刷好卡就被人挤到了后面，还被各种伞弄湿了工作服的裙摆。她只得找个角落靠扶杆站着，从包里拿出一个塑料袋，将自己的雨伞放好。

在乘客众多的密闭空间里，即使开了空调也很闷热，还夹杂着一丝汗臭味。公交车开开停停，也不知是环境原因还是急刹车的原因，涂筱柠晕车了。

一直忍到站点，她赶紧下车，伞都忘了打，只想找垃圾桶去吐一吐。

上班高峰期，身后的人一个个从她身边走过，有人踩了水坑，污水溅到她的腿上，肉色丝袜上顿时有了斑斑点点的污渍。涂筱柠黑了脸，转头却已寻不到"肇事者"。

此时附近的学校里传来钟声，已经八点了，涂筱柠想到自己还有晨会，赶紧打伞在雨里奔跑，心中默念：周一啊周一，万恶之源的周一。

从站台到单位还要经过两个红绿灯，涂筱柠跑到单位的时候，觉得这会儿比自己上学时跑八百米还卖力。站在等电梯的人群后，她喘气喘得真想吸个氧。原本扎好的头发也有些凌乱，额前掉下一撮刘海，涂筱柠懒得理会。

单位的办公楼里一共有三部电梯，它们几乎是同时到的，涂筱柠赶紧跟着人群走进中间那部。因为很快就下，所以她站得最靠外。

"麻烦帮我按下五楼。"

"帮我按下十楼。"

"十三！"

"十八！"

身后有各种声音传来。

涂筱柠在最外，自然是帮忙一个个地按了过去，最后给自己按了三楼再按关闭。

电梯门慢慢合上，涂筱柠又掏出塑料袋把自己的伞装进去，这时才发现自己的塑料袋破了一个洞。

"稍等！"

就在电梯门离完全合上还差一条缝的时候，一只手突然伸了进来，把涂筱柠吓了一跳。

电梯门又缓缓打开了。

其他人显然对外面拦电梯的人不满:"就不能等下一趟啊?!"

"抱歉。"

涂筱柠听到一个清朗的声音,抬头迎上一双眼睛,双眼皮,细而长。一个高个儿的男人独自站在电梯外,身形颀长,穿着白色的衬衫,领带系得很工整,左臂间挂着西装,左手拎着公文包,右手则拿着一把黑色的折叠伞。伞像是被甩过了,上面没什么雨水。这人眉目俊秀的模样和干净清爽的气质在这闷热的夏天给人眼前猛然一亮的感觉。

电梯门完全打开,涂筱柠赶紧往边上退了退,让出一个位置。

那人长腿一迈,进了电梯:"谢谢。"

两个人靠得很近,看他双手都拿着东西,涂筱柠问:"你几楼?"

"十二楼,谢谢。"

"没事。"涂筱柠帮他按好,将自己的刘海拢到耳后,正好看到他完美的侧面轮廓。她默默地在心里想,如果男人分三六九等,他这种就是上上等了。

电梯里比刚刚车上更闷热,涂筱柠又闻到了阵阵汗臭味,却很快被她身旁的薄荷味掩盖了下去,气味像小时候用的海飞丝洗发水。

涂筱柠突然感觉自己的脚背一阵湿冷,一看是自己伞上的雨水透过塑料袋上的破洞滴了出来,不仅滴湿了自己,还滴在了旁边那人的脚上和笔挺的西装裤上,只见他黑色的商务尖头皮鞋被她伞上的水滴得无比光亮。

涂筱柠赶紧将伞往旁边挪了挪,任水滴在自己的脚上,正好三楼到了。

"不好意思。"她下电梯前说。

男人低头看了一眼,抬头时两个人又四目相对。

他淡淡地说:"没事。"

等他说完,电梯门正好合上。

涂筱柠站在原地,突然觉得那人有点儿眼熟。

"傻站着干吗?要迟到了。"其他电梯里出来的同事经过她时提醒道。

涂筱柠立刻跟着同事跑。完了,她的晨会!

今天吃午饭时,涂筱柠觉得食堂里的人异常多。跟几个同事端着饭盘找位置坐下,她先喝了一口汤。

"我怎么觉得今天的伙食变好了?"涂筱柠看看菜,今天的菜有红烧狮子头,番茄汤里还有了蛋。

"那当然了,银保监(中国银行保险监督管理委员会)旧址拆迁,新大楼在装修。我们行觉悟高,就把十二楼到十五楼腾出来借给他们当临时办公点。人家以后跟我们共用一个食堂,我们给监管吃的菜当然要好了。"同事告诉她。

涂筱柠恍然大悟。

"所以说,这能当行长的人,情商就不是一般人能比的。"同事挑着盘子里的菜感叹。

涂筱柠夹起了半个狮子头,那是不是以后天天能吃到肉了?

"哎哎!"突然同事用胳膊肘碰她,害她的狮子头差点儿掉了。

涂筱柠斜眼看她,只见她两眼放光地望着某处。

涂筱柠顺着她的视线看过去,看到了早上那人。

嘈杂的食堂里,他的周遭人来人往。他的一只手随意地插进裤袋,他站在人群中和同事说话,衬衫上的领带已不见踪影,领口微微敞开,露出好看的锁骨,表情时而严肃,时而愉悦。他在这么一个混乱且不算美好的环境中竟如出淤泥而不染的莲花,让人挪不开视线。

"看看,人家银保监的帅哥,比过我们银行的一众年轻男人。"同事咬着筷子就差流口水了。

确实,银行里一向不缺帅哥美女,DR 更是被评为行业内员工颜值第一。即便如此,大家每天抬头不见低头见的,也都已经审美疲劳到了相看生厌的地步,但此人能在 DR 引起轰动,说明其相貌是十分出众的。

涂筱柠低头继续吃饭:"我还以为银保监里都是老头儿、老太太呢。"

同事瞟她:"你懂什么?这样的新鲜血液在银保监那种中老年聚集地才更显珍贵。"

涂筱柠撇撇嘴:"帅哥什么的,还是只可远观。"她想了想,还是没把下面那句说出来。

"肤浅。"同事懒得跟她说话,几个人凑一起继续讨论去了。

直到涂筱柠吃完饭,同事的话题还在那人身上。她想起今天还要往饭卡里充钱,便跟同事打了招呼先行离开。

"充多少?"后勤处的大爷正在手机上看黄梅戏。

"三百。"涂筱柠递给他三百元现金。

大爷哼着戏曲,视线未从手机上移开,手一抖,把电脑上的"300"按成了"500"。

"哎哟姑娘,我多给你充了两百,不好撤回,你补个两百块吧。"

涂筱柠身上没有多余的现金,手机也放在休息室充电。

"我现在没钱,要么明天来吃饭时再把钱补给您?"

大爷摆摆手:"我记性不好的,万一忘了怎么办?你问同事借一下嘛!"

食堂是被私人承包的,后勤也是他们的人,一向不太好说话。

"您把我的部门、工号和名字记下就行了。"涂筱柠正想找纸笔,就见大爷朝她后面抬抬下巴:"喏,你同事不是来了?"

她转身，一看哪是她的同事，明明是刚刚引起骚动的帅哥和他的同事。

"大爷，他们是楼上新来的银保监的人，不是我同事。"涂筱柠解释。

许是黄梅戏的声音太高大爷没听见，直接跟他们说："哪位同志帮这位姑娘补交一下钱？我给她的饭卡充好钱她却少给我两百。"

涂筱柠生气。嘿！这大爷怎么倒打一耙？

银保监来的人都是年轻人，一听都愣了，显然没搞清楚状况，一个个朝涂筱柠看去。那高挑的身影站在人群的最后，他似乎也在审视她。

涂筱柠气急，却又说不出什么，被众人看得脸都红了。

涂筱柠慌乱中，正好有个男同事来充饭卡，她像是溺水之人看到了浮木，上前就紧紧抓住了他的臂膀。

"快快，借我两百块！"

同事一头雾水，但看她急切的模样还是拿出了钱。

"一会儿微信转你。"涂筱柠说完气呼呼地把钱搁在窗口，拿了自己的饭卡就走。

"借过！"门口被人挡住了，她低头看不到人，却看到了早上那双尖头皮鞋。

鞋子挪开，让出一条道，涂筱柠愤愤地走了出去。

她小跑回营业厅的休息室，拿起自己的手机就给男同事转钱。

"充个饭卡充到现在？"同事问，见她不语又问，"怎么心事重重的样子？中午吃饭还好好的。"

涂筱柠转好钱又发了个"谢谢"，才把刚刚的事情简述了一遍。

同事们听了一点儿不惊讶："那大爷一向这样，为了多赚钱，总是在我们充钱的时候假装点错。"

"还有这种事情？"涂筱柠感觉自己被坑了。

"对啊，他点错可从不往少里点，都往多里点，就是看你年轻好欺负。"一个柜员同事告诉她。

想想大爷的一系列言行，涂筱柠更气了："这不是欺负人吗？"

"私人承包的食堂就这样。行里自己人弄吧，可能办公室那帮人又怕麻烦，而且现在银保监的人也在这儿，要是食堂是我们自己的，人家来吃饭你是收费好还是不收费好？还不如推给外包呢。"同事看着她不谙世事的脸，"你啊，有时候就是太老实，不精明点儿以后要吃亏的。"

涂筱柠猛灌了几口水，却也只能把气往肚子里咽。

突然一个柜员冲进休息室。

"哈哈，楼上那银保监的帅哥的信息我可找人问到了！"

"真的假的？"女同事们一拥而上，立刻把涂筱柠给忘了。

"骗你们做什么？"

"叫什么？"

"纪昱恒。"

众人惊呼："好听。"

涂筱柠差点儿把水喷出来，这就好听了？

不过这名字好熟悉。

"还有呢还有呢？"其他同事追问。

"人家是 A 大毕业的研究生，牛不牛？"

"哇……"

涂筱柠心想这个确实有点儿牛。

A 大是全国第一学府，她这种三本的学生只能仰望。她曾经算过，要上 A 大得在她的高考分上加上一百多分才行，这就是人与人之间的差距。

"重点来了，人家是单身哦。"同事故意把"单身"两个字拖得又重又长。

"有戏有戏！"于是休息室里沸腾了。

"干吗呢一个个这么兴奋？"主任突然推门而入。大家赶紧安静下来。

"不午休就给我上柜去。"

"休息了，我们这就休息了主任。"柜员们一个个吐着舌头笑着走开。

涂筱柠也坐下来准备休息一会儿。

纪昱恒，她琢磨着，总觉得这个名字熟悉得很。

蓦地，她一拍桌子，想起来了。

他不是她初中学校的学霸吗？那个蝉联百优生榜首的魔鬼，她学生时代的风云人物，被全校女生趴在走廊栏杆上看的校草——纪昱恒。

当年正值港台偶像剧风靡校园，初中的女孩儿青涩稚嫩，情窦初开的年纪里每个女孩儿心中都装着一个白马王子，他必然是像江直树那样又高又帅成绩又好的。纪昱恒完美地诠释了这个形象。

涂筱柠在 12 班。那时的她不怎么看偶像剧，也并不关心纪昱恒是谁，只是同桌经常在她的耳边唠叨："1 班的纪昱恒刚刚去小卖部买水喝了。1 班的纪昱恒刚刚去操场打球了。1 班的纪昱恒又考了全年级第一……"

有天下课她拿出存钱买的杂志，翻到自己偶像在的那页，拿出小刀小心翼翼地裁切着，想存放进透明活页文件夹里，差一点儿就要裁好，手突然被人拉走，耳边是同桌的惊叫声："纪昱恒在楼下！"

涂筱柠看着自己偶像的腿被自己"划"了一刀，心疼到无法呼吸。

她捶胸顿足，想骂同桌，却被同桌抢先拉到了教室外的走廊上。

"涂筱柠，你的偶像远在天涯，什么时候能见到？看看我们的校草吧，这才是近在咫尺的帅哥啊！"

涂筱柠那是第一次看到教学楼的走廊栏杆上趴满了女生，真的是每幢楼每一层每个走廊都趴满了。她再看看楼下，几个高个子的少年拿着饮料站在一个车棚旁说话。

"哪个是纪昱恒？"涂筱柠迷迷糊糊地问。

"你瞎啊？当然是最高最帅的那个！"同桌指着那个最高挑的告诉她。

"看不清啊！"虽然纪昱恒经常出现在国旗下的表彰大会上，但是涂筱柠长得高站得靠后，加上近视，每次眺望看台都没看清过这人的模样。

"你到我这儿看。"同桌跟她换了个位置。

正好纪昱恒在一辆自行车的后座上跨坐了下来，单手打开易拉罐仰头喝了一口，瞬间引起一片骚动。

"好帅！"

"我想成为那辆自行车！"

"我想成为那个易拉罐！"

涂筱柠借着这个角度才算看清了他的脸，眉清目秀，长相周正。

那时并没多少文化底蕴的她脑中只蹦出言情小说里看到的词。

"怎么样？帅吧？"同桌问。

涂筱柠推了推自己的眼镜："还行吧。"她还是觉得她的偶像最帅。

"真没品位。"同桌翻了个白眼。

上课铃响了，大家依依不舍地回教室。同桌一步三回头地看着往操场去的纪昱恒，感叹："要是我们能跟1班一起上体育课就好了。"

涂筱柠觉得她不仅花痴了，还魔怔了。

"别做梦了，人家是1班，我们是12班，12和1中间差了多少个数字就代表我们跟人家差了多远。"涂筱柠边打击她边拉她回教室。

谁知这节课他们没等来班主任，却等来了体育老师："今天你们班主任临时有事来不了，跟我换了一节体育课，现在你们都……"

老师还没说完"去操场"三个字，班里的女生都已经冲出去了。

涂筱柠觉得自己的世界观塌了。做热身训练的时候，大家的视线不在老师身上，都在1班那边。涂筱柠突然就理解了"身在曹营心在汉"的意思。

今天体育课的主题是仰卧起坐，两个人一组计时考核。

涂筱柠跟同桌一组，给同桌压脚的时候听她抱怨："做什么仰卧起坐？为什么不考核排球之类的？我好把球扔到1班假装去捡顺便看帅哥。"

"再帅人家也不认识你。"涂筱柠还是泼了她一盆冷水。

"哼。"同桌哼唧着躺下。

"预备，开始。"老师吹哨。

同桌做了十个就不行了，躺在垫子上装死。

"你好歹再做几个啊！"涂筱柠无奈，她们俩一组，同桌做少了自己就得多做。

"我不行了。"同桌喘着粗气摇手。

涂筱柠心生一计，说："纪昱恒在朝这边看呢。"

"真的吗？"这招果然有效，同桌来了精神又坚持做了几个，直到老师吹哨。

"累死了累死了。"同桌躺了一会儿，往1班瞧去，他们班的人也拖着垫子准备仰卧起坐测试呢，哪儿有空看这边？

"你个死丫头骗我。"同桌伸手就要掐她。

"不骗你你怎么能继续？这是要计入期中考试成绩的，你要是掐我导致我做得不好，咱俩的成绩都不及格。"涂筱柠吓她，她才没继续，没好气地给涂筱柠按住双脚。

"预备，开始。"老师又吹哨了。

不知道是不是个子高的缘故，涂筱柠做仰卧起坐毫无压力，轻轻松松就做了几十个，而且越做越快，连班上的男生都在拍手鼓掌。

结束的时候她是全班第一，起身就看到全班同学崇拜的眼神，连老师都对她称赞不已。

"你火了你，知不知道你做仰卧起坐的时候1班的人都在看？"下课后同桌抓着她激动地道。

"所以呢？"她看看同桌。

"纪昱恒可能也看了。"

"然后呢？"

"你是真没兴趣还是装矜持？"

涂筱柠被同桌晃得头昏："我真没兴趣。"

她只觉得口渴，想快些去小卖部。

谁知她们经过篮球场时，砰的一声，一个蹿出草丛的篮球砸飞了同桌的眼镜。

同桌眼前一片模糊。

一个身影却站在远处朝她们招手："喂！把球扔过来。"

同桌捡起脚边的镜片举在眼前看。

"好像是15班的人。"她小声说。

他们这届一共15个班，学生进校的时候都是按照成绩排名分班的。15班是末尾班，据说班风很差，有很多成绩不好的少年，比如在朝她们招手的那个。

"不好意思同学，你砸坏了我同学的眼镜。"涂筱柠却没有退缩，朝那边喊。

"那又怎么样？"那少年叉着腰走过来，并没有道歉的样子。

"你砸了人家还弄坏人家的东西，不该道歉吗？"

"道歉？你搞笑呢？还没让你们给我的球道歉呢。"少年一副嚣张的模样。

"筱柠走吧，算了算了。"同桌拉着她想走，涂筱柠却捡起篮球。

"行，那就这样！"她说完举起球朝那人身上一掷，不偏不倚地砸中他的脑袋。

少年捂着脑袋咒骂了一声。

"快走！"涂筱柠看不清他的表情，拉着同桌就跑，听到后面嘈杂的声音，只以为那人追上来了，小卖部也不去了，直奔教室。

确定安全了之后，两个人趴在桌上大口喘气。

"筱柠，15班的人会不会来找我们？"同桌开始后怕。

"全校这么多人，他怎么知道是我们？"好在书包里还有一副以前的眼镜，涂筱柠借给同桌。

"可是……"

"没事的，他们敢来找碴儿我就去找老师。"涂筱柠坐在靠窗的座位上，说着还是没忍住往篮球场望了过去。

那几个少年还在，篮球场的出口却被另外几个少年堵住了。

同桌也好奇地凑过来："哎？那堵门的人不是纪昱恒吗？"

"他们怎么会有交集？"同桌疑惑。

"你懂什么？没准人家切磋球技呢！"涂筱柠说得一本正经，同桌觉得也不无道理。

平静地过了几个月，涂筱柠都快忘了这件事。有一天中午她回了一趟家，回学校把自行车推进车棚的时候，突然听到有人在自己的头顶吹口哨。

她满脑子在想怎么存钱买偶像的新专辑的事，就没在意，直到有人喊她的名字。

她抬头，看到两座教学楼之间的天桥上站着一排男生，为首的是那个少年。

"你是不是叫涂筱柠？"其中一个男孩儿问。

涂筱柠脑子一热，也很有骨气地应："是啊，怎样？"

"不怎样，下晚自习回家路上小心点儿。"少年开口，脸上挂着不明意味的笑。

涂筱柠瞪了他一眼，往自己的教室跑去。

不怕是不可能的，她毕竟是女孩子，就开始跟同路的几个女孩儿结伴上下学，每次骑车她都会时不时地东张西望。

同学笑她骑车不专心，她想那人只是吓唬吓唬自己也说不定。

不久涂筱柠被妈妈强迫去上了英语补习班。老师是她爸爸的同事的妻子，还是重点高中尖子班的班主任，利用周末只帮品学兼优的学生补课。要不是靠着父亲的关系，涂筱柠这种学生人家根本不收的。

涂筱柠第一次去老师家时很拘谨。

"平常英语考多少分啊？"老师问。

"满分120的卷子，我大概考80分。"涂筱柠如实回答。

老师笑笑，没再说话。

其他补课的学生也陆续来了，涂筱柠未料到这群人里竟有纪昱恒。

已经次次考年级第一了，他还需要补习英语吗？她真不懂学霸的世界。

她认识纪昱恒，可纪昱恒不认识她。第一节课大家进行自我介绍，她才知道十几个学生里就他俩是一个学校的，其他人是别的不同学校的尖子生。

差距很快就显现了，她看着像蚂蚁一样的单词晕头转向，人家几分钟倒背如流。

而纪昱恒的速记和口语能力简直让她膜拜，每次测试她还在纠结前几题时，他已经第一个交卷了，正确率还是百分之百。

几节课上下来，她压力很大，而且学霸们都沉浸在自己的世界里，不怎么交流，这种学习氛围让她压抑无比。

这天好不容易熬到下课，她在门外穿鞋，大家一下子拥出来，有人撞到她，她失去平衡，抓住身边一个男孩儿的臂膀。

"白痴，别碰我。"男孩儿甩开手，涂筱柠眼看要摔下楼梯。

慌忙间她又胡乱抓住一个人的手臂，那手臂还挺有力，那人也没甩开她。

待站定，她才发现抓的人是纪昱恒，连忙松手。

"谢谢。"

"没事。"

她没看到他的表情，只看到他单肩背着书包下楼的背影。

"喂！纪昱恒，一起打球去啊！"有几个男生追上去。

女生们则一个个嫌弃地绕开涂筱柠，仿佛她会传染低智商。

涂筱柠惊魂未定，又被这么一排挤，心一横，直接回到老师家和老师说："老师，谢谢您的帮助，从明天开始我就不来了。"

回家后自然是少不了被母亲一顿骂，但是她也懒得解释。

就这样，她又过回了学渣的日子。

这天下晚自习，原本结伴的同学不是要做值日就是有家长来接，她只能独自骑车回家。其实她家离学校不远，只是路上一向人烟稀少，一到晚上更显安静。

路灯似乎坏了很久，灯光不断闪烁，看起来有些诡异。

耳边是夏夜里呼呼的暖风，如柔絮拂面，感觉惬意得很，涂筱柠也将自行车骑得越来越快。

可是哐当一下，她的自行车不知被什么绊了，猛然往下一陷，她整个人被甩出去，重重地跌在地上，自行车压在了她的身上，车后轮还在飞速转动着。

夏天人本就穿得单薄，这么一摔，她从脸到腿全是擦伤，眼镜也"英勇就义"。

涂筱柠一看竟是下水道的井盖被人掀了，她自行车的前胎不偏不倚地陷了进去，因为车速快连车带人一起翻了。

她觉得市政管理局的人太不称职了，居然没放任何提示，好在她是骑的自行车，要是步行岂不是会直接掉进去？

她好不容易坐起来，却听到一阵狂笑。一个人不知从哪儿冒了出来，站在她面前拍手称快。她看到了那张嚣张的脸，瞬间了然。

她有点儿想骂脏话，却没力气。她捡起眼镜，艰难地站起来，去扶自行车。

少年却抬脚一踹，又把她的自行车弄倒了："我让你下晚自习回家小心点儿的，涂——筱——柠。"

他不怀好意地笑着。

"挑衅我就是这个下场！"

涂筱柠不理他，一瘸一拐地又去扶自己的自行车。破皮的手臂和腿开始渗血，她有了火辣辣的疼痛感。

他又是重重一脚朝自行车踹过去，涂筱柠看着车龙头前的篮子和里面的东西滚落一地，其中有她偶像的新专辑磁带。磁带是她今天才买的，现在却四分五裂地躺在她的脚边。

这让她觉得心里比伤口还痛。

"怎么样？要不要求我放过你？"他叉着腰等她求饶。

可他以为他是谁啊？"社会败类。"涂筱柠送他四个字。

"你！"他抬手愤怒地指她，又要抬脚踹过来，却被一个飞来的篮球砸得退后了几步。

"谁啊？！"

涂筱柠扶着只剩一个耳架的眼镜，看到了路灯下的纪昱恒。

他似乎刚打过篮球，身上穿着白色的篮球服，额前的碎发还湿答答的，滴着汗珠。他骑的是赛车，车身斜着，他一只脚撑地，身子前倾，两只手慵懒地搭在车龙头上，正目不转睛地看着他们。

坏了的路灯在他的头顶闪烁，灯光忽明忽暗。涂筱柠看不真切，却觉得这画面如梦似幻。

"纪昱恒！"对面的人看到他，气得咬牙切齿。

"我当抢劫，原来不是。"纪昱恒将身子站直，清风徐徐，灯光照出他跟人渣截然不同的气质。

"你少管闲事。"

"余晖，原来你人比成绩更差劲。"纪昱恒的语速不快，却字字诛心。

他就是余晖？涂筱柠常在学校的通报批评里听到这个名字。

得，她的确惹了不该惹的人。

"我再说一遍，纪昱恒，你少管闲事！真把自己当学校干部了？"余晖恶狠狠地警告他。

纪昱恒单手扶着自行车："你倒是提醒了我我的职责，既然看见了，那我就管管。"

他把自行车停好，声音沉了沉："余晖，有种就别欺负女生。"

"好，你自找的，那我不找她，就找你！"余晖说着看向涂筱柠："滚！"

涂筱柠愣了，想着自己跟纪昱恒只能算勉强认识，把人家扯进来算怎么回事？她刚要开口，却被纪昱恒打断。

"走。"他对她说。

"可你……"

"走。"

伤口还在流血,疼痛感更明显了,涂筱柠只得捡起自己的东西扶着自行车走了。

她走了几步,回头看到两个人还站着,再走几步回头时竟已瞧不见任何人影了。

后来,她再没被余晖找过碴儿,纪昱恒也依旧是被全校追捧的校草,他们再无交集,仿佛那个夜晚的事情从未发生,无人提及就随着时间推移慢慢地被记忆尘封了。

涂筱柠下班坐在公交车上,望着窗外,回想着学生时代的事情,难怪早上在电梯口觉得他似曾相识。

回到家涂母正从厨房端菜出来,仿佛掐好她的下班时间。

"老涂呢?"涂筱柠看到桌上的红烧肉就忍不住要先尝一口。

"洗手去。"涂母拍开她的手,转身去厨房盛饭,"你爸今晚不回来吃饭。"

"又有应酬啊?"涂筱柠扔下钥匙放下包。

涂母哼了一声:"一个月没几天在家,美其名曰应酬,也没见他翻出什么水花来,这些年还不只是个财务?"

"好歹是财务总监呢,徐女士您知足吧。"涂筱柠洗好手坐下,终于吃到了红烧肉。

"所以我说你们爷俩都没出息,永远满足于现状。"涂母把碗往餐桌上重重一掷,"他要是国企或者上市公司的财务总监也就算了,一个私营企业的财务总监,搁以前就是个打算盘的。"

"徐女士你这思想有问题啊,你看不起民营企业是怎么的?民营企业也是我国经济的重要组成部分啊!"涂筱柠边吃肉边纠正母亲。

涂母又拍了她的手,把筷子扔给她:"脏死了你。"

"你说你俩都是会计,为什么就不让我做会计呢?"涂筱柠咬着筷子看涂母。

涂母是一家超市的总账会计,在他们家涂筱柠的算术是最差的。

"就你那数学,我怕你连资产负债表都做不平。"涂母一针见血。

"夸张了啊,我好歹也是会计专业出身,读大学时什么成本会计、管理会计的期末考试分数很高的。"

涂母嗤鼻:"那你也就考了个会计从业资格证?初级会计都没过,好意思吗你?"

涂筱柠受伤了,低头猛吃饭。

涂母看她只吃肉,便夹了蔬菜到她的碗里,话锋一转:"你猜我今天下班去买菜碰到谁了?"

"谁啊?"

"吴老师。"

"哪个吴老师?"

涂母啧一下："就是你爸前同事的老婆，你初中时还在她家补过英语呢。"

涂筱柠哦一声："她啊！"

今天怎么了？怎么一个个的老跟她的初中时代有关？

"人家还问起你呢。"涂母又给她盛了一碗汤。

"问我什么？"

"问你现在怎么样啦，在做什么啊。"

"你怎么说的？"

"我说你在银行啊，还把你的照片给人家看了，人家夸你漂亮，说女大十八变。"涂母说着居然笑了，涂筱柠觉得瘆得慌。

"然后她就说要给你介绍对象，是她外甥。"

涂筱柠喝汤差点儿呛着，果然和自己想的一样。

"那你有没有跟人家说我不是银行的正式员工？"

涂母瞟她："说这么多干吗？先看看人又没事。"

涂筱柠无奈地问："妈，上次那个跟我相亲的男人还没让你吸取教训啊？"

"什么叫吸取教训？搞得我们像骗婚似的。"她把筷子一放，"哦，人都没见就把底都掏出来啊？你就是太老实。"

涂筱柠放下碗："别自欺欺人了徐女士，这社会多现实你比我懂吧？不是正式编制就不稳定，说得好听点儿叫劳务派遣工，说得不好听就是一临时工。"

见母亲盯着自己，涂筱柠问："临时工懂吗？就是随时可以让我走人。"

她没想到母亲冷笑一声："涂筱柠，原来你自己门儿清啊！那能怪谁？还不是怪你自己不争气？"

涂筱柠觉得这饭没法吃了，放下筷子说："我饱了。"

"干吗去？"涂母问。

"该干吗干吗，反正我不去相亲。"她说。

"随你便！"涂母端起盘子往厨房走去。

不一会儿，涂筱柠听到厨房传来重重的关门声。

涂筱柠觉得这日子没法过了。

涂筱柠要调岗了，被人力资源部找谈话的时候还是蒙的。

人力资源部说公司拓展一部业务繁忙，人员紧缺，所以让她去当客户经理助理。

"很多人想从对私调到对公条线都没机会，你要抓住机遇，多学多做。部门发展好了日后没准能从分行独立出去成立支行，你也有转正的希望。"人力资源部经理是这么跟她说的。

她还能反抗不成？她当然不能。

调令来得很快，连个喘气的时间都没有，她就去新部门了。

新部门没举行什么欢迎仪式，总经理看到她来只是喊了一下部门之前唯一的女员工："饶静。"

"江总。"

"小涂以后就由你带着。"

"好的。"

总经理言简意赅，连客套都没有。

新部门除了涂筱柠还有五名员工，大家都很忙，不是在打电话就是拎着包要出去，似乎都没感觉到多了一个她。

"小涂，帮我把借款合同拿到柜台去验个印。"饶静也没让她闲着，丢给她一堆材料。

涂筱柠接过，马上下了楼。

"小涂你就这么被调去拓展一部了啊？"对公柜面的同事看到她问。

涂筱柠把合同递给她："帮我验个印。"

"你的客户全部转给元娇了啊！她的业绩一直不如你，她又才来一年，现在倒好，白捡你这些年的心血。"同事替涂筱柠惋惜。

元娇是比她晚进来两年的劳务派遣工，她倒是没料到自己一走客户全转给元娇了。

"听行里安排吧。"她淡淡地说。

"调你走干吗呢？你如果继续保持这个业绩，等下一批转正应该没问题。"同事还在不平。

涂筱柠笑笑，没再说话，等验印完跟同事道别。

望着手里的一沓合同，她说不清自己现在是什么心情。

自己就这么稀里糊涂地被调岗了，这三年的心血也拱手让人，她自然是心有不甘的，可是连说不的资格都没有。

这是三年来她第一次真真切切地感受到作为一个非正式员工的悲哀。

"验印这么久？"

涂筱柠回到办公室，饶静等得有点儿不耐烦，不等涂筱柠过来就直接伸手抢了回去。

"这边跟你在大堂的时候不一样，凡事主动些。"

"好。"涂筱柠点头。

这边和大堂确实不一样，她感觉这边的人不太好相处。

"喏，帮我把借款借据填一下。"饶静又扔给她一张单据。

涂筱柠一愣，验印她在做大堂经理的时候还看到过，公司借款借据她是真没碰过。

饶静见她不动，抬头问："不会？"

涂筱柠诚实地点头。

饶静翻了个白眼，嫌弃道："真不知道为什么要调你过来，什么都不会还要我教，反而浪费时间。"

她边说边把一本档案交到涂筱柠手里："那就帮我去授信部交档案吧，给合同岗的袁老师。"

"好。"涂筱柠只能受着，又拿着资料去了授信部的办公室。

那边的忙碌场面一点儿不亚于新部门，她按着每个人办公桌前挂的桌牌名字寻到了人。

"袁老师，您好，饶静让我把这个交给您。"她轻轻地敲了敲他的桌子。

那人看起来跟她父亲的年纪差不多大，算是老前辈了。那人打量了她一下。

"新来的？"

"也不是，之前在营业厅做大堂经理，刚调到拓展一部做客户经理助理。"涂筱柠说。她一直在楼下大厅，楼上部门的人不认识她也正常。

"客户经理助理？"他在"助理"两个字上加了重音，然后推了推眼镜，"不是正式员工？"

涂筱柠心一沉："嗯。"

"大堂经理做几年了？"袁老师又问。

"三年。"

"那你准备再做几年客户经理助理？"

涂筱柠不懂什么意思，只见他笑了一下，摇头："三年又三年，三年再三年，小姑娘，你能有几个三年一直耗在银行里只当个劳务派遣？"

这时办公室里的其他人也向她投来目光，涂筱柠脸色微变，一时竟不知该说什么。

"行了，资料放这儿吧。"袁老师用指尖示意。

涂筱柠把档案放下，逃一般地走了。

身后还有叽叽喳喳的声音，不知是不是和她有关，她只知自己现在是前所未有地难堪。

"'银监'现在是不是觉得楼上楼下的串门方便，就盯上我们了？"

暗自神伤地回到办公室的她听到有人这样讲，所有人在整理办公桌。

"档案给我交过去了？"饶静也在整理东西，看到涂筱柠就招呼她过来，"来，把我这些材料拿到碎纸机里碎了。"

涂筱柠照做，其他人一看也跟着喊："来来来，小姑娘帮哥哥们一起把材料碎了。"

"呸，你们也好意思自称哥哥？大叔还差不多吧。"饶静直怼，然后拿一只手叉着腰说，"谁要用小涂就谁带她，不然收费。"

"哟，敢情饶大美女要收开门弟子了？"一个男同事笑。

"就是啊，小涂是吧？叫声师父听听。"其他男同事也跟着调侃，众人的目光都落在涂筱柠身上。

涂筱柠抱着一沓资料站着，有些不知所措。

"叫啊！"男同事们却没打算放过她。

同事们的笑声回荡在她的耳边，让她觉得自己跟这里格格不入。她心里堵得慌，却不知该如何发泄这情绪，但她又清楚地知道，即便自己再怎么不喜欢这新部门，也得融进去。

"师"这个字刚到她嘴边，饶静却开口了："叫饶姐吧，师父把我叫老了。"

涂筱柠松了一口气，抬头看她，她依旧在整理东西。

饶静的身材很好，半身裙衬得她的身材凹凸有致，因为长得美艳，她即使在统一穿工作服的银行也能独树一帜，让人过目不忘。之前涂筱柠做大堂经理的时候就知道行里有这号美女，只是没想到有一天自己会和她有交集。

"你们就是太闲了，我看'银监'这次来查我们银行的业务，就得查查你们才好。"饶静继续怼他们。

"还是免了，我们可没你的美貌去让'银监'怜香惜玉，恨不是女儿身哪！"

饶静直接朝他们砸去两沓资料。

"小涂，你跟着饶姐，以后向她学习的地方可多了去了。"那边被砸到的男同事站起来对涂筱柠说。

饶静这次双手叉腰，打量着稚嫩的涂筱柠，哼了一声："小丫头片子也就只能跑跑业务流程。"

涂筱柠没作声，继续碎纸，只觉得这里的环境聒噪得很。

涂母对涂筱柠换岗的事倒不是很惊讶，对她而言，只要涂筱柠在银行里，做什么都没区别，反而是吴老师外甥的事更让她感兴趣。

"我把你的微信给吴老师了，晚点儿人家外甥会加你，你注意一下。"涂筱柠回家直接被通知。

"我不是说了我不相亲吗？"涂筱柠今天本来就不开心，一听母亲的话就有点儿上火。

"那你是准备一辈子不结婚了？"涂母叉着腰问，跟白天饶静高傲的姿态无异。

"人活着就要结婚吗？"涂筱柠顶嘴了，"为什么你总是要干涉我？结婚真的那么重要吗？我一个人特别开心，为什么非要结婚呢？"

"你现在是开心了，你还没到三十岁，感觉不到什么，等你真成了剩女，多少人在背后说闲言碎语？"涂母敲着桌子问。

"嘴长在别人身上，他们爱说什么说什么，三十也好，四十也罢，我活我的，管别人作甚？"涂筱柠今天就是要一根筋地抵抗到底。

涂母抬手指着她，有些生气，声音发抖："涂筱柠你是不是因为那陆思靖，所以在相亲的事上一直跟我唱反调？"

听到那三个字，涂筱柠愣了一下，然后一言不发地转身回自己的房间了。

"我告诉你，你跟陆思靖以前不可能，现在更不可能！"身后依旧是母亲的声音。

涂筱柠把门重重地关上，世界总算安静了。

手机振动了一下，她一看微信上有个添加好友的申请，备注是"吴老师外甥"。

她在气头上，手抖着直接按了删除。什么狗屁相亲？她不需要！

新部门很忙，因为赶上了"银监"今年的第一次检查，办公室里每天都怨声载道，众人都祈盼着银保监的新办公大楼赶紧装修好，他们该回哪儿趁早回去。

饶静被"银监"抽到的业务不少，她隔三岔五就让涂筱柠帮她去档案室找管理员调档案。

"真是倒了血霉，今年客户没跑到几个，钱没捞着，这一查扣的倒要比拿的多。"饶静烦躁地写着情况说明。

"少壮不努力，老大当客户经理啊！"同样在写情况说明的男同事感叹，然后朝这边看过来，"饶静，要不你牺牲一下你的美色，拯救全行？"

"滚。"饶静扔过去一块橡皮。

"不过……"她顿了顿，似想到了什么，"'银监'那个纪帅哥不错……"

"哎哟哟。"男同事们起哄了。

话题露骨，涂筱柠忍不住朝饶静看一眼，却不小心跟她对视，赶紧低头做事。

"对他而言，饶姐姐你老啦，人家可能嚼不动。"男同事也丝毫不忌讳地道，然后朝涂筱柠扬眉，"你要是像小涂这年纪倒是可以试试。"

他们又扯到自己了，涂筱柠恨不得把头埋起来。

饶静三十二岁了，确实不年轻了。她不以为意地笑："那又怎样？他敢嚼我就让他肾虚信不信？"

"信信信！"男同事们表示怕了。

涂筱柠的脸却红了。

她赶紧拿着杯子假装去茶水间倒水了。

她自诩没少看言情小说，也不算什么无知的纯情少女，只是头一次听人直接在办公室这么露骨地说话，一时接受不了。可能是她阅历浅不经事，说话的人都没不好意思，她却比人家还害臊。

她胡思乱想着，水已经溢出来。她赶紧关水，却被烫到，下意识地把杯子一甩。她听到哐的一声，转身一看才发现身后有人。

杯子被摔得四分五裂，还冒着滚滚的热气。但这不是重点，重点是她烫到人了。

"抱歉,我不知道后面有人。"

涂筱柠这才看清身后都是"银监"的人。她这一甩烫到了好几个人,而这群人中还站着纪昱恒。

他从衬衫到裤腿都被水泼到,尤其是小腹以下部位湿了一大片。

"看哪儿呢?"倏地,其中一人问。

涂筱柠这才意识到自己的目光落在人家的裤裆处。她的脸比刚才还红,她赶紧去抽纸巾:"对不起,我不是故意的。那个,我先帮你们擦擦。"她下意识地就要去擦。

那群人都向后躲开了,她从脸红到了脖子,她在干吗?对面都是男人啊!

"我……我还是去叫保洁阿姨。"她说话都结巴了。

纪昱恒一言不发地站着,皱着眉,一副明显被烫到的表情。他结实的手臂上此刻有红红的一道印子,也是被烫的,而其他人的手臂上也有不同程度的红印。

涂筱柠慌了。她烫伤了"银监"的人,还不止一个。她闯大祸了。

"对不起,真的对不起。"

"没事,好在不是滚烫的开水,我们用冷水冲一下就行了。"其中一个年长的人开了口。

"你们等一下,我马上来。"涂筱柠突然想到什么,赶紧从茶水间溜了出去。

"这小姑娘冒冒失失的,倒水都能开小差。"有人看着她的背影嘀咕了一句。

"昱恒被烫得最严重,估计要起水疱了,裤子也要回办公室重新换了。"年长的人看看纪昱恒。

其他人忍不住笑了:"她可真会找地方啊,一泼泼到我们昱恒的重要部位。昱恒,那儿没烫伤吧?"

纪昱恒充耳不闻,用纸巾擦拭着有水渍的地方。

"她不会就这么溜了吧?"纪昱恒听到同事问,然后外面很快就有脚步声传来。

涂筱柠拿着一瓶泰国青草膏又跑了进来。

"把这个涂到烫伤的地方会好些。"她递给他们。

年长的人看了青草膏一眼,再看看涂筱柠,她的呼吸有些急促,显然她是跑回办公室拿的。

"你叫什么名字?哪个部门的?"他接过青草膏问。

涂筱柠愣了片刻,告诉他:"涂筱柠,拓展一部。"

"好,我们没事了,你走吧。"

涂筱柠点点头,再次道了歉才离开。

她走着走着,心情越来越沉重。怎么办?"银监"的人知道她的名字了,她是不是要完了?

涂筱柠这几日总魂不守舍,怕"银监"的人因为自己烫伤他们的事把气撒到这业务检查上。

看着饶静又被领导叫去谈话，她觉得自己有罪。

饶静回到办公室就看到涂筱柠发呆的样子，咳了一声。

涂筱柠回过神来："饶姐。"

"带上纸和笔，跟我出去一趟。"饶静说着回自己的座位拿了包和资料。

涂筱柠来新部门也有一段时间了，饶静只让她跑跑腿，带她出门还是头一次。

她也不问，跟饶静走就是。

饶静今天穿了一双根很细的高跟鞋，显得她高挑了些，披肩的鬈发散发着香味，整个人简直风情万种。她一手拿着资料，一手拎着包，活脱脱电视剧里美女白领的形象，而涂筱柠站在她身旁就是一小跟班。

新部门在六楼，两个人等电梯的工夫，饶静把资料丢给涂筱柠，从包里拿出粉饼和口红。她的包是长方形的，有点儿类似复古的女士公文包，很适合她们这身工作服，墨绿色的皮子上有金色的字母，是法国时尚品牌。

涂筱柠突然被一束光闪到眼，一看是饶静的粉饼盒发出的。那盒子方方的，镜面般的外壳跟它的名字一样闪亮。她越发觉得自己跟饶静是两个世界的人。

饶静拿着名的白管口红在嘴唇上勾勒着，一点儿没溢出唇线，技术娴熟得让涂筱柠暗叹。

这时一行人来到了走廊，涂筱柠一看，赶紧站到饶静身后。

"银监"的人可真喜欢成群结队地出没啊！

"姚主任，巧啊！"饶静收了东西先打招呼，看来和他们是认识的。

"饶经理这是要出去？"说话的人是上次在茶水间那个年长的男人。

"是啊，姚主任你们莅临此地，让我行蓬荜生辉，我得借你们的光多出去跑跑业务啊！"饶静俏生生地站着。涂筱柠今天算是见识她的这张嘴了。

"饶经理总拿我们打趣，可别在心里骂我们。"姚主任也是场面人，笑着说道。

"姚主任您这话说的，我小饶怎么敢哪！"饶静的笑里带了一点儿娇嗔的语气。

涂筱柠开始佩服饶静，觉得以自己的性格真不适合当客户经理。

"这是你徒弟？"突然姚主任发现了她。

"算是吧。"饶静笑着回头给她使了个眼色，涂筱柠立刻喊："姚主任好。"她打着招呼，却不敢抬头。

"挺好，挺好。"姚主任笑笑，似乎忘了被她烫伤的事，没多说什么，继续等电梯。

饶静的视线则落在姚主任身边。纪昱恒高挑的身影实在太出众，即使他全程不语，也能把人的目光不觉地吸引过去。

电梯到了，大家开始假客气。

"女士优先。"姚主任做出让的姿势。

"哎哟，领导您先上嘛！"饶静也往后退。

"你们到底上不上？"电梯里的人赶着下去，急了。

"姚主任您就别客气了，先上吧。"饶静笑吟吟地推姚主任。

姚主任道了谢，只得带人先进了。

饶静拂着长发跟上，可是她的细高跟不知是被电梯绊了一下还是怎么的，突然她一个趔趄，哎一声就朝站在最外面的纪昱恒摔去。

众人惊慌，涂筱柠眼看她要撞到人，赶紧伸手拉，自己也跌进了电梯。好在涂筱柠力气大，两个人都没摔着。

"饶姐你没事吧？"

饶静的头发有些乱，资料也掉了，纪昱恒俯身捡起递过去。

姚主任也关切地询问，饶静边说"谢谢，没事"边整理头发。

涂筱柠见她没接资料，便替她接了。

"谢谢。"她对上纪昱恒的视线，赶紧收回手，又看到了他手臂上那道烫伤的痕迹，那里好像起泡了。

"不客气。"纪昱恒将那只手插进裤袋中，涂筱柠这才移开视线。

他们到三楼就下了，饶静又客套地和他们道别。待人走光，她看向涂筱柠，眼神不悦。

"小涂，你知不知道什么叫察言观色？"

涂筱柠以为她在说自己没有主动和姚主任打招呼的事，便承认错误："下次我会主动叫人的饶姐。"

饶静冷哼一声，提包出了电梯。

饶静开的车是奔驰，涂筱柠也不认识车型，只知道像小型运动型多用途汽车。

"你坐后面吧。"饶静把包扔到副驾驶座上。

涂筱柠打开后座的车门，发现车里挺乱的。她把车座上饶静的丝袜和零食往旁边推了推才坐上去。

饶静发动车，等空调制冷的时候从储物槽里掏出一包烟，车里很快烟雾弥漫。

涂筱柠觉得有点儿呛，才知道饶静会抽烟。

饶静从后视镜里看她，她的眉眼不化妆也能看出精致，满是胶原蛋白的脸上写着稚嫩，整个人纯净得像一张白纸。

"多大了？"她突然问。

"二十七。"

"怎么没通过校招进来直接进编制？"饶静吐着烟，动作娴熟。

"我是三本，没资格参加 DR 的校招。"涂筱柠说。

"那你打算以后怎么办？"饶静打开窗户弹了弹烟灰。

"先学点儿东西。"

"你在大堂待了三年还没学够？"饶静笑了，指间的烟忽明忽暗，"你只是换个地方浪费时间而已。"

她从后视镜里和涂筱柠对视，涂筱柠没明白她的意思。

"人想在这个社会上出头，要么有能力，要么靠脑子，可我看你是一样都没有。"饶静吐出一个烟圈，随手拿了盒木糖醇打开递给涂筱柠。

涂筱柠好像已经习惯了她的嘲讽，只说："我不吃，谢谢。"

"要我说啊，你还是想想办法吧，不然转正的事只会遥遥无期。"饶静抽完一支烟，按灭扔进副驾的垃圾桶，"女孩子还是早点儿知道自己要什么的好，不然这日子混着混着人就老了。"

她自己嚼了一粒木糖醇，踩下油门。

涂筱柠觉得她最后一句话说得没错，自己真的不知道要什么。

晚上在家涂筱柠收到一条微信，是初中班长的电子结婚请帖。

她回："恭喜恭喜。"

"带男朋友准时来哦。"对方又发一条。

两个人其实很久没联系了，只偶尔在朋友圈互相点赞，不过初中时倒是一起玩。涂筱柠回了个"好"，没多解释，看看时间，婚礼当天是月底，正好是个周六，应该有不少初中同学会去。

房门被敲响，她抬头就看到门口笑呵呵的父亲。

"啥事啊老涂？"她放下手机。

"我听说你最近跟徐女士闹别扭呢？"

"你听谁说的？"

"这不是重点，重点是你要让让她。"

涂筱柠斜着眼看他："你个叛徒。"

"此言差矣，"父亲坐在她的办公椅上，"她快更年期了，你还朝气蓬勃，能跟她计较？"

涂筱柠没忍住笑了一下。父亲也笑了："是吧？"

"理是这么个理，但我就是不喜欢她总强迫我。"涂筱柠嘟囔。

"这件事啊你得这么想，"父亲把椅子朝她那边移了移，"吴老师是我老同事的爱人，我跟同事的交情暂且不提，就说当年吴老师破格收你去补课，人家也是卖了我面子的，于情于理，我们也得还人家一个面子不是？"

涂筱柠一听倒是没挑出什么毛病："可是……"

"可是你不喜欢相亲是不是？"父亲没等她说完就问。

涂筱柠点头。

"就当完成任务，不喜欢咱就撤，又不是逼着你跟人家拜堂。"

涂筱柠看父亲说得头头是道，觉得自己被绕进去了："你到底是哪头的啊老涂？

我怎么听着你是来游说我的？"

父亲摇手澄清："小涂同志，我绝对跟你统一战线。这次你就看在老爸的面子上去应付一下吴老师，以后我保证你妈再不提相亲这事！"

"真的？"涂筱柠不信。

"决不食言！"父亲信誓旦旦。

涂筱柠想了想，也好，应付一次换长久的自由，不亏。

"好，成交。"她答应了。

"成交！"父亲拍着大腿给她竖大拇指。

涂筱柠周六就踏上了相亲之路。这是她第一次没聊天就直接出来见人，连对方的照片都没见过，不过反正结果都一样，不如直接"见光死"。

相亲地点在"菊川"，涂筱柠知道这地方，贵得很有名。

"欢迎光临，请问有预订吗？"她一进去就有一排穿和服的服务员朝她鞠躬。

"蝉语。"

"请这边来。"一个服务员做了个请的姿势。

涂筱柠脱了鞋光着脚跟她往里去了。

果然这里的装修和一般日料店的不一样，涂筱柠其实不爱吃日料，总觉得吃不饱还死贵。

跟着服务员绕啊绕地到了那间叫"蝉语"的包间门口，她突然想起之前的相亲对象，那些男孩儿清一色个子都不高。她还问过其中一个人是否介意女方比自己高，对方说："不介意，我就是想找高个子的女孩儿改良下一代的身高。"

她好像特别吸引矮个子的男生，不知这次能否逃过定律。她一边想着，一边挤好假笑拉开了门。

里面一壶茶，一盏灯，一个人应声抬头。

那人坐姿端正，黑目如墨，正凝视着她。

涂筱柠只觉有惊雷炸开，劈了自己一道。她猛地关上门，去确认包间的名字："这……这……这是'蝉语'吗？"

服务员被她吓了一跳，慌张地点头："是啊！"服务员指着门牌，很确定地给她看。

涂筱柠看了又看，木板上刻着的确实是"蝉语"两个字。

是不是哪里搞错了？她赶紧给母亲打了个电话。

"怎么了？"涂母说话的口气还生硬着。

"那吴老师的外甥叫什么啊？"

"你这会儿才想起来问人家的名字？早干吗了？"涂母戗她。

涂筱柠这会儿没空跟她斗嘴："我这不是怕搞错人吗？"

"叫纪什么来着？吴老师在微信上发过，一会儿我找到了把全名发给你。"

涂母后面说的什么她已经听不清了。

再打开门的时候她已经镇定了，仿佛刚才什么都没发生过。她在他对面坐下。

"你好，我是涂筱柠。"

她怕什么？对方是纪昱恒也好，反正两个人成不了，倒不如让他跟吴老师说他们不合适，还省了她的事。

"我知道，拓展一部的涂筱柠，你上次做过自我介绍。"纪昱恒颔首，他今天穿的是V领的纯白T恤，和平日里的精英范不同，今天的他穿得十分休闲。他手边的日式杯盏里冒着热气，包间里暖色调的光把他衬得俊美不凡。

跟他一比，涂筱柠就显得很随便了，涂了个变色唇膏就当化过妆了，昨天洗了头已经是她对这次相亲最大的尊重。

她捧起茶杯喝了一口，看上去挺淡定："我没想到你也会出来相亲。"

纪昱恒的眼里含着笑意："听你话里的意思，你好像对我挺了解？"

涂筱柠一愣："我的意思是，我以为帅哥不用相亲。"

越描越黑，她在说什么？

"那个，可以先吃饭吗？"她决定还是少说话。

"好。"纪昱恒没有拒绝，按下了服务铃。

涂筱柠这时收到了母亲的微信。

"他的名字叫纪昱恒。"

她被水呛到，觉得这微信来得太迟了。

服务员进来，蹲坐在桌边把菜单递向他们。

纪昱恒对涂筱柠做了个请的姿势，涂筱柠回了一个相同的姿势："你点，我随意。"

纪昱恒也没跟她客气，接过菜单翻了起来。

涂筱柠看到他指节分明的手指，干净修长。"作孽"这个词就从她脑中冒了出来。

"你有什么不能吃的吗？"他大致看了几页，问她。

涂筱柠盘腿坐着，想了想："有。"

纪昱恒抬头。

"不能吃——不饱。"

服务员忍俊不禁。

纪昱恒眸色一凝，视线在她脸上停留了很久。涂筱柠被看得有点儿慌，自己只是开个玩笑缓和一下气氛而已。

就在她的脸快红的时候，他已经合上了菜单。

"来一份A套餐。"他说。

服务员看看他们两个人："先生，A套餐是六人份的量。"

"没事,这位女士不能吃——不饱。"他重复了一遍涂筱柠的话,连语气都一样。

服务员拿回菜单忍着笑要走,涂筱柠赶紧拦住她。

"双人套餐就行了。"六人份该多贵啊!

服务员为难,看向纪昱恒。

"六人份吃不下的,不能浪费食物。"涂筱柠也看他。

纪昱恒抬眉:"那三人份好了。"

"不用不用,我刚刚开玩笑的,双人份真的够了。"涂筱柠连连摇手。

"确定?"

"确定!"

服务员关门离去,涂筱柠这才放心地喝水,恨给自己挖了个坑还跳进去了,果然不能跟高智商的人过招。

杯子有点儿小,涂筱柠喝了几口茶就没了,刚要找茶壶,纪昱恒已经举着给她重新倒满了。

他臂上的水疱清晰可见,涂筱柠非常尴尬。

"不好意思,上次烫到你了。"

"没关系,反正你不好意思的事情也不止这一件。"他端起自己的那杯茶,轻描淡写地道。

"纪先生真幽默。"

原来他还记着电梯里被她滴水的事呢。

"哪里,涂小姐谬赞。"

门又被打开,服务员端着套餐进来。双人套餐的量也很多,涂筱柠庆幸换掉了。

"二位请慢用。"把菜和餐具摆放好,服务员鞠躬退下了。

"请用。"纪昱恒依旧很绅士地邀请她先动筷。

如果对面不是他,涂筱柠早就拿手机出来狂拍了,现在只能假装矜持地拿筷子慢慢夹菜。

"我不知道你就是吴老师的外甥。"涂筱柠总觉得自己一直被注视着,像做吃播似的,索性先找了个话题。

"'就'这个字,从何说起?"纪昱恒拿筷子的手顿了顿。

涂筱柠觉得他应该不记得以前的事了,就简单地说:"之前不是在DR碰到过吗?我们也不算初次见面吧。"

"的确。"他浅笑着重新拿起筷子。

涂筱柠又说:"吴老师的爱人,就是你姨父,是我父亲的老同事,我今天来,也是看在这层关系上。"

纪昱恒听着,手上的动作未停,将柠檬挤出汁,滴在煎好的秋刀鱼上。

"你也是被家里逼迫的吧?"涂筱柠问。

纪昱恒放下柠檬，用纸巾擦拭过手指，似笑非笑："你觉得呢？"

涂筱柠无法看懂他眼中的深意，学着他的样子在秋刀鱼上滴了柠檬汁，然后表明了自己的立场："反正我是。"

许是她用力过猛，柠檬汁直接溅到了她的眼中。酸痛感席卷而来，她瞬间泪流不止，隐形眼镜险些脱落。

纪昱恒向她递去纸巾："小心被隐形眼镜划伤。"

"谢谢。"涂筱柠窘迫地接过纸巾擦拭着眼睛。

"不客气。"

涂筱柠纳闷儿，她的隐形眼镜刚刚滑片得那么明显吗？

她不适的感觉好一会儿才消失，纪昱恒已经不着痕迹地将自己的那份鱼和她的对调，涂筱柠却没了食欲。

"来都来了，我们就走个过场吧。"她也不再兜圈子，打开天窗说亮话。

纪昱恒看着她那只通红的眼睛，饶有兴味地听她说下去。

"我成绩不好，学历三本。另外如你所见，我虽在 DR 工作，却不是正式编制，以后是不是我也不知道。"涂筱柠一口气说完。

纪昱恒不为所动地给两个人的茶杯中又添了水，俨然一副倾听者的姿态。

涂筱柠继续说："我在 DR 三年了，以前站大堂，现在是公司客户经理助理，才调的岗，但是工资一样，还是本市最低标准。"

她直接掏出自己的老底，毫不避讳。像他这样的天之骄子岂会将她这等蝼蚁放在眼里？他最好像前几个相亲对象那么现实，直接结束这场可笑的相亲。

"说完了？"纪昱恒捧杯啜了一小口茶。

涂筱柠点头："以上是我的情况。"

"以下是我的？"

涂筱柠噤声。

他不第一时间拒绝她，难道还准备做自我介绍吗？

"不用了，你的情况我有所了解。"涂筱柠不想浪费时间，便拒绝了。

"哦？"纪昱恒似乎来了兴致，"愿闻其详。"

涂筱柠只得不情愿地开口："我初中也在新才中学，你那时候很有名，那几年毕业的学生应该都知道你。"

纪昱恒的目光偏了偏，不知他是不是在回忆，良久才哦了一声。

涂筱柠觉得这人倒也不谦虚。

"那涂同学是什么时候知道我的呢？"他突然又问。

"当时全校所有女生都知道你啊！"她觉得好笑，这什么问题，这么没水平？

"你也是这些女生之一？"

"是啊！"难不成她不像女的？

纪昱恒往后稍稍靠了靠，捧起自己的茶盏，不疾不徐地道："那确实对我了解得够早的。"

涂筱柠想了想，又觉得刚刚的话里有歧义，怕他误会便解释："不过我不是那些女生。"

纪昱恒挑眉："哪些？"

"趴走廊的那些。"

"趴走廊？"

"下课趴在走廊栏杆上看你的那些女生。"

见他沉默，涂筱柠身体一僵，心想坏了。

"那你是怎么知道她们趴在走廊上看我的？"他的眼眸里仿佛带着促狭的笑意。

涂筱柠知道又被他绕进去了，赶紧撇清："我听别人说的，你纪昱恒当时赫赫有名，随便抓一个同届的人哪个不认得你？"

"是吗？"纪昱恒放下杯子，"还有呢？"

涂筱柠茫然："还有什么？"

"对我的了解。"

涂筱柠差点儿又被水呛到，他怎么还不依不饶了？她便说："还有是听我同事说的。"

纪昱恒的指腹摸着杯壁似在把玩，他嗯了一声："说什么？"

"说你是 A 大研究生毕业。"

纪昱恒还在等她说下去，她却已经结束了。

"没了？"

"没了。"

纪昱恒又笑了，笑容比刚才浓几分。

"的确是有所了解。"

"饱了？"不再深入话题，他看着桌上的菜，用眼神询问她。

"饱了。"涂筱柠拿纸巾擦擦嘴。

纪昱恒又按下服务铃，服务员笑着进来问他们有什么需要。

"上甜品吧。"

"好的先生，今天的甜品有冰激凌、慕斯蛋糕……"

"问这位女士吧。"纪昱恒看向涂筱柠。

"冰激凌。"涂筱柠毫不犹豫地选择。

然后服务员就端上了两份哈根达斯冰激凌球，纪昱恒将自己的那份也给了涂筱柠。

涂筱柠客气地拒绝："谢谢纪同学，多吃甜食会胖。"

纪昱恒坐着没动："我只是担心涂同学吃不饱。"

涂筱柠觉得无奈，自己就开了个玩笑，他怎么一直记着？

"谢谢，我真的饱了。"

此时纪昱恒的手机响了，似乎是公事，涂筱柠便借机去洗手间，从洗手间出来后直接去了前台。

"你好，'蝉语'的消费是多少？"她问。

"小姐，'蝉语'已经结过账了。"服务员告诉她。

涂筱柠回到包间时，纪昱恒的电话已经挂了。

"那个，你微信多少？"她问。

纪昱恒微微皱眉，少顷，告诉她："我加过你。"

涂筱柠一愣，想起来了，他确实加过，被她在气头上删了。

她用捋头发来掩饰自己的尴尬："我可能没注意。"

然后她拿出自己的手机："要不我扫你？"

纪昱恒也没推托，打开自己的微信二维码。

涂筱柠向他发送了好友请求。

纪昱恒点完同意就听到她发来消息的声音，点进去一看，她竟然给他发了个转账。

纪昱恒抬眸看她，只见她一本正经。

"我无意间冒犯了你两次，算我欠你人情，这顿饭就由我请了。"

纪昱恒饶有兴味地凝视着她，用指尖轻轻敲着桌沿。

"两次？"他的眼神颇有深意。

"嗯。"涂筱柠点头，难道不是吗？

"你确定？"

"电梯里一次，茶水间里一次。"涂筱柠认真地解释。

"那不该请两顿饭吗？"纪昱恒起身拿起自己的外套，整齐地叠挂在自己臂间，看她。

涂筱柠一怔。

"涂同学不走吗？还是打算今日就请我吃晚饭？"纪昱恒说这话的时候已经站到涂筱柠面前。日式包间的门框很低，他需要俯身才能走出去，而涂筱柠正好挡在门口，他俯首的时候距离她很近。

涂筱柠还跪坐着，从她的角度可以看到他长而密的睫毛，嗅到那熟悉的薄荷味。

"走……走的。"她赶紧拿起自己的包，给他让出一条道。

纪昱恒没有直接踏出，而是将门拉得更开些，然后等她先走。

涂筱柠也没客气，先出去了。

走廊上正好有其他包间的人经过，几个男人喝多了酒，走路有些晃，差点儿碰到涂筱柠。涂筱柠下意识地往后一退，以为自己要撞到纪昱恒，回眸一瞧，他还没出包间，将手抵放在低矮的门框顶上，才没让她撞到头。

涂筱柠看着他长身探出，顺势收回手，应该是长得太高就着门框扶一下罢了。

她没等他，转身往前走。

"欢迎下次光临。"外面的一排服务员又朝她鞠躬，还递给她两片口香糖。

涂筱柠一看是薄荷味的益达，撕开一片放进嘴里，穿上服务员给她递过来的鞋。

纪昱恒也缓缓地跟上来了，两个人换好鞋，一起走出日料店。

外面很热，出了空调房，涂筱柠感觉自己快化了，不过天气再热也没现在的气氛令人难受。

他们一前一后地走着，涂筱柠突然问："你想喝什么吗？我请你。"

"涂同学不会是想把下午茶当第二顿请了吧？"纪昱恒一下子猜中了她的心思。

涂筱柠想这人可以去摆摊算卦了，就凭这脸排队的人也不会少。

"怎么会？"她耸耸肩，"我同事喜欢吃完日料来杯咖啡什么的，我以为纪同学也是。"

"我和你一样饱了，涂同学应该也不想喝咖啡，不然你刚才选甜点的时候就点了。"纪昱恒沉稳的声音竟让人不由自主地倾倒。

涂筱柠尴尬地笑笑，难怪同事们喜欢他。

"那下次有机会吧。"她讪讪地道。

"你怎么来的？"快要走出商圈了，纪昱恒问。

"坐公交车。"涂筱柠已经从包里拿出了遮阳伞。她的皮肤不算白，属于偏黄的那种。她小时候暑假骑车去补课从不注意防晒，现在长大了才明白皮肤白皙的重要性——白遮百丑。

打开伞，她刚要道别，就被纪昱恒的长影盖住，他居然毫不客气地站在了她的伞下。

"那麻烦你顺便把我送到停车位。"

学霸都是这么不按套路出牌的吗？公交站台和停车场完全是两个方向，她一点儿也不"顺便"啊！

奈何自己又欠他人情，涂筱柠只得送他去。

她的遮阳伞很小，还是大学里充话费送的，她都用出感情了。伞下只够站一个人，两个人站在下面显得有点儿挤，而且涂筱柠跟他站一起矮了一截，她的手要刻意举高，她没走几步就累了。

"我来吧。"纪昱恒不知是不是良心发现，接过了伞。

涂筱柠的手解放了，却感觉跟着他走脚步都变快了，腿长了不起吗？

过往的人总会朝他们这儿看几眼，涂筱柠知道肯定不是在看她，但还是不好意思地低着头。同事有时也会来这个商圈吃饭，万一碰到……她可不想变成同事们讨论的话题。

蓦地，纪昱恒停下了。涂筱柠听到车子开锁的声音，一辆雷克萨斯的灯亮了。

涂筱柠要拿回伞，却见他已经帮她收起。

"上车吧，我送你。"

"不用了，我坐公交车很方便。"涂筱柠客气地摆摆手。

"我的意思就是开车送你到公交站台。"

涂筱柠比刚才笑得还尴尬，也没再客气，打开副驾的门一屁股坐了进去："那有劳纪同学了。"

纪昱恒将她的伞递送进副驾，自己才上了驾驶座。

因为停车场是露天的，涂筱柠进去之后才发现车里被太阳晒得像闷炉，皮质的坐垫像下边有火烧着似的，烫得她差点儿坐不住，好在她有一把遮阳伞，可以拿来垫垫。

即使纪昱恒一上车就打开了空调，涂筱柠还是觉得自己像在被烤。她后悔上来了，等空调制冷的时间自己都可以走到站台了。

好在他这车制冷还挺快，涂筱柠终于感受到了一丝凉意，能够喘口气。她不怕冷，但扛不了热，尤其夏天被这么闷在车里，准会晕车。

那辆直达她家的公交车要二十分钟一班，她看看时间，生怕错过，跟他说："这就送我过去吧。"

纪昱恒便发动了车子。车辆出商圈要付停车费，纪昱恒给门卫看了一下消费单。

这时涂筱柠正好看到自己要坐的那辆公交车从面前开过去，停在了站台。

门卫大爷仔细地看着纪昱恒递来的单子，半天没动。

涂筱柠急着去站台，把手直接搭在纪昱恒的手臂上催促："快快，就那辆。"

可是门卫大爷磨磨蹭蹭的，半天才给他们打开禁栏。

禁栏一打开，纪昱恒就一脚油门开了出去，扬了大爷一脸尘土，大爷半晌才喊起来："小年轻急什么？票不要了？"

就它就它！涂筱柠心里说着。眼看她就要到了，公交车却发动了。

"别走啊！我还没上车呢！"涂筱柠一看急了，赶紧让纪昱恒停车。

纪昱恒靠边停了，可是公交车已经开走了。

涂筱柠懊恼不已，去开车门，却发现打不开，转头看向纪昱恒。

他倒是气定神闲："我送你吧。"

"你已经送到了。"涂筱柠不想再跟他玩文字游戏。

纪昱恒笑笑，没再说话，又发动了车子。

"我还没告诉你我家在哪儿。"涂筱柠怕他乱开。

"我是按照公交车的路线开的，至于你家在哪儿，你会说的。"纪昱恒目视前方。午后的阳光过于刺眼，他将躺在仪表盘上的墨镜戴了起来。

涂筱柠侧眸就看到了这幅美男开车图，收回视线，撇撇嘴报了自家地址。

算了，免费的车不坐白不坐。

她安静地坐在车里扫视了几圈，车里倒是挺干净的，甚至可以说一尘不染，和他的气质很相符，随着空调散出的淡淡清香也是薄荷味的，看来他挺喜欢薄荷。

大概是车里太安静了，涂筱柠忍不住打了两个哈欠，快要睡着的时候听到他打开了广播。

"你有故事我有酒，大家好，我是耿念一，今天也请让我聆听你的心声。"一道好听的声音响起。

涂筱柠刚要听下去，纪昱恒调了台。

"刚刚那个不听吗？"她忍不住问。

耿念一一直是她喜欢的主播，她几乎下载了耿念一的节目的全集。

纪昱恒又调了回去："你喜欢耿念一？"

涂筱柠点头："很喜欢，她的声音陪我走过了很多时光。"

"她是情感类主播。"

"听听别人的故事也挺有意思的。"涂筱柠却认真地说。

纪昱恒便不作声了，将声音调高了些。涂筱柠似乎没了先前的拘谨，听故事的时候会忍不住咧嘴笑。

"她的声音很好听，人也长得很漂亮。"像是找到了话题，涂筱柠又告诉他。

"你见过她？"

涂筱柠摇头："那倒没有。她很神秘，不喜欢露脸，唯一一次曝光是因为她的绯闻。"

纪昱恒没想到她还知道这些事。

"她跟VG集团夏二少一起被记者抓拍到，虽然她在车里没露出全脸，但露出来的侧脸也足以叫人惊艳。"涂筱柠回忆着。这大概是两年前的新闻了，她当时看到还挺吃惊。

纪昱恒对这些不感兴趣，但他在金融圈混，怎会不知VG这个名号？

涂筱柠觉得自己的话有点儿多了，像包打听似的，便住了嘴继续听广播。

听到广告响起正好到小区门口，她跟纪昱恒道谢。

"麻烦你送我一趟了，我家小区不好停车，就把我放这儿吧。"

纪昱恒停了车，涂筱柠下车前又想起什么，转头说："那个转账你收一下呗，下一顿你想吃什么？"

纪昱恒将一只手放在方向盘上，身子往后靠了靠："你很着急吗？"

涂筱柠摇手："不急，我不急。"

他的眼睛被墨镜遮着，涂筱柠看不到他的眼神，只听他讲："那我再想想。"

她挤了一个笑出来："好的，那你慢慢想。"

她拿过包下车："再见。"

"涂同学。"纪昱恒唤了她一声，她关门的动作停滞。

他朝副驾抬了一下下巴，涂筱柠看到一片益达落在了座位上。她刚刚在日料店吃了一片，还有一片本来就是给他的。

"这是你的益达。"她念着广告台词，边关门边朝他做再见的手势。

纪昱恒拿起她落下的遮阳伞，想开窗却见她已经小跑走了。他拾起那片被烈日晒得有些软的益达，撕开包装放进口中，视线落在她的背影上。

嘴里很快有甜味散开，从舌尖蔓延到整个口腔，是他喜欢的薄荷味。

涂筱柠一回家就看到父母贼兮兮地站在窗户前，她把包往玄关一扔。

"行了，人都走了，别看了。"

父母笑着围过来："怎么样？"

"就那样呗。"涂筱柠换鞋，给了父亲一个"你个叛徒"的眼神。

"据说模样是顶好的，是吗？"涂母问。

涂筱柠热死了，去厨房喝水："怎么？吴老师没给你发她外甥的照片？"

涂母跟过来："她神神秘秘的，说外甥不爱拍照片，眼见为实。"

她推了一下涂筱柠的胳膊："到底怎么样？"

涂筱柠觉得好笑："妈，干脆你去相亲得了。"

涂父轻拍了一下她的脑袋："怎么跟徐女士说话呢？"

涂筱柠鄙视着父亲准备回房，却被母亲堵住："快说说，他怎么样？"

"帅，帅得人神共愤。"涂筱柠看她着急的样子便认真地道。

涂母却瞟她一眼："好好说话！"

"我好好说话了啊！"涂筱柠这回说的真是大实话。

"那吴老师没夸张咯？"涂母狐疑，又问，"他是做什么的？"

涂筱柠又给自己倒了杯水："银保监的。"

"银保监？那他是'银监'还是保监？"涂父问。

"'银监'。"

涂父一拍大腿："你银行的，他'银监'的，绝配啊！"

涂筱柠被父亲的谬论吓得手一抖，水都泼了出来。她拿抹布边擦边说："我们不可能的。"

"怎么？"涂母皱眉。

"人家是A大的研究生，'银监'正式编制，且'卖相'好。奈何我一介学渣，银行劳务派遣工，又相貌平平。"涂筱柠把抹布扔在一边，看着父母摊手，"我俩就不是一路人。"

涂父涂母互相看了一眼，竟不知该如何回应。吴老师的外甥竟这么优秀？

涂筱柠拿起杯子就要开溜，却被母亲叫住："你跟人家怎么聊的？"

"该怎么聊怎么聊，反正我把我的情况全说了。"涂筱柠一脸坦然。

"你全说了？"涂母就知道她没心眼儿。

"对啊！"

"说你什么好？"徐女士指责她，"那人家什么反应？"

"表面没什么反应，心里怎么想的我就不知道了。"涂筱柠说完直接回自己的房间关上门，把涂母气得直跺脚。

"我迟早被她气死，她就是缺心眼儿。"涂母跟涂父抱怨。

"说开了也好，人家迟早会知道的。"涂父却比涂母淡然很多，"而且，你没听到人家的条件？这种条件的男孩子到现在还在相亲，我看就是在广撒网，钓大鱼，我们家小涂不去招惹也好。"

涂母不可思议地啊了一声："不会吧？"

涂父确定涂筱柠进了房，才继续说："怎么不会？现在新闻里这种事情多着呢。你想啊，长得帅，学历高，工作又好，这种男孩子正常情况下没等到从学校毕业就被挑走了，还要等到进社会才出来相亲？"

涂父摸了摸胡子，又说："不过还有可能是人家自身优秀，要求高，相亲就当撒网了。"

"那你的意思是……"涂母问。

涂父看着涂筱柠紧闭的房门，继续说道："像闺女说的，就外在条件看他俩还真不是一路人，这件事我看只能到此为止，不可人为干涉，一切随缘。"

涂筱柠觉得自己要忙死了，比在大堂的时候忙多了。

大概部门的人觉得跟她熟稔了，其他男同事忙不过来的时候也会吆喝她帮忙打打下手。

涂筱柠来者不拒，这天趁饶静出去跑客户的时候帮一个男同事做了几笔银行承兑汇票贴现流程。

"长本事了？我教了你业务你可以去帮别人了？嫌我给你的活不够多是吧？"饶静知道后却很不高兴，把涂筱柠叫到跟前。

"我是看他也挺忙的，帮忙跑业务流程而已。"涂筱柠解释。

"帮忙？"饶静板着脸看她，"在这部门里你算老几啊要你帮忙？你才学到多少皮毛？"

饶静虽然经常讽刺她，这么气急败坏却是第一次。

涂筱柠知道饶静争强好胜，业务能力仅次于那个男同事，一直在和对方暗自较劲。可是涂筱柠帮他也只是想融入这个集体，跟大家处好关系而已，本以为那些小业务不会影响到她的成绩，没想到她这么介意。

"涂筱柠，以后你做好我交代的事情就行了，其他的事你少去表现，不要把我的话当耳旁风。"饶静把资料往桌上一摔，盯着她警告，"记住，你还嫩着呢。"

"我知道了饶姐，以后会注意的，对不起。"涂筱柠觉得胸口很闷，说完就往办公室外走，正好撞上几个从外面回来的男同事。

"饶静，老远就听见你的声音，又骂小涂呢？人家小涂那么勤劳刻苦一个孩子，你真想严师出高徒啊？"一个同事说。

饶静靠在自己的座位上，双臂交叉环抱："怎么？我还不能教训我的人？"

"是是是，你的人，那你倒是多教些东西啊，跑跑业务流程又学不到什么。"

饶静整理着自己的桌子，语气有些不屑："她一个临时工，能待多久？会跑腿就行了，其他的自学成才吧。"

涂筱柠听到饶静这句话，只觉得眼前越来越模糊，直接跑到厕所冲了把脸，这才没让眼泪流出来。

她望着镜子里的自己，越看越觉得失败。

母亲说得没错，她总是满足于现状，从未真正努力过。

"女孩子还是早点儿知道自己要什么的好。"

耳边又响起饶静之前说的话。

水龙头开着，她又冲了几把脸，冰凉的触感让她变得更清醒。

之前她不知道自己要什么，现在知道了。她要转正，一定要在DR转正。

"你决定一辈子耗在DR了？"凌惟依知道她的决定后问。

她知道涂筱柠一直不喜欢待在银行，是因为家里要求才进去的。

"嗯。"涂筱柠在语音里应着。

"DR转正什么条件？"

"要有自己的客户和存款。"

"要多少存款啊？"凌惟依家里也是做小生意的，她想着去求求父母，把公司的钱存到DR也许能帮帮涂筱柠。

"大几千万甚至上亿。"涂筱柠告诉她。

凌惟依吓坏了："这我可真帮不了你啊！"

涂筱柠自然知道凌惟依帮不了，连她自己都不知道要怎么继续走这条路。

"DR转正这么难啊？"凌惟依只知DR是全国第一大商业银行，业界翘楚。DR的薪资待遇丰厚，是金融系学生向往之地，招聘相当严格，一向把本科生拒之门外。涂筱柠能塞进去劳务派遣都实属不易了。

涂筱柠也叹气。明明知道很难，她却较上劲了。

"那表现好呢？你这几年在DR没功劳也有苦劳吧？"凌惟依不死心地问。

"姑娘，这是个只看结果不看过程的地方啊！"涂筱柠对这点倒是看得很透。

"那玩个屁啊，累死都没用。要不你嫁个富翁，当全职太太？"

涂筱柠一头栽到床上："我倒是也想有富翁能看看我。"

"富翁没有，帅哥你不是有一个？后来你跟你那初中校友还有联系吗？"凌惟依觉得还是讨论帅哥比较开心。

涂筱柠这才想起很久没在行里看到纪昱恒了，可能"银监"不在他们那层楼查业务了吧。

"承您吉言，我才想起来这校友。"涂筱柠找了找他的微信。他的微信名很简单，就是字母A，头像是国画上的一只蝉。

"你笑什么呢？"凌惟依听到她在笑。

"没什么。"涂筱柠只是觉得他的微信看起来很像老年人的。

"齐郁找我，我先挂了。"凌惟依要去陪男友了。

"好。"

涂筱柠又点进纪昱恒的朋友圈看了看，里边除了一些财经新闻的分享，其他的什么都没有。

两个人的聊天记录还停留在上次她发的转账上，她仔细一看，显示转账已自动退回。

她蹙眉去翻微信账单，真的有一条转账的退款记录，赶紧坐了起来。她有时候忙会直接删掉微信的系统提示，久而久之就养成了看都不看直接删的习惯。所以他没有收她的转账，转账被系统自动退回了？

涂筱柠又倒了下去，那不是还欠他两顿饭？会不会是他忘了领红包？

她这么想着，给他发了一条微信。

"在？"

不知道过了多久，他回了个问号。

涂筱柠赶紧又给他发了个转账，这回总该收了吧？可是直到涂筱柠要睡了他都没点开那个转账。

涂筱柠困得不行，看着手机十分不满。

他还真是个老年人，睡得也太早了吧。

涂筱柠和纪昱恒再见面是在酒店。

那天她身穿乳白色连衣裙，踩着一双小高跟鞋，一下班就来赶公交车了，也没顾上捯饬自己，到酒店门口才从包中掏出一支口红。她一会儿说不定会见到初中同学，虽然她的生活很不顺，但也不能在老同学面前太显沧桑。

她停在一辆车旁边，对着车窗开始涂口红，这时旁边车上正好下来一个人，涂筱柠顺势瞅了一眼，就瞅见了纪昱恒。

他今天上身穿的是白色衬衫，没系领带，领口敞开，可以从锁骨看到喉结，下身是整洁笔挺的西装裤，系着一根黑色男士皮带，皮带扣上没有她男同事们皮带上那种浮夸的奢侈品商标，简洁精致，低调内敛。他站在那里，身姿挺拔。

他也看到了她，涂筱柠继续对着人家的车窗，抿了抿口红。

"巧啊，纪同学。"他走过来的时候，她收起口红，自然地打了个招呼。

"巧，涂同学。"纪昱恒还是那副淡然的样子，说话时似在打量她，又好像没有。

涂筱柠觉得这个时候提转账的事情有些不妥，便作罢："我来喝同学的喜酒，你呢？"

"我也来喝同学的喜酒。"

"看来今天是个好日子，同学们都喜欢扎堆结婚。"涂筱柠觉得穿着高跟鞋走路实在硌脚，想找个东西扶，但总不能扶他吧，只能忍了。

纪昱恒将一只手随意地插在裤袋中，看着她别扭的走姿，没作声。

这时有人从远处一晃而过，涂筱柠一眼就认出了同桌，想喊她，但考虑到纪昱恒还在，便同他打了招呼："纪同学，失陪，我们改天再聊。"然后她就以别扭的姿势赶了过去。

可惜她没追上，又不记得婚宴在哪个厅了，便拿出手机重新找电子请帖。

找大厅的路上她又遇上了纪昱恒，只当是在同一层参加喜宴。她朝他笑笑，连寒暄都省了。她已经来晚了，可不能再耽搁了。

总算到了婚礼厅，她果然迟了，迎宾处只有新娘在，新郎已经去里厅接待了。

"亲爱的班长，我来晚了。"涂筱柠一脸歉意地朝新娘走去。

新娘看到她，朝她张开双臂："小糊涂柠你终于来了。"

涂筱柠跟她拥抱："好久不见，今天你好漂亮。"

"好久不见，想死你了。"班长说着仔细瞧她，"啧啧，你的美貌之前果然被眼镜'封印'了。"

涂筱柠今天难得戴了一回美瞳，大概比普通的隐形眼镜更显眼睛大，才得班长夸赞。

"恭喜恭喜。"涂筱柠则将手伸进包里掏红包。

班长突然推了她一把，语气惊喜："这是你男朋友？"

涂筱柠还未反应过来，就看到她捂着嘴兴奋无比："行啊小糊涂柠，自己闷声发大财，这么帅的男朋友现在才舍得亮出来？"

涂筱柠一头雾水地回头，发现身后竟是纪昱恒。

他怎么会在这儿？

"怪不得微信里让你带男朋友来你回'好'，看来是有备而来啊！"班长眼神暧昧地看她，那架势恨不得要把里厅的所有同学叫出来观看一番。

涂筱柠知道她误会大发了，瞬间方寸大乱。

"还不快介绍一下？"班长边用胳膊肘撞她肩边端详着纪昱恒，又轻声咦了一下，"瞧着有点儿眼熟？也是我们一个初中的吗？"

"不……不是。"涂筱柠尴尬得想表演胸口碎大石。

"不是什么？"班长看她。

"他不是我……"

"昱恒？"这时新郎正好从里厅出来，看到了纪昱恒，笑着朝他招手。

纪昱恒也朝他走过去，两个人说了几句话便朝她们走来。纪昱恒仍然风度翩翩，仿佛刚才的那场闹剧与他无关。

新郎介绍："老婆，这是我初中同学，你也知道的，我们1班大名鼎鼎的纪昱恒。"

然后涂筱柠就和班长一起惊呆了。

涂筱柠还在消化刚才发生的一切，新郎看着她问新娘："这位是你同学？"

班长点头，还陷在尴尬中。

不知情的新郎却依旧满面春风："那就一起合个照吧。"他将自家老婆揽至身边，正巧让涂筱柠和纪昱恒站在一起。

涂筱柠后知后觉地发现自己站错了地方，刚想换个位置就听摄影师说："来，看这里。"

她应声抬头，只听咔嚓一声，没能阻止这瞬间的定格。

涂筱柠恨不得变成鸵鸟，赶紧钻到地里去，拍完照赶紧闪人去里厅找座位。

同桌老远就看到她，朝她挥舞双手："涂筱柠！"

涂筱柠来到同桌那桌，初中同学来的人倒不多，看到她个个笑呵呵："涂筱柠来了啊！"

同桌早就给她留了座："你怎么到现在才来？磨蹭什么呢？"

涂筱柠放下包坐下："下班高峰期，公交车也堵。"

"筱柠现在在做什么？"一个同学问。

"在银行。"同桌替她说，她俩偶尔会在微信上聊聊，涂筱柠做大堂经理那会儿同桌来找她办过信用卡。

"是吗？哪家银行啊？"

"DR。"同桌又说。

"厉害啊！"

涂筱柠只是笑笑。

突然，男方亲友那边传来一阵掌声和欢呼声。

以为是新郎新娘入场了，涂筱柠这桌的人也闻声望了过去，一看是男方同学那里发出的声音。

原来是纪昱恒的出现引起的骚动。

"纪昱恒啊，纪昱恒也来了！"同桌一眼就认出了他，激动地抓住涂筱柠的胳膊。

涂筱柠被她晃得要散架，没想到过了这么多年，她还是那样——一见到帅哥就激动。

一听到纪昱恒的名字，其他同学也站了起来。

"校草还是那么帅啊！"同学们感叹。

"是啊，没想到他会来。"

同学们热烈地讨论着，一瞬间所有的话题都围着纪昱恒去了。

涂筱柠觉得有点儿饿，打开自己面前的喜糖拆了一颗扔进嘴里，甜腻的味道在舌尖散开，缓解了她的饥饿。

她又拆开一颗，问同桌："班长的老公是我们初中1班的？"

"是啊，没想到吧？我们12班的人能跟1班的学生喜结连理。"同桌告诉她，"班长那会儿分班考试没考好才进的我们班，据说他俩初三就看对眼了，后来一起考上了重点高中呢。"

涂筱柠听她这么一说，想起来了，当年班长是班上唯一考上重点高中的学生，不像他们这些落后分子，分数只够上个普高。

"真厉害！"她感叹着把第二颗喜糖塞进了嘴里。

等她准备再拿喜糖的时候，同桌拍了一下她的手："不吃饭了你？"

"我饿啊！"

同桌伸手捏捏她的腰："盈盈不可一握啊，脸也瘦了，你这是在银行受了虐待？"

"你有没有听过'银行的女人当男人用，男人当牲口用'这句话？"涂筱柠叹气，"我们可是脑力体力并用的劳动人民。"

同桌嗤笑："得了吧，谁不知道银行的薪资待遇好？苦就苦点儿呗。"

涂筱柠刚要嘟囔，同桌又推搡了她一下："你找对象了没？"

"正相亲呢。"她想如果告诉同桌相亲对象是纪昱恒，同桌会不会不顾场合惊叫起来？

"我的经验告诉你，相亲遇到的男人90%不是歪瓜就是裂枣。"

"都是家里安排的，反正我不急，宁缺毋滥。"同桌认真的样子让涂筱柠有点儿心虚，那纪昱恒这种"绝色美男"为什么要相亲呢？

"哟，当文艺女青年呢？别整这些虚的。"同桌说着朝她的耳边凑了凑，"今天来的青年才俊里你看上哪个让班长给你介绍。喏，我们右边桌是班长的高中同学，左边桌是班长的大学同学，我看了，有几位男士长得还不错。"

同桌朝那边扬了扬下巴。

涂筱柠受不了她："还是把这机会留给你自己吧。"

同桌贼兮兮地笑："我？纪昱恒在这儿我还看得上别人？"

一颗糖噎在了涂筱柠的嗓子里，她咳着赶紧给自己先倒了杯饮料。

大概宾客到得差不多了，新郎已经进场，这时不知是哪方的亲戚风风火火地来到

· 39 ·

他们这桌问:"你们这桌还有空位是吗?"

"是的,我们有几个同学没来。"同桌说。

"你们都是女方的同学?"

所有人点头。

那阿姨擦擦头上的汗:"男方同学的人数搞错了,男方那边没空位了,跟你们挤挤好吗?"

"好呀!"同桌倒是很热情。

于是那阿姨折回去领着几个人就来了,涂筱柠听到同桌倒吸着气说了句:"我的天哪!"

她一回头,纪昱恒俊美的身影就映入了她的眼帘。

涂筱柠心想:今天莫不是跟他有什么特殊的缘分?

"这些是男方的同学,就跟你们挤挤了哈。"那阿姨忙得晕头转向,安排好人就走了。

来的人都是男性,除了纪昱恒涂筱柠一个都不认识,同桌却兴奋地抓着她的手笑得像朵花,跟她窃窃私语:"我说什么来着?涂筱柠,有时候运气来了你挡都挡不住!"

涂筱柠没说话,继续喝自己的饮料。

他们好像也互不认识,坐下后有人问他们是新郎哪个阶段的同学。涂筱柠听着,反正这帮人里新郎从小学到大学的同学是占全了。

这行人的到来让他们这一桌安静不少,女同学们假装玩着手机,却在偷瞄纪昱恒。

突然一个女同学开始没话找话:"涂筱柠,你们银行现在的商业房贷利率是多少啊?"

"你要买房啊?"同桌插话。

"嗯,最近在看房。"

涂筱柠拿起手机开始翻微信:"我可以帮你问问我做个人贷款的同事。"

"你不懂吗?"

"我是公司条线的,在个贷上不是很专业。"

"抱歉,打扰一下,这位小姐是银行的吗?"这时坐在对面的一位男方同学打断她们。

涂筱柠一脸茫然,这个人是在问她吗?

对方笑了笑:"我刚刚听了你们的对话,所以冒昧问一下。"

"是的是的,她是银行的。"同桌在桌底下踢她的脚,又替她答了。

"那我们是同行啊!你是哪个银行的?"对方来了兴致。

"DR 的。"涂筱柠告诉他。

· 40 ·

这下男方的其他同学朝她这儿投来目光，显然是被 DR 这个名字吸引。

"我是 A 行的，幸会。"那人说着拿出一张名片递给涂筱柠。

那人与涂筱柠中间隔了几个人，他们很自觉地将身子往后靠了靠，挪了挪椅子，给他俩让出交流的空间。纪昱恒坐那男人的旁边，是第一个朝后靠的。

涂筱柠赶紧站起来接过名片，名片上印着他的名字：宋江流。

"抱歉，我没带名片。我叫涂筱柠，幸会幸会。"涂筱柠又象征性地迎合了人家几句，"国有银行才是我们商业银行的老大哥啊！"

"你是什么岗位？"他又问。

"公司客户经理……"涂筱柠"助理"两个字还没说出来，就听宋江流说："巧了，我也是公司客户经理。"

涂筱柠挤着笑："是吗？好巧。"

"是啊，而且我当时也参加了 DR 的校园招聘，你是新娘同学的话我们应该是一届的吧？"

"应该吧。"

他们就这样一问一答地交流起来，涂筱柠觉得他很自来熟。

"你们行的总资产规模现在是多少？"突然，宋江流抛出一个专业的问题。

涂筱柠尴尬了，同行之间聊天都聊这么深奥的话题吗？

涂筱柠当然不知道答案，还在纠结该怎么回答，厅里的几盏大灯蓦地暗了下去，只留下舞台的灯光。婚礼要开始了。

大家的注意力都转向了大屏幕。

涂筱柠顿时松了一口气，举杯喝饮料润润嗓子，以为终于可以摆脱那个宋江流了。

谁知他轻轻地拍了拍身旁的纪昱恒的肩。

"哥们，能否让一让？我想跟我的同行坐在一起交流交流。"

涂筱柠差点儿把嘴里的饮料吐出来。

这人还有完没完？

纪昱恒无声地站起给那人让了座。

宋江流又跟其他人一一换座，终于坐到了涂筱柠旁边。

"你也是前年参加的 DR 招聘？"他果然是来交流的。

涂筱柠不说话又不礼貌，告诉他："我在 DR 三年了。"

宋江流："哦，我读了研，比你晚工作两年。"

涂筱柠笑笑。此时主持人开始讲话，涂筱柠把目光转向舞台，新娘已经进场。

宋江流也不再说话了，开始安静地看婚礼。

"这人话这么多，不会是看上你了吧？"这时同桌凑在涂筱柠的耳边偷笑，"你俩是同行，有共同话题，而且他长得也不错，你可以考虑。"

涂筱柠瞪她，同桌捂着嘴看新娘去了。

音乐响起，婚礼正式开始。

新娘由父亲牵着走上舞台，新郎捧着鲜花唱着歌缓缓地朝她走去。

一曲结束，新郎跪地举花，眼眶有泪，声音哽咽："老婆，嫁给我吧！"

"好。"新娘也含泪答应。

大概是被感动了，涂筱柠也忍不住流泪。她想抽餐桌上的纸巾，抬头却撞上了纪昱恒的目光。他现在坐在她对面，而纸巾在他那边，她便只用手抹了抹眼角。

之后的流程就是新人交换戒指，双方父母讲话，最后大家共同举杯庆祝新人结合。

大厅的灯再次亮起，婚宴正式开始，各桌开动，只有他们这桌迟迟未动。

涂筱柠很饿，不知道大家在等什么。

宋江流站了起来，拿了一瓶饮料打开："来来来，女士优先。"他说着就给涂筱柠的杯子先倒上。

涂筱柠还没反应过来，杯子就被加满了。

"谢谢。"她怪不好意思的。

"不客气。"宋江流笑着又给其他女士倒上饮料。

"哥几个喝红的还是白的？"给女士们倒完后，他放下饮料问男士们。

"不喝不喝。"有人朝他客气地摆手。

"别啊，今天老同学大婚，喝酒才热闹。虽然我们几位男士不认识，但既是新郎的同学，那就都算同学了。"他开了一瓶红酒，"有朋自远方来，不亦乐乎？更何况是老同学？不如大家举杯同庆也沾沾喜气？"

他边说边给身旁的几位倒上了。

"是不是银行的都这么会说话？"同桌又凑了过来。

涂筱柠赶紧撇清："我不会说话。"她拿起筷子吃菜，饿死了。

"你对面坐着帅哥呢，能不能矜持点儿？"同桌提醒她。

"民以食为天，帅哥能当饭吃？"

同桌傻笑，眼睛时不时地往纪昱恒那儿瞟："不能当饭吃但也能管饱啊，我欣赏他都来不及，哪还顾得上吃饭？"

涂筱柠无语，自己吃自己的。

宋江流倒酒倒到纪昱恒的时候，纪昱恒抬手示意不用。

"我开车了，谢谢。"他礼貌地说。

"我也开车了，找个代驾嘛！"宋江流要去拿他的杯子。

"酒精过敏，不好意思。"纪昱恒也起身，拿过饮料，在他面前晃晃，"我喝这个就行。"

"这样啊，那你是只能喝饮料。"宋江流只好作罢，给自己倒上一杯红酒坐了下来。

"真帅。"同桌在纪昱恒的声音中再次迷失了。

涂筱柠给她的碗里夹了些菜，刚要自己动筷就听到宋江流又开口了："涂小姐，像你们DR的客户经理一般手上有多少客户？"

涂筱柠快速盘算了一下饶静的客户数，告诉他："三十个左右吧。"

宋江流挑挑眉，有些意外："那挺多的了，不愧是DR。"

他抿了一口酒，又问："客户都是你们自己营销的还是领导分发的大锅饭？"

涂筱柠有点儿没听明白，正琢磨着，突然听到对面有人说话。

"你是纪昱恒吧？"几位男士的注意力转向了纪昱恒。

纪昱恒颔首，在这璀璨的灯光下显得意气风发，少了上班时的严肃，多了一分柔和，即使不动声色地坐着，也在打扮得体的众男士中一枝独秀。

"难怪我觉得眼熟，你是市一中冲刺班的班长，高中奥数竞赛我跟你一个考场，你当年可太厉害了。"有人感叹。

市一中的全称为C市第一高级中学，冲刺班更是全市的尖子生聚集地，班上的学生个个都考上了名牌大学，他们之间的竞争堪称神仙打架。他是这个班的班长，优秀更不必说。

"你就是纪昱恒？今日终于一睹尊容啊！"其他人附和，仿佛只要是C市当年同一届的人就无人不晓他名。

"敬你敬你。"他们争相跟他碰杯。

"我以'茶'代酒。"纪昱恒举起自己的杯子。

"没事，没事，现在在哪儿高就呢？"

"一介布衣，仰人鼻息。"

"果然文化人说话都是四个字的啊！"同桌感叹。

涂筱柠在喝饮料，瞥向对面，他还是一副闲适淡然的模样，明明什么都没做，却在哪儿都是焦点。

果然有的人天生就注定被众人瞩目。

宋江流也看向纪昱恒，然后笑问大家："原来你们都认识啊？"

甲同学将目光落向纪昱恒，指着他为大家隆重介绍："这位是我们C市当年的传奇，高二就获得了A大的保送资格，全国当时就四个名额。"

宋江流挑挑眉，举杯起身："我是新郎的大学同学，毕业后才到C市来工作，不想今日有幸膜拜学霸。"

他朝着纪昱恒晃了晃杯子："我也敬学霸一杯。"

"客气了，陈年旧事，不值一提。"纪昱恒也起身将杯沿举到他杯下碰了一下。

此时婚庆表演开始，除了歌舞还有游戏互动，跟涂筱柠以前参加的婚礼大同小异。

表演中涂筱柠得到了一个玩偶,看着玩偶可爱又毛茸茸的,心生欢喜,便放在了自己的座位后面,不料邻桌一个小女孩儿不知何时站在她旁边,怯生生地喊:"姐姐。"

涂筱柠放下筷子跟她打招呼:"你好啊!"

小女孩儿没再说话,不停地瞥向她妈妈,只见她妈妈指着涂筱柠说:"你跟姐姐说啊,姐姐是大人,会让给你的。"

可是小女孩儿抓着自己的小裙子就是不言语,将视线落在涂筱柠身后。

涂筱柠这才意识到她是想要自己的玩偶,虽然心有不舍,但还是给了她:"这个给你吧。"

小女孩儿拿到娃娃就开心了起来,朝涂筱柠笑了笑便跑回了母亲身边。

"我就说她会给你的。你是小孩儿,问她要她不好意思不给的,知道吗?"那母亲抱起女儿就走,连谢谢都没说。

"这家长这么理直气壮地要人东西?我看你也挺喜欢那玩偶的,你可真好说话。"同桌听着也放下了筷子,怒其不争地看着涂筱柠。

"算了。"涂筱柠继续吃饭,懒得计较。

"我最讨厌听'她还是个孩子'这种话。怎么?大人就不能喜欢玩具?"大概同桌的声音有点儿高,原本在交谈的男士们也安静了下来。

涂筱柠感觉大家都在朝她们这边看,便在桌底踢了踢同桌。

好在主持人又上了台:"现在我们跟大家玩婚礼小游戏,请大家打开微信面对面进群,我们还有本场婚礼最大的毛绒玩具。"

"好了,这不是又有礼物了吗?"涂筱柠拿起手机。

同桌这才忍着没发作,拿着手机哼唧着进了群。

看进群的人数差不多了,主持人开始说游戏规则:"一会儿我说'三二一',你们就打'祝丁佑尧、李钥熙琴瑟和谐,鸾凤和鸣'这句话。第一个打对全部字的人,将获得最后一份礼物。"

全场瞬间哗然,开始互相问新郎新娘的名字是怎么写的。

"我怎么知道新郎的名字怎么写?这夫妻俩就不能取两个简单的名字吗?"同桌抱怨着开始翻电子请帖,其他桌还有人夸张地跑去门口看迎宾横幅上新人的名字。

但是主持人可不给他们时间,直接喊了:"三!二!一!"

涂筱柠刚编辑好便应声发了出去,下一秒手机振动个不停,群里的信息一条接一条。她看到有人打错了新郎新娘的名字,还有人打错了后面的成语。

全场气氛被这个游戏点燃,热闹非凡,主持人看着群里的"狂轰滥炸",也在台上笑个不停。

涂筱柠往上翻了翻,看到自己发的那条上面还有好几个人,便放下手机继续吃喝起来。

"没戏了没戏了。"同桌懊恼地丢了手机,看看涂筱柠,"你怎么记得新郎的名字?"

"其实我本来也不记得,就是找大厅的时候翻电子请帖又瞄了一眼。"涂筱柠当时觉得新郎名字里的佑多了个单人旁,纯属多此一举,考试还浪费两个笔画的时间,自己就是名字笔画多的受害者。

大家还在吵闹,主持人开始挑幸运儿了:"游戏见真情,我说把人家名字写错的同志,你们也好意思来喝喜酒啊?"

台下响起一片笑声。

"靠前的几个同志,你们的手速快有什么用?把新人的名字都打错了。"主持人翻着停下了,"终于被我翻到写对的了,不容易啊!"

大家都一脸期待,只听他说:"有请这位微信名叫'A'的同志,是哪位啊?"大屏幕上也出现了这人的微信头像。

所有人开始张望,好奇是谁,同桌也伸长了脖子。

然后纪昱恒就在众目睽睽下站了起来。

全场再次哗然,有惊叹的,有议论的,新郎同学那边甚至还鼓掌起哄。

"有请这位先生上台。"主持人邀请他。

"看看,学霸连玩游戏都是第一。"同桌又在涂筱柠的耳边唠叨,涂筱柠则夹了一片西瓜,今天的西瓜可真甜。

"稍等,我发现下面有个前后脚打对的人,公平起见,你们要一起上台,有请微信名为'高维C柠檬'的同志。"突然主持人说道。

然后涂筱柠的微信头像就出现在了大屏幕上,吓得她把西瓜都弄掉了。

这下所有人的目光一同向她投来,她听到同桌在耳边喊:"厉害!涂筱柠你要跟校草同台了。"

涂筱柠就这么稀里糊涂地上了台,到了台上才发现灯光比台下的亮多了,纪昱恒站在舞台中央,聚光灯的灯光齐齐打在他身上,他耀眼得和学生时代无异。涂筱柠此刻感觉他就像是站在国旗下即将发言的学生代表,而自己却是犯错被抓包等待全校通报批评的学渣。

"这位女士,舞台很大,你还怕挤到我们吗?"主持人的一番话又让台下响起一片笑声。

涂筱柠这才意识到自己站在舞台的边缘,便不情不愿地走到中间。

主持人打量着他们两个,感叹了一句:"帅哥靓女啊!"

台下瞬间起哄声、口哨声四起,又是新郎同学那边传来的。

涂筱柠羞愧得无地自容,开始懊恼,自己为什么要多事参加这个游戏?

"先来自我介绍一下，请问你跟新人是什么关系？"主持人把话筒举向纪昱恒。

纪昱恒笔挺地站着，比主持人高出了整整一个头。

"新郎的初中同学。"纪昱恒说。

"你呢？"主持人又问涂筱柠。

"新娘的初中同学。"

主持人吃惊地看看他们，再看看台下，然后跟着下面的人一起笑了。

"新郎和新娘初中是一个学校的，那么你们也是校友了？这缘分可不浅哪！"主持人说着又看看纪昱恒，"我要是没猜错，这位初中可招桃花了吧？"

他将话筒伸向舞台下："来，新郎的初中同学在哪里？你们说是不是？"

果然那群同学异常地配合，齐齐高喊："是！"

主持人又将视线转向涂筱柠，刚要说话她就开口："不认识，不了解，不知道。"几句话一下堵住了主持人的嘴。众目睽睽之下，她可不想跟纪昱恒扯出什么话题来。

台下哄笑。本想借机打趣的主持人没得逞，便话锋一转："看来我们的女士有点儿紧张，我们就不开玩笑了。你们同时打对了那句话，但奖品只有一个，你们就各自送新人一段祝福语吧，让大家评判谁的祝福更好，奖品就给谁。好不好？"他把决定权交给了所有宾客。

大家扯着嗓子喊："好！"

涂筱柠很想退赛，但又觉得直接下去不礼貌，只能硬着头皮先接过话筒，快速说了一句："祝新郎新娘百年好合，早生贵子。"

主持人笑了笑："简洁明了，挺好。"

他又把话筒递给了纪昱恒。

纪昱恒接过话筒，涂筱柠以为他也说两句就完了，谁知人家送上了正儿八经的祝福。

"新郎新娘是初中相识，我将下面这首诗送给他们，愿朝暮与年岁并往，斯人久伴共至光年。"他的声音透过话筒极具穿透力，光这开场白已经把涂筱柠甩到九霄云外了，而这祝福还在继续——

    我相信

    爱的本质一如

    生命的单纯与温柔

    我相信 所有的

    光与影的反射和相投

    我相信 满树的花朵

    只源于冰雪中的一粒种子

    我相信 三百篇诗

反复说着的 也就只是
　　年少时没能说出的
　　那一个字
　　我相信 上苍一切的安排
　　我也相信 如果你愿与我
　　一起去追溯
　　在那遥远而谦卑的源头之上
　　我们终于会互相明白

他的声音在整个大厅仿佛飘荡了很久，台下则静得可以听到针落地的声音。

良久，主持人先鼓掌，然后其他人跟着鼓掌，掌声经久不息。

谁输谁赢已然见分晓，新郎抱着一只巨大的玩具熊上台，涂筱柠灰溜溜地先下了台。

纪昱恒获得了最终的大奖，也就是那只巨大的玩具熊，因为不太好拿，新郎安排婚庆工作人员直接送到了纪昱恒的车上。

"才子啊，再敬你。"待纪昱恒下台，桌上的男士站起来又要敬他。

纪昱恒看自己的杯子空了，便拿起饮料要倒上，却发现瓶子里也没有饮料了。

"我们这儿还有。"同桌很有眼色地从地上拿起一瓶饮料递过去。

"谢谢。"纪昱恒接过。

"不客气的。"

同桌靠在她肩头低呼："他跟我说话了，你不知道，他刚刚在台上念诗的样子简直太帅了。"

涂筱柠低头啃点心。她怎么不知道？她可是近距离观看且被对比成空气的当事人。

不一会儿新人来敬酒，敬酒的时候新郎说："一会儿一个都不许先走，我们狂欢去。"

"算了吧你，春宵一刻值千金，还要洞房花烛呢。"乙同学说。

"不不不，难得把同学们聚在一起，下次不知何时才能凑这么多人了。"新郎揽过妻子，在酒精的作用下眼神迷离，"我们老夫老妻了，每天都在度春宵。"

"哟哟哟！"大家笑着起哄。

新娘害羞地拍了一下丈夫，看向涂筱柠她们："一会儿你们也一起来。"

"我们就不去了，这些人都是男方的同学，我们凑什么热闹？"涂筱柠小声拒绝。

班长瞪她一眼："这不是挑男朋友的大好机会吗？再说他的同学来得杂，不是全互相认识的。"

涂筱柠还在摇头，同桌直接按住了她，对着班长笑得灿烂："放心班长，我们肯定会去的。"

班长朝她们眨眨眼便往后面桌去了。

新郎走之前又推了一把那宋江流，朝纪昱恒那儿扬了扬下巴，跟他讲："江流啊，你要多敬敬我这初中同学，他是'银监'的，专管你们银行。"

这下全桌的人都有点儿诧异，正在喝酒的那几个男人围着纪昱恒饮得更欢畅了。

片刻后宋江流拿起红酒默默地给自己满上，这次直接走到纪昱恒身边。

"老同学，先前听他们说我只当你理科出众，方才你这诗一念我才发现你文科也是丝毫不差的。"他和纪昱恒碰碰杯，"我先干为敬。"

宋江流仰头一饮而尽。

眼看宋江流又倒了一杯，纪昱恒劝言："既是同学，便随意些。"

宋江流笑笑："那是那是。"

他直接搬了旁边的一个空椅子坐在了纪昱恒旁边："你刚刚念的是席慕蓉的《我的信仰》，可巧，我也喜欢席慕蓉。"

"啧啧啧。"同桌看着这画面止不住地摇头，"涂筱柠你看看，同样在银行，人家这'审时度势'的本领，马上弃你而去。"

涂筱柠不以为意："你刚刚还嫌人家话多来着，现在他走了不正好？"

"所以纪校草真是管你们银行的？"

涂筱柠点头："不仅管，还查呢。"

同桌点赞："真厉害。"

新人敬完酒，婚宴很快结束，大家散场，他们这桌的男士除了纪昱恒，个个喝得耳脸通红，嚷着要去狂欢。

涂筱柠拿着包刚想趁乱先溜，却被同桌扣住了："别啊，一起去啊，明天是周日，你又不上班。"

"我不喜欢那种地方。"

"去去就喜欢了，更何况这可是个大好的相亲机会啊，机不可失。"

"我就免了，家里的相亲已经够我烦的了。"

同桌索性蹭了上来："那你就当陪我呗，小糊涂柠。"她晃着涂筱柠，不停地撒娇。

涂筱柠看着她的可怜样，一时心软："那我就陪你一会儿。"

同桌开心地抱住她："好好好。"

所谓的狂欢就是去 KTV 唱歌，新人夫妇出手阔绰，直接开了个超大包，又点了不少果盘和酒。

暧昧摇曳的灯光下全是躁动的年轻人，歌声、哨声此起彼伏。

新人牵着手在深情对唱《今天你要嫁给我》，有人在喝酒，有人在摇手铃，有人在玩骰子，五彩缤纷的灯光下大家都很兴奋，谁是谁的同学已经不重要，重要的是人生在世须尽欢。

涂筱柠跟几个同学坐在一起，听着同桌疯狂地摇手铃，只觉得刺耳。

"筱柠，我们也去唱歌吧。"同桌突然拉她。

"你去吧，我不会唱歌。"涂筱柠摇头。

"你真无趣，不去表现哪有男士注意你？"同桌再拉她还是被拒绝，便自己去点歌了。

涂筱柠从桌上拿了一瓶矿泉水，正好瞥见坐在斜对面的纪昱恒，这会儿他被初中同学簇拥着，他们正愉快地交谈着。

有几个女同学直接靠桌子就座了，跟他近距离地交谈，正好也挡住了涂筱柠的视线。

她喝了几口水。大概是今天的菜有点儿咸，她口渴得很。

新人夫妇唱完，下一首歌是陈奕迅的《富士山下》。涂筱柠心想谁这么有勇气唱粤语歌？那宋江流已经上了台。

有人开始欢呼，想必是新郎的大学同学了。

前奏响起，宋江流拿着话筒清了清嗓子。

"拦路雨偏似雪花饮泣的你冻吗……"宋江流一开口就惊艳了全场。

众人开始鼓掌，连同桌也在跟着兴奋地晃手铃。

涂筱柠觉得这年头没点儿才艺真的不敢出来混了，同样是银行的，差距咋就那么大呢？

一曲终了，包间里的气氛被推向高潮，新郎的大学同学开始有节奏地喊："宋江流！宋江流！"

然后新郎的其他同学不淡定了，开始派人上去唱歌。

"笑死，变成新郎同学的歌唱大赛了。"同桌在涂筱柠的耳边笑。

宋江流下台没回自己同学那边，倒是朝着她们这儿来了，拿了一瓶矿泉水坐在了涂筱柠身侧。

"你怎么不去唱歌？唱歌可是银行客户经理的必备技能之一啊！"

这时下一首歌已经响起，涂筱柠有些听不清他的话，看着他疑惑地啊了一声。

宋江流就坐近了些，往她那儿靠了靠："我说，你怎么不去唱歌？"

涂筱柠听清了，朝他摇摇手："我不会。"

"不是吧？"宋江流不信。

"真的。"涂筱柠说着发现他俩坐得有点儿近，便往旁边挪了挪，谁知他也跟着挪了过来。

他拿起了手机："我们加个微信吧。"

涂筱柠又没听清，宋江流笑了，这次凑到了她的耳边："加个微信吧，涂经理。"

· 49 ·

他温热的气息中带着些许的酒味,烫得涂筱柠的耳朵都红了,她下意识地往后移了移。

"我扫你。"宋江流却在等她拿手机。

还好KTV包间里灯光暗,没人看到涂筱柠红着的脸。她有些犹豫。

"同行之间以后方便进行业务交流。"宋江流却给了她一个无法拒绝的理由,她只得拿出手机打开了自己的微信。

"高维C柠檬。"念了一遍,宋江流又笑了,"刚才婚礼上就觉得你的微信名有意思,你名字里是柠檬的柠?"

涂筱柠点点头。眼看他越坐越近,她感到浑身不自在,便收起手机说:"我去下洗手间。"

宋江流唇角一挑,给她让出一条道,但他们前面就是茶几,本来过道就狭窄,他腿再那么一放,涂筱柠不大好走,险些要跌在他身上,但即使这样他也没有要把腿往里缩的样子,也不知是不是故意的,涂筱柠也不好说什么,只得低头硬挤出去。

涂筱柠一出包间就狂呼吸,里面太闷了,真是不适合她。

去洗手间冲了把脸,她给同桌发了条微信:"我们走吧。"

可惜同桌迟迟不回,涂筱柠无奈,打算再回包间找她。

一出洗手间她就闻到了一股烟味,一看走廊的窗台边站着个人。那人听到声音转头看来。

她就这样跟纪昱恒不期而遇。他这次单手插兜,嘴里叼着烟,烟星忽明忽暗,烟雾袅袅,这个纪昱恒跟他之前冷淡严肃的形象完全不一样。

好死不死涂筱柠又必须从他那儿走过去。经过的时候她硬着头皮跟他打了声招呼。

"纪同学。"

纪昱恒拿下烟,眉梢微扬:"你对我不是'不认识,不了解,不知道'吗?"

涂筱柠咳了咳,不知是被烟呛的还是被他的话戗的。

"事出有因,你也不想站在台上被主持人调侃吧?"涂筱柠索性敞开了说。

"更何况……"她顿了顿。

纪昱恒拿着烟的手放在窗台上,烟慢慢朝外散去,他看着她,等她说下去。

"女生当众被调侃不是什么好事。"涂筱柠直接说。

纪昱恒哦了一声,点点头,轻轻弹了弹烟灰说:"也是。"

涂筱柠往前走了几步要过去,又听他道:"你的伞上次落在了我车里。"

她停住了脚步,想起来了,确实好久没见到自己那把"老古董"伞了。

"那你什么时候走?我跟你去拿?"她仰头看他,发现自己从小引以为傲的身高跟这人一比毫无优势。

"咳咳。"突然有咳嗽声传来。

涂筱柠一看，新郎和他的两个同学不知何时也来到了走廊，其中一人是那宋江流。

"你俩……"新郎看着他们的眼神竟有些暧昧，"干吗呢？"

涂筱柠这才发现他们俩因为说话站得太近了，走廊本来就窄，远远瞧着确实容易让人误会。她刚要解释，却被纪昱恒抢先一步，只见他有些漫不经心地吐出一口烟。

他吊儿郎当地说："孤男寡女，你说呢？"

第二章
可能真的会动心

涂筱柠赶紧离他远一点儿:"路过,我是纯路人。"她解释,但显然对面三个人的脸上写着"不信"。

新郎笑着伸出手,边指着纪昱恒边朝这边走来。

涂筱柠感觉自己被他坑了,恨恨地跺了跺脚,先去包间找同桌了。

果然长得帅的人靠不住,纪昱恒也是满嘴跑火车的鬼。

"明明认识,刚刚玩游戏却装不认识。"新郎玩味地看着纪昱恒,自己也掏出一包烟抽出一根叼上,然后扔给身后的两个同学。

新郎抽了几口烟,瞧他不语,便抬手捶了捶他。今天大喜的日子,新郎喝得有点儿上头,纪昱恒嫌弃他满身的酒味,往旁边挪了挪。

宋江流和另一位同学接了烟各自点上后也朝他们走来。宋江流朝纪昱恒点点头打了个招呼。

纪昱恒也礼貌地颔首。

"在干吗呢刚才?"新郎问。

纪昱恒吐烟:"说话。"

"真认识啊?"新郎好奇。

"我从头到尾没说不认识。"

新郎袭了他的胸一下:"那你俩在台上装什么陌生人呢?"

纪昱恒瞥他一眼:"现在认识不代表初中认识。"

"初中她不认识你纪昱恒?你可是叱咤风云的纪校草。"新郎可不信,又抽了几口烟问,"那现在就认识了?"

纪昱恒嗯了一声:"银行的,最近局里正在查他们。"

"这么巧？银行真是个同学扎堆的好地方。"新郎朝宋江流投去一眼，"是吧江流？"

宋江流笑笑没说话，新郎便给他俩介绍。

他拍着纪昱恒的肩说："江流，这是我初中的哥们纪昱恒，现在在银保监。"

"刚刚在婚宴上我们已经认识了。"宋江流抽出一张名片递给纪昱恒。

新郎又对着纪昱恒说："昱恒，这是我大学同学，一个宿舍的兄弟，在A行做公司客户经理，以后'银监'那边有什么检查你多关照关照。"

纪昱恒随手接过名片，看了看上面"宋江流"三个字："真不巧，我分管股份制银行，不包括国有银行。"

涂筱柠回到包间，同桌正跟一位男士相谈甚欢。

涂筱柠问她走不走，同桌显然不想走："这才几点？再玩一会儿。"

涂筱柠拿过自己的包："不行，我要走了。"

同桌很敷衍地嗯了一声，说："那你自己路上当心点儿。"

什么叫见色忘友？这就是。

涂筱柠没再管她，抬脚就走，走到门口又遇上宋江流，她走得快差点儿撞上，一看是他，赶紧往后退了退。

宋江流身上的酒气似乎散了些，看到她没了刚才的热切，只是礼貌地问了一句："走了？"

"嗯。"涂筱柠点头。

宋江流这会儿自觉地往旁边靠靠，给她让道："路上小心，再见。"

"再见。"

涂筱柠低头直接走了出去，庆幸他没再纠缠。

走出KTV，她终于松了一口气，自己始终不适应这种乌烟瘴气的地方。她穿了一晚上高跟鞋，脚已经被磨得疼得不行，她恨不得把鞋脱下来赤脚走。

她看看时间，已经过了十点半，公交车也下班了，她便拿起手机准备叫辆出租车。谁知远处突然有车灯亮了起来，灯光照得她差点儿睁不开眼睛。她定睛一看，车上下来一人，不是纪昱恒是谁？

"你的伞。"他手中拿着她的伞。

涂筱柠差点儿又忘了，便继续忍着脚疼走过去，接过伞，生硬地说了句"谢谢"便要走。

"你还能走？"纪昱恒看着她踩着高跟鞋别扭的走姿问。

涂筱柠还计较着刚才的事，心想关你什么事？嘴上却说："我到前面打的，就不打扰纪同学跟同学继续聚会了。"

纪昱恒将指间的烟蒂扔向一旁的垃圾桶，不偏不倚，正好投进："你这声纪同学让我想起你还欠我两顿饭。"

涂筱柠立马解释："我有转账，你自己没收。"提到这个，她还想找他呢。

"这就是你的诚意？"

涂筱柠被他问得哑口无言，只好认怂："那就算我欠你两顿饭。"

他将一只手搭在车顶上："很无奈？"

"没有，哪有？"涂筱柠心虚。

"我也正好要走，可以送你一程。"他说，见她不动，作势要开门，"是要我邀请你上车吗，校友？"

他现在连同学都不喊了，直接喊她校友。

"不用，我自己来。"涂筱柠觉得自己再走下去脚会废掉，便打开了他的车门。

她今天脑袋被门夹了才穿了双高跟鞋。

涂筱柠本来想坐后座，这样还可以悄悄脱鞋捏捏脚，谁知一打开后座的车门，看到一只巨大的玩具熊。

很好，这只熊让她成功想起了自己今天的糗样。

她悻悻地坐到副驾上，趁着他发动车子的时候把腿往前伸了伸，然后偷偷脱了鞋。

脚瞬间得到解放，舒服很多。

车上很安静，他开车很稳，跟他的性子一样不疾不徐。偶尔有一两辆车嫌他慢，挑衅地超车别他，他也毫不在意。

涂筱柠用余光瞥了瞥他，心想他俩熟吗？

他俩除了是校友，就是相亲吃了顿饭，还真不太熟，哦，还有他单位是她单位的监管这层关系。

"纪同学，我请你吃饭，算行贿吗？"这个问题没太经过大脑就问了出来。

纪昱恒大概觉得这个问题很幼稚，半晌没回答。

涂筱柠自己都被雷到了，却听他说："那要看你以什么身份请。"

涂筱柠这次反应很快："自然是以校友的身份了。"

又想到刚刚他们在走廊上的那一幕，她便问："刚刚你同学不会误会吧？"

"误会什么？"

"就是误会……认识……我跟你……"涂筱柠有些语无伦次。

"我们不认识？"

"我在台上说了不认识，但又被人看到我们认识，我就像被当场打了脸。"

纪昱恒开着车，意味深长地问："那你脸疼吗？"

涂筱柠真想抽死自己。

"我的意思是，万一传出点儿什么，是不是不太好？"他这样的大桃花，她招惹不起。

"比如什么？"

"你名声在外，不该跟我这种无名之辈扯上点儿什么。"

"扯？"纪昱恒重复了这个字。

前方正好是红灯，他停下车，转头看向她："你觉得能扯上点儿什么？"

涂筱柠语塞，认真地想了想，跟他扯上的话，肯定就是她不自量力地贴上校草。可她涂筱柠怎么会啊？她初中就不关注他，更别提现在了。

"就是在男女关系方面。"涂筱柠一时不知该如何形容了，见纪昱恒沉默，又解释，"其实我是无所谓的，但同学圈里万一传出什么谣言，有损你的清誉。"

呸，她赶紧改口："声誉。"

绿灯亮起，纪昱恒先发动了车子，对她的话置若罔闻，半晌慢悠悠地道："我们不是在相亲吗？"

涂筱柠一愣，没料到他还记得这茬。她以为相亲这件事早就被他抛之脑后了。

"这事没结束吗？"她忍不住问。

"这事结束了？"

涂筱柠突然觉得自己有点儿晕车。

到涂筱柠家的时候他把车往小区里开了开，涂筱柠还没反应过来就听他问："哪栋？"

她这才发觉车已经开进小区了："你怎么开进来了？这里车位紧张，不大好掉头，你一会儿要绕出去了。"

纪昱恒依旧往前开，涂筱柠赶紧说："13栋，前面右拐。"她指着，九曲十八弯地到了自家楼下。

"又麻烦你了纪同学。"她趁说话的时候穿好自己的高跟鞋。

"不客气。"纪昱恒开锁。

涂筱柠刚探出身子，发现纪昱恒也下车了，还在纳闷儿就看到他打开了后座的车门："涂同学，这只熊你带走吧。"

涂筱柠一愣，脚上的疼都忘了："啊？"

纪昱恒已经抱出了那只大玩具熊："我一个男人，不喜欢这些毛茸茸的东西。"

涂筱柠有些局促："我也不是很喜欢。"

"是吗？那你被小孩儿抢走玩偶时的失落是假的？"

涂筱柠又愣了："我……我当时很失落？"

纪昱恒不置可否。

涂筱柠看着他怀中那只大大的毛绒玩具熊，说不喜欢是假的，可是他送给她，怎么感觉这么别扭呢？

"不要的话我扔了。"纪昱恒看她没反应，便要找垃圾桶。

"别扔啊，这么可爱。"涂筱柠这下舍不得了，下意识地伸手接了过来，但嘴还硬着，"既然纪同学这么有诚意，我就勉为其难帮你处理一下。"

纪昱恒平静地笑笑："谢谢涂同学的勉为其难。"

"不客气，大家校友一场。"

涂筱柠就这样踩着高跟鞋，扛着一只大熊要回去了，谁知纪昱恒又叫了她一下。

"涂同学。"

"嗯？"

"你是排斥相亲还是排斥我？"他倚靠在车身上，衬衫领口微微敞着，依旧是那副懒散的模样。

她没想到他会这么问，仔细想了想，然后认真地回答："都有。"

"为什么？"他似乎有点儿好奇。

涂筱柠也从不是个拐弯抹角的人，便直说了："其实很简单，我们不在一条路上，你的领地我不想涉足，我的世界你也进不来。"

你太招摇，而我只想过我的小日子。

涂筱柠又忙飞了，饶静的业务简直多得可怕。

这天她急着要扫描文件，扫描仪却老被其他同事占用。他已经用很久了，她就等啊等，好不容易等到他离开，赶紧一屁股坐了下去。

她抓紧时间进扫描系统，找业务编码，谁知那同事又来了。

"小涂，我还没用完，你怎么就占了座啊？"他还有些怪她的意思。

"我扫描个业务，马上就好。"涂筱柠真想翻他白眼。

"快点儿啊！"他催促。

涂筱柠加快了手上的速度，中途他又催了她一次，本来就忙的她有点儿烦躁。突然肩被拍了一下，她以为还是那人，便回了一句。

"How old are you？！（你多大了？！）"

她回眸一看却是饶静，饶静皱着眉有些不悦："干吗问年龄？"

涂筱柠着急忙慌地解释："不是那意思。"

"那是什么意思？"

"怎么老是你的意思。"

饶静一脸困惑，重读了一下再想想，突然明白了，拿手上的资料捂住脸，忍不住笑了起来。

"你们这些臭小孩儿，还挺幽默。"

涂筱柠这是第一次看到饶静发自肺腑地笑，原来饶静也有真实的一面。

涂筱柠也跟着笑笑。许是心情不错，饶静把手上的资料递给她："这是一家企业的材料，你把该录的先录进系统，然后做准入。"

涂筱柠愣了愣，财务报表她倒是经常帮饶静录，但从没碰过企业准入。

"饶姐，准入我还没做过。"她小声说了一句。

"总要学的,进系统新增企业,从第一栏开始根据信息往里填,不懂就问。"饶静看她还傻坐着,"怎么?你真打算一辈子就跑跑业务流程了?"

"当然不是。"涂筱柠摇着头,立马站起来,"我会好好学的饶姐。"

饶静还是那副高傲的姿态:"跟你讲,一天只可以问我三个问题,多了就自己琢磨去吧。"

"好。"涂筱柠说着跑回自己的位置,脸上的笑早已藏不住。

饶静愿意教她真正有用的东西了,这是个好的开始。

饶静的手机响了,她回到自己的座位接完电话就喊:"小涂,一会儿跟我去趟仁济医院。"

"你怎么了饶姐?"涂筱柠一惊,以为她生病了。

"我?"饶静笑得妩媚,"我把医院拿下了而已。"

到了医院,涂筱柠才知道饶静所说的"拿下"是指拿下医院员工的代发工资。

"有代发就有结算,像医院这种地方,人流量大,每天的结算会很多,这些钱流入我们银行的结算账户就是一笔巨额纯存款。一般公立医院的工资卡都被国有银行承包了,合作关系早已坚不可摧,商业银行想分一杯羹难于上青天。私立医院相对好营销些,而且这些医生都是高校毕业,收入稳定,职业有保障,下一步就可以针对此群体营销信用卡和理财,连环营销。"饶静今天的心情似乎真的不错,一路跟她讲了很多。

"可是工资卡和信用卡不是对私条线的事吗?"涂筱柠有些困惑。

饶静睨她:"客户经理是一个银行的触角,对公条线所接触到的可以延伸向对私条线,只有两个条线相辅相成,交叉营销,才能实现双赢。一个公司的客户经理不能只扫门前雪,还要目光长远,公私联动,才能增强客户黏性,让自己在一个企业里扎根。"

涂筱柠觉得自己之前太肤浅了,饶静果然比她有深度多了。

到了医院财务科门口,饶静发现《单位代发工资协议》落在车里了。

她把车钥匙给涂筱柠:"年纪大了,记性是越来越差,我先进去跟财务主任说几句,你去我车上拿材料,别磨叽。"

"好。"涂筱柠接过钥匙赶紧去停车场。材料倒是很快拿到了,奈何她不记得去财务科的路了。

看来她年纪不大,记性也不好。

她凭着记忆先穿过医院大厅,再走过几个走廊,好不容易摸到去财务科的电梯。

前面站着一群穿白大褂的人,有男有女,边等电梯边讨论病人。

电梯慢悠悠地到了底楼,等一堆人出来,涂筱柠才跟着前面的人慢慢地往前走。

白大褂们都站在了电梯最里面,转过身来继续说着话。涂筱柠随意地往里瞧了一眼,却突然收住了脚步。

他们中间站着一个高大挺拔的人，他倚靠着电梯，双手插在白大褂的口袋中，视线落在同伴身上，凝神倾听他们说话，微微侧着头似在思考，认真的模样跟她记忆中的样子一样。

涂筱柠一瞬间只觉得周围安静了，她的血液随之凝固了似的，呼吸都变得急促起来。

"喂！你上不上电梯？"站在电梯最外面的人见她半天不动，便问。

涂筱柠回神。

"你到底上不上？"那人很是不耐烦。

电梯里的人似乎都被他的声音吸引了注意力，纷纷朝这里看来。

眼看着那个熟悉的身影也要侧头，涂筱柠赶紧摇摇手："不上了。"她说完就跑。

"神经！"那人看着涂筱柠的背影忍不住骂，按了关闭，电梯门缓缓合上。

电梯里面却开始拥挤起来。

"别挤好吗？"那人又急躁地回头高喝。

只见后面一个穿白大褂的医生说了句："不好意思。"

那人朝说话的医生没好气地瞪了一眼。

"思靖怎么了？"身边的同伴将手搭在刚刚道歉的医生的肩上。

陆思靖的视线落在那已经关上的电梯门上，他眉头微蹙，却只说："没事。"

涂筱柠不知道自己跑了多久才停下。

她的心跳很快，呼吸也很急促，周围人来人往，有人踩到了她的鞋子，有人撞到了她的肩膀，她像失去了知觉似的，一时间如同在湖心迷失了方向的扁舟。手机在不停地响，她也忘了接，只知道自己拿着资料的手有些颤抖。

原来要做到再见形同陌路并没有想象中那么容易，可是陆思靖多年后为什么又出现在了C市？

她呼吸了几口新鲜空气，脑子里还混混沌沌的，气管也像被人捏住了，无论她怎么用力呼吸，总有口气喘不上来。

缓了会儿看看时间，想起饶静叮嘱她的话，她赶紧抱着材料往财务科的方向跑。

直到与饶静再次碰头，涂筱柠听着她熟悉的声音，这才觉得回到了属于自己的世界。

晚上到家涂筱柠也食不知味，没吃几口饭就回房了，父母只当她最近工作忙，没烦她。

她给凌惟依发起了语音。

"怎么？良心发现要请我吃肉了？"凌惟依还是那副厚脸皮的样子。

涂筱柠却没心思跟她开玩笑，直入主题："我今天看见陆思靖了。"

那头的人沉默片刻："在哪儿？"

"今天去仁济医院办代发工资，等电梯的时候遇到了。"

"你们银行也会跟医院有合作？这世界未免太小了吧，真是想瞒都瞒不住！"凌惟依却抱怨。

涂筱柠听着不对，皱了眉："什么意思？为什么要说瞒？"

凌惟依噤声，意识到自己说漏嘴了，企图蒙混过去："没什么。"

"凌惟依你是不是知道什么？"但是涂筱柠很了解她，就像她也了解自己一样。

凌惟依知道是捂不住了，叹了口气说："其实，陆思靖之前联系过我。"

涂筱柠收了收抓着手机的手指，没出声。

"他问我你的情况，问你现在在哪里工作，过得怎么样。"

涂筱柠屏气凝神，问："你怎么说的？"

"我没多说，只说你在银行。"凌惟依顿了顿，似乎犹豫了一下，但还是开了口，"他说现在没有你的联系方式，让我转告你，他到C市来工作了，这次来了，就不走了。"

涂筱柠只觉得太阳穴旁有根筋突突地跳，沉声问："什么时候的事？"

凌惟依支支吾吾："一个月前。"

涂筱柠的心一紧，凌惟依又抢在她前面说："我就是故意的，故意没告诉你这件事。他回来了又怎么样？该留下的时候没留下，现在你的人生重新开始了，他想再插一脚，滚吧，我凌惟依第一个不允许。"

涂筱柠觉得如鲠在喉，但凌惟依还在说："尤其是你现在还有个这么优质的相亲对象。"

涂筱柠头痛得很，揉着太阳穴，只想自己静静。

第二天中午去食堂的时候，男同事调侃涂筱柠："小涂你不会是熬夜看韩剧，所以才顶着两个黑眼圈来上班吧？"

涂筱柠说没有，他们却不信。

"现在的小年轻哪个不看韩剧？所谓少女情怀总是诗啊！"

涂筱柠尴尬："我现在也不能够在少女行列了吧。"

男同事们笑着打趣："你跟饶静比可不就是少女？"

涂筱柠庆幸饶静不在，不然这话势必引起一场斗嘴。她来拓展一部也有段时间了，总觉得这个部门看似风平浪静，实则暗流涌动，大家并没有表面上那么融洽，似乎都在伺机看别人的笑话。

她没接话，自顾自地朝食堂去了。

今天食堂的人意外地多，自从"银监"搬到楼上，伙食就真的变好了，用同事的话说，行里现在只能靠喂好他们的胃来拍马屁了。

涂筱柠前面排了一堆人。她估计得有一会儿才能打到饭，便拿起了手机准备刷微博。

"筱柠！来我们这儿！"这时有人在前面唤她，她一看是以前的柜员同事，她们排得靠前，招着手让她过去。

涂筱柠觉得插队不好，便摇头。

同事们用眼神鄙视她，说她太老实。

排在她前面的人目睹了全过程，还纷纷看热闹似的转过身瞅了她几眼，然后她就在人群里看到了纪昱恒。

涂筱柠这下能确定前面这堆人是"银监"的了，庆幸自己没鬼迷心窍地去同事那里，否则插了"银监"人的队，岂不是又得罪了他们？上次烫伤人家的事还没过多久呢。

涂筱柠继续低头玩手机，一打开微博就看到一条热搜——是关于耿念一公布婚恋消息的。

她点开一看，耿念一发了一条微博：绯闻？不存在的，此人是我嫡亲老公。

微博后面直接附上了一个网页简介——夏明睿，VG集团副董事。

涂筱柠再看看评论，清一色都是称赞。

"太棒了！"

"耿念一太厉害了！耿念一的男人我也想爱！"

涂筱柠正兴奋地刷着微博，丝毫没注意到前面有人接了一个电话，然后拉走一拨人。

她只顾着低头看手机，没注意前面空出了很大的位置，只下意识地往前走。

手上还在打着"耿念一要幸福"，她突然就撞上一面"肉墙"。

"不好意思。"知道是自己看手机太投入撞了人，她马上道歉，可不想再给"银监"的人留下什么坏印象。

只是她抬头却对上面无表情的纪昱恒。她以为自己看错了，还前后张望了一下，刚刚排在前面的明明不是他啊，其他人呢？

纪昱恒站在原地看了她一眼，然后向前走去。

身后有同事在笑："你这吸引帅哥的方式有点儿特别。"

涂筱柠觉得还不如去撞真墙，怎么他们每次见面好像都会发生点儿小插曲？

纪昱恒渐渐走远了，又拉开一段距离，同事在后面催促："快跟上啊，今天食堂人多，还要午休呢。"

涂筱柠这才跟了上去，这次不再玩手机了，很注意他们之间的距离。

她拿起筷子和餐盘，透过橱窗看到了今天的菜，有霉干菜扣肉。

纪昱恒在前面，她眼睁睁地看着食堂阿姨给了他整整一勺肉，其他菜也是，全是满勺。她心想，今天阿姨这么大方？

她也跃跃欲试地想快点儿打菜，纪昱恒却站在那里不动了。

涂筱柠只见他将手伸向裤兜，再摸向衣袋，却一无所获。

涂筱柠一看就知道他忘了带饭卡,原来学霸也是会忘带东西的。

她便趁着往前走的工夫,拿出自己的手机帮他在刷卡机上快速地扫了一下。

嘀,机器立刻扣了她十五块钱。

纪昱恒看她一眼,说了句:"谢谢。"

涂筱柠不想被同事看到自己跟他有过多的交流,小声说了句:"没事。"

纪昱恒也没再多言。待他离开,涂筱柠才端着餐盘靠近窗口。食堂阿姨打了一勺红烧肉,却在扣下去的时候抖了好几下,其他菜也是,不知道在勺里被阿姨颠了几回。

涂筱柠看着阿姨冷酷的模样,再想想刚刚纪昱恒那满满的快要溢出来的餐盘,心想这年头打饭也要看脸吗?

郁郁寡欢地吃完饭,她独自回部门。此时的办公室里空荡荡的,只有总经理那间单独的办公室里还有人,上次她帮着做业务的男同事在跟总经理说话。

她进部门的时候正好听到"辞职"两个字。

这男同事的业务能力是部门第一,饶静一直想超越他。他怎么会要辞职?还是自己听错了?

大概是听到了她的脚步声,那两个人都朝外望了一眼,然后男同事将总经理办公室的门关上了。

涂筱柠觉得有点儿尴尬,这样一来好像是她在偷听似的,可她明明是无意间听到的。

不一会儿饶静进了部门,踩着高跟鞋,步子有些急。

"饶姐,你吃午饭了吗?"涂筱柠问。

饶静无视她,径直走向总经理办公室,见门关着,蹙着眉敲了敲门。

"江总,你找我?"

不一会儿男同事开门出来了,看着饶静,眸色深沉:"这个部门终于要是你的天下了,饶静。"

饶静冷哼,回了一句:"神经。"

总经理这次倒没再关门,只是告诉饶静,她之前被"银监"查的业务中有一笔被判定是以贷转贷。

"我可以解释。"饶静试图挽回。

总经理摇头:"现在'银监'可以直接查到企业的资金流向,哪怕转十几手。更何况你这笔贷款是直接从收款人同名账户转回我行借款人账户做的第二笔贷款,资金回流,你有十张嘴也辩解不了。"

他又敲了敲桌子:"我平常就叮嘱你们,不要只顾埋头做业务,也要注意业务操作风险。这种低级错误就不该是你这种老客户经理该犯的。"

饶静不悦:"那个老匹夫,我每次都叮嘱他不要在同名账户里周转,要用自有资金，他就是不听。"

总经理也皱着眉："现在说这些有什么用？当务之急是应付'银监'，在正式处罚文件下发前把这笔贷款还了。"

"六千万？金额太大了，他要是还得起也不会拆成两笔做了。"饶静似乎很了解客户。

总经理斥责："你也知道金额大，'银监'不查你查谁？给我没事找事。"

饶静也很焦躁，被总经理一呵斥，显得有些不服气："是我没管好客户，我自己来处理。"

在银行，贷款资金回流这种事屡见不鲜，说大不大，说小不小，只是饶静这笔金额比较大，不巧引起了"银监"的注意。倘若"银监"真下了处罚文件，会影响整个部门在全行的关键绩效指标。

"你能怎么处理？赶紧订包间晚上请客户吃饭。六千万还不上，还一半也行，问题出在第二笔，我们就先解决这笔，不管是哄还是骗，总之让他吐出一点儿来。"总经理下了最后的指令。

饶静出来的时候脸上还带着阴郁。

涂筱柠跟总经理接触不多，但之前听闻他极好面子。凡是影响部门排名的事，他都会阻止。

感受到了部门此时的低气压，涂筱柠这会儿不敢招惹饶静，只想安静地午休。

总经理却踱步出来，唤了声："小涂。"

"江总。"涂筱柠极少会被总经理想起，觉得有点儿意外。

总经理站着，带着一贯的严肃："晚上的饭局你一起去。"

饶静抬头朝涂筱柠看了一眼，眼神意味不明，难以参透。

"好的江总。"涂筱柠应着，慢慢地坐下来，心里有些不可名状的忐忑。

他们请饶静的客户，带她去赴宴是何意？难道她除了跟饶静学业务，还要一并学习酒桌文化？

事实告诉她，做业务确实要学酒桌文化。

饶静那客户是个油腻的中年大叔，一见面就满嘴跑火车，牛皮吹上天，一看就是个老江湖。

满桌的菜就没怎么动，他们几乎一直在喝酒，席间谈笑风生，一开始并未切入主题。

待酒酣耳热，饶静从包中取出烟和打火机，挨着那老板坐下了。

"钱总，抽烟。"她给他点烟。

那钱总眯眯眼："小饶也抽九五之尊？"

"我哪能抽这么好的烟，人人都说钱总的烟九五之尊起步，我还不得在包里备着？"饶静笑得妖媚。

钱总满意地看向总经理:"江总,你手下的人真是心细,尤其是小饶。"

江总隔着餐桌举起酒杯:"哪里哪里,是小饶自己对钱总上心。老哥,来,再敬你。"

钱总也举杯,抿酒的时候瞥向涂筱柠。

她全程安静地吃菜,跟饶静一比,显得太不起眼。

"这小丫头叫什么来着?"

"涂筱柠,饶静的小徒弟。"江总说,其实开局前他已经介绍过。

"小涂,去敬敬钱总。"他又看向涂筱柠,示意明显。

涂筱柠无法拒绝,这是她职业生涯中第一次喝酒。

她拿着酒杯站起,还未开口,江总又言:"有诚意些。"他朝钱总的座位扬了扬下巴。

涂筱柠这才明白,他带她来就是陪酒的。这钱总一脸色相。

饶静坐在钱总身边,面带微笑地看着她,大有隔岸观火的意思。

涂筱柠知道此刻没人能帮自己,只有硬着头皮上,便举着酒杯挪步到对面。

"钱总,我敬您一杯。"

那钱总打量她,抽着烟笑笑:"我喝酒是要由头的,无缘无故的酒我可不喝。"然后他朝着她站的方向悠然自得地吐烟。

涂筱柠被烟熏得有点儿想咳嗽,但只能忍着。她知道他在有意为难,可是自己现在进退两难。

此时包间里的气氛有些奇怪,涂筱柠这个职场菜鸟不知该如何收场。

"我……"

她刚说了一个字,饶静接过了话茬:"哎哟钱总,您是我们拓展一部的优质客户。头一次见您这么大的老板,她一小丫头片子初来乍到不得敬您一杯景仰一番哪?"然后饶静看了涂筱柠一眼。

涂筱柠会意地举杯:"是的钱总,之前我只帮饶姐做过贵公司的业务,都是纸上谈兵,今日能见到您是我的荣幸。"

那钱总听得舒心,便举起酒杯跟涂筱柠碰了碰杯:"小饶你这徒弟带得好。"

然后他看着涂筱柠慢慢地喝下,她不喝完他就不动。直到涂筱柠的酒杯见底,他才晃晃自己的红酒杯:"好,小丫头有前途。"

他慢悠悠地呷了几口,却没有饮尽,又朝总经理望去:"江总,你这美女下属的阵营可要慢慢壮大了,这小姑娘孺子可教,以后可要早日出师才好。"

江总也乐得开怀:"那是自然。"

涂筱柠只觉得红酒一路流淌进胃里,齿间有说不出的酸涩。她看着那钱总没喝完的酒,自知吃亏,却也不能如何。

"谢谢钱总。"涂筱柠只想快些回自己的座位。

饶静却嗔道："钱总，您谦虚了吧？这酒您只喝了半杯，好在今儿个没旁人，不然要说您欺负我们小姑娘了。"她将一只手搭在他的肩上，然后笑盈盈地用另一只手拿起他刚刚放在桌上的酒杯，送到了他的嘴边。

那钱总被逼了酒也不恼，笑着接过来，顺势将自己的手覆在饶静的手背上，来回摩挲："好，你小饶说的都对，我喝就是了，不欺负你小徒弟。"

涂筱柠看在眼里，只觉得胃里开始翻搅，朝总经理看去一眼，他却淡定自若地抽着烟，仿佛对眼前的事习以为常。

涂筱柠移开视线，径自回了自己的座位，看着满桌丰盛的菜，却再也没了胃口。

一场饭几轮酒，最终事情半谈妥，饶静牺牲了本来谈好的存款配比，钱总才答应先还上三千万元。

饭局结束，江总打的，饶静找了代驾。涂筱柠不放心她就陪她一起，岂料等代驾的工夫自己先吐了。

饶静站在一旁，双手环抱着鄙视她："瞧你这点儿出息，喝这点儿酒就吐了，以后还怎么做客户经理？"

涂筱柠吐得眼睛都红了，胃里还冒着酸水，口中和心里一样苦得很。

"饶姐，我没怎么喝过酒。"她实话实说。

"那就从现在开始练，练练酒量就出来了，谁从娘胎里出来就会喝酒的？"饶静说着从包里抽出一张纸巾递给她，"赶紧擦擦，臭死了你。"

涂筱柠接过："谢谢饶姐。"

一阵风吹来，她稍微清醒了些，但头还是涨涨的。

"饶姐，如果'银监'正式处罚会怎样？"她还不太懂规则。

"还能怎么样？扣客户经理的积分，扣绩效，会影响部门的关键绩效指标。职业生涯中不被查还能叫客户经理？"饶静似乎没有涂筱柠想象的那么难过，可能早已习惯了。

涂筱柠看她稳稳站着，长长的碎花裙随风飘曳。涂筱柠借着酒劲，说话有点儿直："饶姐，我不喜欢这种饭局。"

饶静回身看看她："哪种？"

"就这种。"

她以为饶静会数落她，饶静却没有。

饶静从包里掏出刚刚那包烟点上了一根，烟雾一缕缕散开，扑向了涂筱柠的脸，让她无从躲避，反正她已经吸了一晚的二手烟了。

"这社会，对女人多都有歧视，女人想要出头只能靠自己。"饶静吐出烟圈，眼神迷离，"你还年轻，以后就会知道在酒桌上被摸手这种揩油根本不算什么。"

涂筱柠低头没说话。

饶静笑，似在看一个涉世未深的孩子："不喜欢？你活着就没资格说喜不喜欢。"

明明两个人站得很近，涂筱柠却觉得她的话很远，仿佛随着她手中的烟雾飘忽而去，很快就消音了。

代驾接走了饶静，涂筱柠自己打的回去。一路上她望着这满街的霓虹灯，明明是熟悉的城市，却在此刻显得陌生，仿佛这些璀璨的灯光后只有一片片阴影。

她想不通，饶静这事，只能靠陪酒出卖色相解决吗？

蓦地，她心里一亮，拿出手机打开微信，找到微信名"A"。

"纪同学？"

纪昱恒发了一个问号过来。

"我想请你吃饭。"

"理由？"

涂筱柠心想，今天中午帮他刷了饭卡能算请他吃了一顿饭吗？

"我不是还欠你一顿饭吗？"只是她刚打完就觉得自己的格局有点儿小了，赶紧把"一"改成"两"发出去。

"我不是还欠你两顿饭吗？"

"理由？"

他好像知道她有事相求，不肯轻易就范。涂筱柠知道他聪明，便不再打哈哈。

"想咨询一下我们部门最近被你们查业务的事。"

这次涂筱柠等了十分钟才收到回复。

"饶静？"

他果然不是凡人，这么快就猜出她的目的。涂筱柠自愧不如，正在打字，看到他又发来一条消息。

"你先管好自己吧。"

涂筱柠蹙了蹙眉，没看明白，他啥意思？

很快，涂筱柠就知道了纪昱恒的意思。

那天总经理疾步走进部门："大家赶紧自查手上有无跟周凯合作的业务。"

周凯就是之前部门业务第一的男同事。那天涂筱柠没听错，他真的辞职了，而且早就向人力资源部递交了辞呈，以他的实力，大家都以为他是在同业谋到一官半职了。

看总经理心事重重的样子，涂筱柠还在纳闷儿，就听饶静叫她："小涂。"

涂筱柠只当她叫自己快做业务，却听饶静道："跟我去趟茶水间。"

一到茶水间，涂筱柠看到饶静一脸严肃，虽然平常饶静也不苟言笑，但很少这般凝重。

饶静关上茶水间的门："你之前帮周凯做过银承贴现？"

涂筱柠回忆了一下，点点头，那次帮忙还被她训了。

"做了几笔？"

"两笔。"

"他这两笔都提供了税票吗？"

"税票……不是可以后补吗？"涂筱柠有些没底气地问。

饶静双手交叉环抱在胸前，提醒她："一个月内补齐，现在早过了一个月，他人都没了！"

涂筱柠感觉到了饶静的愠怒，小声问："饶姐，怎么了？"当时周凯忙，她只是帮他整理了业务档案，顺便跑跑流程而已。

饶静看她的眼神有些犀利："你知道周凯为什么辞职吗？"

涂筱柠摇头，自己跟他不熟。

"他跟票贩勾结，拿外面的银行承兑汇票降低我们的价格做贴现，从中赚取差价，中饱私囊，现在被'银监'查了，金额巨大，其中就有你帮他做的这两笔。"

涂筱柠惊诧，没想到周凯的胆子居然这么大。

"这事不仅'银监'要查，还会被当作金融案件，警察很快就会介入。你给我好好想想，你帮他的时候除了跑腿有没有留下你经过手的痕迹？"饶静问。

涂筱柠一下子慌了。她仔细回想，除了整理资料，就是做贴现的时候在投行部帮他登记了一下，还有，还有……她突然僵住了。

饶静紧紧地盯着她。

"他当时贴现的购销合同'与原件一致'没有双签，投行部让补签，他就让我签一下。"涂筱柠告诉饶静，心里忐忑。

"你就签了？"

涂筱柠默认。

饶静伸手推了一把她的头："我平常不让你帮别人做业务，你只当我小心眼儿，不给你学习的机会是吧？就那个办公室里的人，个个都是人精，你一什么都不会的臭丫头，又没心眼儿，能玩得过他们？好了，现在周凯人跑了，你签过字，就是第二经办人。"

涂筱柠一听，只觉得腿软。她从未想到自己会跟金融案件扯到一起，当时纯粹是出于好心帮了忙而已，怎么就摊上了这么大的事？

"饶姐，我……我什么都不知道。"她扶着墙，差点儿站不稳。

"得了，行里正愁没人背锅，你这临时工倒好，自己落个把柄，不推你出去推谁？你就等着丢饭碗吧。"饶静骂她的话很难听，却也是事实。

这个时候，谁愿意出来保她这个非编制的临时工？

有一双无形的手紧紧捏住了她的心脏，让她无法正常呼吸。此刻她的脑子很乱，脑海里一下子闪过很多画面，有母亲平常跟她的唠叨，有父亲每天对她的关心，还有自己在做大堂经理时遇到的种种事情。她在职三年之久，真的要因这件事受到牵连，跟DR一拍两散了吗？她只低头看地，任由酸楚汹涌而来。

"饶姐，那我现在该怎么办？"她低声问，此刻卑微到尘埃里。

饶静看着涂筱柠这副失魂落魄的模样，也不再数落她。况且涂筱柠被牵连，作为师父她也有责任，是她之前没好好叮嘱一些事情。她揉着额："让我想想，让我想想。"

涂筱柠毕竟是她一手带的，她的人要离开DR也得是堂堂正正地走，而不是不明不白地受冤。

总经理的电话却火急火燎地打给了饶静。

"饶静，现在'银监'要审问小涂，你赶紧让她去八楼会议室。"

饶静皱眉："江总，小涂她什么都不知道。"

"她只是一个劳务派遣，谁能保她？你我都不能，况且谁让她在购销合同上签字的？"总经理一味地推诿。他现在也难辞其咎，无暇顾及其他。

"可你不能就这么把她推出去。"饶静挣扎。

"你什么都别管，'银监'在等，赶紧让人过去。"他直接挂了电话。

饶静握着手机，眉头紧锁，胸口起伏着，似还憋着气。

涂筱柠没想到最后愿意为自己说话的只有平日里嘲讽她，对她不屑一顾的饶静。

她仿佛在这一瞬间就看透了人性，所谓大难临头各自飞，夫妻尚且如此，更何况并不亲近的同事？在关键时刻，大家都只求自保罢了。现在的她宛如一只被拔光羽翼的鸟，连枝头都飞不上去，眼前白茫茫一片。

"没事的饶姐，我去就是了。"她凝了凝神道。

饶静看着她，神情也慢慢平静，这个时候如果自己慌了，涂筱柠会更慌，她还没有独自面对"银监"的经验。

她沉了沉声，告诉涂筱柠："不管别人问什么，你不知道的就说不知道。你才从大堂调过来，不懂业务很正常，他们只是要看你跟周凯是不是一伙的，如果确定你不知情，也不会无缘无故地朝你头上扣屎盆子，懂吗？"

涂筱柠认真地点头。

饶静看她发红的眼眶，她忍着不哭的模样，像极了刚入行的自己。

饶静伸手捏捏她的脸："没事的，别怕，你第一次遇到这种事而已，以后被'银监'叫去谈话的次数多了去了。"

涂筱柠的失意和对饶静的愧疚交织在一起，肆意地在血液里流淌。

"饶姐，如果这次我能侥幸躲过，以后我一定好好跟你学业务。"她含混着说，连自己都没听清。

"我才懒得带你，快去快回。"饶静看看时间，催促她。

涂筱柠站好先稳了稳心神，然后推门走了出去。

以前从六楼到八楼她觉得很快，今天却觉得这两层楼的距离是那么长。她麻木地走着，大脑一片空白，浑身没有知觉。她不敢往后想，也不敢去想。

她望着一路的每一处每一寸，才发现这三年间自己竟没有好好留意过这栋办公楼。她惊觉虽然自己口口声声说不喜欢这里，但这里早已在她心里生了根发了芽。她还没有在这里真正开始，却要匆匆离场，这不是她想要的结果。

走廊远处站着个人影，似等她已久。

那应该是"银监"带她进审问室的人。她迈着沉重的脚步，带着彻身透骨的悲哀朝那里慢慢靠近。即便再不想面对，她现在也必须硬着头皮上。

走近了，她才发现那人是纪昱恒。

长廊一片安静，他长身而立，眸如一泓深潭，此刻正牢牢盯着她的脸。

涂筱柠仿佛独自跋涉了千山万水，在一片孤寂的荒野上终于见到一个熟人。那种感觉如同溺水之人抓住了一根浮木，她明明知道对方可能无法承受其重，却还是要挣扎着试试。

她看着他，恍如隔世。

喉咙宛如灼烧，她开口已经哑了声："我没有。"她只说了三个字，却用尽了全身的力气。

他什么都没问，只迈步上前，神态依旧是惯有的从容不迫，语气里却带了一丝刻不容缓："审问过程会很严格，但你一定要保持头脑清醒，不知道的就说不知道，知道的也要想想再开口。购销合同上的'与原件一致'是双签，周凯并没有漏签，你是为了业务合规才签的字，你是客户经理助理，只是协办，记住了？"

涂筱柠听他说完，懵懂地点头。

"进去吧。"纪昱恒给她让开一条道。

涂筱柠望着他，他也在看她，那坚毅的眼神莫名给了她一股力量。她现在只能信他，而他亦信她。

涂筱柠走进审问室，发现长长的会议桌对面已坐了一排人，每个人都面容严肃。

有人示意她坐，涂筱柠坐在了会议桌这边唯一的椅子上。她看到了摄像机，心头不免一沉。

她第一次面对这样的场面，说不紧张是假的，紧攥着自己的双手，试图获得一丝冷静。

这时会议室的门被推开，又有人进来了。他俯身跟那些人说了几句话，然后也在涂筱柠的对面坐下。

来的人是纪昱恒。

宛如乌云密布的天空中突现一缕阳光，他的到来让涂筱柠也定了定神，在混乱的思绪中找到了一点儿理智。

坐在正中间的人是那姚主任，他朝左右看看，确认人都到齐后开始了审问。

"涂筱柠，我们现在针对周凯的业务进行排查了解，这是我们'银监'正常的工作流程,你也不必紧张,把事实说出来就行了。当然,作为金融从业人员,你要对你所说的每一句话、每一个字的真实性负责,不可有任何隐瞒,明白吗?"

涂筱柠:"明白。"

有人便接着发问了:"据我们了解,你在 DR 的职位目前只是客户经理助理,你跟周凯是否为搭档关系?"

涂筱柠:"我跟周凯不是搭档关系。"

"但根据我们调阅的业务档案,有两笔贴现的购销合同上有你的签名。"

"我是客户经理助理,部门忙的时候会机动协助客户经理做业务,这两笔就是周凯临时请我帮忙的。根据我行信贷操作规范,凡业务复印件须由管户客户经理签署'与原件一致',购销合同类复印件则须客户经理或上级领导进行双签。为了合规,我作为当时业务的协办人,在周凯签字后签署了自己的名字。"

"周凯的这两笔业务你是从头到尾协办?"

涂筱柠摇头:"我只负责整理档案和业务流程,前期的资料收集还有信息填写都由周凯亲自办理。"

"这两笔业务当时企业均未提供税票你可知情?"

涂筱柠点头:"根据我行贴现规定,在企业无法当场提供税票,而业务又紧急的情况下,税票可在一个月内补齐,但须管户客户经理出具补票承诺,并由其和部门负责人签字,这份承诺我整理档案时是有的。"

"所以这两笔业务你只跟周凯对接,未与企业接触过?"

"是。"

审问的人朝姚主任投去一眼。

姚主任似在沉思,又朝其他人看看,最终将视线落在纪昱恒那里。

纪昱恒抬眸注视着她。

"业务期间周凯有无跟你提过贴现利率,或者你自己有无了解过利率价格?"

涂筱柠继续摇头:"系统里和纸质材料上的利率都是周凯填的,到我手上的已经是一套完整的业务材料,我只根据档案目录写页码、装订封面和走流程。"

纪昱恒没继续提问,其他人也保持静默。

姚主任便亲自上阵了:"你们做一笔贴现你有了解过绩效没有?"

涂筱柠说:"我不知道。"

姚主任微微眯眼:"你不了解就帮周凯做业务?你不在意自己在这两笔业务里的劳动所得吗?简而言之就是业务绩效分配。"

"我只是客户经理助理,没有正式编制,工资收入跟正式员工的是不一样的。我没有自己的客户,所以也没有绩效,目前还只是学徒阶段,学到东西就是劳动所得,其他的都看领导安排。"

姚主任盯着涂筱柠毫无血色的脸,眼神逐渐锐利:"以上的话你没有任何隐瞒?"

· 69 ·

"我没有。"

"你确定？这里有录像，我们也会继续跟踪调查，彻头彻尾地了解，一旦结果有出入……"他抬手敲敲桌子，沉下声，"小姑娘，你会很麻烦。"

涂筱柠的语气坚定："我确定。"

姚主任沉默了片刻，表情回到最初，然后告诉她："你先出去吧。"

涂筱柠愣了愣，所以，这是结束了吗？

她站起身，朝门口走去，快出去的时候蓦地想起什么，又转身面向他们。

众人皆怔，不知她要干吗。

她则朝他们深深鞠了一躬，然后推门离开了。

大家面面相觑，不知谁先笑了，然后众人就都笑了。

姚主任摇摇头也笑，只有纪昱恒将视线落在那扇紧闭的门上，若有所思。

涂筱柠往公交站台去的路上听到身后有车鸣笛，少顷纪昱恒的车就停在了她的身边。

车窗开着，他侧身微探："还能走路？"

涂筱柠无精打采："我现在没心情开玩笑。"他没说错，她的腿现在还是软的。

然后她听到开锁的声音，他说："上车，我送你。"

涂筱柠全程望着窗外大脑放空，明明他近在咫尺，可她就是张不了口去问。

她挣扎了许久，最终只说出一句："今天谢谢你。"

纪昱恒握着方向盘，目视前方："你今天的思路很清晰。"

"多亏你事先叮嘱，不然我肯定慌神了。"

"我也只是给了你一个方向，如何作答都在你。"

涂筱柠转头看他："我……"她吐了一个字，却如鲠在喉，说不下去。

他却像什么都知道似的，沉稳地开口："你只是协办，就算有人要推你出来做替死鬼，'银监'也不傻，更何况你非正式编制，也不具备承担责任的能力。"

涂筱柠听着，又望向了窗外，她的声音几不可闻："是啊，我非正式编制。"

这句话她在 DR 听了无数遍，今天听起来却尤为讽刺。

"我没有其他意思。"他以为她误会了，刚要解释，却看到她对着车窗微微颤动的肩，便沉默了。

其实涂筱柠不想哭的，可也不知道他这句话有什么魔力，让她的泪水夺眶而出，之前所有的坚强顷刻间分崩离析。

纪昱恒从车的储备槽里抽了两张纸巾递过去："抱歉。"

涂筱柠接过，边摇头边用纸巾按住双眼。她抽泣着，带着委屈："我只是不服气。"

纪昱恒没有再说话，而是任她尽情发泄。

日落远山，余晖落在涂筱柠的身上，她的脸上还挂着晶莹的泪珠，楚楚动人，惹人怜惜。

涂筱柠都不记得自己哭了多久,只觉得眼睛又酸又涩。

她瞄着纪昱恒车里被自己抽得快见底的纸巾,开口说:"不好意思。"声音哑得不行。

车正好到她家楼下,纪昱恒熄了火,淡淡地说:"没事。"然后他把视线投向她,她看来是发泄得有点儿狠了,眼睛都哭肿了。

他又耐心地等了一会儿,待她情绪平复了些才问:"编制对你很重要?"

涂筱柠低头紧攥着纸巾,没有否认:"很重要。"

纪昱恒目光平静,半晌,他告诉她:"我最近在看一部韩剧。"

涂筱柠哑然,没料到他突然说这个,更没料到他也会看韩剧。

他的声音又继续响起:"里面有一句话让我印象很深刻,所谓的路不是用来走的,边走边进步才最重要,无法进步的路不算路,虽然路为每个人敞开,但不是每个人都能走上这条路。"

她感觉他说话的时候眸光自始至终落在她的身上。

"所以既然决定在这条路上走下去,就要证明你是能走这条路的人。"他的话一字一句敲在她的心头。

循声看去,涂筱柠看到被夕阳笼罩住全身的他,带着特有的光芒。如果她还是少女,可能真的会动心。

两个人的眼神就这样无意之间交会,涂筱柠收回视线,问他:"是什么电视剧?"

"《未生》,如果不嫌职场剧无聊,你可以看看。"他告诉她,打开车锁。

涂筱柠再次道谢,开门的时候听到他在身后说:"这件事跟你无关,所以你不会有事。"

他是怕她再胡思乱想,给她吃颗定心丸吗?

她转身,眼睛还红着,声音有浓重的鼻音,却带着前所未有的真诚。

"纪同学,从今以后我就欠你三顿饭了。"

如纪昱恒所言,涂筱柠确实没事,但这件事给DR造成了损失并带来了负面影响,总经理也因管理不善被行里降级处分。

拓展一部一下子从精锐部门变成了行内的笑柄,涂筱柠感觉走在路上都有人在背后议论。

总经理从正级降为了副级,还被扣了全年绩效,整个人似无心工作,成天躲在办公室里抽闷烟。

"照这么下去,拓展一部很快就要没咯,被合并到其他部门是迟早的事。"剩下的三个男同事也没了干劲,甚至有人在看其他银行的招聘信息。

"什么叫一粒老鼠屎坏了一锅粥?我们部门就是活生生的例子。"其他人附和着,然后相邀去吸烟室抽烟。

待他们离去，涂筱柠朝饶静的办公桌探头。

"饶姐，我们部门真的会被合并吗？"

饶静瞪她一眼："做好你的事，别听风就是雨。"

涂筱柠哦一声，继续埋头干活，但忍不住又嘀咕："就算合并了，我也跟着你走。"

"喊，谁要你这个臭小孩儿。"饶静跟以前一样说她。

她却厚脸皮地笑。

过了一会儿饶静叫她："我手上有一笔着急的贷款，约了今天办抵押和企业股东签字，有个股东上了年纪，前几天摔了一跤，现在在第一人民医院躺着，我办好抵押会直接去医院找他签字，差不多下午三点半，但我不能空手去，你先买束鲜花和水果篮到医院住院部门口等我。"

涂筱柠应声，打开手机软件搜索。

饶静已经在收拾东西准备出去，走之前又叮嘱："果篮别在网上买，那种包好了的都看不出有没有烂的，你亲自去水果店挑好了让店里包装好，别送个果篮还丢我人。"

涂筱柠默默地关掉水果店的搜索："知道了饶姐。"

"三点四十我们在第一人民医院住院部门口碰头。"饶静说着就走了。

涂筱柠赶紧在网上先订了一束鲜花，到了午休也没顾上吃饭，去附近的水果店找果篮。

等花送过来也折腾到两点了，她也不觉得饿，想着去第一人民医院的路又远又堵，就趁早带着东西打的去了。

不知她今天是不是人品好，一路都是绿灯且畅通无阻，涂筱柠到人民医院的时候才两点半，足足提前了一个小时十分钟。她便拎着果篮、抱着鲜花，先进大厅找座椅坐了下来。

医院里一股消毒水的味道，一时让涂筱柠的脑中闪过零散的片段。

记忆中的少年和穿白大褂的身影慢慢重叠，回想着当时在仁济医院见到他的样子，除了更成熟一些，他跟几年前无异，可是时过境迁，他们再也回不到当年。

陆思靖，你终于实现理想成了一名医生，多年后再见，我该向你道声恭喜的。

"叮咚——"对面电梯到达底层的声音把她的思绪拉回。

她看了看手机，还有很久，便继续坐着熬时间。

电梯里出来一群人，而有的人就是那么鹤立鸡群，一下子就能抓住路人的目光，比如纪昱恒。

涂筱柠以为自己眼花了，现在可是上班时间，他怎么会在医院里，手上还拿着饭盒？

  他也算是她的恩人了,遇到了自然也得打个招呼。没多想,她便一手果篮,一手鲜花地迎了过去。

  纪昱恒也没料到会在医院碰到涂筱柠,看她满怀的东西,问道:"你来看人?"

  涂筱柠点头:"饶静的客户住院了,饶静让我在这里等她。"

  纪昱恒嗯了一声,没再作声。他今天看起来跟平常不大一样,她却说不出来哪里不一样。

  "你怎么会在这儿?"她看着他手中与他气质极不相符的饭盒问。

  "我来看我母亲。"

  涂筱柠愣了愣,许久才回过神:"阿姨在这儿?"

  "嗯。"

  涂筱柠一时不知该说什么,人家许是小毛病在这里住院。

  这时纪昱恒的手机响了,他说了句抱歉,走开些接了电话。

  涂筱柠本想等他接完电话打个招呼就走,却见他挂了电话跟她说:"不好意思,我还有事。"他疾步离去,直接走向电梯,伸手按着按键,带着少有的急促。

  这是涂筱柠第一次看到这样的他。印象里,他一向是稳重且有条不紊的,仿佛没什么事情能让他乱了节奏,可现在的他,分明带着紧张和不安。

  两部电梯一部停在十二楼,一部停在十六楼,任凭他怎么按都没下降的趋势,他没有继续等下去,抬步又朝楼梯间去了,仿佛慢了一拍就会有什么消失。

  涂筱柠注视着一切,觉得这样的他很陌生,周围也随着他的离开变得暗淡无光起来。身边还是叽叽喳喳来来往往的人群,她突然想起自己穷途末路时他骤然出现的样子,心中一阵触动,便鬼使神差地也跟着迈开步子。

  她跟着他爬楼梯到八楼,他是三步并一步,她步子小生怕跟丢,只能拼命追,到了八楼差点儿散架。

  她还喘着粗气,他已不见人影。她推门进走廊,以为真跟丢了,却发现他就站在第二间病房的门口。

  此时的病房门紧闭着,涂筱柠慢慢地靠过去,透过窗户看到医生和护士在病房里。

  病床上躺着一个中年妇女,她戴着氧气罩,眼睛紧闭,面容痛苦,医生正在给她注射药剂。

  她再看看纪昱恒,他身体笔直地站在那里,面无表情。大概是听到她的脚步声,他转头看了她一眼。

  她觉得自己像个尾随人的变态,窘迫地道歉:"我刚刚看你着急忙慌的,所以跟过来看看。"

  顿了顿,她才问:"里面是阿姨吗?"

  纪昱恒默认,视线重回病房。

涂筱柠在想自己是不是唐突了，却听他说："她患了乳腺癌，一直在做化疗。"

她心头一震，未料到纪昱恒的母亲竟患了如此严重的病。

她又看向病房，心里泛着说不出的苦涩。

这时他的声音又传来："所以我也只是一个普通人。"

涂筱柠以为自己听错了，抬眸对上他的视线，他还是他，眼里却黯然失色。

"如你所见，我的世界，并非你想象的那样高不可攀。"

涂筱柠心有戚戚，之前确实不了解他的家庭情况。

病房门开了，医生走出，纪昱恒抬步上前。他们交谈着，涂筱柠只零星地听到什么情况不大好，药渗了，已经注射了封闭药，但要用冰袋持续冰敷，家属最好不要离开。

纪昱恒颔首，神色凝重。

涂筱柠不由自主地又朝病房看去，发现他母亲已经醒了，此刻正靠坐在病床上瞧她。

涂筱柠下意识地朝她点头笑笑。透过玻璃，他母亲苍白的脸上竟也挤出一丝笑。

她的笑容看得涂筱柠心里发酸。若不是亲眼所见，她绝不会将纪昱恒和这样的场景联想在一起。她只以为他永远是光芒四射、高高在上的，不为世事忧愁，不为琐事牵绊，却终究也只是一个为人子的凡人。

医生交代完便离开了，纪昱恒欲回病房照顾母亲。

看到涂筱柠还在，他抬手指指自己腕间的手表示意："你不是还有事？"

涂筱柠看看时间，离跟饶静约定的时间还有四十分钟。

"我进去看看阿姨吧。"她觉得既然都打了照面，不进去会显得很不礼貌，尤其在他帮过自己之后。

纪昱恒没拒绝，涂筱柠便悄然跟他进了病房。

"妈。"纪昱恒轻轻唤了一声。

纪母的表情没有了先前的痛苦，但声音疲惫："你工作那么忙，又上来做什么？这些医生就喜欢小题大做的。"

纪昱恒只是无声地拿起护士留下的冰袋，熟练地开始给母亲冰敷。

纪母这时看向涂筱柠："这位是……"

涂筱柠赶紧喊了声："阿姨好。"

她对着纪母诧异的眼神，又说："我……我是纪昱恒的朋友。"

"你好。"纪母努力地笑着点点头，似在端详她。

涂筱柠惊觉自己怀里还抱着东西，既然来都来了……

"阿姨，那个，这些东西您收下。"她说着就把鲜花和果篮放在了床头柜上。

纪昱恒朝她看来，纪母摇头："这怎么好意思？"

涂筱柠摆摆手："我第一次来看您，应该的。"

纪母蹙眉看向儿子:"你怎么不拦着,还叫人家破费?"

涂筱柠连忙说:"谈不上破费的阿姨。"

纪母看她额上有汗,说话还喘着气,便赶紧招呼:"你坐。"

然后纪母又看纪昱恒:"你就让人家站着?"

"不用了阿姨,我站着就行。"

但纪昱恒还是给她搬了一把椅子。

"坐吧。"他对她说,声音比平时柔和许多。

纪母也示意她坐,看纪母慈眉善目的样子,涂筱柠不忍拒绝,便坐下了。

大概纪昱恒手握冰袋有点儿久了,椅子上被他触碰到的地方她坐着感觉到一丝凉意。

她看着他俯首为母亲认真冰敷的样子,跟工作中的他完全不一样,眼神里带着细腻的温柔。

"你叫什么?"纪母问。

涂筱柠坐好:"我叫涂筱柠。"

"涂筱柠。"纪母重复念了一遍,虽慢悠悠的,却带着回味的语气,"涂——筱——柠。"

她又念了一遍,突然朝涂筱柠看来,像想起什么似的:"我知道你的。"

涂筱柠一愣:"啊?"

纪母接着道:"你就是跟昱恒相亲的那个姑娘。"

涂筱柠这下说不出话了,看着纪昱恒,不知该如何是好。

纪母又向自家儿子求证:"是吗昱恒?就是你小姨介绍的姑娘?"

纪昱恒没注意到涂筱柠求救的眼神,轻轻地嗯了一声。

他的小姨就是吴老师了。

涂筱柠差点儿按捺不住要站起来解释,但看到纪母露出的笑容又犹豫了。

就是因为这一念之差,涂筱柠彻底把自己坑了。

纪母看看她,再看看儿子,眼中溢出了消失已久的喜悦:"那你们是在一起了?"

电光石火间,涂筱柠和纪昱恒四目相对,安静的病房里无声胜有声。

涂筱柠赶到住院部门口的时候其实离约定的时间还有一会儿,本想赶紧到医院对面买花篮和水果,可没想到饶静提前到了。

饶静举着一沓材料挡着太阳,一看到她就问:"鲜花呢?果篮呢?"

涂筱柠心想要完,只得支吾:"我……我出来迟了。"

她又赶紧补上一句:"还有时间,来得及!"

然后她看到饶静熟悉的白眼,立马拔腿就要跑:"我现在就去对面买!"

饶静把资料摔打在她身上:"医院门口都是黑心店家,你自己掏钱,我不报销了！"

"哦哦。"她赶紧朝马路对面跑去，庆幸饶静没看出她的心虚。

涂筱柠总算陪饶静核完保，去取车的时候饶静还在发牢骚。

"我就说医院门口的都是奸商，花束这么丑竟然好意思卖三百元，还有那果篮，水果一看就不新鲜。"她越想越气，瞪着涂筱柠，"你个成事不足，败事有余的小臭孩儿。"

涂筱柠只觉得耳朵里嗡嗡的，有些心不在焉。

到了车旁，饶静打开车门，却见涂筱柠没有上车的意思。

"干吗呢？"她问。

涂筱柠："我爸腰不好，我想去前面的药房给他买点儿药，那边不好停车，饶姐你先走吧，我一会儿自己回去。"

饶静看看时间，也到了下班的点，便懒得管她。

"随你。"饶静说完就独自上了车。

涂筱柠挥手告别，目送她离去，然后在停车场等候着。

果然暮色将至时，她看到纪昱恒从住院部大楼走了出来。

纪昱恒拿着母亲刚用过的饭盒回到车里，刚系上安全带就听到有人敲车窗，是涂筱柠。

他放下车窗，她依旧诚意满满，眸中纯净得不掺任何杂质。

"纪同学，我请你吃饭。"

他静默片刻，语气平和："好，你定。"

涂筱柠也想不出哪里有好吃的，就带他去了自己的大学附近。

他们经过校门的时候，"××大学××学院"几个字一晃而过。

"你学校？"看着来来往往的学生，纪昱恒问。

涂筱柠嗯了一声，有点儿不好意思："从上学到工作还没出过C市是不是有点儿丢脸？"

"存在即合理，没什么丢人的。"纪昱恒却说。

A大出身的人，果然措辞都不一样，涂筱柠再次感受到了什么叫"开口跪"。

涂筱柠的学校有东西南北四个门，其中南门临一条街，这条街集美食、娱乐、休闲于一体。这一片被荣称为C市大学城，每逢夜晚，热闹非凡。

大学城来往的车辆也很多，纪昱恒好不容易找了个停车位。

"你们学校挺大。"下了车，他说。

涂筱柠耸耸肩："那也没A大大。"

来往的人都是学生，有结伴的同学，也有牵手的情侣，他们的脸上都洋溢着尚未被社会洗礼的青春气息。

涂筱柠很羡慕他们的无忧无虑，这种快乐曾经她也拥有过。

"好像每个城市都有一个大学城。"觉得气氛有点儿安静，涂筱柠先开了口，"Ａ大附近也有吧？"

许是被学生们的纯真感染，纪昱恒的心情好了些，至少眉宇间的忧愁少了些："有。"

他边回答边放缓了脚步，跟她保持在一条线上："你经常回这里？"

涂筱柠承认："工作后虽然也去过很多饭馆，吃过各式各样的菜，可都不如学校门口的好吃，而且这里的小吃都不贵，可省钱了。"她的唇角不自觉地翘起。

意识到自己有点儿小家子气，她侧头偷偷看他，他还是泰然自若的模样，即使穿着工作服走在这大学城里也不显突兀，反倒衬得他更加与众不同。

好多过往的女学生在朝他看，顺便也看她，她觉得不自在，便收回眼神告诉他："这里什么都有，你想吃什么随便挑。"

纪昱恒习惯性地将一只手插在裤袋里，看了她一眼："我第一次来，你推荐吧。"

她仔细想了想，然后微微偏头："灌汤包吃吗？"

纪昱恒颔首："可以。"

于是两个人进了灌汤包店。

"老板，一笼灌汤包，两碗红烧肉拌面。"涂筱柠熟门熟路。

老板一看是她便笑了："好嘞！"

涂筱柠带着纪昱恒往里走，还朝他挤挤眼："这里的红烧肉拌面是一绝，你一定要尝尝。"

纪昱恒脚步稍顿，却见她已经找好位置，转身朝他招手："这里这里！"

小店有点儿年头了，灯光不是很亮，照在她的身上映着她的笑容，却有说不出的暖意，看着她，纪昱恒的眸光都柔和起来。

他坐下，涂筱柠忙抽纸巾给他擦擦桌子。

"这里生意一向好，老板忙不过来，桌子擦得不是太干净。"她解释。

"没事。"看她还在认真地擦拭，他提醒，"涂同学，我也是体验过大学生活的。"

涂筱柠却摆摆手："你是Ａ大的嘛！"

这一路她已经说了三次Ａ大，仿佛这是一道不可逾越的鸿沟，她已经自动划分了他们俩的界限。

纪昱恒未再言语。

很快，灌汤包和拌面就上来了，老板娘看到涂筱柠，熟稔地问："来啦？"

涂筱柠点头："又想念您家的味道了。"

"想就对了，你有段时间没来了。"

"工作太忙了，您家又不送外卖。"

老板娘搓搓手："堂食我俩都忙不过来，再加外卖要吃不消了。"

涂筱柠咧嘴笑:"生意一直兴隆啊！"

老板娘也笑,招呼她:"快吃吧,不然冷了。"老板娘说完又去忙碌了,走之前瞅了纪昱恒几眼。

涂筱柠看纪昱恒还没动筷,便拆了双一次性筷子,帮他把那份面拌了拌。

她边拌边说:"这面的精髓就是肉汁,肉是五花肉,一点儿不腻,还有这葱,特别香,我这不喜欢吃葱的人都不舍得挑掉,尝一口简直美滋滋。"

她接着又问:"你吃面能加醋吗？"

纪昱恒表示可以,她又帮他倒了一点儿醋,再仔细拌拌,最后将面推到他面前:"尝尝吧。"

纪昱恒拆开了一次性筷子,在她的注视下尝了一口,唇齿间都有面的香气,他这才觉得自己饿了。他抬头对上她期待的神情。

"怎么样？"

"好吃。"

她笑着说:"我就说嘛！"然后她自己也埋首吃起来。

涂筱柠又让他尝尝灌汤包。纪昱恒尝了一个,确实跟他以前吃过的不一样,齿颊留香,回味无穷。

这大概是他工作以来,吃得最特别的一顿饭。

两个人填饱了肚子,纪昱恒有要结账的架势,涂筱柠手疾眼快地抢在了他前面。

"说好了我请你的。"

看她认真的神情,他便未再坚持。

走出小店的时候,涂筱柠跟老板夫妇道别,老板娘热情地说:"下次再来。"

涂筱柠朝他们挥挥手,先跨出了店门。

纪昱恒迈出步伐的时候隐约听见老板娘在说:"她眼光真好,男朋友都是帅哥,这个比大学那个还俊。"

然后他听到老板的训斥声:"小声点儿,人家还没走远。"

涂筱柠吃得有点儿撑,问纪昱恒要不要走走。

纪昱恒没有拒绝,甚至问她:"可否带我参观一下你的大学？"

涂筱柠没想到他会对自己的学校感兴趣:"你确定？"

他颔首:"确定。"

她只得带他进去,他俩混在学生堆里,竟也没被门卫拦。

学校还是那副样子,只有学生换了一拨又一拨。

皎皎月色,树影晃动,纪昱恒在她的身侧走着,明明靠得不近,可两个人的影子映在地面上,一长一短,显得异常亲密,暧昧无比。涂筱柠不自觉地悄悄站远了些,抬头看到他俊美的侧脸轮廓,如同第一次在电梯里遇到,还是那么完美,却总与她的学校显得格格不入。

不远处的篮球场上有在打篮球的少年，操场上还有夜跑的学生，一切仿佛未变，只是她的身旁换了人。

他们的步调不知何时变得一致，然后他先开了口。

"这里的梧桐树长得很好。"

他们现在走的这条林荫路两边的梧桐树有些年头了。

"这里以前是C市的师范大学，后来改成了××大学的三本学院。"她介绍着。

两个人又漫步到宿舍区，她指着一栋楼告诉他："这是大一新生的宿舍楼，我念书的那会儿是男女混住的，俗称'鸳鸯楼'。"

"男女混住？"

涂筱柠知道他误会了，赶紧解释："一半女生，一半男生，中间用铁门隔起来的。"

纪昱恒笑笑："那说明你们学校的学生多，宿舍不够住。"

涂筱柠悄悄吐舌头，又带他走到了一个湖边："这是情人湖，但凡有湖的学校应该都有这么个情侣约会胜地吧。"

纪昱恒朝远处投去一眼，有石凳的地方确实有很多情侣，有坐大腿搂抱着咬耳朵的，有环拥着忘情接吻的。

涂筱柠忍不住咳了咳，纪昱恒看着她渐渐加快的步伐，慢悠悠地跟了上去。

他俩一前一后地走着，突然有脚步声靠近，几个女生围住纪昱恒，脸带羞涩："学长，可以加个微信吗？"

涂筱柠心中暗叹，祸害啊，祸害。

纪昱恒语调平平："抱歉，不方便。"

女生们有些不甘心："可是学长……"

他抬手打住："我也不是学长。"

眼见少女的芳心碎一地，涂筱柠拿出自己的手机凑过去："学姐的微信要不要？"

女生们把她视若空气，直接离开了。

涂筱柠便收起手机啧了一声，瞥瞥身边这个人："你这人，打击人家小女生。"

纪昱恒不置一词。

她想这种情况他肯定从学生时代便习以为常，处理得得心应手了。

他们继续走着，月光依旧温柔，借着刚才的气氛，涂筱柠脑袋一热，便随口问了句："纪同学大学谈过恋爱吗？"

涂筱柠说完便知道自己又多嘴了。

可是他竟然回答了，语气有些散漫："没有。"

空气仿佛凝结了数秒，涂筱柠讪讪地笑："不会吧？那纪同学的大学生活可太不完整了。"

她才不信。

"那涂同学的大学生活完整了吗？"

涂筱柠噤声了，他却直直地看着，等她说下去。

涂筱柠想自己有什么可心虚的，便清了清嗓子："还凑合。"

纪昱恒未再多言，两个人绕了一圈，便结束了此次"参观"。

自然又是纪昱恒送她回的家，涂筱柠觉得他这"车夫"好像当得有点儿频繁了。

车停下后她还在解安全带，他突然说了一句："谢谢。"

涂筱柠手上的动作微顿，知道他指的是什么。

"所以你相亲是因为阿姨吗？"她轻声问。

纪昱恒没有否认，也不加任何掩饰："她的病是晚期，手术后一直在化疗，她怕自己熬不到我结婚。"

涂筱柠之前的疑惑得到了解答，她感到胸口闷闷的。

"那你和叔叔一直在医院照顾吗？"

他坐着，长眸晦暗不明："我父亲很早就不在了。"

涂筱柠心里一惊，赶紧说了句抱歉。

她深深自责，怎么总是说话不注意？

静默片刻，纪昱恒先开了口："她最近情况不大好，这个误会恐怕还要持续一段时间，找到机会我会跟她讲清楚。"

她挠挠头："没关系，阿姨现在也要保持愉悦的心情。"

不知道自己在说什么，她又补充一句："而且你也帮过我啊！"

纪昱恒没再说话，涂筱柠开门下车，朝他挥挥手他才发动了车子。

看着他离去，她叹了口气，不知道他优秀的背后隐藏了多少伤痛。

她到家看到客厅的灯还亮着，母亲已经候在门口。

她心头一热，有点儿感动，刚要煽情，却听到母亲的声音。

"涂筱柠你不对啊！"

她不明就里："我怎么了？"

涂母双手环胸："你之前口口声声跟我说跟吴老师的外甥不可能，可我光看他送你回来，就有三次了。"

涂筱柠吃惊地看向母亲，她每晚都扒在窗户上偷窥？

她被母亲盯得有点儿发怵，却佯装镇定："我们就是普通朋友。"

"朋友？现在男女之间就没有普通朋友这一说。"徐女士是谁，哪儿那么容易相信？

"真是普通朋友啊！"涂筱柠哭笑不得。

涂母不耐烦地说："赶紧从实招来！"

涂筱柠被缠得没办法，只得实话实说，从初中班长的喜酒讲到今天医院的偶遇。

涂母听完沉默半晌，慢慢地开始唠叨："他父亲早逝，母亲重病，以后他的负担会很重啊，他再优秀嫁给他也是要吃苦的。"

涂母又看向涂筱柠："但他也是个有胆识、重情义的孩子，你被牵连的事，他完全可以置之不理。他是'银监'的人，你是银行调查对象，就像警察跟犯罪嫌疑人，他私下提点你就犯了忌。"

涂筱柠恍然，是啊，当时身后就是审问室，他这样未免有点儿冒险，他们的交情也不至于让他以身犯险，那只加一顿饭是不是有点儿少？

涂母又若有所思了一会儿，突然拍了一下手站了起来："这样的话一切就说得通了。"

涂筱柠没听懂："什么啊？"

涂母哼了一声："反正你爸之前说的话都是放屁。"

涂筱柠还是没懂，选择回房了。

涂母看着她的身影，赶紧拿手机找到吴老师的微信。

"吴老师，方便把你外甥的生辰八字发给我吗？"

涂筱柠回到自己的房间就看到了床上那只巨大的毛绒熊。

她又想起了纪昱恒，感觉今天才算真正认识了他。

她虽然普通，可至少拥有幸福美满的家庭，而他……

她拿起手机看看时间，打开微信找到他的头像。

"你到家了吧？"她刚要发出去，又停下了。

她突然问候他，会不会让他觉得是出于同情？她想想，赶紧删了。

涂筱柠扔下手机，躺在床上望着天花板，心想：纪昱恒，我欠了你个大人情可怎么还啊？

第二天一上班，饶静就给她派活："仁济医院的代发工资协议的行章盖好了，我跟行里借了营业部的柜员，一会儿你带他们到仁济给医职工发卡激活去。"

涂筱柠一听仁济愣了愣，然后踌躇着问："饶姐，我可以不去吗？"

饶静正好接了个电话，把话筒夹在脖子和肩膀处，双手动个不停。等挂了电话她抱怨着忙死了，发现涂筱柠站在自己的桌前。

"你刚才说什么？"

涂筱柠摇摇头问："几点去？"

饶静抬手看看表："你这就去吧，这种单位不在那儿耗个一天别想回来，到时医院财务科会有人来对接。"

饶静又递给她厚厚一沓信用卡宣传单："记着给每个医生发一张，他们资质好，审批快，成功率高。"

涂筱柠接过看了看，问："所有医生都会来吗？"

饶静把对接人的手机号和微信发给了她："不一定，反正来多少办多少，其他的后面再说。"

涂筱柠心存侥幸，心想那也不一定会遇到，便抱着材料走了。

她本来就是营业部大堂经理出身，所以跟同行的柜员都是熟悉的。他们一到医院，确实有人对接，来人把他们带到了一间会议室。

柜员们开始给带来的机器插电，试运行了一下跟那人说："可以了，这就通知职工带身份证分批来吧。"

对接人点头，看向涂筱柠："那我们就分科室安排他们来，但现在人不全，可能中午才会大批量过来，到时恐怕要辛苦你们。"

涂筱柠笑笑："我们没事，医护人员才辛苦，能理解。"

那人便开始打电话，果然人一批批地来了，有医生，有护士。

柜员给他们发卡激活，涂筱柠就按顺序给他们发信用卡传单，但是他们似乎对这块没兴趣，拿到自己的储蓄卡后就随手把传单扔了。

涂筱柠看着被揉成一团扔在地上的传单，蹙了蹙眉。

她看着后面等待的医院职工已经排起了队，再想起自己做大堂经理的经验，便拿起一沓传单朝队伍后面走了过去。她换了策略，从排队的人里下手。

"你好，等待的时候可以看下我们行的信用卡，新客户可以免费领拉杆箱或者超市会员。"

听到拉杆箱，有人问："拉杆箱是多少寸的啊？"

"19寸。"

"有样子看吗？"

涂筱柠将传单递给他们。

"像我们大概能批多少额度？"

"后台会根据你的信息审批，类似的客户有获批五万到十万的。我行信用卡首年免年费，次年只要刷一笔也免，信用良好的升级后可终身免。"

"要怎么办？"闻言，终于有人问。

涂筱柠赶紧出示办信用卡的二维码："用微信扫这里，按照信息填写就好了，后台会自动审批，大概两个工作日会出结果。"

于是感兴趣的人纷纷围过来扫了二维码。

涂筱柠顿时觉得这比在大堂捞散户营销快捷很多，果然公私联动是个拓展客户的好途径。

临近中午，人越来越多，涂筱柠拿出去的信用卡传单很快就发完了。一个上午，她仅推销信用卡也口干舌燥，便回会议室拿了一瓶矿泉水，顺便拿新的传单。

她猛灌了几口水，发现好像又来了个科室，抬眼一看，就远远地看到了陆思靖。

他就站在唯一的出口，涂筱柠这会儿无路可退，显然他也看到了她。

她坐回原位，任由垂下的长发遮住自己的脸。

也不知过了多久，有人抽了一张她摆在桌上的信用卡传单，然后她听到了他的声音。

"我可以办信用卡吗？"

抓着矿泉水瓶的手指在桌下收紧，她凝了凝神，抬头。

他的脸清晰地呈现在她的眼前，依旧清俊出众。他穿着白大褂，手上拿着她的传单，正目不转睛地望着她。再见仿佛过了很久很久。

她淡淡一笑，说："可以。"而后她把二维码出示给他。

他扫了一下，身后的几个同事也拿着储蓄卡凑了过来。

"办信用卡呢？"

"嗯。"

"额度能有多少啊？"他们问。

他却直接把二维码递向他们："问那么多，先扫。"

同事们看着他认真的模样都一愣，再看看涂筱柠，瞬间明白了什么，一个个偷笑起来。有人拍着他的背小声说："行啊陆思靖，泡妞还带帮人完成任务的。"

又有人朝涂筱柠的方向对他挑眉："原来陆帅哥喜欢银行小'桂圆'啊？师妹们知道要哭咯！"

他没说话，只是用胳膊肘捅了一下同事，他们便立刻收了笑，一个个开始扫起码来。

涂筱柠对他们的吵闹置若罔闻，只是看到后台信用卡的个数一下涨了很多。

他似乎没有要走的意思，这时对接人招呼他们去食堂吃中饭。

柜员们也忙了一上午，又累又饿，大家便应了声一道出去了。

涂筱柠走在同事后面，听到身后的脚步声，刚想让同事等等她，却已被追上。

陆思靖把她拦在了楼道里。

"筱柠。"

该来的总会来的，涂筱柠屏住呼吸仰头："陆医生，麻烦让一让。"

"筱柠，别这样。"

"怎样？现在是你拦着我。"涂筱柠提醒。

"抱歉。"陆思靖往后稍退了一步，视线却一直落在她的身上。

阳光透过玻璃照在楼道里，涂筱柠只觉得刺眼，这里只有他们两个人，此刻沉寂异常。

"我之前联系过凌惟依，问过你的情况，她只说你在银行，原来是DR。"依旧是他先开的口。

涂筱柠没说话，他又问："你现在好吗？"

"好。"她不假思索。

"凌惟依有没有告诉你，我回C市工作了？"

涂筱柠笑了笑："告不告诉，我现在也看到了。"她的角度正好让她清晰地看到他夹在胸口的工作牌。

"仁济医院泌尿外科，挺好的。"她照着读了一遍。

陆思靖蹙眉，又听她道："恭喜你啊，终于梦想成真。"

这句恭喜却似针般扎在了他的心上。

"我现在可以走了吧？"见他没反应，涂筱柠想绕过他先走。

他却伸臂再次挡住，看着她，表情认真。

"我是为了你回C市的，筱柠，这次回来我就不走了。"

他说着有上前的趋势，涂筱柠下意识地抬手阻止他靠近，直接说："晚了，陆思靖。"

陆思靖定在原地，似要将她看穿。

她稳了稳声音，告诉他："我有男朋友了。"

陆思靖的脸色很难看，他盯着涂筱柠的双眸，试图窥探出一丝异样，可是她的眼中仿佛早没有他的影子了。

他欲言又止，似在分析，又似在挣扎。

涂筱柠此刻却显得冷静许多："陆思靖，没人会站在原地等你。"

陆思靖看着她，眼眶有些发红："筱柠，我知道我当年离开伤害了你，可那是我唯一能成为医生的机会，我不能放弃，只有工作稳定了我才能给你幸福。"

他拿下工作牌，摊在她面前："你知道我为了这个工作牌努力了多久？三本出身的医学生只有读研才能有出路，就算进这家私立医院，我也花了三年，不敢有一天懈怠。我以为你会明白。"

他想抓她的手，却又克制住自己，声音有些颤抖："筱柠，我现在回来了，这是我想堂堂正正送给你的。"他将工作牌递到她手边。

涂筱柠没接，但语气和缓了些："陆思靖，我明白，也从来没有怪你去追求自己的梦想，你现在当了医生我打心眼儿里替你高兴，但是我们真的回不去了。"

她看了看时间："我真的要去吃饭了，下午还要忙，你现在也很忙吧？我们不要互相耽误对方的工作好吗？"

陆思靖陷入了沉默，待情绪平复了些，终是给她让开了路，涂筱柠抬步。

"你跟现任是怎么认识的？"蓦地，他在身后问。

涂筱柠脚步未停："相亲。"

"相亲抵得过我们三年多的感情吗？"他的声音回荡在空寂的楼道里。

涂筱柠只顾低头往下走，没有再回答。

涂筱柠办完事回到行里已经到下班点了。她很疲惫，想跟饶静汇报完就走。

但她一到部门就看到抱着整理箱出办公室的总经理。

涂筱柠一下子没反应过来。

总经理环视了整个部门一圈，然后说了一句："大家珍重。"

有男同事站起身："江总，我们送送你。"

总经理摇头："不必了，当初我一个人建立这个部门，现在也该一个人走。"

所有人没再说话，只是静静地目送他离开。

涂筱柠还站在门口，总经理看着她，她赶紧让开，低低唤了声："江总。"

但他并未理会，径直迈了出去。

涂筱柠垂下头，心里多少有些怅然。

以前在大堂她很少直接面对上层，江总算是第一个她能经常见到的领导。如果没有那些事，她应该也会在他手底下好好干下去。

他走后，其他人下班的下班，去抽烟的去抽烟。她回到自己的位置，饶静边整理东西边问："回来了？办了多少张储蓄卡和信用卡？"

她看不出饶静有任何异常，仿佛刚才的一切都未发生。

涂筱柠看看她，答非所问："饶姐，我们部门真要合并了？"

饶静耸肩："我也不知道。"

她拿过涂筱柠今天的台账单翻阅着："现在支柱都走了，咱们部门就是一盘散沙，是并是留，都是一块烫手山芋，就看谁敢接了。"

"江总为什么走？"涂筱柠又忍不住问。

饶静看她一眼："他这人最好面子，手下的人不干净就是在打他的脸，被降了级又如同剜他的肉，他再留下也只能在DR坐冷板凳，与其被人看笑话，倒不如自己走。"

涂筱柠沉默了，饶静却靠办公桌站着："你是不是觉得被江总一手带出来的我现在特别冷血？他走了我还那么淡定？"

涂筱柠看到饶静妩媚的眼一闪一闪的很美："这些年，我用他教我的回报了部门，所以我不欠他，至于人生选择那是他的事情。工作去留很正常，如果为每个人走难过，我还要不要赚钱了？职场里，先己后人，不管是上下级还是师徒。"

涂筱柠听得发怔，饶静又将视线锁在她身上："你别觉得我讲话难听，我说的是事实，包括你我，我愿意教你也只是因为你对我造不成任何威胁，等哪天你我站在了对立面，我不会再如现在这般待你，你也是。"

涂筱柠几乎是下意识地说："我不会。"

饶静却笑，用指尖戳戳她的肩膀："所以说你还是小孩儿，到我这个年纪，你不会再说这三个字。"

她看着涂筱柠失神的样子："怎么？吓到了？"

涂筱柠摇摇头，饶静的视线重回台账单，她挑挑眉："今天的成效不错，信用卡居然有这么多人办。"

饶静只是让她去试试水，但结果还挺出乎意料，说明她是用了心的。

"行了，你也忙了一天，回去吧。"饶静将台账单扣在桌上，又坐回了自己的座位。

"你不走吗？"涂筱柠问她。

"我以工作为趣，视办公室为家。"饶静对着电脑又开始忙碌。

涂筱柠没再作声，收拾好东西出了部门，回头又看看饶静，感觉自己跟她差了一个光年的距离。

她迈着步子回家，心中却异常沉重，今天发生的事实在是有点儿多了。

涂筱柠回到家父亲也在，晚饭时涂筱柠没什么胃口，父母看看她，又互相看看，然后涂母先咳了一声。

"我跟吴老师约好了，周末双方家里一起吃顿饭。"

涂筱柠正在喝汤，呛了。

"双方？谁？"

"小纪啊！"涂母的嘴角挂着少有的笑意。

涂筱柠被雷到了，小……小纪？

涂母无视她的惊讶，继续说："我找先生算过了，你们俩的八字特别合，互相旺啊！"

涂筱柠头痛，母亲偏信这个，从小就给她算，现在又去算姻缘了。

"妈，你怎么又去算啊？"

涂母却不以为意："你记不记得你小时候有人给你算过？说你五行属火，克金，到金融行业会生财，且运旺时盛，命里有贵人相助。"

涂筱柠扶额："那又怎样？你让我进了银行我也没生财啊？"

涂母将筷子搁在桌上，一脸肯定："小纪就是你的贵人！"

涂筱柠要疯了，吃不下去了："那财呢？财在哪儿呢？"

"贵人到了财自然就来了啊！"涂母摊手。

涂筱柠感觉要背过气去了，看看父亲，见他无动于衷，也不想再争辩了。

"你们自己吃吧，我是不信这些的。"

"不管你信不信，这顿饭你定是要去的。"涂母却下令。

涂筱柠刚要说不，一想，不能把导火线转向自己，便哼了一声："人家说不定也不想去。"

涂母笑得春风得意："人家小纪已经答应了。"

涂筱柠一愣，他答应了？

定了定神，她又开口："可你不是说他……"但她又没说下去，总觉得背地里戳人家脊梁骨不太好。

涂母却知道她的意思："之前我也担忧过这个事情，但人无完人，对方太完美反而让人心里不踏实，再说了，十全十美还轮得到你涂筱柠？我看他倒是个能吃苦，靠得住的孩子。"

她又朝涂父投去一眼:"是吧老涂?"

"嗯。"涂父自然不敢说个不字,对着涂筱柠抱怨的眼神,缓和了一下气氛:"你饭碗差点儿不保,是人家出手相救,我们作为父母,于情于理也该请人家吃顿饭。"

这个涂筱柠承认,可母亲好像不是这个意思吧?

"反正你就当是感谢宴,其他的什么都不要想,缘分的事情也不是能强求的。"涂父朝她挤挤眼。

涂筱柠没再说话,回房去了。

她这就算默认会去了,涂母笑意满满,拍了一下涂父。

"老涂,咱闺女的狗屎运可能真的要来了。"

涂父继续吃饭:"还是看孩子自己吧。"

涂母重新拾起筷子:"你还真别不信,上次我算那姓陆的孩子和咱闺女,先生说有缘无分,后来怎么着了?"

涂母又扔下筷子:"想到那兔崽子我就来火。"

涂父赶紧劝她小点儿声:"别被闺女听见。"

涂母的声音便低了些:"你再看这个小纪,明知道闺女不是银行正式编制,还出手帮她,说明他不看重那些虚的,只看人。"

涂父沉思片刻:"这也不好说,也许人家就是心地好,出手搭救一把。"

涂母却笑容依旧:"不管是因为什么,总之他不排斥咱家闺女是没错的了。"

涂父不接话,只说:"快吃饭吧,菜都凉了。"

"鸿门宴"来得特别快,那天涂筱柠还被涂母逼着穿了一件淡粉色的半身裙,真是要多土有多土。

地点约在一家中餐馆,他们到的时候,人家早已等候多时。

"哎呀,老涂。"

"呦,老许。"

纪昱恒的母亲出于身体原因不便出席,由吴老师夫妻代为出席,一进包间,涂父和纪昱恒的姨父便开始了老同事之间的寒暄。

涂母则和吴老师相视一笑,纪昱恒站在座位前,礼貌地喊了声:"阿姨。"

这是涂母第一次见到纪昱恒,之前涂筱柠说他帅得什么人神共愤,涂母只以为她在故意唱反调,如今这么亲眼一瞧,都有些震惊了。

"你好。"但她到底是个场面人,打量了片刻便收回了视线。

"吴老师。"涂筱柠也唤了一声。

吴老师应了一声,赶紧让他们入座。

涂母笑着放下包,拉着涂父就座。

纪昱恒拿过茶壶,隔着桌子长身微倾给他们倒茶。

涂母说着谢谢，又近距离看了看他，模样真是好，再想想自家闺女，比来时不免失了些底气。

涂筱柠举杯喝了一口，有桃子的味道。

纪昱恒说："餐前其实不宜喝茶，我便中和了一下，点了白桃乌龙。"

"挺好，挺好。"涂父笑言，也顺势观察他。

纪昱恒就在不经意间被来回"扫描"了个遍。

"女孩子喝这个美容养颜。"吴老师也笑着附和，看向涂筱柠。

涂筱柠赶紧低头猛喝水。

"别光坐着喝茶了。"这时纪昱恒的姨父开口朝他俩看，"这家饭馆口味不错，后厨是公开的，现点现炒。你们一起去看看菜，我们老年人也不知你们小年轻爱吃什么。"

涂筱柠刚想拒绝，就听到母亲说："是啊，现在小孩儿的嘴都刁，我有时都不知道该整点儿什么花样才能让她有胃口。"

然后涂母也看着他们，拿脚在桌下踢她："今天你们点，让我们看看现在的年轻人到底是个什么口味。"

那边纪昱恒已经站了起来，涂筱柠也只得配合着站起身，然后在四位家长的注视下，跟他一同走出包间。

一出去，她就解放似的喘了一口气。

他似笑非笑："原来你扮乖乖女时也挺文静的。"

"彼此彼此。"

两个人朝后厨走着，她听到纪昱恒说："我答应来，是以为你不会来。"

"我为什么不会来？"涂筱柠有些奇怪。

"你不是说排斥相亲，也排斥我？"

涂筱柠一时沉默，感觉自己当时说这话有些冲动了，便摆摆手："现在不排斥了。"

纪昱恒看过来，她自知说错话，赶紧纠正："是不排斥你了。"

"哦？"他放缓脚步，"那我是该感谢你还是感谢自己？"

涂筱柠抿了抿嘴，似在思考，然后认真地道："是我该感谢你。"

"谢我什么？"

"谢你上次帮了我。"涂筱柠还做了个抱拳的动作，"大恩大德，没齿难忘。"

"真的不会忘吗？"

涂筱柠信誓旦旦："当然不会忘。"

他停下脚步："可你好像忘了。"

"什么？"

"初三的一个晚上，你是不是忘了跟我说谢谢？"

涂筱柠停住了。

"你……你怎么记得？"涂筱柠有点儿结巴。

纪昱恒也停下，慢条斯理地说："我怎么不记得？"

涂筱柠猛地想起相亲那次。

"我无意冒犯了你两次，算我欠你人情，这顿饭就我请了。"

"两次？"

"嗯。"

"你确定？"

原来那时他就意有所指。

涂筱柠抬头对上他的眼睛。

"所以涂同学，你欠我的人情好像有点儿多。"

涂筱柠憋了半天才蹦出来一句："你的记性也太好了。"

纪昱恒唇角微扬，继续往前走，涂筱柠也慢慢跟着。

她很想问他点什么，可又觉得自己理亏，便暗自纠结。

那月黑风高的夜晚，他也能记住她这种无名小卒？而且她初中是戴眼镜的，脸也没长开，又不是叱咤全校的他。

两个人来到后厨，隔着玻璃窗有服务员前来引导挑菜，但涂筱柠已经没了心思。她看着纪昱恒清晰的侧脸轮廓，越发觉得他难以看透了。

这大概是涂筱柠最想早点儿结束的一场饭局，因为太尴尬了。母亲时不时就给纪昱恒抛问题，比如"小纪大学念的什么专业""小纪平常有什么爱好""考'银监'难不难"。

虽然她没查户口，却也在边缘徘徊。

相比之下，吴老师夫妻就好很多，偶尔才问问涂筱柠，基本都是"工作忙不忙""女孩子在银行苦不苦"这种问题。

一顿饭下来，满桌的菜都没动几口，他们只顾着说话了。

涂筱柠也没怎么动筷，服务员上点心的时候，她下意识地想用手拿一块红枣糕，母亲又嫌弃地在桌下踢她。这么了解下来，涂母是真觉得自家闺女配不上人家。

涂筱柠赶紧换筷子夹。

吴老师喝着茶，笑眯眯地望着涂筱柠。

"先前我就瞧着筱柠的照片好看，没想到随口一提，生出了俩孩子的缘分。"

涂筱柠听这话总觉得有点儿奇怪，涂母喝着水也微微一滞，然后用纸巾擦着唇角笑笑："那还得看他们自己呢。"

吴老师却推了推自己的眼镜，对涂母的话有些疑惑："昱恒的妈妈说他们已经在一起了啊！"

涂母涂父愣住了。

涂筱柠吃红枣糕吃噎了,想喝茶却发现杯子空了,纪昱恒坐在对面拿起水壶给她倒了水。

一切落在父母眼里,这不就是恋爱中的人的表现吗?

涂母赶紧拉过她小声问:"你……你们在一起了?"

涂筱柠知道自己"死"了,忘了还有纪母这一出。如果她现在否认就间接伤害了纪母,可不否认自己又掉进了坑,真是百口莫辩,有苦难言啊!

"我……我……"涂筱柠支支吾吾,不知道要怎么开口。

吴老师只以为她害羞,又带着歉意开口:"其实双方家长第一次见面应该正式些的,可惜我姐姐那个身子……"

吴老师轻叹了口气:"不过筱柠乖巧懂事,头一次看望她还带了一大捧鲜花和果篮,我姐姐特别不好意思,说初次见面让孩子破费。"

然后涂母涂父又双双惊异地看着自家闺女。

涂筱柠只想把自己的头埋起来,求救地看向纪昱恒。纪昱恒的神情比她淡定很多,刚要开口却被吴老师打断,依旧是对着涂母涂父:"我姐夫在昱恒小学的时候被酒驾的车撞了,撒手留下他们娘俩相依为命,但是昱恒很优秀,从小就一直是年级第一。几年前我姐姐的身体就不大好,昱恒为了照顾她,放弃了留在A市工作的机会,却没想到我姐姐后来查出来是乳腺癌。"

包间里陷入长久的沉寂,所有人的表情都变得沉重。

涂筱柠也噤若寒蝉。

吴老师似哽咽了一下,又很快调整了过来:"本来今天我不该说这些的,我们家老许也不让我提,可我想着,人家的姑娘也是捧在手心疼了二十几年的,相亲也是奔着结婚去的,自然要知道男方家的底细,大家索性说开比较好。我们的家底可能是薄了些,但孩子绝对是一等一的好。"

她又满意地看了涂筱柠一眼:"说实话筱柠那天去看我姐姐,我姐姐很感动,我也是。"

涂母闻言接了话:"吴老师你话都说到这份儿上了,我也表个态。这人一生的三件大事无非就是入学、择业、结婚,儿女到了年纪,婚姻大事自然是我们操心的事。我们家筱柠,资质平平,优秀压根谈不上,跟她的姓一样,从小就是个糊涂蛋,学习成绩不好,在工作上也是半吊子。这份工作来之不易,我们也不指望她能挣什么大钱,就想着银行稳定些,找对象说出去也好听,但事实上到现在她还只是个劳务派遣人员。"

涂母看了看涂筱柠:"人都说养儿防老,可我从未想过让她给我养老,我们给她操了半辈子的心,不求别的,就希望她有个好归宿,能幸福。"

这是涂筱柠第一次听母亲在外人面前坦然地讲这些,眼睛竟有些酸涩。

"一个孩子的家境固然重要,但人品更重要。"涂母的视线落在纪昱恒身上,"小纪啊，阿姨这人说话直，不管我们以后能不能成为一家人，阿姨今天都要送你一句话。"

"阿姨您请说。"纪昱恒谦卑温和。

"莫欺少年穷，我赌你是只潜力股。"

这次换涂筱柠陪父亲惊异地看向母亲。

徐女士说这话的时候竟带着一丝霸气。

饭局结束后，双方家长均带着笑意，似默认了些什么。

涂筱柠深深叹着气，知道自己彻底完了。

"你这死丫头，我就说人家怎么老送你回家，你还给我死不承认装蒜是吧？"趁着吴老师夫妻不注意，母亲暗暗掐了涂筱柠一把。

涂筱柠吃痛，硬着头皮说："我是想再等等。"

"等！等什么等！再等我上门的女婿都跑了！"母亲瞪她。

一听"女婿"两个字，涂筱柠的脸不禁一红，她赶紧转身张望，看到纪昱恒还在柜台结账才稍稍松了口气："妈，你能不能小点儿声？"

"饭都吃了，话也说开了，这么好的一孩子我还要掖着藏着不成？"母亲伸手戳了戳她的脑袋，"倒是你，给我用点儿心思，小纪这么优秀，若不是家庭原因还轮得上你？"

这话涂筱柠就不爱听了，她刚要反驳，就看到吴老师夫妻跟了上来。

"那我们就先回去了，筱柠有空跟昱恒来家里坐坐。"吴老师依旧笑吟吟的。

涂筱柠挤着笑嗯了一声，那边纪昱恒也慢慢走来了。

母亲一把拉过父亲，对涂筱柠说："我跟你爸还有事，你们先走。"

涂筱柠刚想问能有什么事啊，却被母亲一个眼神定在原地。

她现在已经是骑虎难下了，作茧自缚说的就是她。

涂筱柠再看看纪昱恒，剑眉星目，一表人才。得，她捞一帅哥男朋友，不亏。

自然又是他送她回去，不然岂不是辜负了母亲的美意？

"抱歉，把你卷了进来。"路上，他说。

涂筱柠这会儿已经看开了："反正我也欠你人情，这样也挺好，我妈也不逼我相亲了，能被她喜欢，你是第一个。"

"与有荣焉。"

她看了一会儿车窗外，想想还是说了："其实我没忘。"

"嗯？"

"初三那晚你救我的事，我没有忘。"

纪昱恒只继续握着方向盘。

"你当年为什么会救我？"既然说开了，她便好奇了一下。

"顺路。"

涂筱柠当然也没指望听到什么"英雄救美"的话，只说："当时你让我走，我没有机会说谢谢，希望现在说也不晚。"

她侧身朝向他，郑重地道："谢谢你，纪同学。"

"谢谢就完了？"

涂筱柠愣了愣，不然呢？

不过纪昱恒还是收下了这个迟到的谢谢："不客气。"

"你帮了我两次，如果我帮你圆谎算还了你一个人情，那还有一个人情我要怎么还呢？"刚刚被他那么一问，涂筱柠反倒有些不好意思了。

纪昱恒却不紧不慢地道："一次是帮，两次也是帮，不过事不过三，第三次我就要讨回报了。"

涂筱柠侧头，见他不知何时戴上了墨镜，看不全他的表情。

她腹诽，这人说得多大度似的，初三她没说谢谢还不是被他记到现在？

两个人就这样成了名义上的男女朋友，涂筱柠想等他母亲的身体好些了，就随便找个他变心了之类的借口说他俩分手了，到时候就全推他头上，谁让他长得帅？

这天在食堂吃饭，她听到以前的柜员同事说银保监的新大楼装修竣工了，"银监"的人就要搬走了。

她想那也挺好，再也不用跟纪昱恒在DR碰到还要互相装作不认识了。

下午刚到上班的点，涂筱柠午休还没睡醒就被饶静晃醒。

"半个小时后去八楼大会议室开会。"她说。

涂筱柠一愣："开会？"

领导都没了，开什么会啊？

"大行长要宣布我们部门的去留。"

涂筱柠的心一沉，她彻底醒了："饶姐，那我们……"

饶静摇头："我也不知道我们会何去何从，听天由命吧。"

涂筱柠沉默了。自从总经理离开，行里上下都在传他们部门会被合并，也有消息说大行长私下把几个营销部门和支行的领导一个个找过谈，但没有一个人愿意接纳他们并入自己的部门。

结果如何，真的很难说。涂筱柠心绪不宁地跟着饶静和部门其他同事早早坐进会议室。

大行长掐着点来了，一同来的还有三个分行副行长、人力资源部总经理。待他们一一走进，有一道身影也随之出现。

他步履沉稳，风度翩翩。

涂筱柠瞠目结舌地看着那人坐在自己的对面，大行长的身边。

涂筱柠的脑中一片空白，她只看见大行长的嘴巴对着话筒一张一合的。大行长前面说的什么她都像失聪了似的，就听清了最后一句："现在我们欢迎拓展一部新任总经理——纪昱恒，纪总。"

大行长宣布消息，新任领导发言，三位分行副行长致辞，最后人力资源部总经理总结。

一场会下来涂筱柠只觉耳朵里嗡嗡作响，整个人开始恍惚。

最后全体鼓掌，涂筱柠也机械地跟着拍手。

"昱恒，现在我就把拓展一部的担子交给你了。"关了话筒，大行长看向纪昱恒。

"假以时日，我也会交给您一份满意的答卷。"纪昱恒言简意赅，却字字铿锵。

大行长的眼神中带着期许，他拍了拍纪昱恒的肩，带人离去。

偌大的会议室此刻只剩下拓展一部。纪昱恒近在咫尺，涂筱柠想起上一次他们也是在这里隔着桌子面对面，那时他还是监管部门的负责人，可一眨眼的工夫，他就摇身变成了她的领导，还是直系上司。

她跟同事们一道沉默，如坐针毡。

纪昱恒坐在对面，似在一个个打量他们，会议室里此刻安静得只能听到他拿笔轻敲桌子的声音，一下一下，节奏规律。

蓦地，声音停止，笔被放在了本子上。

他的声音清亮且不失谦和："初次见面，大家互相认识一下。"

他稍稍往后挪了一下座位，换了个不那么正式的坐姿："我叫纪昱恒，纪念的纪，日立昱，持之以恒的恒，之前就职于'银监'，也许过去几个月跟大家在 DR 经常擦肩而过，不过从今日起，我们会并肩作战。"

他寥寥数语，把话题抛向涂筱柠他们。

几个男同事互相看看，只字不语，不知是不是对这位比自己年轻许多的新任领导有些不屑。

饶静先开了口："我是饶静，毕业就进了 DR，公司客户经理岗在职八年，是拓展一部的团队主管。"

纪昱恒耐心地听，饶静又亮出她招牌的笑："纪总应该认得我的吧？"

纪昱恒目光平静，算是默认。

饶静的笑意加深，纪昱恒的视线又落在男同胞身上，他们便依葫芦画瓢地自我介绍，最后轮到涂筱柠。

涂筱柠低着头也能感觉到纪昱恒的视线："我叫涂筱柠，客户经理助理，才从大堂经理调岗，目前还在跟饶姐学习。"

语毕她就听到他沉稳的声音："在座的各位除了涂筱柠都有着五年以上的公司客户经理经历，不管是从工作经验还是从业时间上来讲，你们都是我的前辈，我初来乍到，以后还要承蒙大家关照。"

"是纪总照顾我们才是。"饶静先接了一句，然后男同事们只说："不敢当，不敢当。"

涂筱柠看到了男同事们敷衍的表情。用饶静之前的话说，他们个个都是人精，显然对纪昱恒这样从天而降的年轻领导不服得很。

气氛有些尴尬，纪昱恒便抬手看了一眼时间，又合上笔记本："今天是初次见面，我们不谈工作，大家若方便，晚上聚个餐。"

然而他的话无人响应，沉默片刻后，男同事们纷纷说加班、家里有事，饶静也以和客户有约为由委婉拒绝。

连涂筱柠都感觉到了同事们的冷漠，纪昱恒却淡定如初，颔首浅笑："那改天吧。"

他站起身拿起自己的笔和本子："稍后我会加各位的微信，邀请大家进部门工作群，麻烦大家随时关注。"

涂筱柠目送他离去的背影，和来时无异，却多了一分孤寂，因为他的新团队并不欢迎他。

待他走远，一个男同事敲桌冷笑："行里是招不到人了吗？找个乳臭未干的小子来当总经理？"

另一个男同事把自己的笔扔在桌上："'银监'出身，真是笑死人，他们除了会查业务还能做什么？来这儿天天翻档案跟我们纸上谈兵？这样下去，以后只要是个监管部门的人都能进 DR 当领导了。今天是'银监'，明天是人行，后天金融办的人要来我们行是不是也能腾个位置啊？"

"都说 DR 招人的门槛高，我看招领导的门槛低得很哪！这种人在'银监'当大爷当惯了，以为随便进个银行部门就能做领导了？也不看看自己有没有那个本事挑营销岗的大梁。"

"出了周凯那事，也非我们所愿，空降个小白脸来顶总经理之职，行里也不带这么羞辱我们的。"

说到这里，他们不约而同地看向饶静，笑着嘲讽："饶静，之前可是你说要潜这位纪帅哥的，人家现在自动送上门来了，你可不要错失良机啊！"

"是啊，我看这位纪总别的本事没有，靠脸吃饭还行，说不定哪个老板娘就好这口，人家营销起来不费吹灰之力。"

男同事们哄笑，言语有些过分，涂筱柠不禁蹙眉。

饶静却意外地没恼，起身拿起自己的本子："我说你们，别吃不到葡萄说葡萄酸。"

她朝纪昱恒刚刚坐的位置指了指："但凡你们中有一个人有资格，你们也不至于坐在这儿，这张座位的对面。"

一个男同事眯起眼冷哼："你什么意思？"

"没什么意思，我不也跟你们坐一起吗？"她笑笑，收回手拍拍自己坐皱的裙摆，

"所以同志们，抱怨没用，各回各家，各找各妈吧。"

她的高跟鞋走路的声音很响，涂筱柠也拿起本子跟了上去，身后还是男同事们恼火的声音。

涂筱柠漫无目的地跟着饶静，几次欲言又止，直到饶静主动跟她说话。

"小涂，你怎么看？"

"嗯？"涂筱柠回神。

饶静回头见她心不在焉的样子，面露嫌弃："跟你说话呢。"

涂筱柠抓着本子握了握笔："饶姐，你觉得呢？"

"还学会反问了？"饶静打量她一眼，转身继续走，"DR从不招闲人。"

她甩了这么一句，涂筱柠有些没懂，又问："饶姐，你也觉得他做总经理过于年轻吗？"

"年轻是一回事，能力是一回事。这么年轻坐上这个位置，不管是因为什么，他都不是善茬。"

涂筱柠对饶静的话感到有些吃惊，这跟她印象里的纪昱恒的形象不符，迟疑地问："那你的意思是……"

饶静的高跟鞋声在走廊回荡着："他绝非等闲之辈。"

她的话让涂筱柠的心莫名一紧。

DR的人力资源部手续严格且复杂，他们作为一级分行，业务部门总经理这种级别绝不是短时间就能定下的，要经过分行领导、总行人事审核，再经过层层面试考核，到最终敲定，少说也要两个月的时间，所以他其实早就……

两个人走到电梯口，饶静按着下降键突然叹了口气："可惜啊！"

涂筱柠不解。

"帅哥当了自己的领导就不好了。"她慢悠悠地道，又瞥瞥涂筱柠，"你记住，人跟人永远要保持距离和神秘感，一旦这种级别的人成了顶头上司，就代表游戏结束，因为你们从此就要朝夕相处，会在各种工作琐事中打破一切幻想。"

饶静会说出这样的话让涂筱柠有些意外，她以为饶静是善于利用男女之间的关系的。

"别以为我不知道你在想什么。"饶静双臂环抱，审视着她，涂筱柠赶紧收回视线，自己也没表露得那么明显吧？

饶静却冷哼："职场里，从不缺漂亮女人，善于利用自己的长相的女人分好几种，我不喜欢搞办公室恋情，靠男人上位确实是捷径，可能走到几时？之前我跟江总的绯闻满天飞，如果我真跟他有什么，他走我也得走，但我留下了，还留得好好的，这就是我的底气。"

她又伸手戳戳涂筱柠的脑袋："所以小姑娘，只有实实在在抓到自己手上的东西才是真的，懂吗？"

电梯正好到了，饶静潇洒地一甩长发，风风火火地进去了。

她的形象骤然在涂筱柠的心里又高大了几分。

"上不上了？"饶静瞪着一动不动的涂筱柠。

"上，上。"

"呆头呆脑的。"

晚上涂筱柠洗完澡就发现自己被拉进了新的部门群。

她本想私下发条微信给纪昱恒，想想又作罢，他们假扮男女朋友只是事出有因，又不是真的，他的职业发展确实没必要跟她汇报，只是以后有了上下级的这层关系，他们相处起来只会更加尴尬，要尽快找机会跟他撇清关系才行。

"明天八点半我们召开部门第一次会议。"

看着他在群里发的消息，涂筱柠只觉得头痛。

待所有人都回了"收到"，她也发了过去，然后躺在床上。

作死，她这是作死啊！

翌日，纪昱恒一早就正襟危坐在部门会议室，可是八点半准时到的人只有饶静和涂筱柠。

涂筱柠偷偷瞥见他凝视着自己的手表，表情一如既往地平淡。

大概过了十分钟，男同事们才陆续到来，一个个夹着笔记本，走得不疾不徐。

纪昱恒安静地看他们坐下，这几个人慢悠悠地翻开本子，再拿出笔，做出一副要开始听的样子。

纪昱恒微抿薄唇，突然合上了自己的笔记本。

"散会。"他只说了一句便起身离开。

会议室里只剩下面面相觑的同事们，饶静也未作声，起身走出会议室。

涂筱柠只跟着饶静走，听到男同事们在身后吐槽："喊，摆什么臭架子？看他能狂几天。"

纪昱恒坐进了总经理办公室。任职第一天，他只让饶静把部门的客户清单打给他，其他的什么都没做。

涂筱柠反正一向看不懂他，还像以前一样工作。

晚上她又在工作群里收到了跟昨天一样的微信。

"明天八点半我们召开部门第一次会议。"

下边又是清一色的"收到"。

涂筱柠蹙着眉跟在了最后，总觉得明天也不见得会好。

果然，男同事们依旧迟到了，摆明了就是要给他这个新领导下马威。

纪昱恒依然气定神闲地说了句"散会"。

大家刚要走，又听他道："明天开始我会提前半个小时到这里，给你们的时间依旧是八点半。"

男同事们嗤之以鼻，各自出去做事了。

涂筱柠走的时候看了他一眼，正好跟他眼神交会。她像偷窥被抓，赶紧溜了。

连她都觉得部门现在的气氛压抑无比，这样下去，他这个领导会不会越来越没存在感？

第三次开会，纪昱恒没有再坐着等候。他站在会议室的落地窗前，一只手插在裤袋中，另一只手上卷着资料，有节奏地拍在自己的腿侧。

阳光透过玻璃直直照着他，他全身都被镀了一层金色，他的背影高大挺拔，明明是熟悉的人，涂筱柠却在此刻觉得他很陌生。

男同事们还是华丽丽地迟到了，边说"纪总不好意思"边坐在了她们身边。

纪昱恒闻声回眸，然后慢慢踱步走来。

他映得晨光仿佛就是因它而生，亮得涂筱柠看不清他的表情，只听到他冷静的声音。

"现在几点了？"

众人皆愣。

随着他的靠近，阳光渐渐散去，涂筱柠看到了他严肃的表情。

没人回答，饶静作为团队主管，清了清嗓子："八点五十。"

"DR 是什么时间上班？"

饶静："八点半。"

纪昱恒在他们那排的桌前站定，视线落在男同事们那里："准时上班做不到？"

他们没吭声。

"做不到可以走人。"

他们抬眸，对上他冷厉的眼神。

然后就有人开口了："纪总，我们家都比较远，八点半上班就来开会，我挤电梯打卡也要时间，况且以前……"

"一朝天子一朝臣，现在这是我的部门，就按我的规矩来。"纪昱恒直接打断，言语犀利，身上是涂筱柠从未见过的气场，不怒自威。

男同事们阴沉着脸憋着气。

涂筱柠再次听到纪昱恒警告的声音："事不过三，这个会明天若再开不成，你们就不用来了。"

有人终于忍不住，嘲讽了一句："你凭什么？"

纪昱恒居高临下地看着他，眉毛微挑，令人生畏："好问题。"然后纪昱恒将手中的资料扣在会议桌边的领导椅前，声音不大，却重击在人的心头。

"等你坐上这个位置，再来问我这句话。"

那人哼了一声，直接甩手走了，紧接着又一个人站起来走了。

瞬间会议室里只剩下三个员工，剩下的一个男同事偷偷朝纪昱恒那里看。

纪昱恒扫他一眼，他便立刻低头不敢造次。

纪昱恒的声音冰冷："还有不服的，也可以走。"

没有人再动，三个人屏气凝神。

纪昱恒沉默片刻，笔直地站在他们面前："机会我给过你们了，从现在开始，这里我说了算。"

他转身走向领导椅，撂下一句："开会。"

他重新拿起那沓材料，坐回位置，拿指尖在纸上画着。

涂筱柠只能看到他的侧脸，他眉头微蹙，注视着那些密密麻麻的数据。

"部门的情况我已大致了解，目前的存量客户是 132 户，其中小企业客户占比 60%，大中型客户 30%，政府类客户 10%，所派生的存款是三十亿。"话到此处，他将目光投向他们，"我的目标是在明年的第一季度将这个数字增长 65%。"

饶静和男同事猛然抬头。

涂筱柠对这些数字还没什么概念，只知道能让他俩同时做出这般姿态，数字必然是很惊人的。

"会议结束后你们梳理一下在手客户的利率成本和综合回报，包括有风险的客户、已出风险的客户和要处置的不良客户。我要一一过目，并从下周开始，跟你们逐家拜访。"他看饶静，"饶静，就从你开始。"

"是，纪总。"饶静应声。

"赵方刚。"纪昱恒将纸往后翻了一页。

男同事这会儿不再趾高气扬，立刻应允："纪总。"

"你在手的客户是八户，其中五户是政府，三家是民营。"纪昱恒的指尖在桌上轻叩，眼神意味不明，"我想听听你的职业规划。"

赵方刚一愣，大概也没料到会被要求回答这个问题。

他看了纪昱恒一眼，又看了饶静一眼，慢慢开口："我的规划就是能在客户经理的岗位上做大做强。"

"就靠你这八个客户？"纪昱恒毫不客气。

他哑然。

"你名下存款不少，这是做政府企业的益处，但政策每天都在变，政府企业也只能保你一时。国家大力扶持民营企业，银行纷纷在转型，在这种趋势下，只管三家民营企业你自己满意吗？其中还有一户不良。"纪昱恒言辞尖锐。

赵方刚咳了咳："我会努力的纪总。"

纪昱恒将他那页翻过："努力这种话是说给自己听的，我只看结果，每个月新增一个民营客户，即时生效。"

赵方刚又愣了，纪昱恒抬眸："一个月仅一户，要求高吗？"

"不不……不高。"赵方刚连忙摇手。

会议室里又陷入安静，只有纸张的摩擦声。

以前部门会议也常开，江总都是直接忽略涂筱柠的，她只当这次也是，谁知接下来就被点了名。

"涂筱柠。"

她浑身一僵，以为出现了幻听，直到跟纪昱恒对视。

"上来多久了？"他没有给她过多的反应时间。

"三个月。"第一次在会议上发言，她有些拘谨。

"目前会些什么业务？"

"企业准入，评级，贷款、银行承兑汇票、国内信用证、贴现的业务流程。"

"你说的是业务吗？"

涂筱柠顿住，对上他的目光。

他问的是业务，她答的却是流程。

而他还在用眼神施压，给人一种无形的压迫感。

涂筱柠只觉头皮发麻，紧握着笔刚要再启唇，他却不再给机会。

"客户经理助理，是先客户经理再助理，我再给你两个月的时间，学会全部的业务和独自撰写报告。我的部门要的是做实事的人，而不是只会跑腿盖章的。如果做不到，你自己回大堂。"他的语速快，言简意赅。

涂筱柠还在发呆，因为眼前的男人让她越发觉得陌生。

饶静在桌下踢她，她立刻回神："是，纪总。"

"以后每周一早上八点半召开部门会议，从今天起请各位开始做每日工作汇报，我要知道你们每天都干了什么，第二天又准备做什么。饶静负责汇总，每天下班前务必发到我的内网邮箱，模板我已经写好，稍后发到工作群。"他又交代了几句，然后合上材料宣布，"散会，饶静留下。"

这大概是涂筱柠入职以来开过的最沉重的会议了。

她只觉得自己头重脚轻，看着饶静朝他走去，只当他们是要谈要事，出会议室的时候下意识地想带上门。

纪昱恒却像能提前洞悉她的动作。

"不用关门。"他说。

涂筱柠哦了一声，讪讪地离开。

她坐回座位才觉得不对，她应什么？她应了不就承认刚刚想关门了吗？

涂筱柠的座位刚好靠着会议室，门没关，她能清晰地听到纪昱恒的声音。

"你是主管，业绩相对突出，但我们是一个团队，你不能埋头只顾自己的业务和带好你的小徒弟，不顾全大局，主管之位就是空有其名。部门是一个整体，团结才是发展的核心，以你的工作经验，你应该比我更了解这点。"

饶静也是个聪明人，只是拓展一部一向人心不齐，以前江总掌事的时候那几个男同事就仗着手里的资源各自为营,江总只管部门总业绩,对其余的事一直睁一只眼闭一只眼。

看来这位新领导欲扭转这个局势,修正不良之风。

他今天给了她不少惊喜,现在她又有期待了。

"我明白了,纪总。"她毕恭毕敬地回话。

"还有,团队就要有团队的样子,我的部门绝不容许小团体和个体的存在。"

饶静点头:"我会以身作则。"

纪昱恒先走出会议室,步伐依旧沉稳,却带着风。他经过涂筱柠的办公桌的时候,竟掀落了几张纸。

涂筱柠俯身去捡,看到饶静的高跟鞋,饶静用本子敲了一下她的头,嫌弃地绕开。涂筱柠吃痛地抬头用手捂,正好看到纪昱恒走进办公室的背影。她这才真正意识到,之前他们俩根本不能叫认识。

会上离席的两个人最终辞职离开了DR,据说一起跳槽去了其他银行。部门这回只剩下三名员工,不仅员工少了,连客户都被带走了许多。拓展一部仿佛比周凯事件时还要凄凉没落,成为全行茶余饭后的话题,行里不少人等着看纪昱恒这位新任年轻领导的笑话。

但他似乎无暇理会外界的声音,按照计划将部门所有存量客户逐个拜访了一遍,大多数客户看到新任总经理这么年轻也颇感意外。

赵方刚决定留下后也开始早出晚归地跑客户去了,毕竟他还有不良业务缠身,不能像那两个人那样说走就走,只能先忍着,待不良业务处理好再做打算。

涂筱柠也开始跟着饶静正式学业务了。虽然依旧每天被骂得狗血淋头,但她觉得自己至少再也不是对业务一窍不通的小白了。

这天师徒俩在日常教学,突然有人抱着一束鲜花敲响了办公室的门。

"你好,请问是拓展一部吗?"

赵方刚坐在第一个位置,抬头看了一眼:"送花的?"

然后他习惯性地指着饶静的座位:"饶静在那儿。"

送花的人摇摇头:"我找涂筱柠。"

涂筱柠坐在饶静的身旁,闻言手上的笔都掉了,饶静立刻朝她投来"你有情况"的眼神。

此时纪昱恒欲要出去,看到办公室门口被一捧巨大的玫瑰花挡着,微微蹙眉。

"涂筱柠哪位?"送花的人又高声唤着。

涂筱柠尴尬,快速跑过去。

"我是。"

那人将花交给她便走。

涂筱柠追上去问:"是谁送的?"

"网上订的，我们也不知道是谁。"

涂筱柠只得先将花抱回办公室。

她一转身，却差点儿撞上走出部门的纪昱恒，他看了她一眼，她赶紧挪了挪花束。

"我……"她本想解释一下，他却已和她擦身而过。

涂筱柠在原地愣了愣，然后抱着花回了自己的座位。

"哟，不错啊，这一捧玫瑰可不少钱。"饶静站起身弯着眉，不知是瞧她还是瞧花。

涂筱柠尴尬死了，这么一大捧花往桌上一放，自己连办公的地方都没有了。

赵方刚也八卦地回头："小涂可以啊，谈恋爱了？"

"没有。"涂筱柠连忙否认。

饶静瞟她："有人追的话差不多就应了，别仗着年轻挑啊挑的，挑到最后像姐姐这样，把别人挑走了，自己挑剩了。"

涂筱柠头痛，自己都不知道这花哪儿来的。她把花放到其他空位上，就继续干活去了。

晚上加了会儿班，涂筱柠走的时候办公室里只剩她一个人了。她刚要关灯，纪昱恒进来了。

此时整个办公室里就他们两个人，这是他来部门后他们俩第一次单独相处。

气氛十分尴尬，涂筱柠便说："纪总，我先下班了。"

纪昱恒嗯了一声，说了句："一起。"

然后涂筱柠就看到他走进自己的办公室拿了西装和公文包。

"走吧。"他说着走出部门，见她不动，回身看过来。

涂筱柠这才关了灯跟了出去。

他们俩一前一后地走着，涂筱柠懊恼，自己刚刚为什么要等他？

不知是不是因为早过了下班的点，电梯里也空无一人，纪昱恒先跨进电梯按了负二楼，涂筱柠刚要伸手，其他部门加班的同事正好赶电梯，礼貌地唤着"纪总"一拥而上，将他们俩挤在了最后。涂筱柠想总有人到一楼的，便没再纠结自己未按电梯的事情。

谁知道这些人都是有车一族，不是到负一楼就是到负二楼，涂筱柠只得打算等电梯下到负二楼再按上去。

"外面在下雨。"到了负二楼，待同事走光，纪昱恒突然在身后提醒。

涂筱柠没带伞，也不想坐他的车，毕竟现在他们不是普通的校友关系了。

"走吧。"他走了几步回眸。

她不懂这几天是不是当他的下属当惯了，他那眼神就像有魔力似的，让她不由自主地迈开了腿，等反应过来时她已经坐在他的车里了。

她扯着安全带，后知后觉地透过车窗向外张望。

应该没有同事看到吧？

"麻烦你了纪总。"待他发动了车，她来了这么一句。

涂筱柠感觉好像又被他扫了一眼，车子慢慢地开了出去。

外面果然在下雨，他打开了雨刮器。这个时间下班的人很多，路上全是车，很堵。

"花没带走？"夹杂着雨刮器的声响，她听到了他的声音，少了工作时的严肃。

以为他在怪她，她把之前没说完的话补上了："我也不知道谁送的，这事我不知情，以后我会注意的纪总。"

前面又堵了，他一手握着方向盘，一手轻轻在上面敲着。

这几天观察下来，她发现他很喜欢有节奏地敲东西，这算是他的一个习惯吗？

后面的车想强行插队，钻了个空子就直接挤上他了。

涂筱柠看得心急，他却不紧不慢，那人见他没有硬杠的意思就更加霸道，一脚油门直接钻到了前面。

"不该让他的。"涂筱柠最看不惯这种没素质的行为。

纪昱恒则不以为意，从后视镜里看到涂筱柠还义愤填膺的表情，稍稍往后靠了靠，抬手松了松领带。

"下了班就不要喊纪总了。"

这没头没脑的一句，让涂筱柠都不知该怎么接。

耳边还是他的声音："拓展一部早就有问题，'银监'来查不是巧合。饶静那种资金回流根本算不上什么，周凯的事也只是一个催化剂，DR 没有直接开除江峰，是为了给他保留最后一点儿颜面。"

他告诉她这些，她只觉得不真切。

"你的意思是……江总他本身就有问题？"消化了许久，她问。

"早在几个月前我就参加了 DR 总行的面试，应聘的就是分行拓展一部总经理一职，所以不管有没有周凯这件事，不管江峰走不走，我都会如期上任。"

涂筱柠这才明白，之前行里降了江总的级别，原来就是在给纪昱恒腾位置，只是正好借了周凯的事而已。

她突然觉得在这形势错综复杂的大银行里，自己太过单纯。

"那你为什么从'银监'跳到银行来？"又安静了一会儿，她还是忍不住问了。

他目视前方："为了钱。"

他的坦然反倒让她无语了，但他接下来的话让她彻底失了声。

"我母亲的医药费是笔巨大的开支，仅靠我在'银监'的收入无法支撑多久，只有进银行业务部门，靠不断创造收益获得高薪，才能不断进行那救命的化疗。"

涂筱柠内心触动，久久注视着他的侧脸轮廓。

第三章
你不要对我这么好

"阿姨最近还好吗？"沉默了一会儿，她问。

纪昱恒的语气沉了几分："老样子，前几天她还问起什么时候能再看到你。"

涂筱柠轻轻地哦了一声，紧接着就想起纪母那张苍白的脸："你一会儿要去医院吗？"

"嗯。"

"那一起吧。"

两个人进病房的时候，纪昱恒突然停了一下。

涂筱柠差点儿撞上，只见他把手放在门把手上，转身看她。

"她不知道我换工作的事，所以……"

涂筱柠点了点头，心中了然："放心，我不说。"

"是昱恒吗？"大概听到了声音，纪母在病房里问。

纪昱恒开门进去，涂筱柠跟在他身后。

"阿姨。"

纪母原本消沉的脸立马变得柔和起来。

"筱柠来了？"

见她欲坐起，涂筱柠赶紧上前扶她，纪母顺势紧紧握住了涂筱柠的手。

"听昱恒说你在银行上班，工作这么忙还麻烦你过来。"

涂筱柠扶她坐好："应该的阿姨。"

她不由得往纪昱恒那儿看了一眼："我也好久没来看您了。"

纪母拉着她的手让她坐在床沿："还是工作重要。"

纪母的手有点儿凉，涂筱柠看到她手背上密密麻麻的针眼和胳膊上如同蚯蚓般趴着的血管，心脏不由得一紧。

"上次双方家长见面，我没有亲自去，真是失礼了，替我跟你父母说声抱歉。"虽然被病痛折磨，但纪母的言谈举止都极有修养，看纪昱恒的模样就知道她年轻时定是个美人。

"没事的阿姨，我父母跟吴老师夫妻也是旧识，眼下您的身体最重要。"涂筱柠摇摇头。

正好护士推门而入，来给纪母的点滴里加药。

"冰袋没有了，你要再买些来，冰敷要持续。"她对纪昱恒道。

涂筱柠刚想说她去买，见他已跨步出去："我很快回来。"

她只得点点头，陪纪母留在病房。

纪母还在瞧她，她脸一热，想转移纪母的视线，便从床头柜上拿了一个苹果。

"阿姨，我给您削个苹果。"

纪母刚要说不吃，看她已拿起了水果刀，便未再阻止。

涂筱柠垂着头，长发微微滑到额前隐去了半张脸，却依旧能看到她认真的神情，削皮的姿势也是有模有样，动作极为熟练，没多久就削好了，苹果皮一点儿没断。

纪母有些意外："你经常削苹果？"她知道现在的年轻人鲜有用刀削水果皮的。

"大学的时候，宿舍里总是丢水果刨，我就开始学用刀削，后来室友就习惯性地把带皮的水果给我削了。"涂筱柠边说边将苹果一小块一小块地切在碗里，然后才递到纪母面前。

纪母笑着轻轻摇了摇头："你吃。"

涂筱柠心想是不是她觉得苹果太硬了，便站起来倒了一点儿热水在碗里，弯着眉说："这样泡一泡再吃比较软，也不会太凉。"

纪母看她的眸里有光，将手覆在她的手背上，突然问："昱恒平常是不是很闷？"

涂筱柠心虚地笑："没有啊！"

"他从小就内敛，有什么都藏在心里，不太会跟女孩子相处。如果他对你不好，你就告诉我。"

"他对我挺好的。"涂筱柠都觉得自己说谎话是越来越能"信手拈来"了。

他不会跟女孩儿相处吗？他可是从初中就能把大把女生迷得神魂颠倒的人。

"昱恒他爸爸走得早，他小时候就很懂事，总不让我操心，好不容易毕业工作了，我这身体却拖了他的后腿。"纪母说到这里自责不已。

"阿姨您别这么说，做子女的照顾父母是应该的。我们努力工作也是为了能让父母健康快乐，可以好好尽孝道。"

纪母却叹息："可我这身子，也不知还能撑多久。"

这次换涂筱柠握紧她："现在的医疗很发达，我们要相信医生。"

纪母的视线重新落到她身上，眼神越发温柔："也不知我能不能亲眼看到昱恒成婚。"

涂筱柠的脸一红,手还在纪母的掌心,她应也不是,不应也不是。

好在纪昱恒及时回来了。他一回病房就看到她们紧握的手。

涂筱柠借着去接他手上的冰袋站起身:"回来了?"

"嗯。"

她刚触到冰袋的温度就被纪昱恒又抽走了。"太凉了。"他说。

涂筱柠的指尖还冷着,他已经走到病床前给母亲做冰敷了。涂筱柠这才发现原来纪母的双脚静脉上也都是针孔,血管似乎因为长期注射药液变得僵硬。涂筱柠的心又跟着沉了几分。

"吴老师,你儿子真孝顺。"这时,一直安静的邻床病人说话了。

涂筱柠以为是吴老师来了,还在朝门口看,却突然想到纪母跟吴老师是姐妹,自然也是姓吴,那么此吴老师就是她?

果然纪母看着病友在摇头:"我倒不希望他这么孝顺,总是耽误他。"

"妈。"纪昱恒唤了一声,对她的话表示不认同。

"可我儿子下了班也见不到人影。"邻床病人苦笑着,又仔细打量涂筱柠,刚刚她一直坐着,这会儿才真正瞧清模样。

邻床病人不禁羡慕:"还有你儿媳也孝顺,刚刚还切苹果给你吃,比我那儿媳可懂事多了。"

纪昱恒的视线朝涂筱柠投来,她的脸这下再也不可抑制地直接红到了脖子,她就差把他手里的冰袋抢过来捂脸了。

纪母见涂筱柠害羞了,连忙解释:"还没结婚呢。"

邻床病人却对着他们直笑:"小年轻嘛,很快的。"

送涂筱柠回家的路上,两个人比去医院时更安静。

再见纪母之后,涂筱柠的胸口一直闷闷的,她再也无法直率地跟他提散伙的事,可是还要耗多久呢?如果纪母的病情一直没有好转,他们难道要演到领证结婚吗?

"等这次化疗结束。"这时,纪昱恒突然冒出这么一句。

涂筱柠疑惑地看他,他怎么说话总是这么没头没尾的?

他开着车又说了一遍:"等她这次化疗结束,我会跟家里说清楚。"

涂筱柠尴尬,难道她已经这么明显地表露出自己的想法了吗?

为了表现自己无所谓,她故作轻松地说:"哦,没事,得找一个契机,太快分手反而招人怀疑。"况且她这儿还有一个徐女士呢,徐女士可没那么好糊弄。

她又迟疑了一下:"只是你不觉得……现在我们在同一个部门,私下还要演戏,有点儿……"她本来想说有点儿累,可最后说出口的是"怪"。

"生活本来就是一部连续剧,私下都演了,工作上接着演,多一个不多,少一个不少,有什么区别?"他转了个弯,"而且你之前不是也演得挺好?"

涂筱柠知道他是在暗指她之前总在DR跟他佯装不认识的事，可那时他还在"银监"，跟现在能一样吗？银行本来就人多嘴杂，万一被同事发现，到时候给她安上一个勾引上司，想飞上枝头变凤凰的罪名，她跳到黄河都洗不清啊！

"你放心，你所担心的事情不会发生。"可他的声音有力地响起，直接斩断了她乱七八糟的思绪。

她又觉得莫名其妙，便问："我担心什么事？"

纪昱恒侧眸看她："怕行里有人说你献身于我。"

她差点儿吐血，他是会读心术吗？她心虚，却极力掩饰："我可没那么想。"

他又转了一个弯："那是怕被说我潜规则你？"

她后悔接他的话茬，干脆让她下车算了。

脖子又在发热，她刚要反驳，车停下了，到她家了。

他靠坐在驾驶座上，凝视着她："不管是哪种传言，都不会在DR发生。"

涂筱柠看着他认真的表情，一想也对，不管是职位还是能力，以他们之间的差距，谁都不会把他俩联想在一起。他们从前就不是一个世界的，以后更不是，她担心个屁。

她静默少顷，继续装淡定："纪总无所谓的话，那我自然也无所谓。"

反正他们本来也没什么，等一拍两散后，各走各的路，谁当她领导不是当，是他又怎样？

纪昱恒的唇角却带着一抹警示的笑意："但我丑话说在前面，作为领导的时候我并不是那么好相处。"

涂筱柠嗤之以鼻，这还要你说吗？前几天我又不是没眼睛看，没知觉感受，况且，私下也没觉得你多好相处啊。

但她最后只说了句："好的，纪总。"

他却提醒："下了班不要再叫纪总。"

涂筱柠想翻白眼，你就装吧。

这时她的手机响了，她一看来电显示是徐女士。这都到家门口了，徐女士来电话做什么？

她边下车边接电话，徐女士的嗓门儿很大。

"带小纪上来吃饭。"

涂筱柠一怔，往自家窗台一瞧，母亲正在那儿一只手举着手机，一只手朝她挥舞着。

她顿时觉得自己要心肌梗死了，原来徐女士真的天天在窗台瞄她下班呢？

"磨蹭什么呢？快点儿！"母亲还在电话里催促。

她只得违心地转身，弓下身子轻轻叩他的车窗。

他刚要踩油门，看到她没走几步又折返，便放下了副驾的车窗，只听她清了清嗓子:"那什么,我妈叫你一起上去吃饭。"

回应涂筱柠的是沉默。以为他要拒绝自己,她心中松了口气,谁知他向四处环视了一圈,又疑惑地朝她看来。

"你家小区还有哪儿可以停车?"

涂筱柠家是老小区,不像新小区里都有规划好的停车位,所以有车族每天都是靠右停在路侧,谁回来得早就先占位置。

但是她家老涂很厉害,在绿化带里也开辟出几个停车位。由于小区里的私家车越来越多,确实停车难,物业对此也就睁一只眼闭一只眼了。所谓前人栽树,后人乘凉,邻居们见状也纷纷开始将车停在老涂开辟的绿化带里,确实略微缓解了停车位紧张的问题。

涂筱柠张望了一下,小区通道上这会儿已经没有多余的空位了,看到老涂曾经开辟过的绿化带上还空着一个位置,便指挥纪昱恒停到那边去。

纪昱恒却放下车窗探出身子。

"这是绿化带。"他提醒。

后面又有车来了,涂筱柠怕位子被抢,赶紧说:"没事的,我爸经常停。"

纪昱恒好像并不认同,又朝远处望了一眼:"我再到前面去看看。"他说完便开车往前去了。

他的车前脚刚走,后脚就有人稳稳地把车停在了绿化带上。

涂筱柠这次真的忍不住翻了个白眼,都说了可以停了,他非要舍近求远。

她等了一会儿,他人才来了。

"前面有位置?"她问。

"没有。"

"那你停哪儿了?"

"小区外面。"

涂筱柠总算在他身上找到了一个不如自己的地方,他就是太中规中矩,不像她从小会变通,但凡有捷径绝不傻不拉几地走正道。

他却又像知悉她在想什么似的,说:"碾压花草不大好。"

涂筱柠看看他,昏黄的路灯灯光照在他身上,他仍是那么一本正经。

"你还挺有爱心。"

"尚有余地的时候能不走偏锋就不走。"

涂筱柠还在琢磨这句话跟停车位有什么关系,他又道:"况且门口走几步路也到了。"

反正她说不过他,便抬脚往自家单元楼走去。

又想起什么,她问他:"你母亲也是老师吗?"

她之前听病房里的邻床唤纪母老师。

"她是大学高数老师。"

涂筱柠暗叹,这一家子绝了,怪不得他从小成绩就好。

唉,但凡老涂跟徐女士有一个人基因好点儿,她也不至于从小就是学渣啊!

纪昱恒的到来让涂母喜不自胜,又招呼他坐又招呼他喝茶,连很少亲自下厨的涂父今天都在厨房掌勺。

纪昱恒第一次到涂筱柠家,边跟涂母说话边环视着屋内。

房子一看就有些年头了,装修和家具也很老式,面积也不算大,但无论从整体布置还是小的陈设上都能看出是温馨的三口之家,就像他现在手上隔着水杯也能感受到那份由内而外散发出的暖意。

"这房子还是筱柠上幼儿园的时候我跟她爸爸买的,楼下还有一个车库,那时候房价可不像现在炒得那么高。"涂母说。

纪昱恒笑笑:"二十几年前的物价也跟现在不一样,现在房价有些过高了。"他说着注意到墙上挂了一把小提琴。

涂母不等他问,直接告诉他:"我们家涂筱柠从小就是个半吊子,幼儿园就让她学小提琴,到了小学她嫌苦,就半途而废了,然后澳门回归的时候,我就看着她同学啊,邻居家小孩儿啊,都站在国旗下用小提琴演奏《七子之歌》,人家家长在观众席上是骄傲,我那个恨啊!"

涂母想到了当年的事,气就不打一处来,狠狠瞪了涂筱柠一眼:"要是当初她能坚持下去,也能到单位活动或者年会上一展才艺,在领导们面前露个脸,现在什么一技之长都没有,不争气。"

他朝涂筱柠看了一眼,她便咳了一下:"徐女士,差不多就行了啊!"

徐女士再说下去她都没形象了,好歹人家现在是她正儿八经的直系领导,以后还得靠他赏饭吃呢。

母亲只当她是当着男朋友的面不好意思:"反正小纪是自己人,以前说你不是脸皮挺厚的,现在知道害羞了?"

涂筱柠觉得自己还是少说话的好,不然迟早被徐女士卖了。她转身就要回房。

"对了,带小纪看看你的房间。"母亲的声音却又传来了。

她非常不情愿地带着纪昱恒进了自己的闺房。

纪昱恒一进去,首先映入眼帘的就是他之前送给她的那只大熊,大熊正可爱地躺坐在她的床头。

"太大了,实在没地方放。"涂筱柠是这样解释的。

他没作声,踱步到她的书橱前。刚刚远远看着都是满的,他只当都是些名著和她学生时代的教科书,但走近一瞧才发现不是那么回事,放眼望去全是言情小说。

他随便扫了几眼,都是什么《名流巨星爱上我》《那小子来了,就问你服不服?》

《女人，爱我你怕了吗？》。

他不自觉地蹙了蹙眉。

涂筱柠赶紧跑过去挡在他身前："这里都是陈年老书，我早就想卖了，一直没时间。"

她只顾着挡住他的视线了，来得匆忙没多想，这会儿才发现两个人离得过于近了，她都可以清晰地看到他微微松开的领口处分明的锁骨和凸出的喉结，有一股说不出的性感。

涂筱柠又闻到了海飞丝的薄荷味，好像又混了一点儿他自己的气息，在此时此刻显得既清新又撩人。

纪昱恒一低头就看到了涂筱柠又长又密的睫毛和白皙的脖子，鼻间是她特有的体香。两个人近在咫尺，他才发现她腰细腿长，个子也不矮。

"吃饭了。"房外传出母亲的呼唤声。

涂筱柠感觉纪昱恒往后退了一步，跟自己拉开了距离。他看着她，似乎在等她先走。

"吃饭。"涂筱柠低头赶紧出去了，耳根却莫名地有些发烫。

纪昱恒也跟着出来了。两个人就座时，他倒也很自觉地直接坐在她的身旁。

"你这孩子，自己工作也挺忙吧，还经常送筱柠回来。"老涂端上了最后一道菜。

"应该的叔叔。"纪昱恒站起来替他接。

"你别动，坐，坐。"老涂示意他好好坐着。

徐女士把菜都往他那儿挪近了些，热情地招呼他："来，吃菜，吃菜。"

纪昱恒便坐下，拿起筷子先夹了一块鱼。

徐女士啧了一声，看向涂筱柠："我说什么来着？聪明人就喜欢吃鱼，哪像你，就知道吃肉。"

她吃肉也错了？

"我只是嫌剔鱼刺麻烦。"她狡辩。

纪昱恒却笑笑，将刚夹的鱼肚子肉送进涂筱柠碗里："这个没刺。"

涂筱柠一愣，对上他难得温柔的视线，又不能拒绝，只能闷头吃饭。

涂母涂父相视了一眼，然后涂母的眼中也染上了笑意，一顿饭下来她都没怎么吃，只顾着看纪昱恒了，真是丈母娘看女婿，越看越欢喜。

"现在还在筱柠的单位查业务吗？"大概觉得太过安静，徐女士又打开了话匣子。

纪昱恒沉默片刻，然后说："叔叔，阿姨，我刚换了工作。"

涂筱柠正在盛鱼汤，手一抖把鱼汤泼在了饭桌上。

徐女士嫌弃地看她，边抽纸巾擦边说她："怎么这么不小心？"

然后徐女士又回头看向纪昱恒："换了什么工作？"

涂筱柠满头黑线，这话题就跳不过去了是吧？

她刚要在桌下轻轻地踢纪昱恒暗示，他已经开口："我现在也在 DR。"

涂筱柠觉得自己不用轻轻踢了，因为她现在想踢死他。

屋里一下陷入沉默，只有涂筱柠喝鱼汤时勺和碗撞击的声音。

徐女士缓了缓，哦了一声，又忍不住问："哪个部门啊？"

纪昱恒："拓展一部。"

夫妻俩又对视，老涂推了推眼镜，和蔼地笑笑："在同一个部门做客户经理也挺好的。"

纪昱恒目光平静，轻声纠正："我任的是总经理一职。"

涂筱柠猛咳了起来。

"干吗你？"母亲又瞪她。

她却表情痛苦，指着嗓子说："卡到鱼刺了。"

涂筱柠觉得丢死人了，大晚上来医院夹鱼刺，挂了急诊，发现来夹鱼刺的都是小孩儿。好不容易到她，医生却说她的鱼刺太深肉眼看不见，要做喉镜。

"你们先去缴费，然后去喉镜室排队。"医生打了一张单子递过去，顺势看了看涂筱柠身旁站着的三个人，心想多大的人了，卡个鱼骨头还要父母老公齐上阵陪着来医院。

老涂刚要伸手，纪昱恒已经接过："你们先去排队，我去缴费。"

涂筱柠还在咳嗽，脸都红了。

徐女士赶紧带她往喉镜室里跑，边走边念叨："你这个死孩子从小就不让我省心，喝鱼汤还能被卡着鱼刺，一点儿都不会照顾自己，成家了可怎么办？"

"我就说不喜欢吃鱼。"涂筱柠嘟囔，可一说话又有要呕吐的感觉。

"行了你少说几句，她现在难受着呢。"老涂打断了徐女士，三个人赶到了喉镜室。

没想到晚上来做喉镜的人也不少，有大人有小孩儿。

"每人只留一个亲属陪同，其他人都出去。"候诊室里的护士蹙眉道。

纪昱恒正好缴完费过来，闻言便说："我留下吧。"

老涂看着自家闺女难受的样子有些不舍，却被徐女士拉了出去。

"那小纪你看好她。"

纪昱恒颔首，站在了涂筱柠的身侧。

"还难受？"

涂筱柠现在不敢再说话，只能点点头。

"先别动了。"纪昱恒便也不再跟她说话。

老涂在喉镜室外面走来走去，不停地朝里张望。

"卡个鱼刺而已，能把你闺女怎么着？"徐女士相比之下淡定许多。

"那你跟来做什么？"老涂难得回了一次嘴。

徐女士拍拍医院的座椅坐了下来："我啊，我来看看我未来女婿是怎么关心我女儿的。"

老涂皱眉，不知道她什么意思，却被拉着一起坐下。

"看看，挂号，缴费，现在又在里面陪着，可见人家对你闺女是上了心的。"

"那男朋友不就得这样吗？不然谈个锤子。"

徐女士又拍拍他的肩："你看，之前你还不信我算命，现在条条都中了吧。"

老涂不解，徐女士又说："贵人哪，小纪就是咱闺女的贵人。"

老涂懒得理，想要站起来，又被徐女士拉了下来："现在小纪跳槽去了闺女的部门当总经理，你知道这说明什么？"

"什么？"老涂象征性地问了一下。

"转正啊，咱闺女在DR转正有望了！"

这下老涂没声了。

涂筱柠以前没做过喉镜，做了之后才知道喉镜是从鼻子里插一根长管慢慢伸进喉咙里，即使喷了麻药她也觉得难受，不过好在总算把鱼刺拿了出来。

因为喉镜从鼻腔进入，她的眼泪生理性地蓄满了眼眶，结束的时候她只想拿纸擦一擦眼睛，好好擤一下鼻涕，但是医院不提供纸巾，并且医生给她夹完鱼刺就开始叫下一个。

涂筱柠就这样满脸是泪地再次出现在纪昱恒面前。

下一个患者是小孩儿。小孩儿一听护士喊自己的名字便往里冲，险些撞到涂筱柠。

纪昱恒就站在门口，长手一伸将她拉了过来，正好避开了那孩子，也顺势将她护在臂间。

涂筱柠晕晕乎乎的，只觉得口鼻眼这会儿还都难受着，满脑子就想着要纸巾，没留意到其他的事情。

她抬眸对上纪昱恒的目光，他的手不知何时已经落在了她的脸颊上，像羽毛般轻轻替她拭着泪水。

她的耳边是他温柔的声音："很疼？"

直到第二天上班，涂筱柠还觉得昨晚的事是自己的幻觉。

她只记得当时自己宛如触电般立刻弹开，说了句"不疼"，就像做了亏心事似的跑出了喉镜室。

可明明被吃豆腐的人是她，她却有一种他被自己猥亵的错觉，为什么？

她敲着脑袋赶紧让自己进入工作状态，纪昱恒正好听着电话从外面进来。

他又变成了扑克脸，走路带风，跟私下判若两个人，在两种样子间切换自如，仿佛昨晚什么事都未发生，连一个眼神都没扫过来，满脸只写着"工作"两个字。

涂筱柠其实挺佩服他，论演技，他才是影帝。

他挂了电话就唤赵方刚。

赵方刚一筹莫展地走进他的办公室。

"纪总。"

"你手上那笔不良业务现在到什么阶段了？"

"只能准备处置抵押物了。"

"保证人呢？当时不是追加了第三方企业担保吗？"

这就是赵方刚头痛的地方："保证人不想蹚这浑水，不是'装死'就是跟我周旋。"

纪昱恒看着文件抬眸："'装死'？他以为这样就可以不替借款人还款了？"

"他可能想等我们先拍卖抵押物，再见机行事。"

纪昱恒注视着他："偏远郊区的商办楼，你觉得谁会拍？流拍一次抵押物的价值就得打一次折，三千万的不良贷款，你想想到时候你的风险金够不够扣。"

赵方刚有点儿破罐子破摔的意思："只能走一步看一步了，万一有人拍了呢？"

"我不喜欢听万一这个词，以后也不要让我听到。"纪昱恒严肃地道，又唤饶静。

饶静："纪总。"

"晚上我请政府招商办的人吃饭，一共四个人，时间定在六点，地点你负责一下，其中两个人是海归。"

"好的。"

"部门的人都出席。"

这句话让饶静和赵方刚都颇感意外，因为以前江总可不会带着全部门的人一起去赴宴，尤其是跟政府的人吃饭时。

"知道了纪总。"饶静回答，然后和赵方刚同时出了办公室。

"啥意思？"赵方刚无声地朝饶静做着口型问。

饶静摇头，现在也猜不透这位年轻的新领导每天想些什么，只走到涂筱柠的办公桌旁敲了敲。

"晚上一起去饭局。"

涂筱柠想到上次，有些怕了："又要喝酒吗？"

"谁知道？"饶静懒得想，也不懂纪昱恒的葫芦里卖的什么药。

涂筱柠垂头，心想肯定是逃不掉喝酒了，上次参加班长的婚礼，全桌男的就纪昱恒没喝酒，他说酒精过敏来着。

饶静给部门以前组织饭局的老地方打了预订电话，然后给纪昱恒发了餐厅已经订好的微信，但是半天没得到回复。

只以为他在忙没空看微信，饶静就把手机丢在一旁没再管，心想刚刚他还告诉她其中两个人是海归，管他"海龟""路龟"的，不都是一天得吃三顿饭的人吗？

三个人还在忙碌，昨天那个送花的人又来了。

他敲了敲门："涂筱柠，你的花。"

今天送来的是一大捧白玫瑰。

"哟哟哟。"饶静把玩着手中的笔，等着看戏。

涂筱柠要疯了，到底是谁啊？

她赶紧拿了花又放在空位上。

饶静走过来凑上去闻了闻："不错啊小涂，什么时候带师父见见你的男朋友？"

"我没有，饶姐。"涂筱柠矢口否认。

饶静睨她一眼："得了吧，这花连送两天，我估摸着明天还会送，小伙子够持之以恒的啊！"

涂筱柠不知该如何解释，仔细看了看，也没在花里找到卡片之类的线索。

纪昱恒持着笔记本边打电话边走出办公室。

饶静看到叫了一声："纪总。"

纪昱恒的电话还没打通，他驻足等饶静说下去，目光顺势落在了空座的两束玫瑰花上。

涂筱柠赶紧闷头做事，生怕他以为自己无心工作。

"晚上用餐的地点我已经订好，发您微信了。"饶静告诉他。

"我看到了。"

饶静刚要坐下去，却听他说："你取消吧，我会重新订地方。"

饶静不解，连赵方刚也转过头来看，涂筱柠也觉得纳闷儿，一顿饭而已，他还挑地方吗？

但饶静没有追问缘由，只恭敬地回："好的纪总。"

纪昱恒的电话终是没接通，他收起手机朝门口走了几步，又顿住。

"我们部门在食堂用午餐通常是怎么安排的？"

静默一刹那，三个人不知他为何突然问这种琐事。

"各充各的卡，各吃各的饭。"不一会儿，赵方刚说。

纪昱恒的视线又朝饶静扫来："饶静，以后每个月从部门费用里给每个人的饭卡充五百块钱，如果食堂后勤手抖，那就每人充到系统顶额一千块，让他手不抖为止。"

三个人皆愣。

"我不强制你们每天午饭时间坐在一起，但至少我在食堂用餐的时候，你们三个要坐在一起。办公室文化固然重要，但食堂往往也是能看出整个单位、一个部门的细节的地方。拓展一部是一个团体，明白？"

"明白。"

"明白。"

"明白。"

纪昱恒抬步离去。

三个人互相看看，对刚才发生的事都有些茫然。

赵方刚先若有所思地笑了笑，朝门口探了探，确定纪昱恒走后，直接一屁股坐在了办公桌上："这个纪总挺有意思的，总不按套路出牌啊！"

饶静也若有所思，却说："领导的心思别乱猜。"

赵方刚又放低了声音："部门费用不是一直放在营销上用的吗？以前江总哪儿舍得拨在我们身上啊，签个报销单等个把星期是常有的事，拖啊拖的，时间过期发票就作废了，之前请客户吃饭我自己垫了多少钱？"

听着赵方刚嘟囔，饶静笑了："说不定我们这位纪总就在营销呢。"

"营销什么？"

"人心。"

涂筱柠在一旁凝神倾听，只觉一头雾水。

晚上的饭局纪昱恒先去了，涂筱柠跟饶静坐赵方刚的车。

按照纪昱恒在部门群里发的定位，车七拐八绕地开到了一个偏僻的地方，周围不是停车场就是商办楼。

三个人下车后，仰头望着高耸的楼，半天没瞧到饭店或者酒店的字眼。

"搞什么？这里哪儿有吃饭的地儿？"赵方刚觉得好笑，点了一支烟，"我说，真是请政府的人吃饭吗？放着饶静你预订的高档饭店不去，我还以为找了个多上档次的，谁知道却是个穷乡僻壤。"

饶静也觉得奇怪，是不是搞错了地点？她又翻开微信查看了一下，可定位显示的确实是这儿。

"2号楼A座。"她读着位置开始巡视四周。

"不就在那儿？"她朝远处指了指。

涂筱柠望去，确实看到了"2号A座"四个字。

赵方刚猛抽了几口烟，往脚下一扔踩了踩："走，我倒要看看这花果山里有没有水帘洞。"

三个人先后走进了那座商办楼。

楼里也很陈旧，墙上到处都贴着小广告，楼道里不是破旧的自行车就是电瓶车。

电梯也很夸张，他们按了半天，电梯还在上面，站在底楼也能听到那陈旧的机械摩擦声。

这样的场景让涂筱柠怀疑自己不是来参加饭局的，而是像电视剧里做地下交易的。

赵方刚哼了一声："我们不会是要去人家私人老板的食堂吃饭吧？"

饶静从包里拿出粉饼补妆，又是她那个闪瞎人的牌子。

"别说食堂了，就是鸿门宴你也得去。"

电梯好不容易慢慢悠悠地到了,电梯门一开,四壁都是广告,他们任上去的时候,有个中年妇女牵着一只小泰迪也跟了进来。

赵方刚嫌弃地往后退了退,皱着眉问饶静:"几楼啊?"

"三十二楼。"

他一看是顶楼,按了一下,电梯没反应,又使了点儿劲按灯才亮了。

"我真怕这电梯有安全隐患。"他又鄙夷地道。

牵着狗的妇女朝他看了一眼,饶静用胳膊撞他,示意他少啰唆。

赵方刚没好气地闭了嘴,电梯略带摇晃地缓缓而上。

小泰迪却在电梯里不安分地走着,突然停在了赵方刚的脚边,抱着他的腿就开始扭动。

赵方刚本来就不喜欢狗,看清它在干吗后大惊失色。

"这是在干吗?!"

涂筱柠和饶静一看也呆住了。狗主人狂拉牵引绳,奈何电梯里的空间小,再怎么拉小泰迪还是能扑过去。

最后赵方刚的裤子湿了一块,狗主人不停地道歉,直到她带着狗先下电梯才结束了这场闹剧。

饶静笑得差点儿瘫在电梯里,涂筱柠也实在忍不住笑了,只有赵方刚脸色铁青地要砸电梯。

三个人到达三十二楼,饶静捂着肚子还在笑。

"笑笑笑,有什么好笑的?!"赵方刚瞪她。

"没什么,为你的腿默哀。"饶静边说边揉眼睛,"笑死我了,赵方刚,原来你的腿比你的人更有魅力。"

两个人还在打闹,涂筱柠收起笑容,左右看看,发现两边都是私人企业的门头,难道真的要去人家食堂吃饭?

这时微信又响了,像掐好时间似的,纪昱恒在群里发了一条消息:"到顶楼后往左手边走,打开那扇贴满广告的门。"

三个人按照提示照做,只当那扇门后是楼道,没想到推开后又看到了另一部小电梯。这电梯大概只能容纳四个人,他们三个站着都显得有点儿束手束脚。电梯有两层,但只有第二层的键可以按。

他们只能直接上顶层,赵方刚还在电梯里抱怨着刚才的事,电梯门打开后他却消了音,外面居然是个露天的高档餐厅。

西式穿着的服务员站成一排向他们鞠躬,然后指引着他们往里走。

整个餐厅是西式的装修风格,安静优雅,明亮的落地窗正对 C 市的江。夕阳西下,晚霞将天边映得泛着橘色,阳光照在波光粼粼的江面上,货运船只来来往往,好一幅岁月静好的江景图。

远处则是整座 C 市。

这里岂止有水帘洞，简直是世外桃源。

"这边请。"服务员继续领着他们往里走。

三个人这才收起眼中的惊异之色，跟着走。

他们被带进了一间玻璃房，简欧的装修风格，头顶是几盏羽毛的吊灯，桌上燃着精油蜡烛，像极了国外童话故事里的场景。

纪昱恒双手抱臂站在落地窗前，似乎已经等了许久。

他听到声音回眸，余晖落在他的身上，使他整个人如同这暖色般显得柔和起来。他身后是整个 C 市和浩荡的江景，此刻他竟显出一种君临天下的气魄，震慑人心。

"现在还破吗？"他仿佛会读心，问出了他们之前的心里话。

赵方刚先摇头："不破，一点儿都不破。"

然后他看看自己的裤腿，很不合时宜地说："我先去趟洗手间。"

"第一次来，我也去认认路。"饶静打量着一切，慢条斯理地道。

涂筱柠觉得留自己和纪昱恒在一起很别扭，便说："我也去。"然后她跟着他们出了玻璃房。

"可以啊，我一土生土长的 C 市人居然都不知道这风水宝地。"果然一走远，赵方刚就开腔。

饶静没接话，看到前面还有空中花园，便说："我去那儿看看。"

赵方刚急着去擦洗裤管，没管饶静，自己先往洗手间去了，只有涂筱柠跟着饶静往前走。

初秋的微风吹乱了她们俩的长发，饶静眺望着江景点了支烟。

"真漂亮。"涂筱柠望着夕阳，不禁感叹。

"可怕。"饶静却吐着烟说。

涂筱柠以为自己听错了，却听饶静继续道："他今天让我找地方的时候给出了两个关键信息，人物——政府招商办，背景——四个人里两个是海归。"

涂筱柠觉得这很普通："这能说明什么？"

饶静看她，反问："正常人如果要请人吃饭会怎么说？"

涂筱柠想了想："直接说我要请人吃饭？"

"可他为什么要说这么多？他完全可以说今晚要请什么人吃饭。"

涂筱柠不解了。

饶静又抽了一口烟："我之前也没在意，现在想想，他是在暗示我。"

涂筱柠听得好茫然，饶姐是不是把一件简单的事情想得过于复杂了？

可饶静的声音又随风飘来："招商办的人是公职人员，都很敏感，所以饭局不宜高调。而他们中有海归，就说明不是所有人都喜欢吃中餐。这里不管是地理位置、私密性还是风格都很合适。"

"那还有两个不是海归，吃中餐也没问题吧？"

"不。"饶静否定，"既然订了西餐厅，说明四个人中最有话语权的那个人就是海归，而且他一定喜欢西餐和洋酒。"

涂筱柠瞬间觉得自己长知识了，一个小小的饭局竟有这么多讲究和门道。

饶静掐灭了烟，似笑非笑："我干客户经理八年了，今天都没考虑周全，纪昱恒三十岁不到，却能考虑到这些细枝末节，可见心思非常缜密。他看似是安排我订餐厅，其实是在试探我。"

"试探你什么？"

涂筱柠对上饶静渐深的眸光。

"我是不是他的对手。"

"我是团队主管，又是部门元老，不管按年龄还是资历，他都得叫我一声前辈，如果我不服他或者心思比他深，对他就是一种威胁。"饶静笑着捋了捋凌乱的长发，"不过现在看来，我可能不是他的对手。"

涂筱柠听着若有所思，不知是饶静想多了，还是纪昱恒真如她所说的那么心思缜密。

饶静把烟蒂扔进垃圾桶："一个部门里只能有一个强者，纪昱恒现在可以稳坐总经理之位了。"

涂筱柠听不懂她的话，饶静看到玻璃房内多了人，转身朝玻璃房走："他不是个简单的角色，在他手下做事要谨小慎微，否则像你这种职场小白，连被怎么玩死的都不知道。"

饶静回头看她，以为又把她吓到了："走吧，你还嫩得很，就算再过几年也未必有跟他过招的机会。"

涂筱柠跟在她后面走着，心想自己就这么差劲吗？

来的人年纪都不大，坐主座的那位是招商办的主任，跟纪昱恒还是大学校友，纪昱恒唤他学长，也如饶静所说，他曾经有几年去美国交换学习的机会。

政府的人相比商人显得儒雅很多。他们不会劝人喝酒，但也不会与人过多交谈，好比文人墨客，总有些傲骨。

"你自带的酒？"那主任看到服务员给自己倒的酒，抬眸问纪昱恒。

"也不知学长这几年喜好变了没有。"纪昱恒笑言。

主任举起酒杯闻了闻，微抿一口，然后轻拍了一下纪昱恒的肩："你小子做事总是细心。"

他微微往后靠着，朝其他人扫了一眼："怎么？'银监'待不住了，去银行吃苦了？"

纪昱恒举起面前的酒杯和学长轻轻碰杯："换个地方换种心情。"他将酒杯送至唇边。

涂筱柠坐在角落看着，发现是自己太单纯，他哪有什么酒精过敏？那天婚宴上他就是不想喝罢了。

那边大学校友间开始聊得火热，饶静和赵方刚也是会来事的，吃了会儿菜，便和对面的其他几个人聊开了，还交换了名片。涂筱柠看看，只觉得自己跟这一切格格不入，而且根本没有人注意到她，对面男士的目光都被饶静吸引，他们纷纷加饶静的微信。

"姜主任，初次见面，我敬您一杯。"饶静趁着纪昱恒跟他讲话的空隙，站起了身。

那姜主任也很绅士地举杯，示意她不用客气："坐。"

饶静笑得柔媚："岂其娶妻，必齐之姜？都说姜姓出美女，我看不然，姜姓也出帅哥。"

"哦？"那姜主任也笑，看向纪昱恒，"有你们纪总这个货真价实的帅哥在，还是别取笑我这个快步入中年的人了。"

饶静挑眉："那只能说明你们A大是块风水宝地，贤才帅哥两出。"她一语双关，两边都不得罪。

姜主任嘴角的笑意比之前深了几分："那我冲你这句话也要干了这杯。"

饶静仍旧笑靥如花："可别啊姜主任，好酒是用来品的。"

她自己喝了一口便再次举杯向他致谢，说："圆润芬芳，回味悠长，难怪是绅士们的心头好。"

姜主任微微领首，便也只喝了一口，并举杯回应她的致谢。

涂筱柠从头到尾观望着，发现只顾吃菜的自己跟饶静比真的弱爆了。

纪昱恒的唇角也漾着笑意："姜主任年纪轻轻已是正处级干部，你们确实该多敬他几杯酒。"

姜主任瞥他一眼："昱恒，别在你下属面前编派我。"

饶静却又站起来了，这回站起来的人还有赵方刚。

"那是自然要敬的，感谢姜主任莅临指导。"

姜主任却不接，指着纪昱恒："你小子，存心灌我酒是吧？"

赵方刚的脑子转得快，他立马接话："姜主任，这杯酒我们先敬您，下杯酒就敬我们纪总，感谢纪总带我们来赴宴，我们才有幸一睹姜主任的风采。"

姜主任畅快地笑了，对着纪昱恒说："你们部门的人嘴皮子都厉害啊！"

纪昱恒亲自替他加酒："干营销的，不就得靠嘴吃饭？"

姜主任一拍桌子，只得认了："好，那我就喝。"

饶静刚要探身过去，看到涂筱柠坐着一动不动，就悄悄地用胳膊肘推了她一下。

涂筱柠赶紧举着杯子站起来，可她喝的是茶。

跟她碰杯的时候姜主任果然顿了一下，饶有兴味地看她的杯子。

涂筱柠尴尬，看看纪昱恒，可人家现在是领导，丝毫不给她情面。

她只能硬着头皮说："姜主任，我以茶代酒敬您。"

她一开口，就跟饶静和赵方刚的气场差了十万八千里。

"小涂今天是司机，刚调到部门还在学习，我带她来见见世面。"纪昱恒举着酒杯，状似不经意地开了口。

"那得跟着你们纪总好好学才是。"姜主任这才朝她伸出酒杯。

"谢谢姜主任。"涂筱柠赶紧将酒杯放低与他碰杯。

她坐下后紧绷的神经稍稍放松，再看淡定自若的纪昱恒，明明他们同龄，可他不管是谈吐还是言行，都比她老练许多，仅仅是因为学历的关系吗？但是论进社会的时间，她本科毕业就工作了，还比他读完研究生才出来早了两年，难道这也要看天赋？

然后其他人又互相敬了几轮酒，一瓶酒快见底的时候，纪昱恒开始跟姜主任谈正事。

"之前您提过近期负责的招商引资园区坐落在郊区。"

姜主任嗯了一声，告诉他："第一批企业就要入驻了。"

"大概多少家？"

"少说也有三十家，分成制造型企业和非制造型企业，对制造型企业我们只出让土地。"

"据说首批都是高新技术企业？"

姜主任看他的目光有些赞许："你消息倒挺灵，这批确实招的都是科技型企业，现在国家扶持民营企业，对科技型中小企业尤为重视。"

纪昱恒眸深如墨："我还听闻园区准备以批量合作的形式帮有资金需求的企业寻找银行对接？"

姜主任笑笑："确有此事，一旦消息放开，银行会争先恐后地涌进来。"

"学长，那日后我恐要多叨扰你了。"纪昱恒点到为止。

姜主任会意，手指隔空点点他，言语也耐人寻味："园区这么大的蛋糕，你确定你们DR吃得下？"

纪昱恒举起酒杯："一块蛋糕，第一个切的人运气总不会太差。"

姜主任也举起酒杯碰了一下："果然是你纪昱恒的风格，还是那么有野心。"

众人本以为话题就此结束，谁知纪昱恒又晃晃酒杯："制造型企业只购买了土地，那么厂房建成之前他们的办公地点在哪里？"

"有的还在老厂房，有的由我们政府安排。"

纪昱恒闻言未再多语，又陪姜主任饮了一杯。

"怎么了？"倒是姜主任有些好奇。

纪昱恒勾勾唇角："没什么，我们在郊区有一栋商办楼，最近正要拍卖。"

涂筱柠明显感觉到赵方刚的视线掠过自己看向了纪昱恒。

只听姜主任哦了一声:"那不是正好吗?你可以从园区急需办公点的企业入手。"

他又看看手下人,询问:"好像确实有几家?"

下面的人立刻点头附和:"明天我们就联系一下。"

纪昱恒将最后一点儿酒倒入姜主任的杯中,不再多言,只说:"那就谢谢学长了。"

"客气。"

纪昱恒和姜主任到底是校友,饭局从头到尾氛围很愉快。

最后离场时,姜主任还勾着纪昱恒的肩在回忆大学的往事。

涂筱柠和饶静、赵方刚走在最后,看着他们亲密无间的背影,赵方刚先叹了口气。

"我算是知道他为什么能坐上总经理之位了。"

"为什么?"饶静很配合地问。

"因为人脉。"

"可银行里大多数人最不缺的就是人脉。"

赵方刚摇头:"他跟其他人不一样。你想,A大毕业的人,那说明他的圈子里都是同类人,就拿这个学长姜主任来说,他肯定还有自己的圈子,然后他们圈子搭圈子,形成一个大精英圈。"

他突然一拍大腿,吓了涂筱柠和饶静一跳:"所以啊,这种才是正儿八经的资源型人才啊!"

一语惊醒梦中人,涂筱柠也如醍醐灌顶。

怪不得他可以毫无顾忌地从"银监"跳槽进银行,可见早就想好后路了,原来成绩好还有这个优势,周围的同学、朋友也都是厉害人物,说不定什么时候就给自己的工作帮上忙了。

"比不了,真比不了,我想进入高层还得再花很多精力和时间,再瞧人家……"赵方刚是发自肺腑地觉得自愧不如。

"早说总经理的位置没那么容易坐了,一开始你们还不服。"饶静也一直被纪昱恒刷新着认知,她倒要看看他还有多大的能耐。

赵方刚叹气,又压低了声音问饶静:"你说刚才他为什么提我那个抵押物的事?难道要帮我处置?"

饶静斜睨他:"跟你说了,领导的心思你别猜。"

这下轮到赵方刚哼声:"反正现在部门里只剩我们俩了,我们现在是一根绳上的蚂蚱,一荣俱荣,一损俱损。"

饶静瞪他:"谁跟你一根绳?"

赵方刚笑得很贱:"你那天不是答应了我们这位纪总不搞小团体和个体来着?"

饶静懒得再和他说话，快步跟上去了。

赵方刚又看看涂筱柠，似想说什么，却又作罢，然后也往前去了。

涂筱柠走在最后，也不由自主地叹了口气，看来这个职场，比她想象的复杂多了。

他们到楼下的时候，代驾早就在门口等候了，想必是纪昱恒提前安排好的。

几个人先送走了姜主任他们，饶静和涂筱柠不同路，各自打的，纪昱恒则把自己叫的代驾让给了赵方刚。

饶静叫的车先到，她跟涂筱柠打了招呼就先走了。

涂筱柠独自站在路边，还在看手机上叫的车离这儿的距离，想起纪昱恒今晚也喝了不少酒，便转身朝停车场看去，见他倚在车旁并未上车，难道喝多了？

秉着人道主义的关怀和欠他人情的内疚，她折了回去，走近才看清他只是站在那里抽烟。他一只长腿往后微屈，身子则慵懒地靠在车上，指间的烟忽明忽暗，这跟他工作中的精英模样完全不符。他微微仰头似在赏月，吐出的烟雾缭绕在他的身边，涂筱柠才发现在这朦胧的月光下，他像生在云端似的，既耀眼又朦胧，叫人看不真切。

不过他人似乎挺好的，应该没喝多，涂筱柠刚要溜走，就听到他低沉的声音。

"既然来了，就送我回家吧。"

所谓欠一次人情就像欠了一辈子，更何况她欠了两个大的。

涂筱柠开着纪昱恒的车，只怪自己不争气。

纪昱恒坐在副驾上，涂筱柠闻到了些许的酒气。

"原来你会喝酒。"

"我什么时候说过不会？"他的声音冷静，丝毫听不出他喝过酒。

"上次在婚宴上，你跟那谁说你酒精过敏。"

纪昱恒侧过头，长眸眯起："那谁？"

涂筱柠握着方向盘，注意力很集中："就那什么 A 行的宋江流啊！"

"不记得了。"

涂筱柠扫去一眼，见他慵懒坐躺着的大爷模样，继续认真开车。

她估计这人只记得住对他有用的人。

"业务学得怎么样了？"

就在周遭安静得涂筱柠以为他睡着了时，纪昱恒又出声了。

涂筱柠心虚地抓紧方向盘："基础业务都学了。"

"报告呢？"

"已经开始在学写提款报告了。"

"客户评级会了没有？"

"也在学。"

"你跟饶静可学的有很多。"沉默片刻,他说。

"她确实很值得学习。"

"涂筱柠。"蓦地,他唤她全名。

"在。"她不由自主地切回到工作状态。

"你要赶紧成长起来。"

后面的车要超车,按了一声喇叭,她听得不真切,侧眸想询问,发现他已经闭眼休息了。

她坐好继续开车。这人还让她下班后不要叫他纪总,自己却跟她谈工作,真是区别对待。

只是快到交叉口时,她不得不唤醒他,一上车他只说一直往前开,并未说他家在哪儿,前面再怎么开她就不知道了。

"那个,你家在哪儿?"

"先路过你家,你就在那里停吧。"

涂筱柠轻踩了下刹车:"不是送你回家?"

"你送我回家再打的折返和我在你家门口叫代驾,你觉得哪个方案更好?"

"我觉得 A 不错,所以我选 B。"她自知不是他的对手,索性不再啰唆。

涂筱柠将车开到自己家小区对面停下,发现前面正站着一个代驾,那人看到车牌便过来了。

"您好,我是您叫的代驾。"

涂筱柠想纪昱恒真是未雨绸缪,肯定是趁她开车的工夫就找好了代驾。她说了声"谢谢",赶紧下车腾位,也没再管纪昱恒有无回应。

她走到小区门口才听到车离去的声音,转头朝那方向瞧瞧,莫名地觉得好笑。

相亲对象变成了领导,你说这世界奇妙不奇妙?

那顿饭果然奏效,纪昱恒很快打进了园区,并且让赵方刚负责对接。园区里企业众多,赵方刚只恨自己两条腿不够跑,纪昱恒给他的一个月一户的任务这下再不用大海捞针,忙的时候他还会带着涂筱柠一起跑,这也是饶静特许的。

"业务学得差不多了,你也可以跟着小赵看看他是怎么营销客户的。"

涂筱柠以前也跟饶静出去过,但都是贷前收收材料或者贷后看看企业情况,现场看营销这是头一次。

赵方刚是个人精,每次去园区前都在包里揣几包烟,先在园区传达室里给门卫发上几根闲聊一会儿。

涂筱柠不明白用意,被连熏了几次,忍不住问:"小赵哥,门卫只是园区的,跟里面的企业没有任何关系,你们每次聊啥?"

赵方刚叼着烟,走得吊儿郎当:"传达室是小道消息聚集地,门卫能熟知这园区里每一位老板开的车、作息时间,甚至性格。"

烟从他的鼻孔里冒出来："所以不要小瞧门卫，做营销的人跟他们搞好关系绝不吃亏。"

涂筱柠刚要解释自己没有轻视的意思，赵方刚就从公文包里掏出一包烟放进衬衫胸袋里："有烟在手，谈事不愁。"

赵方刚眯了眯眼，吐出一个烟圈。

涂筱柠蹙眉，可她要咋办？

她只能默默走着。

两个人在一栋商办楼下停下，赵方刚没进去，继续悠然自得地抽烟。

涂筱柠看看企业门头："小赵哥，这家企业前几天我们不是来过？"

赵方刚点头："我知道。"

"那老板不是说不要贷款？"

赵方刚边抽烟边抖脚："现在不要，不代表以后不要。"

涂筱柠不解："可那不也是以后的事吗？"

赵方刚瞅瞅她，笑了："客户这种东西，你不能等他缺钱了再去营销，他越不缺钱你越要在他面前晃悠找存在感，等他对你有了印象，有需要之时自然会第一个想到你。"

"那如果他一直不缺钱呢？"

"就当交个朋友咯。"赵方刚轻描淡写地道，"优质企业为了考虑成本，不要银行贷款也很正常，但是一家企业总有资金周转不开的时候，营销不能急于求成，要学会放长线，钓大鱼。"

涂筱柠受益匪浅，又问："那老找存在感不会让人反感吗？"她总接到推销电话，烦躁的时候也很难听下去。

赵方刚笑得有点儿自恋了："这就要看你的方式和人格魅力了。"

他又抽了一口烟，视线落在她身上，收起了脸上的玩世不恭："小涂你啊，得早点儿有自己的客户，不然在DR耗着哪天才能转正？"

涂筱柠低头不语，他的话戳到了她的痛处。

"有了客户才有业务，只有业务才能带来利润和存款，客户经理就是靠业绩吃饭的，没客户啥都白搭，你真打算给DR义务劳动一辈子吗？"赵方刚的语气是少有的正经，涂筱柠知道他是认真的。

这时一辆卡宴驶来，赵方刚眼睛一亮："我就说门卫的消息都准。"然后他把烟头一掐，扔进垃圾桶。

那老板停好车，刚从车上下来，赵方刚就迎了上去。

"吴总，真巧啊！"

那老板一愣，大概一时没想起他是谁。

"我是DR的客户经理小赵，前几天拜访过您的。"

"哦——"那老板拖长声音，也不知是真想起来还是假想起来，然后随意客套了一下，"又来园区跑？"

赵方刚赶紧掏烟，虽被人家老板拒绝了，但也未尴尬："是啊，我今天出门的时候查了一下皇历，上面说福星高照，诸事皆宜，我就琢磨着那得到园区跑客户去啊，这不刚到贵公司楼下就遇到了吴总您？"

虽然他油嘴滑舌，但这话让人听得着实舒心，那吴总面露喜色，点点头，刚要走又停步，似在回忆："你叫……"

赵方刚赶紧摸出一张名片递过去："赵方刚。"

那吴总一接过，赵方刚就很知趣地给他让开道："那吴总您先忙，我就不打扰了。"

"哦，好。"

赵方刚朝涂筱柠使了个眼色，她也朝吴总那边微微鞠躬，便跟赵方刚快步走了。

一切就像偶遇，却又达到了赵方刚的目的。

"所以凡事点到为止，学会了没有？"赵方刚边走边回头。

涂筱柠狂点头，果然营销是门学问，路漫漫其修远兮，她要学的东西还有很多啊！

两个人在园区待到下午，收了几家公司的材料，回到办公室涂筱柠就看到了桌上的花。

跟饶静说的一样，花一天一束，每天不断，大家也从一开始的好奇到见怪不怪了。

涂筱柠又将花放到其他空位上，正好看到纪昱恒的办公室里有人。

瞥见她的身影，纪昱恒直接叫赵方刚。

赵方刚连坐下喝口水的工夫都没有，便麻利地跑进纪昱恒的办公室。

"纪总。"赵方刚一看，坐在里面的不是别人，正是一直跟自己躲猫猫的不良贷款保证人。

"你回来得正好，我们正在聊你的那笔贷款。"纪昱恒示意他也坐。

赵方刚边坐边纳闷儿他是怎么把这老滑头约出来的，居然还直接约到了行里。

纪昱恒则继续刚才的话题："沈总，现在管户经理也来了，我就不兜圈子了。抵押物拍卖在即，我不想流拍，所以不跟您谈别的，只麻烦您一拍的时候参加竞拍……"

这沈总皮笑肉不笑："纪总，你我今日初次见面，我本以为你是给我解决问题的，却没想到是给我制造问题的。我看DR招的人是一个不如一个了，觉得我老糊涂好骗？我去参加竞拍，到时候没人终拍，你让我出钱买抵押物啊？你想得倒好。"

纪昱恒端正地坐着，把玩手上的签字笔："我既然跟您提了竞拍，自然找好了终拍的人。"

他稍稍将椅子往后靠了靠，腾出距离叠腿而坐，明明是二郎腿，由他做出来却有一股不同寻常的气质，他整个人也变得更有气场："抵押物拍卖出的价格越高，偿还不良贷款的金额就越大，那我们银行向您追偿的债务也越少，反之，拍卖出的价格越低，对您就越不利。"

沈总冷哼："当初我们两家企业是互相担保的，现在他出现了不良贷款我也是受害者，我凭什么要帮他还钱？不还你们又能把我怎么样？"

他的嗓门儿很大，他大有豁出去的意思，涂筱柠在外面都感觉到了这场谈判的不易。

"看到没有？大多数企业只有要钱的时候是孙子，一旦拿到了款孙子就变成了银行。"饶静低声说了一句。

赵方刚坐在里面看看保证人的态度，有点儿沉不住气了，刚要说话，纪昱恒已开口："自然不能把您怎么样。"

他拿手上的笔轻轻敲着桌子："只是您的企业所有账户会被冻结，您和您爱人都会进入失信老赖名单，出行受限，还有您的孩子以后上学也会受到影响。"

沈总抬手重拍面前的茶几："你少拿这些吓唬我，大不了大家鱼死网破，你还能来搞死我？"

纪昱恒笑了："沈总，大家都是文明人，别常把'死'字挂在嘴边。"

"反正我告诉你，我不会还钱，一分都不会还！你们银行有本事去找借款人，找我保证人算怎么回事？！"

赵方刚还是忍不住了："沈总，我们现在就是在给您想办法，一旦抵押物流拍，对您是有百害而无一利。"

沈总不听，态度依旧恶劣："那就打官司！我要跟你们银行打官司！"

纪昱恒把笔一扣，表示赞成："去打好了，让法院看看你在我们白纸黑字的合同上签的字、盖的章，还有你爱人也是连带责任担保，你不怕费时间，我们很乐意奉陪，欠债还钱，天经地义，到时候该替借款人还的钱你一分都逃不掉。"

涂筱柠听到他不再用尊称，而是直接用了"你"。

沈总气急败坏："你！"

"借款人逾期跑路，你是受害人我理解，所以我说了，你只要参加竞拍把价格抬高即可，如果你觉得这是在害你，那我们就一拍两散。一笔不良贷款而已，我 DR 不是承受不起，倒是沈总你，好好掂量掂量自己和家庭是否承受得起。"纪昱恒站了起来，直视沈总的双眼，语气硬起来，"办法给你出了，做不做你自己算算这笔账，我还有会，不送。"

然后纪昱恒就走出了办公室，涂筱柠的办公桌上的纸又随之飘落。

那沈总还在置气，对着纪昱恒的背影出言不逊，赵方刚却像在纪昱恒刚才的言行里得到了底气，对着沈总沉了沉声。

"沈总，撕破脸大家都不好看，您冷静下来好好想想我们的话。我可以告诉您，抵押物拍卖一拍是评估价的七折，如果一拍流拍，二拍再在一拍的基础上打八折，再流拍就只能变卖。如果真到这步，三千万的贷款我假设能拿拍卖的钱偿还一千万，那剩下的两千万还是得催您来还，但是如果您去参加竞拍，把价格抬高，再有人终拍拿下抵押物，说不定光拍卖就偿清了贷款。您是商人，亏不亏您应该心里有数。"

"你们少诓我。你们现在说有人会终拍，到时就我一个人拍，岂不是遂了你们的意？！"

赵方刚也笑笑："所以我们纪总也说了您可以不管。不过我要是您啊，会选择相信银行，反正横竖最坏都是被追偿，为什么不去试试？"

赵方刚又掏出烟递给他："沈总，一起去抽根烟？"

沈总朝他瞪了一眼，哼了一声就走了，赵方刚也后脚走出来，但表情有些凝重。

涂筱柠只当他是因为那沈总不高兴，本来还有问题想请教，也识趣地没再打扰。

到了下班时间，赵方刚也意外地没像往常一样第一个走，直到纪昱恒开完会回到部门，赵方刚站了起来。

"纪总。"

纪昱恒嗯了一声，脚步未停，赵方刚便跟进了他的办公室。

犹豫片刻，赵方刚问："您真找到拍下我抵押物的最终人了？"

"怎么？你也觉得我在诈他？"

"不是。"赵方刚赶紧否认，又挠挠头，有些手足无措。

纪昱恒抬眸无声询问。

"就……"赵方刚这会儿扭扭捏捏的，蓦地轻咳一声，低声说了句，"谢谢。"

"我不是帮你。"纪昱恒语气淡淡地把自己的笔记本扣放在办公桌上，"我是为了部门。"

"我知道，但还是要说声谢谢。"

纪昱恒未再作声。

"以后园区那边我会好好对接的。"赵方刚突然冒出这么一句就撤了。

饶静看他今天反常的样子，轻轻喷了一声，涂筱柠看向她。

"看，我说什么来着？我们这位纪总是稳坐总经理一职了，他不仅会营销客户，连人心都收于无形。"饶静低语，听不出是夸赞还是讽刺。

涂筱柠微微蹙眉，所以纪昱恒到底是个怎样的人？

手机突然收到一条微信，涂筱柠打开看到是凌惟依发来的消息。

"陆思靖一直问我要你的微信，姐们儿实在是撑不住了，给不给你说句话！"

涂筱柠的指尖在屏幕上顿住，她再呆滞地看看那一排的花，终于知道是谁送的了。

"不给。"

她回了一条继续加班做事。走的时候她正好跟饶静一起，看到纪昱恒还坐在办公室里。

"纪总，我们先走了哦。"饶静敲敲他的门。

纪昱恒正接电话，闻声朝她们颔首。

"也是个工作狂。"走出办公室，饶静说。

涂筱柠有些心不在焉。

"也不知道这样的男人到底喜欢哪种女人。"饶静见涂筱柠没出声，便回头看看，"我说，你跟着赵方刚也沾了满身的烟味，臭死了。怎么不把你的花带回去？"

涂筱柠闻闻衣服，真的有很大的味："小赵哥的烟瘾确实有点儿重。"

提到赵方刚，饶静又来劲了："你小赵哥这回啊，看来也要俯首称臣了。他跟纪昱恒的年纪差不多，以前可是部门里最年轻气盛的。"

饶静扬着眉："如果说之前他还有要走的心，现在应该没了。"

"可纪总说他是为了部门。"涂筱柠耿直地道。

饶静笑笑："话是这么说，但是这笔不良是出在江总在的时候，与他纪昱恒无关，他大可坐视不理，反正行里也不会追究他的责任，倒霉的只有赵方刚一个人而已。"

"这样。"涂筱柠喃喃，那他倒是挺讲义气的，"那饶姐你觉得他怎么样？"

饶静的高跟鞋依旧踩得嗒嗒响。

"我觉得啊——"她故意拖长了声音，"没感情的部门来了个有人情味的领导，好像也有了点儿人气？"

涂筱柠在揣摩她从哪里看出他有人情味，又听饶静道："反正这种人啊，你不招惹他，就各自相安无事。"

饶静说着拍拍她："不早了，你也别挤公交车了，我送你。"

涂筱柠有些不好意思："你家跟我家两个方向，不麻烦了。"

"别烦。"

涂筱柠便不好再拒绝。饶静今天开车出去办事回来就直接把车停在了银行门口，涂筱柠跟着过去，却看到一个人影站在那里，她猛地收住脚步。

饶静走了几步，感觉听不到后面跟着的脚步声了，回头就看到涂筱柠定在那里。

"干吗呢？发呆啊？"饶静催促。

见涂筱柠还是不动，饶静便翻了个白眼，往回朝她走去，刚要骂发现她的眸光是掠过自己的，便顺着她的视线朝后看去。

哟，她就瞧见远远站着一个年轻男人，虽有些距离，却也能感觉到对方出众的气质。

饶静瞬间明了："怪不得不要坐我的车呢，原来有人来接啊！"

涂筱柠却紧紧抓着自己的手提包。她没料到陆思靖会直接找到 DR 来。

"这就是每天给你送一束花的人啊？"不知情的饶静还在说话，语气暧昧，然后她用手推推涂筱柠，"行啊你，钓一小帅哥，还掖着藏着。"

陆思靖望着涂筱柠，朝她慢慢走来。

"那我走了，真羡慕你们小年轻下了班可以享受二人世界。"好奇归好奇，饶静可不想做电灯泡，赶紧作势要走。

涂筱柠却抓住了她："饶姐，我跟你一起走。"

饶静蹙眉，看看两个人的表情，再想想那天天被涂筱柠扔在办公室里的花，只当他俩在闹情绪，哼唧着："哎哟，你们小孩儿谈恋爱吵架别拿姐姐当挡箭牌啊，工作上带你已经够烦的了，下了班的事情你自己解决吧。"她一扬手就走了。

经过陆思靖的时候，她还细细打量了一下，别说，涂筱柠工作上是个小白，挑男人的眼光倒是不错。这男人眉清目秀的，可不就是小帅哥吗？

涂筱柠眼睁睁地看着饶静驱车离开，再看着离自己越来越近的陆思靖，只得闭了闭眼，调整好自己的情绪。

陆思靖最终在她面前站定："我找凌惟依要你的微信，她一直没给，我只能在这里等你了。"

涂筱柠看上去也很淡定："找我有什么事吗？"

陆思靖目不转睛地看着她："我送的花你喜欢吗？"

涂筱柠将手微微攥成拳，果然是他。

她淡淡地道："以后别送了，对我的工作造成困扰了。"

"我只是想告诉你，我没有忘记我们的约定。"

涂筱柠蹙眉，约定……

"陆思靖，等你有了钱，每天都要给我送一束玫瑰花，大到捧不过来的那种。"

"每天送玫瑰不单调吗？"

"那就今天红玫瑰，明天白玫瑰，后天粉玫瑰，大后天蓝玫瑰……"

她落入他温暖的怀抱，耳边都是他的声音："好。"

今天的风吹在脸上有点儿冷，涂筱柠拂了一下被风吹乱的长发，告诉他："以前的事我已经忘了。"

他没让她再说下去："筱柠，别这样对我，别把我拒之千里，我现在除了你，已经一无所有了。"

这句话让涂筱柠又清醒了几分："所以你来C市工作，你母亲其实是反对的？"

陆思靖的语气坚定："我已经失去你一次了，不能失去你第二次。"

涂筱柠觉得有些可笑："陆思靖，你还是那么任性，永远只考虑自己。"

陆思靖的发丝也被风吹得凌乱："我只知道我爱你。"

这是这些年来，涂筱柠第一次又听到这个字。她以为这个字跟自己再扯不上任何关系了，而她在经过了社会的敲打和洗礼后，再也无法轻易地说出这个字。

"可我不了。"她的声音很冷，和她此刻的人一样。

陆思靖神色忧郁。

"你一声不响地在我们订婚典礼那天选择离开 C 市的时候，我就放弃你了，陆思靖。"涂筱柠一字一顿地告诉他。

"筱柠……"陆思靖想解释，却被她抬手制止。

"都过去了，陆思靖，人要向前看，以你现在的工作，你值得更好的人。"

涂筱柠说完要走，被陆思靖伸手抓住。他紧握着她的手，好像生怕她下一秒就会消失。

"陆思靖，你别这样！"她试图挣脱，可怎么抵得过男人的力气？

"如果你还在生气，我愿意用一辈子向你道歉，你骂我打我都好，但是不要再推开我。筱柠，这三年我过得一点儿都不好。"

"你放手好好说话。"涂筱柠有些急了，并不想跟陆思靖在自己的单位门口这样拉扯。

远处有车灯的亮光离他们越来越近，有些刺眼。

涂筱柠更加用力地挣扎，陆思靖看她如此抗拒自己，只得先放了手，说了声："抱歉。"

涂筱柠站在原地，有些生气，刚要开口，就听到身后有关车门的声响，然后一阵脚步声传来，沉稳且有力。

"筱柠。"低沉的声音蓦地响起，让涂筱柠和陆思靖都为之一怔。

她几乎是下意识地往后退了几步，还未完全反应过来，已经被一只有力的手臂揽住。

就着昏黄的路灯灯光，她抬眸看到了纪昱恒的侧脸。他神色如常，身上却在此刻有着不同于平时的凛冽气息，一切的琐碎纠葛仿佛都随着他的到来一并湮灭。

不知是与生俱来的气质还是行业性质所致，纪昱恒和陆思靖明明是相同的年龄，相似的身高，偏偏就是纪昱恒的气场完全压过了他。

陆思靖身上到底没有纪昱恒所带的社会气息，光站着气势上就输了半分。

涂筱柠呆呆地看着纪昱恒，感受着他在自己腰间收紧的手，心跳如擂鼓。

"昱恒。"她这样唤着，虽然声音很低，却让陆思靖听着尤为刺耳。

他的视线落在纪昱恒揽着她的腰的手上，他将一只手躲放在身后紧攥成拳，靠着职业带给他的自控力在维持自己的镇定。

涂筱柠看着他在极力克制自己，知道自己的行为有些残忍，但还是这么做了。她朝纪昱恒亲密地靠了靠，凝了凝神，郑重地向陆思靖介绍："这是我男朋友，纪昱恒。"

陆思靖沉默，视线从涂筱柠身上艰难地移开，与纪昱恒短暂对视。他也定了定神，开口："我是陆思靖，涂筱柠的前男友。"

涂筱柠没想到他会直接这样介绍自己，还在发呆，又听他道："听说你们是相亲认识的，那么纪先生凭什么觉得自己可以走进筱柠的心里？"他的语气还带着从前的那份倨傲自大。

"陆思靖。"他的无礼让涂筱柠心寒透顶。

纪昱恒在她腰间的手却收得更紧，他眸沉如潭，深不可测："比起自己，我更在意她。"

他的视线随着他的话落在她的脸上："那是她的心，由她欢喜。"

涂筱柠侧眸对上他炙热的目光，立马如同被火烧到般迅速转头。

自己让他演戏，没让他自由发挥，这人真是影帝。

涂筱柠看到了陆思靖眼中的黯淡和落寞。此刻不宜再逗留纠缠，她顺势挽住纪昱恒的胳膊，沉声说了句："我们先走了。"她没有说再见。

她拉着纪昱恒转身离开，没再听到陆思靖的声音。直到他们驱车离开，陆思靖还在原地站得笔直，身影比这暗夜还孤寂。

陆思靖听着车门打开再关上的声音，然后车辆发动，待轮胎和地面摩擦的刺耳声远去，他抬头往车消失的方向看去。

他不是没有想过她会重新开始一段感情，但他一直以为他们三年多的感情是牢不可破的，就像大学里他们虽然有过多次的争吵，但她都会在原地等他，不论多久，他以为这次也是。可他忘了，从前自己的那种信心都是她给他的，因为那时她的眼里只有他陆思靖一个人，才自动屏蔽了其他人，可一旦她的眼里没有了他，她就又变回了那个活力四射、引人注目的涂筱柠。

见到纪昱恒的第一眼，他竟有了前所未有的不安之感，所以才失控地说出那种话。

他怔怔地站着，双手依旧紧握在身侧，初秋的风并不冷，他此刻却觉得寒凉入骨，疼痛难耐。

DR闪亮的标识在反光镜里慢慢远去，最终变成一个点消失。

"刚才很抱歉。"车内响起涂筱柠略哑的声音。

路边的光影投到纪昱恒的脸上，忽暗忽明，让人看不清他的表情。

涂筱柠又补上一句："谢谢你，又帮了我一次。"

第三次了，涂筱柠只觉头痛，欠他的人情这下要几时才能还清？

"礼尚往来。"

涂筱柠知道他的意思，可她又觉得作为下属有必要跟他解释一下。

"我以后会注意，不让此类事件再在单位门口发生。"她一想又不对，"不过也没有以后了，我跟他早就结束了。"

"是吗？还是只有你自己这么认为？"纪昱恒宛如一个旁观者。

涂筱柠望着路边快速消逝的路人，只将纪昱恒当作此时唯一的倾诉人："跟很多大学情侣一样，因为种种因素，我们毕业没多久就分手了。我不知道别人是怎么想的，在我看来，既然分手了，就不该再有来往，藕断丝连只会让大家纠缠不清，陷入剪不断，理还乱的循环，与其再徒生烦恼，倒不如就此老死不相往来，连普通朋友都不要做。"

涂筱柠似在他的眸中看到了转瞬即逝的诧异之意，也不知是不是她的错觉。

"工作上倒没见你有觉悟。"听他吐出这么一句，她就知道会被借题发挥。

不过话题就这么顺势转了方向。

"饶静和赵方刚你都跟过了，有什么想法？"

这个时候涂筱柠倒宁愿谈工作："他们风格不一样，各有千秋，各有值得学习的地方。"

"赵方刚为人圆滑，虽有时油嘴滑舌了些，但营销上需要他这类人。饶静相比他更沉稳老练，很擅长利用自己的优势。"纪昱恒的评论简洁却很深刻，"这些特色造成了他们独树一帜的风格，而你也要在学习中尽快找到属于自己的标签。"

涂筱柠："所以你看好他们，也愿意帮赵方刚？"

"帮？"纪昱恒轻笑一声，"你怎么就知道我不是诈客户的？"

涂筱柠愣住，难道真是套路？

"世事如棋，每个人都是局中人。"

耳边是他淡然的声音，她在黑暗中望着他的侧脸，真是看不透他。

这时她收到一条微信，又是凌惟依。

"我在学校这边的灌汤包店，来不来？"

涂筱柠想了想，对纪昱恒说："那个，我闺密突然叫我去吃饭，可以把我放在前面吗？"

"哪里？"

"前面就行。"

纪昱恒看了她一眼："我问的是地方在哪里。"

"我……我们学校。"

然后他就直接将她送到了学校。

"就停在路边，我自己走过去就好。"涂筱柠解开安全带说。

纪昱恒却未停，只淡淡地说了一句："我也没吃饭。"

就这样，两个人再次来到灌汤包店，毕竟她还欠他两顿饭。

第一次见纪昱恒的凌惟依沸腾了，简直两眼冒星。

"涂筱柠你什么狗屎运？这种级别的男人居然是相亲遇到的？你的命也太好了吧？"凌惟依跟她咬着耳朵，要不是纪昱恒在对面坐着，估计要大叫了。

涂筱柠就知道带纪昱恒来凌惟依会这样，尬笑着只想东西快点儿上来，好堵上她的嘴。

"怪不得之前披着藏着。"凌惟依瞅瞅纪昱恒，心中暗叹这种人在学生时代才是名副其实的校草啊，以前学校里的那些校草根本没法跟他比。

"都带来一起吃饭了，你们在交往了？"她又小声问。

涂筱柠本来想解释的，想想凌惟依这个大嘴巴，万一到时候去自己家玩跟徐女士说漏嘴就糟了，便作罢，准备以后有机会再跟她慢慢说。

凌惟依只当她是默认了，猛地拍了她一下，导致正在喝水的她洒出半杯水。

"你早说你俩成了啊，害得我刚刚说话还细声细气的，憋死老子了。"

涂筱柠被水呛到，咳得说不出话。凌惟依似乎意识到了自己刚刚的粗鲁，怕吓到人家，赶紧咳了咳："不好意思，我们粗人有时候说话就是有点儿接地气，你不要介意。"

纪昱恒抽了几张纸巾给涂筱柠递过去，微笑："没事。"他此刻退去了工作时的威严，看上去沉静又温柔。

凌惟依开始向他做自我介绍："我是她闺密，凌惟依，我俩大学'相依为命'了四年。"

"你好，纪昱恒。"纪昱恒声音沉稳。

"筱柠说你是A大的？"凌惟依的奇怪操作又开始了。

涂筱柠好不容易咳完，却想还不如咳死算了。纪昱恒的眼中则隐含着笑意："她还说什么了？"

凌惟依继续卖她："你俩是初中校友，你是校草。"

"老板！"涂筱柠猛地一拍桌子，凌惟依和纪昱恒都朝她看来。

"唉！"

"快上灌汤包！"

"马上马上，再等五分钟。"

"那就先上面！"

"在做在做，再等五分钟。"

凌惟依看着她，有些嫌弃："你很饿？"

涂筱柠就差咬牙切齿了："很——饿——"

凌惟依翻了个白眼，继续说话："涂筱柠比我大半岁，她管我男朋友叫妹夫，我以后就喊你姐夫了。"

涂筱柠此刻真的很想堵住她的嘴。

纪昱恒却也没有揭穿她，很配合地说了句："你随意。"

凌惟依乐了，他这人不是"冰山美男"那种类型，还挺好相处。

"来了来了。"老板喊着终于将灌汤包和面端了上来。

涂筱柠松了一口气，可算能让凌惟依安静了。闻着灌汤包的香味她是真觉得饿了，拆了一次性筷子就要去夹，想想先把筷子递给了纪昱恒。

纪昱恒抬眸，她又将一笼灌汤包往他那里挪近了些："趁热吃好吃。"

一切落在凌惟依眼里都像眉目传情。

她也没见涂筱柠给自己拆双筷子，这重色轻友的女人。

许是饿狠了，涂筱柠今天吃的灌汤包有点儿多。凌惟依被她的食量吓到，趁纪昱恒不注意，往她身边凑了凑："你在你对象面前能不能矜持点儿？"

"你把我的形象都毁了，矜持它还值几个钱？"

凌惟依撇撇嘴，塞了一个灌汤包，却被烫了："妈耶，烫死我了。"她举起手边涂筱柠的杯子就要喝水，谁知水也是烫的，她捂着嘴狂抽气。

"我去买矿泉水。"纪昱恒放下筷子，起身朝外走了出去。

"暖男啊！"凌惟依惊叹。

"能说话就说明烫得还不狠。"

凌惟依喊了一声，又想起了什么："我把陆思靖拉黑了，他太执着了，我顶不住。"

涂筱柠的筷子悬在半空："他今天找到 DR 来了。"

"啊？"凌惟依惊讶，"你别告诉我还遇到校草来接你下班？"

涂筱柠停顿片刻，点头。

凌惟依捂脸："新欢见旧爱，要不要这么具有戏剧性？"

涂筱柠垂着头："反正场面很尴尬。"

凌惟依叹气："那这次呢？这纪昱恒，你认真的？"

涂筱柠闷头用筷子捣鼓着小碟里的醋："八字还没一撇，我跟他也不大像一路人。"

"别啊！"凌惟依打了一下她的筷子，"人家相亲想遇到这种极品还遇不到呢，你也老大不小了，要谈就好好谈，可别吊着人家。"

"我哪儿敢吊他？"涂筱柠反敲她的筷子。

"那人家哪儿都好，你还有哪里不满意？不是我说，你也就运气好能碰到一次，过了这个村就没这个店，这种人分分钟被其他女人当成宝绑回家领证，捧在手心里供着你信不信？"

"信。"这点她确定，毕竟纪昱恒的出众有目共睹。

凌惟依看她沉默的样子，一下子懂了，拍拍桌子："你是被陆思靖那王八羔子伤怕了，他大学跟你谈的时候还跟倒追他的女生暧昧不清，弄得你患得患失，后来你总说宁可一直单身也不再找帅哥当对象，因为招蜂引蝶的太没安全感。"

"过去的事就别再提了。"

凌惟依不再戳她伤口："可我觉得这纪昱恒还挺靠谱。"

涂筱柠瞟她一眼："你看相的？才见一面就看出来了？"

凌惟依耸耸肩："女人的直觉吧。"

纪昱恒正好也回来了，手里多了两瓶水。

二人噤声，凌惟依接过一瓶，笑嘻嘻的："谢谢姐夫。"

"不客气。"纪昱恒将剩下的一瓶拧开，然后递给了涂筱柠。

涂筱柠一愣："你不喝吗？"

"你先喝。"

凌惟依想：你们都喝一瓶水了，涂筱柠你刚刚还跟我装蒜。

"姐夫你不用帮她拧瓶盖，她在大学被称为'大力柠'，我们宿舍在四楼，她凭一己之力就能把一桶水扛上去，超猛的。"

涂筱柠差点儿没把嘴里的水喷出来。

纪昱恒却貌似听得津津有味，对上涂筱柠的视线："是吗？"

"是啊，在大学我们都喊她柠爷。"凌惟依继续出卖她。

涂筱柠受不了了，再不制止凌惟依自己就要被坑得体无完肤了，便又扯了一嗓子。

"老板！"

"唉！"

"结账！"

"哦，好！"老板擦擦汗表示今天很忙，被同一桌催叫了两次。

回去的时候纪昱恒也很绅士地送了凌惟依，这又让凌惟依赞不绝口，回到家一直在跟涂筱柠发微信。

"赶紧嫁了吧你。"

"洗洗睡吧你。"涂筱柠觉得凌惟依太没原则了，回了这么一条就把手机扔进了包里。

"我闺密她这人就是这样，性格直，嘴巴也大，不能告诉她太多，不然她转身再告诉我妈，会比较麻烦。"涂筱柠跟纪昱恒解释。

"挺好的，你们这样还能经常聚，我在 C 市的大学同学不多。"纪昱恒却好像有点儿跑题。

涂筱柠想到吴老师之前说他本来是能留在 A 市工作的，因为他母亲才回的 C 市，所以精英们的聚集地 A 市才是他该待的地方吧。

路灯的光又时有时无地落在他的脸上，混着浓稠的夜色，她只觉得眼前的男人完美得无可挑剔。

她的脑海中突然响起凌惟依之前的话。

"分分钟被其他女人当成宝绑回家领证，捧在手心里供着你信不信？"

他事业有成，又讨长辈喜欢，目前来看三观也算正，好像的确是个很合适的结婚对象。

可是这个想法刚冒出来，涂筱柠就被自己吓了一跳，觉得自己疯了。

她疯了。

涂筱柠赶紧将视线转向车窗外，结束这个荒唐的想法。

她的思绪又在这夜色里飘忽，时间仿佛回到大学时。

那年她大三，上完成本会计的晚课，突然收到一个QQ好友申请。

从头像上看是个女生，验证消息："涂筱柠？"

她没理，只想着赶紧回宿舍放书，然后陪陆思靖到后操场夜跑。

可是那QQ申请不一会儿又发来了。

验证消息："我是医学系的，我有话对你说。"

涂筱柠蹙了蹙眉，点了同意。

对方果然是个女生，加好友后却半晌没说话，涂筱柠先发去一个问号。

过了一会儿，那头像才动了。

"我是陆思靖的同班同学。"

涂筱柠心想该不是陆思靖出了什么事吧？她有些紧张地要问怎么了，那边又发来消息。

"加你就是告诉你一声，我喜欢他。"

涂筱柠一愣，抱着书停在原地，还在跟自家男友打情骂俏的凌惟依直接撞到她。

"你突然停下干啥？"凌惟依吃痛地捂住鼻子。

涂筱柠看了她一眼，把书扔进她手里就往后操场走："帮我带回宿舍，我去操场找陆思靖。"

身后是凌惟依没好气的声音："就你要约会啊？我跟齐郁也要去约会的啊！"

但是涂筱柠头也没回，凌惟依气得直跺脚："我约会带两本书？"

她再看看身旁的齐郁："加上你的就有三本了！"

齐郁却笑着把她揽进怀里，然后将三本书一起丢给自己的室友："好了，这下不用带着书去约会了。"

齐郁又捏捏她的小脸："涂筱柠跟陆思靖不在一个系，只有晚上才能挤出约会时间，咱俩会计系邻班，天天上下课都在一起，你也得体谅体谅人家。"

凌惟依哼唧着，这才勉强消气了。

涂筱柠边走边回QQ。

她又发了一个问号。

"你配不上陆思靖，可你没有自知之明。"对方显然是来挑衅的。

涂筱柠觉得可笑至极："我配不上，你配得上？"

"你也只是出现得比我早而已。"

"麻烦你搞清楚现在谁是他的女朋友。"

"那又怎样？男女朋友而已，又不是结婚了，以后谁是谁的谁还不一定呢。"

跟陆思靖在一起多年，涂筱柠不是没遇到过情敌，可这么明目张胆地来示威的情敌还是第一个。

她不再回复，来到后操场去寻陆思靖，果然很快就找到了他的身影。她没像往常一样默默跟上他的脚步陪跑，而是直接给他打了个电话。

陆思靖接听的时候还在喘气。

"下课了？"

"你来一下，我在操场门口等你。"

不一会儿她就听到他急促的脚步声。

"怎么了？"他的运动T恤上沾着汗，后背几乎湿透，额间挂着水珠，汗珠随着他的呼吸缓缓滴落在他们的脚边。

他温柔地看着她，见她板着脸，抬手想揉她的发："谁惹你生气了？"

涂筱柠躲开他，直接将自己的手机扔过去："你自己看。"

陆思靖一脸疑惑，打开看了看，然后笑了。

他这反应让涂筱柠觉得异常刺眼："你觉得很好笑吗？"

陆思靖将手机还给她："我还当什么事呢，就这事？"

涂筱柠特别不喜欢他这不以为意的态度："什么叫就'这事'？你觉得无所谓是吗？"她的声音陡然升高。

陆思靖未料到她这么大反应，看到过往的学生都在朝他们看，将她往里拉了些，挤着眉道："那我也不能阻止别人喜欢我啊！"

涂筱柠看着他的表情，心中的小火苗越蹿越高："听你这意思，你还挺享受？"

陆思靖卷起T恤抹了一把汗，有些为难："那你要我怎么样？跟我同学翻脸？大家一个班每天抬头不见低头见的。"

涂筱柠的声音慢慢冷下来："陆思靖，我就问你能不能处理？"

昏暗的光线中，陆思靖的表情看起来并不清晰，但显然很无奈，他说："筱柠，不要无理取闹。"

涂筱柠没再说话，怔怔地看了他一会儿，眼神像是在看陌生人，或许这两年她从未能改变他。

她转身离开，陆思靖也没追上来。

然后他们就陷入了长时间的冷战，他很沉得住气，一连几天没理她。

有一天她们去上课，室友告诉她陆思靖在前面，她抬眸却看到了在跟别人说笑的他，而他身边站着的不是别人，正是那个QQ头像上的女生。

那女生离他极近，他们旁若无人地说着话，仿佛周围的一切都是多余的。

室友说什么涂筱柠没再听，只觉得这段去上课的路突然变得漫长，秋风吹得她很冷，周围还是来往的上下课的学生，各种嘈杂的声音在她的耳畔飘荡，此时她的脑中却异常清晰地闪现出两个字——分手。

那是她在他们这段感情里第一次冒出这个念头,因为她突然觉得疲惫了。

她的思绪再回归的时候,车已经开到自家小区门口了。

她再看看纪昱恒,他的侧脸轮廓已经随着亮起的灯光变得清晰可见。

这个男人又是谁的青春?在他的学生时代又有多少感情纷扰?恐怕只会比陆思靖有过之而无不及吧。

下车的时候,涂筱柠有些抱歉地跟他说:"不好意思,连续两次请你吃的都是灌汤包。"

"没事,我也挺喜欢。"

"下次你来挑地方。"

"不急,你学校附近还有很多小吃店,可以慢慢吃过去。"

涂筱柠笑笑:"是啊。"

她开门下车:"再见。"

"再见。"

就像有默契似的,两个人均未再提之前在 DR 门口发生的事情。

涂筱柠此刻只想赶紧回家睡觉,睡着了就什么都不会再想了,今天发生的一切都会慢慢忘记,就像忘记那段感情。

涂筱柠回到家,母亲正红着眼站在客厅。

"你爸肾结石又疼了,我让他去医院他不听。"

涂筱柠一瞧,父亲正捂着腹部躺在沙发上,满脸是汗。

她赶紧扔下包,探了探他的额头:"爸,你在发高烧。"

老涂的肾结石是老毛病,经常会疼,但他一直不在意,照样胡吃海喝,发烧还是头一次。

"没事,躺躺就好了。"他低声道。

他明明就在挨痛,涂筱柠皱着眉说:"不行,得去医院。"

她转身就去拿父亲的车钥匙,边往外走边向母亲交代:"我先去开车,你马上带他下来。"

可是一到楼下她蒙了,父亲把车停在绿化带上,车屁股被人挡住了,车根本出不来。

涂筱柠把照片发到业主群里问能否挪下车,却无人回应。

她只得用打车软件叫车,可还没下单就接到了母亲的电话。

徐女士竟带了丝哭腔:"柠柠,柠柠,你爸休克了。"

涂筱柠的脑子里轰的一声,她赶忙往回跑,攥着手机的手指有些抖。

打车,她现在必须得先打到车。她把订单发出去,可是很久也不见有人接单。

回到家看到躺在沙发上脸色苍白、不省人事的父亲,她心里也有些乱了。

137

涂母颤声问她："车呢？"

"被邻居的车堵住了。"

涂母急了，拍着手自言自语："怎么办？怎么办？"

涂筱柠强迫自己冷静下来，蓦地想起纪昱恒应该还未走远，赶紧找他的微信。她来不及打字，直接发起了语音通话。

他很快就接了，涂筱柠的声音很急："我爸昏迷了，车子被人堵住开不出来，能麻烦你来一趟吗？"

大概真未走远，纪昱恒来得很快。

涂母一路上都在偷偷抹泪，车里的气氛很沉重。

涂筱柠的胸口也在上下起伏着，老小区里没有电梯，凭她和母亲的力气搀着昏迷的父亲着实费力，好在纪昱恒及时赶来，直接将父亲背下了楼。

这个时候她才意识到有一个男人在的重要性。

到了医院急诊，医生查看后确定涂父是肾结石引起的休克。

"患者的双肾都有结石堆积，剧烈疼痛导致血压降低引起休克，先挂水消炎，建议尽快做微创手术。"

"做，做。"涂母点头。

"那今天就安排住院，术前还要做个身体检查，亲属先去办手续。"医生将病历递给他们。

涂筱柠刚抬手，纪昱恒的长臂已经伸在了她前面。

"你们先去住院部，手续我来办。"

涂筱柠张了张口，却对上母亲依旧通红的眼睛，没说出话，只先搀着母亲跟着医院的推床朝住院部走。

这个时候，她不敢留下母亲一个人。

"我早让他注意饮食，不要再喝酒抽烟，他就是不听，现在好了，差点儿因为几颗石子送了命。"涂母一路哽咽着。

涂筱柠给母亲递去几张纸巾，望着推床上的父亲，没作声。

等到了病房安顿好，给父亲挂上点滴，涂筱柠才想起来还没告诉纪昱恒他们在哪个病房，刚拿起手机门就被推开了，进来的人正是纪昱恒。

她手上还举着手机，不知他是怎么找过来的。

"真是麻烦你了小纪。"涂父的情况稳定了些，涂母提着的心才慢慢放了下来，她看到纪昱恒进来，赶紧站了起来。

"没事。"纪昱恒走进病房，看到脸色恢复正常的涂父，似也缓了缓神，然后看向涂筱柠。

她也不再是之前失魂落魄的模样，看着他似乎欲言又止。

"时间不早了，你先回去吧小纪。"涂母不好意思再麻烦纪昱恒，毕竟他还没成为自家女婿，不能再耽误他晚上休息的时间，又朝涂筱柠说："你去送送小纪。"

涂筱柠点头，跟纪昱恒前后脚出了病房。走廊上此刻就他们两个，安静得只能听到对方的脚步声。

"住院费多少？我一会儿微信转你。"蓦地，她说。

"明天你可以晚些来上班。"纪昱恒却说。

涂筱柠的脚步微顿，他像感觉到似的，也放慢了脚步，缓声交代。

"一会儿也跟饶静在微信上说一下，她毕竟是你的师父。"

也不知是今天发生的事情实在是有点儿多，还是她真的累了，此刻他有力的声音莫名地就触动了她心中那份不为人知的柔弱。

鼻子一酸，眼眶有点儿红，脚步由慢变停，她突然站着就不动了。

纪昱恒也停下脚步，迟疑地再次看向她，刚要开口探询，就听到她沙哑的声音。

"纪昱恒，你不要对我这么好，不然我不知道拿什么还你。"

她垂着头，听到脚步声缓缓而来，然后他干净的皮鞋落进她的眼帘，如同第一次在电梯里遇见。

"我几时要你还过我？"他的声音明明低浅，却在走廊里带着回音，久久萦绕在她的耳畔。

看不到他的表情，她又要开口，却听他说："好好工作，早日出师就是对我最大的回报。"

眼中的模糊逐渐散去，她的心也慢慢定了下来，她抬头想看他，他已经转身："我认得路，别送了。"

涂筱柠站在原地望着他越走越远的背影，才想起来自己还未跟他道谢，再看去时他已经不见了。

她失神片刻，开始往回走，可走了几步又突然转身朝电梯处跑去，也不知道是为了什么，就像有一双无形的手在后面推着她似的，她唯恐错过。

可终究还是错过了，她走到电梯口的时候电梯门刚合上，伸手用力去按也无济于事，只能眼睁睁地看着电梯下去。

她出神地盯着屏幕上慢慢变化的数字，张了张嘴，用只有自己能听到的声音低喃："纪昱恒，谢谢。"

第二天母亲不让涂筱柠留在病房，只说工作重要，这里一切有她。

涂筱柠还是不放心，只听母亲道："你跟小纪现在在一个部门，总归要避嫌，现在还没结婚就搞特殊，只会让他为难。"

涂筱柠一时没了声。

涂母拉住她的手轻轻拍了拍："柠柠，你要相信妈妈，我看人的眼光是没错的，小纪这孩子你真的不要错过了。"

涂筱柠看着熟睡的父亲，反握了握母亲的手："我不是小孩子了，感情的事我自己心里有数。"

母亲没再多说,只催她快去上班,她拗不过,终是去了。

涂筱柠觉得 DR 就像是一层结界,只要一跨进,她跟纪昱恒就自动变成了上下级,连眼神交流都甚少。她看着部门又日渐恢复了以前的繁忙状态,才发现不知何时她已不再排斥这里,甚至越来越融入其中,同时也更坚定了自己要转正的决心。

只有转了正,她才能名正言顺地待在 DR,待在这个部门,和他们并肩作战。

赵方刚的不良贷款抵押物没多久就正式进入拍卖流程,出人意料的是,居然真的有人参加了竞拍,拍卖价格被不断抬高,最终以高价拍出,竟然覆盖了不良贷款的债权本金。

涂筱柠不明就里,只听饶静说这种情况在不良处置中实属罕见。

"本来就是打折的抵押物,而且位置不佳,居然还有人竞拍。"

"那个沈总真参与竞拍把价格抬高了?"涂筱柠问。所以纪昱恒真的找到了最终拍下的人?

"谁知道。"饶静说着就见赵方刚风风火火地回了部门。

"纪总呢?"他一回来就朝纪昱恒的办公室里探头。

"帮你到法规部'论功行赏'去了吧。"饶静还是一副牙尖嘴利的样子。

赵方刚没理她,只是在自己的座位周围来回踱步。

饶静看得心烦:"你能不能别晃悠,坐着会死啊?"

赵方刚一手撑在办公桌的隔板上,他看上去心情不错,故意跟她唱反调:"对,会死,怎么着?"

饶静朝他翻了一个大白眼,对着涂筱柠喊:"小涂,把窗户开开,让他跳下去。"

涂筱柠闷头装没听见,赵方刚一边抖腿一边得意:"小涂现在也算我的半个徒弟。"

饶静朝他扔过去一个订书机:"滚。"

两个人还在打闹,纪昱恒已经走进部门。

饶静正好朝赵方刚挥去一本文件夹,赵方刚一躲东西就直直朝纪昱恒那边去了。

眼看纪昱恒要被砸到,涂筱柠急得要站起来,却见他敏捷地躲开了。

"纪总。"饶静捋捋头发站好,没好气地瞪赵方刚。

赵方刚瞅着纪昱恒并未生气,便赶紧跑过去把地上的东西捡起来。

"上班时间严肃点儿。"纪昱恒只提醒了一句便走向办公室。

赵方刚放下文件夹就跟了进去。

"老大。"他突然叫了一声,让所有人为之一怔。

纪昱恒站在办公桌前,眼神带着不解。

赵方刚怕自己吐字不清晰,又清了清喉咙:"老大。"

这下声音大得大家都听见了。

纪昱恒看了他片刻，才打开自己的电脑坐了下来："什么事？"

赵方刚朝他憨笑："没事，就喊喊你。"

饶静没绷住，直接在外面扑哧一声笑了。

涂筱柠看不到办公室里的情形，只听到纪昱恒威严的声音："没事就去做事，园区的企业尽快落地。"

"好的老大。"然后赵方刚就麻利地退出来了，回自己的座位做事。

赵方刚的转变让涂筱柠十分诧异，饶静的声音适时响起。

"看到没有？倒戈了。这才多久？"

见她若有所思，饶静笑她："这会儿是不是觉得纪总特帅、特厉害？"

涂筱柠一呛："我……我没有。"

饶静笑得更欢了："知道你没有，你有你的小帅哥男友。"

只觉耳根在发热，涂筱柠低头继续做事，过了一会儿才冒出一句。

"那是前男友，分手三年多了。"

这话倒是把饶静弄得一愣，半晌才回过神来。

"哟，可以啊，前男友还对你念念不忘。"饶静不由得羡慕起来，"姐姐我也阅男无数，怎么没碰到个痴情的？"

涂筱柠不想深入这个话题，想着今天还要去看父亲，便加快了手上干活的速度。

饶静只当她害羞了，不再拿她打趣，换了副认真的表情。

"业务和营销你现在都学过了，过几天我就跟纪总说，让你开始独立起来。"

涂筱柠录着报表的指尖在键盘上停住："独立？"

"怎么？你想赖着我一辈子不成？"

"不是。可是我……"涂筱柠是觉得自己还没到那个水平。

"没什么可是的，人总要成长的，我也不能真带你一辈子，师父领进门，修行在个人，往后的路你真要自己走了。"

她这话让涂筱柠顿觉伤感。

"你跟着小赵也看过他营销了，你要把他身上的闪光点变成你的，学会自己去营销，有了自己的客户，你转正才有希望。"

她说的是事实，也是涂筱柠心之所向。

看她还在失神，饶静用笔敲了敲她的脑袋。

"你说你，跟里面这个差不多大吧，怎么就一个天一个地呢？人家在你这个年纪已经做了营销部门老总，你呢？"饶静朝纪昱恒办公室里瞥瞥道。

涂筱柠在心中感慨，可这世上也只有一个纪昱恒啊！

"快干活。"耳边又传来饶静嫌弃的声音。

涂筱柠对着电脑继续录报表。不过，饶姐让她独立，是不是说明她比以前有进步了？

涂筱柠下了班就奔向医院。

父亲前两天已经做了微创手术，但只先动了左肾，医生说一次动两个肾的话人的身体吃不消，右肾的手术要过段时间。

虽说是微创，但麻药劲彻底过了老涂还是觉得疼。

母亲请了假全天看护，涂筱柠下了班就会来替母亲。

看到她来母亲便回去换洗了，老涂还在熟睡，涂筱柠给他掖好被角，坐在了看护座椅上。大概是这两宿陪在医院没好好睡觉，她很快就乏了，坐着眼皮就开始打架。

纪昱恒来的时候就看到在打瞌睡的涂筱柠，轻声合门，并未吵到她。

他静静地在病床旁站了一会儿，还在手机上回了几封邮件。

这时涂父醒了，大概是渴了，迷迷糊糊地喊喝水。

纪昱恒将手机收起，去拿床头柜上的水杯。指腹触感有些凉，他倒了些热水混合再用指尖探探感觉到一丝温热才递过去，并细心地屈膝倾身到跟病床一个高度，慢慢地将吸管送进涂父口中。

涂父喝得有些急，不小心呛了一下，把水吐了出来，直接喷溅到了纪昱恒的手上。

纪昱恒的第一反应不是去擦手，而是先去扶坐起涂父，以防水逆流呛着他的气管，然后轻轻拍着他的背。

待涂父不再咳嗽了，他才抽了床头柜上的纸巾，先去给涂父擦拭。纸巾轻柔地落在涂父的颈间和嘴角，仔细且缓慢。

涂父完全清醒过来，惊觉做这一切的人是纪昱恒，刚要说话，却又咳了起来。

纪昱恒继续轻拍他的背，感觉有眸光在注视自己，抬头就看到了呆站着的涂筱柠母女俩，也不知这样看了他多久。

他轻唤了一声："阿姨。"

徐女士赶紧反应过来，忙走上前："你这孩子，怎么做这些？"

"没事。"纪昱恒往后退了退，给涂母让出空间。

"你手上身上都脏了，赶紧擦擦，再去洗洗。"涂母连抽了几张纸巾给纪昱恒，看涂筱柠还傻站着，便瞪眼责怪："你怎么回事，让你陪护却让小纪做事？！"

涂筱柠像被捏住了嗓子，说不出话来，母亲什么时候来的她其实也不知道，只知道自己从头到尾看到发生的一切，像被定住了似的。

看着此刻才擦拭自己指尖的纪昱恒，她有多种难以言喻的情绪涌上心头。

他们只是假的情侣，这些他可以不用做的，可他做了。

见涂筱柠仍无动于衷，涂母过去拍了她一下："还不带小纪去洗手间？！"

涂筱柠这才后知后觉地抬起脚步，纪昱恒却已经擦拭干净，只说："不碍事。"

"还是去洗洗吧。"涂筱柠亲眼看到他的手上沾了父亲吐出的水，他们无亲无故，正常人只会觉得脏，而他并没有。

纪昱恒顺着她的视线看到自己衬衫上沾染的水渍，无声地走向了洗手间。

待洗手间的门关上，涂母将她拉了过来。

"涂筱柠我跟你讲，这孩子我是真看上了，就冲刚才他对你爸这样，我是认定这个女婿了。"

涂筱柠的脑子里还一片空白，只觉得再这样下去自己欠他的人情怕是越来越还不清了。

"你……你什么时候来的？"半晌，涂筱柠问母亲。

"来了好一会儿了。"

"那也不出个声？"

"你不也没出声吗？"

涂筱柠无语。

纪昱恒没一会儿就从洗手间出来了。

涂母又把涂筱柠往他身前一推，大有卖女儿的意思："还没吃饭吧？让柠柠带你出去吃。"

涂筱柠这次倒没再排斥，刚要往外走，却听他说："不了，我还要去看我母亲。"

她这才想起他母亲也在第一人民医院。

"也是这家医院吗？"涂母问。

纪昱恒颔首。

涂母轻哦了一声："那我也该去看看她的。"

"没事阿姨，叔叔刚做完手术，您照顾他重要。"

涂母又推了一把涂筱柠："那你跟着去看看。"

纪昱恒看了涂筱柠一眼："我要去找主治医生聊聊，还是让她留下照顾叔叔吧。"

涂母便没再坚持："那改天我跟你叔叔一起去探望她。"

"好，你们早些休息。"

他在长辈面前总是那么礼貌谦卑，真的很讨长辈喜欢。

目送他离去，涂筱柠似听到母亲在低叹。

"倒是个值得托付终身的。"

涂母看她最近黑眼圈比较重，让她今晚不要在医院陪夜了。

"我没事，你睡觉认床，回家睡踏实。"涂筱柠边打开折叠床边说。

涂母坐在椅子上给涂父擦擦汗："踏实什么，你爸在这儿我哪里能定神？"涂母回头看到涂筱柠笨手笨脚摊被子的模样，起身叫她让开。

涂筱柠看着母亲接过自己手中的被子，又听她道："你跟小纪谈了也有段时间了，我看他是样样都不差的，等你爸好了，我们一家子就去看看他妈妈，顺便谈下你们的婚事。"

涂筱柠又开始头痛了："我怎么感觉你们是想撵我走？"

143

"我是怕啊，怕你错过小纪这么好的孩子。"涂母表情严肃，不像在开玩笑，"要说以前我还有些顾虑他母亲的身体，刚才我是彻底想通了，一个男人最重要的是什么？就是有责任心，细节是能看出人品的，他刚刚对你爸都能这样，对老婆一定不会差，嫁给这样的男人，你以后的日子不会苦的。"

涂筱柠沉默着，他人好是没错，可他们是假情侣啊！

徐女士还在讲着，涂筱柠的手机突然响了起来，也不知是谁发起的微信语音通话。涂筱柠一看是纪昱恒。

母亲催她快接，她不小心按到了免提上。

"现在可以来一下吗？"

他的声音里少有的急促让她的神经不自觉地紧绷起来。

"怎么了？"

"我母亲的情况不太好。"

她愣了愣，然后也不顾母亲的惊讶，拔腿就往外跑。

她是一路跑过去的，来到纪母的病房门口，发现纪昱恒站在走廊上。门口还有吴老师夫妻，吴老师一手拿着眼镜正用纸巾抹泪，看到她来了，哽咽着道："筱柠来了？"

涂筱柠点点头，朝他们走近，才透过玻璃窗看到病房里都是医生护士。

"阿姨怎么了？"她站着，气息未定。

吴老师摇摇头："癌细胞扩散到淋巴了，今天出现了昏迷，人也很痛苦。"

她顿了顿，又忍不住擦泪水："也不知能不能挺过去。"

"会没事的。"涂筱柠赶紧说。

吴老师却闭了闭眼，未再说话。

涂筱柠再去看站在吴老师身旁的纪昱恒，他的视线落在病房里，眉头紧蹙，神情凝重。

她刚要跟他说话，医生开门出来了。

"情况不大好，需要静躺，你们最好分批进去。"

涂筱柠胸腔里的苦涩如潮涌而至，怎么会这样？自己上次来她不是还好好的吗？

吴老师看着涂筱柠和纪昱恒，伸手推他们："你们先进去，刚刚她还叫着筱柠呢。"

闻言，涂筱柠心脏一紧，见纪昱恒已经迈步，她也快步跟了进去。

纪母此刻插着氧气管，面无血色，似很痛苦地皱着眉，许是听到了声音，慢慢睁开眼。

看到涂筱柠，她艰难地扯出一抹笑："筱柠。"

她的声音极轻，却听得涂筱柠心颤。涂筱柠上前一步，紧紧抓住她瘦弱的手，她的手还是跟之前一样冰冷。

"阿姨，我在。"

纪母的眼神中带着喜爱和宠溺，纪母似想抬手碰碰她，却没有力气。纪母又张了张嘴，用很慢的语速说："我可能，看不到你成为我儿媳妇了。"

她的眼角有晶莹的泪光在闪烁，她那用力挤出的笑让涂筱柠心痛不已。涂筱柠摇摇头："不会的。"

纪母却用指尖轻轻触碰她的手背，然后又看向她身旁的纪昱恒。纪母的眼中有眷恋和不舍："昱恒以后就拜托给你了。"

然后她有些吃力地想抬手，纪昱恒会意，将自己的手伸进了她的掌心。

"妈。"他的声音喑哑，他虽然只说了一个字，却也能听出颤音。

纪母又艰难地将他们俩的手叠在一起，仔细端详着他们，生怕错过什么似的。

涂筱柠的眼泪终于忍不住夺眶而出。她家庭幸福，父母健康，她以前一直觉得自己还是孩子，生老病死是很久远的事情。可现在面对纪母，她才发现父母已经老了，病痛会慢慢折磨他们，她也不再是孩子了。

她跟纪昱恒的"情侣"关系是因为纪母而开始的，他们本来想找个合适的时间跟纪母解释清楚，可如果要用纪母的生命来结束谎言，她宁可选择继续。她无法接受这么好的一个长辈离开，这太残忍了。

"筱柠，可以听你叫我一声妈妈吗？"蓦地，纪母又唤她。

纪母无力的声音让她的胸口疼痛无比，涂筱柠含泪点头，艰涩地开口："妈妈。"

纪母在她的声音中缓缓绽开笑容，哽咽着应声："唉。"

涂筱柠泪如雨下，紧握着她毫无温度的手，试图将自己的体温传给她。

纪母又朝纪昱恒看去："好好对筱柠。"

涂筱柠没去看纪昱恒，但知道他肯定点了一下头。

纪母似满足了，疲惫地闭了闭眼："让小姨进来。"

他们一走出去，吴老师就疾步进去了。

涂筱柠站在走廊上，看到吴老师半跪在病床前，想必姐妹俩的感情是极好的。

眼前模糊一片，涂筱柠再看向纪昱恒，他此刻安静得像一座雕塑，背影里透着孤独，眼神落在病房里，仿佛那里有他此生最珍贵的东西，一眨眼就会消失。

涂筱柠知道他此刻一定难受极了，父亲结石昏倒她都慌了神，纪昱恒承受的却是比她痛苦几倍的煎熬。

母亲是他唯一的直系血亲了。若纪母离开，涂筱柠都无法想象他会承受怎样的噬骨之痛。

她想帮帮他，就像他总是帮自己一样。可是她一无是处，又能为他做些什么呢？

突然她看到他的眉又紧蹙了起来，然后他立刻朝病房里走。

吴老师哭着跑出来，声嘶力竭地喊："医生，医生！"

医生和护士又快步赶来，周围陷入嘈杂，他们又被医生挡在了病房外，涂筱柠浑身也变得冷了起来。

病房里的纪母再次陷入昏迷，医生在做着紧急抢救。涂筱柠看到了眼里毫无生气的纪昱恒。那是她第一次看到这样的他。

可他明明应该是意气风发、光芒四射的，而不是现在这样如同失去了灵魂，只剩下一副躯壳。

脑海中接连浮现他多次在紧要关头帮自己的画面，还有刚刚纪母疼爱自己的模样，她突然做了个决定。

也不知是怎么走到纪昱恒身边的，她抬手紧抓着他的臂膀。

在他跟她对视的一刹那，她听到自己微颤却坚定的声音。

"我们领证吧。"

这大概是她二十七年来做的最大胆的决定。

既然她最后肯定要结婚，为什么对象不能是他？她已经不小了，没有过多的精力和时间再去进行频繁的相亲，况且母亲说得没错，他懂事孝顺，是个很好的结婚对象，对他们双方而言，他们目前都是对方最合适的结婚人选，不是吗？

她往病房里望了望，心想这样还能遂了纪母的心愿。

纪昱恒紧紧地盯着她的脸，过了很久才说话："涂筱柠，你知不知道婚姻不是儿戏？"

涂筱柠点头，神情从未如此郑重："我知道，我是认真的。"

纪昱恒把视线重新投向病房，看到母亲在医生的抢救下再次睁开了眼，他的眼神才慢慢趋向平静："如果是因为我母亲刚才的话，你不必放在心上。"

"纪昱恒，我没有开玩笑，我已经二十七岁了，虽然个人条件不及你的万分之一，但知道哪些话该说，哪些话不该说。你也看到我们双方家长是怎样喜欢和中意对方的，你觉得照今天这个情形我们还能撇清关系吗？可能从一开始我们就绑在一起了，我们都是相亲族，即便不是和对方结婚，也会是和其他人，这样的生活你不厌倦吗？我们互相了解，现在又深知对方的家庭，很适合结婚不是吗？"

她说了一长串，可回应她的只有沉默。她突然觉得刚刚这番话很不像自己会说的，到底还是鲁莽了，她跟他除了双方家长的喜欢，差了整整一个世界。

她突然觉得自己好傻，好像一厢情愿，现在只想落荒而逃："当然，这些只是我个人的想法，如果你介意，可以当我没说过。"她觉得以后在他面前再也抬不起头了，转身要走，却听到了他的声音。

"涂筱柠，我希望你是经过深思熟虑做的决定。"

涂筱柠停下脚步，回眸看到他严肃的表情。

"我给你一个晚上的时间，如果明天你还这么想，九点我们就去民政局。"

涂筱柠觉得这是自己从小到大最疯狂的一次行为。她居然趁着父母不在家将户口本偷了出来，然后真的跟纪昱恒领证了。

当民政局的工作人员盖好戳，将红色的结婚证递到他们手中说恭喜的时候，她还觉得自己有些蒙。

她就这么……结婚了？对象还是纪昱恒？

两个人一前一后走出民政局，涂筱柠望着今天的艳阳，只觉得阳光晃眼。

"涂筱柠。"纪昱恒突然唤她。

"嗯？"

"从今天开始，我们就要隐婚了。"

"哦。"

阳光被他高大的身影挡住，她对上了他的眸。

"我们在银行除了隐婚别无选择。"

涂筱柠自然也知道。

还是哦了一声，她好像还无法立刻适应已婚妇女的角色。

跟着纪昱恒继续走了几步，她说："我们都迟到了。"

"我知道。"他打开车门，似在等她上车。

她却摆摆手："还是分开走吧，我自己坐公交车。"然后她就快步溜了。

走到公交站台，她又翻开手中的那本结婚证，看到他们刚刚临时拍的证件照。拍摄时摄影师一直叫她笑一笑，她现在才发现自己笑得那么丑，而他不笑却依旧帅气。

她看了一会儿赶紧合上，然后将结婚证藏在了挎包的隔层里，还将拉链拉紧，反复确认放置妥当后才将包合上。

手心里都是汗，她望着向自己慢慢驶来的公交车，突然意识到从现在起自己再也不是单身贵族了。

先到单位的人居然还是她，饶静看到她，只问："你爸好些了吗？"

涂筱柠想起来，父亲住院的时候，她听纪昱恒的话给饶静发过一条微信。

她缓缓神："今天出院。"她没说谎，父亲真的今天出院，只是时间不是刚刚。

"没事，领导还没来。"见她在往纪昱恒的办公室里瞟，饶静告诉她。

涂筱柠不由得心虚起来，自己做得是不是有点儿明显了？她必须得赶紧适应才行啊！

涂筱柠坐下打开电脑，赵方刚不知从哪里跑回部门。

"重大消息！"他的表情依旧很贱。

饶静头都没抬："放。"

"部门要添人了。"

饶静这下有了反应："谁？"

"好像是从外面招的。"

涂筱柠看着自己电脑打开的画面。她也深知部门现在极缺人手，不过得知人是从外面招的还是有点儿意外，毕竟部门处于多事之秋，很难想象有人愿意进来。

"以前说要添人说了几年，最后倒是只来了一个。"饶静朝涂筱柠看一眼，似乎觉得又是谣言。

赵方刚不赞同地摇手："以前部门多少人，现在才多少人？这次应该不会是假的。"

"眼见为实吧。"

赵方刚坐下来贼兮兮一笑："也是，三个臭皮匠，顶个诸葛亮。"

然后他朝纪昱恒的办公室里窥探一眼："哎，今天老大怎么到现在还没来？他一向是提前半个小时上班的。"

饶静觉得他多事："领导去哪儿还要跟你汇报吗？"

赵方刚不再自讨没趣，抽出资料开始干活，只有涂筱柠脖子红红的，觉得有点儿热。

纪昱恒一天都没出现，只在微信里叫她下班直接去医院。

涂筱柠到纪母病房的时候他已经到了，纪母还在沉睡，看起来还很虚弱，但比昨天好了一些。

他们两个人安静地在病床前站了一会儿，然后互相看了一眼，像心照不宣似的，各自掏出了那个红本叠放在了纪母的床头。

也不知过了多久，纪母的睫毛微微一动，人醒了。

如他们所料，在看到结婚证的那一刹那，她红了眼眶，半天没说话。

纪母那了无遗憾的眼神，看得涂筱柠心中百感交集。

直到现在她还觉得一切并不真实，但心里清楚，这一次，她跟纪昱恒是真正紧紧地绑在一块了。

这时纪母向她伸出手，她将自己的手递了过去。

"妈。"她唤了一声。

纪母滚烫的泪水随着这一声呼唤落了下来。

良久纪母才说出话来："筱柠，委屈你了。"

涂筱柠摇摇头："没有。"

纪母挣扎着想坐起来，涂筱柠赶紧扶她。

"照礼数，我应该先跟你父母见面商讨一下婚事的，可我现在这身子……"

"您先养病，其他的等您好了再说。"涂筱柠给她盖好被子。

纪母苦笑："好不了了，昨天能捡回一命已是老天的恩赐，我也不知还能撑多久。"

她握着涂筱柠的手收紧："你嫁进了我们纪家，我们不能亏待你，一定要给你一场完美的婚礼。"

涂筱柠的脸不由得一红："这些都不急。"

她又凝凝神，告诉纪母："现在我们这一辈不拘礼节，领证就是结婚了，仪式性的东西无所谓的。"

纪母却坚持："这不行，婚礼肯定是要办的。"

"妈，这些我们以后再商量。"纪昱恒安抚道，生怕母亲的情绪再有起伏。

纪母却很上心，看着纪昱恒："我房间的床头柜最底层有一个礼盒，里面是一对对戒，那是我早年跟单位去香港旅游的时候提前给你准备的。"

她的眸光又温柔地落在涂筱柠的身上，话还是对纪昱恒说的："现在就送给你和筱柠。"

纪母消瘦的脸上毫无血色，可说这话时温婉的模样让涂筱柠如鲠在喉。

她竟连戒指都早早地给纪昱恒准备好了。

纪昱恒显然也是才知晓此事，看着母亲，欲言又止。

"也不知大小合不合适。"纪母又抱歉地对涂筱柠说，"本来还想提前买个钻戒，可又一想钻戒要新人自己去挑才有意义便作罢了，有空你们就去商场里看看。"

涂筱柠眸光微闪，点点头。

因为纪母的情况还未稳定，医生不让探视太久。

一会儿吴老师会来陪护，纪昱恒便先送涂筱柠回家。

一路上她有些忐忑，因为家里还有一场最终审判在等着她。

果然当他们俩将结婚证亮在徐女士和老涂面前的时候，那两个人瞬间呆住了。

徐女士还找了老花镜翻来覆去地看，确认是真的后有些重心不稳。

"你们……你们这速度，我像在坐过山车，心脏有些吃不消。"

老涂大病初愈，还在沙发上躺坐着，也着实被吓了一跳，只觉得现在的年轻人真是太神速了。

涂筱柠一副犯了错的表情，虽然知道父母是喜欢纪昱恒的，但跳过他们直接去领了证，不免心虚。

而且徐女士这么周到的人，是喜欢做有把握的事的，以徐女士的性格应该会是先跟纪母见面详谈婚事，然后看皇历挑吉日定时间，还有各种礼数也要到位，现在被涂筱柠一下子全略过了，她肯定觉得涂筱柠搞砸了自己的所有计划。

"阿姨，领证的事情我们可能草率了一些，但也是经过深思熟虑的。"纪昱恒突然开口。

徐女士却置若罔闻地把结婚证合上又翻开，来回了几次，最终摘下了老花镜，看看纪昱恒："你叫我什么？"

涂筱柠一愣，只听纪昱恒清了清嗓子："妈。"

徐女士的脸上这才露出了笑容："哎！"

好吧，涂筱柠觉得自己刚刚想多了。

不过徐女士虽没责怪她去领了证，但还是怪她没有事先告知。

"这么大的事你也不跟我们说一声。"趁着母女俩在厨房的工夫，徐女士拎了拎她的耳朵。

"你刚刚不是挺乐和？"涂筱柠觉得母亲变脸太快了。

徐女士止不住地笑："我当然乐和，现在外面这位青年才俊可是我如假包换的女婿了！"

"那还怪我不说？"

徐女士啧一声："你说了我亲自给你送户口本去啊！"

涂筱柠的三观尽毁，徐女士是多怕她嫁不出去啊？

"但是话说回来，你婆婆那边我跟你爸还是要去一趟的，现在你们领了证就是合法夫妻了，亲家那边我们再不去就不像话了。"出厨房前徐女士又认真地道。

涂筱柠透过厨房移门的玻璃看着在给老涂端茶递水的纪昱恒，只敷衍地嗯了一声。

这顿饭吃得涂筱柠觉得自己不是父母亲生的。

如果说纪昱恒第一次来吃饭时徐女士还有些矜持，今天她俨然是放开了，恨不得把好吃的全部夹到他的碗里。

"昱恒，你多吃点儿。"

徐女士连对他的称呼都变换得极其自然。

纪昱恒看着自己被堆得满满的碗，没推却都慢慢吃了下去。

涂筱柠心想真能吃，好在他能赚钱，不然她那点儿微薄的工资可养不起。

吃完饭纪昱恒又坐了一会儿，看时间不早了准备走。

涂筱柠刚要跟他道别，却被母亲抬手拍了一下。

"干吗？"

"你干吗？"

涂筱柠一脸茫然："什么我干吗？"

徐女士朝纪昱恒那儿扬了扬下巴："你不跟你老公回家，还准备赖在我家里呢？"

涂筱柠简直要惊掉下巴，只觉得心中万马奔腾。

涂筱柠觉得自己被卖了。

母亲居然真的亲手把她推出了家门，连东西都给她收拾好了，送都不带送的，只对纪昱恒说："筱柠特别好养活，偶尔给她吃顿肉就行。"

坐在车里，涂筱柠看着处之泰然、握着方向盘的纪昱恒，明明十几个小时前他们还是校友、上下级，现在就变成了夫妻。以前她还总跟凌惟依批评那些闪婚的人，说不能为了结婚而结婚，一定要因为爱情，却不想有朝一日自己也被现实打了脸。她已经不再是看言情小说和爱情剧的懵懂学生，在这现实社会里经过几年的洗礼，对什么刻骨铭心的爱情早没了少女时代的向往。她变得越来越务实，只知道女大当嫁，好不容易遇到个好的，父母中意的，就别矫情了，反正他也没嫌弃她，磨合磨合总能过日子吧。

所谓成长，大概就是有一天你也会变成自己曾经讨厌的那一类人。

到了纪昱恒家，涂筱柠发现这里也是老小区，不过比她家好些，因为至少他还有个私人车位。

涂筱柠的东西还挺多，纪昱恒来回搬了两次。他家住六楼，涂筱柠家则住二楼，所以涂筱柠爬着觉得特费力。

她抱着一个大整理箱站在他家门口气喘吁吁，纪昱恒一上来就看到快废了的她。

"大学不是可以扛一桶水吗？"他伸手去开门。

"我是上班了不运动，学生时代跑八百米都是第一名。"涂筱柠看他开门，发现这老房子用的竟是指纹锁，觉得他还挺时髦。

"是吗？"纪昱恒回眸，走廊的灯坏了，涂筱柠没看到他的表情，"那以后运动会，我们部门就派你参加长跑了。"

涂筱柠撇嘴，喊了一声："纪总。"

纪昱恒似乎有点儿排斥，止步不前了。

"现在跟你攀亲戚还来得及吗？"涂筱柠只觉得手要断了。

"不行。"

涂筱柠在黑暗里朝他翻了个白眼，又听他说："涂筱柠，我们来约法三章一下。"

"啊？"

"私下不许叫我纪总，不准提工作，我们不再是上下级。"

"行啊！"这人要公私分明，只要他能做到，她有什么做不到的？

她正要推他，又听他轻笑："做不到就上交工资。"

"上交就上交。"见他还不动，她有点儿撑不住了，"那纪同学，麻烦你挪挪贵脚，我的手要断了哈。"

纪昱恒这才往前走，打开了灯，涂筱柠看到了他家的装修。

家具全是红木的，他家一看就是书香门第，房子大小倒是跟自家的差不多。

她终于可以放下整理箱，甩了甩已经麻了的手。

纪昱恒给她找了一双女式拖鞋。拖鞋还是纪母的，款式有点儿老气。

"你先穿着，有空我去趟超市。"

涂筱柠边穿边说："去什么超市啊，这不可以穿吗？别浪费钱。"

她往里走了几步，见他没跟上来，回头一看，他还在往里搬东西。

她真佩服徐女士，她这么多东西徐女士是怎么做到短时间内快速打包的？

她再看看房子的格局，跟她家差不多，不过多了个书房。

听到关门声，她突然想起什么，转身问他："你家跟我家明明是两条相反的路啊，你初中的时候怎么会顺路呢？"

上次她好奇地问他那时为什么救她，他说的是顺路。

纪昱恒正站在玄关撑着鞋柜低头换鞋，涂筱柠只听到他淡淡地说："我小姨家在那条路上。"

涂筱柠回忆了一下，哦对，吴老师家的确跟她家一条线。

"把你的东西都搬进房间？"换好鞋，他问。

"哦。"

然后涂筱柠就看到自己的东西都被搬进了他的房间。

心脏不可抑制地开始狂跳，她在想接下来要如何面对这漫漫长夜。

"你先去洗澡吧，我家是老式电热水器，烧一次只够一个人洗，下一个得等水再烧热。"纪昱恒从房间出来的时候告诉她。

"哦。"涂筱柠进他的房间找睡衣，出来的时候看到他已经站到阳台上去抽烟了。

她抱着衣物去了卫生间，一进去就把门反锁了，然后打开水龙头用冷水狂泼脸。

她要"死"了，今晚睡觉咋整？

她望着镜子里头发散乱的自己，感到头昏脑涨，其他的她都想开了，唯独这个她还没做好心理准备啊！

她本想洗澡洗慢些，可如他所说，他家用的是老式电热水器，热水没能维持太长时间就开始转冷了。她赶紧找沐浴露准备随意冲洗一下，往淋浴台上一看，海飞丝第一个映入眼帘，还真是薄荷味的，沐浴露则躲在它后面，涂筱柠按了按，往身上一抹，发现也是薄荷味的。

涂筱柠忍不住打了个寒战，再翻翻其他的瓶瓶罐罐，都是薄荷味，这人也太喜欢薄荷了吧。

她从卫生间出来的时候，纪昱恒已经抽完烟了，正站在客厅。

看着她幼稚的奶牛睡衣，他若有似无地笑了一下。

"挺适合你。"

涂筱柠因为一开始不习惯用他家的花洒，操作失误把头发淋湿了一点儿，边用自带的毛巾擦拭着头发边问："你是不是喜欢薄荷？"

"嗯。"他挑眉，"你觉得凉？"

涂筱柠也没否认："有点儿。"

她又怕他觉得自己娇气，加了一句："可能用惯了就好了。"

纪昱恒没再说话，只是朝她慢慢走来。

涂筱柠手上的动作变得僵硬。随着他的靠近，她闻到了他身上的烟草味，刺激得她浑身的汗毛都竖了起来，心脏提到嗓子眼儿。

他是这么简单粗暴的风格吗？虽然以他逆天的颜值来说她并不亏，甚至可能还赚了，可她还需要一点儿时间来接受一切。

就在她快站不稳的时候，他停下了，站的地方离她还差两步，不算近也不算远，至少是个安全距离。

他的声音突然响起："把左手给我。"

涂筱柠还愣着神，下意识地伸出了自己的手。待自己的手落入他的掌心，她才猛然发现他在给她戴戒指。

他指尖的温度和戒指的温度形成了对比，戒指被缓缓地套进她的左手无名指，有些凉意。

末了，他抬起她的手，借着客厅的灯光似在端详。

涂筱柠只觉得手心发烫，已分不清是他的温度还是自己的。她抽回自己的手看看，那中间镶着的一粒小钻此刻还闪着耀眼的光。

"好像有一点点大。"她没看他，只低语。

他嗯了一声："下次去挑钻戒的时候可以带去绕一圈线。"

这个涂筱柠是知道的。涂母年轻时有个绕过线的戒指，后来发福手指胖了她还去专柜把线拆了。那时她还说："以后你结婚买戒指得买大一号的，戒指大了没关系，可以绕点儿线缩小，但小了想改就费劲了。"

当时她还问为什么，母亲瞟她一眼，说："这样你怀孕了手变肿了也能继续戴戒指。"

对话仿佛还在昨天，今天她已为人妻，只是还没有很快融入这个新的角色。

涂筱柠没再说话，手心却在出汗。

屋子里静得落针可闻，她想挪脚，脚却像被灌了铅似的有千斤之重。

她的心里七上八下的，她继续用毛巾擦着头发，还在犹豫要不要说些什么，他先开口。

"早点儿休息。"

这是在暗示她什么吗？她感觉自己的耳根开始发烫。

难道他在男女之事上也是工作上"雷厉风行"的风格吗？

然而她发现好像有哪里不对，因为她的夫君没再靠近她，而是朝主卧去了，那应该是他母亲的房间。

他走进主卧打开灯，看她还站着，告诉她："吹风机在洗手池第二个抽屉里。"

"哦。"

"吹干头发再睡，不然湿气重。"

"哦。"

"我每天要晨跑，尽量不吵到你。"

"哦。"

然后他没再作声，轻轻合上了门。

涂筱柠愣在原地，过了一会儿才意识到他压根儿对她没兴趣，就没打算跟她同房。

脑子里轰的一声，她顿时觉得自己刚刚的内心戏过多了，所以猥琐的人是她？

然而她转念一想，难道他也没准备好？还是他嫌弃她？他应该不嫌弃她吧，嫌弃的话就不会跟她去领证了。

就这么不断地自我怀疑着，涂筱柠最终躺在了纪昱恒的房间里，他的床比她的硬一些，但也能接受。

她突然想起她的大熊没有带过来，不然还能在这陌生的环境里陪陪她。

她朝四周望了望，他的房间里也有一个橱窗，不过里边不是书，全是他大大小小的奖杯还有照片。

她好奇地下床，仔细看看，不禁感叹，学霸果然是学霸啊！

橱窗一共六层，从下到上分类摆放着纪昱恒的奖杯和各个时期的照片，第一层也就是最底层是小学的，第二层是初中的，第三层是高中的，第四层是大学的，第五层是"全国"开头的，第六层是工作后的，每一层都满满当当。

她再瞧瞧照片，纪昱恒真是从小就生得好，她从他的小学毕业照里都能一眼找到他，初中反正她亲眼"瞻仰"过了，高中、大学更不必说，他的气质都跟旁人不一样。蓦地，她的视线在一张照片上停下，那好像是他在国外的照片，他和几个外国人并肩站在一起，一身正装，英气逼人，脖子上挂着的像是工作牌，身后是高耸的大楼，照片右下角则是漂亮的英文钢笔字——Wall Street（华尔街）。

涂筱柠惊呆了，英语再差这两个单词她还是知道的。天啊，华尔街！

怪不得他到 DR 来能直接坐上营销部门总经理之位，还那么老练，一点儿不像对业务一窍不通的人，原来他之前在美国华尔街待过，现在玩的估计都是当时玩剩下的吧。

涂筱柠默默地躺回床上，突然又感觉两个人之间多出了一个银河系的差距。

他答应领证也是他母亲的原因多些吧，不过她到现在都没搞明白纪母到底喜欢自己什么。

论长相她不算惊为天人，论学历她和纪昱恒那就差了十万八千里，论工作她连个正式编制都没有，论家境她家也就是个普普通通的工薪阶层。她真是哪儿哪儿都不出众啊，难道是纪母怕自己时日不多，挑了个合眼缘的？

涂筱柠赶紧打开手机前置摄像头照照自己，一张略圆的脸，看上去是挺乖乖女的。

以前算命的咋说来着？说她"天庭饱满，地阁方圆，饱满有肉，旺夫生财，讨婆家欢喜"。

她抬起手再仔细看看那戒指，款式很简单，除了中间一粒小钻就光光的一圈，低调普通，挺好。

这时外面传来声响，好像是纪昱恒去卫生间洗澡了。涂筱柠躺在他的床上，放下手，只觉得还在梦里。

她觉得自己需要清醒一下，便把结婚证拍下来发给了凌惟依，不一会儿手机开始狂响，微信一条接着一条，就差让她的手机爆炸了。

"啊啊啊啊啊啊啊啊啊啊啊！"

"涂筱柠冲啊！"

高维C柠檬："冲什么？"

齐家的0V1："上啊！"

高维C柠檬："……"

第四章
安全感

涂筱柠第二天特意起了个大早，准备扮演已婚妇女角色做第一顿早餐，没想到一出房间就看到了餐桌上扣着的几个盘子。

她打开一看，盘子下边竟然是纪昱恒做好的三明治，碗底还压着字条：牛奶在微波炉里，加热一下。

涂筱柠再看看他的房间，门敞着，床铺上的被子叠放整齐，哪里还有他的人？

她顿觉惭愧，照赵方刚说他每天提前半个小时到单位，还要晨跑，这会儿还给她准备了早餐，他这得起多早、得多自律啊？

她走到厨房打开微波炉，里边果然有一杯倒好的牛奶，但她没按加热，只是另找了个杯子倒了水。

捧着杯子走回餐厅，她这才好好环视了一下他家，干净整洁得无法想象是个男人的住所。

她坐下，咬了一口三明治，还挺好吃。

涂筱柠吃早饭吃到一半的时候他晨跑回来了，穿着宽松的T恤，颈间挂着耳机，额前的头发略湿，跟他平日西装革履的装扮不同，很显少年感。

涂筱柠看着他，一时间竟忘了咽下三明治，直到他将目光袭来，她赶紧吞下，觉得有点儿噎，又喝了口水。

"没喝牛奶？"他将耳机摘下放在鞋柜上。

"我乳糖不耐受，一早喝牛奶容易拉肚子。"涂筱柠告诉他，低头又咬了一口三明治，"你不吃早饭吗？"

纪昱恒朝卫生间走："我吃过了。"

然后他把门一关，不一会儿涂筱柠听到了哗哗的水声。

她继续啃三明治，早晚各洗一次澡，他也不怕洗掉皮。

吃完她去厨房洗碗，就一个盘一个杯子，不费事，再出来就看到已经正装笔挺的他。

好了，纪总上线。

时间还很早，纪昱恒却打算走了。

她还在纠结要不要搭个话什么的，他的视线落在了她的左手上，那枚略大的戒指松垮地朝指尖溜，她时不时就得用大拇指去往后推推。

"戒指大上班就别戴了。"他说。

涂筱柠抬手看看取下来，解释："本来也没打算戴着上班的。"毕竟他们是隐婚。

纪昱恒取过公文包开门，临走时又看看她。

涂筱柠想，难道自己的素颜很丑吗？

"你怎么去？"

"乘地铁，这里离DR挺近的。"他家的地理位置倒不错，从小区门口出去走五分钟就是个地铁站。

"客户经理还是尽早有一辆自己的车比较好。"他说完迈步走了出去，"今晚回来在门锁上添上你的指纹。"

"哦，不急。"语毕，涂筱柠听到了关门声。

他说的话也不无道理，可是车子这个东西涂筱柠总觉得自己用不上。

她也去房间换制服，刚拉好裙子就接到了母亲的电话。

"说话方便吗？"

"他已经上班去了。"

"新婚生活怎么样？"

"凑合吧。"她整整自己的衬衫。

"他家是新房子还是老房子？"

"老房子。"

涂母似也没指望他买得起新房，又问："哪个小区？"

涂筱柠报上名号，却听到母亲倒吸了一口气。

"涂筱柠，那儿可是C市地段最好的学区了，三学区啊，你的孩子以后上学不愁了！"

她倒没关注这些，只当这里就地理位置好而已，没想到还是个学区房。

涂母在电话里笑得合不拢嘴："还买什么新房，这房子可比现在任何一个楼盘都值钱。涂筱柠你说你这命，真是坐着都有落地桃子吃。"

她想，那不跟牛顿差不多？

纪昱恒家连个落地镜都没有，涂筱柠还得去卫生间照镜子。

电话里又传来徐女士的声音："你们昨晚……"她没说完就被涂父打断了，涂筱柠听到父亲的声音在一旁传来："人家小两口的事你少管。"

徐女士就没再打听八卦消息，只跟她说："你老公是个宝，你要好好拴住他，好在你们在一个部门，你也能看着。"

涂筱柠想想，还是叮嘱母亲："DR有规定，不许夫妻同时在岗，我们还是上下级，更敏感，被发现的话后果很严重，关于我俩的事你们在外面一定要谨言慎行。"

"哦哦。"徐女士也被她说得紧张起来，"我跟你爸肯定不说的，再说你们还没办酒，我没事还能拿着喇叭在外面到处喊我闺女领证了不成？"

涂筱柠看看时间差不多了，又跟母亲说了几句便匆匆挂断了。

她出门去坐地铁，果然又近又快，比从她家出发可以节省一刻钟的时间，那她以后可以多睡会儿了。

她到部门的时候他正坐在自己的办公室里，望着某处似在沉思。

她坐到自己的位置上，不一会儿饶静和赵方刚也前后脚来了。

"啊！"赵方刚突然大叫，吓了她们一跳。

饶静照常伶牙俐齿地嘲讽了两句。

赵方刚却没空跟她逗闷子，很正经地道："之前'银监'来检查的处罚公示下来了。"

饶静这下没了声，赶紧打开内网邮箱看。名单有一长串，她表情严肃，看得认真，可直到看到最后都没看到自己的名字。她蹙了蹙眉，又从下到上再从上到下各找了一遍，上面确实没有她的名字。

这不应该啊，她那笔资金回流当时法规部都拿来认责书让她签字了。

蓦地，她朝纪昱恒的办公室里看看，静坐了一会儿，站起身走了过去。

她敲敲他的门："纪总。"

纪昱恒在看文件："说。"

饶静便直白地问："我'银监'的那笔检查，是您处理掉的？"

"这种小事也值得你特地来问我？"他似默认地抬起头，眼中依旧是饶静看不透的深沉，"你们只管做好营销和业务，所有公关的事情自有我来处理。"

"太帅了。"涂筱柠听到赵方刚的感叹。

饶静也回到了自己的座位，靠坐在椅子上望着电脑出神，许久之后，涂筱柠听到她的叹息声。

"小涂，我也要倒戈了。"

赵方刚则容光焕发，整了整衣服，走向纪昱恒的办公室。

"老大，园区里有一家企业我盯了很久了，是国企下面的子公司，之前总说没意向融资，前两天才答应让我上门拜访，我想您出马会更好些，不知您今天是否有空？"

"什么时间？"

"约了十点。"

纪昱恒抬臂看了看时间:"现在可以去了。"他起身套西装。

赵方刚心领神会,迈腿就跑:"那我去开车。"

纪昱恒很快拎着公文包走出来,经过涂筱柠办公桌的时候敲了一下隔板。

"纪总。"涂筱柠抬头对上他没有表情的脸。

"你一起去。"

"哦。"

他没等她,径自出了部门,涂筱柠赶紧收拾东西。

饶静看她着急忙慌的样子,叮嘱她:"多听多记,这是个很好的学习机会。"

涂筱柠点着头跟出去,到了楼下赵方刚的车已经在等了。

"不好意思小赵哥。"她打了个招呼想坐后座,却发现纪昱恒在里面,忙换到副驾上。

她微喘着气,突然想起来父亲以前告诉过她,如果跟领导出行,驾驶座斜后方的座位永远都是给领导先坐的。

她再透过后视镜看纪昱恒,他果然坐在她后面。

一路上赵方刚简单地跟纪昱恒汇报了一下那家企业的情况,涂筱柠总结了一下赵方刚的营销方向。

1. 企业前期调查:摸清股权结构和关联企业;2. 企业所属行业范围:主营大块及上下游;3. 企业核心竞争力:企业销售渠道,在同业中的优势;4. 企业财务概况:主营业务收入与纳税,年利润,作为子公司财务是否独立核算;5. 企业融资情况:目前融资和融资需求。

这些涂筱柠都在本子上用树状图的方式记了下来,再看后视镜,发现纪昱恒闭着眼在休息,也不知刚才听进去多少。

到了园区,涂筱柠下车的时候看到赵方刚给纪昱恒开门。虽然这只是个很寻常的举动,却更让她看出了赵方刚的情商。

她怎么就没主动给领导开门的觉悟呢?于是她又在心里默默记上一笔。

涂筱柠跟着他们来到那家公司,接待的人一听总经理亲自来拜访,不由得眼中一亮,安排他们在会议室里坐下,上完水就去邀请老总了。

不一会儿老总来了,是个中年男子,对他们很是客气,寒暄了几句后就正式谈起来。

涂筱柠摊开笔记本认真倾听并记录,因为他们前期已经对企业有所了解,谈话大致分几块内容:1. 银企互相自我介绍;2. 银行了解企业融资需求;3. 针对企业特性对接 DR 产品;4. 浅谈企业融资成本。

前三块进行得都很顺畅,到了第四块,老总总是有意无意地想从他们口中套取一些与利率相关的信息,但纪昱恒和赵方刚不知是故意回避还是有其他想法,就是绕过这块只字不提。

当老总第三次绕回到这个话题的时候，赵方刚只是笑笑："之前跟财务也聊了一下，好像贵公司在 B 行也有贷款，不知他们那边的利率是多少？"

那老总也有些狡猾："赵经理，我现在更想了解你们 DR 能给我的利率。"

赵方刚将身体朝前微倾："方总您能接受的融资成本是多少？"

老总呷了一口茶，有些老谋深算："那就要看 DR 能给我什么成本了。"

赵方刚又缓了缓语气："方总，您在 B 行的贷款是用公司厂房抵押的，据我所知，B 行的抵押期限只能做一年，也就是说您每年还要全额还款撤抵押后再办。我们 DR 倒没那么麻烦，可以直接给您做五年期的抵押。"

那老总却不为所动："每年全款还一次贷款对我而言也没什么问题，我只看重成本。"

赵方刚收了收笑："贵公司实力强，那点儿贷款对方总而言确实是九牛一毛了。"

老总继续喝茶："我们公司本身就是国企背景，不缺钱，当然，如果银行非要给我们钱，成本又低，我们拿着用用也不是不可以。"

老总字里行间带着高傲，说了半天就是要让他们先"亮剑"。

气氛有些凝滞，涂筱柠的笔也停在纸张上，这时一直在把玩名片的纪昱恒开口了。

"方总，今天我们来也是诚心诚意想合作的，这样吧，我也给您透个底，其他银行给您多少成本我 DR 不会高，同时我也不绕弯子，我要您在 B 行的抵押物。"

方总扬眉："你们想挖墙脚？就凭抵押办五年的优势？"

纪昱恒往后稍靠："别的我不知道，但是 B 行的厂房抵押是评估价打五折，我们除了抵押办五年，还可以凭你们的国有背景，向行里申请抵押物不打折，授信金额就直接按抵押物的评估价值来做，你们原本在 B 行的授信，如何？"

那老总沉默了，这次一连喝了几口茶："纪总的意思是要给我提高授信？"

纪昱恒："方总，话都说到这份儿上了，就算我 DR 的价格比 B 行的高一点儿，多出的额度可是真金白银，您用是不用，可以考虑一下。不过话说回来，你来我往，到时候我也要落实一些条件。"

方总放下茶杯："你什么条件？"

纪昱恒把名片往本子里一夹，微笑："我们先批额度，您满意了准备提款时我们再详谈。"

涂筱柠看出来了，他在吊方总。

那方总安静片刻，然后微微展笑看向赵方刚："那就先让赵经理跟财务对接，收集材料报了看看。"

纪昱恒展眉，起身伸手："那方总，望合作愉快。"

方总也伸出手："合作愉快。"

三个人走出公司，赵方刚就问纪昱恒："老大，您准备给他放多少利率？"

纪昱恒走得不疾不徐："先去探一下 B 行的价格，他要低可以，比 B 行低的点拿钱过来配存款。"

"他要是不肯呢？"

"不肯？"纪昱恒轻笑一声，"那要用比 B 行多出的金额，先把全部的结算回笼和代发工资归到我 DR 来再说。"

赵方刚明白纪昱恒的意思，想到对方刚才的态度还有些不悦："刚刚他的口气不小。"

已经走到了停车场，纪昱恒停下脚步："真不缺钱的还给你上门的机会吗？"

赵方刚笑笑："也是。"

涂筱柠知道他们的用意是先稳定与客户的关系，然后再慢慢往外掏东西，但他们刚刚一直在正面回避对方重视的成本问题，这点她不太明白。据她了解，DR 对优质客户是可以把利率放宽到人行基准的，甚至下浮，也就是业内最低，她忍不住问："既然在额度上我们已经比 B 行有优势了，再说出利率优势不是更能打动他？"

赵方刚去开车了没听见，此刻只剩下她跟纪昱恒，他的语气是惯有的严谨。

"谈判即博弈，客户越重视什么你越要谨慎什么，在你不了解对方或者竞争对手前，不要轻易把你心里的底牌亮出来，谁先谁就可能在合作中处于劣势地位。你的心里要有一杆秤，懂得随时平衡和倾斜，他在乎成本你就倾向额度，保留余地才能在日后的合作中占优势。"

涂筱柠认真听着，发现这种实战性的谈判营销比死做业务真的有意义多了，而眼前的这个男人，正在带她一步步走向更深的领域。

下了班两个人各自从工作模式下线，又不约而同地去看了纪母，然后一起回家。

在门锁上加上她的指纹后，涂筱柠边换拖鞋边问："你饿了吗？"

他在身后反问："你会煮饭？"

涂筱柠心虚："不大会，不过可以点外卖。"

"少吃那些没营养的。"他换好鞋就去了厨房。

涂筱柠看到他打开冰箱，拿出了蔬菜和冷冻的肉，然后先去房间换衣服，出来的时候穿了一件灰色单薄的针织衫和宽松的运动裤。

再进厨房前，他看了她一眼："你可以先洗澡。"

"哦。"

涂筱柠就真的先去洗澡了。洗澡的时候发现多了一瓶不是薄荷味的沐浴露，她还觉得奇怪，他什么时候拿进来的？她用了一下，新沐浴露是茉莉花味的，既好闻也不凉。

涂筱柠洗好澡出来他已经做好饭了，涂筱柠看着三菜一汤，忍不住感叹："还有什么是你不会的？"

她俯身看着饭菜，纪昱恒可以闻到她身上的茉莉花味，在这个姿势下，她宽松的睡衣领口微微敞开，里面的春光从他的角度一览无余，睡裤有些短，露出了她白皙的长腿，此刻有说不出的一番风情。

涂筱柠这个心大的人还未意识到自己走光了，总觉得自己也该做点儿什么："我去拿筷子。"

纪昱恒看着她跑进厨房又出来，只安静地坐了下来。

"你一直都是自己做饭吃的啊？"涂筱柠吃了几口他做的菜，味道还不错。

"偶尔也去小姨家吃。"他将鸡翅往她那里推了推。

"要不以后下了班我们去我妈那儿吃饭呗。"涂筱柠觉得他这么忙，每天还要回来做饭，让自己有点儿不好意思。

"不要麻烦老人了。"

"不麻烦啊，反正他们也要吃饭的，多两双筷子而已。"涂筱柠说。

"不要把父母的爱当成理所当然，成了家就要慢慢学着独立。"

他又变成一板一眼的样子，涂筱柠咬着筷子没再说话，可是能干的徐女士已经把她养懒了怎么办？

觉得太安静，涂筱柠岔开话题："你在美国华尔街工作过？"

纪昱恒抬头。

涂筱柠解释："我在你房间的橱窗里看到照片了。"

"实习过。"他轻描淡写。

如果不是因为他母亲的身体，他应该会留在那边吧？涂筱柠见他没吃多少，觉得奇怪，上次在她家他明明能吃很多。

吃好饭涂筱柠主动洗碗："我来洗吧。"

纪昱恒也没推辞，告诉她围裙在哪里。

涂筱柠在他说的地方找到了围裙，自己却系不上后面的绳带，只得向他求助。他已经坐在书房看书了，她抿嘴走过去："可以帮我系一下吗？"

纪昱恒放下书帮她，涂筱柠隔着睡衣感觉到他指尖的温度，竟感觉被他触及的地方都烫了起来。

"好了。"

"谢谢。"话都有点儿说不利索了，她快速跑回厨房。

她是在害羞吗？可是人家什么都没干，她害羞个屁啊！

她赶紧找洗洁精，可是找了半天都没瞧见，最后放弃了，手已经湿了，她只能呼唤某人。

"纪昱恒。"

少顷，纪昱恒拿着书来了。

"洗洁精在哪儿啊?"

纪昱恒一看之前那瓶用完后他没有及时拿新的出来,所以她才找不到。

走到她身后,他打开她头顶的储物柜,翻找着洗洁精,蓦地发现因为厨房狭小,她缩在他跟储物柜之间,他的胸膛正贴着她的背。

涂筱柠也凝神看着他的动作,突然好像看到"洗洁精"三个字在眼前一晃,就踮着脚也伸过手去:"这不在这儿呢吗?"她拿过那个瓶子告诉他,一转头才发现他们俩站得极近。

他眸黑如墨,浓得像能把人吸进去,气息也近得让她思绪凌乱,她刚要说话,他已经欺身低下头。

涂筱柠的肾上腺素飙升,他在吻她。他没有蜻蜓点水,而是紧紧追逐缠绕着她的唇舌。

她的脑中像是火山迸发,只觉得自己被他越推越往后,抵在了水池上,周身全是他的味道。她感觉自己要窒息,浑身酥麻。

她被水池硌得疼,抬手抵在他结实的胸膛上,忍不住闷哼一声。

他这才慢慢地停了下来,在她唇上似不知足地嘬了一下,最终抽离。

涂筱柠对着他那张毫无波澜的俊脸,竟然不知道该说什么。

"洗吧。"他却一如既往地淡定,仿佛刚才什么事情都没发生。

涂筱柠两颊发烫,知道自己的脸肯定红成了柿子,他明明是肇事者,却像个没事人一样。

"你让让。"她想转身,却被他困得无法动弹,开口连声音都哑了。

他便让了让。

涂筱柠转身打开水龙头继续洗碗,听着他离开的脚步声,觉得自己浑身热得像发烧一样。她跟纪昱恒接吻了,感觉很棒,纪昱恒不管是吻技还是滋味,都一流。

果然校草就是不一样,可是,他为什么要吻她?因为他们是夫妻,要慢慢培养感情吗?

涂筱柠洗好碗脸还是烫的,他们吻过了,接下来又会做什么?她还是先用冷水冲一把脸冷静一下吧。

她走到卫生间打开门,却在下一秒呆住了。

纪昱恒什么时候在里面的?他竟然没锁门。此刻他脱了一半上衣,转身看她,精壮的胸膛全然展现,涂筱柠看到了胸肌,还有硬朗的八块腹肌和线条分明的人鱼线。

被她看光了他也不恼,就站着跟她对视。

涂筱柠的肾上腺素又在飙升。

"我……那个……你怎么不锁门?"半晌,她结结巴巴地问道。

纪昱恒笑了笑:"有什么好锁的,我们不是夫妻吗?"然后他将上衣全部扯下,回身去取浴巾。

涂筱柠又清晰地看到了他后背上完美的背肌和那深深的腰窝。

涂筱柠赶紧关门退出去，直接溜进房间。

他还是个人吗？身材都这么好。

以前她不知道在哪儿看过说腰窝明显的男人是帅哥，当时没信，现在信了。

他刚刚说他们是夫妻，难道今晚要行夫妻之事吗？

涂筱柠裹着被子在床上来回滚着，躲得过初一，躲不过十五，结了婚早晚要那啥，索性"早死早超生"吧，反正她也不亏。

她把自己埋在被子里，也没关门，已经做好视死如归的准备了。

没多久卫生间的门打开了，涂筱柠等了一会儿探出头，没听到什么动静，刚要起身，看到他往她房门口一站。

涂筱柠像做了亏心事一般躺下来，闭着眼睛紧抓着被子等待被宰割。

他却没进来，只说了句"早点儿休息"，然后把她的门带上了。

涂筱柠把被子扯开，对着紧闭的门有些回不过神。

微信响了，是凌惟依。

齐家的0V1："你俩昨晚战况如何？"

高维C柠檬："我们分房间睡。"

齐家的0V1："什么？！"

凌惟依急不可耐地发起了语音通话。

"你俩是真结婚吗？"

涂筱柠揉揉额："是啊！"

"真结婚你俩玩过家家呢？"凌惟依恨铁不成钢，"涂筱柠你老公这样的男人换了别的女人早如狼似虎地扑上去了，你还当你是十七八岁的小姑娘装矜持呢？"

"太主动显得我多饥渴似的。"

"您老人家二十七了喂！饥渴很正常。"凌惟依要被气死，"那今晚呢？今晚你们总要一起睡了吧？"

涂筱柠让她失望了："还是分房。"

凌惟依表示惊呆了："你老公别是中看不中用啊！就是……不会有问题吧？"

涂筱柠发了一串省略号。

凌惟依给她分析："照理来说他是血气方刚的年纪……更何况你们现在还是合法夫妻，要么他不正常，要么你太没吸引力。"

涂筱柠下意识地看看穿着睡衣的自己，确实要胸没胸，要屁股没屁股，可他刚才为什么吻她？还是吻过之后觉得她更不对胃口了？

凌惟依的声音传来："涂筱柠，我怎么觉得你过于害羞了呢？大家都是成年人，再说你大学里又不是没有过男朋友，也算有经验吧。"

涂筱柠咳了一下："没有。"

凌惟依惊诧："不会吧？陆思靖三年里没动过你一根手指头？"

她们虽是闺密，但大学里并不会交谈这种私密话题。

"我每次去约会都在熄灯前回宿舍，你又不是不知道。"

"我知道，只是我以为……"凌惟依突然敬陆思靖是条汉子，又略显艰难地问，"所以你到现在还是个……"

涂筱柠垂头在被子上用手指来回比画着，声音几不可闻地嗯了一声。

第二天，涂筱柠起床后发现纪昱恒早走了，餐桌上还摆放着他准备的早餐，只是牛奶被换成了热水。

涂筱柠吃着早餐，耳边总是能响起凌惟依的话："他那啥有问题。"

她皱皱眉，心想：不会吧？

上班的时候，饶静从茶水间回来经过涂筱柠的座位，看到她那头毛糙的长发，又嫌弃地道："涂筱柠，你去搞搞头发行不行？客户经理就是一个银行的门面，你这形象哪个客户想听你营销？"说着饶静又捏着涂筱柠的下巴抬起她的脸，"你从来不化妆的，是吗？就算不涂粉也描个眼线、涂个口红什么的，别仗着自己年轻就不当回事，不保养没两年胶原蛋白就要流失了，到时候看哪个男人敢要你。"

饶静的话让涂筱柠开始质疑自己，她打开手机的前置摄像头——她这样真的很难看吗？

过了一会儿，饶静扔给她一支没拆过封的口红，她一看发现是名牌货。

"我口红太多了，送你一支。"饶静轻描淡写地道。

"饶姐，这怎么好意思？"她不化妆不代表她不懂。

"有什么不好意思的？就两百多块钱而已。"显然以饶静的消费水平，她并没有把这些小玩意儿放在心里。

涂筱柠知道饶静的脾气，没再推却："谢谢饶姐。"

"谢什么。记住，外貌是女人最大的资本，尤其是干营销的，要好好利用这张脸。"看到涂筱柠沉思的表情，饶静又笑着戳戳她的脑袋，"你别想歪了，只是让你学会适当地逢场作戏。"

涂筱柠明白她的意思，可总觉得自己离那个段位还差得太远。

"有空去烫个头发吧！纪总已经同意让你独立了，以后你就要自己跑业务了。换个造型也显得成熟些，至少站出去不像个新兵蛋子，免得让人欺负，即便你的肚子里没有多少货，气势上也万万不能输。"饶静说着又拨弄了一下涂筱柠的一撮头发。

涂筱柠正在犹豫，看到了从办公室朝外走的纪昱恒。待他走后，她问饶静："饶姐，那你有什么理发店推荐吗？"

饶静一副问对人的表情："废话，我有御用的理发师。"

涂筱柠挤出笑容："贵吗？"

饶静拍了一下她的脑袋:"跟我走就是了,其他的别管。"

一下班涂筱柠就被饶静带去了发廊,果然是很上档次的那种,一看就很贵。涂筱柠有点儿想打退堂鼓,却被饶静揪进去了。

涂筱柠看着一堆造型画册眼睛都花了,最后还是饶静给她挑了个日式梨花烫的发型,还有不大明显的栗色。

等她的工夫,饶静也做了个护理。

看着高档的装修和个个打扮精致的顾客,涂筱柠不免在想,她的工资什么时候才能支撑得起这样奢侈的消费呀?

突然她想起还没跟纪昱恒说自己会晚点儿回去,便趁饶静不在赶紧发了一条微信信息。

"我跟饶姐在外面吃饭,晚点儿回去。需要我给你打包些什么吗?"

他一会儿就回了信息。

"不用,今晚有应酬。"

"哦。"

"干吗呢?"饶静的声音突然在身侧响起,吓得涂筱柠连手机都掉了。

饶静看着她,觉得好笑:"心虚什么?怎么,找到新欢了?"

她应该没看见。涂筱柠赶紧捡起手机退出微信,说:"没有,正在看手机,比较投入,就吓到了。"

饶静瞟她一眼:"哼,小屁孩儿。"然后她就坐到了涂筱柠身旁的位置。

涂筱柠偷偷地呼出一口气,心想自己怎么搞得像地下游击队似的。

涂筱柠的头发足足烫染了三个小时。饶静对"成品"很满意,她揉着涂筱柠的脸:"看看,这样就好看多了嘛!"

涂筱柠望着镜子里的自己,竟有一瞬间觉得陌生——好像是成熟了些。

饶静拍拍她肩上的碎发:"这样才像我饶静带出来的人,不丢我的脸。"

涂筱柠还有点儿不习惯,小声问饶静自己这次做头发花了多少钱。

饶静翻了一个白眼:"问这么多干吗?走,吃饭去。"说完,饶静就扯着她走了。

涂筱柠心里很感动。她跟饶静久了,就知道饶静只是外表严厉,其实人很好,对她也好。

在复杂的职场里跟了个好师父,她何其有幸。

师徒俩晚饭吃了K国料理。涂筱柠想掏钱,被饶静制止了:"等你转正了,拿到第一份工资再请我吃饭,现在我请。"然后饶静快速地用微信扫码付账。

涂筱柠特别过意不去,刚要说话就听饶静说:"不早了,我送你回家。"

她脚下一滞,赶忙说:"你不顺路。我坐公交车很快就能到家。这不,还有五分钟公交车就来了。"她指着不远处的公交车站台让饶静看。

饶静一看,发现确实快有车到了,便说:"那行吧,你自己当心些。"

"好的，饶姐，你路上也小心，今天谢谢了。"

"谢什么，快走吧。"

涂筱柠站在公交车站台上看着饶静开车离去，然后才掉头去地铁站。

这样的生活真的像电影《无间道》似的，而这才刚开始。

回去后她发现纪昱恒还未到家。她洗完澡刚要回房间，又想到他今晚应酬可能喝了酒，便转身去厨房，打开冰箱找了找，发现了放在角落里的一瓶蜂蜜。她看了看，见那瓶蜂蜜好像没怎么动过，便先将它放在了料理台上。

"我现在看起来还真像个已婚妇女。"涂筱柠自嘲着，先回房间躺下了。

她还在脑子里盘算着接下来自己要怎么去搞营销，却觉得眼皮越来越沉了。

也不知过了多久，她睁开眼发现自己刚刚睡着了，客厅的灯还亮着。她揉揉眼睛坐起来，这才想起自己的隐形眼镜还未摘。她顺便往外看看，发现他还没回来。

她看了一眼时间，见已经过了十二点。她摘下隐形眼镜后也不准备再等了，盖上被子直接睡觉。

可是辗转反侧了一阵后，她突然就没了睡意，拿起手机又刷了一会儿朋友圈和微博，直到一点也没听到房间外有动静。

她又坐了起来，捏着手机想着要不要给他发条微信信息。毕竟现在他们是夫妻了，他要是有点儿差池，最后损失不还得落在她的身上吗？可是刚滑开手机的屏幕锁，她就听到了开锁的声音。

她走出房间，迎上了进门的他。他的领带不知去哪儿了，领口敞着，露出锁骨。他神色如常，若不是他身上的酒味飘过来，她根本看不出来他喝过酒。

他扫视一圈，将视线停在了她的身上，没再离去，整个人站在门口动也不动。

涂筱柠只以为他喝多了，给他拿了拖鞋送过去。

"晚上跟饶静在一起就是去做头发？"他的声音依旧清晰，他竟不是先问她怎么还没睡，而是先注意到了她的头发。

涂筱柠嗯了一声，本想实话实说，可话到嘴边又咽了下去。他不让她私下提工作上的事情来着。

他没再追问，换了鞋走进客厅，坐在沙发上闭目养神。

涂筱柠不知道他喝了多少酒，只去厨房舀了一勺蜂蜜，给他冲了一杯热蜂蜜水。

"蜂蜜水能醒酒，对胃也好，喝点儿吧。"她走过去，将那杯蜂蜜水递给他。

涂筱柠的父亲也经常有应酬，她看到母亲每次都会给应酬完的父亲准备一杯蜂蜜水。

纪昱恒睁眼看着她，然后从她手中接过杯子。

等他喝光，涂筱柠想把杯子拿回来，可刚伸手就被他的长臂一带，斜坐在了他的腿上。

她惊得说不出话来，想起身却被他扣住。她今天穿的是睡裙，这样坐着感觉下面都要走光了。

他却埋首在她的发间，似在嗅那缕馨香。

他灼热的呼吸拂过她的耳畔和脖颈儿，连带着让她的呼吸都不稳了起来。

"头发剪短了？"他问，语调轻柔。

涂筱柠坐在他的大腿上，心跳如擂鼓，点头道："嗯。"

"我看看。"他单手转过她的身子，他的掌心触碰到她裸露在外的肌肤，他整个人就像带火似的要烧起来。

涂筱柠刚想问他是不是醉了，他的吻就落了下来。

他用手掌扣着她的头，将手指插进她的发间，不断地迫使她靠近自己。

涂筱柠只觉得这姿势让自己重心不稳，好像就要掉下去，便下意识地抓住他的衣襟。他却顺势将她压倒在沙发上，让她动弹不了。

涂筱柠头脑混沌，呼吸也越发急促。片刻后，她才反应过来要挣扎，咬了他一下。

他原本放在她腰间的手也慢慢地往下滑。涂筱柠吓了一跳，混乱间含混地叫了一声："纪总。"

他果然停下了，眼中带了一丝迷离的神色，好看的眉微蹙："叫我什么？"

涂筱柠又故意叫："纪总。"

他目光流转，笑了一声，又低下头狠狠地吻了下去，这次比刚才还要霸道，似是带了些教训的意味。

涂筱柠后悔挑衅他了。

"纪……"

"想清楚叫我什么。你叫错一次，我就亲一次。"

涂筱柠怕了，重新含混地叫："纪昱……"可是唇又被堵住了。

她想原来平日里再冷静的人醉起酒来也像匹脱缰的马，可叫他名字也错了吗？算了，她不能跟醉鬼计较，现在能摆脱他才是最重要的。

在他停歇的片刻，她缓了缓，叫了一声："昱恒。"

他倒是停下了，抬起头在她的上方定定地凝视着她。她以为能逃脱了，却见他唇角一勾，又吻了下来。

这人还有完没完了？难道她要叫"老公"不成？涂筱柠恍恍惚惚的，感觉他的脸越来越模糊，最终吃力地叫了出来："老……老公。"

在她快窒息的时候，他终于停下了。

纪昱恒借着灯光看到此刻涂筱柠的面色潮红，她正衣衫凌乱地躺在自己的身下，她的眼睛红红的，不知是不是觉得委屈，嘴唇已被他亲肿了。

他伸手想给她拨开碎发，她却以为他又要吻她，颤着身子躲了躲。他的眼神变得温柔起来，他没再亲她，只埋首在她的颈间低语："以后就叫老公。"

涂筱柠感觉到纪昱恒将脸埋在自己的肩窝，他的呼吸像热气似的在她的肌肤上摩挲，让她觉得又痒又麻。

她想挣扎，却被他禁锢住。他似怕压痛她，换了个姿势，涂筱柠还未反应过来就被他揽进了怀里。涂筱柠的身上沾染了些许酒气和他自带的薄荷味，耳边是他清晰的心跳声。她觉得客厅的射灯有些过暗了，暗得她都分不清现在是梦境还是现实。

她动了一下，试图摆脱他的桎梏，他却将环在她腰间的那只手臂收得更紧，另一只手臂则横在她的颈间。此刻微醺的他声音低哑："别动，就这么待一会儿。"

这句话像是能熏人沉醉似的，看着他合着的眼下面浓密的睫毛，涂筱柠竟不再乱动了。他是真的醉了吧？繁忙的工作和重病的母亲都是他所要承受的压力，他大概是累极了。

这一切就当是自己动了恻隐之心吧。她安静下来，心跳也慢慢趋于平稳。她又偷偷地仰了仰头，看到他好看的五官。他的呼吸拂过她的脸颊，让她感觉有些温热。

这个现在是她老公的人要完流氓就这么睡着了。她可不想陪他一起感冒，但又怕他没睡熟，自己一动就弄醒他。她不想他再胡来，索性耐着性子再等一等，可这一等，她把自己等睡着了。

涂筱柠是被手机的闹铃声惊醒的。她猛地坐起来，发现自己在床上。再瞧瞧盖在自己身上的被子，她愣了愣。

她什么时候回房间的，不会是被他抱回来的吧？她崩溃得又倒回床上，胡乱地抓着头发，心想：涂筱柠，你是猪吗？让你等他睡熟，没让你自己睡呀！

她走出房间，感觉屋子里依旧清静。他先走了，桌上是他准备好的早餐——皮蛋瘦肉粥。她觉得他真是个能把时间分配得很好的人。她舀了一勺粥尝了一口，觉得味道很不错。去倒水的时候，她的视线蓦地落在了客厅的沙发上，脑中又想起昨晚两个人亲热的画面，她不由得脸一红，赶紧继续闷头喝粥。

那人今早该醒酒了，昨晚的事应该忘了吧？反正老涂每次都会断片儿。看他昨天那样估计醉得不轻，他还能记得个啥？

匆匆喝完粥，她去换上了制服，在玄关换鞋的时候突然想起昨天饶静送她的那支口红，便掏了出来，犹豫了一下又甩下鞋子去了洗手间。她对着镜子用口红描了一下唇，又抿了抿。大概是自己下手重了，她觉得口红的颜色太过艳丽，很不习惯，赶紧拿纸巾擦掉了。她揉揉自己稍乱的头发，叹了口气，心想自己果然不适合浓妆艳抹。

然后她将口红随手放在了洗手台上，涂了唇膏就去上班了。

她到了 DR，赵方刚一看到她就觉得眼前一亮："哎哟，这是小涂？"

涂筱柠低着头回了自己的座位，赵方刚的目光跟了过来："你看，换了个发型就像换了一个人，这样才能达到我们部门的颜值标准啊！"

这时，饶静也走进了办公室，问："我们部门的人什么颜值？"

"自然是要美女有美女，要帅哥有帅哥咯。"

饶静嗤笑道："你说的帅哥里只有纪总吧？"

赵方刚厚脸皮地说道："老大是比我帅了一点点。"

饶静掏掏耳朵："一点点？"

"'两点点'。"

"哈哈，赵方刚，谁给你的勇气？"

赵方刚贱笑道："反正不是梁静茹。"

此时他的座机响了，他不再跟饶静斗嘴，去接了电话——是主动找上门的客户。挂了电话他刚要坐下，又看看涂筱柠。

"小涂，来一下。"

涂筱柠应了一声便走过去。

赵方刚抽出几沓资料："这里是园区里三家企业的基本材料。他们的融资需求都不大，在五百万左右，资质都不错，就是我懒得做小户的业务了。你拿去做吧。你还没有自己的信贷系统，先在我的号里操作，到时候我跟老大说这些客户算你的。"

涂筱柠一怔："小赵哥，这……"

"这……这……这……这什么这，你还要不要转正了？"赵方刚把资料抛给她。

涂筱柠赶紧伸手接住。赵方刚又说："你也别急着感动。园区这块蛋糕太大了，我就两条腿两只手，一个人还真吃不下来。这是个很好的批量发展客户的地方，你可以先从小客户开始练手，反正我正好对小客户没兴趣。"

此刻涂筱柠心中的感触颇深，饶静探了探头："还不跟你小赵哥说谢谢？"

"谢谢小赵哥。"涂筱柠将资料紧紧地抱在怀中。

"我们是一个团队，没什么谢不谢的。一会儿我把这些公司的财务的微信推给你，后续你自己对接。"赵方刚又看了座机的来电显示一眼，"还有这个刚刚自己找上门的客户，你也联系跟踪一下，就当是你的首个客户，自己判断要不要做。"

涂筱柠点点头，抄下了那串号码。她回到位置上，打了电话过去，跟那个客户聊了一会儿，大致了解了一下对方企业的情况，还加了他的微信，跟他约好一会儿上门拜访。

"那个客户是做什么的？"饶静待她放下电话还是关心了一下。涂筱柠第一次独立跑业务，她这个师父还是得帮着把把关的。

"做床上用品的。他们接了新的订单，要采购棉纱等原材料，但之前的下游客户的欠款还未到账，所以需要资金周转。"

"反正你要全方面了解清楚。"饶静叮嘱道。

"知道了，饶姐。"涂筱柠边收拾东西边应。

纪昱恒刚开完行里的中层干部会议，正跟另一个部门的总经理边聊边往部门走。

涂筱柠出去的时候正好在走廊上遇到他们，便恭敬地打了个招呼："纪总，韩总。"她不小心对上纪昱恒的视线，有些心虚，低头快步走了过去。她回想着他刚才淡漠的表情，心想他果然是一副什么事都没发生过的样子，看来是忘了。忘了最好，不然两个人太尴尬。她想着想着，不由得加快了脚步。

涂筱柠查看了一下那个客户发来的地址，发现那个地方有点儿远，只能打的去。可是不知是不是因为处于早高峰时段，打车平台上没人接单，涂筱柠这个时候才意识到有辆车的重要性。

她等了五分钟，打车平台才自动给她派了一辆车。司机很快打电话过来，让她站在路口等他。

她上了车，司机还在抱怨："今天各大学校组织小孩儿去秋游，路上堵得很。你们又在市中心，要不是系统自动派单，我真不想接。"

涂筱柠只尴尬地笑笑，没说话。

司机看看她的衣着，问："你是银行的？"

涂筱柠点头嗯了一声。

"在银行的待遇好哇！是不是压力特别大？有各种任务指标什么的？"这司机也是个健谈的人。

涂筱柠只说："反正这年头各行各业都不容易。"

"我之前听别人说呀，银行就是座围城，没进去的人挤破头想进去，里面的人却想早点儿跳出来。银行职员看上去是一个个光鲜的精英白领，其实呀，冷暖自知。"

他一语道破银行业的现状，让涂筱柠心中也不禁深受触动。

是呀，银行是座围城，她被困在这座城里快四年了，连一点儿阳光都没见着，又谈何跳出呢？

大概觉得气氛沉闷，司机又转了话锋："但是银行职员是最好找对象的几大职业之一，搁以前银行职员就跟教师一样有着一个铁饭碗。"司机说着看看她，"你有对象了没？"

涂筱柠觉得这司机有点儿过于健谈了，但自己不说话会显得不礼貌，便说："我已经结婚了。"

"是吗？我还没看出来。"司机感叹着，又继续聊八卦消息，"那你老公的工作也不错吧？银行职员跟公务员、供电局职员、医生这种好单位的人配对的多。"

涂筱柠暗自撇嘴，心想好多银行还"内部消化"呢，但只告诉他："他是事业单位的。"

银监局应该算事业单位吧？

司机啧了一声，又道："果然，好马配好鞍。苦是苦了点儿，但到底还是你们这种白领的社会地位高哇。"

涂筱柠在心里犯嘀咕，她算哪门子白领？

他们还说着话，车已经开到了客户的公司门口。涂筱柠付好钱便下车。

"给个五星好评，谢谢。"司机笑着目送她下车。

"谢谢，好的。"涂筱柠关上车门，看了看那公司的门牌。没错，就是这儿。

之前打电话到行里的是这个公司的财务总监，他与涂筱柠见面后先互相交换了名片，然后他就把她领进了老板的办公室。

老板正在接电话，看到他们后，示意他们等一下。财务总监便先请涂筱柠坐下，还给她倒了茶。

过了一会儿老板挂了电话，走过来说："不好意思，刚刚有事。"说完他打量了一下涂筱柠，"你就是 DR 的客户经理？"

涂筱柠站起来给他递了一张名片："DR 拓展一部小涂。"

那老板接过名片，也递去一张自己的，涂筱柠一看，喊了一声："张总。"

"别客气，坐。"张总也比较随和，"涂经理看上去挺年轻的。"

涂筱柠笑笑："我在 DR 三年多了。"

"哦？"张总有些意外，"我还以为你刚毕业呢。"

"可能圆脸让人看不出年龄，也让我好装装嫩。"涂筱柠把从赵方刚那里听来的胡话学以致用。

张总也笑笑，然后直入主题。

涂筱柠听完了解了，他就是想用厂房后面的一块空地做抵押，申请贷款。这个公司的产品销售情况她听着倒也还行。

"张总能提供的抵押物只有厂房后面的那块地了吗？还有没有其他的，比如自己名下的住宅什么的？"她还想套他说出其他的资产。

"我个人名下的房子目前都有按揭，除非你们 DR 能接受二抵？"张总也没有掩饰。

"这个每家银行都不接受的。"涂筱柠直接告诉他。

"那就没了，厂房也抵押给其他银行了。"张总说。

涂筱柠询问了一下厂房是抵押给哪家银行后，又问："那可以让我看看纳税系统吗？"

"当然可以，我们公司在财务上很正规。"张总示意财务总监带涂筱柠去看。

涂筱柠站起身："好的，如果张总有意向在我行贷款，我们可以先收集材料上报审批。"

"你们的利率是多少？"张总问。

她先给了个比行业均价稍高的数字。

张总蹙蹙眉，似有斟酌的意味："这利率有点儿高了。"

"我们可以边上报授信边给您申请优惠。"

"最优多少？"张总追问。

涂筱柠面带微笑："这个我要回去请示一下领导，毕竟一笔授信也不是我们一个部门说了算的。我争取给您一个满意的利率。"她拉了拉因坐下而压出一些褶皱的裙摆,又说,"反正先审批授信,您觉得利率合适了再提款,也不亏是吧?"

这些话就这么自然而然地说了出来,涂筱柠都觉得有些不像自己说的。

张总听着觉得也不是没有道理,便对财务总监说:"那你就先准备材料给涂经理。"他又看向涂筱柠,"涂经理,那利率上希望你能尽早给我一个满意的答复。"

涂筱柠笑容灿烂:"好的。"

看完财务情况她又去生产车间看了看,这才抱着资料从那家公司出来。

今天的阳光很好,落在脸上让她觉得很暖。她抬手微微遮了遮,望着从指缝间漏下来的那几缕光,蓦地笑了。

现在的心情大概就是成长的快乐吧。

回去后她把收集到的材料先给饶静审了一下,然后跟饶静讲了一下那个企业的情况。

饶静大致看了一下:"财务数据还可以,你再从收集到的近一年的流水中剔除关联企业往来,核实一下年销售。"

涂筱柠点头:"好的。"

她一边整理着资料一边问饶静:"那我能给这个企业按多少利率放款?"

饶静看了她一眼:"我建议你再好好了解一下这个企业和老板的情况。不过,如果你觉得已经没问题了,你就可以去跟纪总确定一下利率。"

涂筱柠哦了一声,先去查了这个企业和老板的征信,又用联外网的电脑查了这个企业和老板的"三查",并没有发现什么不妥。涂筱柠再看饶静,见她已经在忙了,赵方刚也不在位置上,再朝纪昱恒的办公室探了一眼,发现他正在看文件,不是很忙的样子。

踌躇了一下,她便抱着资料敲了敲他办公室的门。

"纪总。"

跟他对视的一瞬间,她觉得自己的心跳还有些快,但她很快就把这种紧张感压制了下去,不断地提醒自己现在是工作时间。

"我今天跑了一个业务,想跟您商量一下价格的问题。"

纪昱恒朝她伸手。

涂筱柠会意,赶紧把企业资料递了过去。

趁纪昱恒翻阅资料的时候,她简单地给他介绍了一下这个企业的背景。不过她看到他边看资料边摆弄手机,有些漫不经心。

她说完,他也看完了,他问:"你觉得可以报了?"

"我让饶姐审过了,也查了一下这个企业和老板的'三查',没有什么负面信息。"

纪昱恒只把资料一推:"再了解一下。"

涂筱柠不解,忍不住问:"是有什么问题吗?"

"你是客户经理还是我是?"纪昱恒反问,语气严厉。

涂筱柠被他这么一戗，不由得噤了声，伸手拿回资料："我知道了，纪总。"然后她回到了座位上。

饶静在接电话，丝毫没有觉察刚刚发生了什么。涂筱柠盯着电脑屏幕，觉得胸口有点儿闷，心想果然他工作的时候就像换了个人，可是该了解的她都了解了，到底还有什么问题？

不一会儿涂筱柠就看到他拿着文件出了办公室，还是板着一张脸。

涂筱柠便拿起自己的手机切换到微信小号。这是她以前的游戏号，工作后专门用来发泄情绪，没加什么好友，只加了自己的大号。

于是，她发了一条状态。

"纪昱恒是个讨人厌的双面人。"

涂筱柠今天下班打算去医院探望纪母，可刚走出 DR，又看到了陆思靖。再见面她发现自己比上次要平静许多。

"筱柠。"陆思靖直接迎了上来。

"陆医生，是我上次说得还不够清楚吗？"涂筱柠问。

"我只希望你再给我一次机会，好吗？最后一次。"陆思靖低声说着，语气有些卑微。

周围有下班经过的同事在看他们，涂筱柠微微低头，想逃离别人的关注："我们到外面说。"

"我看附近有家星巴克，我们去那里坐坐，可以吗？"陆思靖知道自己又让她为难了，可是他没有她的联系方式，连凌惟依都把他拉黑了，他只能在她单位的楼下候她。

涂筱柠只道："先出去再说。"待离单位远了一些，她停下了脚步，"就在这里说吧。"

陆思靖看着她："就当是普通朋友请你喝杯咖啡，都不行了吗？"

涂筱柠嗯了一声，说："不行。"

"筱柠，你能不能别这么绝情？"

涂筱柠望着马路上川流不息的车流，然后侧头对上他的眼睛："陆思靖，我结婚了。"

见陆思靖愣了很久，涂筱柠又说："所以，你不要再在我身上浪费时间了。"

"你爱他吗？"陆思靖艰难地问。

涂筱柠只告诉他："就算没有他，我也不爱你了，陆思靖。"

陆思靖神色复杂。

涂筱柠的表情却很认真："即使没有三年前的事，我们也走不到最后。我们之间的问题有很多，只是我以为三年的时间会让你变得成熟一些，但是好像没有。"

"他哪里好？"

"他让我有安全感。"

陆思靖却冷笑："你觉得在这个花花世界里他能对你始终如一？就算他可以，你能保证以后没有对他投怀送抱的？你真要安全感，就不该找他那样的。"

"可如果婚前都没有安全感，又何谈婚后呢？"

她的反问让他再也没了声。

涂筱柠挪了挪脚步："放下吧陆思靖，我们都回不去了。"

"连朋友都做不成了？"他也终于动了动。

涂筱柠依旧跟他保持着距离："以前我就说过的，分手不能再做朋友，只能当路人。"

陆思靖苦笑："是呀，你以前就说过的。"

"我还有事，先走了。"涂筱柠低首抬步，仍然没有说再见。

陆思靖似想跟上去，但接到了医院来的电话。他只能止住了脚步，心痛地看着她越走越远。

涂筱柠往地铁站走着，风吹得她的头发和此刻的心一样乱。

突然身后传来一声鸣笛，她吓了一跳，一看是赵方刚的车。

"小涂妹妹呀，要不要哥哥我送你回家？"他探出头，表情一如既往地轻浮。

涂筱柠觉得自己去医院不太方便坐他的车，便婉拒了："我还有点儿事，小赵哥。我一会儿坐地铁就行了。"

"好的。"赵方刚没再坚持，然后又贱贱地挑眉，"刚刚在路边跟你说话的就是饶静说的你的年轻男友哇？"

涂筱柠纠正了一下："前男友。"她又觉得奇怪，问，"离单位这么远你还能看见？"

赵方刚笑笑："你俩郎才女貌的，往那儿一站跟雕塑似的，我又不是盲人，怎么看不见？我跟老大一块儿下班的，他刚刚也瞧见了呀！"

周边有些嘈杂，他的话落在涂筱柠的耳畔却无比清晰。

涂筱柠到医院的时候纪昱恒已经在了，也不知他来了多久。见他在给纪母整理东西，涂筱柠走上前："是要出院吗？"

"这次的化疗告一段落了，妈想回去住段时间。"纪昱恒告诉她。

涂筱柠看看纪母："妈，您的身体……"

"医生说可以的，就回去一段时间。"纪母此刻有点儿像个孩子，对回家满是期待。

涂筱柠再看看纪昱恒，见他默许了，她就没再多问，低头帮他一起收拾东西。

"吴老师跟儿子儿媳回家了呀？"他们走的时候，邻床的人有些羡慕。

纪母也露出了难得的笑容："是呀，下次给你带喜糖过来。"

邻床的人点点头："快回去吧。"

涂筱柠一路扶着纪母，上车的时候也陪她坐在后面。

纪母牵着她的手轻叹着："回家了。"

涂筱柠反握住她的手，点头道："我们回家。"

纪母看着她，抬手怜爱地抚抚她的头发："新做了头发？"

涂筱柠有些不好意思地挠挠头："就想改变一下，以前的样子有点儿幼稚。"

"哪里幼稚，都好看。"纪母却不认同。

涂筱柠调皮地吐吐舌头，纪母微笑着覆住她的手。

到了小区，纪母是被纪昱恒抱上楼的，涂筱柠在后面看着母子俩的身影，不禁心酸：纪总的妈妈在本该享乐的年纪，却要承受病痛的折磨。

进了屋，看到纪昱恒将纪母抱进主卧，涂筱柠突然心一慌。

纪母现在回来了，那他俩今晚……她的心就这么忐忑起来。要不她说她陪纪母睡？

她还在思绪万千，就见纪昱恒已经从房间出来了。

"那个……今晚吃什么？"她有点儿没话找话，"我看到冰箱里有面条。妈现在也只能吃些软的食物吧？要不我煮面吃？"

纪昱恒似乎有点儿意外："你会煮面？"

涂筱柠撸起袖子："我会呀！以前我还在宿舍煮过呢，室友都说好吃，只不过后来被宿管阿姨收了电磁炉。"她边说边往厨房走，见他不动，又说，"要不你来帮我洗点儿青菜？"

纪昱恒说："我先去换衣服。"

"哦。"

涂筱柠先烧水，不一会儿纪昱恒就换好居家服来了。

两个人都未提昨晚的事。涂筱柠低着头抽出一把面，在纠结该说点儿什么的时候，纪昱恒先开了口："现在她有什么想做的我都尽量满足她，化疗的日子不好受，她太想家了。"

涂筱柠点头："应该的，可白天我们都上班，她一个人在家？"

"我请了护工到家里照顾，有什么事她会第一时间给我打电话。"

"哦。"她应着，觉得他想得真周到。

水开了，她把面扔了进去："你喜欢吃软的还是硬的？我喜欢吃硬的。"

纪昱恒侧眸看她。

涂筱柠顿时意识到自己说的话有歧义，咳了咳，赶紧纠正："软面还是硬面？"

他收回视线："我都可以。"

涂筱柠心慌地拿筷子捞了捞面，却还假装淡定："那我先捞一碗，剩下的煮软些给你和妈吃。"

纪昱恒把洗好的菜切了切："你就给妈煮软的，我的不用。"

"哦。"涂筱柠伸手去接菜。

纪昱恒长手一抬，已经把菜扔进了锅里，收手的时候还用指尖轻弹了一下她的额头："你只会说'哦'？"

涂筱柠摸摸被弹的地方，觉得他的要求真高，现在又不是在单位。想到他今天还凶巴巴地怼她的样子，她就忍不住嘟嘴反驳："那我以后索性不说话好了。"

纪昱恒看看她，再看看面："你确定你现在还能吃到硬的？"

涂筱柠这才回过神来，赶紧用筷子捞面，但又怕被热气熏到。

纪昱恒把她往后一拉，抢过了筷子："就你这速度，硬的都变软了。"

涂筱柠暗自做了个鬼脸。

果然面软了，涂筱柠吃了几口就放弃了。

"你为什么不喜欢吃软面？"纪昱恒坐在对面问。

"就感觉吃了软的面会有一种……"看他还在等自己说完，她便继续说了，"想呕吐的感觉。"

纪昱恒把筷子一放，似乎也吃不下去了。

涂筱柠心里暗爽：谁让你要听的？

"点外卖吧。"他突然说。

"啊？"涂筱柠一惊，她没听错吧？

"没吃饱，你点外卖吧。"

"你不是说外卖不健康吗？"涂筱柠故意问。

纪昱恒起身端起凉了一会儿的另一碗面就往主卧走："你再犹豫，我就收回刚才的话。"

涂筱柠赶紧拿起手机，不过还是象征性地问了他一句："你有什么想吃的吗？"

"我随便。"

他都这么说了，涂筱柠就不客气了，点了炸鸡和可乐。然后她也去了主卧，看到纪母没吃几口就说吃不下了，顿觉心酸。

她抽了几张纸巾进房，帮纪母擦拭嘴角。

"妈，是我做的面不好吃吗？"她觉得是自己的问题。

纪母摇摇头："是我胃口不好。你们晚上就吃面能饱吗？"

涂筱柠告诉她："我点了外卖了。"

纪母叹气："你们工作够辛苦的了，下班还只能吃外卖，如果我的身子不这样，还能给你们做饭。"

涂筱柠不想她难过，赶忙说："没有哇，我们下班早就自己做饭吃，下班晚就去我妈那儿吃。"说着她朝纪昱恒看去，给他使了个眼色，"昱恒，哦？"

"嗯。"

· 177 ·

纪母闻言，这才放心了些，又叮嘱道："那你们吃完早点儿休息。"

涂筱柠犹豫了一下，又说："妈，晚上我陪您睡吧，您起身什么的总要有人照应。"

纪母却笑笑："傻孩子，我现在没事的，你们新婚怎么好分开睡？"

涂筱柠想再挣扎一下，却听到门铃响了——应该是外卖到了。

"去吃饭吧，我就睡了。"纪母轻柔地拍了拍她的手。

"好。"涂筱柠的计划失败了，她垂头丧气地去开了门。

纪昱恒安顿好母亲，看她睡着才退出了房间。他轻轻地掩上门，回到餐厅就看到一只手拿着炸鸡，一只手捧着可乐的涂筱柠。

他不禁蹙眉："你就吃这个？"

"你不是说随便的吗？"

"那也没让你吃垃圾食品。"他边说边走近。

涂筱柠以为他要收走自己点的外卖，双手一护："纪昱恒，你说话不算话。"

他停下了。涂筱柠坐着，他站着，从她的角度看，他有点儿居高临下的样子。

"你叫我什么？"

涂筱柠的嘴里还含着鸡腿，她心想这人不会没忘记昨晚的事吧？她咽了咽口水，举起一只炸鸡送到他的面前："你吃吗？可香了。"

纪昱恒微抿薄唇，径直去了洗手间："我不吃垃圾食品。"

涂筱柠对他嗤之以鼻。他这人真无趣，天天只知道工作、工作、工作。

今天他先洗了澡。涂筱柠一边啃着炸鸡，一边看洗好澡的他走进了次卧。她真想在餐厅吃一晚上的鸡。她磨磨蹭蹭地吃完，又收拾好东西，然后扭扭捏捏地去洗了澡，最后自知躲不过了才走进房间。

他已经半躺在床上看书了。微黄的床头灯照得他的侧脸像被画笔勾勒过似的，让他整个人显得很暖、很梦幻。

涂筱柠看着竟不自觉地咽了咽口水，心里的小人却立刻狂扇自己的脸："让你瞎看，让你瞎看。"

瞥见她站在门口半天，他不由得抬眸。

"要不……我睡客厅吧？"涂筱柠直接开口。

纪昱恒合上书："你不怕被妈问的话，自便。"

"那我打地铺。"

"没有多余的被子。"

涂筱柠咬唇，心想那就是她躲不过了。她在心里挣扎了一下，想着他未必对自己有兴趣，和他睡一起又不会掉块肉，就抬脚走了过去。

在床的另一边躺下后，她盖好被子，望着天花板，两眼放空。而他仿佛就在她的耳边说话："这么勉强？当初让你想清楚再领证的。"

涂筱柠在被子下的身体一僵。她张口想说些什么："我……"

啪的一声，他把台灯关了，房间暗了。

黑暗中她感觉到他也躺了下来，她的鼻子里都是他身上特有的薄荷味。他的声音也连带着变得微凉："睡了。"

这是涂筱柠睡得最不踏实的一次了，旁边突然多出了一个人让她很不习惯。她想动又怕吵到他，只能干瞪着眼睛一直看天花板。

黑暗的房间里寂寥无声，直到他的声音打破沉静："这是双人床，你缩着是怕挤到我，还是想让自己掉下去？"他长手一伸就把她捞了过去。

他的气息近在咫尺，涂筱柠的心脏怦怦直跳。

"你……你还没睡？"她闷声问。

"你窸窸窣窣的，我怎么睡？"

涂筱柠咬了咬唇。他是神经衰弱吗？她只扯了两次被子而已。

"我爸妈明天要来看看妈。"既然他没睡，她就提了一下这件事。晚上玩游戏的时候徐女士给她打了个电话，她顺口说了一嘴婆婆出院的事。

"婚礼的事可能要往后拖一拖了，她现在的身体不适合参加任何活动。"他道，像是知晓她父母来的用意。

涂筱柠其实也不想太早办酒席，而且他们现在的敏感关系，还是越少人知道越好吧。

一念及此，她就觉得多一事不如少一事，说："没关系呀，不办也没事。"

她没再听到他说话，只感觉他好像动了一下。

但是父母那一辈都是有着老观念的人，直接跟他们提不办酒席，他们未必会同意，而且以徐女士的个性，找了个纪昱恒这样的女婿，恨不得扯着嗓子让所有的亲朋好友知道。想到这里她就头痛。

"或者我们旅行结婚，然后回来后小范围地请几个近亲吃饭就行了。"她突然想到了一个折中的办法。

大概是有点儿为自己的机灵感到激动，她不自觉地在被子下用胳膊肘碰了碰他，只是没得到回应。她朝他看看，发现他正合着眼。她以为他睡着了，刚失落地收回视线，他的声音就传来了："你想去哪里？"

她在心中吐槽他没睡装睡。然后她仔细地想了想自己想去哪儿。她想去的地方多了去了，可她不是银行的正式编制员工，去需要签证的国家还要出具单位的证明。DR是不会为非正式员工出具证明的，那她只能去个免签证的国家。

"巴厘岛？"她在脑子里过滤了一下，最终说出了这个地方，可是她又提出了新的问题，"我们俩能同时请假吗？"

又是一阵沉默。她再看看他，猜想他这次应该是真的睡着了。她撇撇嘴，知道他只是随口一问而已。

179

她躺在了床的中间，他与她靠得极近。耳边有他轻浅的呼吸声，涂筱柠的心也随之慢慢地平静了下来。

她以前以为度蜜月的夫妇一定很相爱，原来并不是那么一回事。成年人不需要爱情也能结婚，所以现在社会上的离婚率才越来越高吧？而他们这样的婚姻又能撑到几时呢？

她胡思乱想着，慢慢地觉得有睡意袭来，便裹了裹被子，却突然发现他睡觉不打呼噜。这还挺好的。她打了个哈欠，终于撑不住了，于是闭上了眼睛，也不知该不该庆幸他对自己没兴趣。

第二天，护工一早就来了，是个中年妇女，看着像是个勤快的。

涂筱柠出门前跟纪母说了一下自己的父母今天会来的事。纪母也很期待："早就该见面了，我正好可以和他们商量一下你们婚礼的事。"

涂筱柠想着等纪母跟自己的父母见过面后，自己再跟纪昱恒详细地商量，便未再多说什么就去上班了。

今天纪昱恒准备的早餐又是三明治，她直接将三明治抓在手里边走边吃，刚走到地铁站就收到了部门的微信信息。

纪昱恒："八点半准时召开部门会议。"

她觉得奇怪，晨会不是每周一开吗？纪昱恒怎么会突然通知开会？

饶静和赵方刚前后脚回了"收到"。

涂筱柠也跟在后面发了一条，同时不由得加快脚步，心想：应该是有什么要事吧？

她今天是最后一个到部门的，看到会议室里已经坐着人了，赶紧抱着笔记本进去。

她灰溜溜地坐到饶静的旁边，看了看手机——还好，还有两分钟才到八点半。

她摊开笔记本，这才注意到对面坐着两个陌生人，一男一女，都很年轻，看起来跟她差不多大。

虽只匆匆一瞥，但她瞬间就被那女子的样貌和气质吸引了。跟饶静的风情万种不一样，那女子更有一种高雅的气质，让人过目不忘。那男的也长得十分俊秀。只是那女子过于出众，他坐在她的身旁就显得逊色许多。

涂筱柠正看得移不开目光，纪昱恒就开始了会议。

"今天临时召开部门会议，有两件事情要跟大家宣布。"他将视线移向坐在自己右首的两个人，"第一件事，咱们部门新来了两位同事，这两位同事以后会与我们并肩同行。大家欢迎。"

掌声响起，涂筱柠拍着手看着对面养眼的两个人，心想原来之前的消息真不是谣传。

"你们互相介绍一下。"纪昱恒给他们留出了一些时间。

那女子率先站了起来，涂筱柠发现她的身高并不亚于自己，而且身材可以说完胜。

"我叫唐羽卉，之前在 A 行分行营业部任客户经理一年，进入 DR 我很荣幸，希望我的加入能让部门如虎添翼。"她笑容灿烂，仿佛天生傲气，自带魄力，让对面的他们仨都有些震惊。

饶静带头拍手，赵方刚和涂筱柠才跟着拍了拍。

涂筱柠暗叹：只做过一年的客户经理就如此老练自信，可想而知人家有多优秀了。

紧接着那男子开始自我介绍。他叫许逢生，倒不是从别的银行跳槽来的，而是因为家在 C 市，所以申请从 DR 的 D 市分行调岗过来，之前也是客户经理。

涂筱柠还琢磨了一下：这是出生的时候多艰难，才取了"逢生"这个名字？

然后就轮到他们仨自我介绍了。涂筱柠是最后一个，说完她发现对面那女子的目光自始至终都落在纪昱恒的身上。

"第二件事就是目前已临近第三季度末，虽然行里给我们部门下的存款指标已经达到，但是我们部门与政府平台有几笔大额的业务将集中到期，而且正好卡在月底这个时间，如果不能按时续上，我们就会前功尽弃。成本我前几天已经谈妥，客户经理加班也好，一起合作也罢，务必给我全部续上。"纪昱恒又宣布了第二件事。

饶静和赵方刚异口同声："明白，纪总。"

"政府存款业务占大头并不是说民营企业的业务就可以忽视，从今天起还请你们联系各自手头的企业拉存款，我的目标是月底将咱们部门的排名冲到第一。"他的语气沉稳又不容拒绝。

所有人点头："是，纪总。"

他又朝涂筱柠他们这边看来："饶静、赵方刚，这几天你们的重心就放在政府业务上，拉存款的事交给涂筱柠去做。"

涂筱柠始料未及，只听饶静、赵方刚又应了一声："好的，纪总。"

这个会就这么开了将近一个小时，散会的时候涂筱柠他们先出去。许逢生倒是很客气地来跟他们讲话，只有唐羽卉独自在最后，不知在等什么。

待纪昱恒整理好开会材料走近了，她靠了过去，微笑着甜甜地叫了一声"师哥"。

所有人脚下一滞，往后看看，只见唐羽卉用双手将笔记本背在身后，和纪昱恒站在一起的画面竟异常和谐，简直是才子佳人，天造地设。

走出会议室后，赵方刚先笑了一声，说："难怪刚刚开会时她直勾勾地看着老大，原来他们是师兄妹呀！这下我们部门来了两个 A 大的学霸，这里可真是风水宝地呀！"

许逢生和赵方刚是同一年进 DR 的，当时还一起在总行培训过，也算是老相识了。许逢生也挺健谈："难怪，当时我跟她一起到人力资源部交档案，听人力资源部的人说她可是 A 行的行花，业务能力极为出色，好像家里条件也不错，听闻她要来 DR，各个营销部门都争着抢她，但她自己挑了拓展一部。"

赵方刚一副秒懂的样子，又朝会议室瞧了一眼："这就是冲咱老大来的呀！"说着他又吊儿郎当地瞅着饶静，"不过别说，她这行花当之无愧。饶静啊，你要退位让贤了。"

饶静懒得理他，回了自己的座位。

赵方刚就看向涂筱柠，扬着眉道："行花配行草，确实挺配的，哦？"

涂筱柠也没理他，在自己的座位上坐下。赵方刚一连吃了两次瘪，只得朝许逢生尴尬地笑笑。

不一会儿那两个人出来了，他们也各自归位。唐羽卉的位置就在涂筱柠的斜对面，她看着自己空荡荡的桌子，便朝涂筱柠投来目光。

"你叫……"唐羽卉似乎有些想不起来。

涂筱柠礼貌地站起来告诉她："涂筱柠。"

"哦。"唐羽卉点点头，"你一会儿去人力资源部帮我领一下办公用品和工作牌。"她说完便坐了下来。

涂筱柠一怔。

唐羽卉的座位以前是周凯的，她坐下拉了拉抽屉，不知道是不是嫌脏，又站起来环视了一下整间办公室。她蓦然发现涂筱柠的座位离纪昱恒的办公室最近，一转头就能看到里面，正好涂筱柠还站着，于是又对涂筱柠说："对了，要不咱俩换个位置？"

这时一旁的饶静捧着杯子站了起来，一副要去茶水间倒水的样子。

"唐……唐羽……唐……"饶静似在回忆。

"唐羽卉。"对面的人直接告诉她。

饶静笑笑："有点儿拗口，那我就叫你小唐吧，反正咱们部门里我的年纪最大。"

唐羽卉耸耸肩，示意她随意。

"你们刚来咱们部门，不大了解部门的情况，我这个主管有义务多嘴说几句。"饶静用勺子搅了搅杯子里的水，"小涂虽是劳务派遣，但在部门里的角色跟我们一样，不是打杂的。"

唐羽卉微微挑眉："是吗？"她再看看涂筱柠，眼神耐人寻味，"我以为客户经理助理就是跑腿的，毕竟在 A 行就是这样，编制和非编制是有区别的。"

饶静喷了一声，又道："哎呀，我们 DR 就人性化多了，一视同仁的。"说着她又朝唐羽卉笑笑，"对吧？毕竟我们现在站着的是 DR 的地，以后吃的也是 DR 的饭。"

唐羽卉抿唇回之一笑："是呀，饶姐姐说得对。"

饶静也没再说话，作势要往外走，还朝涂筱柠使了个眼色。

等她走了一会儿，涂筱柠才慢悠悠地跟了过去。

饶静把杯子往茶水间的台面上重重一放，然后没好气地用手顶着涂筱柠的脑袋：

"你傻呀你，站在那儿像个呆子似的，就让人欺负呀？"

涂筱柠垂眼，沉默不语。

"她年纪轻轻的就这么傲？还偏偏是纪总的师妹？"饶静是看那唐羽卉不太爽。

"她说的也没错。"少顷，涂筱柠说。

"什么？"

"我是客户经理助理，跟你们是有区别的。"

饶静又用手顶她的脑袋，这次比刚才还用力："我告诉你涂筱柠，在这个社会上，你只有自己先看得起自己，才能让别人看得起你。别跟老娘扯犊子，临时工多了去了，是有不少临时工走了，可也不是没人留下。你只是起点比我们低了些，那你不会往前跑吗？笨鸟还先飞呢。"

涂筱柠被饶静说得有点儿难受。突然赵方刚推门进来了。

"我就知道你俩在这儿。"

饶静瞟了他一眼："快跟你的行花搭讪去。"

"别呀，我刚刚就随便说说。饶静姐姐，你在我心里永远是最美的花。"赵方刚拍起马屁来了。

"滚。"

"果然家庭条件好的人就是不一样，底气杠杠的。我第一次听人自我介绍说要让部门'如虎添翼'的，真自信。"赵方刚自顾自地说起来，"也不知道她到底是个什么来头，今天回去让我家老头儿去打听打听。"

饶静往杯子里加了点儿热水："咱们部门的那些'妖魔鬼怪'好不容易跑了，这才清静了多久，又来了个小妖精，怕是要翻出水花来呀！"

赵方刚这才注意到耷拉着脑袋的涂筱柠，抬手就要去揉她的头发："咋了？我们小涂妹妹一副委屈的小媳妇的样子。"

涂筱柠刚要说没有，饶静就拍开了赵方刚的"猪蹄子"："刚刚小涂被欺负，也没见你站出来说句话，事后诸葛亮。"

赵方刚拍拍胸脯："以后我绝对护着我们小涂妹妹，管那人是行花还是天花。"

涂筱柠被他逗笑了。

"看看，笑了吧？"赵方刚得意了。

饶静冷哼一声，又言归正传："反正这个叫唐羽卉的，我看来者不善。"

赵方刚抖抖腿："许逢生跟我是同年进DR的，我俩以前就认识，他倒是个好相处的，就是这唐羽卉现在真摸不透。"

涂筱柠站在他俩中间，问："我们这样不算搞小团体吧？"

饶静瞥了她一眼："以后到底是我们搞小团体，还是她搞个体，纪总能看明白。"

"这可难说，人家是师兄妹。没看到刚刚会后他们熟稔的样子吗？老大什么时候跟我们那样亲近过？"赵方刚说。

涂筱柠一听，也陷入了沉思：难怪他对自己没兴趣，原来有一个这么漂亮的师妹要来。她要来估计他早就知道吧？

下班后部门聚餐，算是迎接两位新同事，也是部门首次私下聚会。

赵方刚订了"菊川"的大包间。他们先到，饶静边坐边吐槽："为什么吃日料？根本吃不饱。"

"今天老大请客，你尽管敞开了吃，吃饱为止。"赵方刚给她和涂筱柠一人递去一本菜单。

许逢生到了。

"你咋才来？"赵方刚问。他与这个来部门陪他的"壮丁"惺惺相惜。

"这里晚上可真难停车。"许逢生摇着头吐槽。

"唐羽卉没跟你一起来吗？"饶静捧着茶盏问。

"没有哇，我走的时候她还没走，好像在等纪总。"

饶静跟赵方刚对视一眼，然后低头各自点菜。

过了一会儿，唐羽卉来了，果然是跟纪昱恒一道来的。两个人进包间前，唐羽卉还让了让："师哥先进。"

纪昱恒也没客气，便先进了。

涂筱柠来回地翻看着菜单，觉得眼花缭乱的，突然就没了胃口。她将菜单往桌上一摊，等饶静他们点。

"怎么了，小涂妹妹？没有喜欢吃的？"赵方刚问。

"没有哇，你们先点。"涂筱柠喝了一口茶。

纪昱恒往男人堆里坐了下来，唐羽卉似想坐在他的对面。不知饶静是有意还是无意，把涂筱柠往里一挤，腾出了自己原本的位置。她热情地招呼道："小唐，省得往里跑了，就坐这儿吧。"

这样就变成涂筱柠跟纪昱恒面对面坐了，唐羽卉见状也不好说什么，便放好包坐了下来。

涂筱柠很知趣地给每个人倒水，一壶水很快就见底了。

赵方刚是真的不客气，都挑贵的点，纪昱恒也由着他。

"你们再看看有什么想吃的。"赵方刚点完，问对面的女人们。

唐羽卉没点，饶静点了一盘牛油果寿司，涂筱柠则胡乱地点了一个寿喜锅。

服务员一一记下，然后就关门退了出去。

大家开始闲聊起来。

"小唐，你跟老大是师兄妹呀？"赵方刚先打开话匣子。

唐羽卉看向纪昱恒："是呀，我们在 A 大读研是同一个导师带的，我比师哥低一届，他一直很优秀。"然后她又转向他们："你们都是哪里毕业的呀？同行都说 DR 占据了 C 市高才生的半壁江山，大家应该都很厉害。"

许逢生先说了："我是 D 大的，后来去英国牛津做了两年交换生。"

"我是 B 大的。"赵方刚说着又替饶静抢答，"她是财大的。"

涂筱柠低着头都感觉到唐羽卉的视线落在了自己的身上。涂筱柠不是很想说，嗓子仿佛干涩得说不出话来，刚要开口，却听餐桌上的服务铃被人按下发出了响声。她抬头看到了纪昱恒覆在上面的手。

服务员进来了："请问需要什么服务吗？"

纪昱恒回答："麻烦添一下水。"

"好的。"服务员进来拿走了水壶。

饶静就顺势转移了话题，问服务员："饿死了，我的寿司能不能先上？"

"好的，我给您催一下。"服务员边说边拿出对讲机催厨房。

外面立刻就送来了寿司，饶静将寿司往中间推了推："大家先垫垫肚子。"然后她拆开筷子先给涂筱柠夹了一个。

"谢谢饶姐。"

赵方刚也谄媚地给纪昱恒夹了一个。

"谢谢。"

"应该的呀，老大。"

唯独唐羽卉没动筷。

"怎么不吃呀，小唐？"坐在她对面的许逢生困惑地问。

唐羽卉只喝水："牛油果的热量太高了，我减肥。"

要不是纪昱恒坐在对面，饶静早就翻白眼了。她直接夹走最后一个寿司："我不减肥，我吃。"

唐羽卉笑笑，又喝了一口水，状似无意地问："对了，饶姐姐，你的孩子多大了呀？"

涂筱柠和赵方刚几乎同时一僵，就连许逢生都感到了一丝异常，在一旁偷偷地观察着。

饶静却很淡定，吃完了寿司，对唐羽卉笑笑说："我呀，我还没结婚呢。"

唐羽卉赶紧放下杯子："抱歉哪，饶姐姐，我不该问的。"

"没事，没事。"饶静满不在乎地摆摆手，见服务员还没来，便蹙了蹙眉，"加个水这么慢。"然后她也伸手按了一下服务铃。

"您好，请问还需要什么？"另一个服务员进来了。

"有绿茶吗？"

"有的。"

"给我来一壶。"然后她又看看唐羽卉，"你要喝绿茶吗，小唐？"

唐羽卉微笑着拒绝："谢谢，我不用。"

这一幕看得涂筱柠、赵方刚还有许逢生都惊呆了。

杀人不见血，涂筱柠又学到了。

菜陆续上来了，涂筱柠有些食不知味，总觉得气氛怪怪的。

"老大，我敬你。"赵方刚要了几瓶清酒，男人们一人斟了一杯。

纪昱恒执起酒杯跟他的碰了碰："这些日子你辛苦了，园区那块对接并不容易。"

赵方刚喝了酒，脸有些红："哪里哪里，应该的，有现成的做还谈什么辛苦。"

纪昱恒又倒了一杯酒，身子朝前微倾，隔着赵方刚向许逢生举杯："逢生，来。"

"哎哟，老大，该我先敬您才是。"许逢生受宠若惊，赶紧端起酒杯跟他一碰。

纪昱恒对他说："方刚这边对接的企业园区马上有二期，届时会有很多制造业和高新技术企业，他一个人会忙不过来，也要辛苦你一同接洽。"

许逢生闻言，赶紧将杯中的酒一饮而尽："以后就是一家人了，何谈辛苦，谢谢老大。"

黄色的灯光映照着包间，每个人的身上都多了一层暖意。对面的三个男人明明都是人中龙凤，可偏偏就是纪昱恒最显出众。他跟他们喝了一样量的酒，却丝毫看不出异常，在赵方刚和许逢生酒精上头的红脸的衬托下更显英俊。

纪昱恒转而又将目光移到唐羽卉那里。

仿佛他使一个眼神她就知晓他何意，她拿起酒瓶主动给他倒酒，又给自己倒了一杯："这杯我敬师哥。"

纪昱恒与她碰杯："在我的部门会很辛苦，干营销的滋味不比在学校。"

"师哥不怕苦，我自然也不怕。"

涂筱柠搅着她的寿喜锅，不知怎的今天觉得锅底甜得齁喉，就跟那边的师哥师妹叙旧一样，让人只觉腻歪得很。

纪昱恒抿了一口酒，然后让唐羽卉随意些。

从涂筱柠的角度可以看到唐羽卉酒后双颊泛红，眼波荡漾，欲语还休。

涂筱柠低头继续吃自己的寿喜锅，突然看到放在桌上的手机亮了一下——是徐女士发来的微信信息。

徐女士："我跟你爸在你婆婆家，你们怎么还没回来？"

高维C柠檬："今天部门聚会。"

徐女士："那我们先回去了，你们要是方便，一会儿先回家一趟，有事跟你俩说。"

高维C柠檬："再看吧。"

涂筱柠将手机扣在桌子上，想了想又拿起手机把自己跟徐女士的聊天记录截图发给了纪昱恒。她发完就习惯性地删掉了他们的聊天界面，然后埋头继续吃饭。

对面的纪昱恒正在听赵方刚、许逢生讲话，见手机亮了只不动声色地看了一眼，没有立刻拿起。

涂筱柠又喝了几口汤，这时帝王蟹上来了。

"赵方刚,你今天是要把纪总的钱包榨干?"饶静看着这价值不菲的菜问。

"冤枉,这是老大自己点的。"赵方刚自证清白。

涂筱柠看着那巨大的帝王蟹,只觉得自己在看人民币。

她再看对面的时候,纪昱恒已经拿起了手机。他只扫了手机屏幕一眼就放下了,却被唐羽卉捕捉到这一幕。

"师哥,阿姨现在的身体还好吗?"她问。

涂筱柠夹的三文鱼酱料蘸多了,浓郁的芥末味在她的嘴里慢慢地发散出来,呛得她眼泪直流,狂咳不止。

"你怎么回事?"饶静赶紧给她倒水。

涂筱柠用一只手给脸扇风,用另一只手捂嘴:"芥末蘸多了。"

饶静把纸巾递给她:"这酱料里都是芥末,我都不敢多蘸,刚看你把三文鱼放在里面滚了一遍,还以为你能吃芥末呢。"

涂筱柠擦掉眼泪,又喝了几口水,小声说:"我不知道。"

赵方刚见状,细心地叫服务员拿瓶冰的苏打水来,然后对许逢生和唐羽卉说:"小涂是我们部门里年纪最小的。"

唐羽卉哦了一声,看向涂筱柠:"比我还小吗?你是哪一届的?"

涂筱柠这会儿好了一些,告诉她自己是哪一届的。唐羽卉说:"你跟我师哥一届,那不就是比我大一届?"

"我上学早一年,今年虚岁二十七。"

唐羽卉倒没想到自己跟涂筱柠是同年的,又问:"你几月份的?"

"4月。"

唐羽卉没话说了,喝了口水:"那确实是你最小,我2月的。"

涂筱柠笑笑,没再说话。

自己部门的聚餐到底是相对轻松一些,大家吃完基本也就可以散了。

涂筱柠看看时间也才八点,倒是可以回趟家,便朝纪昱恒那儿瞥了一眼,想着不知这人喝了酒能不能去。

"你还是坐公交?"走的时候饶静看看她。

涂筱柠点点头,饶静自知不顺路,只说:"你呀,该有辆车了,以后跑业务也方便。"

涂筱柠跟在她身后:"我才开始跑业务,再等等吧。"

"这有什么好等的,早买早方便。"

男士们走在后面,唐羽卉则等纪昱恒走过自己身边才起身。

"师哥,你喝酒了,我送你吧。"

饶静往后瞧了一眼,语调嘲讽地说:"这小丫头不简单,当着纪总的面挑衅我,一口一个师哥,还真不把自己当外人。"

涂筱柠不予置评，只继续往前走，以她现在在部门的位置，是没资格对任何人评头论足的。

他们陆续走出日料店，互相道别后纷纷离开。涂筱柠走的时候还看到唐羽卉在跟纪昱恒说话。

她独自往公交车站台走去。那儿看着挺近的，走过去居然还有一段路程，就在快到的时候，她收到了纪昱恒发来的微信信息。

"十分钟后过来。"

她没回，把手机扔进包里，心想：你叫我回去我就回去？现在可是下班时间。

过了十分钟，公交车来了，站台上的人一个个上去了，司机看她排在最后欲上又不上的样子，便问："姑娘，你上吗？"

涂筱柠犹豫片刻，摇摇手："不上。"

她看着司机把门关上，车就在眼前走了，越来越远。她叹了口气，转身往回走。她回到商圈的时候停车场只剩纪昱恒一个人了，他倚靠在车身上，看到她来了才直起身子。

"走这么久？"

"我腿短。"

他把车钥匙递给她："我喝酒了，你开。"

涂筱柠接过钥匙，打开驾驶座的门："刚刚不是有人要送你吗？"

纪昱恒将手放在副座的门上，看了看她："不是要回你家吗？"

"哦。"她坐了上去。他的意思就是如果不去她家，他就让唐羽卉送了呗。

涂筱柠感觉他晚上也没喝多少，但是他一坐到车里就闭上了眼睛。

涂筱柠也没说话，一路将车安静地开到了家里的小区外面，一看今天外面都没车位了，就想进小区碰碰运气，果然看到绿化带上有个空位。

她一脚油门踩了下去。不知是不是因为今天吃了帝王蟹特别有劲，她这一脚直接让车冲上了坡，车猛地一晃。等刹车的时候，她发现纪昱恒在盯着她。

涂筱柠问："你醒了？"

"你把车开成这样谁还敢睡？"

涂筱柠按下手刹，纪昱恒边解安全带边说："以后不能这么开车，会伤减震器。"

看来他是心疼他的车了。"那以后还是让你的师妹送你吧。"她丢下一句，下车朝单元楼走去，没等他。

像是听到了他们的声音，徐女士早就在门口候着了。

"你老公呢？"看到涂筱柠一个人上来，她朝后张望着问。

"后面呢。"涂筱柠一脚跨进了家门。

过了一会儿，纪昱恒才跟上来，叫了一声："妈。"

徐女士鼻子尖，一下子就闻出了酒味。"喝酒了？"她问女婿。

"嗯。"纪昱恒点头。

徐女士边给女婿递鞋边往屋里喊:"涂筱柠,快去给你老公泡杯蜂蜜水。"

涂筱柠刚坐在客厅跟老涂说了几句话,就听到母亲的吆喝,便嘀咕:"他自己又不是没长手。"

"爸。"纪昱恒一进门就喊老涂。

"唉。"老涂看女婿一表人才、西装笔挺的,俨然一副社会精英的模样,再被这么一叫,心里说不出的高兴。他看看纹丝不动的女儿,拍拍她的小脑袋:"你妈叫你泡蜂蜜水呢。"

涂筱柠没好气地站起来去厨房。在这个家她是越来越没地位了。她从冰箱里拿出蜂蜜,泡的时候用勺子在杯中搅得哐当哐当响。

纪昱恒已经坐在客厅,在跟徐女士说话。涂筱柠走过去,把杯子往他面前的茶几上一掷,力道有些重,水被晃得溅出了一些到纪昱恒的身上。

徐女士瞪她:"你这孩子,做事怎么还是冒冒失失的?"

涂筱柠却揽过抱枕,一屁股坐到沙发的角落,无声地摆弄起抱枕来。

徐女士懒得理她,继续跟自家女婿说话:"昱恒啊,今天我们去你家看过你妈妈了。"

纪昱恒一边抽出纸巾擦拭衣服和茶几上的水,一边说:"筱柠跟我说过了。我母亲现阶段的化疗结束了,她想在下次化疗前回家住段时间,在医生允许的前提下,我把她接了回来。"

"你们母子俩也不容易。"徐女士叹了口气,又说,"我们亲家之间也是头一次见面,你妈妈提了一下你和筱柠的婚事,她的意思是早点儿给你们办酒席,让我们筱柠明媒正娶进纪家。"

涂筱柠听着有些难受,纪母总是记挂着这件事。

徐女士看了看老涂:"我跟老涂的意思是,你母亲的身体刚刚好转些,不适合操心这些事情,反正现在这个社会办酒席就是个形式嘛,等她身体好了我们再办也不迟,你说呢?"

老涂在一旁赞同地点点头,涂筱柠倒是对父母的决定感到有些意外,心里一阵感动。

纪昱恒看着二老,眼里似有微波,沉默片刻才徐徐开口:"爸妈,谢谢你们对我和我母亲的体谅,我母亲现在的状态的确不适合再操劳。"他又朝涂筱柠投来一眼:"关于婚礼的事情,我跟筱柠也有我们自己的想法,我们想旅行结婚。"

徐女士和老涂一副始料未及的表情,包括涂筱柠,她只跟他提了一下,没想到他会真的跟父母提出这个想法。

"旅行结婚?"徐女士重复了一遍。

纪昱恒伸臂将涂筱柠一下子揽了过来。涂筱柠的力气哪敌得过他,加之父母在对面，她只得配合了。

"我们想一切从简，只宴请近亲。"纪昱恒告诉他们。

两个老人互相看看，一时没了声。

涂筱柠赶紧插话把责任扛了过去："是我想旅行结婚的。我们也不是不办酒席，就是想小范围地请些近亲吃顿饭，这样也不用大操大办，让你们长辈劳心。现在旅行结婚不是很流行吗？"

二老陷入了沉思，之前亲家母想大办酒席的态度，他们是亲眼瞧见的，可孩子说的也不是没道理。老涂见徐女士不语，便推推眼镜："这事，我们再考虑考虑，你们也再考虑考虑。"他看看手表发现时间不早了，便说，"那要不你们先回去？"

涂筱柠感觉自己的屁股还没坐热就要走，有些不舍。徐女士好像也不想他们这么快就离开，便指指茶几上的水杯："昱恒的蜂蜜水还没喝呢。"

纪昱恒便捧起杯子喝了下去。

"还要吗？"待他喝完，徐女士又问。

纪昱恒将杯子放回原处："谢谢妈，不用了。"

"哦，好。"

徐女士有些失落地准备起身送他们，又听纪昱恒道："妈，我喝了酒，也不大放心筱柠开夜车，可以的话，我们今晚想住在家里。"

徐女士的眼睛一亮："可以可以。"然后她赶紧往自己的房间跑，"我去给你找找老涂的T恤，你就当睡衣穿先凑合一晚，赶明儿我给你买去。"

涂筱柠安静地看着纪昱恒。他似乎察觉了她的目光，侧首和她对视。因为老涂还在，涂筱柠最后只小声问："那你明天上班的衣服怎么办？"

他淡淡地道："不碍事，明天再说。"

"那你快去洗澡，昱恒喝了酒，要过一会儿才能洗。"老涂看他俩呆坐着，忍不住催促涂筱柠。

涂筱柠便先去洗澡了，出来的时候看到纪昱恒正在陪父母翻看着什么。起先她没在意，用毛巾擦拭着头发，走近了才发现他们看的是自己的相册。

"你看，这是她初二的时候。那会儿她正值叛逆期，自己存钱偷偷地买了什么偶像的一堆磁带和光碟，被我发现了。我怕影响她学习，就将那些东西全部扔出了门外。她哭得可凶了，闹着要离家出走。"徐女士边指给纪昱恒看边说涂筱柠的年少糗事。

她立刻冲了过去，欲夺过相册："不许看！"

纪昱恒的反应自然比她快，他合上相册站了起来，用一只手将它背在了身后。她还想抢，掐着他的腰想到他的身后去，却直直地撞进他的怀里。

"给我。"她被他禁锢在一只手臂间，丝毫没察觉此刻自己与纪昱恒打闹的样子在父母眼中很亲密。

老涂咳了咳，徐女士会意，两个人默默地回了主卧。

"快给我。"涂筱柠敌不过，便仰头看纪昱恒。她的脸颊因刚出浴而显得粉嫩，她噘着嘴，有些生气的样子。

"给什么？"纪昱恒问。

"我的相册呀！"涂筱柠叉腰答道。

她越急，他眼中的笑意就越深："那你叫我什么？"

涂筱柠算是发现了，这人一喝酒就不正常，俗称耍酒疯。

"不给拉倒。"她不想被他占便宜，索性转身走了。反正刚刚他看都看了，她无所谓了。

她独自回了房间，看到躺坐在自己床上的大熊，挥手打了它一下："你的前主人真讨厌。"

这会儿她怎么看它都觉得有些碍眼，便把它抱起来扔到了书桌上，指着它的鼻子点了点："别怪我，要怪就怪那个讨厌鬼抢了你的床位。"然后她扑到自己的床上滚了几圈。

还是她的床舒服，不像他的，硬硬的，睡着硌人。

外面一会儿传来他走路的声音，一会儿传来他关洗手间门的声音，还有哗哗的水声，涂筱柠越听越烦躁，翻了个身躺在中间，什么时候睡着的也不知道。

直到感觉自己被人抱了起来，她才睁开蒙眬的睡眼，纪昱恒的俊脸清晰地放大在她的眼前。

"你洗好了？"她张口问，声音软软的，带着困倦之意。

"嗯。"纪昱恒把她抱到另一边放下，床才空出了他能睡的位置。

涂筱柠发现他穿着老涂的肥大的T恤，明明是很老气的颜色，穿在他身上竟也不丑。蓦地注意到他的头发似乎带着刚吹干的蓬松感，她忍不住炫耀："我家装的是燃气热水器，比在你家洗澡洗得舒服吧？"

他坐着将自己的领带和手表在床头柜上放好："你喜欢燃气热水器，那把家里的换掉就是了。"他背对着她，声音却暖得像煦风般沁人心脾。

涂筱柠望着他的背影出神。即使是坐着，他的背脊也永远是挺直的。看到他有转过来的趋势，她率先侧过了身，背对着他。

感觉到他躺了下来，涂筱柠直直地盯着书桌上的大熊，良久才开口："谢谢你跟我爸妈说了旅行结婚的事。"

"谢什么？"他似乎有些疲惫，语气慵懒。

"如果是我提出的，他们会直接拒绝。但由你提出，他们就会真的考虑。"

"不客气，不过以后你的亲戚们可能会把我当成抠门的女婿。"

涂筱柠用手指绕着被角。这点她也考虑到了。没有婚礼，没有新房，除了他这个人，这门婚事几乎什么都没有，到时候那些三姑六婆背地里不知要怎么说呢。

"管他们做什么，是我嫁人，又不是他们嫁人。"涂筱柠说着伸手去关台灯，可摸了半天没摸到。大概是扯了他的被子，他起身帮她关灯，两个人的身体就这么叠交在了一起。涂筱柠被他笼罩在身下，周身迅速被他的气息填满。今天他身上没有了薄荷的味道，而是有着和她身上一样的味道。

他的手还悬在半空，视线对上她迷离的双眸和红润的唇。片刻后，他将手撑在了床沿上。

"你……"涂筱柠刚开口就被他含住了唇，今天他的唇舌没有酒味，只有蜂蜜的甘甜。

她被他困在双臂之下，他灼热的气息，拂得她的脸颊像被烫了似的。涂筱柠有些心慌。她不知他是不是因为喝了酒，脑子不清醒才又做出这样的荒唐事。他还缠着她回应他。

涂筱柠用指尖抓着床单，越攥越紧。他仿佛连接吻都有强大的气场，让她只能跟着他的节奏渐渐迷失其中。直到她内衣的肩带被拉下，她才如梦初醒般猛地坐了起来。

她的头重重地撞到了他的下巴，他瞬间就尝到了血腥味。

他放开了她。

涂筱柠的睡衣领口松垮，柔嫩的脖颈儿和肩膀暴露在空气中。她有些慌乱地将肩带拉好。

她看着他唇上流出的鲜血，她的胸口还在起伏。他也在看她，仿佛对嘴上的伤口没有任何感觉。

房间里安静得只能听到他们彼此的呼吸声。也不知过了多久，涂筱柠的心跳才恢复了正常，她也没躲开他的注视，张口问："纪昱恒，你现在清醒了吗？"

"我不清醒？"纪昱恒看着她。

"你说呢？"涂筱柠反问，觉得至少上次和这次他都不清醒。

他不语，唇上还在渗血。涂筱柠从床头柜上抽了几张纸巾递给他："你不清醒的时候还是别动手动脚的，免得我们白天尴尬。"

他没接纸巾，过了一会儿，似在提醒她："涂筱柠，你知不知道夫妻是什么意思？"

她重新掩好被子躺下："等你清醒的时候，我再回答你这个问题。"

房间里异常安静，不一会儿她感觉床榻动了动，然后见他下了床往门口走去。

"去哪儿？"她怕父母还未睡，看见他出房间，会误以为他俩怎么了。

他背对着她："去抽根烟清醒一下。"

看他开门后往厨房去了，她也不再管，翻身继续睡了。

书桌上的大熊依旧安静地望着她，仿佛目睹了刚刚发生的一切。她的唇上还残留着他的温度，她甚至还能听到自己的心跳声。既然结了婚，她该接受这些的，可是自己于他而言到底是什么？他为人深沉，她本就看不透，但有些事情不能稀里糊涂地由着他胡来。她对着大熊暗自叹了口气，开始觉得走入这段婚姻可能真的是她冲动了，因为她突然觉得有点儿看不到未来。

翌日，她醒的时候，纪昱恒已经不在她的枕边了。

"你老公早就走了，你却睡到现在。"她一出房间，徐女士就数落她。

"他吃过早饭了吗？"涂筱柠在洗手间挤着牙膏问。

"吃过了，我昨晚熬了南瓜粥，让他走之前喝了一碗。"徐女士也给她盛了一碗，放在餐桌上，"不是我说你呀柠柠，你对你老公真的要上点儿心。虽说你俩在一个部门，可他这么优秀，难保没有其他女的对他起歪心思。你心大又单纯，不在他身上多花点儿心思，以后哭都来不及。"

涂筱柠只对着镜子刷牙，没说话。

"我知道你结这婚多半有我的原因，可你们既然领了证，就要好好过日子。对你老公体贴些吧，这孩子一个人撑到现在不容易。"徐女士不知何时走到了她的身边。

涂筱柠用冷水抹了一把脸，又想起了什么："他的衬衫没换？"

"他说先回去换了再上班。"徐女士告诉她。

涂筱柠坐下来喝了一口粥，徐女士也坐了下来。

"我跟你爸昨晚也商量过了，既然你们想旅行结婚，那就这么办吧。"

涂筱柠将手中的勺子插在了粥里，看看母亲，略显惊讶："真的吗？"

"什么真的假的，反正我们家的亲戚也不多，婚事简化点儿也好。"

涂筱柠真没想到纪昱恒说话这么管用。

母亲又靠近她坐了坐："昨天昱恒在，有些话我不方便说。你婆婆昨天还跟我们说，因为没有买新房，对你很愧疚，准备把那套老房子改到你的名下，原本房产证上写的是她的名字。"

涂筱柠这下把勺子掉进了粥里。这事纪母没跟她提过，那纪昱恒知道吗？

"你婆婆还拿出了存折，说是要拿这些年的积蓄给你当聘礼，不过被我跟你爸拒绝了。我们想着她治病也要钱，眼下她的身体最要紧，还谈什么聘礼不聘礼的。"徐女士边说边叹气。

涂筱柠看着还冒着热气的粥，顿时就没了再吃下去的心情。她知道纪母已经拿出了所有，是打心眼儿里认可她这个儿媳妇的。

"你婆婆对你是真不错。你呀，嫁到这样的人家可得知足，以后要好好孝敬你婆婆。"徐女士叮嘱着涂筱柠。

一到单位，饶静就把客户的名字和联系方式的清单递给了涂筱柠。

"这是部门所有的客户，照纪总的意思，这些客户你今天都要联系一下，拉他们存款。有问题再找我。"

涂筱柠以前是看到过饶静和赵方刚月底前打电话拉存款的样子的，只是自己并未实践过。

涂筱柠坐下后，先把之前自己走访的那家客户的授信报告写好，准备拿给纪昱恒看一下。她往他的办公室看了一眼，发现唐羽卉正在里面跟他说话。跟平日里他们站在他的办公桌对面汇报的情形不一样，唐羽卉是直接站在他的那一边的。两个人好像在看文件，唐羽卉就在他的身侧俯身用手指着资料，长发披散下来。

她收回视线，把刚打印出来的报告暂时放在一边，准备先打电话拉存款。

"喂，王总您好。我是DR拓展一部的客户经理小涂，打扰您了。"

"哦，你好，有什么事？"

"是这样的，临近月底了，想请王总帮忙冲一下时点存款。"

"我要先跟会计安排一下手上的资金，现在还没数。"

"好的，那麻烦王总了，劳您费心。那我过几天再联系您？"

"嗯。"

"许总您好，我是DR拓展一部的客户经理小涂。您现在说话方便吗？"

"谁？我的客户经理不是饶静吗？"

"我是饶静的助理。"

"哦，有什么事？"

"这不是快到月底了吗？想问一下许总有无活期留在账上，帮我们冲点儿存款。"

"月底谁有钱哪？我还要进货呢，帮不了你们。"

"那打扰您了。"

嘟……嘟……

"×总您好，我是DR拓展一部的客户经理小涂，您现在说话方便吗？"

"不太方便，有什么事？你快点儿。"

"临近月底了，想请×总帮忙冲一下时点存款。"

嘟……嘟……

涂筱柠一连打了多个电话，愿意帮忙的屈指可数，不是说在安排资金没数，就是直接说没钱，还有的索性不接电话。涂筱柠放下电话，觉得有些受挫，现在有点儿理解饶静之前说的"欠钱的是大爷"这句话了。

纪昱恒跟唐羽卉谈完事情后，两个人前后脚出了办公室。

涂筱柠站起来唤他："纪总。"

纪昱恒止步。他唇上的伤口虽不起眼，涂筱柠却看得触目惊心。她把报告递给他："这是之前我走访过的那家做床上用品的客户。授信报告我已经写好，想给您过目一下。"

纪昱恒扫了报告一眼，没接过来，问道："我上次跟你说的话，你没听进去？"

涂筱柠拿着报告的指尖动了动："我已经详细了解过了。"见他无动于衷，她的语气不由得急了些,"而且这个客户目前要生产,急需采购原材料,资金很紧张,希望我们能尽快给答复。"

纪昱恒凝视着她:"你是在跟着客户的节奏走?"

涂筱柠解释:"我只是觉得……"

他打断她:"我现在明确地告诉你,这个客户我不同意上报。你现在就跟他终止合作。"

涂筱柠像被打了一棒子似的呆在原地,那一瞬间之前所有隐忍的情绪都从身体里的各个角落涌了出来。看他转身就走,她没沉住气追了上去。

这是她自己走访的第一个客户,对她来说意义非凡。他不由分说就判了她"死刑",她不甘心。

"纪总。"她追到了走廊上。

见他未停步,她咬了咬唇,道:"给我一个理由,纪总。"

"你太急功近利了。"纪昱恒看都没看她,只有冷冷的声音回荡在走廊里,让涂筱柠觉得彻骨生寒。

她没再追上去,只捧着报告回了部门。

唐羽卉正好去茶水间,迎面遇到失魂落魄的涂筱柠,唐羽卉眼中竟有些笑意,不知是不是在嘲笑涂筱柠的不自量力。

饶静和赵方刚正在紧急地做着政府业务,刚刚只看她追了出去,也无暇顾及太多。稍稍腾出手后,饶静问她:"是上次那家企业?"

涂筱柠只无声地回到自己的座位。

"我让你再好好了解一下的,你怎么惹到纪总了?"饶静想再说些什么,电话就响了,便没空再管她,又投入了紧张的工作中。

涂筱柠将报告放在桌上,坐在位置上看了很久。然后她突然伸手,将它一片片撕碎,扔进了垃圾桶。而她刚建立起来的信心,也像这些纸张一样被撕得粉碎。

她今天的小号朋友圈多了一条状态:我讨厌纪昱恒。

晚上她一回去,护工就下班了。纪母已经喝过粥,还关心地问她吃过了没有。

"吃过了。"涂筱柠告诉纪母。她本想陪纪母说会儿话,却不知该讲些什么。

纪母只当她累了:"那就洗洗澡,早点儿休息吧。"

涂筱柠点点头往浴室走,又听到纪母嘀咕:"'银监'现在很忙吗?昱恒这孩子每天回来这么晚。"

她顿了顿脚步,告诉纪母:"昱恒好像最近又在查银行的业务。"

"是吗?他也是个拼命的,本不该只做这些的。"纪母又面露愧色。

涂筱柠看着婆婆,心有戚戚,却没再说话。她去了洗手间,将早上从家里带过来的洗脸巾放进了洗手台的储物柜里。

纪昱恒今天依旧很晚回来。他洗好澡回到房间的时候,涂筱柠瞥了床头柜上的闹钟一眼，发现已经十二点多了。

他的动作很轻，但他盖被子的时候她还是动了一下。

"没睡还是被我吵醒了？"他问。

她侧身睡着，背对着他。

他打开他那侧床头柜的台灯，可开关是双控的，她这边的也跟着亮了起来。灯光让她觉得晃眼，她立刻伸手关掉。

他开，她又关，如此反复了很多次。

最后一次打开台灯时他说话了："我希望你不要把工作上的情绪带回家里。"

这句话就像一点火星点燃了她，让她原本压在心中的情绪，再也按不住一般一股脑儿地冒了出来，身体里就像在雪崩似的。她直接坐了起来。

她借着灯光看着他，声音有些抖："是你先提工作的，那我们就来好好说说。"

他安静地靠着床头，等她说下去。

"其实我挺佩服你的。你在白天和晚上有着两副截然不同的面孔，你不累我都累了。既然你看不上我自己走访的客户，为什么又答应饶静，让我独立？"见他不语，她又说，"我急功近利？这是我走访的第一个客户，我只是想做好这单业务。你不分青红皂白就把我一棍子打死，我……"内心深处的委屈一下子涌上了心头，她一时无法再说下去。

纪昱恒看着她，从床头柜上拿过一包纸巾递到她的面前，她一把推开了。

"你让我给饶静和赵方刚的客户打电话拉存款。你明明知道，我现在还没有他们那样的魄力，有些客户说话根本不尊重人。"她像是宣泄似的控诉着，也不知是在说他无情，还是怪自己无能。

她满脸通红，放在被上的双臂在微微颤抖。她是真的气急了。

待她呼吸平稳了一些，他才开口："还有呢？"

他满不在乎的态度让她更为恼怒，她快压制下去的火又噌噌地冒了上来："还有，你虚伪。"

这倒让他来了兴趣，他面朝她坐好："我怎么虚伪了？"

"一次次提醒我不许叫你纪总，那唐羽卉呢？她人前人后一口一个师哥的，你怎么不纠正她？还是根本就是区别对待？！"

他的视线停在她的脸上。她明明已经委屈到快哭了，却还在极力隐忍着，仿佛就差一个爆发点。

"你很在意唐羽卉？"良久，他问。

"我有什么好在意的？你既然要公私分明，就该一视同仁。如果你做不到，凭什么要求我跟你约法三章？"她感觉他在看自己，索性对上他的视线，"而且作为你的合法妻子，我有义务提醒你一句，你现在是已婚身份。我不管你跟你师妹以前多么情投意合，工作的时候请别眉来眼去的，不然趁早……"

他挑眉："趁早什么？"

她还在气头上，便心一横："离……""婚"这个字还没说出口，她就被他吻住了唇。

涂筱柠心里又气又急，蹬着腿想要挣脱他，却敌不过他的不断靠近。于是她狠狠地咬了他一口。

新伤旧痛齐发，他的唇又流血了。血腥味席卷了她的舌，可他并没有放开她的意思。涂筱柠不断地往后退着，头就要撞到床头的木板了，最后却撞上了他的手。他不知何时用掌心护住了她的后脑勺。她抬手推他，他却还是不动。于是她的眼泪再也不受控制地落了下来。

他终是停下了。

她的身体在微微颤抖。她侧过身，像有意躲避似的，不想让他看到自己此刻狼狈的模样。

看着她上下起伏的肩，他伸手触碰她，却被她排斥地躲开。他再碰，她再躲。他也不再当绅士了，直接将她的身子扳了过来。灯光下她泪眼婆娑，却倔强地用手擦着泪。他凝视着她，替她拭泪，指尖刚触到她的脸颊，她就扭头，赌气似的还是不让他碰。

他眸色转深，用手轻捏她的下巴，逼她看向自己。见她还在挣扎，他开口道："你只记着我不让你做那家企业的业务，却忘了之前我同你说过什么。"

涂筱柠想逃，却又被他揪了回来。

"那家企业的法人，也就是实际控制人，曾经坐过牢这件事，你知道吗？"

她终于不动了。他说什么？

"你第一次给我看资料，我只搜了那家企业的名字就有多条当年的新闻跳出来。我让你再了解一下，是在给你机会。你以为通过'三查'就可以摸透一个企业了？早些年有案底的人是不会在'三查'中显示的，你现在知道了吧？"

这一刻，她只觉嗓子被堵着，说不出一个字来，又听他道："拉存款是每个客户经理最基本的技能。如果你连向客户打电话拉存款的自尊和脸面都放不下，日后还谈什么独立和营销？你能拉到是你的本事，拉不到你就要反思。本来这就是一场交易，成与不成并不是关键，关键在于你有没有在这个过程中成长。"

她的嘴里也变得干涩起来。他却只抬手替她拭去脸颊上的泪："唐羽卉是我的师妹没错，可也仅仅是师妹而已。我要真想跟她有什么，不用等到现在。那日会后我已经在会议室明确地告诉她，私下她怎么叫我，我管不着，但是上班时间不可以叫师哥。"他直视她的眼睛，"我很明白婚姻的意义，身为丈夫的我会对你和家庭负责。"

涂筱柠只觉得他的指尖触在自己满是泪痕的皮肤上，也变得凉了一些，让她清醒了几分。再细细一想，她确实没听到唐羽卉在上班的时候喊他师哥，而是喊纪总。

她眸光微闪，心想所以这一切都是她误会了？她咬咬唇，对自己冲动的行为感到有些窘迫，可又拉不下脸来跟他说抱歉。

见她出神地望着自己，他将她额前的碎发拂开，语调放柔："现在还气吗？"

他唇上的血还在一点儿一点儿地往外冒，他却只顾着给她擦泪。她不禁心生愧意，不由自主地抬手去轻抚他的唇。他的唇是温热的，可那抹红又是湿润的，交织在一起的触感透过指尖蔓延进她的皮肤，又渗透到她的身体里，源源不断地让她的心脏不受控制地轻颤了起来。

纪昱恒将视线定在她的脸上，只听她用嘶哑的声音问："疼吗？"

他微动嘴角，牵过她的手，就这么反握住，越收越紧，直至她的掌心里有了他的体温。

橘黄的灯光下，他面朝着她。因为有些背光，她看不大清他的脸，却能听到他好听的声音。

他说："涂筱柠，我不想等了。"

涂筱柠怔怔地看着他，一时间没明白："等什么？"

"我之前说过，一次是帮，两次也是帮，但事不过三，第三次我要讨回报。"他对上她疑惑的眼神，慢慢地倾身靠近。

涂筱柠只觉他离自己越来越近，他的气息也越来越浓烈。她有些心慌，却还不受控制地继续问，声音细如蚊鸣："讨什么？"

她的耳边似传来他的叹息声，他的黑眸近在咫尺，此刻瞳孔里却全盛着她的影子。

"你说讨什么？"他炽热的呼吸顺着她的脸颊落在颈间，她还未反应过来，他热烈的吻就已经落了下来。

她瞬间忘记了呼吸，心脏猛然跳动了起来。她本能地想抬手推开他，耳边却传来他温柔的低语。四目相视，他的眸里仿佛有浩瀚星空。

"今天没喝酒，很清醒。"他的声音像有魔力似的，一寸寸腐蚀着她的意念。她望着他的俊颜，她刚哭过的眼睛也盈盈如水。她抵着他胸膛的手终是慢慢放下了。她只知道此刻他是她的丈夫，她是他的妻子。

她的脸通红着，她的声音喑哑："把灯关了。"

他眸光微动，抬手关灯……

黑暗中，涂筱柠只觉自己被阵阵烈焰席卷，就差被撕碎揉进他的身体里。几经挣扎，她最后瘫软在他的怀里。

她的长发落在他的颈间，他细细地吻着她的肩。不知是不是因为浑身湿热而觉得难受，她一直扭动着，他便问："要洗澡吗？"

涂筱柠还不大习惯他这么温柔。可以后他们就是有名也有实的夫妻了，两个人的相处模式自然要慢慢改变。她突然觉得自己真是好哄，他解释一下，她就把自己交出去了。她初经人事，疼是真的觉得疼。一开始有点儿难，好几次她都要喊停，可被他的低语诱哄分散了注意力,然后就没有然后了。今夜她告别了过去的自己,有些感触,也有些惋惜。

"想洗一下。"犹豫了片刻,她还是决定去冲一下。

他微微松了松手,她便脱离了他的怀抱,掩着被子伸手去拿自己的睡衣,后背毫无遮挡地暴露在空气中。

他用手在她光滑的背上轻滑着,她忍不住战栗。在他又要攀上之前,她赶紧套上衣服下床,慌乱中穿错了衣服也不知,打开灯才发现那是他的T恤。

她这边的被子被她下床的时候踢到了他那边,她刚要走却停步,站着在床上寻着什么。

纪昱恒本用长臂覆在眼睛上挡着光,没听见她的声响便移开了手,发现她正盯着床单出神。

"在找什么?"他微微坐起身,露出赤裸的上半身,精壮又性感。

涂筱柠还在仔细地寻着,掀开被子看看他那边,却被他按住了手。他又问了一遍:"找什么?"

她看着他,红唇微启,最后只说:"没什么。"然后她也忘了套上睡裤,就出房门去洗手间了。

她套着他宽大的T恤,下身只穿了一条内裤。她匆匆地穿过客厅,关上洗手间的门后,一屁股坐在了马桶上。

此刻她心里有说不出的不安,而且觉得双腿还很痛。洗澡前她用卫生纸擦拭了一下,然后将卫生纸顺手扔进了垃圾桶。刚要跨进淋浴间,她突然停下了,因为她看到了垃圾桶内刚刚被自己扔掉的卫生纸上有一丝耀眼的红色。

纪昱恒躺在床上,半天没有听到洗手间的水声,便起身从衣橱里随手拿了一条裤子套上,然后裸着上半身三步并作两步地走了过去。只见他的妻子正站在洗手间里,认真地盯着垃圾桶。看到人没事,他稍稍放松了些,瞧她看得忘我,都没发现他来,他便朝她靠过去一探究竟。当看到垃圾桶里的东西时,他止住了脚步。

涂筱柠耷拉着脑袋,心想自己怎么跟电视剧里放的不一样,一抬头就看到纪昱恒已经站在了自己身边。

"你……你什么时候来的?"

"看看你洗好没有。"纪昱恒将她拉离了垃圾桶。

"我……我还没洗。"

"我知道。"他说,却没有离开的意思。

"你在这儿我怎么洗?"涂筱柠这才发现他没穿上衣。她还是有些不习惯直视他赤裸的身体,刚要催他走,却被他的长手一带又落进了他的怀里。他看着她,眸光直穿她的内心:"那就一起洗。"

涂筱柠推搡他:"你这人……"可她哪里是他的对手?

他带着她迈进淋浴间。花洒打开后,水像雨似的哗哗落在两个人的头顶,打湿了涂筱柠身上的衣服。

"衣服都湿了。"她没好气地看他。

"是我的,又不是你的。"

她被他堵住了唇,再也说不出半个字。淋浴间的玻璃上很快沾上了雾气,朦胧中他们的身影又交缠在一起,难以分离。

涂筱柠在心中叹了口气:好吧,我终于还是亲自证实了一下他的身体没问题,不仅没问题,精力还很旺盛。

纪昱恒特别能磨人,涂筱柠根本不是他的对手……

涂筱柠被他禁锢在臂间。她的头发有点儿湿,她就故意往他身上蹭。谁让他刚刚非要跟她一块儿洗的。

他扣住她的腰:"想再来一次?"

涂筱柠立刻服软,安分了。

两个人叠抱侧卧,他的呼吸落在她的颈间,让她感觉有些痒。她突然想起什么,用胳膊肘撞了撞他。

他动了一下,手又环上来。

"你刚刚有做措施吗?"涂筱柠问。

他没说话,她忍不住转过去瞧他,只见他双眼合闭,似乎睡着了。

"喂。"

他终于出声,提醒她:"我不叫'喂'。"

"纪昱恒。"

他睁眼,凝视着她:"你最好还是对我换个称呼。"说着,他又将身子紧贴上来,"纪太太。"

涂筱柠想躲,但没躲掉,又被他占了一会儿便宜,好不容易才透了一口气。

"我问你话呢,纪……"看他的视线又扫了过来,她顿了一下,然后闷哼,"昱恒。"

他的手还在她的腰间游走,弄得她又痒又怕,她只得求饶重叫:"昱恒。"

他这才放开她,见她欲言又止,便将她拉进了自己的怀里,然后嗯了一声,道:"做没做措施,你感觉不到?"

涂筱柠微愣,脸开始发烫。

他的声音又传来:"做了。"

涂筱柠的脸更烫了,她背过身去。

以他们工作上的关系,如果现在有了孩子,他们会很尴尬,况且她还没转正,也不想这么早要孩子。那是一条人命,不能像他们的婚姻那样来得仓促。

她胡思乱想着,渐渐地觉得有困意袭来。就在快睡着的时候,她好像听见了他的声音,他唤她"柠柠"。

"嗯?"恍惚间她含混地应了一声,分不清到底是现实还是梦境。

他坚实的胸膛似粘在涂筱柠光裸的背上,他埋首在她的颈间。

"以后不许随便提离婚。"

她不想再讨论这件事,只觉自己疲惫得很,只轻轻地嗯了一声,就彻底进入了梦乡。

这一觉又深又沉,涂筱柠被闹铃吵醒的时候觉得头像被劈过一样,身子也像要散架。

她挣扎着从床上起来,见他已经不在身边了。她伸手探探他躺的那边,发现早就没了温度。他不会还能去晨跑吧?他还是个人吗?

她又在床上赖了一会儿才去洗漱,觉得走路还是疼的。

护工已经来了,看到她便笑着跟她打招呼,然后悄悄地跟纪母说:"吴老师,你儿媳像出水芙蓉一样漂亮。她那张脸哪,我一瞧就旺夫。"

纪母望着在客厅里来回走动的涂筱柠,笑而不语。

涂筱柠这边拉的存款还没落实,唐羽卉今早就让饶静帮自己确认一千万美元的纯存款。

几乎所有人都停下了手中的事情看着她,唐羽卉却淡然地道:"是我之前合作过的一家进出口贸易企业,他们每天都有大量的资金往来,所以我就联系他们的财务总监到 DR 来开户,到这里结算一部分。"

涂筱柠查了一下现在的汇率,不由得在心里惊叹厉害。

许逢生忍不住问:"是哪家进出口企业?"

唐羽卉报上名号后,办公室里顿时安静了。过了一会儿,饶静说:"那你把企业账户和你的工号发给我。"

涂筱柠的手机亮了一下,她看了一眼,发现自己被拉进了一个小群,里面只有赵方刚、饶静和她三个人,群主是赵方刚。

钢铁巨人:"这唐羽卉真不简单啊!对'舜决'这样的上市公司,她只打了一个电话过去,就让对方挪了一千万美元过来,厉害!老子之前跟江总、周凯去磨了几个月,人家大门都没让我们进。"

让你静静:"你不是跟你家老头儿打听人家来着吗?倒是打听到没有?"

钢铁巨人:"只知道她爹的地位不低。"

让你静静:"……"

钢铁巨人:"@高维C柠檬。"

高维C柠檬:"小赵哥?"

钢铁巨人:"你还拉什么存款?你就是把我们清单上的客户全部拉到,也未必抵得过人家的一个账户。"

过了一会儿，涂筱柠在群里发了一条信息。

高维C柠檬："我们现在算搞小团体吗？"

赵方刚和饶静几乎同时否认。

钢铁巨人："不算。"

让你静静："不算。"

高维C柠檬："哦。"

钢铁巨人："这是部门元老在进行正常的情感交流。"

高维C柠檬："哦。"

群里安静了，涂筱柠放下手机继续干活。不一会儿，微信传来提示——钢铁巨人将群名称修改为"DR扛把子"。

她忍不住笑了，恰好纪昱恒走进了部门。她心虚地收起手机，却被他敲了一下办公桌。

"你来一下。"

他们现在成了真夫妻，她也戴上了面具，在单位里跟他扮演正常的上下级的角色。

他还是一如既往的严肃，在工作上对她的态度丝毫没有因为昨晚的事情而有任何改变。

"进口信用证做过没有？"他坐下问。

她摇头："还没。"

他把桌上的一沓材料推给她："这是一家只做进口的制造型企业，正好有开全额进口信用证的需求。你现在名下还没存款，这笔业务的存款到时就确认在你的名下，正好你也趁这个机会学一下国际业务。"

涂筱柠一阵感动。

她上前接过材料："谢谢纪总。"

他将视线放回到电脑屏幕上："你现在刚起步，总得有一样业务能拿得出手，既然营销不行，那就先把其他业务做透吧。"

涂筱柠知道他指的是那家有案底的企业贷款和自己拉存款失败的事，不免有些失落。

"我知道了。"她说着抱着材料退了出去。

他是不是觉得她很差劲？再看看办公室里忙碌的其他人，她的眼神黯淡了下去。她到底什么时候才可以独当一面呢？

吃午餐的时候，纪昱恒和几个同级的领导坐在了一起，赵方刚他们就知趣地没坐过去，谁知唐羽卉却端着餐盘坐在了纪昱恒的身边。

这可在食堂里引起了不小的轰动，大家都开始窃窃私语。

"听说这位新晋行花是纪总的嫡亲师妹,也是 A 大的高才生。"

"是吗?那他们真是郎才女貌哇。"

"而且唐羽卉家里条件不错,反正是资源型人才,听说一来就给拓展一部拉了一千万美元的纯存款,厉不厉害?"

"真厉害呀!纪总要是跟她好,也不错啊……"

听到旁桌的人在讨论他们部门里的八卦消息,许逢生尴尬地笑笑:"行里的消息,传得够快呀!"

涂筱柠在餐盘里挑肉,可是发现全是肥肉,这让本喜欢吃肉的她顿时没了食欲。

饶静也在餐盘里挑来挑去:"这'银监'一走,菜是越来越不行了。"

赵方刚依旧贼兮兮的:"要不让老大去跟他的老同事们打打招呼,让他们再来查查我们的业务?"

饶静踩他一脚:"好哇,再让老大打打招呼,让他们专挑你的业务查好了。"

涂筱柠放下了筷子:"要不下午我请大家喝下午茶吧?"她进部门这么久还没请过客,有些不好意思。

"好哇。"赵方刚一点儿没客气,第一个附议,虽然他的脚还痛着。

许逢生却说:"还是我来吧,哪有让女孩儿请客的?"

涂筱柠笑笑:"没事,下次你请。"

他们在聊天的时候,用完餐的纪昱恒在众人的注视下走了,唐羽卉也紧随其后。佳人与才子的画面异常和谐,让周围的其他人瞬间变成了陪衬。

"正常人估计都会选唐羽卉这样的。"赵方刚望着他们的身影,颇有深意地道。

"也不知道纪总到底喜欢什么样的女人。"许逢生也参与进了这场八卦消息的讨论。

饶静晃晃筷子插话道:"反正啊,不会是我。"她又看看涂筱柠,"不会是你。"最后,她再看看唐羽卉的背影,"也未必是她。"

男人们都笑了起来,赵方刚尤为夸张,他说:"当然不会是小涂了,小涂就是个小孩儿嘛!"他又怕伤到涂筱柠,赶紧解释,"小涂,哥绝对没有瞧不起你的意思,哥的意思是老大这样的男人一般女人都驾驭不了,他和他的女人就得强强联合,你压根儿就不是他的菜。"

涂筱柠挤着笑,心想他还不如别解释。

下午涂筱柠请大家喝星巴克的咖啡。唐羽卉没要,赵方刚就不客气地把她的那份拿走了,然后问涂筱柠:"小涂,你给老大点了杯什么?"

"馥芮白。"涂筱柠其实也不知道给他点什么,只是自己之前喝过馥芮白,就随手帮他点了一杯。

"他不会喝的。"唐羽卉的声音突然响起。

所有人拿着咖啡的动作一停,她站了起来,告诉他们:"我师哥只喝美式,其他口味的咖啡他碰都不会碰的。"

涂筱柠哦了一声，心想她知道的可真多。她也没再准备把咖啡送进他的办公室，想着那杯咖啡就留给自己喝好了。

这时纪昱恒正好从外面走进来，赵方刚见他心情不错，便喊："老大，小涂今天请大家喝咖啡，要不要来一杯？"

纪昱恒向涂筱柠扫来一眼，也没问她咖啡是什么口味，只说："好。"

赵方刚便朝涂筱柠扬扬下巴，涂筱柠只得把手中的咖啡给纪昱恒递送过去。

纪昱恒从涂筱柠手中接过咖啡，两个人的指尖有短暂的相触。涂筱柠感觉自己的手指开始发热，也不知是咖啡的余温，还是他传递来的温度。

唐羽卉又站了起来，提醒他："那杯是馥芮白。"

可是晚了，他已经喝了一口："是吗？"他又举杯喝了一口，随后抿着薄唇说，"挺好喝的。"

涂筱柠没想到纪昱恒会给她买辆车。

"你怎么乱花钱？"她吃惊了半天。

纪昱恒只说："你需要一辆车。"

两个人来到那辆车旁，涂筱柠轻触着崭新的车身，心情复杂。

"事先不告诉你，也是妈的意思。她怕你不接受。"纪昱恒在身后道。

涂筱柠转身看他。他将指尖落在车上，道："我正好认识C市的总代理商，就选了这款。"

他轻描淡写的样子让她更加心乱，她小声地说："可这车会不会太高调了？"车只是代步工具，以她现在的位置和能力，不需要太好的，普通的就够了。这车显然超过了她原本的心理价位。

他凝视着她："这是你人生中的第一辆车，我虽不能给你买最好的，但至少应该在我的能力范围内给你买一辆说得过去的。"他抬手拨开散落在她肩上的发丝，"而且DR拓展一部的客户经理配得上一辆好车。"

涂筱柠还想说什么，可他的手已落在她的肩头。她对上他的炯炯目光。

"纪太太，恭喜你。你现在名下有房有车，你不开心还能让我净身出户。"

涂筱柠忍不住抬手朝他身上挥去："别胡说。"

他手一拉就将她带进了自己的怀里，他们就像正常的夫妻那般亲密。她听到了他有力的心跳声。

"就去巴厘岛吧。"他的声音再次落入她的耳畔。

"嗯？"涂筱柠想抬头看他，却被他困住动不了，只感觉他的下巴抵在了自己的发间。

"十一国庆，我们就去巴厘岛旅行结婚。"

"什么？你老公给你买了车？"趁纪昱恒去洗澡的时候，涂筱柠把买车的事情告诉了徐女士。电话那头的老母亲和她起初一样惊讶。

涂筱柠坐在床头摆弄着台灯，闷声应着。

"这可怎么好？本来我想说既然房子被改到了你的名下，那我就给你买辆车当陪嫁。只是前段时间你爸爸住院，让我在单位里攒了一堆的事。我想忙过这阵就来着手准备你嫁妆的事，怎么一耽搁，现在你老公都给你买好车了？"徐女士也始料未及，"昱恒这孩子也真是的，现在你婆婆看病最重要，你们的钱能省则省。你又没转正，要我说呀，第一辆车就该头辆十来万的开开，这样以后被蹭了刮了也不那么心疼。怎么上来就给你买辆奥迪？"

这点徐女士倒是跟她想到一块儿了。

涂筱柠又用手指挠挠被子："妈，我总觉得我受之有愧。"

"愧不愧的倒也谈不上，我们一个好好的闺女养了这么些年也不是白送给别人的，只能说你遇到个讲道理、知礼数的好婆家。其实这些身外之物都无所谓，你们都是独生子女，到时候我们驾鹤西去，什么房子、车子、钱，还不都是你们的？重要的是你婆家和你老公疼你，这才是我最关心的事。"

涂筱柠感觉被子都要被自己抠破了。婆婆倒是真疼她，纪昱恒呢？抛开工作，到目前为止他对她也确实挺好的。可他说了，既然结婚了就会对她和家庭负责，他只是在履行一个丈夫的义务罢了。

"不过话说回来，你老公在 DR 做到这个职位，年薪多少，你知道吗？"

这可真把涂筱柠问住了。她这些年在 DR 得过且过，从来不打听同事的收入，尤其是客户经理这块她还真没仔细地了解过。

听她不作声，徐女士说："你可不能不知道哇。虽说昱恒是个好孩子，可你也得仔细着点儿。以你那智商，我也不指望你能管住你老公的钱，可你至少得知道你俩一年能赚多少，又能存下多少。两个人成家过日子不比以前单身的时候，在钱上你得会算计，能持家，对他的收入开支你要做到心里有数。你们存下的钱做投资也好，就这么放着也罢，你都得知道去处，这样才能慢慢地管住他的人。"

涂筱柠听得头昏。管住他的人？徐女士未免太高估她了。

这时从洗手间传来声响，涂筱柠知道是纪昱恒洗好澡了。

"妈，先这样吧，昱恒要进房间了。"

"哦哦，好，你们早点儿休息，别太累了。"

"嗯。"涂筱柠挂断电话，把手机扣在床头柜上，有种做贼心虚的感觉。

纪昱恒吹好头发回到房间，看到涂筱柠正坐在床上发呆。

"怎么还没睡？"

"可能下午喝了咖啡，晚上又喝了奶茶，这会儿就睡不着了。"涂筱柠说。

纪昱恒去隔壁房间看了母亲一眼才关了客厅的灯，然后回房。

涂筱柠晚上吃了火锅，所以洗了头发，披散着的头发比平日里的看着蓬松些。

他默默地坐上床，手上还捧着一本书。涂筱柠瞧了一眼，发现那书是《孙子兵法》。顺着光线，她注意到他略显干燥的手臂。

她拿起手机又看了一会儿。今天的热点新闻是"数年前×医大女生被杀案告破"。她还以为是全国有名的"×大碎尸案"，一激动就抓住了纪昱恒的手臂。

"那个……那个×大碎尸案告破了，你知道吗？"

纪昱恒正在看书，被她这么一喊，再看她如此激动，就凑过去看了一眼。

"你还关心这些？"

"这案子很有名啊，而且作案手段非常残忍，凶手是个变态。"

纪昱恒却扣着她的头让她看手机："你再好好看看，到底是哪个案子。"

涂筱柠仔细地看了看，再翻翻帖子底下的评论，才发现那不是她说的那个案子。虽然两个案子的事发学校的名字差不多，破案的那个中间却多了一个"医"字。

她觉得很尴尬，嘟嘴说："我就是个糊涂虫。"

纪昱恒将手中的书放下："嗯，你就是个小糊涂。"语落，他一低头就朝她吻了上去。

涂筱柠被他吻得晕头转向的，感觉他越来越近，有要压倒自己的趋势。她抬手推推他："还有点儿疼。"

纪昱恒轻啄了一下她的唇，才松开些："早点儿休息。"

涂筱柠见他重新拿起书，才暗暗松了一口气。

她躺下又看了一会儿微博，见微博又推送了什么"中国十大悬案"，便手贱地点了进去，不看还好，一看惊悚得起了一身的鸡皮疙瘩。

她裹紧被子，连纪昱恒那边的被子都差点儿被她扯过去。见她还猫在被窝里看手机，他拿书轻轻地拍了拍她的脑袋。

"睡觉了。"

"再看一会儿。"

他把手机夺过来："不行。"

涂筱柠去抢，却撞进他的怀里。他说："再不睡就别睡了。"说着他的指尖落在了她的颈间，他炽热的温度和她的形成反差，让她下意识地一缩。

她撇撇嘴，服软道："睡了，睡了。"

她老老实实地躺下了。纪昱恒也不再看书了，把台灯关掉后，也躺下了。

涂筱柠的脑子里还在想着那些乱七八糟的案子。她觉得冷，忍不住往他那边靠了靠，尝试闭上眼睛睡觉，却仍然睡不着。很快，耳边传来他均匀的呼吸声，她真羡慕他这种倒头就能睡的能力。

她小心地翻身，但好像还是吵到了他。

"睡不着？"

"我很久没喝咖啡了，可能有点儿不适应。"涂筱柠叹气，"吵到你了？"

"那你还喝。"

"我怕浪费呀！"顿了顿她又问，"你是不是以前只喝美式？"

"唐羽卉说的？"

"嗯。"

他没再说话，她又追问："那你今天为什么还喝我点的馥芮白？"

"我也怕浪费。"

"可那是我的钱。"

"你的钱也是我的钱。现在我们的钱是夫妻共有财产。"

涂筱柠无力反驳，又翻了个身面朝着他。她从被窝中探出头来："咖啡钱我可以走个后门申请报销吗？"

他没睁眼，却说："不行。"

涂筱柠白了他一眼，又转过身去。他这会儿不谈那是他的钱了，真小气。

就这样，她一会儿看看天花板，一会儿数数羊，好不容易才睡了过去，却做了个噩梦。

她的梦里全是微博帖子上所说的那些血腥的案件。她不知怎到了那些案件的现场，看着那些尸体，想报警却发现没有手机。她害怕得撒腿就跑，只想快点找到警察。可前方突然起了大雾，雾中有一个人慢慢地朝她走来。她心慌极了，大喊："谁？"

那人却不作声，只继续朝她靠近。她觉得那人很高很瘦，看身形是个男人，便试探地喊："是认识我的人吗？"

那人依旧没有回应。她向四周张望，发现空无一人，心一下子提到了嗓子眼儿。她又高声问："是纪昱恒吗？"

"嗯。"低沉的声音缥缈地传来，她却听得清晰，一听他应了，她的心瞬间就定了下来。

她带着点儿哭腔往他那儿走："那我刚刚问你，你怎么不应啊？吓死我了。"

两个人越走越近，他走出了迷雾。她终于看到他那熟悉的身影，可是他穿着宽大的斗篷，那斗篷就像是《哈利·波特》中魔法学院的学生穿的那种，他的头被斗篷帽盖着，根本看不清他的脸。

"这衣服哪儿来的？"她边说边踮脚去掀开他的帽子。

她刚要吐槽他，却呆住了，因为她看清了对方的脸。他不是纪昱恒，那是一张鬼脸，惊悚又恐怖，正张着血盆大口要吃她。

下一秒，她尖叫了起来。

"啊！"她猛地从床上坐起，浑身湿透了，整个人在发抖。

突然她感觉自己的背被触碰了一下，又吓得叫起来。

纪昱恒打开灯："是我。"

看到灯亮了，涂筱柠才意识到刚刚是一场梦。她惊魂未定地看着他，声音发抖："我刚刚做梦看到好多尸体，还梦到一张鬼脸要吃我。"

他伸手替她拭汗："做梦而已。"

"可太真实了。"涂筱柠是真的被吓到了。她从小到大做过很多噩梦，但从未像这次这样恐怖。

他伸手将她揽过去，抚了抚她的背，有点儿像在哄一个孩子："我在，没事了。"

涂筱柠将头埋在他的怀里。她浑身生寒，此刻只想汲取一丝温暖。听着他的心跳声，她紊乱的呼吸渐渐回归正常。也不知过了多久，她才发现自己一直抱着他。她动了动，离开他的怀抱。虽然他们已经有了夫妻之实，可这样还是怪怪的。这种亲密的姿势只有相爱的人才适合做吧？

"还能睡着吗？"看了窗外的鱼肚白一眼，他问。

涂筱柠只觉得整个人很疲惫，但还想试着继续睡，不然白天上班整个人会很不在状态。"再躺会儿吧。"她说。

看她躺下后，他问："把灯开着？"

涂筱柠摇摇头："还是关了吧，灯开着我反而睡不着。"

他便关上灯，房间又暗了。只是外面有些许微亮的光透过窗帘的缝隙照了进来，让房间没有之前那么黑。

纪昱恒往她那边靠了靠，将她护在了怀里。

涂筱柠没有抗拒，觉得一个枕头两个人用会有点儿挤，还侧了侧头给他留出点儿空间。他便顺势跟她躺在了一起。

"以后睡前少看案件类的新闻。"他低语。

"嗯。"涂筱柠闷哼着，忍不住往他的怀里凑了凑，因为太温暖了。

他的气息笼罩在她的周围，她的心也慢慢平静了下来。

"睡吧。"他轻轻地拍拍她的背，声音很温柔。

她渐渐地找到了安全感，再次闭上眼睛。

早上她依旧是被熟悉的闹铃声吵醒的，一睁眼，他俊美的容颜便映入眼帘。

他正好也醒了。涂筱柠揉揉眼睛，确定自己没看错："你怎么还在？"

以往这个点他早跑完步去上班了吧？

"睡晚了。"说着他起身，拉开衣橱的门利索地换衣服。

涂筱柠看着他脱衣服，又裸着上半身穿衬衫。他穿衣显瘦，脱衣有肉，身材真的是好到没话说。

大清早的就欣赏这么香艳的画面，她忍不住咽了一下口水。好吧，她承认老天真是待她不薄，赐她这么一个完美的老公，赚了赚了。

"你还不起？"纪昱恒穿好衬衫，边系着腰间的皮带，边问她。

"起了起了。"涂筱柠说着还在偷瞄他。

"今天早饭你去行里吃吧。"他又开始打领带。

涂筱柠哦了一声，觉得打领带这种本该是妻子做的事情，她大概这辈子都学不会了。

"我以后都可以去行里吃的。"她告诉他。

"行里的早饭去晚了可吃不到。"他说着已经走出了房间。

对哦，行里的早饭只供应到八点十分，涂筱柠赶紧掀开被子起床。

护工又一早就到了，难得看到他们夫妻俩早上同时在家，不免惊讶。

"今天纪先生还没上班哪？"

纪昱恒领首跟她打了个招呼，涂筱柠也朝她笑笑，两个人几乎一道进了洗手间。

刷牙的时候两个人争着用洗手台，涂筱柠抢不过就硬挤，从他臂弯的空隙里溜到了洗手台前，纪昱恒一倾身就将她压在了怀里。

她感觉自己被压得喘不过气来，立刻求饶："我错了，我错了。"

纪昱恒却没有松开的意思。涂筱柠看到一旁的牙膏，起了坏心，直接压出一点儿涂在了他的脸上。

纪昱恒向后一躲，她正好霸占了洗手台，刚要得意，他的胳膊就环在了她的颈上，禁锢着她，让她再也无法动弹。

"你……你赖皮。"涂筱柠不服。

他挑眉，把牙膏反涂在她的鼻子上。

涂筱柠狂叫："纪昱恒！"

听着两个人的打闹声，护工都忍不住笑，对纪母说："吴老师，你的儿子儿媳真恩爱。"

纪母的眼中也漾着笑意："新婚宴尔，难免亲热。"

"那你很快就要抱上孙子了。"

纪母眼中的笑意更深了："但愿吧。"

第五章
照亮她的内心

涂筱柠今天开着她的新车去上班了,不得不说,有车的感觉真好。

"哟,小涂买车了?"赵方刚正好在停车场遇到她,他走过去摸摸她的新车,"奥迪 A5,你家里给你买的?"

涂筱柠略心虚地点点头。

"什么配置呀?"

"不知道,他们买的时候我不在。"涂筱柠说的是实话。

赵方刚想着女孩儿也未必懂车,便没再多问。

一坐到位置上,涂筱柠就开始忙起纪昱恒昨天交给她的那笔进口信用证的业务。

她问赵方刚借了信贷系统号,一边参考他以前做过的相同业务,一边问了他几个问题。可是看材料的时候,她发现客户提供的采购合同都是英文的,这对于英语六级都没过的她来说不免有些难度。合同一共六张,看着密密麻麻的英文,她头都晕了。

"小赵哥,这合同全是英文的,我该怎么入手?"她只得求助。

唐羽卉正在整理桌子,闻言看了她一眼:"不会吧涂筱柠,英文不过关你怎么进的 DR?"

"我好久没接触英文了。"涂筱柠只得这样说。

唐羽卉要是知道她是三本毕业的,会不会惊讶到怀疑人生?

赵方刚直接忽视那位行花,告诉涂筱柠:"先看是什么合同,直接问客户几个关键词。"

"啊?"

"你拿笔记着。"

涂筱柠赶紧找来笔，赵方刚一边报，她一边记。

"货物名称、受益人名称、货物运输起始地和到达地……然后根据客户说的，去找英文关键词，这样会快很多。"

涂筱柠点头："好的。"

赵方刚又提醒："货物的有效期你千万不要搞错。"

"之前做国内信用证的时候饶姐教我算过，我会注意的。"

"国内业务和国际业务还是有些区别的，你要仔细点儿。"

"好，谢谢小赵哥。"

"客气，不懂再问我。"

"嗯，好。"

唐羽卉瞥了他俩一眼，也懒得再理。

涂筱柠摸索着总算把系统里的信息填完了。她跟客户联系后，在昨天开始写的提款报告上又补充了几点内容，最后上传进系统。

她本想让赵方刚帮她看一下再提交的，可是饶静和他要去政府盖章。看他们已经在收拾东西了，她就没好意思麻烦他们；再看看许逢生，他也一直在打电话，好像在写一个很复杂的报告，一时半会儿还挂不了电话。

她又朝纪昱恒的办公室探了一眼，发现他一早就不知去哪儿了。整个部门现在闲着的只有唐羽卉了，可涂筱柠莫名地不想问她，于是涂筱柠自己把报告从头到尾检查了几遍，觉得没问题了，才点了提交。

一个小时后，赵方刚的座机响了，她帮他去接。

不等她开口，电话那头审批人的声音直接响起："赵方刚，刚刚提交过来的那笔全额的进口信用证是你做的？"

她听出对方是审批部的张老师，赶紧解释："张老师，是我做的。"

"你是谁？"

"我是拓展一部的小涂，涂筱柠。"

"就是那个客户经理助理，饶静的徒弟？"

"对。"

"你怎么在赵方刚的系统里做业务？"

"我现在还没有自己的系统，只能借……"她没说完就被打断了。

"等等，你的意思是这是给你做的业务？你们纪总知道吗？"

"这就是纪总安排的。"

"什么？"那头安静了片刻，又说，"你来我们部门一下。"

"好的。"涂筱柠挂上电话赶紧过去。

一到审批部，涂筱柠就感觉到了压抑的气氛，果然走到张老师的位置，就看到她不大好看的脸色。这个张老师在行里被称为"灭绝师太"，出了名的脾气差，眼里容不得一点儿沙子。之前好几次涂筱柠经过审批部，都能听到她批评客户经理的声音。

她把涂筱柠之前扫描的英文采购合同从系统里打印了出来，见涂筱柠来了就往桌上一摊。

"这份合同从头到尾翻译一下。"

涂筱柠傻眼了，真是怕什么来什么。

张老师拿着笔从第一个单词开始指："来，开始吧。"

涂筱柠硬着头皮从第一个单词开始翻译："日期。"

"嗯，下面呢？"

"买方，我公司……"

没等她念完，张老师已经把笔一扔，严肃地看着她："我看你根本没看透这份合同。"

"我……"涂筱柠百口莫辩。

"我不知道你们纪总是怎么想的，让你一个新人做国际业务。你连合同都没吃透，还做业务？"张老师双手抱胸，用笔敲敲桌子，"你知不知道进口信用证是有溢短装的条款的？你系统里没填5%的上浮比例，你莫不是拿着企业填的版本，自己看都没看一下就照着填提交到了我这儿？"

涂筱柠想解释，却又觉得此刻无论说什么都像狡辩。

"饶静、赵方刚在干什么？你们部门的老客户经理就是这么带新人的吗？审都不帮你审，就直接提交过来？我们审批部一天要审核多少业务？每个人都像你这样，会浪费我们多少时间？"张老师说话既不耐烦又犀利。

"对不起，张老师，我下次一定会注意的。"涂筱柠赶紧道歉。

"下次？我觉得你还是需要'回炉重造'一下，兴许你根本不适合做客户经理。"

她也不再给涂筱柠说话的机会："你回去吧，一会儿我会打电话给你们纪总，让他换人做。"

"对不起，张老师。"涂筱柠又道了一次歉。

张老师没再理她，审批部的其他人都在看她，有同情她的，也有好事的。

涂筱柠觉得有些喘不过气来，不是因为自己在众人面前挨了批评，而是为自己的差劲感到难受。

她回到部门时，纪昱恒已经在办公室了。他正在接电话，她的身影在他的门口一晃，他就往她的位置看了一眼。

涂筱柠知道一定是张老师打来的。她垂着眸回到自己的座位，失落无比，等着再被纪昱恒批评一顿。

纪昱恒边听电话，边走到她的旁边，敲敲她的桌子，示意她打开系统给他看一下业务。

涂筱柠照做，他大致浏览了一遍，继续听张老师说话。

他没公放涂筱柠都能听到张老师的声音。

纪昱恒耐心地等张老师说完，然后礼貌地道歉："抱歉，张老师，是我没带好下属。"

涂筱柠没想到他会替她道歉，还在愣神，又听他道："您说得都对，她确实不够专业，也不够细心，我会好好教育她。"纪昱恒的目光又朝她投来，他继续说道，"但话说回来，所有人都是从新人过来的，凡事都有第一次，我想通过这件事她会明白以后该怎么做业务，兴许我们都该给新人一个学习的机会。"

涂筱柠觉得脑子里嗡嗡的。她给部门闯了祸，最后还是他给她擦了屁股。

她的耳边总回荡着张老师刚刚说过的话："我觉得你还是需要'回炉重造'一下，兴许你根本不适合做客户经理。"

后来纪昱恒跟张老师说了什么，她没有再听进去。他挂了电话，只让她跟他走。

涂筱柠站起来的时候看到唐羽卉对她露出轻蔑的表情。她心里更加堵得慌，心想：如果这笔业务是唐羽卉做的，纪昱恒根本不需要费时间来处理现在这些事吧？

她一路跟在纪昱恒的后面，没说话，也不知该说什么。

纪昱恒将她重新带到了审批部。

"张老师。"他走到张老师的办公桌旁。

张老师看到他亲自来了，也站了起来。

虽然张老师年长纪昱恒许多，但从职别上来说，纪昱恒和审批部的总经理是一个等级的，同样是她的领导。

"纪总纪帅哥怎么亲自来我们部门了？"审批部的老总大概是透过窗户瞧见了纪昱恒的身影，笑着走了出来。

"手下人不懂事，我带她来给张老师道歉。"纪昱恒只说。

张老师赶紧咳了一声："纪总，您言重了。"

"不言重，确实是我们操作业务不规范。"纪昱恒说着给涂筱柠让出一个位置，"小涂，给张老师道歉。"

涂筱柠上前一步："张老师，这次业务是我的问题，我为我犯的所有错误向您道歉，并且保证以后再也不会发生。"

拓展一部的老总亲自带着下属来道歉，还当着整个审批部的员工和领导的面，这真的是给足了张老师面子，她也没道理再端着了。

"下次注意，别再犯就好了。"她终是松了口。

涂筱柠点头："谢谢张老师。"

纪昱恒看着涂筱柠，对张老师说："这次让她摔一跤也好，这样她才会知道做客户经理不是只靠我们营销部门就能做好的，而是需要后台的各个部门各司其职，任何部门缺一不可。"说着他又看向张老师，"同时每位新人的成长都离不开您这种经验丰富的老师的教导，您这样的前辈不仅是她学习的榜样，也是我学习的榜样。"

此言一出，张老师的最后一点儿气也消了："纪总，您真的言重了。"她重新看向涂筱柠，"新人嘛，难免有犯错的时候。我刚刚情绪也激动了些。我这人心直口快，小涂哇，你也别放在心上。"

涂筱柠赶紧摆手："没有，张老师，应该的，我以后做业务一定会严谨仔细。"

审批部老总在一旁全程观看完，拍了拍纪昱恒的肩。

"我听着也不是什么大事嘛，还让你亲自跑一趟陪下属认错。"

"子不教，父之过；教不严，师之惰。手下人犯错就是我在犯错，我也有义务承担和纠正。"

"你这个领导好哇，境界也高，看来以后我还得向你学习。"

"您别取笑我了，在座的哪位不是我的前辈？我就算一天跑十趟来取经也值得。"

审批部老总指着他："你呀你，难怪都说你情商高。"

纪昱恒正好站在落地窗前，外面的阳光透过玻璃照在他身上，仿佛洒下了一缕金沙，让涂筱柠第一次看得移不开眼。

这件事情发生后他没有责骂她，而是了解来龙去脉，第一时间带她来道歉，既给足了审批人面子，也让自己部门的人迅速下了台阶，可以说在最短的时间内让事情得到了最有效的化解，处事圆滑巧妙。

虽然明面上是他放下姿态带她来道歉，实则是他把她挡在自己的身后处理好了一切。他用透明的羽翼保护了她，替她铲除了日后和审批部再交手的后顾之忧，让她第一次在部门里有了归属感。

她也开始真正明白，当初饶静和赵方刚面对他时为什么会倒戈。

待他们离开后，审批部里炸开了锅。有人凑到审批部老总那儿说："老大，这个纪昱恒虽然年纪轻轻的，但有些不简单。"

审批部老总望着纪昱恒的背影，颔首道："是不简单，能屈能伸，是日后能成大事者呀！"

回到办公室，纪昱恒也没跟她多说什么，只让她把业务合同拿来。涂筱柠将合同递过去，他扫了几眼。

"铅笔。"他又朝她伸手。

涂筱柠又递了铅笔过去，他接过铅笔在合同上圈了几个地方。

"其实一份合同重要的点只有几个，其他的都是法律条款。而我们银行做业务不需要细看这些条款，因为我们有自己的条款。'条款'这个英文单词你总认得吧？所以剔除掉这些。"他在条款上画叉，这样一份合同的内容就所剩无几了，"对照我们系统里要填的信息，这些就是你要看的合同重点。看不懂的英文单词就查，合同内容基本上大同小异，你找到关键词后慢慢摸索，一来二去的业务也就慢慢熟练了。"他耐心地指着画圈的地方。

他在亲自教她。涂筱柠一看合同，发现确实是这样，只觉得豁然开朗。

"学而不思则罔，思而不学则殆。"他站直看她，又用笔指向电脑屏幕，"你知道参考赵方刚以前做过的相同的业务，却只是依葫芦画瓢，并不理解每个信息要素的含义，所以他填漏的东西，你也会跟着填漏。"

涂筱柠仔细地看了一下，这才发现在自己参照的那笔业务中，赵方刚在系统里漏填了5%的上浮比例，后来他发起了这笔业务的修改流程。

她懊恼、自责，后悔自己没有学透。

"机会是靠自己把握的，你该庆幸这次业务还有余地，但这不代表你每次都会这么好运。我们是天天跟数字和钱打交道的人，手指动一动指缝里就流出几百万、几千万甚至上亿的资金。滴水不漏，万无一失是我们这个行业的要求，而你做到了吗？"他将笔落在她的发间，轻轻地点了点。

他言之凿凿，字字珠玑，虽然没有责骂，效果却胜似责骂。她愧疚不已，开始深刻反省自己。

纪昱恒"一战成名"，午餐时间他又成了全行讨论的对象。

"平常哪个营销部门跟后台审批部不是剑拔弩张的？亲自带下属去道歉，纪总当真放得下身段哪！"

"明面上是道歉，实则是化解了下属和审批部之间的矛盾。A大毕业的到底双商高哇！"

"可说到底涂筱柠只是个劳务派遣的，犯得着让他一个堂堂营销部门的老总亲自出马吗？再说哪个客户经理没挨过审批人的骂？"

"这你就不懂了，之前就有人传拓展一部的纪总'护犊子'，他一来就把部门存在的问题解决了，还靠着'银监'是自己老东家的这层关系完美免去了部门的处罚。今天这种行内部门之间的小事，他处理起来还不是手到擒来，轻而易举？"

"哇，请问现在拓展一部还缺人吗？这样的好领导请给我来一打，好吗？我也想被帅哥领导罩着。"

"同人不同命啊！"

涂筱柠今天这饭食不知味。

赵方刚安慰她："小姑娘，一笔业务而已，你就振作不起来了？"

涂筱柠小声嘟囔："我拉了部门的后腿，也耽误了业务的进度。"

许逢生笑笑："哪个客户经理不是这么被骂着嫌弃着过来的？再说老大不是也没怪你吗？"

涂筱柠捣鼓着菜。就是他没怪她，才更让她难受。

赵方刚跷起二郎腿："其实呢，老大这招确实很妙。他是先发制人，不然以后你的业务到了张老师那里还有你受的。"他吐槽完又言归正传，"其实有个帮我们顶住压力的领导会好很多。小涂哇，老大一视同仁，待你同我们是一样的。"

涂筱柠听着心中百转千回，竟说不出此刻的心情。

下班后涂筱柠先去了一趟附近的超市，买了些可以加热即食的早餐，还去日用品区那里拿了一些洗发水。在找自己常用的品牌的时候，她一眼扫到了身体乳。起先她没在意，走过货柜后又拉着推车退了回来。望着货柜，她挑了一瓶无香味的身体乳。

有车就是方便，她去超市买东西再也不用扛着大包小包挤公交了。

还是跟往常一样，她回到家护工才走。护工走的时候告诉涂筱柠，纪母今天精神状态不错，喝了两碗粥，而且睡眠也好，太阳下山就困了，所以早早就睡了。

涂筱柠送走护工，小心翼翼地去主卧看了婆婆一眼，然后轻轻地关上房门，开始轻轻地整理东西。

洗手间里的洗手台下的储物柜很快就被塞满了，她只得转移阵地。想着上次在书房看到纪昱恒找东西时拉开了几个空柜子，她就抱着东西去了书房。那些柜子果然够她塞。

大功告成，她站起身才发现自己还没细细地看过这书房。

她的手落在红木书桌上，她感觉有些凉，却很有质感。书桌正中央摆着一台电脑，电脑左侧整齐地摆放着他平日看的书，大多是财经类的，也有几本她看不懂名字的英文书。而那本《孙子兵法》大概因为他最近常看，被放在电脑的正前方。

涂筱柠随手拿起那本书，想看看它到底有什么好看的。书被她拿起来后，原本被压在书下的一张照片瞬间映入她的眼帘。

她好奇地凑过去，一看就愣住了。

照片里竟是她和纪昱恒，那是几个月前她参加班长的婚礼时，慌乱中被新郎邀请拍下的，当时她就跟纪昱恒站在一侧。

镜头里的她当时因为尴尬，表情还有些呆滞，而身边的他却淡定自若，英气逼人。

他怎么会有这张照片？为什么他还将它压在书下面？

一连串的问题在她的脑海里接踵而来，她还在来回地翻看那张照片，书房门却突然被敲响了。

她吓了一跳，一看是他回来了。

"你怎么走路没声音？"她捂着胸口问。

"是你太投入了。"纪昱恒说着将视线落在她手中的照片上。

涂筱柠便没掩饰，扬了扬照片："这张照片，你怎么会有的？"

"你没有？"纪昱恒边扯领带边问。

涂筱柠被问住了，良久才说："我没有哇。"

他的领口敞开着，好看的锁骨展露在涂筱柠的眼前："那可能新郎只给我了。"

涂筱柠哦了一声，再看看照片："他还帮忙洗出来呀？"

"宾客照他好像都洗了。"

涂筱柠把照片放回桌上："那你怎么把照片放这儿了？"

"随手就插在书里当书签用了。"

涂筱柠就知道是这样，看到他已经去了主卧看婆婆，便也将那照片往《孙子兵法》里随便一插。

她的心跳莫名地有些快，她狂拍自己的胸，心想：跳什么跳，现在是瞎蹦跶的时候吗？

纪昱恒的声音又从客厅传来："你去了超市？"

涂筱柠这才想起，超市的购物袋她还没来得及收拾。

"哦，对。"她应着走出了书房。

"开车去的？"他在解衬衫，毫不顾及她在场，一会儿就露出了他性感的胸膛。

涂筱柠移开视线："嗯。"

"感觉怎么样？"

"挺好的。"

余光瞥见他已经套上了T恤，她才直视他。

"那个……今天谢谢你。"她想了想，还是说了。

他又在解皮带，看向她："工作上的事？"

涂筱柠又嗯了一声。

"谢什么？"

"谢你替我道歉，谢你帮我化解危机，还教我看合同。"她越说越小声，也不知道他听到没有。

他却笑了："你现在是以什么身份谢我？"

"下属，下属。"涂筱柠忙不迭地说道。

"可现在不是工作时间。"他从腰间抽拉出皮带，扔在了沙发上。

他笔挺的西装裤失去了约束，稍稍松垮地往下滑了些，微微露出了他的腰际线，半遮半掩的，说不出的吸引人。她又忍不住咽了咽口水。

"那……那我明天上班再跟你说谢谢？"涂筱柠恍了会儿神才说。

"可你已经说了。"他边说边朝她走来。

她还未来得及往后退，就被他拉进了怀中。她的手隔着他身上单薄的T恤，可以感觉到他那坚实的胸膛，她像被烫到似的想要缩手，却被他按住了。

"我……"涂筱柠一时间说不出话来。

"准备怎么谢我？"

"我不是已经谢了吗？"涂筱柠被他盯得脸红。她移开视线，声音低不可闻。

"什么时候？"

她咬着唇，心跳如擂鼓："就……"

"嗯？"大概是真的听不清她的声音，他俯身凑近。他好看的眉眼近在咫尺，引得她呼吸紊乱。

她还按着他的胸膛，感觉自己的脸都快烧了起来。她垂着眸说："我已经把自己送给你了。"她已经把自己送给他了，算不算她最大的诚意？

他望着她，似要将她看穿。她的耳边是他湿热的气息，他说："那就再送一次。"

然后，他的吻落了下来，她瞬间觉得天昏地暗。

涂筱柠被他压在淋浴间的玻璃上，花洒淋湿了他们的身体。

"叫我。"他咬着她的耳垂说。

"昱恒……"

"还有呢？"

"老……老公……"

最后她瘫软在他的怀里，只感觉人有点儿放空。

花洒关了，他将宽大的浴巾裹在她的身上。她倚靠着他，还不忘告诉他："我今天买了身体乳。"

"嗯。"他似乎没什么兴趣，像擦一只宠物似的，用浴巾擦着她的头发。

"你每天要洗两次澡，皮肤会很干的，抹点儿身体乳会好很多。"她说。

他的动作停下了："买给我的？"

"嗯。"涂筱柠点点头。不然她还能买给谁？

他眼中刚熄灭的火焰又慢慢恢复了，她刚要开口，又被堵上了唇。

再次闭上双眼的时候，她心想，完了，这种事情真是有了一次就有更多次，虽说他们这样合理合法，可怎么还有瘾了？

用了身体乳就是不一样，涂筱柠感觉纪昱恒今天的皮肤滑滑的。

"你今天为什么没怪我？"事后，涂筱柠有些煞风景地问。

纪昱恒半倚在床头看书，也不知道他什么时候又将书拿回房间的。他翻了一页书："你又提工作？"

她噘嘴道："就当私下交流都不行吗？"

谁知纪昱恒看了她一眼，说："你们经常私下交流？"

"没有没有。"她旋即撇清，心想千万不能让他知道他们还有小群。

说起小群，他们可有太多了，不仅有五个人的"无领导群"，还有除了唐羽卉的四个人的聊八卦消息群，然后就是她、赵方刚、饶静三个人的"DR 扛把子群"。所谓有人的地方就有江湖，大抵就是如此吧。

他把书往床上一扣，倾身过来作势要拿她放在床头柜上的手机："那让我看看你们平常都交流些什么。"

涂筱柠心慌，连忙起身，忘了自己还一丝不挂："我们基本不交流的！"

她可不能成为千古罪人。她很讲义气的，绝不会因为他是她的枕边人，就做叛变组织这种不齿之事。

他正对着她，他的眼中似漾出笑意："你紧张什么？"

涂筱柠这才发现自己还裸着，忙用被子裹着自己，还故作镇定地说："我没有呀！"

他又要探身过来，涂筱柠的内心挣扎了一下，她想着"死"就"死"吧，反正自己也不亏，江湖道义更重要！就在他靠近她的时候，她主动迎上了他的唇。

纪昱恒对她主动献吻很是惊讶，先是一顿，然后将手插进她的发间扣住她的头，往自己那里带，反守为攻。涂筱柠无路可退，只觉身上的被子被掀开了。被压倒的时候，她看了床头柜上的手机一眼，欲哭无泪，心想：同志们，为了我们的友情，我光荣献身了，以我一己之躯换取我们的岁月静好！

结果自然很惨烈。她瘫软在床榻上，看着他背着光清理那些暧昧的痕迹，不禁想：他技术那么好，是不是以前就经验丰富？

"就睡了还是再去冲个澡？"不久他问，声音又恢复了冷静，丝毫不像才干过那事的。

"就睡了。"涂筱柠懒得再动了，觉得被他榨干了，没力气。

他没再看书，将书放回床头柜上，突然说："如果批评就能解决问题，人人都能当领导了。"

涂筱柠知道他在回答自己刚刚的问题，便说："今天的事全行都传开了，其实你不必亲自出面的。"

"我是为了部门。"

涂筱柠感觉到他给她裸露在外的肩膀盖好了被子。

"即使今天不是你闯了祸，而是部门的其他人，我也会这么做。"

涂筱柠哦了一声，明白他的意思是他不会因为她是他的妻子而在工作上对她有任何偏袒。

"我知道你可能不喜欢我们现在的状态，但是工作是工作，生活是生活，你必须分开。你也不必觉得我是个多好的领导，在其位，谋其职，我所做的一切自有我的目的。你只要知道，职场上没有谁会无缘无故地对你好，求人不如求己，靠自己才是真的。"

涂筱柠背对着他，也不知道他说这话的时候是什么表情，可能又是工作中那副严肃的模样吧。

其实赵方刚说得没错，纪昱恒只是做到了一视同仁而已，就像他帮赵方刚处理不良客户，帮饶静解决"银监"的处罚一样，今天帮她缓和与审批部的关系，说是帮她，归根结底都是为了部门，也为了让他自己在行里站稳脚跟。现在所有人对他刮目相看，显然他的目的已经慢慢达到了。

他们的婚姻也是如此。她一时冲动提出结婚，他为了却母亲的心愿而顺水推舟，与其娶个强势的，倒不如娶她这样家庭简单、心思单纯的女孩儿。一切都安稳省心，他掌控得住。

她拉拉被子："知道了，以后我会分开的。"不知道为什么，她说这话的时候觉得心里空落落的。

他关灯后也躺了下来，两个人均未再说话。

透过窗帘的缝隙，涂筱柠望着窗外那一小片星空，觉得她处在这段婚姻中真是太累了。

第三季度拓展一部的业务以部门排名第一的成绩完美收官。纪昱恒在 DR 的名声越来越大，拓展一部在最短的时间内重创辉煌，风头更甚从前。

行里纷纷在传，年底 DR 要在 C 市的新城区成立支行，不出意外就是拓展一部从分行独立出去承接业务，而纪昱恒将会担任该支行的行长。虽然他的职级与现在的一样，但所带领的部门的规模将会上升且团队会壮大，到时新城区就是他的天下了。他坐拥权力，且地位不同往日，那将会是他职业生涯的一个荣耀。

因为拓展一部重组后还没有拍过一张部门合照，行里便借着排名第一的这阵东风来给他们拍合照。

拍照的时候涂筱柠很识趣地站在最边上，但是拍出来的照片让大家怎么看怎么怪。

"好像站位不太和谐。"饶静忍不住说。

纪昱恒也看了一眼。

摄影师便询问他的意思："纪总，您说呢？"

纪昱恒说："按身高再重拍一次看看。"

摄影师说："好的，那麻烦大家再站一次。"

摄影师左看看右看看，过了一会儿，指指涂筱柠："这姑娘个儿高，站到中间来。"

涂筱柠一时没反应过来，反指自己："我？"

摄影师点点头。

涂筱柠不明白他说的中间是哪儿，只随意地挪了挪位置。摄影师又指向唐羽卉："麻烦这位姑娘往旁边挪一下，让那个个儿高的姑娘站到你的位置。"

唐羽卉本来站在纪昱恒的身边，一听不乐意了："为什么？不是按身高排吗？"

摄影师告诉她："纪总是部门老总，肯定得站中间，那其他人只得从中间由高到矮站。"

唐羽卉有些不高兴，打量着涂筱柠："她比我高吗？"

摄影师回答:"比你高哇!"

唐羽卉向其他人求证,赵方刚和许逢生齐齐点头道:"确实比你高。"

唐羽卉没好气地挪出位置。饶静看到唐羽卉吃瘪的样子,不禁偷乐。她甩甩头发,再蹬蹬高跟鞋:"还是我们这种个儿矮的没烦恼哇。"

涂筱柠就这么莫名其妙地站在了纪昱恒的身边。第一次在部门里当着众人的面靠他这么近,她竟然有些不好意思。

摄影师举起相机:"来,大家笑一笑。"

涂筱柠却觉得自己整个人是僵的。

果然,摄影师把相机放下,指了指她:"姑娘,笑得自然点儿。纪总这么个大帅哥站你身旁,你应该乐开花才是呀!"

站在纪昱恒右边的赵方刚则拿她打趣:"就是老大太帅了,小涂才紧张吧?"

涂筱柠不禁脸一红,纪昱恒侧了侧眸,跟她说:"放松点儿。"

涂筱柠也不知道自己在紧张什么,赶紧调整好情绪,重新站好。

"来,笑得开心点儿。"摄影师重新举起相机。

涂筱柠笑了一下。

咔嚓,画面定格。

十一国庆就这么到了,涂筱柠也不知道纪昱恒什么时候订好了去巴厘岛的机票。到机场的时候,她人还是蒙的。由于准备的时间仓促,她还是问凌惟依借的泳衣和沙滩裙。

值机后两个人过了安检,在免税店里逛了一会儿。纪昱恒看烟,涂筱柠去帮凌惟依买化妆品。因为他们回来不在这个机场乘飞机,所以涂筱柠没把买好的东西存放在免税店。只是结账的时候她傻眼了,从货架上拿东西的时候只图痛快,付钱的时候却心疼了,加上帮凌惟依买的东西,她信用卡的六千元额度根本不够刷。

她刚想求助纪昱恒,却发现他不知何时已站到自己身边,还向柜台的工作人员递去了卡。工作人员一刷卡,刷卡机屏幕上便显示"一万二",其中有五千是她花的。涂筱柠好想捂着胸口哭一会儿:我的工资呀!

"等下个月发了工资,我就把钱还你。"她边走边跟纪昱恒说,有些懊恼自己冲动消费。她明明就是干营销的,却禁不起别人的推销,耳根子太软了。

看她就要走过登机口,他一把拉住她。涂筱柠差点儿跌进他的怀里,这才发现自己走过了。

不知是不是在提醒她,他说:"我们是夫妻。"

"我知道。"她只是做不到心安理得地花他的钱。

开始登机了,两个人排在队伍的后面。他拿护照敲敲她的头:"你的护照呢?"

涂筱柠在她的小背包里找护照,翻哪翻,却没找到。

"哎，刚刚安检的时候还在的呀，难道落在免税店了？"她想起来了，结账的时候要出示登机牌，她就把护照放柜台那儿了。她怎么没把自己给丢了？

"我现在回去拿。"她准备跑回免税店。

"你在这儿等我。"纪昱恒却快她一步，长腿一迈就已经往回走了。

望着他匆忙离去的身影，她懊恼不已。

他们的航班途经 X 市转机，两个人顺便在 X 市机场找了个茶餐厅吃午饭。

涂筱柠还是第一次来 X 市。吃到港剧里所说的菠萝包的时候，她觉得好吃极了。"我可以再买一个带到飞机上吗？"她忍不住问纪昱恒。

他拿纸巾替她擦拭嘴角："你喜欢的话，从巴厘岛回来可以在 X 市再玩两天。"

"时间够吗？"

"够了，巴厘岛也就几个景点。"

涂筱柠又啃了一口菠萝包："你怎么有时间做攻略的呀？"他这么忙，她在家也没看到他研究行程什么的。

"需要做攻略吗？"

"不需要吗？"她反问着，又故意说，"万一你把我卖了怎么办？"

他嘴角含着笑意："护照都能丢，我倒是怕你把自己给卖了。"

说起护照，后来涂筱柠的所有证件都被他收走保管了。

涂筱柠瞪了他一眼，又喝了一口柠檬茶，这才瞧见他喝的是咖啡，杯身写着"美式"两个字。

又坐了一会儿，她说吃饱了，起身就要走。

"不是还要买菠萝包吗？"纪昱恒问。

她头也不回："饱了就不想吃了。"

他们从 X 市到巴厘岛又坐了五个小时的飞机。虽然飞机上可以睡觉，但涂筱柠总睡不踏实。凌晨到达巴厘岛时，她很疲惫，机械地跟着纪昱恒走。就算现在他真的把她卖了，她也没力气反抗。

好在他预订了酒店的专车接送他们。到了酒店之后，她只觉得车开了很久才到下榻处。这酒店到底有多大？

当地的服务员看到他们就给他们献上花环。涂筱柠有气无力地说"Thank you（谢谢）"，心想酒店服务员真不容易，大半夜的还要工作。

纪昱恒办理了入住手续，然后和涂筱柠跟着引导员走到房间。

一进去，涂筱柠就瘫倒在床上："困死我了。"旅行还没开始，她就已经蔫了。

"你在飞机上不是一直在睡吗？"纪昱恒放下行李问。

"那跟睡在床上的感觉不一样。"

"那睡在床上是什么感觉？"说这话的时候他已经走到了床边。

涂筱柠生怕他这个时候乱来，一个鲤鱼打挺起身："我去洗澡。"

她走进浴室，瞬间没了睡意。妈呀，这配置有点儿豪华呀！看着那硕大的圆形浴缸，她有点儿后悔没带个泡澡袋来，不然还能泡澡解乏。

在精致的浴室里洗澡，人都变得有情调起来，她差点儿没把自己洗掉一层皮。她进来的时候忘了拿睡衣，只好随手裹了一条浴巾出去。

看到纪昱恒正在有条不紊地整理行李箱，她问："这酒店一晚上多少钱？"

"两千多。"

"什么？"涂筱柠差点儿跳起来，"怎……怎么这么贵呀？"她话都说不利索了。

"'十一'是旺季，基本所有酒店都这个价。"

涂筱柠心想：早知道刚刚就多洗一会儿澡了，最好把自己洗晕过去。

"我要是知道这么贵就不来了。"她嘟囔着爬上床。她一个月的工资也才这个数而已，住这么奢侈的酒店，她不配呀！

纪昱恒没再说话，径直去了浴室。

趁他洗澡的时候，涂筱柠在大床上滚了几圈，又参观了一下房间。这房间真大呀，有衣帽间、化妆台和独立阳台，还能听到远处海浪的声音。

虽然舒适，可她还是忍不住抱怨，这人花钱也不跟她商量一下，总是大手大脚的。

纪昱恒洗好澡，发现涂筱柠还未睡。

"不是困了吗？"

"我就是觉得，我们用钱还是要节约一些。"涂筱柠此刻的表情很认真。她抬头看他，开始算账，"妈后期还要化疗，请护工也要钱，家里还有大大小小的开支。我一个劳务派遣的员工一个月的工资还不够住这儿一晚的。你是领导没错，但是钱也不是大风刮来的，给我买车已经花了不少钱，现在我们又住这贵的酒店，这还没算后面要玩的呢。我只怕以后'钱到用时方恨少'。"

当时他也说了，他去 DR 就是为了挣钱给妈妈治病。现在他好不容易做出了些成绩，应该把钱用到该用的地方。

纪昱恒掀开被子坐到床上："我们是旅行结婚，跟原本办婚礼该花的钱比，旅行住酒店的钱根本算不上什么。而车是刚需，即便现在不买，以后迟早也要花这笔钱。"他将掌心落在她的发间，"还有，你是我的妻子，我挣钱就是给家里人花的，别把自己想得那么廉价。"

他总是这样，忽近忽远，让她抓不住摸不透的。听到这些话明明该感动，可她不知道后面他会不会再给她浇一盆冷水，跟她说一些疏离的话。

"嗯，知道了。"她没再多语，躺好闭眼。

他也关了灯，就像在家那样，两个人安静地睡觉。

良久后，听到他均匀的呼吸声，她才又睁开了眼睛，无声地凝望着他的侧颜，她没了睡意。她翻了翻身，告诉自己，他们只是因为双方父母满意，因为合适才结的婚，她不能想太多，否则只会徒增烦恼。然后她迷迷糊糊地睡着了。

她这一觉睡到了十点，纪昱恒也没喊她。她醒来的时候，他已经坐在阳台的藤椅上看书了。

涂筱柠披着浴巾走到阳台，这才惊觉阳台上有个私人泳池，而且里面撒满了玫瑰花瓣。从这里就能眺望到远处一望无际的湛蓝色的大海，美不胜收。

原来这是一座悬崖酒店，他们住的是海景房。

"醒了？"纪昱恒抬眼问。

"嗯。"

"一会儿服务员会把早餐送到这儿来，你可以在泳池里吃。"

涂筱柠只在网上看过别人这么吃早餐，没想到自己有一天也能体验。

"很贵吧？"她又忍不住问。

"这是送的服务。"

两个人正说着话，房间里的电话响了，纪昱恒去接。反正他说的都是英文，她也没听懂。

他放下电话没多久，房间的门铃就响起了。他打开门，然后两个服务员端来了餐盘，长方形的木质餐盘上摆满了丰盛的早餐。

服务员询问他们是否要将早餐放在泳池里吃。他边翻译边看她。

涂筱柠觉得这样做太过浮夸，终是摇了摇头。于是，他让服务员把早餐放在阳台的茶几上。

服务员走后，两个人坐下来用早餐。涂筱柠看到他先端起了咖啡，但只闻了一下，并没有喝。

涂筱柠捧起自己那杯喝了一口——是卡布奇诺，有点儿甜。

"听说印尼的咖啡很有名，可以买点儿回去当伴手礼。"她放下杯子的时候说。

"我包了车，每天都有固定的司机来接送我们，八个小时内想去哪里都可以。到时候可以请他为我们推荐好喝的咖啡。"大概是不喜欢吃甜食，他只吃了几口早餐就低头继续看书了。

涂筱柠看了餐盘一眼——说是早餐，其实更像下午茶。

她又吃了几个甜点，然后问："一会儿我们去哪儿？"

"先去圣泉寺，然后去德格拉朗梯田，下午去乌布皇宫，如果还有时间可以去圣猴森林公园。"

她听着觉得脑子都乱了，而他却是背出来的。

"你今天最好穿长裙，因为在圣泉寺里不可以露腿。"他提醒道。

涂筱柠点点头，又抿了一口咖啡，才去翻自己的行李箱。

她这才发现凌惟依借给她的衣服都很裸露，不是露腰的就是露腿的，裙子也是清一色的露胳膊的。

果然瘦子穿衣就是随心所欲哇。她只能从中选出一条浅色的碎花裙。好在她有先见之明，带了一条浅绿色的大丝巾，可以披在肩上。本来它是遮阳用的，现在正好可以用来遮胳膊。

换好衣服，她又戴上美瞳收拾了一下自己。今天她扎了一个在大学里常扎的公主头。

其实她并非不会化妆，只是工作后慢慢地忘却了这项"技能"。

"可以走了吗？"她走出化妆间的时候，纪昱恒也换好了衣服。除了运动裤换成了牛仔裤，T恤由白色的换成了浅灰的，他跟昨天没有太大区别。

他的视线在她身上停留了一会儿，又不着痕迹地移开："那就走吧。"

热带国家就是热，涂筱柠顶着漂亮的遮阳草帽，却遮不住那火辣辣的阳光。

车已经在门口等了。司机是当地人，对他们非常热情，只是涂筱柠更加听不懂夹杂了口音的英语。纪昱恒却不仅能听懂，还能跟他自由对话，涂筱柠不由得心生佩服。

司机话挺多，一路都在讲话。涂筱柠只顾着看窗外，没太在意他们谈话的内容。

直到听到纪昱恒说"my wife（我的妻子）"她才回眸看了一眼。原来司机在问他们的关系。听到他的回答，司机又问他妻子叫什么名字。

纪昱恒朝她看了一眼，然后告诉司机："Ning（柠）。"

司机通过后视镜跟涂筱柠打招呼："Hi，Ning！（你好，柠！）"

涂筱柠朝他礼貌地微笑："Hi。"

"You are so beautiful！（你很漂亮！）"

"Thank you。"

虽然知道人家只是客套，但涂筱柠就当是在夸她了。

第一站圣泉寺到了。他们进去后发现四处都是人，没走几步就看到了一个大水池。池里都是漂亮的鲤鱼，这让她一下子想起那句古文：潭中鱼可百许头，皆若空游无所依。很多当地人盘腿坐在池边，安静地看着池子里的鱼，也有不少游客站着拍照欣赏。

"这鱼看着比中国的肥一些。"涂筱柠忍不住说。

纪昱恒看着那幽深的水池，将她拉开了些："却都是被囚禁在池里的供观赏之物。"

"这不会就是圣泉了吧？"涂筱柠觉得他说话略深沉，扯开话题问。

纪昱恒继续往前走："在里面。"

这时来来往往的人冲散了他们。纪昱恒回眸没看到她，便停步。

涂筱柠以为纪昱恒早走远了，等人走光，才瞧见他停在原地，便迎了上去。

他朝她伸手："怎么走这么慢？"他的语气有着责怪的意味。

"他们挤过来的。"她有点儿委屈。

他牵起她的手："跟紧了。"

涂筱柠看着自己被他握在手里的手，有片刻的失神，然后低头跟着他走。

很快，她看到了真正的圣泉，泉水清澈见底，黑沙细石，水涌泉动。

她拿手机搜索了一下圣泉的介绍：传说这是大神因陀罗以剑插地引出的不老不死之水，可洗涤百病，而且不同出口的圣水疗效不同，因此吸引了各地的善男信女前来顶礼膜拜、沐浴，以求平安。

涂筱柠用手机给圣泉拍了几张照片。纪昱恒又带她往前走，她果然看到了很多当地人在泉口处沐浴、膜拜。

"还真是不同的国家有不同的文化风俗。"她觉得奇妙，不禁感叹。

他还牵着她的手，问她是再逛一会儿，还是去下个地方。

涂筱柠说想看梯田，他们便走出了圣泉寺，又乘车去看德格拉朗梯田。

到了德格拉朗，涂筱柠比在圣泉寺时激动多了。她只在电视里看过梯田的样子，实景还是第一次见。

她很快找到一个绝佳的观赏位，举起手机就开始拍起来，拍完照片才想起纪昱恒，一转身却发现他就在身后。

他们周围都是中国游客。有几个结伴而行的女孩儿打扮时尚，看样子像大学生。她们拿着单反摆出各种姿势拍照，突然发现涂筱柠站的位置不错，便上前询问她拍好没有，可否让开点儿给她们拍。

涂筱柠答应着，让出了位置。几个女孩儿又问她能不能帮她们拍合照，还把单反递给她。

涂筱柠不太会用单反，只得招呼纪昱恒过来。

一看到纪昱恒，几个女孩儿的眼睛都亮了，也没心思再拍合照。其中一个女孩儿问："我们可以以梯田为背景给帅哥拍张照吗？"

纪昱恒直接礼貌地拒绝："抱歉，不可以。"

女孩儿们都很失落。

涂筱柠尴尬地笑笑，问她们："合照还拍吗？"

"拍。"女孩儿们答道，视线却还停留在纪昱恒身上。

纪昱恒背过身，站远了些。

涂筱柠自己琢磨着帮她们拍了合照。之后，女孩儿们才一步三回头地离开了。

不知道是不是被她们感染了，她突然也想拍照。

纪昱恒见她一直站在那里，便走近问："要爬梯田吗？"

涂筱柠看看他，答非所问，声音略小："我也想拍照。"

他倒没觉得意外，只伸出手："手机给我，我帮你拍。"

阳光很刺眼，光晕下他更加耀眼了。涂筱柠脑子一抽，竟说："要不，我们一起拍？"可是话一说出口，她就后悔了。

他会不会像拒绝那些女孩儿一样拒绝自己？

这时，有一对外国夫妇走了过来，大概是询问纪昱恒可否帮他们拍照。简单地交谈了几句后，纪昱恒接过了他们的相机。

有关拍照的话题就这么被终结了，涂筱柠给那对夫妇让出位置。那对夫妇朝她笑了一下，然后两个人亲密地摆了很多姿势拍照。涂筱柠有些羡慕这种人到中年依旧恩爱如初的婚姻状态，心想他们年轻时一定很相爱。

她看着有些感触，待他们拍完照，也礼貌地朝他们笑笑。她刚准备走，却发现纪昱恒又跟他们交谈了起来，然后他们接过了纪昱恒的手机。

见纪昱恒走到自己身边，涂筱柠问："不走吗？"

他在她身侧站定："不是要拍照吗？"

她感觉头顶的艳阳被遮住了一半，便仰头看他。

外籍夫妇问他们准备好没有，纪昱恒做了个"OK（好）"的手势，用另一只手臂揽过涂筱柠的肩。他们的姿势俨然是一对亲密的新婚夫妇。

察觉涂筱柠还在看自己，他轻捏她的下巴，让她将视线转向前方，再拍拍她的脑袋："看镜头，不是看我。"

她再次被他拥入怀中，与他紧靠着。镜头对着他们，一连咔咔几声。

拍完照，外籍夫妇把手机还给纪昱恒。与那对夫妇道别后，涂筱柠就凑上去看照片，可是怎么看怎么觉得自己丑。

"这张照片里我的眼睛像没睁开一样，要不删掉吧？"她莫名地不想被他看到自己难看的样子。

他却扫了照片几眼就收起手机往前走，似要爬梯田的样子。

涂筱柠紧跟上他，拉住他的手臂晃了晃："删了呗。"她的语气听着分明像在撒娇。

他一把拉过她："好好看路，这里都是台阶。"

涂筱柠顺势挽着他的手臂，才发现这里的梯田跟国内的不太一样，又高又陡，挺危险的，一不小心就容易摔下去。

她今天穿了长裙和凉鞋，适合拍照，却不适合爬梯田。但她又觉得他兴致盎然，就没扫兴，跟着爬了。爬了一半，她的腿就开始发酸。早知道这梯田这么难爬，她就穿运动鞋出门了，现在真是进退两难。

纪昱恒从背包里拿出水递给她："喝水吗？"

涂筱柠摇摇头。她觉得脚疼，便弯腰看看，只见脚背被凉鞋的带子勒出了几道印，其中一道还磨破了皮。

真娇气，她鄙视着自己，只想坐下歇会儿，可又没可坐的地方，只能稍稍蹲一会儿。

纪昱恒喝完水走了过来，他高大的身影替她挡住了阳光。

"不舒服？"

涂筱柠摇摇头，立刻站了起来。他注意到她的不自然，俯身微微掀开她的长裙，她伤痕累累的脚背展露在他的眼前。

他才发现她穿的是凉鞋。

"我还能走，只是这坡有点儿高，得走慢点儿。"涂筱柠告诉他。

他朝她伸手。她以为他要牵自己，便也伸手过去，手却被他轻轻地捏了一下。她觉得自己自作多情了，收回手就要往前走。

他很快追了上来，然后微微倾身："上来。"

涂筱柠一愣，发现他的背包已经被他改背到胸前了，这是要背她的意思？

太阳还火辣辣地当空照着，纪昱恒回眸："还想晒日光浴？"

涂筱柠注意到他原本白净的脖颈儿已经被晒红了。"你没涂防晒霜？"她问。

"我不用那些。"

见她不动，他作势要直起身："不想？那就抱。"

她不由得一惊，看到周围那么多人，赶紧乖乖地趴到他的背上："还是背吧。"

她将手紧攀在他的颈间，心跳不禁乱了节奏。

只是她被他背着，受到了很多的关注。来往的游客看着他们，有微笑的，有羡慕的，把涂筱柠瞧得面红耳赤的。她压低遮阳帽的帽檐，恨不得把自己整个人都遮起来。

可是贴在他的背上，指尖感受着他的体温，她竟有种说不出的心安。

回到车里，纪昱恒的额间已都是汗珠，涂筱柠从包里抽出一张湿巾："擦擦汗吧。"

他接过湿巾，仰头靠在车椅上，然后直接将湿巾覆在了脸上，似急需凉意来降温。此刻他脖子上的红印更加明显了，显然是被晒伤了。

涂筱柠又抽出一张湿巾，轻轻地盖在他的颈间。他察觉了，便移开脸上的那张。

"疼吗？"她问。

"没什么感觉。"他的视线又落到了她的脚上，"脚怎么样了？"

"已经不疼了。"

"还能走吗？"

"没那么娇气。"

"晚上回酒店用冰块敷一下。"

"嗯。"

涂筱柠又往车窗外看了看："现在去哪儿？"

"去吃午饭。"

她看了看时间，才发现已经快一点了，确实有点儿饿。

"吃什么？"她来了兴致。

"脏鸭餐。"

脏鸭餐是巴厘岛的特色餐食，据说当地因为稻田环绕，水质好，鸭子被养得很肥美。这些鸭子经过油炸和烧烤，表面焦脆，呈棕色，所以取名"脏鸭"。

他们去的餐厅在一个竹亭里，竹亭依水而建。他们盘腿而坐，闲适自得。

涂筱柠吃完饭后给水中的金鱼投食。微风拂面，惬意无比，风吹散了她的发，她轻轻地将头发撩到耳后，才发现纪昱恒在看她。

见他颈间的晒痕已经微微起皮，她从包中掏出防晒喷雾。

"一会儿你也喷些。"她说着先往自己身上喷了喷。

"我不需要。"

"别仗着自己帅就为所欲为，到时候你晒成黑炭，妈拿我兴师问罪怎么办？"涂筱柠站起来，边摇喷雾边走到他身边，"闭眼。"

他脸上写满拒绝，涂筱柠便擅自用手去捂他的眼睛："还是喷点儿吧，还得靠你这张脸吃饭。"

他拉下她的手："谁靠脸吃饭？"

涂筱柠用手捂着自己的脸，哄他："我……我……我……我靠脸吃饭。"然后她对着他狂喷喷雾，笑靥如花。

她强硬来的结果就是让纪昱恒更加抗拒防晒喷雾这种东西。两个人来到乌布皇宫的时候，他还在问她为什么自己感觉皮肤上黏黏的。

涂筱柠觉得男人有时候真的太难伺候了。他不爱涂以后就不给他涂了吧，他晒黑变丑了也好，看以后谁还关注他。

她一开始以为乌布皇宫即使不像故宫那样大到走不完，至少也像泰国大皇宫那样震撼人心，岂料从头走到尾只不过二十分钟。皇宫里红砖点缀着灰瓦，也不知是不是景区开放的区域太小的缘故，除了大门气势磅礴些，整体给她的感觉有些小家子气。

"还是我泱泱大中华的紫禁城霸气。"对比后她难免嘚瑟。

"每个国家的人文风情和历史都不同，我们脚踩的这里，兴许曾经和紫禁城一样，几经浮沉。"纪昱恒凝视着堆砌在眼前的古庙道。

"你们文化人说话就是深奥。"涂筱柠觉得又不能和他愉快地聊天了。

他看她在把玩自己的遮阳草帽，便问："觉得这里没意思？"

"我感觉左脚才进右脚就出了，这皇宫没什么看头。"奈何她就是个肤浅的人，她也不喜欢看什么宫斗剧，因为争来斗去的费脑。

"附近就是乌布市场，去逛逛？"

涂筱柠怕自己逛了就乱花钱，便重新戴上遮阳草帽说："不了吧，你早上不是还说有一个什么公园来着？"

"圣猴森林公园。"

"远吗？"

"很近。"

果然很近，车子没开多久就到了。下车前司机告诉他们，这里的猴子不怕人，会抢人的食物，最好不要背包进去，还有就是要避免和它们对视，因为这会让它们产生威胁感，然后攻击人类。

涂筱柠听纪昱恒翻译完，赶紧把包放在了车上，只拿出了贵重物品。

两个人换好门票进去时，工作人员提醒他们还有一个小时就要闭园了，让他们抓紧时间。

涂筱柠游逛的时候便不由自主地加快了脚步。"也没见有猴子呀？"走了一会儿，她都没瞧见一只传说中的圣猴。

不过这里的环境确实不错，树木环绕，果然是个天然氧吧。

涂筱柠呼吸着新鲜的空气，顿感心旷神怡。他们这样的上班族每天对着电脑，很久都没有投入大自然的怀抱了。

她站在桥上又眺望了一会儿远处的溪流，心境也跟着桥下的湖面一样慢慢地变得平静。

蓦地，一缕风吹来，湖面泛起涟漪。她转身去寻纪昱恒，看到他正背靠着桥身休憩，夕阳从层层叠叠的树叶间照下来，树影斑驳，余晖落在他的身上。他只站在那里就成了一幅生动的画卷，英俊得夺目却又虚幻。

云淡风轻，夕阳伴影，涂筱柠望着眼前的景象，不知此刻有什么宛如这薄似轻纱的阳光一般轻柔地落进了她的身体里，照亮了她的内心。

直到沙沙的树叶声打破沉寂，附近传来动物的嘶叫声，涂筱柠才略显紧张地朝四处张望。

她回首，见纪昱恒已经走了过来，他的气息很近："是猴子。"

她哦了一声，和他面对面站着。她抬眸只能看到他的下巴。

"那我们去看看吧。"说完她往前走去，不一会儿就听到纪昱恒跟上来的脚步声。

猴子很快出现了，涂筱柠还看到了很多抱着小猴的母猴子。它们真的不怕人，还会走过来讨要食物。

她刚要上前给一对母子猴拍照，却被纪昱恒伸手拉了回来："别开闪光灯。"

她这才意识到自己没有关闪光灯，还好他提醒了一句。

她边走边拍了好几张照片，他只在后面静静地跟着。突然涂筱柠看到一只落单的小猴子，它好像才几个月大，身上的毛还很稀疏，此刻正坐在那里啃着花生皮，特别可爱。

她忍不住对着它拍了好几张照片。

"小家伙，你妈妈呢？"她蹲下身问，小猴子只是睁着大眼睛看她。

这眼神看得她的心都化了。她将手机镜头拉近，想给它来个特写。

谁知身后突然传来一声女孩儿的尖叫，她吓了一跳，刚想转身看看，就被纪昱恒护在了怀里。与此同时，一只母猴快速地从她的后面蹿了出来，抱住了刚刚的那只小猴子，还朝她龇牙咧嘴地叫，眼神凶狠。

什么都没做的涂筱柠一脸茫然，纪昱恒带她往后退了几步，告诉她："这是猴子的护犊心理，母猴以为你要伤害她的孩子。"

"啊？这样。"涂筱柠喃喃自语着，跟着他退后了些。

看她站远了，母猴的情绪才稳定了些，紧抱着自己的孩子快速地跳上了树。

看到它们离开了，涂筱柠松了一口气。这时她才发觉他们身后站了好多游客，而且都在朝他们这边看。

她还在困惑，就看到一个中国女孩儿捂着嘴走了过来。她的音色跟刚才的尖叫声很像，她直直地指着纪昱恒："他……他被猴子咬了。"

涂筱柠一惊，低头一看，才发现他的手臂真的受伤了，伤口不大，此刻正在流血。

"你……你被咬了？是刚刚吗？"

纪昱恒只说："不碍事。"

"什么不碍事呀，都流血了。"涂筱柠看着他的手臂渗出的血，整个人都慌了。

附近的工作人员闻声赶来，发现纪昱恒受伤了，便用英文跟他说这里有医务室，可以去紧急处理。

涂筱柠什么心思都没了，拉着他就跟着工作人员走，一路上她的脑子都是蒙的。

到了医务室，涂筱柠也不知他们在说什么，反正就见他们先用酒精棉给他受伤的地方消毒。伤口应该挺疼的，可纪昱恒未皱一点儿眉头。涂筱柠站在他身旁看着都觉得疼，好像这伤就在自己身上似的。随着酒精棉的擦拭，她紧张得将指尖深深地嵌进了自己的肉里。

"被吓到了？"纪昱恒处理完伤口，发现她的眼睛微红。

涂筱柠看工作人员已经给他贴上了创可贴，便问："不给你打针吗？"

"这里是医务室，只能简单处理。"

涂筱柠有点儿慌："那我们去医院。"

纪昱恒却抬手看表："离闭园还有一点儿时间，要不要去逛逛？里面还有几个地方没去。"

涂筱柠哪里还有心思，拉着他的手就往外走："都什么时候了，什么事情重要都不知道吗？"

纪昱恒在她身后稍稍拉住她："小伤而已。"

"什么小伤，都被咬了。"她又气又急地转身说道。

他呆呆地看着她："你怎么比我还紧张？"

"我……"她顿了顿，"我怕你得狂犬病！"

他笑了："猴子是犬类？"

她朝他挥了一下手："没心思跟你开玩笑。"她的手还被握在他的掌心里，她能感受得到他的体温。

他的表情认真了些："母猴当时护子心切，冲过来的速度很快。说实话，我也没看清它是怎么攻击我的，但是刚刚处理伤口的时候我仔细观察了一下，我的皮肤上并没有留下动物的牙印，这说明它扑过来的时候是用爪子抓伤了我。"

可涂筱柠还是不放心："你都说没看清了，若那伤口真的是被咬出来的呢？就算那伤口是抓的，那些都是野猴子，谁知道它们身上有没有什么病毒。"

"已经第一时间处理过了，你没看到那些工作人员身上也都贴有创可贴吗？他们说被猴子攻击是常有的事，只要及时消毒处理就没事。"

"人家是土著，说不定身上有什么抗体，你又不是，万一……"涂筱柠没有说下去，一声不吭地扯着他就继续往前走。

他万一真有个什么好歹，这里人生地不熟的，她要怎么办？

纪昱恒任由她拉自己上了车。

一上车她就用蹩脚的英文问司机医院在哪儿。司机先是一愣，然后立刻反应过来，问她是不是被猴子袭击了。

纪昱恒说被袭击的人是他。

"Really？（真的吗？）"司机显然没料到会是他，又问他有没有去医务室消毒。

纪昱恒说伤口已经处理过了。

两个人一问一答地说了一堆。涂筱柠见司机半天没发动车子，不免有些急躁，便拉拉纪昱恒："你俩说什么呢？"

两个人这才结束对话，司机发动了汽车。

"他告诉我，如果是被猴子抓伤的就不用太担心，因为在这里这是很常见的事，只要这两天注意勤消毒，避免沾水，防止伤口感染就可以了。"

"还是去医院看一下吧。"涂筱柠仍担心。

"医院离这里很远，而且我们是外国人，在当地就医会承担很高的医疗费。司机建议我回去观察两天，如果身体不适就通知酒店，酒店也有正规的医疗救护措施。"

见涂筱柠还是一副心神不宁的样子，他抬手揉揉她的发："没事，别太紧张。"

涂筱柠又拉过他的手臂看了看。虽然伤口已经被创可贴贴住了，她什么都看不到，但还是要看过才放心。

"都怪我，没事去拍什么小猴子，不去招惹它，你就不会被抓伤了。"她很自责。

"小概率事件，你也不知道会发生这样的事。"他安慰道。

涂筱柠此刻心绪复杂，却又不知该如何表达，只是看着他，咬了咬唇，没再说话。

"走了一天，回酒店的路上可以睡一会儿。"纪昱恒觉得她应该累了。

涂筱柠是真的累了，可是心里乱得很。感觉他紧挨在自己的身侧，她又稍稍有了些安全感。窗外的景色快速地掠过，她感觉困意慢慢袭来。

可能是因为有心事，她睡得并不深，车子颠了一下她就醒了。

她发现自己正紧靠在他的怀里。他的一只手落在窗沿上，正好挡住了她的头，因此她睡觉时头没有因为颠簸而撞到车窗上。

她侧目看他，发现他不知什么时候也睡着了。他仰着头靠在椅身上，双眼闭合，眉目如画。

涂筱柠用视线勾勒着他的面部轮廓，当她的视线落到他的脖颈儿上的时候，发现上面的晒痕更明显了。她忍不住想伸手触碰，可在与那处晒痕仅相距一毫米的时候，她又将手收了回来。

她将视线重新转移到车窗外。车窗外有着简朴的村庄和来来往往的当地人，风景如画，可她偏偏没了欣赏的欲望，满脑子都是他手臂上的伤，想着怎么就这么倒霉，这么多人在那里玩怎么就他俩碰上了这档子小概率事件？他到底是被猴子咬的还是抓的？如果真是被咬的如何是好？会不会有什么潜伏的病毒？会不会对他的身体有影响？会不会因此伤到他的脑子？他这么聪明的一个人，万一傻了怎么办？

她越想越乱，越乱越烦，恨不得赶紧打开窗户，把头伸出去透一会儿气。

回去的路上有点儿堵，两个人回到酒店时天色已晚。司机又从车里的工具箱中找出一些酒精棉和创可贴送给他们，两个人道过谢后便回房了。

看他还是一如往常，仿佛已经忘了被猴子抓伤的事，她也跟着渐渐地回归镇定。

打开灯，她发现床上用玫瑰摆了一个爱心，爱心里是用毛巾折成的一对交颈的天鹅。

旁边还有一张小卡片，上面写着"have a good time（祝你玩得愉快）"，卡片上压着两瓶蓝色的可乐。

"花里胡哨的，这酒店还挺能折腾。"她显然对蓝色的可乐更感兴趣，拿起一瓶看了看，"真像洁厕灵。"说完她还打开喝了一口。

纪昱恒站在床头给手机充电："好喝吗？"

"一般，你喝吗？"涂筱柠将可乐递过去。

"我不喝洁厕灵。"

涂筱柠知道自己被戏弄了，拧好瓶盖就把可乐朝他扔了过去。纪昱恒拿手挡了一下，但那瓶可乐好像碰到了他的伤口，他微蹙了一下眉。涂筱柠懊恼自己大意了，一脚跨过去，半跪在床上查看他的手臂。

"碰到了？"

"拉扯了一下。"

"我看看。"她作势拉住他的手，仰头问，"疼吗？"

"不疼。"

她还将注意力放在他的手臂上，没注意到他已经双手撑着床沿，就着姿势将她困在身下。

"又不肯去医院，你这两天还是小心点儿。"她还在啰唆，却没再听见他回应自己。

她抬眸就对上了他的灼灼目光，他说："知道了。"

然后他就给了她一个绵延细长的吻，两个人的呼吸都渐渐乱了。她抬手轻轻地推他。

"还没洗澡。"

"一会儿再洗。"

可她浑身不舒服，便说："不行，今天出了一身汗。"

他终于停下了，在她的耳边微喘着气。涂筱柠刚要爬起来，却在下一秒被他打横抱起，只听他说："一起洗。"

她惊呼着，却已经被他带进了浴室。

花洒被他打开后，淋湿了的裙子从她的身上滑落下来，贴在她的双腿周围。他滚烫的唇印在她的唇跟颈上。

涂筱柠的脑子里混沌一片，却还不忘提醒他："你的手臂不能沾水。"

他将她的手按在自己的胸膛上。她不小心靠在了玻璃上，凉意瞬间贴着她的背袭来，让她打了个寒战。他将她的另一只手缠到自己的颈间，在她的耳边低语："你帮我洗。"

涂筱柠也不知道自己何时睡着的，醒来时已天亮。

浴室里传来纪昱恒冲洗的声音。他真是习惯性地一天洗两次澡。涂筱柠担心他的手臂，想坐起来又觉得浑身酸痛。她不由得脸一红。

透过阳台望着远处的大海，她又忍不住叹气。凌惟依还说让他沉迷于她的美色呢，现在好像反了，是她沉迷于他的美色。

"醒了？"纪昱恒走出浴室，看到她半裹着被子坐在床头。

"嗯。"涂筱柠点点头，"你又洗澡了？手臂没碰到水吧？"

"已经换了防水的创可贴。"

看他的头发还未干，涂筱柠披上睡袍，从他手中接过毛巾："这两天能少洗澡就少洗，等伤口结痂再说。"发现自己根本够不着他，她只得站在床上帮他擦头发。

两个人靠得极近，姿势又暧昧，很快他就扶着她的腰靠了过来。

"别闹。"涂筱柠被他碰得痒痒的，边躲边帮他擦头发，但他的手越来越不规矩。最后她捧起他的脸："你再乱动，我就……"

"就什么？"他清秀的眉微挑着，好看得令人有点儿心醉。

"就不管你了。"她故意把毛巾扔给他，刚要转身，却被他抱了起来。

她双腿腾空，吓得紧紧搂住他的脖颈儿："纪昱恒！"

他又将她举高了些："叫我什么？"

她低头对上他的眼睛。她小小的瞳孔里此刻满满承载着他的影子。不知怎的，她像失了魂似的轻唤："昱恒。"

"嗯。"

她对着他一时移不开眼，指尖最后落在他的唇上。她轻轻地凑了过去，又情不自禁地叫："老公。"

"嗯。"他又应。然后两个人齐齐倒在床上。

放纵的后果就是他们差点儿赶不上预订的阿勇河漂流。

阿勇河亦叫爱咏河，全长 11 公里，流经 22 处急流，两岸均是原始森林的景象。

按照教练的要求，所有人在上船前要穿救生衣，戴安全头盔。

那头盔有点儿大，涂筱柠觉得自己的眼睛都要被它盖住了。纪昱恒帮她收紧帽带，又检查了一遍她的救生衣。他戴着墨镜，明明跟身边的许多人的装扮一样，可他还是跟个男模一样，帅得"令人发指"。

涂筱柠本想自拍一张，打开前置摄像头一看，瞬间就关掉了，心想还是算了吧。

他们所有人都在山上，教练点了一下人头，然后开始召唤大家往下走。

涂筱柠今天学乖了，穿了运动鞋。但是这里的台阶也很陡，越往下越临近河流，石头越潮湿，她脚底好几次打滑，多亏纪昱恒在她身后护着。

众人好不容易才走到目的地，教练给他们每个人发了一根划桨，还边比画边用英语教他们到了船上如何操作。

涂筱柠觉得今天的太阳比昨天的还毒，后悔自己没戴墨镜，真想把纪昱恒的那副抢过来。

看纪昱恒听得认真，她就在一旁把玩着划桨。

一行很多人，大家来自世界各地。

"你也是来度蜜月的？"这时，她旁边的一个中国女孩儿问，看样子跟她差不多大。

旅行结婚也算是度蜜月吧？涂筱柠点点头："是呀！"

"我也是，那是我老公。"女孩儿指指身旁的微壮的男人，又问她，"你哪儿人？"

"我 C 市的。"

"哦，怪不得你的口音听着像南方人，我是 H 市的。"她又朝纪昱恒瞅瞅，"这是你老公？"

涂筱柠又点点头，以为这女孩儿接下来就要夸纪昱恒帅了，谁知她说："你俩真配。"

她很惊讶，还是第一次听到有人说她和纪昱恒般配。

235

对方没察觉她的表情，还在说："刚刚远远看着你，就觉得你有气质，比那些整容的强太多。"她边说边往右前方努努嘴。

涂筱柠朝那儿看看，才知道她指的是队伍中的几个K国女人。可人家明明很漂亮啊！

涂筱柠笑笑，没说话。

过了一会儿，教练就让大家集合了，开始安排大家上气阀船。四个人一组，加上教练，一艘船上五个人。

涂筱柠本想跟H市来的那对夫妇一组的，谁知她跟纪昱恒刚上船，就有两个K国女人挤了过来，抢在那对夫妇前面上了他们的船，还坐到了他们后面的那一排。

"哎，她们怎么插队？"涂筱柠有些不满。

纪昱恒只将她按在位子上："你自己坐好。"

涂筱柠只得嘟着嘴坐好。他们按照教练的指示，开始拿桨划水。

一路上都是美景，树林与田野是一望无际的翠绿，还有一条条纯天然的小瀑布，水流时湍时缓。经过瀑布下面的时候，教练会故意划过去，让他们淋湿。

瀑布看起来小，却一泻而下，落在每个人身上。涂筱柠被从头浇到了脚，觉得惊险又刺激。

眼看教练又要将船划进一条瀑布里，涂筱柠惊叫："No, no！（不，不！）"可是晚了，她再次被淋成了落汤鸡。

她今天穿的是短裤，现在全湿了，她忍不住跟纪昱恒抱怨："早知道就穿泳衣了。"

纪昱恒帮她整理好救生衣："这里天气热，上了岸衣服就干了。"

突然船抖了一下，教练站起了身。涂筱柠伸头一看，原来船卡在了两块石头之间。

教练试着推了一下船，可船身无法动弹。他只好向纪昱恒寻求帮助。

纪昱恒起身前让涂筱柠抓着船身上的扶手："你扶好。"

"噢。"涂筱柠抓着扶手，心想：真是的，我又不是小孩儿。

但是船卡得有点儿紧，两个男人用力推还是没能撼动船身。

这时后面的船缓缓而来，坐在上面的都是些金发碧眼的白人。纪昱恒朝他们挥了挥手。

"Hey！ Guys！（嘿！朋友们！）"

他们也热情地朝他挥手。他们和纪昱恒接下来的对话，涂筱柠大致听懂了。他问他们能否帮忙撞一下他们的船，他想借助推力让船冲出去。

对方当然很乐意帮忙，他们挥动着船桨快速朝他们划了过来。

"你抓紧了。"纪昱恒在他们撞来之前提醒涂筱柠。

她便抓紧了扶手。很快船身猛然晃动，一瞬间她感觉人要飞出去。

船重回水中的时候，有些失重，所有人东摇西晃，后面的女人重心不稳，直接抓住了涂筱柠。

涂筱柠被她一扯，手离开了扶手。两个人都往一侧倾倒，船一时往她们这边倾斜，她们的半个身子已经探进了水里。

眼看就要落水，她惊叫道："昱恒！"

就在这时，她的手又触到了扶手，整个人马上就要回归原位。后面的女人却死拽着她，慌乱中把她的身子当作了支撑物，又重重地要把她拉下水去。

就在要掉下去的那一刻，她被一双有力的手拉了回来。她落入了他的怀抱，他熟悉的气息近在咫尺。

她惊魂未定，身子有些发抖。纪昱恒将她环在臂间，示意教练停下划船的动作。

后面的两个K国女人披头散发，这会儿已毫无形象可言。而那个刚刚拉着涂筱柠的女人还在用极不流畅的英文叽里呱啦地说着什么，似乎在解释什么。纪昱恒顿觉聒噪，一个冷眼向她扫了过去，她顿时静了音。

涂筱柠缓了一会儿，才觉得自己呼吸正常了，只是耳朵里进了水很难受。

"怎么样了？"纪昱恒看着她惨白的脸问。

她摇摇头："没事了，我差点儿以为自己要掉下去了。"

纪昱恒替她拭去脸上的水珠，也不知那是她的汗还是水。

之后，教练不再带他们玩刺激的项目，而是慢悠悠地划着桨带他们漂荡在河中。

"你的手臂没事吧？"她突然又想起这件事来，看了看他的臂膀。

"没事。"他晃了晃手臂，果然伤口处的创可贴完好无损。

"防水创可贴也不是完全不进水。"她不禁皱眉，"让你少碰水，你却总是玩水上项目。"

他没说话，涂筱柠盯着他那张脸，才发现他原本戴着的墨镜不见了。

"你的墨镜呢？"

"刚刚掉了。"

"啊？"她想转身去寻，却被他扳了回来。

"别找了，掉进河里了。"

"那你不是没墨镜了？"

他只将她锢在自己的臂弯里："一副墨镜而已。"

船在水中漂着，涂筱柠紧靠着他坐着，望着两边的村落。当地的小孩儿在岸边提着篮子卖冷饮，看到涂筱柠他们，便露出了甜美纯真的笑容。

她突然觉得这里的人和风景有点儿世外桃源的感觉。如果可以，她真想这么一直悠闲地过下去。

他们上了岸。归途跟来时的路不一样，没有陡峭的台阶，好走一些。

纪昱恒这次不再走在她的身后，而是跟她并排走。看她一直在掏耳朵，他问：

"耳朵里进水了？"

"有点儿。"涂筱柠停下来，让他也站定，然后扶着他，自己单脚跳跳，试图把耳朵里的水晃出来，可惜没太大的作用。

她的救生衣已经解开了，浑身又被淋湿，单薄的T恤紧贴在她的身上，衬得她的身体曲线十分曼妙。水珠流到了她的颈间和锁骨上。她穿的又是短裤，细长的腿光裸着，晶莹的水珠在她的腿上肆意地爬着，有些晃眼。

纪昱恒的视线一直在她的身上停留，过了一会儿才伸手按住了她："一会儿去车上问问司机有没有棉签。"

身后的其他人慢慢悠悠地跟了上来，几个男人经过的时候都不由自主地朝涂筱柠看。纪昱恒将她拉近了些，然后从她的身后靠上来，双臂撑在了一旁的栏杆上。她就被钳制在了他的怀里，整个人都被他高挑的身躯挡住了。

"不走吗？"她疑惑地扭头看看他。

他眺望着远处的村落，只说："欣赏一会儿风景。"

涂筱柠跟着他的视线看过去，心想这里不跟刚才在船上看到的景象大同小异吗？还特地停下来欣赏？不过难得他有这个闲情逸致，她就安静地陪他看了一会儿。

他就在她的耳边呼吸，气息拂在她的皮肤上，让她觉得痒痒的。

感觉后面没人了，涂筱柠拉拉他："我们好像在最后了。"

"又不赶着去哪儿。"他往后看了一眼，才动了动，站直了身子。

"我饿呀！"涂筱柠揉揉肚子。他们今天的行程是在网上报了团的，有安排午饭。被这么在水里一折腾，她现在是又累又饿又渴。

纪昱恒看她没出息的样子，弹了一下她的额头："走吧。"

涂筱柠吃痛，紧跟上去，心想：还不让我吃饭了？

果然他们走在了最后，吃饭的时候餐厅里已经没有位置了。

涂筱柠后悔没走快点儿："你看，你看，人家都吃上了吧？"

纪昱恒淡淡地道："还会少了你的那份不成？"

"Hi！"这时有人走过来跟他们打招呼，涂筱柠一看，发现是H市的那对夫妇。

"你们怎么才来？"女孩儿问她。

涂筱柠就推了纪昱恒一把，用埋怨的语气说："这人走路慢。"

纪昱恒轻轻地拍了拍她的脑袋。

女孩儿笑了："要不你们跟我们挤挤吧？我们也马上吃完了。"

涂筱柠饿得前胸贴后背，便不客气了："好哇好哇，谢谢了。"然后她就想拉纪昱恒过去。

"人家客气客气，你还当真了？"纪昱恒反手拉住她。

"人是铁，饭是钢。这时候还装哪门子矜持？"涂筱柠不管他，强拉着他走。

他总算挪了挪步，在她身后笑着说："你倒是可以把这股厚脸皮的劲用在营销上。"

涂筱柠回头看了他一眼："你才厚脸皮呢。"

他们终于可以坐下来吃饭了。涂筱柠不知为何对巴厘岛的凉拌面情有独钟。那种凉拌面有点儿像干拌的方便面，可味道又跟国内的不大一样。她一盘不够吃，看见纪昱恒那盘根本没动，觉得有点儿浪费。

"你不吃吗？"

"我饱了。"

她把他那盘拿过来："那我吃。"

纪昱恒把手边的矿泉水拧开递送给她："慢点儿，别噎着了。"

"你们在巴厘岛待几天？"对面的女孩儿觉得她很可爱，笑着问她。

涂筱柠做了个"五"的手势。

"五天就走了？"

"还有两天去X市。"

女孩儿哦了一声，又问："你们只趁国庆假出来玩？没请婚假吗？"

涂筱柠瞅了纪昱恒一眼，见他一副随她发挥的样子。

"我们平常工作比较忙。"她只得说。

女孩儿好奇地问："你们是做什么的？"

"金融。"

女孩儿没再追问，也告诉她："我是全职作家，他是画家。"

涂筱柠觉得她很厉害："全职作家吗？"

"对，其实一开始写作就是我的爱好，我在文学网上码字，写了几本书，有了点儿读者。"

"是什么类型的呀？"

"言情。"

她不由得感到钦佩："真厉害呀！"

人渐渐地走光了，女孩儿也要跟她的老公离开了。

大概觉得自己跟涂筱柠投缘，走之前她说："要不我们加个微信吧？"

"好哇。"涂筱柠拿出手机，可正好微信上登录的是她的小号，信号又不大好，便说，"稍等，我切换一下，现在这个号不常用。"

女孩儿笑弯了眉，一副了然的表情："没事，我也有两个号。"

然后两个女孩儿同时笑了。

待那对夫妇离去，涂筱柠收起手机，戴上了自己的遮阳草帽。她拉拉纪昱恒："走吧。"

纪昱恒却坐着没动。他把玩着手中的矿泉水瓶，抬眸看她。

"你还有微信小号？"他朝她伸手，"来，我看看。"

涂筱柠装傻:"哪有?你听错了。"

可她哪里能糊弄得了纪昱恒,他用矿泉水瓶敲敲桌子:"再磨叽,我就大号小号一起查。"

她下意识地护住手机:"又没什么可看的。"

"那你心虚什么?"

"我哪有?!这是我之前的游戏号,没什么好友,再说我还不能有点儿隐私了?"

纪昱恒放下矿泉水瓶,义正词严地说:"隐私可以有,但要在我知晓的前提下。"

涂筱柠简直要吐血了,心想:你都知道了,那叫哪门子隐私?

"那你又没给我看你的微信。"她不服气。

纪昱恒拿出手机往桌上一放,连微信都替她打开了:"你随意。"

涂筱柠一怔,半天说不出一个字来。

他微扬下巴:"看吧。"

涂筱柠竟真的鬼使神差地拿起了他的手机,浏览了一下微信,发现上面全是工作信息。他没有删聊天记录的习惯,她还看到他们的聊天对话框,他给她改的备注名是"小糊涂柠"。

她抬头看看他。

以为她看完了,他朝她招手,向她索要手机。

涂筱柠还在发呆,等回过神来,发现自己的手机已经在他手里了。

"你……"她去抢,他顺势把屏幕往她的脸上一凑——人脸识别成功,手机解锁了。

涂筱柠追悔莫及,再想抢的时候,就被他的长臂挡住了。

纪昱恒看了一下,发现她的这个号里好友倒真的没有,朋友圈却大有文章。他随手翻了几条,就见都是骂他的。

"纪昱恒是个讨人厌的双面人。"

"我讨厌纪昱恒。"

"累不累呀!每天上班摆个臭脸,欠你几百万哪?!"

…………

他再看她,见她已经尴尬到无地自容了。

他把她的手机放了下来:"看来你对我这个领导有很深的'怨念'啊!"

她硬着头皮说:"你自己非要看的。"

看了一下她的小号的微信名,他又蹙眉。

"L夫人?"

"我老公,"涂筱柠脱口而出,但立马改口,"我的偶像叫蔺习予,他的姓氏的第一个字母是L啊!"

他瞪了她一眼,她感觉莫名一冷。然后他把她的手机往桌上一放,算是还给她

· 240 ·

了,也没再说话。

涂筱柠赶紧拿回手机,心想:干吗呀?什么眼神?要吃人吗?谁还不能追星了?

坐到车上后,她觉得自己简直愚蠢至极,居然被他发现了自己的小号,还被他看到了自己之前骂他的话,真是丢死人了。

他却像知道她此刻在想什么似的,开口道:"我说了,你可以有隐私,但要在我知晓的前提下。只要你不干坏事,在小号上该吐槽吐槽,该发泄发泄,以后我一概不问。"

涂筱柠真想"谢谢"他。"我能干什么坏事?"她理直气壮。

纪昱恒坐着往后一仰:"你跟赵方刚他们的小群有几个,要我数数?"

涂筱柠一惊:"你……你还看过我的大号?"

纪昱恒把玩着矿泉水瓶,眸中有笑意:"承认了?"

涂筱柠恍然大悟,在心里捶胸顿足,狂抽自己耳光。她生气地说:"你诈我!"

纪昱恒看着她:"你们那点儿小把戏,经得住我深究?"

他又换了个坐姿:"别以为我什么都不知道,部门里所有人的一举一动都在我的掌控中。"

涂筱柠突然起了一身的鸡皮疙瘩。他这种领导太可怕了。

稍后他又缓了缓语气:"部门里人一多,难免会有内部斗争,有竞争是好事,也不是好事。只要斗争不是恶性的,我就不会插手。"

他突然主动跟她谈起了工作。因为这种情况太少有,涂筱柠觉得很意外。

"银行是个复杂的金融行当,尤其是营销岗能接触到社会上各种各样的人。很多人仗着营销了几个大客户,接触了几位大老板,就以为自己能跟他们站在同一水平线上,开始自视过高,迷失在这个花花世界里,加上内部难免有人拉帮结派,想要独善其身也很难。"他又看了她一眼,"所以在这个圈子里想要走得长远,就得找准自己的位置,时刻保持清醒,可惜能做到的人太少。"

涂筱柠觉得他说得很深奥,便叹息道:"我现在还嫩得很。"

他点点头:"你是还嫩得很。"

"那我什么时候才算成熟?"

他看着她:"等你见人说人话,见鬼说鬼话的时候。"

他饶有兴味地勾起嘴角,又指指她的头:"干营销要靠这个和这个。"说着他的手落到了她微张的小嘴上。她眼神迷离,他一低头就覆上了她的唇。

司机从后视镜里看到这一幕,微微地笑了一下。

纪昱恒举起涂筱柠的帽子挡住司机的视线,又深深地吻了下去。

他们下午去的地方是乌鲁瓦图神庙,又名情人崖。那里果然是热门景点,人山人海的,而且去的人都成双结对的。

女子进去不能过于裸露,要围纱笼,涂筱柠从门口拿了一个免费的围在了短裤外。

涂筱柠还特意用手机查了一下这个地方的由来。

"传说有一对相爱的青年男女因受到父母的阻挠,在这里跳海殉情。"她读着读着,不免惋惜,"不行就私奔呗,殉啥情啊?年纪轻轻的。"

"百善孝为先。"人很多,纪昱恒一直用手臂圈着她的肩膀,他将视线转向她,"所以若是你,你就选择私奔?"

他怎么扯到她的身上来了?她反驳:"我很听我爸妈的话的,好吗?"

他还在看她:"包括婚姻?"

这突如其来的问题让她不由得一愣,她只说:"婚姻大事那肯定得到他们的认可,你又不是不知道我爸妈多喜欢你。"

他嗯了一声,又说:"他们是很喜欢我。"

涂筱柠再看他,发现他的视线已经转向前方了。前面的人很多,都聚集在崖边的石栏杆处。

"这些人乌泱泱地聚在那边干吗呢?"涂筱柠不解。

"看日落。"

"哦?"

纪昱恒告诉她:"这里有看日落的最佳视角,很多人慕名前来。"

"是吗?"涂筱柠来了兴趣,她还没看过日落呢。

纪昱恒看了看时间:"你想看吗?"

涂筱柠踮起脚朝前面望望:"要不我们也去看看?"

纪昱恒带着她往前走:"离日落还有一段时间。"

"等呗。"

两个人来到了崖边的石栏杆处。那些绝佳的赏景位置早就被人占了,好不容易有对日本老夫妻拍完照走了,空出了一处两个人的位置。涂筱柠赶紧拉着纪昱恒挤了过去。谁知其他人也在候着这位置呢,另一对外国情侣几乎和他们同时挤了过来,谁也不知到底是谁先来的。

纪昱恒很有礼貌,和对方聊了几句后,最后协商好双方各占一个人的位置。

那对外国情侣很开心,向他们道过谢后,亲昵地搂抱在一起,不一会儿还当着他们的面靠在石墙上吻在了一起。

涂筱柠见识到了外国人的奔放,有些尴尬地去看海。

海面一望无际,颜色从远到近由深蓝变成浅蓝,仿佛有自然的分层界限。

海风很大,却很柔,吹在面颊上也不觉得冷,反而有一股清爽的气息。远处有像一个点一样的渔船缓缓地朝这边靠近,而太阳仿佛就在眼前,一个手掌就能盖住。

涂筱柠的心也跟这海面一样,变得风平浪静。她回首,看到纪昱恒站在自己身后摆弄着手机。

周围是一对对亲密的情侣，她托着下巴靠在石栏杆上，心里莫名涌出一股抱怨之情：纪昱恒这人也真是的，跟我来看日落也不好好看，既然不想看，刚刚索性就说不看好了，我又不会强迫他。亏我们还费了大半天劲才占到这么一个位置。

也不知道等了多久，阳光的颜色开始变了，橘黄色的光像轻薄的纱丝覆在了海上。跳跃的海浪打破了之前的宁静，并如层层的玻璃片反射出耀眼的黄光，如梦似幻。太阳终于缓缓西沉，而它的背后像是染满天际的焰火，一瞬间，海水共长天一色，美得让人惊叹。

涂筱柠被眼前的景色震撼。她拍下几张照片后，不自觉地转身去拉纪昱恒："你看！"

他将视线从手机上移开，慢慢地靠了过去，从后面将她拥入怀中。

"嗯？"

"是不是很美？"涂筱柠指着那片落日，它仿佛近在天边，却又遥不可及。

"嗯。"他只是轻轻地应了一声。

涂筱柠觉得他有点儿敷衍，再看看周边的人都是一对一对的，亲密无间，羡杀旁人。果然这种浪漫的事情还是要相爱的人一起做，不然像他俩一样勉强做也没感觉。

她又去看夕阳。明明那景色还是美的，她却突然觉得索然无味，说："不早了，要不我们走吧？"然后她微微挣脱了他。

但她刚迈出脚步就被他拉了回去："这太阳还没落下去，你就要走了？"他的眼中仿佛有笑意。

夕阳的光辉落在他的身上，他的脸像被雕刻过似的，英俊得摄人心魄。

涂筱柠看晃了眼，却说："落日嘛，也没什么特别的。"

他轻轻地敲敲她的头，扶着她的双肩，从后面带着她重新靠在石磴子上："做事情要有始有终，既然来了，就不要浪费这么一个好位置。"

涂筱柠被他困在怀里，不好再乱动。两个人此刻的姿势跟旁边其他的情侣无异，看上去俨然是一对恩爱的小夫妻。

可她知道他们不是。纪昱恒这人做什么都有一套自己的准则，就连看个落日也要扯到有始有终。可明明先心不在焉的是他呀，现在反倒成了她不认真了。

太阳不断地西沉，它的颜色也变得淡了起来，它收起了身上原本的耀眼的光芒，此刻看着倒是多了几分温柔。眼看它慢慢地沉下去，涂筱柠感觉它就像一块圆圆的饼被人咬了一口，再咬了一口，又一连咬了好几口，越来越少。

好吧，她真的是学渣，实在没什么优美的想象力，也没什么华丽的辞藻去形容此刻的美景。

又一阵海风吹过来，这次的风力有点儿大，将她的头发吹散了。她感觉自己的发丝全打在了身后那人的脸上。

她想问问他被扎得疼不疼，谁知刚回头就被他吻上了自己的唇，他的气息朝自己压来——又是一个毫无预兆的吻。这次不同于以往的急切，他温柔又有耐心，仿佛是在品尝舌尖的美味。

在狭小的空间里，两个人只能紧挨着站在一起，涂筱柠能清楚地看到他浓密细长的睫毛，她无处安放的手只得贴着他的颈。在这个吻里，她不由自主地闭上了双眼。海上的光像是隐匿了，天色也暗了下来，随之她听到自己心中的一声叹息。

至于为什么叹息，她后来想了想，大概是当时觉得多接吻有利于培养夫妻感情吧。

在酒店洗完澡，涂筱柠看到纪昱恒站在阳台上抽烟。

她擦着头发走过去，他听到声音便回眸，视线落在她光裸的双腿上。

远处传来阵阵的海浪声，今夜的海一如既往的温柔。

觉得有点儿安静，涂筱柠开始没话找话。

"你为什么把我的微信备注改成'小糊涂柠'啊？"

纪昱恒指间的烟一直没动，烧了半截，那烟灰仿佛下一秒就要掉落下来。

"你的班长不就这么喊你吗？"他好像笑了一下，最终弹了弹烟灰，它们有的随风飘走，有的落在了他们的脚边。

她这个外号是他们当时一起参加她初中同学的婚礼时，她的班长叫的，没想到他就记住了。

她抿抿嘴："你的记性可真好。"

他又抽了一口烟，再侧头顺风呼出："看来你糊涂的毛病在初中时就有了。"

他的发丝在风中飞扬，涂筱柠看得有些入神，嘴上也没否认："因为有一次我问班长借作业抄，连她的姓名都抄了上去，被老师批评惨了，班长就给我取了这个名字。"

他听着似乎来了兴致，往阳台上的藤椅上一坐，然后招招手示意她也坐过来。

可能对他这个招手的动作太过熟悉，她一下子又代入了工作的时候，不受控制地过去了，可刚走到他身边就被他拉着坐在了他的大腿上。

这姿势似曾相识，上一次她这样坐还是在他喝醉的时候，现在他清醒着，这姿势怎么看怎么暧昧。可她转念一想，他俩连更亲密的事情都做了，坐个大腿又算什么？他们已经是实打实的夫妻，她要是过于扭捏，反倒显得矫情。

"你们12班以前在几楼？"他突然问，这是两个人继相亲后第一次说到初中的事。

涂筱柠闻到了他身上的烟草味，稍稍往后靠了靠："当时教学楼一层共五个班，我们那届你们1班在三楼，我们12班在五楼。"

他把烟往茶几上的烟灰缸里一按："我们班在几楼我都不记得了，你记得这么清楚？"

涂筱柠摆摆手："我就对我们班的教室在五楼这件事记忆很深刻，反推一下你们班不就在三楼吗？"

她打了个喷嚏，他抱她回房。

涂筱柠躲进被子里哼唧："要是那会儿就知道你是我老公，我还追什么星啊，我也追你去了，也好体验一把被全校学生高度关注是个什么感觉。"

纪昱恒正在关阳台的门，关门的声响掩盖了她的声音。他转身问："你说什么？"

涂筱柠当然不会再说一遍，只装蒜道："我说，那会儿我忙着追星，没时间关注你。"

纪昱恒这会儿在拉窗帘，听了她的话，不由得觉得好笑："那你的星追到没有？"

涂筱柠一下子愁眉苦脸起来："说起来惭愧，我连人家的演唱会都没看过。"怕被他嘲笑，她又解释道，"我在学生时代没钱买演唱会门票。现在他们要是开演唱会，我一定去看。"

他果然嗤之以鼻："怎么？现在有钱了？"

"现在也没钱，不过买演唱会 VIP（贵宾）门票的钱我就是砸锅卖铁也得凑出来！"说到此处她的少女情怀萌动，难免激动起来，拍了拍被子，"而且我要风雨无阻地去看！"

他站在床头居高临下地看着她："谁允许你风雨无阻？敢翘班试试？"

涂筱柠忘了还有这茬，立刻爬过去，装作一副要哭的样子："别呀领导，求您做个好人吧，好人一生平安哪，领导！"她就差抱他的大腿了。

纪昱恒掀开被子坐到床上，推了推她："别跟我来这招，没用。"

涂筱柠又谄媚地凑过去，下一秒就贴在了他的身上，带着点儿撒娇的语气叫了一声"老公"。

她从未这样过，他顿时安静了下来，靠坐在床头嗯了一声。

涂筱柠伏在他的肩头，用认真的语气说："看一场他们的演唱会，是我年少时的梦想。"

他低头将下巴抵在她的额头上："你的梦想可真简单。"

涂筱柠就知道他会这么说，便嘟着嘴说："你不能拿你们学霸的标尺来衡量我这种学渣，我上学的时候是没什么远大抱负。我在学生时代开心或不开心的时候全是在他们的歌声中度过的。我早过了追星的年纪，不可能像当年一样，看到他们的消息就激动不已。我也再没有时间和精力像年少时那样热衷地喜欢什么明星了。当时的那份心情，随着我的成长和社会对我的洗涤而慢慢变得不同。与其说我是想去看一场他们的演唱会，倒不如说我是想去祭奠一下那个曾经无忧无虑的自己，那个简单又快乐，每天只跟同学聊聊学校的八卦消息，看看偶像就满足的无知少女。"她歪了歪头，又说，"我小时候最渴望长大，觉得长大了就可以不受大人管束，能为所欲为。可真的长大了，我才发现成人的世界有太多的无奈和烦恼。我曾经对它梦寐以求，如今面对它却只剩下愁眉不展。如果可以，我真想回到读书的时候，重拾那份纯真，不用被复杂的社会干扰。人们常说当你开始回忆往事的时候，你就老了。确实是这样，我现在才越来越明白,渴望长大、羡慕大人的那个年龄,才是最让人羡慕的时候。"

他缄默不言,她以为他睡着了,一抬头发现他并没有。他正看着她,眼神一如既往地深沉,让人探不出任何情绪。过了一会儿,他才开口,语气还是淡淡的:"说了半天,我都不知道你追的星是一个人还是两个人。"

涂筱柠伸出三根手指头:"三个人,是一个组合,我最喜欢主唱。"

他把她的手往下一按:"明天要出海,早点儿睡。"

涂筱柠乖乖地哦了一声,又凑上去追问:"那……那演唱会的事呢?"

"等开了再说。"

涂筱柠知道他这样说就算松口了。她像是看到了希望,一开心忍不住抱了他一下:"谢谢老公。"

纪昱恒扣着她,不让她再乱动,拉好被子后,便去关灯。

灯暗了,过了一会儿,涂筱柠又从被子里钻了出来。她看看纪昱恒,发现他真的是倒头就能睡。

她不禁开始思考他们现在的婚姻状态,虽然她这个妻子还不大合格,但作为丈夫的他可以说是各方面都很完美了。

她甚至想,如果自己初中的时候也跟其他女生一样,多看他几眼,会不会喜欢上他呢?

想到这里她马上打住了,瞎想什么呢,那会儿她是一个那么单纯的青春少女,还不懂爱情是什么,顶多就觉得这男生长得好看吧?可是"爱情"这两个字冒出来的时候,她竟没由来地心慌了一下,赶紧去寻手机,以转移注意力,结束自己接下来的胡思乱想。

她翻了翻今天拍的照片,目光蓦地停在其中一张上。那是今天下午在情人崖时她拍的自拍照。现在她仔细一看,才发现身后的他也在镜头里。可能她拍照时正逢他抬头,那个角度就像他把视线落在了她的身上,他的眸光被夕阳照得柔和一片,这是他极少有的温润模样。

她又将那张照片放大看了看,不禁用指尖触触屏幕里他的脸。到现在她都还有点儿不敢相信,这么出众的他怎么就成了她的老公呢?

她再次登上微信小号,把这张照片发在了朋友圈,就当是他们的合照吧,还附了一句诗——夕阳无限好,只是近黄昏。

她心想,这句诗可真符合他们目前的状态呀!

翌日,他们出海去蓝梦岛。

出发前导游就提醒大家,如果平常容易晕车,就千万别坐船头或船尾,最好坐船的中间位置,否则会晕船。

涂筱柠有点儿担心,来到码头后还吃了一颗防晕船药。

因为今天全是水上项目，她就在里面穿了泳衣。凌惟依借给她的泳衣设计很巧妙，上身是无袖的露脐紧身衣，下身虽然是一条女士泳裤，但有一条纱裙围着，这样在人前穿也不大看得出是泳裤，而更像是一条沙滩裙。只是她有点儿不喜欢在大庭广众之下穿无袖露脐装，便又在上身套了一件宽松的流苏镂空针织罩衫。那件罩衫还是她以前跟父母去泰国玩的时候在海边买的。这样穿着，她才觉得不那么别扭。

纪昱恒则依旧穿着白色的T恤，只是因为今天要出海，他下身换了一条沙滩裤。涂筱柠还仔细观察了一下他的腿——白皙中带着男性的阳刚，纤细中又带着特有的结实，关键还没什么腿毛。莫不是纪昱恒这人投胎的时候，老天爷一偏心就把什么好基因都给了他？

她一眼看到了他的手臂，忍不住说："一连几天都是水上项目，我看你这手臂什么时候才能好。"

"我昨晚看了，伤口已经结痂了。"纪昱恒背靠着码头的栏杆，懒洋洋地用胳膊肘撑靠着。

他此刻闲适散漫的神色，跟他平日里的精英模样大相径庭。涂筱柠有那么一瞬间真的很想把他的样子拍下来，发到小群里给饶静和赵方刚看看。

同船的还有好几个穿比基尼的美女，此刻就站在纪昱恒撑靠着的栏杆旁，对着蓝天白云狂摆造型拍照。

她们又跳又晃的，那胸又白又大，好几个男的忍不住摘下墨镜看了又看。

"看哪儿呢？"然后他们被自家的老婆拧了耳朵。

纪昱恒倒是没看，涂筱柠却看了，完了还看看自己的胸，心想：她们的胸怎么长的呀？真是没有对比就没有伤害呀！

这时船来了，她跟纪昱恒一起上去了。她谨记导游的话，挑了个中间的位置，还是靠窗的座位，纪昱恒就坐在她的身旁。

一排是三个座位，他们旁边还能再坐一个人。不一会儿，刚才穿着比基尼拍照的那几个女人上船了。现在不拍照了，她们都穿上了防晒衣。看到涂筱柠他们那儿还有一个空位，其中一个女人就一屁股坐了下来。

涂筱柠闻到一股浓郁的香水味。船还没开呢，她怎么就有点儿要晕的感觉了？

那女的也挺自来熟，大概看他们年轻，就开始有意无意地跟他们搭讪起来，问他们几个人、待几天、住在哪个酒店。当然这些问题都是涂筱柠回答的。

那女的还特意打量了一下涂筱柠，然后笑笑道："小妹看着还像个学生。哎，你这个罩衫是在哪里买的？还挺好看的。"也不知是无心还是有意，她说着就隔着纪昱恒靠了过来，胸部眼看就要碰到他的手臂了。

涂筱柠便立刻主动凑了过去，直接压在纪昱恒的身上，正好挡住了她。只是这样一来，就变成她将自己的前胸挤在了他的臂间。

"我之前在泰国买的，姐姐也喜欢？那咱俩的眼光一致，还挺投缘的。"然后她站起来拍拍纪昱恒的肩,语气娇嗔地说,"老公,咱俩换个位置呗,我想跟有缘的漂亮姑娘多说一会儿话。"

两个人很自然地换了位置。那女的一听涂筱柠的话便微微扬眉:"我看着有那么年轻吗?"

涂筱柠点点头,故意说:"有哇,我猜你顶多二十七八岁。"

那女的一展笑颜:"我哪有那么年轻?姐姐我呀,三十好几咯。"

涂筱柠故作惊讶:"那我可一点儿都看不出来。姐姐平常是怎么保养的?我也要取取经。"她又作势打量了一下那女人的身材,"你一看就是标准身材,就这防晒衣你穿在身上都跟别人的气质不同。"

那女的也看看自己:"是吗?哎呀,这衣服就是在网上随便买的。"

"随便买的都穿得这么好看,认真买的还不知道要好看成什么样子了。"

那女人被她哄得笑意更浓了。

前座的人都是中年人,闻声忍不住转过来看看,然后其中一个女的说:"这小姑娘能说会道的,估计是卖保险的。"

她旁边那个看上去像是她老公的男人点头认可:"哈哈,有可能!或者是干推销的,他们这些人的嘴皮子一个个厉害得很,哄得你不拿出钱来都不好意思。"

纪昱恒将手撑在窗沿上,看着还在跟那女人闲扯的涂筱柠,他的唇角微勾,一直没作声。

她们说着话,不知不觉船就到了岛上。这一程她们从瘦身聊到了美容,虽然这些领域都不是涂筱柠精通的,但只要投其所好,把话题打开了,对方自然会口若悬河地讲,她只管听和附和就行了。

下了船,那女人就去找她的同伴了。涂筱柠回头去找纪昱恒,却发现他早下船了。

"你怎么不等我?"她走过去问他。

"看你聊得那么认真,就没打断你。"

"都是胡诌的。萍水相逢,旅行结束谁还认识谁?"涂筱柠说着整理了一下裙子。

纪昱恒看着她:"你是饶静的徒弟,却像赵方刚那样油嘴滑舌,让你跟着他跑业务,倒也没白跑。"

涂筱柠又戴上草帽遮阳:"你不是让我见人说人话,见鬼说鬼话吗?"

纪昱恒笑了笑,道:"所以你这是现学现卖?"

涂筱柠嘟着嘴说:"你不说我还嫩吗?"

导游在不远处吹口哨让大家集合,涂筱柠拉着他往前走:"快走吧,人家在等了。"

上午是水上活动,他们俩今天跟的是一个小团,和他们同团的是来自A市的一大家子人——一家三口和这家的男女主人双方的父母。他们先坐上当地的一艘小船去海中央的大型游艇。

小船的底部中间被一层透明的玻璃罩着，人坐在船上就能看到海里的小鱼，涂筱柠觉得新鲜，还拉纪昱恒一起看。

对面的一家子人看到他们亲密的样子，都很好奇。女主人先问："你们是新婚，来度蜜月的吗？"

涂筱柠礼貌地点点头："是呀！"

那女人仔细地打量了一下他们："你们很般配。"

跟上次那个全职作家单独跟她说这句话的情况不一样，这次别人是当着纪昱恒的面说的。涂筱柠的脸一红，她应也不是，不应也不是，只能干笑道："啊，谢谢。"

她又看看纪昱恒，见他将手臂靠放在自己背后的船沿上，微微侧身远眺，海风将他的头发吹得有些乱，却让他看起来多了几分慵懒和随意，像是比平时更容易亲近些。他这姿势别人看着还以为他揽着她。

"你们是一大家子出游吗？"涂筱柠顺势扯开了话题。

"是呀，平常上班没时间，趁着'十一'长假带父母和小孩儿出来玩玩。"女人笑言，然后捏捏女儿的小脸蛋，指指涂筱柠和纪昱恒，"小宝，叫人。"

小女孩儿长得很可爱，看起来五六岁的样子，听到妈妈的话就乖乖叫人："哥哥、姐姐。"

所有人都笑了，她的奶奶忙纠正道："是叔叔、阿姨。"

小女孩儿荡着脚，执着地说："不对，就是哥哥姐姐。"

她的母亲拍拍她的小脑袋，又看向他们："你们看着年轻。"

她身边的老人也跟着附和："是呀是呀，不说还以为你们是大学生情侣。"

涂筱柠被说得不好意思了，好在小船已经到了游艇边上。涂筱柠和纪昱恒先让这家人上去。涂筱柠刚要爬上去，却发现漂荡在海面上的小船一点儿也不稳，要上去的那艘游艇也随风摇摇晃晃的，人很容易因重心不稳而跌倒。她还在找平衡点，纪昱恒已经将她拦腰抱了起来，他有力的双臂一抬，直接把她送上了船。

"磨叽。"他嫌弃地道。

涂筱柠不服气："你行你上！"

她本来还想说句"你不行就不要说话"，谁知他直接跨了两步就上来了。她吃瘪却还嘴硬："腿长了不起吗？！"然后她就朝导游走去。

第一个项目是海底漫步，就是两个人一组，头戴透明的球形氧气罩，直接潜到比较浅的海底去喂鱼和拍照。这个一直是巴厘岛的热门项目。

涂筱柠初中的时候在台剧《恶作剧之吻》里看到江直树和袁湘琴度蜜月的时候玩了这个项目，没想到多年后自己可以亲身体验，所以既期待又紧张，紧张是因为她不会游泳。

虽然导游已经提前跟他们说过，这个项目有当地专业的潜水教练全程陪同，不会游泳也没问题，但没经验的她难免心虚，一心虚就想上厕所。看到游艇上的洗手间标志，她就有点儿憋不住了。

"我去一下洗手间。"人有三急，她说着就快步走了过去。

只是这大游艇上了点儿年头，设施有点儿陈旧。那洗手间里安装的是男女共用的马桶，门锁的插销也插不紧，上洗手间的人只能从里面用手拉着门。

她特意观察了一下四周，确定没人才用手拉上门，准备掀裙子。可是她的手刚撩开裙摆，门就动了一下。她吓了一跳，停下动作，打开门看了一下，瞬间有海风吹进来，拂起了她的裙子。

她定了定神，发现原来是风吹动了门，便再次关上门，准备掀起裙子。谁知这次门又动了，一开始她以为又是风吹的，但她很快感觉到不对劲，因为有一道反力在拉门。

她赶紧拉紧门，并厉声问："谁？"

无人应答，那道力却还在反拉着门。

她惊恐万分，低头从门缝里看到一双穿着凉鞋的黑黝黝的脚，一看就是个男人。

她是碰上色狼了！那个男人的力气比她大，她死死地抵着门高喊："昱恒！昱恒！"

只隔了几秒，她就听到了他的声音。

"Hey！（嘿！）"

而后她听到一阵慌乱的脚步声，门缝里的那双脚瞬间消失了。

他将视线从那男人逃跑的方向收回，先到了她的身边。

她打开门就看到了他，她后怕地抖着身子，也不知道该说什么："我……"

他走上前拥着她，让她紧靠着自己："没事了。"

涂筱柠点点头，只觉得冷，不禁又往他身上贴了贴。

"我……我不想玩了。"两个人就这么站了一会儿，她看着还在排着的长队，却再也没了游玩的兴致。

"好。"他应着，用下巴抵着她的额头。

纪昱恒去找导游中断了他们上午的项目，并要求查看游艇上的监控录像。

涂筱柠一直在听他跟船上的工作人员用英文沟通，她寸步不离地牵着他的手，不敢再松一下。

经过一番交涉，船长同意调阅监控录像，只是打开监控录像才发现监控摄像头已经坏了，根本找不到证据。

纪昱恒眉头紧蹙，又要发声时，涂筱柠拉了拉他："算了，我也没事。"这不比在国内，他们是外国人，口说无凭，再纠缠下去也没有意义。

但他的脸色这会儿很不好看，那是她从未见过的样子。

"这样吧，发生这样的事我们也很抱歉，你们今天的行程费用我会跟旅行社申请

· 250 ·

全额退款。因为返程的大船是有固定批次的,不能随意开回,一会儿我先用小船送你们去合作的餐厅休息。下午的项目你们想参加就参加,不想参加也没事,到时候等船一起回去就行。你们觉得可以吗?"导游开口协商,她虽是当地人,但曾在中国待了十年,中文很流利,所以专门负责接待中国游客。

涂筱柠见纪昱恒的脸色阴沉沉的,没有说话,她便主动点了点头。他看了她一眼,她钩钩他的指尖,向他示意自己真的没事。

两个人最终还是按照导游的安排,先去了岛上的餐厅。

到了那里,纪昱恒发现涂筱柠满脸是汗,脸色也发白。

"不舒服?"

涂筱柠紧抓着他的手,欲言又止。

他反握住她的手:"怎么了?"

"我刚刚没上厕所,一直忍到现在。"她连声音都有点儿发抖。

他立刻环视了一下四周,寻到洗手间的标志后,快步带她走了过去。可是涂筱柠到了洗手间门口也迟迟不肯松开他的手。

他知道刚刚那件事给她留下阴影了,便抚了抚她的脸,告诉她:"我就在门口。"

涂筱柠看了看,见这是个男女分开的大洗手间,但还是不放心地向纪昱恒确认:"你不走?"

他点头承诺:"我不走。"

如此她才心安,松开他的手,小跑进去。

出来后她见纪昱恒果然还在原地,才如释重负。只是他往女厕所门口一站,难免引人注目。

涂筱柠的心中有什么东西被隐隐触动了,她赶紧走过去拉他:"走吧。"

他却不动,反拉住她。他半晌无声,只端详着她。

涂筱柠此刻像能看懂他的眼神似的,告诉他:"我没事,那门一直被我拉着,还好我反应快。"她现在已经没有刚才那么害怕了,但当时她真的被吓到了。如果他不在,她都不敢想象后果。

"还冷吗?"他开口却只问她冷不冷。

涂筱柠摇摇头,他将她碎发拂开,又问:"去里面坐坐,还是待在外面?"

餐厅前有一个泳池,有很多人在里面游水。远处就是沙滩,那里有日光浴爱好者在安静地晒着日光浴,也有在结伴跑步的人,还有在追逐玩耍的孩子,这些美好的景象让她受惊的心也慢慢趋于平静。

"去沙滩上走走吧。"她说。

两个人便在沙滩上漫步。海风吹在脸上,她感觉很舒服。

"C市没有海,我小时候就想去海边,以为长大就有机会看到了,却没料到我前半生就没踏出过C市。"走了一会儿,涂筱柠道,而后往他那里倾了倾身子,"A市的海漂亮吗？"

"还行。"

"可那座城市对我来说总是遥不可及。以前凌惟依还嚷着要去参观一次 A 大，它在我们这些学渣眼里就是传奇，是学霸圣地，一生总要去'膜拜'一次。"她踢了踢脚下的沙子。她哪会想到多年后自己竟找了个 A 大的学霸老公，而且也是个传奇。

他的脚步放缓了些："下次再有校友聚会，我可以带你一起去。"

涂筱柠却摇摇手："不去不去，会给你丢人的。"

"同一的太阳照着他的宫殿，也不曾避过了我们的草屋：日光是一视同仁的。"他站定说道，她也停了下来。

"学历是很重要，但不代表一切，所谓的区别大多来自人心，心之所想久而久之便成了一种暗示，其实人最大的障碍是自己。"他的眼神仍旧深沉，远处的海浪也在他的声音里显得温柔起来。

"You know, yesterday is history. Tomorrow is mystery. Only today is a gift. That's why we call it present。（你知道，往日已成历史，未来犹未可知，唯有今日是最珍贵的赐予，当下就是最好的礼物。）"

他英俊的脸近在眼前，流利和纯正的发音让涂筱柠听着竟有那么一瞬间心怦怦地跳。

她假装文艺地点头，他笑了一声："听懂了？"

"这我还是能听懂的。"

"那你翻译一遍。"

涂筱柠在心里鄙夷他：刚刚还说众生平等呢，立刻就被打脸了，你还不是质疑我的英语水平？你要我翻译，我就翻译好了。

"你知道吗？昨天是历史，明天是……"第二句她就卡壳了。

他挑了挑眉，耐心地等她说下去。

她一时没想到"mystery（神秘的事物）"这个单词的意思，便朝他轻咳了一声："友情提示一下呗。"

他抬手刮了一下她的鼻子，帮她翻译："往日已成历史，未来犹未可知，唯有今日是最珍贵的赐予，当下就是最好的礼物。"

这一字一句落在她的耳畔，穿透她的心。

"路是靠人走出来的，人一旦战胜了自己，前方就会一片坦荡。"他望向海面。

涂筱柠望着他的侧颜，觉得自己的心跳好像漏了半拍，心想：好吧，你长得帅，你说什么都对。

"我就当你刚刚说的那些话是在鼓励我了。"她说道，又觉得只说话显得单薄虚伪，总得表示点儿什么，就靠过去抱了他一下，"谢谢老公。"

她本来只是想意思一下，他却顺势揽住她，用柔和的声音说："不客气。"

涂筱柠也没拒绝这个突如其来的拥抱。她觉得他们的关系好像哪里不一样了，变得越来越像夫妻了。

他身上还是有股淡淡的薄荷味，现在对她而言已经是很熟悉的味道了，此刻她的心完全平静了下来。

她的心里有个声音在说：就这样吧，就这样跟他携手一辈子也挺好的。

不久，导游带着结束了海上项目的其他人来会合了。大家吃完午餐稍作休息就要开始下午的行程。

下午他们要去蓝梦岛的著名景点——恶魔眼泪。

涂筱柠在微博上看到过这个景点，觉得它很美。

"下午我们还是正常参加行程？"用完餐，她坐在泳池旁的藤椅上，询问纪昱恒的意见。

"你想去？"纪昱恒站着，阳光落在他的身上，竟让人分不清他和太阳哪个更耀眼。

涂筱柠怕他又被晒伤，边挪位置，边拉他坐在自己的身边。

"那个恶魔眼泪很有名，我还挺想看看的。"她说着从随手带的沙滩包里掏出一瓶防晒霜，"海边的太阳烈，你还是涂点儿防晒霜吧。这款是水质感的防晒霜，涂在身上不会黏腻的。"

他这次没抗拒，她便倒了一点儿在手上，然后抹在他的脖颈儿上。他的皮肤干净又光滑，她觉得有一半的功劳属于她——是她买了身体乳给他用。

涂筱柠帮他涂完脖子，又去涂他的脸。他的脸给人的触感比脖子还舒服，摸上去细皮嫩肉的。她忍不住开始借着涂防晒霜的名义，用手揉捏起他的脸来。他也没恼，由着她肆意地蹂躏他这张好看的脸。

她甚至按了一下他的鼻尖，将他的鼻子做成了猪鼻子状，第一次看到纪校草的丑态，她忍俊不禁。他这才将她的手握住，终止了她的胡闹。

"你们去吗？"不知道什么时候，导游走了过来。

涂筱柠站起来，重展笑颜："去的。"然后她又朝纪昱恒扬扬下巴，"走吧，帅哥，妹子带你去耍。"

看她的心情完全好起来了，他也挺配合，起身把她的遮阳帽罩在了她的头上："那有劳了。"

"不客气。"涂筱柠拉着他就走。

他们坐上了导游安排的突突车。这种在热带国家盛行的车，涂筱柠以前在泰国也坐过。只是当时她是跟父母一起，这次坐在她身旁的是纪昱恒，人跟景都不同，心境自然也不一样。沿路他们可以看到碧海蓝天，涂筱柠又找回了心旷神怡的感觉。

"恶魔眼泪其实是一处崖石海岸，因为常年受海水冲刷，形成了一个喇叭口的形状，那里冲刷起来的水雾会被照射过来的阳光折射成一道彩虹。同时悬崖底端有被海水冲出的洞穴，由于压强不同，涨潮时海浪会被喷出二三十米高，景色甚为壮观。"到达目的地后，导游一边带他们走一边介绍。

到达崖石海岸之前，涂筱柠看到他们走的路崎岖又简陋，觉得这里就是个荒芜之地。只是亲眼看到这壮阔的美景时，她就只剩下了赞叹。

风将海浪冲向凹陷的崖石里，水雾汇聚成了一个巨型旋涡，果然接下来出现了一道彩虹，在场的人都被大自然的鬼斧神工折服，纷纷拍照。

他们这一行人也举起手机拍照留念。导游提醒众人不要离悬崖太近，因为有时候海浪会形成浪柱将人卷进大海里，即使人没被带下去，也可能会被拍倒在崖上，导致骨折。

涂筱柠虽喜欢美景，但更惜命，就跟导游站在一起远远观望着，然后把手机镜头拉近拍了几张风景照。

也不知导游是不是因为上午的事而对他们心存歉意，看他们站在自己身边，便将自己那瓶没开过的矿泉水递给他们。

"其他人还要拍一会儿照，这里有点儿热，你们可以边喝水边等。"

涂筱柠对这个导游的印象还可以，就礼貌地接了："谢谢。"

"不客气，上午的事我已经跟旅行社说了，回去后就把这次的旅行费用退给你们，实在抱歉。"

看他们处理事情的态度还不错，涂筱柠便没计较那么多，她也不想占人便宜，便说："既然下午的行程我们参与了，那还是把下午的费用算上吧。"

导游摇摇头："上午的事我也有责任，是我疏忽了，这是我们旅行社的一点儿表示，希望不要因为这件事影响了你们这次旅行的心情。"

听她这么说，涂筱柠只朝纪昱恒看了一眼，导游则继续说："我怀疑上午的事是某个船员干的，只有很熟悉游艇的结构才能快速逃离。但是不管怎么样，这种人不能代表我们全部的当地人，也希望你们不要因为这件不愉快的事而对我们有偏见。"

看着她真挚的眼神，涂筱柠相信她跟那个船员不是一伙的。其实涂筱柠早就猜到那个人是船员，不然他怎么会知道洗手间的锁是坏的，又那么凑巧地知道船上的监控摄像头失灵了？只是她没有证据，当时又担心旅行社跟他们是一伙的，就只得作罢了。

"大家都不想发生这样的事，你们旅行社的诚意我也看到了，但那艘船的问题我不能不追究，该曝光的我还是会在平台上曝光，也希望你们旅行社谨慎地跟他们合作。"涂筱柠说话还是很客观。

导游点点头："您的私人行为我无权干涉，我的职责就是让你们在旅途中心情愉悦，其他的我会跟领导传达。"

涂筱柠没再说话。正好这时有人离崖岸太近了，导游便过去提醒。

导游走后，涂筱柠看向全程一言不发的纪昱恒："你刚刚怎么不说话？"

"你倒是耳根软得很，人家才说了几句，你就不追究这件事了。"他总算开口了。

"这家旅行社还算有诚意，而且我也没有受到实质性的侵害，得饶人处且饶人吧。"

这时巨大的海浪冲了上来，打在岸石上，像疾雨一般落在每个人的身上。纪昱恒将她往后拉了些："该投诉的投诉，该曝光的曝光，一样都不能少。"

他又带她走远了两步，然后接着说："你对自己的事情都能委曲求全，对别人的事情是不是更容易心慈手软？"

"我只是觉得导游他们也挺不容易的。"涂筱柠除了说这一句，不知还能说什么。

"你知道你还嫩在哪里吗？"纪昱恒却问了个与此事无关的问题。

她摇摇头。

"不够冷漠。"

"可现在不是工作。"

"一样，仁慈不是委曲求全，心软也未必是好事。"

这个时候他仿佛变成了工作时那副不容靠近的模样。他就是这样，先给人一颗糖，接着又给人一块玻璃碴，让人捉摸不透。

涂筱柠没再与他争辩，反正也说不过他。可能这就是他们之间的区别吧。他们有些观点始终难以一致。

导游又在吹哨让众人集合了。

"走吧。"她径自走过去，没再拉他。

他们这一团人到码头的时候有些晚了，回程的船上剩下的位置不多了。涂筱柠只找到一个中间的位置，纪昱恒则被人挤到了前面。

她还在纠结坐哪儿，导游经过她身边时，把她往那位置上一按："有位置就坐吧。后面又有一团人要来，你不坐这儿的话，到时候就只能坐到后面了，就是不晕船的人坐那儿也会很难受。"

她突然看不见纪昱恒了，还在张望着寻他："可我老公在前面。"

导游笑笑，只当他们是新婚宴尔，不舍得分开："你老公不会丢的。"

话是这么说，可涂筱柠还是忍不住站起来继续张望。纪昱恒也在往后看，两个人的视线相遇后，她才定了定神。

他被挤到了最前面。两个人隔了好几排的位置，人又多，周围嘈杂得很，但此刻他们像不用说话也能读懂对方的眼神似的。他示意她就坐在那里，他坐前面。涂筱柠点点头，才又坐了下来。

她身边坐着的是一对母女，女儿看起来比她来时看到的那个女孩儿还要小，一脸稚嫩，但因为船上规定不能抱着孩子坐，女儿只能坐在靠窗的位置。

"妈妈，看外面。"她作势要站起来往窗外看，却被她妈妈按住。

"船要开了，你不能乱动哟，乱动了在船上工作的叔叔就会把你抓起来。"

她摇了摇双手："我不要被抓。"

"那你坐好。"她妈妈整理了一下她身上的小救生衣。

她就真的坐好了，还朝涂筱柠笑笑。她天真烂漫的表情让涂筱柠觉得非常可爱，涂筱柠也对她微笑。

位置坐满后船就开了，一开始海面上还风平浪静的，船和来时一样正常航行。开到半途，船却颠了起来，船身一直在摇晃，然后先往上冲了一下，再掉回海面，连坐在船中间位置的涂筱柠都觉得背部连连撞到座位的靠背上，有些疼。

"海上起风了，大家把安全带系好，稳坐在位置上，不会有事的。"有会中文的工作人员出来安抚众人。

但是这船晃的动静越来越大，那个小女孩儿害怕得要钻进她妈妈的怀里。

"妈妈，我怕。"

她妈妈不能解开她的安全带，只能让她斜靠着自己，轻轻地拍着她："不怕，不怕，只是起风了，一会儿就好了。"

船又在海浪中向上冲了一下，然后又重重地落回海面，下落的瞬间有些失重，有女士吓得叫了一声，船上的人不免开始恐慌。

涂筱柠之前在新闻里看到过某艘泰国旅游船只因突遇暴雨而出事，一念及此她就攥紧了拳头，眼睛又不由自主地看向前面，去找那道身影。

他个儿高又坐在靠走廊的位置，她一眼就瞧见了他。像是感觉到她的目光似的，他蓦地回首，两个人的视线不期而遇。涂筱柠却又像做贼心虚似的移开视线。

旁边的小女孩儿不安地蹬着腿，想要妈妈抱。她妈妈哄着她，开始小声哼起歌来。

"宝贝，宝贝，我亲爱的宝贝……"

她的歌声带着母爱的力量，让涂筱柠也跟着慢慢地镇定了下来。

好在风只刮了一会儿，船的航行又重归正常。大家又说说笑笑起来，只有涂筱柠晕船了。船上的窗户因为刚刚刮风全部被关上了，天气又热，密闭的空间里全是人，她如坐针毡。船又颠了几次，她差点儿吐出来，只是硬生生地给憋住了。

她也不知道自己是怎么忍到终点的。船一停她就冲了下去，站在岸边对着海面狂吐，感觉五脏六腑都要吐出来了。

她坐的还是中间位置，要是真坐了船尾，还不知会被折腾成什么样。

吐完了她蹲在原地埋着头喘气。直到视线里突然多出一双熟悉的白色运动鞋，她知道他来了。

她仰头想看他，但正逢太阳下山，背着光她什么都看不清，只见他慢慢地蹲了下来，单膝跪地，跟她在同一水平线面对面。

他什么也没说，只抬手替她拭去嘴角残留的呕吐物，然后拧开矿泉水瓶递给她。

涂筱柠愣在了原地。他的动作让她感觉全身都跟蹲下的双腿一样麻，心脏好像被猛烈地撞击了一下。许多画面像放电影似的一并涌入她的脑海，一帧一帧，越来越快，那些一闪而过的画面里有他，也有她自己。

"你为什么对我这么好？"她的声音还沙哑着，这句话像没过脑似的问了出来，语落她自己都被惊到了。

他的视线依旧停留在她的脸上，他的眼里仍看不出任何情绪，他说："你是我老婆，我不对你好还能对谁好？"

是呀，她是他的老婆，他还能对谁好？

涂筱柠垂下双眸，接过他递来的那瓶水，喝了一口，莫名觉得有点儿涩，便看了看牌子，但没看懂上面的文字。

"好些了吗？"他捋了捋她被海风吹得凌乱的碎发。

她点点头。

"能站起来吗？"

她尝试站起来，但是腿麻了，便扶着码头的栏杆说："让我再缓缓。"

让我再缓缓，现在好像身体里的某个角落比四肢更需要时间缓冲一下。

傍晚的海风比白天的要凉一些，吹得她也清醒了几分，她那摇曳的心也像海上的船只一样，终在归向港湾的途中重归平静。

他陪伴在侧，她站了好一会儿，才觉得双腿不再麻木。

"好了，走吧。"她整理了一下头发。

"还要水吗？"他手中的矿泉水瓶盖还没拧紧。

她摇摇头，然后迈步朝渐远的人群走去。走了几步他才跟上来，很自然地牵过她的手："人多，看着路。"

她嗯了一声，视线落在前方嘈杂的人群里，突然说："我让你挺有负担的吧？"

他放慢脚步，侧眸看她。

涂筱柠的脚步也跟着变慢了，她踢了踢脚下的石子："我这人一无是处，毛病也多。在别人身上百年难以一遇的事情，我旅个游都能碰到好几桩。说起来你可能都不信，但我真的是'一切皆有可能'的倒霉蛋体质。"她无可奈何地耸耸肩，"我自己也知道我挺麻烦人的。"

她突然觉得他这样的人，跟唐羽卉那种女孩儿才般配，无论是外在还是内在，抑或是其他方面。她甚至想如果是唐羽卉跟他来旅行，肯定没那么多麻烦事，唐羽卉既不会丢护照，也不会让他被猴子抓，更不会懒人屎尿多，在玩项目前上厕所所遇到色狼，他们一定会一路都顺利妥当。其实别说 DR 的同事们了，她也觉得他跟唐羽卉挺般配的。或许，她跟他一开始去冲动领证就是个错误。

他良久不语，看她踢了一会儿石子才说："你是有点儿糊涂。"

他这话就像是肯定了她刚才说的话似的，她哦了一声，很自然地抽回自己的手："我以后尽量不麻烦你。"

257

"那你去麻烦谁?"他在她身后问。

她不说话,只管往前走,心想:反正就是不麻烦你。

交叉口有突突车开过来,她没注意差点儿撞了上去,幸好被他手疾眼快地拉了回来。他提醒她:"让你看着路。"

她怎么听都觉得他在责怪自己,更加自暴自弃了:"你看吧,我说了在我身上一切皆有可能,这么多人这车不撞,非要撞我。"

"别什么都往自己身上揽,很多事情只是巧合而已。"

她撇撇嘴:"可是哪来那么多巧合?"

所以他们的相遇是巧合,相亲是巧合,婚姻也是巧合,是吗?

又有船靠岸,人潮再次涌来,人声快盖过了附近的海浪声。

在快被人群淹没时,他抬手扶着她的肩,缓声告诉她:"我从来没嫌你麻烦。"

她抬头:"我嫌。"然后她扭头就走。

涂筱柠觉得这会儿的自己有点儿陌生。船上的不安全感,加上晕船弄得她情绪很差,她急需发泄发泄她的小脾气。

他一直紧随其后,她走了一会儿,发现不知道该去哪儿,叹了口气,还是停下来等他跟上。

他又跟她并排走了,像刚才什么都没发生一样,只说:"你若不想投诉旅行社就不投诉了,只是以后怜悯别人的时候先想想自己。"他的言语中还是带着他特有的深沉。

她看了他一眼,终于忍不住问:"其实我一直不是很明白,年龄上我也就比你小一岁,可我们同届,上的课、接触的人至少在大学前是差不多的,你的心智怎么就比我成熟那么多?"她知道学习环境是一个重要的因素,可是老成这种东西不是一朝一夕就能在一个人的身上形成的,得有点儿社会阅历。连饶静都说看不透他。

人又变得多起来,他让她靠里走。

"我从大一就开始利用课余时间和寒暑假实习,证券、银行、信托、投行都待过。研究生时期又获得了去美国当交换生的机会,有幸在华尔街实习过一段时间,踏出校门早,所以社会经验相对丰富一些。"

原来是这样,涂筱柠瞬间觉得自己之前的格局太小了,果然学霸的世界是只有普通人想不到,没有学霸做不到的。大学时期的课余时间她在干吗?玩游戏、看言情小说、谈恋爱?

"那你大学时不消遣娱乐的吗?"她又问。

他的步调不知何时变得跟她一致,他回答道:"也有,看书、听歌、打球。"

"我的意思是打打游戏呀,比如去网吧包个夜什么的。"

他看了她一眼,她不由得心虚地道:"我们班的男生那会儿都去网吧包夜通宵打游戏的,大学附近不都是网吧吗?"

他却说:"没有。"

涂筱柠觉得他太自律了,走了一会儿,她又不经意地问:"那你不谈恋爱吗?"

他的青春曾经被哪个女孩儿拥有过?她这会儿很好奇。

他没再说话。看来那是一段珍贵的回忆,他都不愿意跟她说,一点儿都不肯透露,当时他们一定非常相爱。

她又忍不住去想那个女生是不是比唐羽卉更漂亮、更优秀。

"小气。"她嘀咕了一句。

他却像听见了似的,又朝她看来。这次他索性停下了脚步:"不如先说说你的前男友。"

涂筱柠没想到他会把话题反抛给她,她愣神的同时又觉得自己也没干什么见不得人的事,就坦坦荡荡地说:"我大学里谈过呀,你见过的,就那一个。"

"就那一个。"他重复着这句话,好像哼笑了一声,又说,"你还觉得挺可惜?"

"我的意思是我就只有那一任男朋友。"涂筱柠解释,"而且我跟他的感情史说起来也挺具有戏剧性的。"

"哦?"他站在原地,让她说下去。

她总觉得跟他谈自己的感情史怪怪的,但话都说到这里了,她只能勉强说下去,不然显得她心里有鬼。

"大二的时候,有个室友跟异地恋的男朋友分手后,天天以泪洗面。谁知道没过几天,她就看到前男友在QQ空间宣告了新恋情,这才意识到自己早被'绿'了。她一气之下就让宿舍其他人给自己介绍新男友,也想气气前男友。"看他还在静静地听自己说话,她又说,"凌惟依的男朋友齐郁是学校篮球队的,她看那个室友每天都在宿舍哭,就于心不忍,托齐郁给那个室友介绍了一个医学系的同届校友。凌惟依都帮他们约好见面的时间了,谁知当晚那个室友临时反悔了,突然不见了,怎么联系都找不到人。"

"然后你就去了?"纪昱恒总算有了点儿反应。

她咳了咳,也没否认:"我也是出于江湖道义。"

她犹记得当时的场景。她从水房打好热水回来,刚脱了袜子,把热水瓶里的水倒进水盆,准备泡脚,凌惟依就冲了过来,把她的双脚往盆里猛地一按:"小涂柠柠!江湖救急!"

她差点儿被烫掉一层皮,尖叫道:"烫烫烫!"

凌惟依才发现那是一个正冒着热气的洗脚盆,赶紧松手:"Sorry,sorry。(对不起,对不起。)"

她用毛巾捂着自己的双脚,凌惟依跟她开门见山:"你知道前几天我给肖雯介绍了个男生吧?"

她的脚终于冷却了些,她含糊其词:"知道吧。"

"现在肖雯不干了，人不知死哪儿去了，但是人家男生我都约好了。好歹他也是和齐郁一个篮球队的，她倒好，放了人家鸽子，让我们家齐郁以后怎么混哪？"凌惟依话语急切，有点儿懊悔自己做了这么个好人，"我真是多事，看她那么可怜，便想着帮帮她，没想到她把我拖下了水，让我骑虎难下。"

涂筱柠也听出了点儿意思，犹豫了片刻，问："你不会是想让我替她去吧？"

凌惟依狂点头，涂筱柠翻了一个白眼："凌惟依，我跟你什么关系？！好事轮不到我，坏事你第一个想到我！"

"不不不！"凌惟依摆摆手，"我怎么能坑你呢？我的意思是你就替她去见个面，反正我之前也没发过双方的照片，那个男生不知道肖雯长什么样。你去一下，然后回来我再随便找个由头把他回了就成，这样也不会太让齐郁为难。"

涂筱柠表示不干："这又不是一般的事，这是替人相亲哪，到时候穿帮了怎么办？"

凌惟依又急了："不会的不会的，对方是医学系的，跟我们系离那么远，连上课都照不上面，而且我又约在操场，晚上黑灯瞎火的，谁看得清谁？"

涂筱柠还是觉得这事不靠谱，把毛巾往盆里一扔："反正我觉得不行。"

凌惟依噘着嘴，有点儿哽咽的样子："好吧，确实也不能强迫你，那就让咱们家齐郁以后被篮球队的人排挤吧。"说着她就要失落地走了。

凌惟依这样涂筱柠就看不下去了。她想着齐郁平时也很讲义气，还在她生活费不够的时候请她吃饭，心一软就说："行吧行吧，我去就是了。"

凌惟依立刻转身："真的？"

涂筱柠叹气："仅此一次。"

"好好好！我就知道你最好了，小涂柠柠！"下一秒涂筱柠就被她猛地抱住了。

那晚凌惟依陪她来到学校的小操场，两个人站在双杠处，只看到很多人在跑步。

"齐郁刚好有事，不然我就叫他来了，咱们还能远远地看看那人长什么样。"凌惟依边张望边吐槽。

涂筱柠不以为意："无所谓，反正又不是真的来相亲的，那人是人是狗都跟我没关系。"

"是是是，你说的都对。"凌惟依附和着拿起手机给对方发QQ信息，"我问问他到了没。"

涂筱柠打着哈欠，还在仰头赏月，就被凌惟依推了一把："他到了！"

"哦。"

"我把你的方位发给他了，他马上来双杠这儿。你记住人家的名字叫张进，一会儿别穿帮了。"凌惟依边说边走开了。

"你去哪儿啊？"涂筱柠问。

"我先撤呀，做戏做全套，我在旁边陪着你算怎么一回事？"

涂筱柠还没来得及拉她，她就像脚踩风火轮似的溜了。涂筱柠只能独自待在原地。

她等了一会儿也没见有人来，就掏出手机看时间，想着再等五分钟，再不见人她就走了。

"你好。"突然一个男声响起，把低头看手机的她吓了一跳，她一抬头就看到一个高个儿的身影。

他是在跟她说话吗？

那人又问："是肖雯吗？"

好吧，他果然是在跟她说话。她就轻轻地嗯了一声，问："你是张进？"

他也嗯了一声，然后走近了些。借着月光，她隐隐地看到他的面部轮廓。直到他在她面前站定，她看到了一双清亮又有神的眼睛，还有那张清秀的脸。

那晚他们回去后就像什么都没发生一样。凌惟依第二天告诉涂筱柠，她把对方回掉了，理由是两个人不太来电。

涂筱柠哦了一声，往后照常生活、学习。直到有一天下课，她经过篮球场看到那里围了一群女生，有人在喊"陆思靖"这个名字，然后一个篮球从她面前滚过，一双干净的手把球捡起，他蓦然出现在她的眼前，他的额间还挂着汗珠。他捧着球，站定在她跟前，他的眼神和那晚一样明亮，他看着她直接开口："你不是肖雯，我也不是张进。"

她一愣，他却满面春风，向她伸出手："那么重新认识一下？涂筱柠你好，我是陆思靖。"

那个时候她还是个懵懂少女，哪里招架得住这种言情小说男主角的出场方式？心里的小鹿一乱撞，她就慢慢沦陷了。

后来涂筱柠才知道，虽然凌惟依当时没有发相亲双方的照片，但是告诉了他们对方的系和名字，然后本要见面的两个人早就暗地里都偷偷地看过了对方，而且互相看不上，所以见面那天都逃了。男方也怕到时候跟齐郁那边交代不过去，便临时拉了室友陆思靖去顶替，还说："你长得帅，她有自知之明就不敢对你死缠烂打。就算她敢，你也不怕多一个爱慕者。"

陆思靖被他拜托烦了才答应出马，本来打算快速解决问题，没想到却见到了她。然后他俩阴错阳差地成了，留下两个暗自懊悔的室友。

肖雯后来不止一次地说，如果那天她去了，成的人可能就是她跟陆思靖了，但每次都被凌惟依顶回去："那可不一定，人家陆帅哥也不是白菜萝卜通吃的，你有筱柠那张脸吗？"

肖雯就反驳："不管怎么样，也是我退出才给了她机会。"

凌惟依嘲讽她："谁叫缘分这种东西这么妙不可言，就算你不退出，有些人也注定在一起。"

第六章
谁的心上人

涂筱柠觉得往事仿佛还历历在目,可终究时过境迁,没什么人是注定在一起的。

涂筱柠望着此刻真实地站在自己眼前的这个高大俊朗的男人,觉得时间这个东西真的很奇妙,大学时又怎么会想到自己还能跟纪昱恒这样的风云人物再有交集呢?

当然了,她跟纪昱恒说这些事的时候省略了很多细节。

他挪了挪脚步,两个人又走了起来。

她说:"那时年少无知,谈恋爱什么的也没多想什么合不合适。"现在她和纪昱恒说开了也好,谁还没点儿过去?

他目视前方,顺着问:"怎么分开的?"

涂筱柠也没打算隐瞒:"他有他的理想,我有我的规划。我不擅长考试,压根儿没打算考研;他学医的,考研才有出路。其实我们早就见过双方的家长了,也准备订婚,连日子都选好了,但他考研没发挥好,没考上第一志愿——C市的学校,便申请调剂到他的家乡Z城的学校。原本打算留在C市的他便想让我跟他一道回去,但是我家就我这么一个女儿,我不能在前途渺茫的情况下,就这么不顾一切地丢下父母去一座陌生的城市,想着至少也得等我们其中一个人的状况稳定下来再说。加上两个人聚少离多,他觉得我总犹豫不决,就和我冷战了。他选择回去准备复试,在我们原本该举行订婚典礼的那天,他一声不响地走了。"

纪昱恒不知何时又停下脚步的,他在已经暗下的暮色里静默,大概是没料到她的那段感情里竟然还有这么荒唐的一幕吧?

但对她而言,再提及这些伤心的记忆,她已经心如止水了。

"那天我毫不犹豫地选择了分手,很决绝。"她语气平淡,仿佛只是在诉说一件无关紧要的事,"倒不是觉得他逃了订婚典礼让我丢脸了,只是觉得当两个人在一起越来越累的时候就没必要继续了。不只这件事，我跟他之间还有很多问题，他那个人总是很难让人有安全感。"

她一下子说了很多，几乎是毫无保留了，便坦然地看向他："分手后，我就换掉了以前所有的联系方式。后面的事你大致也知道了，饶静拉到了仁济医院的代发工资业务，让我负责带柜员去帮医院职工开卡。遇到他，我也觉得很突然。我也是那时才知道，他研究生毕业后考进仁济回到了C市。那天他知道了我在DR，在向凌惟依要我的联系方式无果后，就找了过来，然后碰到了你。"

他出手相助的画面清晰如昨，要不是他及时出现，她可能不知道该怎么躲避陆思靖了。

顿了顿，她又说："后来他又找来了一次，我告诉他我已经结婚了，让他也向前看，不要再在我身上浪费时间。"

后面又有突突车开过来，远远地开始按喇叭。纪昱恒伸手将她拉了过来，力气有点儿大，她一下子撞上他的胸膛，听到他有力的心跳声。

待车开走后，她用指尖戳戳他："我该说的都说了，轮到你了。"

他的神色平静如常："你之前问过我，我说过的。"

涂筱柠想了想，他是指她带他参观她的大学那次吗？她有些难以置信："你……你真的……怎么可能？"

这怎么可能呢？他可是纪昱恒啊！

他从容地说："我不知是什么样的错觉让你认为我大学时一定会谈恋爱，不管你信不信，都是那个答案。"

涂筱柠只觉不可思议，但看他的眼神又觉得他不是在骗人，夫妻之间得有起码的信任。

他又牵着她继续往前走："在我的学生时代，时间是个分秒必争的东西，我就是去趟洗手间都会计时。学无止境，不论是书本里的知识，还是社会实践、人际交往，都是学问。"他说着又把她往里带了带，不让过往的行人撞到她，"谈恋爱这种事情和打游戏一样，需要花时间、投精力，而时间与精力这两样东西对我来说都太珍贵。除了学习，其他的事物我不碰也罢。"

他轻描淡写的话，让她看到了他的严于律己。他是个目标明确的人，所以现在才如此优秀。果然没有什么事是轻轻松松就能做到的，他这么年轻就坐上了DR业务部门总经理的位子，都是靠他前期的积累和学生时代的努力。但很多人只看到了他光鲜的一面，却不了解他背后的辛酸。

她甚至能想象得出他在大学里独来独往的身影，有坐在图书馆的，有奔波在实习的公司里的，还有周旋在各种各样的人之间的。对于他为何有着与实际年龄不符的稳重与深沉这个问题，此刻她也真正有了答案。

他从小学起没了父亲，成了母亲的全部希望。后来母亲病重，他放弃了大好前途，回来做个孝子。他从小就要扛起一个家，其实挺累的吧？

不知不觉她就往他身边靠了靠，原本就在他掌心里的手也不由得抓住了他的指尖。

两个人就这么走在海边的羊肠小道上，均未再说话，却觉得彼此之间就像他们现在的距离一样，更近了一些。

回到酒店用完餐，她提议出去散会儿步，他应允了。

两个人来到酒店自带的沙滩上，其实那也是巴厘岛著名的金巴兰海滩的其中一条海岸线，酒店恰好建在了这里。

晚上的浪涛要比白天的热烈一些，但听着浪涛哗哗的声音，仍是让人惬意的。

她突然想光脚在沙滩上走走，便脱鞋踩了上去。他未阻止，只说："小心。"

她就顺势拉他一起靠近了海边，他似乎不想把鞋子弄脏，但拗不过她，终是跟她一道过去了。

她往有海水的地方凑近了些，但他会拉着她，让她时刻与海保持着安全距离。海浪一次次地漫上沙滩再退去。海水没过了她的双脚，她便让它们埋在细沙里，那种感觉就像踩在海绵上，柔软又舒服。

她撩开裙摆，让海水冲到她的小腿上，她感受着这段独有的安静时光。他就在她的身边，让她莫名地心安。

她再回头，见因为拉着她在海边走，他的鞋子也已经湿了。于是，她往后退了退。

"明天我们去哪里？"她问。

他跟着她走："明天我没有特意安排什么活动。明后两天累的话就在酒店休息，这里是度假酒店，什么都有。"

"那就在酒店待着好了，谁让它这么贵？早知道前几天也不出去玩了，给酒店的钱还没住回来呢。"她还是心疼钱。

他只抬手揉揉她的头发，她感觉到他的掌心很温暖。

她又走了几步，突然低着头小声说道："对不起。"

他在她发间的手一顿："嗯？"

涂筱柠又觉得有点儿别扭了，但还是跟他说了："我下午无理取闹了，对不起。"

她为她之前发的小脾气跟他道歉。那种突如其来的未知情绪，到现在她也难以名状。那是一种说不清道不明的感觉，也许她潜意识里把他当作了亲近的人，就一股脑儿地朝他发泄了，现在想想觉得有些不应该。

"没关系。以后可以不用道歉。"他说。

她抬眸对上他的视线。他是说"以后"吗？

他的手仍落在她的发间，他的瞳孔里有她的影子。

"你我之间，何必生分？"

她的心里又像有什么被击中了似的。可她知道他指的是他们是夫妻。是呀,夫妻之间还谈什么客不客气,生不生分的呢?

她轻轻地嗯了一声,没再说话。

她回到房间后,凌惟依的微信信息就来了。

涂筱柠今天才想到她,她就找来了,她们可真的是"心有灵犀"。

齐家的0V1:"怎么样,我借你的泳衣穿了没?你老公有没有看得眼睛都直了?"

高维C柠檬:"我没下水。"

齐家的0V1:"那你是去海边散步玩沙子?"

高维C柠檬:"谁说来海边一定要游泳?"

齐家的0V1:"涂筱柠,你就是个木鱼脑袋!你真当你是去旅游的吗?你要让你老公沉迷于你的美色,这样才能牢牢地抓住他的心哪!"

高维C柠檬:"……"

齐家的0V1:"勇敢一点儿!"

手机快没电了,涂筱柠把它放在床头柜上充电,看纪昱恒在阳台上抽烟,她便准备先去洗澡。

她解开围在腰间的纱裙,纱裙便滑落在地板上。她细长又白净的双腿重见天日,接着她又脱下流苏罩衫,露出里面无袖的露脐泳衣。她平坦的小腹没有一点儿赘肉,好身材此刻一览无余。

她又抬手揉揉长发,觉得晒了一天太阳头也有点儿油,刚准备赤脚跨进浴室,就看到纪昱恒正倚靠在阳台的落地窗前凝视着自己。

他嘴里还叼着烟,火星明明灭灭的,跟他此刻的眼神一样。涂筱柠不由得脸一红。被他这么直视,她还是会不好意思。

"我去洗澡。"她说着抱着换洗衣物就要逃走。

"等等。"他却开口了,声音也正常得很,"你不是不会游泳吗?"

她点点头。

"想学吗?"烟随着他启唇从他的口鼻里冒了出来,他这会儿明明有着跟平日里不一样的不羁,却很好看。

"现在?"涂筱柠觉得大晚上学游泳怪怪的。

他继续漫不经心地抽着烟,清俊的眉毛微扬:"正好你穿着泳衣,我穿着泳裤。平常还要特意换上,麻烦。"

他这么说她觉得也有点儿道理,反正穿着就别浪费了吧,后天下午他们就要走了,以后可能也没机会穿了。

"难学吗?"她问。

他站直,抽了最后一口烟,然后将它按灭在烟灰缸里:"不难。"

涂筱柠将信将疑地走了过去。

谁知道，学游泳难极了！

她在水里屁股总是要往上翘，纪昱恒扣住她的腰说："吸气，收腹。"

"怎么收哇？"她觉得自己都要没腹了。

"你放松一点儿，脚往后踩水的时候注意角度，要这样。"他伸手抬起她的腿演示动作。

两个人靠得极近。他教得很认真，她也学得很投入，只是好像怎么学也学不对。她一紧张，抓着泳池边的手打了个滑，她往下一沉，瞬间就被猛灌了好几口水。

被他捞上来的时候，她紧贴在他的身上，沮丧地说："不学了，不学了，太难了。"

"再坚持一会儿。"

她摇摇头，双手还紧搂着他。因为两个人贴得近，她将自己那双本在水里扑腾的腿缠在了他的腰间。他单手用力地托抱着她，让她找到了一丝安全感。

但被她这样紧缠着，他有点儿受不住了。他按住她在水中不安分的小脚："别乱动。"

涂筱柠一脸茫然："我没乱动啊！"直到她感到自己的脚触碰到了什么硬硬的东西，她的脸霎时如同火烧。

完了，她不是故意的。

涂筱柠再也不想学游泳了，确切地说是不想跟纪昱恒学游泳了。那晚最后她是被他压在泳池里吃干抹净的。

两个人一觉都睡到了下午，他揽着她，一只坚实的手臂露在被外，另一只则被枕在她的颈后。

涂筱柠翻了个身，只觉口干舌燥，迷迷糊糊中以为自己在自家的房间里，便习惯性地伸手摸向床头柜，却什么也没摸着，还感觉腰被人抱了一下。她一睁眼，才发现自己还在巴厘岛。

她一侧头，看到他还在，不免吃惊。这个从来不睡懒觉的人怎么今天也放纵了？

再想到昨天两个人的疯狂行为，她恨不得把自己埋进沙滩里去。这是因为女人结了婚会变，还是只有她这样？以前她那么保守，现在却越来越开放，由着他胡闹。

所谓的"春宵苦短日高起，从此君王不早朝"，是不是就是他们现在的这种状态？

不知是不是因为她的动静太大，他被吵醒了。她第一次看到他睡眼惺忪的模样，觉得还挺……可爱。

"找什么？"他的声音低沉又沙哑。他一睁眼就看得出来她在找东西，难道他真会读心术不成？

"有点儿口渴。"她说。

他起身看了床头柜一眼，见已经没有新的矿泉水了，便打电话给前台，说的又是一连串的英文。

过了一会儿，房门被敲响了。他披上睡袍，又将她的被子掩严实，才走过去开门。

工作人员不仅送来了水，还送来了食物。他没让他们进来，全是他自己端进来的。

门一关，涂筱柠就从被窝里探出头来，一看有自己喜欢吃的拌面，瞬间就觉得饿了。可她整个人像被卸了骨似的，酥软无力。

"要洗澡吗？"他走到床边，看她的脸还红红的，于是俯身伸手探了探。

涂筱柠怕自己现在去洗澡会因体力不支而直接昏过去，便说："还是先吃饭吧。"

"你先吃，我去洗澡。"

"嗯。"她挣扎着起身，套衣服的时候发现自己的锁骨、手臂、胸口、大腿上到处都是暗红色的印迹，这强烈地提醒了她，他们昨晚有多激烈。

她的脸又变烫了，她心想：衣冠禽兽就是他这样的吧？

之前她有一次去行里的茶水间，无意中听到同事们在讨论他："拓展一部的纪昱恒纪总，就是一个行走的衣架，那颜值、那身材、那气质真是绝佳！我都不舍得把他跟庸俗的男女之事联想起来，那是对他的一种亵渎！"

她揉揉自己的头发，暗暗地想：我有罪，我亵渎了大家心目中的仙人。不过这滋味……怎么说呢？不食人间烟火的仙人确实也让我这种庸俗之人欲罢不能啊，赚了赚了。

她总算爬起来吃了面，透过落地窗望着远处的大海，阳光依旧灿烂。快乐的时光总是短暂的，她竟然有点儿不舍得走了。

一想到回去后又要进入 DR 那层"结界"，投入紧张的工作中，她和纪昱恒还要继续若无其事地扮演上下级，她就觉得心累。

她不禁暗暗叹了口气。他们明明是夫妻，却不能光明正大地站在人前，反倒像在做亏心事，这种不见天日的日子什么时候是个头？

他洗完澡时，她已经吃光了一盘面，看来她真是对它情有独钟。

"明天下午几点的飞机？"她喝着水问。

她穿的是自己的睡裙，两条光滑的腿随意地盘着，她半跪半躺在沙发上，又因为刚吃饱喝足，看着他的眼神既慵懒又迷离，唇也粉嫩粉嫩的，敞开的领口还可以看到他留在她锁骨上的暧昧痕迹。

他的喉结微动，站了一会儿，他才告诉她："三点，明天中午就要退房。"他的声音有些低沉。

涂筱柠应了一声，又喝了几口水，看他半天没动，觉得有点儿奇怪："你不吃吗？"

"等你吃完。"说着,他用毛巾擦了擦还往下滴水的头发。

"我吃完了。"涂筱柠边说边给他腾出坐的地方,还拍了拍,"来吧,小帅哥。"

纪昱恒走过去,轻轻地捏了一下她的脸:"叫什么?"

涂筱柠改口道:"帅哥。"

他用手掌托住她的下巴,把她的嘴捏成肉嘟嘟的"O"字形:"再叫一遍试试?"

"嗯,老……老公。"涂筱柠口齿不清地重新叫。

他俯身亲了她一下才放开她,然后将毛巾放好,坐下吃饭。

涂筱柠揉着脸,觉得这人对称呼这件事是不是有什么执念。

他老这么给她洗脑,未免太高估她的智商了。要是她哪天一犯糊涂,在工作的时候慌乱地叫了他一声"老公"咋办?

想到这里,她的第一反应竟是在想唐羽卉会是什么表情。

"在想什么?"他又像能看穿她的心思似的。

被他突然这么一问,她差点儿就要说出"唐羽卉"三个字了,还好她反应快,随便扯了一个话题:"在想哪里能买这个面,我想囤点儿带回去。"她忍不住为自己的机智点赞。

"这个好办,让司机推荐一下卖当地特产的地方。"他说。

"不行。"涂筱柠当即反对,"你傻呀,让司机推荐的话,他肯定会带我们去跟他有合作的地方,不知道他能拿多少回扣呢,你给人家送钱哪!"

好了,她算是又找到一个他不如她的地方。果然,再聪明的男人在柴米油盐酱醋茶上还是不如女人精明。

他不由得一笑,顺着她说:"是,我傻,你聪明。"

涂筱柠故意清了清嗓子,道:"你也别埋汰我。就事论事,我的学习成绩是没你的好,但是钻空子这种事情我拿手哇,谁想坑我的钱、占我的便宜,没门。"

他往沙发上一靠,饶有兴味地说:"是吗?那你平常怎么管钱?"

涂筱柠一边摆弄着睡裙上的丝带,一边说:"我工资低,没存下多少钱,反正大钱买些理财,小钱就放在钱钱宝里。"

钱钱宝是 DR 的活期资金管理产品,每天有利息,且利率随时浮动,比单纯的银行活期利率要高,也没什么金额限制。

"多大多小?"

"没多大,我那点儿破工资和奖金三年也就存了二十万。人们常说不能把鸡蛋放在同一个篮子里,所以这些大钱我分了三拨处理。对比了各个银行的理财利息后,我选了三个银行的产品。小钱嘛,我会常年留两万买那种金额一万起随进随取的灵活理财产品,以备不时之需,一万以内的就全存在钱钱宝里。"她的思路还挺清晰。

"只买银行理财?"

"我是保守型投资,没那脑子玩股票,而且银行非保本型的理财产品都在广告下写了一行小字——理财非存款，投资需谨慎。这年头，就算是银行的非保本型的理财产品也不是完全安全的，其他平台的投资产品我就更不放心了，我接受不了血汗钱亏本。其他上档次的投资我只有那点儿钱就更不用想了，人家的门槛我都够不到。"她一本正经地道。

"你之前做大堂经理倒是没白干。"他如此评价道。

"术业有专攻嘛，吃饭的工具自己都不了解，怎么跟客户推销？其实我做大堂经理的时候业绩还可以，可惜调到拓展一部后之前积累的所有客户就一夜之间拱手让人了。"说到这里她不免失落。

他看着她，她也回看他，话里有点儿调侃的意思："纪总，我们差点儿就要错失成为上下级的缘分了呢。"

他又笑笑，只问："你除了 DR 的卡，还有几张储蓄卡？"

"就一张 C 行的，还是大学汇学费用的卡，因为绑定了很多东西，就一直用到了现在。"

"回头把那张卡的卡号发给我。"

她啊了一声，心想不会因为自己叫他纪总，他就真的想克扣她的钱了吧？

他却轻描淡写地说："最近我正好有一笔理财产品到期，也不多，三十来万。银行员工之间不能互相转账，到时候我用妈的卡将这笔钱打进你的 C 行卡里。以后就由你来管这笔钱，我没那闲工夫。"

她一愣，第一反应是想他居然要让她管钱？第二反应是想三十来万不多吗？

她还在发愣，他又说："除了这笔钱，剩余的钱我分散投资在了股票、基金和其他理财产品上。你不擅长玩股票基金，所以这些投资产品由我来管。其他理财产品到期后，我就将那些钱陆续转到你的卡上，以后你来管理家里的钱财。"

这下她惊得说不出话来。

"家里的收入开支我都用一张电子表格做了台账。回国后，你有空就把你的资产整理一下也填上去，主要是记收入，除了大的花费，平常的日用开销就不用记了，这表以后也由你保管。"

他这是要把家底和盘托出呀！

看她仍是一言不发，他问："还有什么问题？"

"我……我能弱弱地问一下，你在 DR 的年薪是多少吗？"她酝酿了一下情绪，最终还是好奇地问出了这个问题。

他摆正坐姿："知道我为什么要把部门的业绩排名冲到第一吗？"

她木然地摇头。

"我虽然是总行年薪制，但是业务部门靠绩效吃饭，业绩做得越好，考核成绩就越高。如果我们部门的业绩能保持下去，我的年薪加奖金，税后七位数应该没问题。"

涂筱柠伸出手指头数数，个、十、百……数着数着，她突然感觉自己的下巴都要掉下来了。妈呀，百万？！还是税后！徐女士说的一点儿都没错，她真是坐着都有落地桃子吃，这是捡了个什么好老公啊？

完了，她这个庸俗之人瞬间就被金钱腐蚀了。她忍不住扑到他的身上，就像抱住了一棵摇钱树。

"老公，我要抱你的大腿！"

他接住她："别急着激动，有前提，我必须持续保持部门的成绩。"

涂筱柠抬头说："你可以的。"

他轻轻地拍她的头："现在金融市场的环境一般，银行又多，同行竞争激烈，DR各部门也明争暗斗，拓展一部的基础并不算好，难保后面不出问题，是否能维持很难说。"

看他的表情沉敛了几分，涂筱柠轻咳了一下缓和气氛："以前算命先生说我天庭饱满，地阁方圆，旺夫生财。"

他挑眉："哦？"

"你别不信，虽然我自己时运不济，但好多人都说我一看就是旺夫脸呢。"她说着抬手拍拍他的肩膀，像跟他称兄道弟似的，"所以放心，我会给你带来好运的。"

看他在笑，她打了他一下："不信拉倒。"然后她就要站起来，却被他用力一拉，坐回了他的大腿上。

"昨天还说给我带来麻烦，今天又说给我带来好运，我到底该听哪一句？"

涂筱柠咬咬唇。她就说这人记性好来着，什么都记得。"那你不是说不嫌我麻烦吗？"她靠着他，声音有点儿低。

他的视线一直落在她的脸上，然后他扣住她的腰，让她靠在自己的肩膀上。他将下巴压低，搁在她的头上："嗯，不嫌。"

她也往他的颈间凑了凑，似在汲取他的气息。仅仅几天时间，旅行途中他们不知不觉就变得亲密起来，连有些肢体动作也变得很自然。

涂筱柠嗅着他特有的味道，觉得身体里仿佛有一汪平静的湖水泛起了涟漪，慢慢地有什么东西要钻出来，那种感觉既熟悉又陌生。她闭了闭眼，有点儿想放任这种情绪，让它像苏打水起泡般往上冒，却又胆怯了，最终由着理智将它压抑了下去。

在离开巴厘岛之前，涂筱柠与纪昱恒去了一趟当地的大型超市，在那里买了很多她喜欢吃的面。她还挑了一些巴厘岛有名的磨砂膏，准备带给长辈们。给婆婆的礼物她则挑了一条有当地特色的纱巾。她觉得婆婆围着它一定很好看。

到了机场，她望着湛蓝的天空，还是有些不舍。纪昱恒在前面推行李，见她没跟上便回眸看她。

她今天穿着牛仔短裤和宽松的休闲T恤，头上戴着遮阳草帽，站在那里体态婷婷，引人注目。她仰头望着空中的那抹蓝，若有所思。

蓦地，涂筱柠感觉自己的肩膀被揽住了，一看是纪昱恒站在了自己的身后。

"可以值机了吗？"她问。

他领首，她便迈开脚步往机场服务柜台走，嘴里还嘀咕："也不知道到了 X 市穿短裤会不会冷。"

X 市冷不冷她不知道，反正她在飞机上就要冻死了。飞机上的冷气像不要钱似的往死里开，她万分后悔今天穿了短裤。头顶的出风口被她关了，她还跟空姐要了一条毛毯，甚至把纪昱恒的那条也抢了过来，可还是冻得直哆嗦。渐渐地，她感觉头也开始疼了起来，是止不住的那种疼。

她用指尖揉着头，感觉脑子要炸了。怎么回事？她从来不会头痛的。

"怎么了？"原本在看书的纪昱恒察觉了她的不适。

"有点儿头痛。"

他抓过她的手，发现她的手在出冷汗。他按了一下头上的服务灯，问空姐能否再拿一条毛毯过来，空姐却抱歉地表示毛毯已经分完了。

他只得将她身上的毛毯盖严实，飞机到达安全高度后，他便解开了她的安全带，将她揽了过去。涂筱柠头痛欲裂，靠着他也有气无力的。

过了一会儿，飞机上开始分发餐食。涂筱柠什么都不想吃，纪昱恒也只要了一杯热水。然后他执起那温热的一次性纸杯轻轻地触在她的额间。一股暖流瞬间涌入了她冰冷的肌肤内，让她觉得没有先前那么冷了，头痛也在这温暖中得到了一丝缓解。

"好些了吗？"她的耳边传来他温柔的声音，那声音和那暖意一样令她贪恋。

她紧闭着双眼，往他的怀里拱了拱，闷哼了一声："嗯。"

他没再说话，只是保持着一个姿势为她用热水焐额头。涂筱柠感觉头渐渐地不疼了，便慢慢地睡了过去。

迷糊间她感觉到他时不时地跟空姐说话，一杯接一杯地换热水……

她做了个梦，梦里他们还在巴厘岛，还在那艘蓝梦岛回程的船上。海风很大，吹得海面波涛汹涌，船身摇曳。大家都跟自己的亲人坐在一起，并相拥着安慰彼此："没事的，没事的。"

她却一个人坐在船中间的位置，不安地寻找着他，可是怎么都找不到。她想喊他的名字，嗓子却像被捏住了，怎么都说不出话来。

突然一个大浪卷来，船又一个猛冲，然后重重地栽进了海里，摇摇欲坠。失重的感觉席卷她的全身，周围惊叫一片，她也屏住了呼吸，吓得喘不过气来。

她猛然惊醒，大口地呼吸着，她浑身是汗，手却被紧抓着。她一看，纪昱恒就在她的身边。

她有些恍惚，张了张口，想叫出"昱恒"两个字，却在下一秒被飞机上的广播打断了。

"各位乘客朋友，很抱歉，X 市目前有台风登陆，前方遇上较强气流，飞机颠簸。现在暂停餐饮服务，洗手间关闭，请各位系好安全带坐在原位。这是飞行中的正常现象，请大家不必恐慌，谢谢配合。"

接下来广播的内容是一串粤语，然后是一串英文。

说是这么说，但这大概是涂筱柠坐飞机以来遇到的最强的气流了。飞机颠得很厉害，有几次甚至突然下降，像坐过山车似的让人惊慌不安。飞机上的儿童和妇女经不住这突如其来的颠簸，本能地叫了出来，就跟她刚刚梦境里的一样。

涂筱柠特别害怕这种失重的感觉，此刻她的头痛已随梦境消退，只是这摇晃的飞机，再次扰乱了她的心绪。

她就是个倒霉蛋，什么倒霉的事情都被她赶上了。

纪昱恒似看出了她的不安，握着她的手说："没事。"

她侧头望着他，觉得他的声音总像是有魔力似的，能让她瞬间定神。不管是私下还是工作中，好像只要他在，她就心安。

飞机上的暗黄灯光照在他的头顶，投射在他的侧脸上，让他看起来温柔又镇定，仿佛在这世间除了他的母亲，没有任何人、任何事能让他乱了分寸。

飞机又颠簸了一下，接着又下沉，失重感再次袭来。

又有人忍不住叫出了声，涂筱柠也不受控制地抖了一下身子，却被他紧紧地攥着手。

"不会有事的，我在。"

可是涂筱柠没有他那么坚定的意志。她是个缺乏安全感的人，尤其在这种环境里，她会忍不住胡思乱想。

她反握着他的手，断断续续地说："如果……如果飞机……我们……我们都……"

"不会。"他没让她说下去，只是望着她，眼神跟他的语气一样笃定。

他用掌心覆住她微凉的脸颊，温热的触感透过她的皮肤像渗进了她的血液。他说："我不会让你有事。"

她的喉咙有些干涩，她将自己的脸贴在他的掌间，感受着他的体温，只点点头，未再言语。

有那么一瞬间，她想，若这真是人生的最后一刻，能听到这样一句话，就算下一秒跟这个男人一起去死，也没什么好遗憾的了。

所幸最终雨过天晴，飞机平稳降落。短暂停留在 X 市的台风离去了，他们安全抵达。

到达下榻的酒店后，纪昱恒在前台办理入住手续。涂筱柠还有些恍惚，又像个孩子似的紧跟在他的身后，生怕过一会儿他就不见了。她用双手抓着他的手臂，眼神还是放空的。

酒店前台的工作人员给纪昱恒递来要填写的住客信息单，纪昱恒抽不出被她抱在怀中的右臂，便柔声哄她："我填个单子。"

但涂筱柠惊魂未定，思绪飘忽，还是死死地抱着他的臂膀，仿佛那是她此刻唯一的依靠。

纪昱恒将她揽进自己的怀里，轻叹了一口气，然后不好意思地看向前台。

前台的工作人员是个年轻的女孩儿，看到他们这样不禁脸一红。她只以为那是男友在耐心地哄闹脾气的女友，但那个帅气男人眼中的柔情让她心生羡慕。

"我帮您填吧，您照着信息说就好。"最后她笑着对纪昱恒说。

他的视线仍落在怀里的人身上，轻声道谢。

涂筱柠过了很久才缓过来，然后发现自己已经在X市的酒店了。

纪昱恒就坐在她的身边，看到她的双眸已恢复生机，他便探了探她的额。

"好些了吗？"

她点点头，他又坐近了些，拥着她软若无骨的娇柔身子："吓到了？"

她又点点头，过了一会儿才抬头看他："我是不是很怕死？"

他捋捋她的碎发，然后将碎发别到了她的耳后。

"谁不怕？"他又看了她一会儿，"你恐惧失重？"

涂筱柠嗯了一声。少顷，她能正常说话了："那种害怕就像是生理反应。以前我被凌惟依拉着坐了一次过山车，那是我第一次体验到失重的感觉，下来就好像没了半条命，当晚就发了高烧。这是天生的恐惧，治都治不了。"

他联想起这两次飞机起飞，腾空的那一瞬间也会有失重感，她总是会紧抓着座椅扶手，紧闭眼睛，待飞机到了空中平稳些许后，她才恢复正常。

他告诉她："这是失重恐惧症，就像密集恐惧症、深海恐惧症、幽闭恐惧症、恐高症一样，都是心症。"

涂筱柠点点头，说："所以出去玩我只能观景，从不去游乐场，去了也什么都玩不了，还浪费钱。"她又不自觉地叹了一口气，"凌惟依总说我白长这么高个儿，中看不中用，什么都寻求安全感。"

她无意中说出的话让他静默了。

安全感，这是他第三次听到这个词。

一次是现在，一次是在巴厘岛她提到前男友时，还有一次是她初次带他见凌惟依，他从外面买水回来，听到她们在灌汤包店里说话，那时她也提到过这个词。

这一晚他没折腾她，涂筱柠睡了个安稳觉。

X市的酒店格局很小，他们入住的房间只有巴厘岛那个酒店的洗手间那么大。涂筱柠半夜去上厕所踩到了打开着的行李箱，差点儿摔倒。

纪昱恒打开床头灯就看到睡眼蒙眬的她站在那里，有点儿委屈又满腹怨气的样子。

"你的行李箱怎么放在过道哇？"她怪他。

"是你放的。"

"才不是，明明是你。"

纪昱恒无语了。

"就是你！"

"嗯，是我。"

然后他下床整理行李箱，将行李箱合上，放置在角落。她上完厕所重新躺回床上，倒头就睡着了。

他看着她一气呵成地做完那些动作，他脸上的表情和床头的橘黄色灯光一样柔和。

涂筱柠又睡到了中午。起床后，两个人去了一个老牌早茶店用餐，她吃到了好吃的菠萝油和猪扒包。

"你来过X市？"她点了一杯咸柠七，喝了一口才发现这饮料就是七喜加柠檬。

"大学时来X市参加过几次演讲比赛。"

难怪她感觉他对这里的地形和交通都很熟。

"是到X市大学吗？"虽然她是学渣，但对好大学还是心存敬畏的。

"嗯。"

看她一直在搅杯子里的柠檬，他便把她那杯饮料拿了过去，用勺子把柠檬压破。

"你捅破它干吗？"

他将饮料送回她的手里："再喝喝看。"

她喝了一口，觉得酸爽可口，果然不一样了。

他告诉她："这是特别腌制的咸柠檬，里面才是精髓。"

看他点的是丝袜奶茶，涂筱柠也跃跃欲试："好喝吗？"

"还可以。"他递给她，又提醒道，"你少喝点儿，茶很浓，喝多了会失眠。"

涂筱柠凑上去喝了一口，觉得有醇香的奶味，也有红茶的浓郁香味，交织在一起口感丝滑。但她只敢喝两三口，喝多了肯定失眠。

"想去X市大学吗？"他又转回刚刚的话题。

"它对外开放？"

"开放，我们可以去逛一会儿，再去太平山看夜景。"

"那明天呢？"

虽说他们是准备在X市逗留两天，但除去他们睡掉了的半天和明天下午坐飞机的时间，严格来说其实只有一天。

"明天去海港城。"

涂筱柠不解："有什么东西要去那边买吗？"

他抿了一口茶，未否认："嗯。"

她还是觉得奇怪，那里不是女人更喜欢去的地方吗？他去那里买什么？

很快，两个人坐地铁来到了X市大学。

"X 市大学被叫作'没有围墙的大学',不像内地的大学那样有多个方向的校门,而是只有写有'X 市大学'四个字的西门。"纪昱恒边说边将视线落在前方。

涂筱柠顺着他的视线看过去,果然看到了一个不是很有气魄的校门,甚至可以说不大起眼。

"你不说,我还以为到了哪个公园。"这校门还不如他们的那个小破大学,不过人家可是百年港大,不事张扬的低调也挡不住它悠久的历史和不灭的传奇。

"港大依山而建,面积较小,跟内地的名校比少了一份一流学府的大气,但这并不能阻碍它的辉煌与优秀,它在各大高等学府里也自成一派。"

涂筱柠听得很仔细。两个人走到了那低调的校门前,她跨上几级台阶,转身对他说:"帮我拍张照吧,让我感受一下被高等学府的光环照耀的感觉。"

他站在台阶下,说:"好。"

涂筱柠便站好,望着他甜甜一笑,他用手机记录下了这个瞬间。

两个人又往里走,经过了几座教学楼。涂筱柠眺望着里面的教室,见来往的学生很多,有抱着书谈笑风生的,也有步履匆匆低头思考的,只是她感觉每个人的脸上都跟纪昱恒一样写着"学霸"两个字。

"业精于勤,荒于嬉;行成于思,毁于随。荒于嬉、毁于随说的就是我。"她感叹着。其实工作后她时常思考,很懊恼自己年少时太过贪玩。她不止一次地想,如果她上学时多吃点儿苦,多花点儿时间在学习上,工作的路就会顺畅很多吧?不会像现在一样待在 DR 三年还没入编制。

"从任何时候开始努力都不晚。"他说。这时,两个人已经走到了港大的本部大楼。

这座大楼是西方的建筑风格,由花岗石柱撑起一个长廊,顶部有一座高塔和四座角塔,整座楼安静地屹立在校园里。时间的沉淀让它洗尽铅华,却保留了它独有的古老韵味。

看到陈旧的花岗石和色彩斑斓的玻璃大窗,涂筱柠用手机给它们拍了几张照片,又觉得有些场景莫名熟悉,就上网搜索了一下。

"原来这里还是电影《色戒》的取景地呀!"

她就说这里很眼熟来着。

本来在看学生走进礼堂的纪昱恒朝她看了过来。

"你的记性不错,到这里取景的电影还有很多,你唯独记住了这部。"

涂筱柠被他说得脸一红,又忍不住反驳:"你好歹也出身名校,受的是高等教育,思想怎么还那么迂腐?那部电影虽然那什么了些,但是你不能否认它是部经典影片。"

纪昱恒笑了笑:"我说什么了?"

涂筱柠的脸更红了,她挥手打他。

从港大出来,他们又乘地铁来到了太平山,排了很久的队才坐上缆车登上山顶。

站在山顶，他们可以看到很多标志性的 X 市建筑和美丽的维多利亚港。夜幕降临，眺望远方，高楼耸立，鳞次栉比，在灯光的交相辉映中，景色更加唯美壮阔，他们站在山顶，山下的景色一览无余。

因为后面还有人在排队，他们拍完照就把位置留给了别人，匆匆地离开了。

下山的时候他们仍旧乘缆车，排队时他突然说："张爱玲的作品都很现实，揭示人性的弱点，很多人觉得悲凉。"

涂筱柠知道他是指之前她在港大提起的《色戒》，便接话道："她的作品我看过的也不多，《色戒》确实展现了苍凉的世界和虚无的人生观。我以前看《色戒》会替女主角王佳芝惋惜，觉得本该有大好前程的她被毁了，她的初恋邝裕民和后来的易先生把她拖入了无尽的炼狱之中。不过后来再看，我又有了不同的感受。"

两个人第一次聊文学，他耐心倾听，问道："比如？"

"一开始王佳芝带着目的去接近易先生，到后来因为纠葛她越陷越深，发现自己不只将身献了出去，连心都交付了出去。她意识到自己无法再回头了，却还想着要易先生的心。至于她有没有得到他的心，众说纷纭。依我之浅见，她是得到了，因为易先生虽然亲手签处决令，枪毙了她与其他热血青年，但回到家后他去了王佳芝曾经住过的房间。他要求夫人出去，让他自己待一会儿。他坐在她的床榻上，抚摸着床沿，那一刻，他的眼中全是泪。"

仿佛又回到了看那部电影的时候，她的心头也难掩沉重。

"信念和爱，王佳芝都做出过抉择，不管结局怎样，我都佩服她的勇敢。她为国家，为心中的信念献出了女人最宝贵的东西，又为爱的男人献出了生命。有人说她傻，做这件事不值得，其实傻不傻都是她自己的选择。面对爱情总是当局者迷，旁观者清。"顿了顿她又说，"不过，有一点我很肯定。"

他微微扬眉。

"邝裕民和易先生都不是她的良人。"

眉头紧锁、缄默不言的他终是开口了："谁是谁的良人，局中者又怎自知？"

他的话和目光一样一如既往地让她难以参透其中的奥义。

缆车已到，涂筱柠抬脚踏了进去，他紧随其后。

"反正，他俩都够坏。"她做出了最后的总结。

纪昱恒只浅浅一笑，不置可否。

第二天她跟他去了海港城，但是里面实在太大了，走得她脚都快废了。

她一路都在想他到底要买什么，他能买什么。

直到醒目的蒂芙尼蓝撞入视野，蒂芙尼的大商标落进眼帘，涂筱柠觉得自己的双脚被定住了。

"到这儿来干吗？"缓了一会儿，她问他，但心已经乱跳到难以自抑。

他的眼睛里闪着光："对戒是妈买的，我还欠你一个结婚钻戒。"

她不知此刻自己是何种心情,明明是应该激动的,甚至欣喜若狂的,可她的第一反应是拉他走。

"疯了吗,你?买钻戒满大街都能买,干吗非买这个牌子?"

她却没拉得动他,回眸对上他坚定的眼神。

"你我相识的时候我很普通,没有万贯家财,也没有豪车与房。你嫁给我,我甚至没能给你一场体面的婚礼,只是匆匆地领证和偷偷地生活在一起。人人所谓的才华横溢与出类拔萃,也只不过是我的谋生工具,回报尚未看到,未来也遥不可及。但至少于你,于我们的婚姻,我会竭尽所能。"

周围人来人往,他的话一字一句从她的耳畔落在她的心头,似乎有点儿灼热,让她久久难以平静。

一刹那她都以为他是在向自己告白,可她很清楚他们的婚姻由何开始,又该如何继续,不过还是很感谢他给了自己该有的一切体面。

"我这个人很知足,因为自己不是最好的,所以也从来不要求拿最好的。其实钻戒这种东西对我而言也是可有可无的。你看,我们连对戒都没机会戴,买了钻戒也是放在家里落灰,倒不如省下这笔钱,把钱用在刀刃上。"良久,她无比认真地跟他说。

"而且你也不普通,普通的人是我。如果你给我最好的,我会受之有愧,就像那车子和房子。我嫁给你,自然是信得过你的人,其他的东西,我没多想。"

涂筱柠说完又看看那难以企及的蒂凡尼蓝:"现实地说,婚姻里的物质保障当然得有,所以你说你年薪百万,我很开心。但是两个人过日子不是谈恋爱,我也过了收到一份贵重的礼物就高兴得叫起来的年纪。婚姻是责任和柴米油盐酱醋茶的生活。我也是一个俗人,难免有俗人的想法,相对于奢侈品牌的钻戒,我更喜欢把钱抓在手里的感觉。你活得比我通透,应该比我更清楚这点。"

他站着,没再说话。

涂筱柠便摆摆手:"走吧,我还是不大适合这里。如果非要买个钻戒走一下形式,可以在路边那些连锁的金器店里挑个便宜的,我来对比这里跟内地的价格。"

她边说边掏手机,然后转身就走了。

走了几步,她抬手抹了一下脸上滑落的泪。

真是没出息呀,涂筱柠。人家要给你买个蒂凡尼钻戒,你就感动得热泪盈眶了吗?

最终钻戒没买,两个人站在海港城的观景台上看了一会儿维多利亚港。只是在巴厘岛看多了海,面对眼前的景色,涂筱柠已没了欣赏的兴致。

然后他们回酒店退房去机场。回程只要三个小时,但下飞机后再拿行李,从机场坐车回去,折腾下来两个人到家也天黑了。

因为他们旅行的时间较长,婆婆在他们出行前就被接去吴老师家了。过几天纪昱恒才会去接她回来。

换好鞋后，累瘫了的涂筱柠把行李箱一扔，就往沙发上一躺。旅游并不比工作轻松多少，而且她是身心俱疲，都不想整理行李了，准备明天再说。但是自律的纪昱恒不一样，回来的第一件事就是整理行李。

"你不累吗？又不急着再出去，行李明天整理也行。"看他俯身有条不紊地整理的样子，她忍不住说。

"今日事今日毕，明天还有明天的事。"他依旧那么认真，只留给她一个背影。

涂筱柠觉得自己是在对牛弹琴，便说："那我先去洗澡，明天要上班，得早点儿休息。"

她边说边去房间拿衣物，也没再管他。

第二天她回到部门，发现七天未见，同事之间甚是想念。

赵方刚仍是一副嬉皮笑脸的样子："小涂，你国庆去海边了呀？"

涂筱柠一愣，还在想他怎么会知道，又听他说："你这晒得跟煤球差不多了。"

涂筱柠定了定心，说："去了趟泰国。"

她竟有点儿佩服自己，现在撒谎什么的她也不会脸红心跳了。

"泰国？原来放假前你就不声不响地向上面申请，拿了护照哇？"赵方刚欲刨根问底。

因为银行从业人员跟钱打交道，为防止金融犯罪，银行员工被限制出境。不论是正式编制的员工还是合同工，都要将护照、港澳台通行证上交于单位。若要出行，得提前向人力资源部申请，按照申请时间回来后，就得及时再上交证件。这在此行业已经是个不成文的规定。

涂筱柠嗯了一声，这时纪昱恒也西装革履地进了部门，看样子是刚从上层领导那边回来。

谁知赵方刚又一惊一乍："老大，你怎么也晒黑了？不会跟小涂一样也去了趟泰国吧？"

他的声音在整个办公室里回荡，引得所有人探头往纪昱恒那儿看，尤其是唐羽卉，她的眼睛像要在他身上定住了似的，看得尤为仔细。

纪昱恒镇定自若，比涂筱柠还不着痕迹，连眼皮子都没抬一下。他边走边说："去郊外陪人钓了几天鱼。"

赵方刚殷勤地笑着说："我也喜欢钓鱼哇，下次一起呀，老大。"

纪昱恒没应他，只说："开会。"然后他进了自己的办公室。

赵方刚瞬间蔫了，拿着笔记本和笔拍拍桌子感叹："美好的一天哪，从工作开始喽！"

几个人拿着本子去了会议室。

"哎，部门合照行里放过来了呀？"许逢生眼尖，第一个看到了墙上挂着的放大版的部门合照。

"嘿，真是，够速度的呀，节前拍的，节后就挂上了。"赵方刚也附和道。

几个人均不自觉地凑上去看。

"这请的是哪家摄影公司啊？回头我要跟办公室反映反映，只管拍，不管修图吗？把我的脸拍得那么大。"饶静双臂交叉地站着，对照片很不满意。

赵方刚安慰她："哪里大？不挺好的吗？饶姐姐，你别对自己太苛刻了。"

他们在叽叽喳喳地讨论着，涂筱柠却望着那照片出神。照片中纪昱恒站在中间，身姿卓越，英气非凡，她站在他的身边，虽然矮他一截儿，却落落大方。

"小涂这张照得好哇，跟老大站在一起，神形都被传染了。你俩的表情气质都差不多，乍一看跟你俩的结婚似的。"赵方刚不正经的声音又响起，让本来没注意的其他人反倒多看了照片几眼。

涂筱柠被他这么一说，也仔细地看了看，竟真的觉得自己当时的表情跟他的很像。难道这就是别人所说的夫妻相？

谁都知道赵方刚说话不着调，他的那一句玩笑话没人会放在心上。

但唐羽卉还是冷哼了一声，道："哪里像？简直差了十万八千里。"

许逢生用手机把照片扫描了下来，然后发到了"无领导群"："这是我们部门的第一张合照，能聚在一起就是缘分，这张照片也很有意义，大家就各自留一份当收藏吧。"

涂筱柠打开微信，看到了那张清晰的电子版照片。

纪昱恒姗姗来迟，看到众人都聚集在墙边，便往那里扫了一眼，但几乎只一秒就收回了视线。

这正好被转身的涂筱柠看到了。大家看到纪昱恒进来了，便赶紧落座，她也坐了下来。她的手机尚未来得及锁屏，电子照还打开着，只是照片里的他又变成了眼前淡漠疏离的模样。

她垂下眼眸，翻开本子，进入了工作状态。

后来涂筱柠去洗手间的时候还特意照了一下镜子。她黑了很多吗？还好吧，也没赵方刚说的像煤炭那么夸张吧？

国庆假期结束就代表着第四季度的真正到来，而银行业绩最关键的时期就在年头和年尾，所以部门又进入了紧张的年末冲刺状态。随着工作的回归，涂筱柠和纪昱恒也像回到了以前的相处状态，各自忙碌。他的应酬比以前的还多，毕竟他要保持部门的成绩。他回家一天比一天晚，涂筱柠睡得浅，偶尔会听到他半夜开门、洗澡的声音，然后他带着一身酒气躺下睡觉。第二天她醒来，他人又不见了。

与其说这房子是他的家，倒不如说是他的酒店。他总是早出晚归，回来也只是睡一觉，所以说想要年薪百万哪有那么容易？不过她的早饭，他倒是不会忘记做。他做的时候顺便多弄一份而已。

这天中午吃饭，大家发现唐羽卉已经连续几天独自到食堂了。纪昱恒这几天都很晚才到。当然了，唐羽卉即使不跟领导坐，也不同涂筱柠他们坐在一起。

"看，公主都不屑跟我们坐在一起吃饭。"望着端着餐盘独自坐在角落里的唐羽卉，饶静喝了一口汤道。

"公主"是他们最近给唐羽卉起的外号。

"她老这么端着，别的部门的人见了还以为我们排挤她呢。"赵方刚放下筷子，有点儿不悦地说。

许逢生还是一副老好人的模样："算了，她来了大家伙儿反而不自在。"

几个人继续闷头吃饭。

赵方刚又闲不住嘴了，敲敲许逢生的餐盘："你相亲怎么样了？"

饶静也来了兴趣："你相亲了呀？"

连涂筱柠都忍不住侧眸看许逢生。

被三个人这么瞧着，许逢生有点儿不好意思了，轻咳了一下："还行吧，在聊着。"

赵方刚嗅到了八卦消息的味道，撸撸袖子："有戏呀！她做什么的来着？"

"高中英语老师。"

赵方刚跷起二郎腿抖了抖："哎哟，老师好哇。"

饶静更好奇了，直接问："有照片吗？"

许逢生有点儿为难："这……我们现在只是在聊，还没确定关系。"

赵方刚轻轻地拍桌子，然后朝许逢生把手一伸："别扯淡，看一下照片会死呀？我们帮你看看，参谋参谋。"

饶静也附和道："就是呀！"

涂筱柠觉得聊八卦消息的时候赵方刚和饶静这两个人就特别默契，到底是部门仅存的两个元老啊！

许逢生被说得没法再糊弄过去了，便拿出手机翻了翻，然后把手机放在了饭桌的中间。

另外三个人几乎同时把头凑了过去。他们是男女面对面坐着的，从女生这边看照片是倒的。饶静一把拿起手机，赵方刚刚要抢，就被她瞪了一眼，只得摇摇手作罢："行行行，女士优先。"

饶静看完将手机递给了涂筱柠。涂筱柠一看，见那照片上是一个浓眉大眼的挺清秀的女孩儿，然后她又将手机递给了赵方刚。

"这一看就是个良家妇女啊，你喜欢这种类型的？"果然，赵方刚又轻佻起来。

许逢生拿回手机，只说："家里找的，之前我在 D 市分行工作，我父母心急得很。现在我一调回来，他们就忙着让我相亲。"他叹了口气，"为人子，终究难逃一个'孝'字。"

他又看看赵方刚，笑了笑："咱俩是同时入行的，你也老大不小了吧？怎么样，有没有什么打算？"

赵方刚依旧一副玩世不恭的态度："我是万花丛中过，片叶不沾身。婚姻这种东西绑不住我，我多玩两年再说吧。"

赵方刚的家庭条件不错，父亲是国有银行的后台领导，母亲是地税局的干部，他自己进银行后也有了一点儿自己的小资源，所以一直心高气傲，不大能看得上谁，当然，除了纪昱恒。

涂筱柠没怎么参与这场讨论，安静地吃着饭。谁知他们说着说着就将话题转移到她的身上来了。

"小涂，你最近不对劲哪！"赵方刚先说。

涂筱柠疑惑地啊了一声。

赵方刚的二郎腿又抖啊抖的，他像发现了新大陆："你自国庆节回来后就会打扮了，开窍了呀！"

涂筱柠一愣："有吗？"

"怎么没有？以前你整天披头散发、蓬头垢面的，现在描眉画眼，浓妆艳抹的。"赵方刚说着，将视线落在了她手上拿着的用过的纸巾上，"你看，口红都涂起来了。"

涂筱柠一看，见纸巾上有她吃饭前擦掉的口红印。饶静也在看她，不过并未着急说话。

涂筱柠干笑道："以前我不出去营销，现在要跑业务，再不修边幅怕吓着人家。"

许逢生也跟着笑笑："小涂以前就挺可爱的，不过打扮了更出挑好看。"

赵方刚又扒了一口饭，吃完后说："小涂一打扮可比那公主好看多了，你们没见公主的粉底涂得多厚。"他吃饱了便把筷子一放，"小涂哇，你要不是银行的，哥哥就追你了。"

饶静还在捣鼓着盘子里的菜，听了他的话，有点儿忍俊不禁："那你为什么不追？"

赵方刚做无奈状："夫妻不能同是银行人啊，还都是营销岗的，这不是作孽吗？每天眼睛一闭一睁满脑子都想着客户和存款，累都累死了。"说着他又摇摇手，"所以呀，银行人还是得找个其他行业的。你看逢生找个老师多好，老师还有寒暑假，以后有大把的时间相夫教子。"

他的话让涂筱柠觉得嘴里的菜一时没了味道。

饶静打量着她，慢悠悠地开口："要想知道一个女孩儿是不是有心上人了，一看她的朋友圈动态，二看她的穿着打扮。所以，小涂，你不是有点儿状况，你肯定有问题。"

"是吧，是吧！"赵方刚更来劲了。

涂筱柠心跳如擂鼓，却不动声色地一边喝汤一边说："饶姐，不是你说客户经理是一个银行的门面吗？以前我不注重外在，你老嘀咕。现在我重视仪容仪表了，你又说我有问题，我真是里外不是人。"

饶静嘿了一声，又说："你这臭小孩儿现在跟我翻起账来头头是道的，要出师了是吧？"

赵方刚笑着打趣："可不是嘛，小涂现在的嘴皮子功夫有长进了。有时候她打电话给客户，我听着都感觉她老练了不少，悟性也是挺高的。"

几个人相谈甚欢，纪昱恒不知何时来了食堂，端着餐盘在赵方刚的身边坐了下来。

他一来大家都打住了说笑，安静地看着他。

"老大，你才来吃饭哪？"赵方刚先开了口。

纪昱恒嗯了一声，见他们一副拘谨的样子，又缓了一下神色："你们继续聊。"

许逢生干咳了一下："我们……话题正好也结束了。"

纪昱恒难得有兴致，边拿筷子边问："聊什么那么开心？"

赵方刚耿直，屁颠屁颠地告诉他："我们在说小涂有心上人了。"

全桌的人都安静了，正在喝汤的涂筱柠差点儿被呛得断了气。

"哦？"见纪昱恒的视线扫了过来，涂筱柠赶紧拿纸巾捂嘴止了咳。

她又摆摆手："他们开玩笑呢。"

饶静不以为意地笑了，见纪昱恒此刻也还算和颜悦色，便没太在意他在场，又提点涂筱柠："不过，小涂你二十七了，再过几个月就要二十八了，是可以考虑一下嫁人了。你现在还能再挑挑，不过不要挑花了眼，不然像姐姐一样成了'剩女'就要被人挑了。"她从不在意自己年纪大这件事，仿佛只为自己活着。

赵方刚点头赞同："而且呀，千万别找同行，这夫妻俩天天忙着营销和应酬不着家，压力又大，资源还不能共用，想想都可怕。对了，也别找警察和医生，这两种职业也非常忙，要找个稍微能顾着点儿家里的男人。"赵方刚又没完没了起来，看了看涂筱柠还说，"我有个同学，家里什么都不多，就房子多，而且被他改造成了民宿，自己再做做小本生意。他的择偶标准只有一条——女孩儿漂亮就行。他还单着，我看你俩挺合适，要不介绍给你？"

涂筱柠面露尴尬之色："不用了，小赵哥。"

赵方刚啧了一声，又道："你看，给你介绍对象你推托，还不承认自己有心上人。"

涂筱柠觉得头昏脑涨，进退两难，心想纪昱恒今天怎么就偏偏跟他们坐在一起吃饭了呢？

饶静也当她不好意思，便调侃赵方刚来缓和一下气氛："哟，小赵，你还有单身的同学吗？给我也介绍介绍。"

赵方刚拿起手机翻微信："行啊，我看看通讯录，找找有没有喜欢姐弟恋的。"

饶静翻了个白眼。

赵方刚发了一条微信信息,又将视线落到涂筱柠的身上:"小涂,我把你的微信号推给他了。你别有压力啊,就当交个朋友呗。人嘛,多个朋友多条路。"

涂筱柠不经意地扫了从头到尾在安静用餐、不置一词的纪昱恒一眼,只得硬着头皮哦了一声。

"要是成了,我们部门的人明年是不是能喝两顿喜酒?"赵方刚还有点儿得意,忍不住往纪昱恒那儿靠了靠,"老大,到时候你有的忙了,作为直系领导,要帮逢生做证婚人,又要帮小涂做证婚人,无缝对接呀!"

纪昱恒只淡淡一笑,没吱声。

涂筱柠这会儿有把餐盘塞进赵方刚的嘴里的冲动。

涂筱柠吃饭前把手机放在办公室充电了,回去后就收到了两条微信信息,一条是好友添加申请,备注:赵方刚的同学。

另一条是纪昱恒发的。

A:"晚上我们去接妈,在小姨家吃饭。"

涂筱柠看了看时间,见是他去吃饭前发的。

她把聊天记录删除后,就放下了手机,完全忘了那个好友申请。

过了一会儿,纪昱恒吃完饭回来了。赵方刚紧随其后,一进来就说:"小涂,我同学说你没通过好友申请。"

纪昱恒从她的办公桌旁经过,直接进了办公室。

涂筱柠站起来跟赵方刚说:"还是算了吧,小赵哥。我现在还没转正,没那个心思。"

"转正跟谈恋爱又不冲突。照你这么说,非正式员工连谈恋爱、结婚的权利都没有了?要是你一直不转正……"赵方刚顿了顿,又说,"当然,我只是打个比方,你别介意。就是你老不转正,你就不找对象了,是吧?"

许逢生帮腔道:"是呀,小涂,先看看,接触接触而已,你别有太大心理负担。"

涂筱柠还是不死心,又说:"我是怕人家太优秀。我的工作还不算稳定,人家很难瞧得上我的。"

赵方刚哈哈一笑:"这你别担心,我这同学偏不喜欢事业型女性。他肤浅得很,就是喜欢长得好看的人。刚刚我把你的照片发了过去,他可是很满意呀!"

纪昱恒此刻正巧关上了办公室的门,声音不大不小,让涂筱柠一愣。

许逢生示意他们把声音放小一点儿:"老大要午休了。"

赵方刚做了个"OK"的手势。眼看他要走了,涂筱柠压低声音问他:"小赵哥,你……你哪儿来的我的照片?"

赵方刚笑得贼兮兮的,朝会议室扬扬眉:"部门合照哇,我还特意把你旁边的老大截掉了。"

涂筱柠坐回自己的位置,看着脚边的垃圾桶,有点儿想吐血。

下班后她来到了单位的地下车库，看到纪昱恒从另一个方向的电梯里出来。两个人互相看了一眼，他移开视线直接往自己的车那儿去了。涂筱柠心想，难得他下班这么早。她还在朝自己的车的方向走着，就听到车子发动和轮胎摩擦车库地面的刺耳声音，再望一眼，他已经开车走了。

涂筱柠打开车门，把包往副驾驶位一扔，又想他开这么快，还不是得等她过去一起吃饭，真是的。

好在她把在巴厘岛给父母买的磨砂膏和两盒护发精油放在了车里，可以先拿去送给吴老师夫妻俩。不然突然被通知去别人家里，她两手空空的，会不好意思的。

到了吴老师家楼下，她发现车位很多，但看到了纪昱恒的车，就顺便把车跟他的停到一起了。

她上楼后按了门铃，开门的是个年轻漂亮的女孩儿。涂筱柠只觉得她有点儿眼熟，便问："你是……？"

女孩儿朝她甜甜一笑，叫道："嫂子。"

哦，对，她是纪昱恒的表妹，初中来补课的时候涂筱柠见过的。那会儿她还是个小学生呢，一转眼都长这么大了，亭亭玉立的，跟她表哥一样模样出挑。

涂筱柠被她拉进了门，才知道她叫许意浓，现在在日本东京大学读书，这两天正好回国参加一个学习项目，就顺道回了趟家。难怪之前涂筱柠都没见到她人。

涂筱柠不禁暗自嘀咕：这一家子都是什么优秀的基因？要高颜值有高颜值，要高智商有高智商，而且都是出身名校的学霸，典型的书香门第呀！

涂筱柠手上拎着从巴厘岛带回来的小礼物，有些不好意思："之前不知道你要回国，我只给小姨和小姨父买了两盒磨砂膏和护发精油，回头我再从家里给你带一份来。"

许意浓笑着拉她坐下，露出可爱的小虎牙："我在家待不了几天，下周就去A市了，月底去新加坡。你还是留着自己用吧，嫂子。"

她一口一个嫂子地叫，涂筱柠只觉脸热。

见她还在盯着自己，涂筱柠便站起来向屋内扫视了一圈："你哥呢？"

"他在姨妈的房间呢，喏，就那间。"许意浓指着最外面的一个房间。

涂筱柠点点头："我也去看看。"

许意浓也去厨房帮她妈去了。涂筱柠推开房间的门，就看到坐在床头紧握双手说话的母子俩。

"筱柠来了？"婆婆许久没见到她，想念得很，朝她伸手招呼道。

"妈。"她边叫边走过去。她也很想念婆婆。

纪昱恒站起身，把位置让给她。涂筱柠顺势坐了过去，这次换婆媳俩紧握双手。涂筱柠看婆婆的面色不错，便陪她说了好一会儿话，还把他们夫妻俩在巴厘岛的一些见闻和趣事告诉她，当然除去了纪昱恒被猴子抓伤、自己遇到色狼这些事，逗得婆婆一直在笑。

"这些昱恒可是不会告诉我的。"婆婆笑完，有些不满地看了儿子一眼。

涂筱柠也跟着她朝他投去一眼，又跟婆婆说："没事，以后我说给您听，不管他。"

婆婆点头，婆媳俩脸上均挂着顽皮的笑。

晚上吃饭的时候，吴老师一直往涂筱柠的碗里夹菜，生怕她吃不饱。可是涂筱柠快撑死了，终于知道那次刚领证他在她家为什么能吃这么多了，因为不好意思推辞。

实在吃不下了，她看向纪昱恒求救，他却没看到她的眼神。她又在桌下踢踢他，他终于看来一眼，会意地道："吃不下就别吃了。"

"可是小姨这么热情。"

趁小姨和小姨父去端汤的工夫，他不动声色地把她的碗和自己的对调了一下。

涂筱柠万分感激："谢谢老公。"

他看着她嗯了一声。

坐在对面的许意浓笑意盈盈："我可什么都看到了呀！"

纪昱恒无视她："吃你的饭。"

许意浓朝他做鬼脸，表兄妹俩看起来感情好得很。

吃完饭他们又逗留了一会儿，然后带着婆婆离开了。一到家，涂筱柠就把自己在巴厘岛买的纱巾送给了婆婆。婆婆很开心，还让涂筱柠帮她围起来，对着镜子照了照。看着她越发好起来的气色，涂筱柠也异常欣慰。

哄婆婆睡着后，她看到纪昱恒在书房对着电脑忙碌，好像是在处理工作上的事情，便没打扰他，先去洗手间洗澡了。

她出来后，纪昱恒正在客厅喝水。他看到她，便朝她的手机微微抬了抬下巴："你的微信一直在响。"

涂筱柠上前拿起手机一看，见微信上的信息都是赵方刚的同学发来的。

"你好。"

"不在吗？"

"还在加班？"

"Hello？（你好？）"

涂筱柠感觉自己的头又要晕了。这都是赵方刚给她弄的"好事"，她现在要怎么收场？

她朝纪昱恒看了一眼，忍不住抱怨："赵方刚真是的，非要给我介绍对象，现在我都不知该怎么处理他这同学了。"

纪昱恒手捧水杯，声音淡漠："当时你承认自己有心上人就没这事了。"

涂筱柠握着手机的指尖一僵，过了一会儿才说："我怕他们刨根问底，像要看许逢生的相亲对象那样，非要看什么心上人的照片。"

"你不拿出照片顶多被说几句,他们还能把刀架在你的脖子上不成?"纪昱恒将杯子放在茶几上,"这事是你自寻烦恼,也只能自己处理。"

涂筱柠看到他事不关己,高高挂起的样子,心里发堵,又夹杂了一点儿委屈的情绪。

隐婚这事她也很无奈,天天在人前演戏已经够累的了,现在倒成了她的不是。她本以为他会懂她心里的苦楚,现在看来是她自作多情了。

她拿起手机就往房间走:"是呀,我自寻烦恼。可我又没什么心上人,编造了一个谎言就要用无数个谎言去圆。我们现在的关系得时刻注意不让人发现,这就已经够让我担惊受怕的了。要再编造一件虚假的事出来,我没那精力去应付。"

他站着没动,半晌才说话,而且跳过了刚才的话题:"我还有工作,你先睡。"

她回房盖好被子没理他,过了一会儿听到他走向书房关上了门。

随着门被合上,她的心里似乎也有什么东西沉了下去。她闭上眼睛,将手机一扣,没再理那些微信信息,告诉自己赶紧睡觉!

半夜涂筱柠睡得迷迷糊糊的,以为还在巴厘岛,翻了个身就下意识地去寻他,却扑了个空。她睁开眼,望着左手边空荡荡的位置出了一会儿神,然后下了床出了房间,看到书房的灯还亮着,便轻轻地打开门看看。

他的电脑还开着,但他已经伏案睡着了。

她退回房间,从衣橱里找了一条毛毯,然后轻手轻脚地走进书房,小心翼翼地将它盖在他的身上。她看到了电脑上的演示文稿文件——是他的第四季度工作计划。

不知他是不是有什么心事,睡觉时眉头都紧锁着。涂筱柠伸手照着他的面部轮廓临摹了一下,很想去抚平他的眉,却始终没有真正触碰到他。

他终究还是离她太远了。

她收回手又退了出去,躺回床上再也无法睡着。她开始百无聊赖地翻微信信息,指尖滑呀滑,最后停在了许逢生之前发的部门合照上。她把照片保存了下来,然后用手机的图片编辑功能截图,截掉了其他人,只留下了中间的他们。

她看了许久,指尖停在他的脸上,像刚刚在书房那样,隔着屏幕触到了他的眉毛、眼睛、鼻子,又看了好一会儿。

除了领证时那张木讷的照片,这算是他们结婚后的第一张合照吧。

涂筱柠出于礼貌,第二天到办公室后给赵方刚的同学回了一条微信信息。

"抱歉,昨天手机没电。"

对方很快回了信息过来。

"没事,你上班先忙,晚上再聊。"

涂筱柠放下手机揉了揉额。晚上再聊?可她是有夫之妇哇。

身后的办公室里有阵阵咳嗽声传来,涂筱柠下意识地朝里望去,见他盯着电脑屏

286

幕还在忙碌，只是止不住的咳嗽让他时不时抬手掩鼻，似在隐忍，却又无可奈何。

涂筱柠的心倏地收紧了，想着他是不是因为昨晚在书房睡了一夜而着凉了？那条毯子还是太薄了。

赵方刚抱着一堆材料从审批部回来，没了平日里嬉皮笑脸的表情，而是蹙着眉头，仿佛有心事。他直接跨进纪昱恒的办公室，叫了一声"老大"。

纪昱恒还在忙自己的事情，只嗯了一声。

"之前我磨了几个月的那个上市公司，报的贷款项目被行里卡了。"

"是什么问题？"他咳了一声。

"行里的意思是它关联的企业太多，怀疑资金是要给它其中一家的房地产企业用。我解释了，还把所有关联企业的情况摸了一遍，费了我一个月的时间写了一份集团报告，证实了贷款不会被挪用到房地产企业上。人家的房地产项目本身就有十个亿的贷款，还稀罕我们这一个亿吗？"

"审批人什么意思？"

"我就找审批人来回沟通，最后他被我缠得没办法，说不是他们审批部的意思，是审批总监的意思。"

审批总监是一个分行最大的审批决策者，通常由分行分管业务条线的副行长担任。DR 的审批总监是林副行长，所以这笔授信其实是卡在了林副行长那里。

纪昱恒又咳了一下，才说："那个公司什么意思？"

赵方刚挠头："人家公司无所谓，因为报授信的除了我们，还有其他两个银行。他们有点儿货比三家的意思，资金目前也不是太紧张。"

纪昱恒继续打字："那你就先放放。"

"啊？可时间不等人哪，老大。为了赶在其他两个银行前面，我可是拼命地加班写报告哇，国庆假期我都没休息。"赵方刚心有不甘。

纪昱恒停下动作："我的意思是，你在审批流程上先放一放。"

"你的意思……"

"林副行长的父亲常年住院，你以那个公司的名义送些花篮和水果过去。"

"这会不会太唐突？"

"就是要唐突，让他记住这个公司的名字，后面的事情我来处理。"

赵方刚想了想，说："知道了。"准备出去的时候，他又关心地问，"老大，你是不是感冒了？你一直在咳嗽，这天换季容易得流感。"

纪昱恒捂着口压低咳嗽声："只是有点儿支气管炎。"

"我去给你买点儿药？"

他制止道："这是老毛病了，换季的时候就会发作。"

"我那儿有胖大海，要不给你泡点儿喝喝？说不定能有所缓解。"赵方刚说着就往自己的办公桌走去。

287

唐羽卉在外面把他们的对话听得一清二楚。

"他就是太拼命了，在大学里也这样，人一累支气管炎就发作，工作了比在大学的时候还不要命。"她自顾自地说着，也不知道在说给谁听。

赵方刚拉开抽屉找了找，找到了还剩下的几粒胖大海，但又临时接了个电话，只得招呼涂筱柠帮忙。

"小涂，你把这个泡一下给老大送过去，放三粒就够了。它会膨胀，太多了会吸水。"

涂筱柠起身要去接，却被唐羽卉抢先。唐羽卉说："你做你的事，我来。"

涂筱柠的手悬在了半空，过了一会儿她才默默地收了回来。她看着唐羽卉去泡了胖大海，又送进他的办公室。

唐羽卉关切地道："你呀，总是不把自己的身体当回事。"

他说："没事，你去忙。"

涂筱柠转移视线，盯着电脑屏幕。饶静喊她，她都没听到，直到饶静敲了敲她的桌子。

"喂，涂筱柠！"

"饶姐。"

"我让你联系一下客户，收集 9 月份的报表，准备做上个季度的贷后检查。"

"哦。"

下班的时候，涂筱柠接到了徐女士的电话。徐女士的意思是涂筱柠他们旅行结婚结束了，该宴请近亲了，她跟老涂准备在老家帮他们简单地摆几桌。

"这事我回去跟昱恒商量一下，他最近有点儿忙。"涂筱柠告诉徐女士。

"我算好了日子，在月底，是个吉日，正好又逢周六，也不会太耽误你们的时间。"

"嗯，只是他最近回家都挺晚的，我都来不及跟他说上几句话。"

"让他注意身体，工作是做不完的，别太拼了。你要对他体贴点儿，男人在外不容易。你可别像以前那样只顾自己。"

"知道了。"她打断徐女士，"妈，小时候我咳嗽，你弄了个偏方，是往橙子里加盐吗？"

"是呀，买新鲜的橙子，切掉三分之一，再往里放盐蒸。怎么了？谁咳嗽了？"

涂筱柠垂眸："昱恒昨天可能着凉了，今天支气管炎发作，我想给他弄点儿偏方试试。"

"啊？怎么就支气管炎发作了？"

涂筱柠没跟徐女士多解释，只问了那个偏方的详细做法，然后去了超市买橙子。

超市里有在打折的橙子，换作以前她肯定只买打折的，但是今天她犹豫了一下，还是挑了几个进口的。

今天下午行里中层干部开会，会后组织了聚餐，她估计纪昱恒今天又得很晚回来。

只是她想着他的咳嗽，晚上躺在床上也辗转反侧，毫无睡意。

赵方刚的同学时不时发来信息，她要么不回，要么回得很敷衍，在想到底怎么才能把他打发了。她可不想作为已婚妇女还吊着人家，但又要顾及赵方刚的面子，所以左右为难。

十一点的时候门口传来了开锁的声音，涂筱柠放下了手机。她有一只拖鞋没找到，就光着一只脚走了出去。

"你回来了？"

纪昱恒放下车钥匙，看她只穿了一只拖鞋，便问："还没睡？"

涂筱柠应了一声走过去，闻到了他身上的酒气。

"你喝酒了？"

"你的拖鞋呢？"

两个人同时向对方问了一个问题，涂筱柠先回答："可能被我不小心甩到床下了，我够不着。"

纪昱恒先把自己的拖鞋给她，然后又打开鞋柜拿了另外一双拖鞋。他还是掩着口咳嗽。

"咳嗽就别喝酒了。"涂筱柠去拿他搭在臂弯上的西服外套。

"总行来了人，避免不了。"纪昱恒往主卧看了一眼，"妈睡了？"

涂筱柠点点头，告诉他："她今天胃口也不错，吃了点儿水果。"

"马上要开始新一轮的化疗，到时候她又要受苦了。"纪昱恒边咳边说，神色忧郁。

涂筱柠将他的西服整平挂好，然后走近他一些，伸手去轻抚他的背，说："妈很坚强。"

他挺直的背一僵，似又要咳嗽，却怕吵醒母亲，所以在克制。

他应该很难受，因为极力隐忍，脸都有些红了。而他的每一声低咳都像咳在了她的心上，让她的心也跟着抖。

她踮起脚为他解开领带，像体贴的妻子一样耐心又温柔："我给你拿了睡衣，先去洗澡吧。"

纪昱恒的眼眸中透着幽幽的光，片刻后他走进了洗手间。

涂筱柠趁他洗澡的时候，到厨房按照母亲所教的，将浸泡在盐水里许久的橙子拿出来擦干，然后切掉三分之一，在剩下的三分之二的橙肉上戳出一个个的小洞，再舀一小勺盐撒进这些洞中，又把切掉的那三分之一橙顶用牙签固定在原来的位置上，最后将这个处理过的橙子用碗装好，放进锅中隔水蒸。

十几分钟后他洗完澡了，橙子也蒸好了。

纪昱恒一出洗手间就闻到一股橙子的清香，往厨房一看，见涂筱柠正站在里面关燃气灶。不一会儿她从里面端出来一个碗，看到他从洗手间出来了，便说："正好。"她用筷子夹掉橙子皮上的牙签，然后说，"我小时候也得过支气管炎，我妈就用这个偏方给我食疗，我吃了几天就好了，你也试试。"

她低头认真地看着碗里。有一根牙签大概戳得深，她用筷子夹不掉，只得用手。谁知橙子还带着刚出锅的蒸汽，她感觉一股热气袭向自己。

但她没有被烫到，因为他不知何时走到了她的身边，握住了她的手。他的声音响了起来："当心一点儿。"他的视线仍落在她的指尖，"烫到没有？"

涂筱柠摇摇头。两个人站得极近，从巴厘岛回来后他们好像就没这么近距离过了，除了上班时间，她总是很难见到他。

其实他们从巴厘岛回来到现在也没有多久，她望着他，却感觉很久没这么看过他了。她张张口，想跟他说点儿什么，话到嘴边却又沉默了，最后只说："快吃吧，冷了就不好吃了。"

"嗯。"他应着，坐下尝了一口，却蹙了一下眉。

"不会是我盐放多了吧？"涂筱柠就着他的手，把他咬过的那一半吃了，然后自己也不禁皱起了眉。那橙子太苦了，她真的把盐放多了。

"这碗别吃了，我重新去做。"她作势要拿走碗，却被他拦住。

"盐蒸橙子的味道本身就很怪。"

"可这苦得根本不能吃呀！"

"还好。"他说完就把剩余的橙肉舀出来吃。

涂筱柠叹了一口气，又去厨房给他倒了一杯热水，然后趴在桌子上静静地看着他，直到他把那碗橙肉吃光。

她将手边的那杯热水倒进他的碗里，稀释了一下碗里的汁水。她边帮他搅拌边说："这汁才是精华，不过可能会更苦，你就当喝中药，忍一下。"她仿佛在哄他，还把碗递送到他的嘴边。

这次换纪昱恒就着她的手喝掉了碗里的液体，入喉良久，明明苦涩，却有回甘。

"难喝吗？"她还在关切地问。

他将她手中的碗放在桌上，然后拉她入怀，让她坐在自己的腿上。

他俯身在她的耳畔，轻声说："谢谢。"

涂筱柠贴在他的胸口，闭了闭眼，又仰头看他，同时用他说过的话回应："你我之间，何必生分？"

颈间有他呼吸的气息，那些许的酒气让他的目光也仿佛染上了几分迷离，他打横将她抱起往房间走。涂筱柠搂着他的脖颈儿，紧靠着他，心跳如擂鼓。直到他覆上自己，她又尝到了那苦涩的滋味。

"明明就很苦。"她低声说。

"还好。"他说着将她的话吞入了腹中。

这一夜，她迷失在他温暖坚实的怀里。中途她半梦半醒，迷迷糊糊地伸手像在找什么。

纪昱恒把手递过去，她就挣扎着睁开眼，看到他在，便侧身靠在了他的胸膛上，闷哼一声"老公"。他以为她醒了，嗯了一声。

她只往他怀里钻，轻声说："我好久没看到你了。"

他揽着她："不是白天才看到？"

她摇摇头："不一样。"

"哪里不一样？"

她埋首在他的怀里，又低喃一声："不一样……"然后她就沉沉地睡去了。

纪昱恒看着她的睡颜，拥着她柔弱无骨的身子，再也没了睡意。

因为咳嗽，第二天纪昱恒未早起晨跑，醒来时涂筱柠已不在身侧。

他走出房门，看到从厨房捧着什么东西走出来的她。

"怎么起这么早？"纪昱恒的视线落在了餐桌上。

"妈昨天说想喝小米粥，我想着煮久点儿会比较糯。"涂筱柠将一锅粥放在餐桌上。她用夹子随意夹起了过肩的长发，套着一件松垮的中长睡裙，整个人显得温婉又居家。

"咳嗽好些了吗？"她问。阳光照在她的身上，让她整个人显得更温柔了。

他好像真的没咳嗽过了，便嗯了一声。

她盛了一碗粥："今天你也喝粥吧，咳嗽还是吃清淡点儿的好。"

"起这么早就为了做早饭？"他问，声音因为咳嗽而有点儿嘶哑。

涂筱柠摆弄着汤勺，说话有点儿底气不足："本来就是我该做的，虽然可能做得不好，但以后我会努力做好的。"

她说"以后"。

纪昱恒凝视着她，少顷才说："以后去行里吃也可以。"

涂筱柠用汤勺轻轻地搅动他那碗粥，似在让它降温，她低头的样子认真又仔细："在行里吃哪有在家里吃舒服哇？而且妈的早饭也要准备，一起弄也不麻烦。"

纪昱恒未再多言，径直走向洗手间，发现他的牙刷已经被挤好牙膏放置在洗手台上了，他干净平整的衬衫也被挂在了一旁。

他望着洗手台镜面旁的收纳台，上面不知何时已经堆满了她的护肤品和化妆品。这个家的每个角落似乎都在发生着变化，宣告着家里多了个女主人，而她也在努力成为一个合格的妻子。

他拿起牙刷，明明上面的牙膏还是薄荷的味道，今天却觉得夹杂了一丝香甜。

换好衣服后，他在餐桌前坐下。涂筱柠把凉了一会儿的小米粥递送到他的手里，然后安静地趴在桌上看他吃。

"你怎么不吃？"见她一直在看他，他抬头问。

"我一会儿再吃。"涂筱柠说着又看了他一会儿，才说，"以后如果你没应酬，就提前告诉我，我下班就去市场买菜。"

他拿勺子的动作顿住了："你会做饭？"

"我没说不会。我以前只是懒。"她也毫不掩饰自己的缺点。

他继续喝粥："今天应该没应酬。"

她托着下巴，视线仍然停留在他的脸上："那你想吃什么？我查了一下地图，发现附近就有个菜市场。"

他跟她对视："下班回来一起去，带你认认路。"

涂筱柠不禁莞尔一笑："好哇。"

他吃完了，她去给他拿西服，顺口提了一下昨天徐女士说的事："我们旅行结婚不是结束了吗？我爸妈打算帮我们在老家简单地摆几桌，宴请一些近亲，已经看好日子了。不过爸妈的意思是随我们的时间。"

他穿好西装，问："哪天？"

涂筱柠报上日子，他看了一下手机上的日历，发现那天正好是周六。在脑中快速过滤了一下近期的事后，他应了一声："可以。"

涂筱柠看他最近这么忙，其实没抱什么希望，见他答应得这么快，不免有些惊讶。

"那你家那边除了吴老师一家，还有什么亲戚吗？到时都凑一起吧。"

他边换鞋边说："我父亲虽有两个姐姐，但她们都在年轻时就去世了。爷爷是老来得子，我父亲也算是独子。因家境清贫，父亲年少时家里没与什么亲戚往来。爷爷奶奶过世后，父亲那边基本没什么近亲了。母亲那边外公外婆也走得早。其余的亲戚移民的移民，远迁的远迁，和我们家也没什么交集，所以近亲只有小姨一家。"

涂筱柠本以为她家的亲戚已经不算多了，没想到他家的更少。

"那你有空跟吴老师说一下？"她把他的公文包递过去。

"好。"

目送他出门后，涂筱柠突然觉得自己像一个贤妻。她边朝洗手间走，边摘下头上的夹子，想她涂筱柠一生放荡不羁爱自由，要是被凌惟依发现她现在这副小媳妇的样子，估计她要被嘲笑死了。

等护工来了，她就跟婆婆道了别，去上班了。今天她出门早些，路上比平常顺畅不少。只是她刚开车到 DR 附近，就有辆宝马 X5 在她后面狂按喇叭。

她心想：我也没挡着你呀！直到到了地下车库，她才看到从那辆车上下来的是赵方刚。

"小涂,我刚跟你打招呼呢,你也不回应我一下?"他仍是一副玩世不恭的模样。

涂筱柠先前哪里知道跟在自己后面的是他的车。她记得他以前开的是奔驰,行里的人都说那辆车叫"小钢炮"。

"你换车了吗,小赵哥?"

"没呀,这是我家老头儿的车。有时候我俩换着开。"

涂筱柠哦了一声,又说:"我没看到过你开这辆车,刚才还以为是我开车挡着别人了,所以对方老冲我按喇叭。"

赵方刚笑得很狡黠:"你记好了,在你后面狂按喇叭的人如果不傻,那就只有一种可能——他是你的同事。"

涂筱柠笑笑,觉得还真是这样。

两个人经过纪昱恒的车时,赵方刚点评道:"老大太低调了,这辆车根本不能彰显他的气质。"

涂筱柠低头走着,又听他接着说道:"上次我们一起出去应酬,我坐了一回他的车,你猜我发现了什么?"

"什么?"

"女人的头绳。"

涂筱柠的脚步微微一顿,她想起他们从X市回来时她疲惫不堪,在机场上了他的车倒头就睡,还把头绳随手扔在了副驾驶座的收纳槽里。

"是吗?"但她很快恢复了正常的走路速度,没让赵方刚察觉。

赵方刚点点头:"所以呀,男人没有几个是清心寡欲的。色字头上一把刀,老大也不外如是呀!"

两个人走到电梯口,赵方刚还在摸着下巴,饶有兴味地嘀咕:"老大的女人会是什么样的呢?"

涂筱柠心想:一个头绳而已,他都能联想到这么多。看来男人私下也爱扯闲话。她仰头看着墙上的电梯显示屏,见上面显示电梯正在下来,这时又听赵方刚在叫她。

"小涂。"

"哎?"

"你说,老大的女人会不会是唐羽卉?"

叮咚一声,电梯到了。

她跨了进去:"不知道。"

赵方刚瞅瞅她,笑笑道:"是呀,你一个小孩儿能懂什么?老大是'三界'之外的人,我们不能用凡夫俗子的套路揣摩他。他哪是人人能懂的,你我都不能。"

涂筱柠按了一下楼层键,一次没按上,又按了一次还是没反应。她抬手直接敲了一下,楼层键终于亮了。

"使这么大劲?"赵方刚在旁边看着都替她觉得手疼。

"还好。"

赵方刚又凑了过来:"好妹妹,你还没跟哥哥讲讲你跟我那个同学聊得怎么样了呢。"

提到这个她就头痛:"我觉得还是算了吧。"

"怎么又算了呢?"

"我家里已经安排相亲了,我现在跟对方聊得挺好的,再跟其他人接触就像脚踩两只船一样,不好。"涂筱柠编了一个自认为很好的理由。

谁知赵方刚笑了:"说你是小孩儿你还真是。现代人相亲哪个不是普遍撒网的?结婚是一辈子的事情,你看一个就觉得行了?什么叫脚踩两只船?你们又没确定关系,买菜还挑呢,何况找对象?听哥的,这事千万别在一棵树上吊死,多看多挑,绝对不能草率。"

他见招拆招,就是不让她有拒绝的机会。电梯已到,赵方刚边掏手机边走出去:"再说相亲算个屁呀,十个男人八个裂枣。不行,你俩还是得见一面,要不我就帮你们约今晚吧?"

涂筱柠看他已经打开微信,本能地追上去拉住他:"小赵哥!"

赵方刚被她叫了这么一嗓子,只得停住了脚步。她的动作幅度大,他的西装衣摆都被扯皱了。涂筱柠赶紧松手,缓了缓语气道:"今晚不行。"

赵方刚整整衣服:"不行就不行呗,你急什么?那明晚?"

看她还在纠结,他便替她敲定了:"就明天了!明天下班跟我走。"

涂筱柠看着他的背影,真的很想把他晃醒。

涂筱柠自己又走访了两个小客户,但是在系统里录入数据的时候,发现有一个客户在其他部门的客户经理的系统里,她问饶静怎么办。

"这个客户做过授信没?"

"没有,连客户准入都没做,企业信息都是空的。"

"那就只是空增了个户子,你写个调户申请单,然后联系原系统的客户经理,让他把客户资料调过来。"

行内不同的营销部门有竞争很正常。若同一客户已被其他部门抢先录入系统内,就要协商调户。能不能顺利调过来,就要看那个部门的人好不好说话了。

涂筱柠照饶静说的做了,只是与那个客户经理联系的时候,对方的态度不大好:"要调我系统里的客户?你这是明抢咯?"

涂筱柠解释道:"姚姐,您别误会,我走访的时候客户未提及跟我们行有交集。"

对方冷笑一声:"你的意思是我的业务水平还不如你?"

"不是,我没……"

"这事我做不了主,你找领导吧。领导答应,我就调。"对方直接挂了电话,分明在拿领导当挡箭牌。

"怎么样？"饶静看涂筱柠放下了座机便问。

"她不肯，让我找他们的领导。"

饶静冷哼一声："这个死女人，占着茅坑不拉屎。领导哪能跨级找？这事得让纪总出面了。"

涂筱柠知道银行的层级制度很严格，她自然是不能贸然找过去的。客户在人家部门的系统里已成事实，即使他出面，让他们吐出来又谈何容易？各营销部门之间本来就存在竞争，尤其现在涂筱柠他们部门风头正盛，人家故意刁难，使个绊子也不是没可能。

过了一会儿，纪昱恒出现了。饶静示意涂筱柠去汇报一下，涂筱柠便走进他的办公室简单地说明了一下这件事。

"这个客户你是怎么拉到的？"纪昱恒翻了翻资料问。

"小赵哥之前将两个园区的客户材料给了我，我摸了一下他们的上下游客户，略有了解，就让园区客户的财务帮我引荐，然后过去拜访了一下。"

"客户现在在谁的系统里？"

"拓展三部，姚佳。"

"那个客户的资料是什么时候被录入她的系统里的？"

"两年前。"

"她怎么跟你说的？"

"让我找领导。"

纪昱恒起身，让她带上企业材料。

"去哪儿？"

他看了她一眼："找领导。"

只是纪昱恒没带她去拓展三部，而是去了公司部的老总那里。

公司部统管一个银行所有的客户信息、部门归属、投放额度、产品定制等，是一个综合型的后台部门。

他与公司部的老总寒暄了一会儿，便提了调户的事："根据我们行的规定，若客户在一个信贷系统里一年未提款或做信息更新，就被视作是新客户，其他的客户经理可以将他直接调户，不需要签调户单。我们部门有个新拉到的客户正好符合这种情况。"

那公司部的老总也是个圆滑的人，一听便笑道："纪总，这事你跟拓展三部的邢总沟通过没有？"

纪昱恒端坐在他的对面："那倒没有，我想行里既然有这条规定，应该不是用来当摆设的。"

"话是这么说，但是大家同在营销条线，抬头不见低头见的，调户这种事情也该打个招呼。"公司部的老总说着拿起座机，"我知道你有你的顾虑，可我也有我的难处，还是得走一下流程。"

纪昱恒抬手，示意他请便。

只是这电话一打，不一会儿拓展三部的老总也带着下属来了，简直未见其人，先闻其声。

"哎哟，纪大帅哥纪总啊，你这一声不响地就带人来调户哇？"

纪昱恒站起来朝他笑道："邢哥，你这话说的，我们小涂说打过招呼了，我才来的。"

那邢总胡乱地把视线朝涂筱柠一投，然后又多看了一眼。他身旁的姚佳本来就不服气，一听直接争辩道："我可是让她先找领导的。"

纪昱恒微扬唇角，将视线落在了公司部的老总身上："这不正找着吗？"

"我的意思是……"姚佳又要说话，却被邢总咳了一下打断了。她立刻噤声，意识到自己差点儿越级顶撞领导。

邢总继续笑笑道："纪总，我知道你们部门现在业务做得好，可是你们拓展一部的手伸得未免长了些吧？你也得给我们这些兄弟部门留口饭吃呀！"

"哥哥这话又让我有愧了，不知道的还以为弟弟初来乍到不懂规矩。只是行里这白纸黑字的文件，我寻思着我们部门也没违反哪条。我们小涂自己走访一家小企业，拉到了业务，还劳您兴师动众找来过问这件事，你们这碗饭是有多不好吃？"纪昱恒的笑也饱含深意。

对方有些恼怒，却只能忍着。公司部的老总看着这场无硝烟的战争，也左右为难。他提议道："不如你们再商量商量？"

纪昱恒则说："我这人做事不喜欢拖拉，既然邢总和客户经理都来了，大家就索性打开天窗说亮话。"他朝涂筱柠看了一眼，她赶紧把企业材料递给他。他接过后，将材料往前面的办公桌上一掷。

"先不谈行里的规定，现在客户的完整材料在我们手上。如果你们也有材料，我们部门就自动退出；如果没有，那不好意思，这个客户我肯定是要了。"他再看看拓展三部那两个人，又笑了笑，"不过邢总毕竟是前辈，我若这会儿直接调户，反倒容易被人说抢别人的客户。不如这样，小涂，你现在给那个客户打个电话，趁着大家都在，让客户自己选择。只要客户亲口说让拓展三部的人来对接，我纪昱恒今天就把所有的材料直接送到拓展三部。这户子以后拓展一部再不染指半分，如何？"

语落，那邢总的脸都黑了，他再也绷不住了，道："纪昱恒，算你狠。"

看涂筱柠真的要拿手机出来，他一喝："调调调！这个小户子我们拓展三部不要也罢。"

姚佳却不甘心："邢总！"

邢总却已转身，还语气嘲讽地对她说："走，这种两年打不出一个闷屁的客户，你要他做什么？别人要捡我们玩剩下的，你就大大方方地拱手相送，看看人家能做出个什么金山银山来！"

姚佳瞪了涂筱柠一眼，不情不愿地走了。

涂筱柠放下了手机，其实她刚刚连锁屏都没打开。

纪昱恒又看向公司部的老总，眼中仍带着笑意："现在可以调户了吧，张总？"

公司部的老总赶紧拉开键盘，一只手悬空张着，然后不停地在上面敲着："调调调，现在就调。"

回部门的途中，涂筱柠跟在纪昱恒的身后，感觉他的步伐很快。她有些跟不上，便也加快了脚步，以致他后来放缓脚步的时候，她差点儿就要撞到他。

她抱紧手中的材料，低声说了句"谢谢"，只是走廊很空旷，即使轻声细语，他也听得很清晰。

"工作上该争的就得争，否则你的努力就是在给他人作嫁衣。"他回首对上她的视线，"今天我们先礼后兵，明天别人可能也会用同样的招式对付我们。但是说到底，大家这么做都是为了业绩。再说句现实的话，在职场上只要不做伤天害理、有愧于心的事就可以了。什么身段、脸面，都是不必在意的东西。"

此刻涂筱柠听着百感交集。她凝了凝神，说："我知道了。"她又补上，"纪总。"

"好好做，这是你自己拉到的客户。"她的耳边传来他略缓和的声音。

再回神，他已经走远了，涂筱柠站在原地望着他的背影，眼角跟此刻的心一样，竟有些热热的。

"'狭路相逢狠者胜'，纪总在 DR 这帮中层里一点儿也不逊色，实在是后生可畏呀！"中午打饭的时候，涂筱柠听到有人这样议论他。

今天他又跟他们坐在一起吃饭。DR 一直有个不成文的规定，中层干部都是坐在一块儿吃饭的，几乎没有人像他这样时常跟下属坐在一起用餐的。但他又不是每回都这样，也会选择时机去跟同级或者上级一道坐。用其他部门的人之前说过的话来评价他就是：他这人情商甚高，也极有手段，往上层的路线走得漂亮的同时，也不忘与下属保持交流维系感情，对两者与自己的关系处理得游刃有余且恰到好处，这样他不仅在高层领导心中占有一席之地，又能在平时就打下坚实的群众基础，为人处世天衣无缝。日后到了关键时刻，他平时所维系的关系就会有用武之地。他将成为最大的赢家。

加上今天上午的调户一事在行内一时间传得沸沸扬扬的，他在 DR 的"最护犊子的领导"这个称号也算是坐实了。

今天他在，唐羽卉才勉勉强强地也跟部门的人坐在了一块儿。她坐在涂筱柠的旁边，涂筱柠见她这也不吃那也不吃，挺挑剔的。

"师哥，月底导师大寿，你会去吧？"唐羽卉吃饭的时候视线也全落在纪昱恒的身上。

涂筱柠正吃着饭，只听他道："月底家中有事。"

唐羽卉轻轻地哦了一声，语气明显有些失落，又问："是阿姨的事吗？她现在身体怎么样了？"

"还好。"

唐羽卉还想说话，却被有眼力见的赵方刚打断了。

"老大，C市马上要举办银行界的篮球赛了，你要不要参加DR的篮球队？我们正好缺个后卫。"

"什么时候？"

"下个月就开始打预赛，我们第一场先跟A行打。"

纪昱恒看了他一眼："篮球队组队的事不是归办公室管吗？"

赵方刚清清喉咙，答道："鄙人不才，是本行篮球队队长，人员上我说了算。"

饶静忍不住笑道："那纪总去了篮球队后，该叫你什么？"

"我绝对没有占你便宜的意思呀，老大。"

纪昱恒只轻轻地放下筷子："球我很久没打了，球技生疏了许多。"

"球技要比，气势更要比。老大，你要是去了，光气场就可以让他们脚下抖三抖了。"赵方刚把筷子放下，"去年我们就输了一分，却让A行笑了一年，今年我们要把这口气争回来。"

"师哥大学时可是各大高校篮球比赛的最优秀选手。"唐羽卉见纪昱恒谦虚，便帮他说。

"那老大你更得上了呀！"赵方刚一听更缠上他了。

纪昱恒思忖片刻，最终应允了。

赵方刚一高兴，差点儿就要跟他拥抱，反应过来他是领导，现在又在食堂后，便立刻转身去抱许逢生。还在进食的许逢生被他抱得差点儿喷饭。

赵方刚激动了一阵后，又敲敲女士们的餐盘："比赛都在周末，你们到时都要给我们加油打气去，这场上场下的气势都不能输。"

饶静斜着眼睛看了他一眼："场下能有什么气势？"

赵方刚又来劲了："这银行篮球比赛说是球赛，其实更像是大型的同业交际会。到时球场上大片大片坐着的都是业内的妹子，我们在球场打球，妹子们在台下也争相斗艳，各行之间是要比美的呢。每年都有几对看对眼的。"

饶静不屑地道："你不是不找同行吗？"

"我是不找哇，这不是给你们机会吗？"说到这里，赵方刚又瞅瞅涂筱柠，"小涂，到时候看上谁，跟哥说。虽然我不建议找银行人，但是吧，还不得不承认，银行什么都不多，就帅哥贼多，尤其篮球队的，那叫要颜值有颜值，要身高有身高。你要真看上谁，也不是不可以先处处。"

涂筱柠吃着饭死不说话，心想给她找对象这件事，他就过不去了是吧？

许逢生插了一嘴:"那到时候场下的人岂不全看老大了?"

赵方刚很得意:"要的就是这个效果,妹子都往我们 DR 看了,就没人给其他银行打气加油了。你们就给我往死里喊加油,这气势上不就赢了?"

饶静又对着他翻了个白眼,唐羽卉则颦眉蹙颜,一言不发。

"对了,你明天下班跟我走哇。"这茬完了,赵方刚又敲了敲涂筱柠的餐盘。

"干吗去?"饶静好奇地问。

赵方刚嘚瑟地道:"带小涂跟我的同学见面去。"

涂筱柠闷着头都能感觉到多道视线聚集在自己的身上。她在心里把赵方刚吐槽了个遍,心想他怎么这么多话?

今天纪昱恒果然准时下班,涂筱柠正好也跟其他人一起走。

"老大,你难得早下班啊!"赵方刚说。涂筱柠怎么听都觉得他话里有话。

几个人在电梯口站定,纪昱恒直说:"有约。"

赵方刚有自己的小心思,伸着头问:"不是客户吧?"

纪昱恒未再说话,赵方刚觉得他是默认了,又暧昧地笑了笑:"是异性?"

唐羽卉站着的身子绷了绷,侧眸朝纪昱恒望去,似在探寻什么,又或者像其他人一样在等他的回答。

电梯到了,里面有其他部门的人,他们纷纷喊"纪总"。纪昱恒应了一声,抬步走进去,其余人跟着上去,话题就此终止。

涂筱柠最后一个进电梯,习惯性地往边上一靠。正值下班高峰期,电梯基本每层都停,人陆陆续续地上来,把他们几个冲散了,涂筱柠也被越挤越往后。她就要被逼到角落时,被人扶了一下腰。她微微转身,看到是他后,又很自然地收回了视线。

电梯停在了三楼,进来的人喊道:"来来来,大家往后挤挤,挤挤。"于是,人潮涌动着,又把她往后推了推。

她明显地感到他的气息就在身后,自己的背整个都贴到了他的身上。她将肩后的头发拢到一边,任由他的气息像羽毛似的洒在自己的后颈上。

回去后她刚把车停到车位上,就看到他已经在楼下等自己了。

"车位现在给我停了,你的车停哪儿了?"涂筱柠朝他走过去。

"门口。"

"那你每天从外面走进来还得走一会儿呢。"

"没几步路。"

他带她从小区侧门抄近路去菜市场,正说着话,就有邻居同他打招呼。

"昱恒,你处对象了呀?"对方是个长者,他牵着狗打量着涂筱柠。

那狗是一条黑色的拉布拉多,喜欢亲近人,看到涂筱柠就要往她身上凑。涂筱柠对狗并不是特别畏惧,只是这条纯黑的大型狗看着有点儿吓人,她便下意识地往边上退。然后她被纪昱恒拉了过去。

她听到他说:"她是我老婆。"他又跟涂筱柠介绍,"这是老邻居——林伯。"

涂筱柠礼貌地朝林伯笑笑,跟他打了一声招呼。

对方应着,手上拽着狗绳牵制住狗,表情讶异:"你什么时候结的婚?"

"前段时间。"

老人家不由得多看了涂筱柠两眼:"昱恒你这孩子也没吱一声。"

他牵着涂筱柠绕过那只狗,又回答那位老人:"我们旅行结婚,没办酒席,过几天给您发喜糖。"

"你这小子!难怪前几天我看到你妈回来的时候气色很好,原来是有儿媳妇了。"

纪昱恒笑笑,又和他扯了几句家常才离开。

菜市场其实离他家很近,涂筱柠感叹道:"我们家果然地理位置好,周边什么都有,方便得很。"

只是两个人穿着精致的工作服,走在这混乱的菜市场里显得格格不入。

"要不买点儿虾给妈补补?"逛了一圈,他们走到了水产海鲜摊前。

"她不能吃太多。"

"就放几个在她的粥里,其他的给你补补。"涂筱柠说着就去挑虾了。

纪昱恒跟在她的身后,看她一连问了几个摊位,最后还是回到第一个摊位去了。

她边走边嘀咕:"还是那家最便宜。"

她挑的时候也很严格,不让人家老板动手。

"你这小姑娘,你这么挑,我的虾就要被你折腾死了。"

"这虾又不是金鱼,哪会被舀起来几下就死?你别手快,我刚刚看到你把死虾混在里面了。"

老板瞪她一眼:"你别胡说八道哇,我做生意本本分分的。"然后他把刚刚舀的虾倒回去,"重新给你舀,行了吧?"

涂筱柠指指鱼缸另一头活蹦乱跳的虾:"我要那边的。"

老板就用篮子一舀,然后把篮子微微一抖,甩掉一点儿水,再把虾往黑色的塑料袋里装。

"你再抖抖这篮子,水还没甩干呢。"涂筱柠又说。

"姑奶奶,我这可是镂空的篮子,又不是实心的。你还要我怎么抖?"老板已经把虾装进去了,一称,"七十。"

涂筱柠皱着眉头说:"有这么多吗?"

"你自己从头到尾看着的呀!是吧,帅哥?"老板知道纪昱恒是跟她一起的,便朝他看看。

他没作声,只是帮她接过老板递来的袋子。

涂筱柠也没再多说。两个人又去买了点儿蔬菜,要出去的时候,涂筱柠朝他伸手:"把虾给我。"

纪昱恒递给她，看她拎着袋子往门口摆着的公平秤上一放，然后把袋子戳破，里面流出了不少水。

涂筱柠哼了一声，又说："看看，这老板往袋里注水，给我涨秤。"她再往公平秤上一看，果然比刚刚称的轻了差不多三两。

纪昱恒有些意外，不禁挑眉道："你还会这招？"

"你真当我十指不沾阳春水呀？"涂筱柠拎着虾就往回走，"走，找他去。"

铁证如山，加上她还带着男人，老板不敢闹大，只得老老实实认错，退回多收的钱。

其实也没多少钱，涂筱柠怕纪昱恒觉得她小题大做，还解释了一下："虽然没几个钱，但不能助长这种不良的社会风气。"

纪昱恒从善如流："的确。"

回去的路上，纪昱恒的两只手上拎满了袋子。

"老公，你累不累呀？真不好意思，让你来当苦力。"涂筱柠两手空空，假装殷勤地问。

纪昱恒却答非所问："你以前也经常买菜？"

"倒也没有经常，小时候我爸妈上班忙，寒暑假时会把要买的菜列个清单，让我去买回来，这样他们一回家就能做饭了，省时间。后来我再长大一点儿能碰煤气灶了，也学着烧了两个菜。"说完，她反问，"怎么？看我不像会做家务事的人？"

他只说："有待审核。"

涂筱柠哼唧了一声，随口道："我说了我只是懒，不是不会。我要是不愿意做，谁说话都不顶用，我爸妈也使唤不动我。我要是愿意，做牛做马都行。"

纪昱恒缓了缓脚步。感觉他没跟上来，她回眸："是不是太重了？我来拿点儿。"

但是她没拿到，市场附近往来的电瓶车多，人流量大，纪昱恒让她好好走路。

涂筱柠哦了一声，往他边上靠了靠。他又让她到自己的右手边去，涂筱柠就乖乖地走到了他的右边，这样她就靠里走了，车和行人再也碰不到她。但她感觉他腿长走路又快，自己有点儿跟不上，蓦地就伸出左手插进他的衣袋里。

纪昱恒侧眸，见她还伸着右手五指在自言自语，像是在算账。他挪开视线，目视前方，放慢了脚步。

过了一会儿，涂筱柠也侧头看看他。仿佛隔着衣服能触摸到他的体温，她把手往他的袋里插得更深了。

第二天，赵方刚没出现在办公室，涂筱柠一开始没在意，吃饭的时候许逢生提了一嘴："一早老大让他去机场接什么财政局任局长的女儿。"

"机场？女儿？让他去？"饶静一连三问，然后笑了，"老大对他也真够放心的，任局长的女儿可还是个大学生，一直在澳大利亚留学。"

· 301 ·

财政局那可是银行的政府客户里的大头，下到跑腿小财务，上到科长甚至局长，那都得马屁拍着，小心伺候着的，万万不可马虎。

"她好像最近没课了，要来我们部门进行社会实践。"许逢生又说。

"反正都是爷。来呗，社会实践也就几个月，顶多我们部门再添个'公主'。"饶静又挑了挑菜，"纪总真会做人，人家局长的女儿什么时候回国，他都知道，第一天就派'司机'去接，又安排她在我们部门见习。把人家的掌上明珠哄好了，可比我们去硬聊、拍马屁强多了。真不愧是他，运筹帷幄、步步为营啊！"

"他这年纪能有这般觉悟，又将人际社交玩得如鱼得水，日后前途不可估量。"许逢生也赞同。

"所以赵方刚这种恃才傲物的现在给他跑腿也心甘情愿，还乐此不疲，换了以前，十头牛都拉不动他。"

涂筱柠沉默地吃饭。自从他来到DR，一直在刷新大家的认知，越来越优秀，也越来越耀眼。照这样下去，他会升职升得很快，一升职年薪又会涨，可她好像没有想象中的那么高兴。

"晚上小赵带你去哪儿见他的同学？"饶静突然问她。

"还没说。"她回答。

"看看人也好。"

"嗯。"

然而涂筱柠都没见到赵方刚的人影，直到下班他才来了个电话，电话里声音很吵。

"小涂，要么今天你自己去见我的同学？"他的嗓门儿特别大。

涂筱柠把手机拿远了些："小赵哥，你不去我就不去了。"

赵方刚以为她害羞，便叹了一口气："行吧，那今天的见面先取消，回头我跟他重新约时间。"说完他又忍不住抱怨起来，"老大给我的好差事，说是接人，简直是三陪！陪笑，陪吃，陪玩！这千金大小姐还非要来电玩城，这里吵死了，老子的脑子都要炸了。"

"小赵哥哥！游戏币呢？我要去夹娃娃！"电话里突然有个女声，还挺甜的。

"哦哦，这儿呢，来了来了。"赵方刚说着又跟涂筱柠打了声招呼，"我继续'三陪'去了呀，那事我们改天聊。"

涂筱柠求之不得："好的，你忙吧，小赵哥。"

谁知道这"改天"一改就遥遥无期了。这个来部门见习的小公主可能被家里保护得很好，心思简单，人也纯真，并没有大家想象的那么刁蛮任性，反倒是个知书达理的，就是玩心重，说来学东西，其实是来打发时间的，应付一下家里。而且她就黏着赵方刚，指定要跟赵方刚学。赵方刚还没答应呢，她就一口一个师父的，引得大家忍俊不禁。

"方刚,那你就先带着小任。"纪昱恒最终吩咐道。

她全名任亭亭,人如其名,确实亭亭玉立。

赵方刚最怕麻烦,谁知道接了个大麻烦,他为难地道:"老大!老大!请三思呀!"

纪昱恒看了他一眼:"带她两个月,就有两个亿的政府项目,你自己选吧。"

赵方刚毫不犹豫地背叛了自己的良心:"带带带!我带!"然后他头也不回地退出了纪昱恒的办公室,屁都没敢再放一个。

婆婆又开始了新一轮的化疗,涂筱柠只要不加班就往医院跑,风雨无阻,连护士都夸她孝顺。

邻床的人说:"吴老师,你儿子最近很忙吧?他没以前来得勤了。"

婆婆看着给自己削苹果的涂筱柠,故意说:"我现在只有儿媳妇,可没有儿子。"

涂筱柠安静地把苹果切成小块喂给婆婆吃。婆婆突然就叹了一口气。

"怎么了,妈?"

"马上你们要回老家办酒席了,我也去不了。"婆婆是气自己这身子太虚弱。

原本婆婆是要去的,可是医生说她的血糖和血压现在都不太好,要每天用药,直到恢复正常指标才能继续化疗,不建议再离开医院。

涂筱柠给婆婆按摩了一下双腿:"也就两桌亲戚,简单地吃顿饭,去了也是很吵闹的。您现在还需要静养。"

"都有哪些亲戚?"婆婆问。

"我爸就一个哥哥,我堂哥去加拿大留学拿到绿卡后,就跟我伯伯在那儿定居了。我爷爷奶奶走得也早,所以父亲那边没什么近亲了。主要是母亲那边的亲戚,她上面有一个哥哥和一个姐姐,下面一个弟弟,我外公外婆虽已不在世,但同辈的还有个姨外婆,近亲就这些。"

"倒也不算多,原本酒席这种事应该我们男方来办,现在却让你的父母操心,我这婆婆总是礼数不周。"婆婆仍有愧意。

"我们已经是一家人了,谁来办都一样,而且那些亲戚基本都在小镇上生活,我们回去也方便些。"涂筱柠握着婆婆的手说。

婆婆叹气道:"那到时就让昱恒给你家里的亲戚多敬几杯酒。"

"他也不能喝太多,伤肝。"话虽这么说,但她还不知道到时候她的舅舅、表哥和表姐夫要怎么灌纪昱恒呢。

日子过得飞快。那天涂筱柠穿了一件徐女士帮她定做的旗袍,衬得她腰身纤细,仪态风雅。她还被逼着穿了一双小高跟鞋,下车一走路就觉得不舒服。

上一次她穿高跟鞋还是在班长结婚那天,转眼她自己也结婚了,那次她走路跟此刻一样别扭,但旧时今日站在她身侧的人都是他。

"真硌脚。"她抱怨着，恨不得把鞋子甩了。

因为个子高，她很少穿高跟鞋。

纪昱恒伸手扶住她："没备一双能换的平底鞋吗？"

"出来匆匆忙忙的，忘了。"涂筱柠挽着他的手臂，借力走路。

纪昱恒索性撑住她的腰，让她把整个重心靠在自己的臂弯。

"旗袍哪儿来的？"

"妈非要给我定制。"涂筱柠感觉被他撑着走没那么累了，又情不自禁地问，"好看吗？"

他嗯了一声。

涂筱柠不大高兴了，觉得他在敷衍自己。

酒席安排在小镇上的一个私人山庄。徐女士今天穿得比涂筱柠还喜气，一直拉着父亲站在门口迎接来宾，不一会儿人就陆续来了。

他们一个个看到纪昱恒眼神就跟定住了似的，恨不得要把他看出一个窟窿来。

"筱柠，怪不得你妈之前掖着藏着，原来这新女婿这么俊哪！"女眷们都围了过来，小舅妈先开口。

"姐，你们真是相亲认识的吗？现在的相亲对象质量这么高的呀？"还在念高中的表妹也来凑热闹。

涂筱柠看了看已经在跟舅舅、表哥、表姐夫他们抽烟交谈的纪昱恒，知道他极擅长应付这种人多的场面，跟职场比起来，他对这样的家宴更是驾轻就熟。

"你妈说他在'银监'工作，还是 A 大的研究生？"姨妈也问，反正今天纪昱恒就是全场的焦点。

涂筱柠的视线还落在纪昱恒那里，应了一声"嗯"。

"真优秀哇，又一表人才的，你说说你这命还真是好。"姨妈感叹着拍拍她的手。

"'银监'这种单位就是听着好听，实际上呀一年挣不了几个钱，要不'银监'里每年跳槽去银行的人能有那么多？而且听说他家里的条件不大好，母亲还得了癌症在化疗。"大舅妈不知何时凑了过来，说话阴阳怪气的，"我就说呢，我们筱柠也不是多优秀哇，怎么就让各方面都好的青年才俊着了迷呢？搞了半天原来是个一穷二白、空有其表的小子。"

她向来喜欢拿表姐跟涂筱柠比较，从小比到大。成绩、工作都是她可以用来比较的东西，现在又是比男人。

表姐在汽运公司这个老国企当出纳，倒也不是自己正儿八经地考进去的，而是大舅妈这个汽运公司的老员工退位后让给她的。

一些国企早前都有这种"世袭制"，只要直系亲属在这个单位，便可优先录用职工子女；若子女参加招聘考试未通过，那么父母在岗的直接退岗，也可空出一个名额给子女。表姐就属于后者。

当然了，为人父母的都想把最好的一切给子女，涂筱柠非常理解这样的行为，再说她自己也不是按正常流程进银行的，更没资格对别人的工作评头论足，而且她压根儿觉得工作没啥可比性。可大舅妈总是抓着她不是正式编制这点，来当着亲戚们的面说事。

后来表姐结婚，嫁了一个家有几套拆迁房的个体工商户。大舅妈又开始大做文章，先是吹嘘对方的家底如何丰厚，房子、聘礼如何多，再说人家的样貌品行多好，也就表姐命好能遇到。

"所以筱柠啊，你相亲再多也不一定有用，现在男人的眼睛都亮着呢，已经不是女人挑男人的年代了，是男人挑女人哪！你说你不优秀，又没好工作，就只能当剩女啊，可不是每个人都像你表姐那样，能嫁个能人的。"

基本每次看到涂筱柠，她都会奚落涂筱柠一番。就算今天涂筱柠嫁的人是纪昱恒，她也不屑一顾，觉得他们不如自家的女儿女婿。

涂筱柠懒得理她，谁还没几个讨人厌的亲戚了，过好自己的生活就行了。

"大嫂，你这话说的，空有其表，人家能上 A 大？"姨妈直接顶了她一句。

大舅妈继续挖苦道："学历这种东西再好有什么用，还不是给人打工？结婚不买新房的，我也是头一次见。"

姨妈双臂环胸："不知道的还以为大嫂的女婿是个什么大老板呢。你女婿确实不给人打工，可也就是个个体工商户，守着个五金店，我没见他暴富哇。"

"不是说你婆家有套市中心的三学区房改到了你的名下吗？你老公前段时间还送了你一辆奥迪？"小舅妈这时轻轻地推了涂筱柠一下。

大舅妈一听，脸色微变，也看向她。

涂筱柠就知道徐女士管不住嘴，但这会儿她被围着，也只得敷衍地回应："嗯。"

小舅妈笑着拍拍表妹："看到没有？以后找对象得跟你柠柠姐学。能把自己有的都送给老婆的，那才是好男人。"然后她又看看大舅妈，"大嫂，您女婿的那几套拆迁房都是谁名下的呀？"

大舅妈还在硬撑："结了婚房子就是夫妻共有财产，你们懂不懂？肤浅。"说完她就独自先落了座。

她捧起一杯茶就喝，却被烫了一嘴，气得大喊："服务员！"

小舅妈也拍拍涂筱柠："她就这德行，一天到晚不比就难受，别理她。"

涂筱柠小声说："谢谢小舅妈。"

"哦，姨妈不用谢了？"姨妈在一旁吃醋了。

涂筱柠抱住姨妈："谢谢姨妈。"

姨妈也搂住她："我看昱恒这孩子挺稳重的，你妈的眼光不会错的。嫁人了就是大人了，以后好好跟人过日子。"

涂筱柠点点头。

吴老师夫妻俩也很快到了，人到齐后大家便入座吃饭。都是近亲，大家也显得随意些。纪昱恒作为新女婿，自然被灌了不少酒。老涂本来还想帮他挡，却被他一个人全部扛了下来。

眼看一杯接一杯，白的红的交替上，他却面不改色，倒是先把表哥和表姐夫喝趴了。最后徐女士上去劝了，她的哥哥和弟弟才作罢。

家宴中午晚上各一场，涂筱柠的父母早有准备，在这山庄订了几间房供大家休息。午宴席散，喝酒的都去睡觉了，只有姨妈和小辈们留在包间里准备打牌。

涂筱柠让服务员倒了一杯温水。她走到纪昱恒身边，将水递过去："你要不要也去房间里休息休息？晚上还有一场呢。"

纪昱恒还坐着，就着她的手喝了一口水。除了身上有酒气，他面色如常。只看他人，真是看不出他喝了那么多，所以他平常应酬是不是也这样？

"你呢？"他却问。

"他们喊我打牌呢。"涂筱柠朝身后那群人扬扬下巴。

"打什么？"

"掼蛋。"

"你会？"

涂筱柠觉得他又小瞧人："我当然会了。"

表妹已经在喊她了："涂筱柠！快点儿！三缺一！"

"知道了，就来了。"涂筱柠应着，却又不放心纪昱恒。

纪昱恒则松开她的手腕："你去吧，我坐会儿。"

"还是去房间躺会儿吧？"他坐着，她站着，她将手覆在他的肩上，语气轻柔，竟有一丝哄的意味。

纪昱恒抬眸，看到她因为喝了一点儿酒而微红的两颊，在鲜艳的旗袍的衬托下显得嫣然娇媚。他抬臂抚握住她在他肩上的手。

"这程度尚无碍。"

涂筱柠心想：这程度无碍？那平常又是什么程度？

表妹的声音又传了过来，她有点儿故意使坏地说："姐夫，要不你跟我姐还是去房间里休息吧？"

涂筱柠的脸一热，开始怼人："你这个小孩儿好好说话，不然我告诉你妈去。"

表妹做无辜状："天地良心，我说什么了我？是你自己想多了吧？"

姨妈和表嫂婆媳俩相视一笑，然后姨妈问："柠柠，你到底来不来？不来我们叫你妈过来玩了。"

涂筱柠又看了纪昱恒一眼，他说："去吧。"

她才从他的掌心抽回手，走了过去，坐下后还不忘回头看看他。

"新婚宴尔就是不一样，柠柠的眼神就跟粘在老公身上似的。"表嫂边洗牌边打趣。

涂筱柠立刻收回视线:"哪有哇?"

表妹也跟着调侃:"姐,以前你还说自己不是颜控,我信了你的邪!你找对象找得一个比一个好,我看姐夫比那陆……"

她没说完就被姨妈在桌下狠踢了一脚,她赶紧住嘴。

涂筱柠也没放在心上。她第一个抓牌,只叮嘱对面的表妹:"你跟我对家,好好打,坑我你就死定了!"

表妹翻了一个白眼:"你不坑我,我就谢天谢地了。"

姨妈则抓着牌认真地问:"关陈独秀什么事?"

三个年轻女子互看了一眼,然后捂嘴笑起来。

纪昱恒闻声望去,就看到涂筱柠此刻像一朵娇艳欲滴的花傲立于枝头,耀眼夺目,顾盼生辉。

几圈下来涂筱柠和表妹这一组连连败北,眼看姨妈婆媳俩就要打Ａ了,表妹吐槽:"涂筱柠,你真是猪队友!"

涂筱柠不服:"明明是你!"

"是你!下局我要求换对家!"

涂筱柠正气急,觉得肩膀蓦地被人扶了一下,回眸一瞧,就委屈地告起状来了:"老公,我被欺负了。"

办公室隐婚

下册

轻黯 著

青岛出版集团 | 青岛出版社

第七章
满眼星辰

"姐夫，我可没欺负她啊！"表妹不打自招还在申冤。

纪昱恒扫了涂筱柠手中的牌一眼，用一只手无声地搭着她的肩膀："消遣的游戏，何必那么认真？"

涂筱柠噘嘴，像找到了靠山般向他倾诉："今天手气差，抓的都是破牌，到现在我们才打5，她们都要打A了。"

纪昱恒就把手放在她肩上，然后轻轻地俯身："我看看。"

他的下巴几乎一下搁到涂筱柠肩膀那儿，她坐着，感觉他的气息像春风拂面，带着些许的酒气又很灼热。

他帮她出了几张牌，局势果然扭转了，表妹也两眼放光，配合起来，连胜两把，她们这组有逆转之势。

表嫂不乐意了，故意说："打牌不许请外援啊。"

涂筱柠咬咬唇，又不想他就此离开。

表妹也是个小人精，立马放下牌说："中午吃撑了，我去趟厕所，姐夫你帮我先撑会儿牌呗。"

纪昱恒允诺，然后接替她坐了下来。

他今天穿的是白衬衫，因为喝了酒解掉了领带，这会儿领口微敞着露着清晰可见的锁骨，犹如她初次在DR的食堂见到他，那时他玉树临风，清新俊逸。

她不觉恍惚，那时的惊鸿一瞥原来已经过去这么久了。

她将视线重新落回牌上，不知是手气好了还是他在引领牌势，反正他们配合得越来越默契，不一会儿就追到了A。

姨妈醒悟似的看着纪昱恒："你会算牌？"

309

因为越到后面他就越像知道她们下一张牌会出什么，要么堵死她们，要么一击制胜。

"到底是 A 大的，我算是看出人与人的差距来了。"表嫂也叹，又看看姨妈，"妈，好在没玩钱，不然今天要被他们小夫妻俩赢得一毛都不剩了。"

涂筱柠不懂什么算不算牌，反正打牌全凭感觉走，因为玩得开心。她听到她们的对话，随口道："我们银行从业人员是禁止参与任何形式赌博的。"

偏偏表嫂是个咬文嚼字的人："我们？'们'是谁？你老公又不是银行的。"

涂筱柠反应也快："我是泛指啊，再说了他可是'银监'的，管银行的更不能赌博，知法犯法啊。"

作为桌上唯一的男士，洗牌的职责自然落到纪昱恒身上，他专心地洗牌，安静地听着她跟她们扯东扯西，感觉她比在办公室里活泼许多。

消失许久的表妹回来的时候涂筱柠刚刚大获全胜。

"赢啦？"表妹喜出望外。

"你这下肢还在啊？我以为你掉厕所里了。"姨妈戏弄她。

"我从厕所出来看到后面有个花园，漂亮得很，就进去逛了会儿，里面还养着奇怪的动物呢。"表妹说。

姨妈皱眉："什么？"

"羊驼。"表妹说。

表嫂笑得前仰后合，然后起身："是吗？那我们也去看看。"

她又看看涂筱柠夫妻："你们去不去？"

涂筱柠看纪昱恒还坐着便说："你们先去，我们一会儿就来。"

表嫂面带笑意，拉着姨妈知趣地走了，还叫上了表妹。

表妹刚要向纪昱恒讨教牌技就被拉扯走了，一时间包间里就剩下涂筱柠夫妻了。

包间里瞬间有些安静，涂筱柠向纪昱恒走过去："你喝那么多酒真没事？"

他朝她伸手，她本能地把自己的手伸过去，将手覆在他的掌心上然后被握住。她被他带进怀中圈住。

"有事还能带你赢？"他的手掌在她腰间轻轻地摩挲。

涂筱柠用一只手搂着他的颈，用另一只手给他整整衬衫的领口。

"平常你去应酬也这么喝？"

"犹有过之。"

她忍不住点点他的胸口，低声说："少喝点儿。"

他捉住她的手，涂筱柠对上他此刻灼灼的目光。

"涂筱柠，姐夫！你们来不来啊？"表妹的声音又飘来。

涂筱柠如梦初醒，往后退了几步挣脱了他的怀抱，看到表妹并未过来，应该只是在附近并未走远，涂筱柠定定神应着："就来了。"

然后涂筱柠整整衣服拉纪昱恒:"你第一次来小镇,一起去看看吧。"

纪昱恒这会儿好说话得很,被她一拉就起身,跟她一道往花园走去。

花园里有假山有湖水,还真是别有洞天,湖里有很多鲤鱼,这些鲤鱼比他们在巴厘岛看到的那些鲤鱼可瘦多了。表妹不知从哪里搞来了鱼食,将鱼食往湖里一投,鱼群朝她那里猛地游过去,争先恐后,搅乱了一汪池水,好不热闹。

涂筱柠在湖边立了一会儿,觉得有些晒,穿着高跟鞋的脚也有点儿疼。这儿也没地方可以给她坐,她就找了棵树靠了一下。

不久纪昱恒也过来了,看她半脱着高跟鞋踮起脚站着,问她是不是脚不舒服。

涂筱柠点点头。

"那就回去坐着。"

"她们玩得尽兴,我又难得回来,今天她们是客,我再陪一会儿吧。"要换以前她肯定直接走了,哪儿会顾及别人的感受,现在不管做什么好像都变得周密圆滑起来。

纪昱恒与她面对面地站着,执起她的手,涂筱柠尚未反应过来,已经借着他手臂的力量站到了他的脚上,他锃亮的皮鞋跟他的人一样仿佛纤尘不染,她踩上去的一瞬间觉得有凉意从脚底渗入皮肤,但很快就消逝了。

他抱住她的细腰,涂筱柠为了维持平衡只能用双手搂着他的脖子。

他温和的声音传来:"这样好点儿没有?"

涂筱柠低低地嗯了一声,声音弱不可闻。

只是他们这样太亲昵了,表妹表嫂她们还在不远处,但他的阳刚之气又让她抑制不住地向他靠近,几乎半个身子贴在了他坚毅的胸膛上。

"喝了多少?"他低头在她的耳边说话,声音如柳絮般钻进她的耳朵里,让她感觉柔柔的又痒痒的。

"两小杯。"

"喝两小杯脸就红了?"

"有吗?"涂筱柠抽出一只手摸摸自己的脸,还仰首向他求证。

表妹喂好鱼回头没看到他俩,就往前走了几步去寻一下,谁知这一找被震惊了。那个柔若无骨的小女人姿态的人,还是她那个从小大大咧咧的表姐涂筱柠吗?

然而那边两个人并未发现表妹已经过来了,还在旁若无人地接吻,表妹到底还是个高中生,亲眼所见亲热的场面跟平时看电视剧和小说都不一样,脸和脖子一下子红了。

天哪,成年人的世界太浪漫、太刺激了,原来这就是爱情啊!她的心脏狂跳着,她再也不能淡定地观看了,感觉是偷窥了表姐夫妇的隐私,赶紧捂着脸跑开了。

直到晚上吃饭她都扭扭捏捏的,不太好意思直视涂筱柠了。

涂筱柠自然不知道她偷看了他们夫妻的亲密场面,晚宴的时候还拿她说笑:"中午还活蹦乱跳的，晚上怎么蔫了？"

表妹喝着饮料，害臊又好奇地问："姐，你跟姐夫真是相亲认识的吗？"

涂筱柠夹着菜，朝男人堆中惹眼的纪昱恒看："是啊。"

"可你们给人的状态不大像那么回事。"

涂筱柠悬着筷子："我们什么状态？"

表妹尚年少，想了半天没想到准确的形容词："我也说不上来，就感觉是认识了很久、很深情的那种。"

涂筱柠收回筷子："我们是初中校友，也算认识很久了。"当然，这只是她单方面地认识他很久，他对她的认识也就限于多年前那个他出手帮她的夜晚了吧，至于表妹说的深情，那不就是夫妻处久了自然而然地累积出来的无形的默契吗？

她继续吃菜，还教育表妹："等你长大结婚了就懂了，夫妻之间就是这样的。"

表妹咬着筷子一知半解，"就是这样"是哪样，像表姐看表姐夫时满眼深情的样子吗？

宴席就这么完美地落幕了。送走了亲戚们，涂筱柠跟父母像完成了一桩心事，大松了一口气。因为时间太晚了，他们准备在山庄留宿一晚，明早再回市里。

"你们今天也累了一天了，早点儿休息。"他们各自进房前，徐女士叮嘱，主要是心疼女婿了。

纪昱恒点头："爸妈，今天让你们辛苦了。"

"傻孩子，我们有什么辛苦的，你今天喝了不少酒，胃要是不舒服我让服务员送点儿醒酒汤来。"徐女士还是有些不放心。

纪昱恒只说"没事"。

涂筱柠进了房发现空间还挺大，环视了一会儿一转身看到纪昱恒在解衬衫。

因为中午喝得有点儿猛，也可能交手过后自知喝不过他，晚上舅舅们明显收敛不少，也没怎么再灌他。

涂筱柠太累了，没洗澡就沉沉睡去。

纪昱恒洗完澡出来听到她手机发出一连串的收到微信的提示音，一开始未在意，直到微信语音的铃声响起他才去看了手机一眼。

备注名：赵方刚的同学。

他直接拒绝接听，过了一会儿那人又打来了，有点儿纠缠到底的意味。

涂筱柠的手机密码是她的偶像的出道日，出去玩的时候她想让他拍照片时告诉过他。

铃声还持续响着，他索性按了"接听"。

对方好像也没料到她会真的接微信语音，还挺惊喜："小涂妹妹，不好意思打扰你了！我就觉得打字太麻烦，不如直接微信语音说话来得方便，今天是周六，江边有灯会，你要是感兴趣的话我这会儿来接你？"

半天没听到回答，他以为她不好意思，又说："不然我叫上方刚一起？"

还是没听到她的声音，他又唤："小涂？"

纪昱恒一言未发，只从鼻中呼出一口气，那是男人特有的沉重声音，女人可能不易察觉，但是男人会很熟悉，所以下一秒对方就没了音。

纪昱恒挂断微信语音，把手机放回原处，这次久久再无声响。

周一涂筱柠被赵方刚堵在茶水间。

"你真跟相亲的那个好了？"赵方刚看看外面没人，问道。

涂筱柠一头雾水："啊？"

"不然人家晚上能帮你接电话？"

"啊？"

赵方刚敲她一下："啊什么啊？还给哥装傻，我同学说了，周六本来想约你去江边看灯会，给你打微信语音的时候是个男人接的。"

赵方刚眯着眼抖抖腿："可别告诉我那是你爸。"

涂筱柠一愣，周六不就是回小镇办酒席那天吗？男人接的？难道纪昱恒……？

赵方刚犹豫了片刻，把门掩上，带着迟疑问："小涂，你不会，跟人同居了吧？"

涂筱柠还在倒水，低着头说"没有"，赵方刚看不到她的表情。

"感情的事反正你拿主意，本来我也就是让你再挑挑，你要真已心有所属我把我同学回了就是。"赵方刚表示能理解。

涂筱柠用勺子搅搅杯子里的水，问出了心中的困惑："小赵哥，你为什么热衷于给我介绍对象？"

赵方刚从兜里掏出一支烟，因为这里不是吸烟室只能先叼着，饶有深意地看着她："你吧，你适合当老婆。"

涂筱柠还是头一次听到这样的评价："我？为什么？"

"要听实话？"

涂筱柠点头。

赵方刚倚靠着门板："男人谈恋爱跟结婚是不一样的，谈恋爱兴许会找性感的，但找老婆只会找你这种颜值不错底子又干净的，你心思单纯欲望不多，对男人而言不麻烦好掌控，做老婆再合适不过了。"

涂筱柠虽然早就明白这个道理，可听别人揭露这个现实心里还是很沉重，其实纪昱恒一开始也是这么想的吧。

一回到部门，赵方刚就被纪昱恒召进办公室。

涂筱柠回到座位看看微信，果然周六赵方刚的同学给他发起了两条语音通话，一条被拒绝，一条被接通，通话时间只有两分钟。

她不禁朝纪昱恒的办公室看去，赵方刚已经站在里面了。

"老大。"

"你去开车。"

"好，去哪儿啊？"

"殡仪馆。"

不只赵方刚一怔，外面所有人都为之一怔。

纪昱恒起身披西装："林行长的父亲昨晚过世了。"

赵方刚马上反应过来，说："我去开车！"

"等等。"纪昱恒又叫住他。

"啊？"

"你找花店做两个悼念花篮，一个以部门的名义，一个以上次你那家被卡企业的名义。"

赵方刚看着眼前镇定自若的男人，突然就起了一身鸡皮疙瘩。太可怕了，这个时候他还能想到这层，他这段位真不是一般人能企及的。

待他们走后，趁着唐羽卉不在，饶静感叹："看到没有，做人情的同时还借机推动部门业务，哪怕万分之一的机会都不错过，这才叫手段。"

许逢生也看过来："老大这步棋真是绝了。"

"绝。"饶静应和着又摇摇头，"但这城府太深不可测，我看哪个女人要是跟了他，恐怕被卖了还在乐呵呵地给他数钱。"

涂筱柠桌上的水杯倒了，饶静起身看到她整个桌面都湿了，材料都浸了水，她正在抽纸巾擦。

"你当心点儿啊。"饶静蹙眉。

涂筱柠低着头告诉她："手滑。"

果然没几天赵方刚那家被卡的企业顺利地通过行里的审批，部门的所有人都觉得他帮企业给行长父亲送花篮这招又高又妙，那种时刻是一个人的感情最脆弱的时候，他这么做既给了行长该有的体面，又让行长牢牢地记住了这家企业，事后自然不会再卡审批。而这件事过后，赵方刚更是对纪昱恒五体投地，心里更加敬重纪昱恒了。

同时涂筱柠的两个新客户的审批也进展顺畅，因为企业资质不错，行里最终也给予通过，她找到了属于自己的信心，有了经验，营销也更有方向了，工作上进展得有条不紊，忙得不亦乐乎。

这天她还在忙，任亭亭轻手轻脚地凑到她办公桌旁。

"小涂姐。"

"唉？"

"你有没有面包？"

她手上动作一停："你想吃面包吗？"

小姑娘有点儿不好意思："不是啦，是那个。"

涂筱柠不解，任亭亭就俯身凑到她耳边："卫生巾。"

涂筱柠恍然大悟，压低声音："你来月经了？"

任亭亭点点头："突然提前了，我没带卫生巾。"

涂筱柠便拉开抽屉给她找出一包自己的卫生巾："你先拿去用吧。"

任亭亭接过，朝她甜甜地一笑："谢谢小涂姐。"

"不客气。"

看任亭亭拿着东西往卫生间去了，她突然意识到自己的月经推迟好几天了。不过以前月经就不大准，一旦人紧张或者有什么心事就会内分泌失调，推迟一周也有过几次。兴许是最近工作忙碌导致的，她就没太在意，继续闷头儿做事了。

可直到月经推迟了十二天还没来她才开始有点儿慌了，仔细想了想，巴厘岛是国庆节去的，好几次他们都没采取措施，那些昏天黑地且荒唐放纵的日子里如果她真怀孕了时间上也差不多，虽然他说过不可能，可哪儿有万无一失的事情，否则怎么会有采取了措施还意外怀孕的人？

她垂下眸，她还没做好当母亲的准备，他们之间谈孩子还为时过早，如果这个时候有孩子会打乱她所有的计划，而且她也不知道他想不想要孩子。越想心越乱，她到厕所偷偷地搜了一下早孕的症状，有的人说早期有反应，有的人又说没有任何反应，就是月经推迟。她捧着手机躲在厕所间，第一次碰上这种事情心里堵得很，若现在不是上班时间她应该会去药房买验孕棒。可她又害怕踏进药房，因为生怕一旦确定了，就要一脚踏进一潭深渊。

心脏还在怦怦地乱跳，她攥了会儿手机又解开锁屏，然后不由自主地去搜索"人流"。

瞬间一大堆医院广告跳了出来，她随便点进去看了两个却被跳动的小广告晃得眼晕。

"咚咚——"突然有人在敲卫生间隔间的门。

她吓得手一抖，手机摔在了地上。

门外有同事在喊："是天要下雨啦？今天厕所全满，在里面的人自觉点儿啊，外面的人在排队啊。"

涂筱柠捡起手机，看看屏幕没坏就出去了。

她回到自己的位子，纪昱恒坐在办公室里正好抬头，两个人视线交会，却只是短暂的，他又低头翻文件了，仿佛只要在 DR 就始终有个屏障阻隔了他们。

涂筱柠坐下。工作时间不能夹杂太多私人情绪，她调整了一下心情将注意力重新放到电脑屏幕上。

只是不久手机亮了，她看到一个陌生来电。

出于职业本能反应，她怕是哪个企业的会计打来的便接了电话，但是手机听筒不知是不是刚刚在厕所摔了一下，她听不到对方的声音，只得打开功放试试，然后一个温和的女声响起:"您好,这里是×××妇产医院,请问您是要做人流吗?"

瞬间整个办公室静可听针落,时间仿佛都凝固了。

涂筱柠赶紧挂断电话,饶静最先站起来,一脸震惊。

"涂筱柠你……?"

"没有!"涂筱柠立刻否认,心脏狂跳,不知道为什么做人流的医院会打电话给她。

看到所有人都在看她,她心烦意乱,一刻都不想待在办公室里,快速拿起包说:"我约了企业谈业务,出去一趟。"然后她落荒而逃。

直到坐进车里她都觉得一切太不真实,脑海混乱,双眼无神,胡乱地望着地下车库的某个角落,不知自己该去哪儿又能去哪儿。

手机再次亮起,又是个陌生来电。

她蹙眉接通电话。

"你好,这里是××妇产医院,请问你是要做人流吗?"

她恨不得要摔手机:"没有。"

"你不用不好意思,我们是看到你进过我们医院的网上界面才联系你的,你这边早孕几个月了啊?"

她的手都有点儿抖:"我说了没有。"

对方竟然啧了一声:"你没有你怎么会浏览我们医院的网页呢?好多人一开始都说没有,最后还不是来了。"

涂筱柠只觉得她声音刺耳,赶紧挂断了电话。

之后再有陌生来电她都没再接。她胸口上下起伏着,头也又昏又胀。

安静了一会儿,手机又亮了,她以为还是那些医院,没理,但那亮光就没暗过。她扫了一眼来电显示,是他。

她闭了闭眼,还是伸手接了。

"你人在哪儿?"他的声音跟平常一样,听不出任何喜怒的情绪。

"地下车库。"

"待着别动。"

涂筱柠放下手机,趴在方向盘上,依旧六神无主。

不一会儿他的身影就出现在地下车库,他找到她的车,拉了一下副驾驶座的门,车锁了所以他没能打开门。

看她低着头趴在方向盘上,他抬手敲敲车窗。

涂筱柠听到敲车窗的声音才知道他来了,打开车锁,他坐进来把门关上,带来了一阵风,这让她觉得有点儿凉。有那么一瞬间,她有一种他们在偷情的错觉。

他没有立刻说话,而且静坐了一会儿。

"你月经推迟多久了?"良久,他终于开口。

"十二天。"

"测过了？"

"没有。"

她仍低着头，只听到他动了一下："没测你就在查人流？"

"我不知道现在这大数据已经先进到我点进医院网站就能自动抓取我的手机信息的地步了。"

"我问的不是这个。"纪昱恒沉了沉声。

涂筱柠的心也跟着沉了几分，她聚聚神决定说开。

"我目前不能要孩子，如果有了孩子就要请假，一请假我所有的努力都白费了，而且我还没转正，没转正就怀孕行里会怎么想？人力资源部不会考虑让一个孕妇转正的，到时我就要一切从头开始，可是从头再来谈何容易，很快就会有人取代我，我在DR已经三年了，三年再三年，我能有多少个三年？我耗不起。"她不能在工作刚步入正轨的时候被意外打乱。

"你觉得转正比我们的孩子重要？"纪昱恒边看她边问。

涂筱柠目视前方："至少现在是这样的。"

他没再说话，涂筱柠的心还在颤抖。

"如果今天没有这通电话，你是不是不准备告诉我这件事？"过了一会儿他的声音又响起。

"你每天那么忙，应酬那么多，下了班我们见面和说话的次数都屈指可数，你算数比我好，不会记不得。"

"涂筱柠，我们是夫妻。"他又提醒她这件事。

涂筱柠侧眸对上他："我知道我们是夫妻，我比任何人都清楚这件事，可你觉得我们哪点像正常夫妻？有正常夫妻说话还得像我们现在这样躲着的吗？人家搞婚外情的恐怕都比我们坦荡。"

那莫名的突如其来的情绪交织在心头，让她有些失控了。

他沉默。

"你看，你也默认这不正常了，看来DR规定不许夫妻同时在岗是有原因的。每天在眼皮底下看我，又要做戏，你也挺累的吧。"可是这会儿她就是急需发泄。

"你越扯越远了，工作是工作，私下是私下，我早让你分开的。"他提醒她，声音低沉。

"我分开了啊。纪总，现在是你工作时间非要上我车的。"这次换涂筱柠提醒他。

两个人面对面坐着，地下车库太暗，她看不清他此刻的表情，只知道他仍然凝视着自己。

蓦地，他的手机响了，铃声打破了车里的寂静和沉闷，他直接挂断来电，刚要说话铃声又响了，一看才发现是行长的来电。

涂筱柠移开视线，听到他接了电话和那切换自如、毫无破绽的声音。

这就是他们的区别，她就做不到像他这样若无其事。

"我今晚要跟行长去A市总行，回来的时间待定。"挂了电话后他说。

涂筱柠看着窗外没吭声。

他又沉默片刻后，说："这两天你先冷静一下，不管结果如何，等我回来再谈这件事。"

涂筱柠还是没应。

他打开门，却没立刻下车："今天这通电话部门里的人全听到了——"

"我会处理的，绝不暴露你半分半毫。"涂筱柠却急不可耐地打断他。

他又坐了回来，可手机又响了。

涂筱柠被他的手机铃声吵得更烦，叹了口气说："你还是去忙吧。"

片刻后她又补上一句："纪总。"

纪昱恒看了她一眼，最终下车接了电话，然后慢慢消失在她的视野。

车里重归安静，要不是那熟悉的薄荷味尚在，仿佛都没人来过。

涂筱柠觉得很累，前所未有的累。

她也不想回去，便打了凌惟依的电话。

"哟，稀客，居然想起我这个故人来了。"凌惟依几乎秒接电话。

涂筱柠不跟她废话："这两天先在你家借住一下。"

"哈？"凌惟依吃惊，"干吗来我家？你跟你老公吵架了？"

涂筱柠不说话。

凌惟依当她默认了："涂筱柠，你搞什么呢？这么帅的老公你都舍得跟他吵架？"

涂筱柠攥着手机犹豫了一下，还是选择把事情告诉这个她现在唯一能倾诉的人。

"凌惟依，我可能，只是可能……"

"什么啊？有话快说。"凌惟依不耐烦。

"可能怀孕了。"

"啊？！"

他们冷战了，他从下车后就再没找过她。

涂筱柠很讨厌这种感觉，这种如同失联般没有安全感的状态。

凌惟依几乎一直是独居的，她的父母都在老家做生意，有时候周末齐郁会过来留宿，两个人过过二人世界。

正逢周末，涂筱柠在她家住了两晚，当然婆婆那边她还是每天不会落的，她掩饰得也很好，至少婆婆没看出来他们之间有矛盾了。

"你这样子仿佛让我回到了大学时代。"这天凌惟依看着她说。

涂筱柠抱着双腿坐在凌惟依家的沙发上，将视线落在放在茶几上的手机上，已经静看了好久，每天都这样。

"不，比大学时代还夸张！"凌惟依又补充一句。

涂筱柠没理她。

凌惟依叹气："你想人家就打个电话呗，夫妻床头吵架床尾和，哪儿有那么多隔夜仇？"

"谁想他。"涂筱柠终于说话了，却否认。

"你别装了，你那脸、那眼神就写着'我想死他了'。"

涂筱柠甩给她一个抱枕。

昨天在凌惟依的鼓舞下她去买了验孕棒，到凌惟依家她就测了一下。她当时坐在马桶上又害怕又纠结，最后磨磨叽叽不敢看，凌惟依帮她看了。

"别愁了，没有。"她把验孕棒朝她眼前一亮。

涂筱柠一看，一条杠。她没经验，赶紧翻翻使用说明书，上面说一条杠是阴性就是没怀孕，要两条杠才是阳性，也就是怀孕。

忐忑的心终于落下，可又好像隐隐作痛起来。

"你这人，你说说你涂筱柠，你要吓谁？别说你老公了，我都要被你吓出心脏病来了。"凌惟依还在噼里啪啦地骂她。

她却一个字都没再听进去。

她又看看自己的手机，手机稳稳地躺在那里，毫无动静。

那一瞬间赵方刚说过的话就重新涌入脑海，她闭上眼把头埋进撑起的双腿中。

过了一会儿手机响了，她立马抬头，看到是个企业打来的，眼神又黯淡了下去，然后跟往常一样正常接电话。

后来她就不看手机了，跟凌惟依一块儿看电视，凌惟依在看什么综艺节目，笑得很夸张，要断气的那种，可她看了半天却什么感觉都没有，一点儿都笑不出来。

越看越无聊，她去了趟卫生间，坐下才发现自己没带手机，刚要起身就听见凌惟依嗒嗒嗒的脚步声和自己在振动的手机。

"快快快，你老公的电话。"凌惟依把手机递给她。

他在她的手机里的备注是"J先生"，凌惟依不傻，一看就懂。

涂筱柠下意识地伸手可又悬在半空，咬咬唇又收回了手。

凌惟依看看她："你干吗？"

涂筱柠不说话。

凌惟依急死了："你别作死啊，涂筱柠。人家不给你打电话你眼巴巴地望着，给你打了你又端着，你要怎样？"

凌惟依双手一叉腰，脸也一拉："这不是我要说你啊，以前你跟陆思靖谈恋爱的时候，你们哪次冷战是他主动给你打电话的，还不都是你傻傻地放下脸面去找他？不管谁错你都是最先低头的那个。"

手机不响了，凌惟依把手机往洗手池边的台面上一放："现在这个，不说冷战对不对，至少人家先给你打电话了，哦，你倒好，又不肯接了，涂筱柠你别仗着你老公宠你，你就肆无忌惮地欺负人啊。"

涂筱柠一愣，宠她？他宠她吗？

手机只消停了一会儿又振动了，凌惟依看她不动，白了她一眼，自作主张地帮她接了。

"喂，姐夫。"

纪昱恒没料到是凌惟依接的，沉默了一会儿先跟她打招呼，然后才说："柠柠不在家，是跟你在一起吗？"

凌惟依故意说："哦，你出差回来了啊？筱柠跟我在一起呢，这两天住我家。"

涂筱柠抬头看她，皱着眉，又被凌惟依没好气地瞟了一眼。

纪昱恒嗯了一声，说："这两天麻烦你了，你家在哪里？我来接柠柠。"从头到尾他的语气都谦和客气。

"姐夫你这话说的，我家就是筱柠家。"凌惟依有些不好意思，老老实实地报出来自家地址。

电话挂断后，涂筱柠说话了："叛徒。"

凌惟依把手机扔给她："叛什么，真的，你老公挺好的，人家出差一回来就找你来了，不是我哪壶不开提哪壶，人啊一对比差距就出来了，他真比那陆思靖强太多了。"

涂筱柠拿着手机看着黑漆漆的屏幕，一言不发。

没多久凌惟依的家门就被敲响了，涂筱柠躲进了房间，把门锁上了。

她听到凌惟依去开了门，两个人互相打了招呼说了会儿话，就有脚步声朝她房间靠近，那步伐依旧沉稳。

他没直接按下门把手开门，而是先敲了敲门。

"柠柠。"他的声音清亮，却带着微喘。

涂筱柠靠着房间门没吱声。

"我这两天比较忙，没顾得上你。"他在门外说，顿了一会儿又道，"对不起。"

他突如其来的道歉让涂筱柠的呼吸一顿。

他又敲了敲门："回家好吗？"

她的手已经放在了门把手上，却像被定住了，迟迟没按下去。

僵持了一会儿，他挪了挪脚步。

凌惟依看不下去了，说："姐夫你别理她，我给你找钥匙。"

"不用。"纪昱恒却制止了凌惟依，看看那道紧闭的门，有些抱歉地对凌惟依开口道，"让她再静一静，麻烦你照顾她。"

凌惟依挠挠头，觉得他太客气了："别这么生分，我跟她的关系那就跟亲姐妹差不多，她可能还在闹脾气，一会儿我说说她。"

纪昱恒没再多言，跟她道别后离去。

涂筱柠听到关门声的那一刻，心又像跟着什么落下去了。她走到阳台看到他慢慢离开的身影，他依旧俊逸，路灯照在他身上却显得他孤寂，陪着他的只有地上那道被拉长的影子。他走得极慢，可踏出的每一步都像踩在了她的心尖上。

凌惟依敲门了："涂筱柠，你这样太没意思了，凡事可有个度啊！我建议你还是去看看你老公，他手上脖子上全是红疹，一块块的我看着都瘆人，有点儿像荨麻疹。"

她还要敲第二下的时候门被打开了，涂筱柠正眉头紧锁地看着她："你说什么？"

"荨麻疹啊，你老公的身体你不懂吗？"

涂筱柠拖鞋都没换就跑了下去，可是明明刚刚还能在阳台上看到的人，这会儿却像飞了，再也寻不到。没看到他人，涂筱柠很急，又觉得他不会走太远，就趿拉着拖鞋往前追。

初冬的天有些冷，她没穿外套，身形单薄，耳边有呼呼的风吹得她发丝跟脚步一样凌乱。就像初中时候她参加八百米跑比赛，也不知道终点什么时候才能到，可就是要铆足劲往前跑，生怕一个不小心就错过了什么。

果然跑了一会儿，她看到了他孤单的背影，心里一下子就被填满了，那种熟悉的情绪又冒了出来，随着她的血液流向身体的每个部位，这次她没再抑制住，任由它像蚂蚁般爬着。

她又朝他走近了几步，想张口喊他，却像被东西噎住了又没能喊出来。他还在独自走着，脚步缓慢。蓦地，他像是感觉到她的存在，停下脚步回眸。

两个人视线相遇，涂筱柠凝视着他，明明就只有两天未见他，却感觉像时隔已久。

她迈了迈步，慢慢地走到他跟前，走近了才看清，他脖子上和衬衫卷起的手臂上都是一块一块的红疹，跟凌惟依说的一样触目惊心。

她鼻子一酸，眼睛就湿了。

"怎么回事？"她哑声问。

他用臂弯挂着的西装掩了掩手臂："荨麻疹。"

"怎么出去两天就起荨麻疹了？你这人都不知道照顾自己。"

他还将视线落在她身上。有风吹来，她穿着拖鞋，也没穿外套，他将自己的西装披到她身上："别着凉。"

她触触他的手，又问："痒吗？"

她小的时候不知碰什么过敏了，起过一次荨麻疹，浑身痒得半夜站到父母的房间门口大哭，那种仿佛有千万只虫子在身上又爬又咬的感觉让她难过得根本无法忍受，尤其到了晚上会反复发作，简直折磨人到崩溃，可他的皮肤现在的状态分明比她那会儿的状态还严重。

他没作声，只握住她微凉的手。

涂筱柠比他急，拉着他就要走："现在就去医院。"

他反拉住她，她回头也不给他说话的机会："不去医院你要被痒死吗？你真以为自己是铁打的？"

他手心温热，二人站着，他又凝视了她一会儿，昏黄的灯光把他们的影子拉得老长，此刻他们的影子正交叠在脚下。

"你先回去换衣服。"最后他说。

涂筱柠看看自己，穿着居家的长袖和拖鞋，头发凌乱，又随意又邋遢，这样确实不能去医院。

她跟他说："我去去就回。"

他未松手："我陪你去。"

涂筱柠心急地直接抽回手："你去车里等我，我很快的。"然后她一路小跑。

两个人到医院挂号皮肤科，医生说暂时看不出变应原，也可能是近期过于劳累造成免疫力下降所致的。

"平常喝酒吧？"医生写病历的时候抬眸看了纪昱恒一眼。

"嗯。"

医生摇摇头："你们就仗着年纪轻透支自己的健康吧。"

然后医生把病历本递过去："内用外敷，最近不要再饮酒了，注意休息，工作是做不完的，命却只有一条。"

涂筱柠接过病历本："知道了，谢谢医生。"

走出诊室，涂筱柠就说："你看，医生也让你少喝酒。"

纪昱恒将一只手插进裤袋里："谁都知道酒非好物，可干营销的哪能说不喝就不喝？"

涂筱柠撇嘴："如果百万年薪要用你的身体健康来换，我宁可不要。"

纪昱恒停顿脚步，涂筱柠又来拉他："反正这两天你得给我忍着，不许再喝了。"

他嗯了一声，两个人正好走到取药处。

看他手臂上比先前更明显、更密集的红疹，涂筱柠都觉得痒，问："你不痒吗？"

他也不否认："痒。"

"那你怎么忍得住？"

"靠毅力。"

"也是，你们学霸从小自控力就好，我小时候起过一次荨麻疹，越痒越抓，越抓越痒，最后弄得我精神都崩溃了，换了我，我绝对熬不住。"涂筱柠说着抬起他的手臂，忍不住想帮他吹吹，觉得这样会比直接用手抓好一点儿。

纪昱恒好像知道她要干吗，将她拉到自己身侧说："没事，不碰它慢慢就习惯了。"

涂筱柠就没再碰他，前面有人拿好了药空出位置，他们向前走了几步。

涂筱柠看看脚下，突然问他："你刚刚为什么跟我道歉？"

明明是她在闹脾气离家出走，他为什么要向她道歉？

医院来往的人很多，他一直牵着她的手，良久，她听到他冷静却又柔缓的声音："是我之前没注意，让你担心怀孕，让你没有安全感，所以对不起。"

涂筱柠定在原地怔怔地望着他，有好多情绪交织在一起如决堤的洪水般朝她胸口涌来。那一刻她才算真正明白过来，原来她的心早就不属于自己了。

周围依旧嘈杂，人来人往，涂筱柠嗓子干涩，眼角微湿。

她压制住那股有点儿想哭的冲动，声音也比刚刚低了几分："是我搞错了，昨天已经测过了，没有怀孕。"

她觉得她有神经病，之前害怕怀孕的时候她恐慌，测到没有怀孕后她又难以言喻地有些低落。

前面又有人离开了，他带她往前走了两步，她还未来得及看他的表情就听到他说："那就按你的计划来，这事以后再说。"

可她听着心情却万般复杂，他说话总留有余地，又如饶静他们说的那般城府极深，连去参加行长父亲的追悼会都会顺水推舟地为后面业务的审批铺路，她不知道这会儿他是真的尊重她，还是压根儿也不想要跟她的孩子，他做什么都完美无缺，包括做丈夫。

饶静说得没错，跟着他，即使哪天被他卖了她可能还在乖乖给他数钱。可是她明知道如此，却控制不了自己的心，有些事明明看得透彻偏偏还是一头扎了进去甚至慢慢陷了下去，虽然努力压制冲动，但终究还是失败了，心这个东西，不知不觉就交付出去了。

她从什么时候开始患得患失？从什么时候开始他的每一句话、每一个动作让她有意无意地上心？是他每次温柔地跟她说话的时候，还是他不惜放下身段帮她争取客户和跟后台沟通，还是在巴厘岛那个只属于他们两个人的快乐日子里，又或许更早……？她总是抑制着不让这些一直刻在心中的画面钻出来，可心就那么大，就像一个储物柜一般，你今天收藏一件东西明天再偷偷放一件东西，它最终会满到再也关不上门，而今天，她再也盖不住那源源不断的要冒出来的情感了，甚至还天真地以为只要扮演好妻子的角色就可以了，到底是太高估了自己，这段婚姻里，是她先输了。

前面没人了，后面的人催促他们快点儿，纪昱恒拉她朝前走了几步，涂筱柠回神，沉默地递单子拿了药。

两个人到家已经很晚了，涂筱柠被自己这么一折腾又记挂着他的荨麻疹，很是疲惫，洗澡前上厕所才发现月经悄悄地来了。

她垂眸，心想：月经要是早点儿来也就没这么多事了。她匆匆地洗了澡感觉小腹也开始有些疼,但满脑子都是要给他上药。

荨麻疹越到晚上发作得越厉害也越痒,而且怕热,纪昱恒今晚是用冷水冲的澡,涂筱柠给他上药的时候碰到他冰凉的皮肤才发现这件事。

"这种天气你冲凉水澡会感冒的。"她小心翼翼地给他涂抹药膏时抱怨道。

"不碍事。"

"药吃了?"

"嗯。"

"怎么没见好转呢?我看网上说一般半个小时就会慢慢消退了,你的怎么却越来越多?"涂筱柠亲眼看着那些红疹成团成团地布满他的身体,除了脸,没一寸能幸免。

他半裸着站着,她半跪在床头给他抹药,用手滑过他的每一寸皮肤,让他觉得有些痒。比起身上的痒,这种痒反倒让他难以忍受,他眼看她的指尖在下移,伸手扣住了她的手。

还没意识到不对劲的涂筱柠挣脱他的手:"我还没涂好呢。"

他拉着她娇软的手,乘机俯身吻住她的红唇。

灯光照得他此刻极其温柔,看得涂筱柠恍惚,她忍不住做出了今天在医院就想做的事,靠过去抱住了他的腰。

纪昱恒顺势揽住她,感觉她的身体微微颤抖,蹙了蹙眉:"冷?"

涂筱柠摇摇头,贴着他不说话,只是撒娇。

他抱了她一会儿,哄她:"睡觉好不好?"

涂筱柠点点头乖乖地躺下,可他没有立刻上来,有要往外走的架势,她又裹着被子坐起来拉他。

他回眸:"我再去冲一下。"

她并不想让他走,说:"那就一会儿。"

他像哄孩子似的答应:"就一会儿。"

果然就一会儿,他重新躺回床上,涂筱柠钻进他怀里,他拥着她却感觉她还在抖,意识到不对劲把她拉了起来:"怎么了?"

涂筱柠闷哼道:"肚子疼。"

"肚子疼?"

"就是痛经。"

纪昱恒看看她蜷缩的身子,才发现她的双手一直捂着小腹。

"每次都会疼?"他虽说学识渊博,但对这个没经验,想把手覆盖上去帮她取暖却又担心自己刚刚冲过凉手太冰反而让她更加不适。他从小没被什么事情难倒过,但现在竟然难得有了一丝无所适从的感觉。

最后他只得紧搂着她睡,只是这一夜一个痛经,一个起荨麻疹,都未睡踏实。

翌日是周一,开完晨会连许逢生都觉得纪昱恒今天状态不好。

"老大最近是不是太累了?感觉他今天很疲惫。"会后他们几个聚在茶水间聊天。

"听说上周五临时被大行长招去一同去了总行。"赵方刚说着又压低了声音,"好像是大行长有意要推老大去当新城区支行行长的候选人,特地带他去的总行。"

饶静看他:"这事这么快就要定了?真是我们部门去负责新城区支行?"

赵方刚表情微妙:"只是先带他去总行露露脸吧,毕竟老大进DR还没多久,虽然业绩不错,但这么短时间就推他坐新支行行长一位,行里也要顾及些同级老人的面子,所以要提前给老大铺路。"

"真厉害啊,三十岁不到就步步高升,四十岁不到岂不是要坐上支行行长一位了?"许逢生由衷地佩服。

赵方刚赞同地点点头:"这还真不是没可能。"

几个人又闲扯了一会儿才把目光汇聚到涂筱柠身上。

饶静双臂环胸:"说说吧,你上周五到底是个什么情况?"

涂筱柠早就做好今天要被盘问的准备,想好了一个说辞:"那是在手机上看电影不小心点到跳出来的小广告,一进去就被自动获取了电话号码,打来了骚扰电话。"

这种浏览手机网页不小心点到小广告的事大家多少都经历过,加上她淡定如初的表情还算有说服力,饶静也刚看到她拿着卫生巾去厕所便未再追问,只是赵方刚忍不住笑:"那种小广告看一般电影可跳不出来,小涂啊,你是不是看了什么不该看的小电影?"

涂筱柠就假装喝水。

过了一会儿赵方刚又说:"不过小涂确实有对象正交往着呢。"

"啥?"饶静反应还不小。

一看这情形,赵方刚就发现自己竟然是第一个知道涂筱柠谈恋爱的人,心里还有点儿小得意,故意挑衅一下饶静:"饶姐姐,你作为师父不会才知道这事吧?"

饶静果然一愣:"你知道?"

赵方刚嘚瑟:"是啊,我知道。"

"不会是你那同学?"饶静一副不可思议的样子。

"那倒不是,是小涂的相亲对象。"提到这件事赵方刚气焰下去了些,又看向涂筱柠,"是吧,小涂?"

涂筱柠只能把头点得像是在捣蒜。

饶静也看着她:"相亲对象?你家里安排的?"

"嗯。"涂筱柠觉得自己这会儿像在被查户口。

"干吗的?"

"搞IT(信息技术)的。"她胡乱扯了一个职业。

赵方刚拍腿:"IT好啊,一个金融农民工,一个IT农民工,都是农民工,配一脸啊。"

涂筱柠摇摇手："只是先处着，还在了解阶段呢。"现在她说起谎来也是一套一套的。

大家没再说话，许逢生便咳了咳，率先转移话题："刚刚开会我看老大脖子上红红的一片，那是什么？荨麻疹？"

赵方刚倒没注意："这你都发现了？"

许逢生只说："唉，他太拼了，这估计是累出来的。"

赵方刚又赞同："确实，他够拼，我跟他出去应酬多，你们是没看到他喝酒那叫一个猛，红的、白的、啤的，几种酒可以轮着来喝，知道拿什么喝吗？不是酒盏也不是红酒杯，是壶，还不是喝白酒的小壶，是喝红酒的那种大型斜口壶，而且不是慢品啊，你们想想看，喝啤酒对瓶吹是什么概念，他喝酒比对瓶吹还厉害，是举壶豪饮，真不是开玩笑，这要是没点儿酒量的一般人，会喝到胃出血的。"

涂筱柠听得胆战心惊，仿佛都能看到那场面似的，捧着杯子的指尖瞬间就被攥得泛了白。

所有人沉默，赵方刚看着外面没人又叹了一口气，然后放低声音："老大是真不容易，知道他为什么好好的却从'银监'跳槽吗？他的母亲是乳腺癌晚期。"

饶静和许逢生猛然抬眼。

"这你都知道？"半晌，饶静问。

"'银监'里都知道这事，随便打听一下就知道了，这也是我家老爷子告诉我的，而且据说他大学时本来都获得去美国哈佛大学公费读博的名额了，已经在华尔街实习了，就是因为母亲的病放弃了大好前途回的C市。"

"放弃？他在那里挣的钱不是更多，为什么非得回来，难道家里只有他一个男人能照顾母亲？"饶静不解。

赵方刚看她一眼，神色纠结，最终还是说出口："老大的父亲早就过世了，他还真是家里唯一的顶梁柱了。"

大家再次沉默，涂筱柠夹在中间听着，明明比他们更清楚一切，但从别人口中听到那样的他，她的心还是会止不住地颤抖和抽搐。

片刻后，饶静捧杯喝了一口咖啡，打破沉默："我要是他，我就选择唐羽卉，反正她也愿意，有捷径干吗非把自己逼得那么苦，少奋斗十年不好吗？"

赵方刚笑她肤浅："老大绝不是会靠女人往上爬的人。"

许逢生感叹："话是这么说，可个性归个性，现实归现实，有个能在自己职业生涯中起到关键作用同时又对自己有所帮助的女人到底是会不一样。"

涂筱柠又捧起杯子喝了一口水。明明是白开水，她喝着竟然苦涩不已。

昨天在医院开的药好像对他的荨麻疹并无太大作用，涂筱柠早上起来看他皮肤上

326

的红疹只消退了一点儿。

唐羽卉发现这件事后无比上心，直接冲到他办公室要拉他去医院，竟然还掩上了他办公室的门。

"你到底要无视自己的身体到什么时候？"她根本不拿自己当外人。

"没事，你去忙。"

"我不忙，你总是这样，你总是这样……"她情绪激动，声音中似夹杂了一丝哭腔。

然后门就被关上了，外面的人再也听不清里面的声响。

涂筱柠正在放款，在填借款借据，可攥着写字笔一下填错了三张，撕了填填了撕，屡写屡错，屡错屡写，最后索性扔下了笔。

她捧起杯子去茶水间，耳边全是唐羽卉刚刚娇滴滴的声音，不得不承认自己讨厌唐羽卉，非常讨厌。

一走神水溢了出来，心烦意乱的她赶紧去关水龙头，可是竟把手伸向了水龙头下的滚烫水柱，被烫了个结实。

她手一甩，杯子都碎了，打扫卫生的阿姨闻声赶来，一边拿拖把清理一边拉开她，让她小心点儿。

涂筱柠呆呆地站着，低头看着阿姨的动作，耳边也只有阿姨的安慰声，重重地叹了口气。

涂筱柠在卫生间用凉水冲手冲了很久，那通红的印记跟此刻心里的苦楚一样，久久无法消退。

她没有立刻回办公室，而是像逃避似的坐在卫生间的马桶上，打开相册，看着他们那张被她截好的合照，隔着屏幕碰碰他的脸再触触他精致的五官。

以前她在书上看到一个故事，大致是说有一块漂亮的蛋糕，大家都觉得好吃，可是它就这么大，你来得晚又没本事插进去分一块，就是非要挤破头跟人家去抢也抢不过。

手还在火辣辣地疼，她打开微信小号，把那张截好的合照设置成了朋友圈相册的封面，隔着屏幕抚摩着他的脸，看了很久，又把微信小号的名字改了。

她凝视着自己最新的微信名字"J夫人"，像看到了一丝希望，傻傻地笑了起来。

可是，她总是不一样的吧？他至少给了她名分。

回到办公室，他办公室的门已经重新被打开了，任亭亭第一个发现涂筱柠的手被烫伤了。

"小涂姐，你的手？"

涂筱柠一看，热气消散后，手背已经在慢慢起水疱了，一大俩小，看着有点儿吓人。

"刚刚不小心烫了一下，没事。"她还装作若无其事的样子。

赵方刚凑过去看看:"哎哟,你这也太不小心了吧?"

饶静翻出一瓶泰国青草膏:"来,把手给我。"

涂筱柠乖乖地把手伸过去,饶静帮她抹着药,药膏凉凉的,就像昨天他冲凉后贴着她的身子一样。

她又在心里叹了口气,满脑子都是他,心想:原来自己已经走火入魔到这般地步了。

不知是不是要去开会,他执着笔记本走出了办公室。

原本堆聚在一起的几个人散了散,唤了一声:"纪总。"

他应声,视线跟着人群落在涂筱柠那里,涂筱柠也在看他,他又很快收回视线抬步离去,涂筱柠的视线则追随着他直至看不见。

不过这荨麻疹真让他有了个不去陪行长应酬的理由。他按时下了班,一到家就看到在厨房忙碌的涂筱柠。他没像往常一样先去换衣服,而是直接走进厨房。

涂筱柠还在洗菜就感觉背后有风,转头就看到了他。

"回来了?"她擦擦手,烫伤的地方被围裙碰到,不由得皱了一下眉。

纪昱恒拉住她的手腕看她的手背,几个水疱清晰可见。

"怎么弄的?"

"倒水的时候不小心。"

"倒个水你也能经常不小心烫到了。"

涂筱柠愣了愣,想起自己把他和"银监"其他人烫伤的那次,他记性总是那么好,多久的事都记得。

他看看还浸在水盆里的蔬菜,有拉她出去自己取而代之的架势。

他一撩起袖子她的注意力就全转向那密密麻麻的红疹上:"怎么吃了药还没见好?"

他把开着的水龙头一关:"已经比昨天好些了。"

"不应该啊,照理来说急性荨麻疹用了药数小时后就会消退的,你这怕是要演变成慢性的了。"涂筱柠越发担心,把围裙一解就伸手拽他,"这治标不治本还得看,今天不在家吃了,一会儿去外面随便吃口得了。"

他没动:"没用,我这就是慢性的,以前也起过,即便去医院挂水仍断断续续持续了两个月。"

涂筱柠心头一紧,耳边又回响起白天唐羽卉关切他的声音,原来她这个妻子对他的了解还真不如他学妹。

"不管怎样有法子总要试试。"不知是不是在赌气,她坚持要出去,也不管他手上是不是还沾着水,拖着他就往外走。

今天是她开的车,纪昱恒安静地在副驾驶座位上坐了一会儿,发现她选的路并不是去医院的路。

"去哪里？"

"私人诊所。"

她目视前方，却能感觉到他在看她，就倔强地说："你别怕，弄不出人命的，我小时候起荨麻疹就在那儿看好的。"

他没作声，也没拒绝。

车里一时安静，等红灯的时候她怎么看那灯都觉得刺眼，心里堵得慌，几次想开口问他今天在办公室里跟唐羽卉说了什么还有为什么要关门，可每次话到嘴边又硬生生地咽了下去。

后面的车开始狂按喇叭，涂筱柠一看发现已经绿灯有一会儿了，脚踩油门往前开，这会儿车多，左右都有车跟她的车并驾齐驱，后面的车找不到超车的机会，司机便急躁地按喇叭催涂筱柠，那接连不断的狂响惹得她心中蹿出一股无名火，也躁了起来，嘴里蹦出一句粗话。然后她就开起了赌气车，后面的车的司机越在后面按喇叭她就越刹车，开得越慢。

"嘀嘀嘀——"喇叭声震耳欲聋，那人再变道回去，涂筱柠也变道回去，他再往左变道，她也往左，反正就是堵着他，死活不让他超车。

纪昱恒终于发话："别开赌气车。"

涂筱柠顶嘴："我有路怒症。"

被她几次一堵后面那人真被逼急了，终于找到一个机会将车挤到右侧车道超了上来，不久又遇到个红灯，两车并排停下，他降下驾驶座车窗就开始狂骂："你有病啊？活腻了啊？"

涂筱柠的车窗膜又黑又暗，只能从里面看到外面，从外面却看不到里面，但看这车型和颜色就知道开车的是个女司机，他就有点儿欺负女人的架势，一降下车窗怎么脏怎么骂。

"想死早点儿说！"他越骂越来劲，引得非机动车道上等红绿灯的电瓶车和自行车的车主都在看。

终于，副驾驶座的车窗降下了，那人有些得意，准备更过分地羞辱一下女司机，一看副驾驶座上坐着个男人，不由得一愣。

纪昱恒的眼神跟声音一样冷厉，他直接警告："再骂一个试试！"

那人显然没料到车里还有男人，再加上对方浑身上下都充溢着一股凌人的气势，他望而生畏，瞬间把他的嚣张气焰收了回去。他是个欺软怕硬的，声音越来越弱地喊了两声就把车窗升了上去，绿灯一亮就飞一般地开走了，再没纠缠。

涂筱柠重新踩油门，纪昱恒升起车窗，严肃地看她："你现在车技好得很，都能跟人在马路上飙车了。"

涂筱柠不吭声。

"你以后再这样开车就不许开了。"

涂筱柠又顶嘴："不开就不开了呗，有什么大不了的！"

她火药味浓，纪昱恒侧了侧身："你今天怎么回事？"

涂筱柠又开车窗吹风："没怎么，来月经了。"

她说的私人诊所真的很私人，就租了个商铺，连个牌匾都没有，不过医疗机构执业许可证和各种执业医师资格证倒是齐全工整地挂在墙上。

"奶奶。"涂筱柠一进去就朝隔间里正在配药的老人喊了一声。

老人闻声探头，老花眼镜落到鼻尖，眯眼瞧了一会儿才认出来："哦，是小徐家的柠柠啊。"

然后老人拿着一瓶配好药水的水瓶出来，边摇水瓶边问："小丫头，你咋了？"

涂筱柠把纪昱恒一拉："我没咋，是这人。"

老人又摘下老花镜端详了一下："哎哟，这帅小伙是你男朋友哇？"

涂筱柠把他往诊凳上一按："我老公。"

"你才多大就结婚啦？你不是才大学毕业吗？"老人吃惊地问。

"我都二十七岁了。"涂筱柠每次来老人都记不得她的年纪。

"啊？是吗？"老人嘀咕，这时有人叫她："邱医生，我这边吊瓶要挂完了。"

"来了来了。"她拿着药棉应答，又看看涂筱柠夫妻，"你们等等啊，我先给人拔个针再换瓶药去。"

涂筱柠点头说："您先忙。"

待老人离开，纪昱恒环视了一下四周，涂筱柠以为他嫌弃，便说："人家证件执照齐全着呢，可不是无证上岗的赤脚医生，毕业于正经的医科大学，在第一人民医院工作过。"

纪昱恒看老人的年纪已经是奶奶辈的人了，那个年代能考上医科大学的着实不易。

"第一人民医院？"纪昱恒重复道。

涂筱柠嗯了一声："好像是早年她手里有个病人因为医疗事故没救过来，医院当时推卸责任，虽然没有怪到她头上，但是她心里愧疚，就辞职出来自己开了个诊所，同样的药，收费什么的比医院便宜很多，很多老百姓过来看，慢慢地，口碑就打出来了。我刚出生那会儿我妈月子没坐好，得了哮喘，去了很多医院都没看好，后来同事介绍她到这儿来看，打了两个月的针居然好了，也没复发过，再加上这儿方便又省钱，我小时候有个小毛病我妈就带我上这儿来，不怎么去医院。"

"她应该已经过了退休年龄，她的子女怎么还舍得她如此操劳？"

"医者仁心啊，而且……"涂筱柠见老人还没来，敛了敛声，"听说年轻的时候有个对象，也是医生，可被派去国外学习就没再回来，后来她就一生未嫁。"

纪昱恒不由得又看了老人一眼，涂筱柠借题发挥，如此评论："所以十个男人九个渣。"

他蹙眉回首，这时老人来了。

"帅哥你怎么了？"老人终于得空下来给他问诊，言语诙谐幽默。

"荨麻疹。"

老人一看："你这风团是老毛病了吧？"

"是。"

老人把一个小手枕推到他面前："来，伸手。"

纪昱恒伸出手臂，老人把了把脉："气结郁心，孩子，你是做什么的？是不是压力太大有心事啊？"

他没说话，涂筱柠帮他说："搞推销的。"

"卖保险的？"

她含糊其词："差不多。"

老人扶扶眼镜："保险行业竞争大啊，你做什么险种？推销太难可以在我诊所里发发名片，现在不是那种重疾险（重大疾病保险）可流行了吗？"

没想到她还当了真，涂筱柠欺骗老人心有惭愧，又只得把谎圆下去："他是做车险的。"

"哦。"老人又给纪昱恒另一只手把脉，热心地朝外扬了扬下巴，"旁边有个4S店。"

涂筱柠头昏，有点儿圆不过来了，被纪昱恒看了一眼。他言归正传："我这荨麻疹有什么快速根治的办法吗？"

"快速治倒是可以，快速根治没办法。"老人收回手。

涂筱柠不解："可是我小时候治了不就再没起了。"

老人起身去配药："他跟你情况不同，一看就是经常熬夜喝酒的，若不调整作息和饮食就会反复发作。"

涂筱柠戳戳他的肩膀责怪道："你看！"

纪昱恒抽回手按住她不安分的手："我不去应酬，你养我？"

涂筱柠没好气地推他，心想：她倒是想养他呢，恨不得把他藏起来再也没人觊觎。

老人调好药水，又拿了支空的针管坐下来："我这方法有点儿偏，要抽你的静脉血混到药水里再打进你的身体里。"

纪昱恒颔首，再次伸出自己的手臂，涂筱柠看着他根根分明且凸起的静脉，发现男人跟女人到底不一样，她的静脉就很细，每次去体检抽血护士都说摸不到她的静脉。

针头扎进他的静脉，他的表情毫无波澜，涂筱柠看着却比他疼，一管血抽完，眼看老人把血往药里一混就要接着拿针头扎他，涂筱柠不舍得了，忍不住问："不再等等吗？"

老人反问:"等什么?"针头又一头扎了进去,那一瞬间涂筱柠感觉针头像扎在了自己的身上,刺疼刺疼的。

药水打进身体的时候人会有点儿眩晕的感觉,纪昱恒意志力再强也无法抑制这种生理反应,双耳也有短暂的耳鸣。

涂筱柠见他久久未动,不免担心:"昱恒?"

他握住她的手:"没事。"

"会有点儿药物反应,过几分钟就没事了。"老人告诉她。

涂筱柠点头,给他按着止血药棉站着陪他。

过了一会儿,纪昱恒不适的感觉消退,涂筱柠这会儿也没了脾气,跟他说话又柔声细语起来:"好点儿没?"

"嗯。"

老人又在给其他患者配药,叮嘱他:"最近少喝酒多休息,明后天再来打一针,三天内不复发这次就止住了。"

"之前医院还配了些药,还要继续服用吗?"涂筱柠问得仔细。

"不冲突,可以接着服用。"

又有患者来了,纪昱恒让座,涂筱柠跟老人又说了会儿才道谢离开。

回去的路上车内有点儿安静,一安静涂筱柠就容易胡思乱想,思绪又绕回了白天发生的事情上,纠结不已,可还是几次欲言又止,但她的一举一动逃不过纪昱恒的眼睛。

"你想说什么?"他开口道。

唐羽卉的名字都到嗓子眼儿了,可她又逃避似的难以说出口,最后咬唇问:"赵方刚同学的语音你怎么替我接了?"

"不然你真打算去见面相亲?"他反问。

"你不是让我自己处理?"她嘀咕道。

"你能处理吗?我再不出手恐怕你被赵方刚卖了你都不知道。"

"那就卖呗。"涂筱柠心想那也比被他卖了给他数钱强,就忍不住低声加上一句,"反正你也不会不舍得。"

谁知道他将视线扫了过来:"什么?"

涂筱柠没再说话,差点儿闯了红灯,车头都过线了她猛踩刹车。

车停下后她听到他低沉的声音:"你平常也这么开车?"

她否认:"没有。"

他又沉了沉声,带着警告:"以后开车不能走神,更不许开赌气车,如果我今天不在车上你怎么办?"

"他爱骂就骂,就当听不见。"

"多一事不如少一事,你该庆幸今天碰上的这个人是纸老虎,要是个五大三粗的地痞流氓把你车一拦，你想过后果没有？"他的语气严厉。

她被他一凶就有点儿受不了了，委屈地说："那不是今天你在吗？"有他在她才有底气，有他在她才有恃无恐。

纪昱恒沉默片刻，稍后缓了缓语气："下次别这样了，好好开车。"

涂筱柠不作声。

"听到没有？"

"哦。"

纪昱恒看了她一会儿，又问："你刚刚说什么？"

"'哦'啊。"

"不是，是说赵方刚的时候。"

她死不承认："没说什么。"

正好他手机响了，他看了一眼就拒接电话。

涂筱柠好像瞥到名字是三个字的，忍不住问："谁啊？"

"唐羽卉。"

她握着方向盘的手收紧："你怎么不接？"

"又不是上班时间我为什么要接？"

"她不是你师妹吗？"

"我师妹多了去了，每个找来都理，我还有没有私人时间了？"

瞬间她心里好像就没那么堵了，可是又担心是因为她在他们说话不方便他才拒接的，而且晚上了她能找他说什么？想着想着她开始陷入新一轮的纠结中。

"饿了没？"过了一会儿他问。

"不饿。"

"我饿了。"

"哦。"

"去吃灌汤包吧。"

涂筱柠没想到他要吃这个，嘴上说着"这个点那边可难停车了"，手上却还是一打方向盘往学校去了。

到了那儿果然难停车，人又多道又窄，她开车就紧张，生怕碰了谁，最后纪昱恒跟她换位，帮她侧方位停进了一个车位。

两个人在大学城里走着，涂筱柠低着头看脚下一言不发，纪昱恒陪她走了几步开口道："进银行的通常有三种人，一种靠本事，一种靠资源，还有一种是前两者都兼备，唐羽卉就是第三种人。"

涂筱柠心想：关她什么事。

"她有现在的业绩，也是因为她的起点高，但也不得不承认她有自己的特长和优势，尤其在跟客户谈综合成本的时候很有自己的一套，当然这些谈判的技巧跟她从小在父亲身边耳濡目染也有关系。"

涂筱柠敷衍地哦了一声。

"银行营销岗需要这样的人,但她会来 DR 我之前并不知情。"

"他们都说她是冲你来的。"涂筱柠一个没忍住说道。

"她冲什么来我没兴趣,但是行里的风言风语,你听听就行。"

涂筱柠看看他,原来他知道行里是怎么传他跟唐羽卉的啊!

"你跟我说这些做什么?"她装作满不在乎地说着,他却牵过她的手。

"我说过,身为丈夫我会对你和家庭负责,我现在能给你的不多,但应有的安全感会如数给你。"

不知是她太好哄还是他太会说话,反正她心中的不快就这么随着他的话慢慢地消失了。

凌惟依之前说得没错,她就是被他制得死死的,每次心中一有波澜,只要他说几句话就能轻而易举地让她的心中风平浪静。

她不知不觉地跟他指尖交缠,可还在嘴硬着:"那你们还经常坐一起吃饭,说话也要关着门,生怕传言还不够多吗?"

她借着这个话题问了出来,心脏跳得也快了。

"之前顾及她的面子我未提,后来我也明确说了,我在 DR 她就是我的下属,我跟其他平级坐在一块儿用餐的时候,她不能越级坐在领导们的旁边。"他又看看她,"你几时见我跟她单独坐一桌用过餐?"

涂筱柠又不作声了。

"至于关门说话,也就今天一次,同样是顾及她的脸面,我让她分清楚当时是上班时间,我和她是上下级,以后不要动不动就带着私人情绪冲进我办公室。"

心头的乌云彻底消散,涂筱柠又哦了一声,虽只一个字,但是语气比刚才的语气轻快多了。

纪昱恒偏了偏头,看她的眸:"你在观察我跟她?"

"这哪儿要我观察,全行的眼睛都在看,你自己不是也知道流言蜚语吗?人言可畏。"她当然不会承认,目不转睛地看着前面,因为怕自己一跟他对视就忍不住流露出真实的情绪。

灌汤包店到了,老板抱歉地说今天灌汤包卖完了。

"那面呢?"涂筱柠问。

老板不好意思地搓搓手:"也卖完了。"

她有些失落:"那还有什么?"

"小馄饨,但也只有一人的量了。"

"你吃吗?"

"你吃吗?"

两个人异口同声地问对方，老板笑了："不管你们吃不吃，这碗馄饨送你们了。"

就这样两个人最后吃了一碗小馄饨，涂筱柠从未觉得小馄饨如此好吃，又或许是因为他在，小馄饨才变得这么可口美味。

这一晚，她名为"J夫人"的微信号的朋友圈又多了一句话："我觉得最浪漫的事就是跟你共吃一碗小馄饨。"

那老医生的法子真的管用，纪昱恒的荨麻疹当晚就消退了，他又去诊所打了一针后，观察了三天，荨麻疹倒是没有复发。

涂筱柠算是松了一口气，他终于能睡个好觉了。

任亭亭依旧每天像个跟屁虫一样跟着赵方刚，他嫌她麻烦的时候就会把她丢给涂筱柠。

"没事就看看你小涂姐姐是怎么做业务流程、写报告的，去帮她盖盖行章也成。"

任亭亭很听他的话，看到涂筱柠要去盖章还主动揽过去："小涂姐，我帮你去盖章吧。"

涂筱柠怎么敢使唤这位千金大小姐，连连摇手："没事，我可以。"

"可是师父说让我帮你。"任亭亭执意帮她拿合同。

饶静站起来笑："小任啊，你师父说什么你都听啊？"

"对啊，他是我师父。"

一会儿赵方刚来了，任亭亭唤了一声："师父。"

赵方刚含混地嗯了一声，显然没空搭理她。

任亭亭以为他觉得自己在偷懒，赶紧抢过涂筱柠手中的合同和盖章本说："我去盖行章。"

涂筱柠拦也拦不住。

趁着办公室又只剩下他们四个人，饶静看不下去了，喂了一声。

赵方刚还不知道她在喊他，她直接朝他扔了一块橡皮。

这下赵方刚有反应了："干吗？"

"我说，大家都看出来人家小姑娘对你的心思了，你赵公子这会儿可别给姐姐我装纯情啊。"

赵方刚把橡皮回扔过去："太小了，我又不是禽兽，不跟学生谈感情。"

饶静笑："哟，真装纯情啊？"

许逢生凑热闹："大三了，也不小了。"

赵方刚也朝他扔了块橡皮："还不小？我跟她差了六岁呀，兄弟！"

"六岁怎么了，现在还有人忘年恋呢。"饶静继续说。

赵方刚摇摇手，表情认真："不好意思，我真下不去手，而且她压根儿不是我的菜。"

饶静问："你喜欢什么菜？"

赵方刚又不正经了，眯着眼瞧她："你这种风情万种的啊，我亲爱的饶姐姐。"

饶静甩给他一个文件夹："去死。"

两个人闹了一会儿，饶静也收起玩笑的态度："不过说真的，你要拿下了这小公主，以后可就不用愁了。"

赵方刚用手转着笔："虽然吧，有些方面我不如老大，但在这件事上我跟他观点一致，事业上绝不靠女人，我赵方刚就是明天饿死街头也绝不吃一口软饭。"

饶静鼓鼓掌："哎哟，有骨气。"

"彼此彼此，饶姐姐，你嘴上说着这个那个的，其实比谁都刚正不阿，你不也从不靠男人吗？"赵方刚一语道破。

饶静朝他翻了一个白眼："不知道你在说什么。"

赵方刚整个人往后面一仰，伸了个懒腰："我们这个部门啊，要说缺点，唯一的缺点就是三观太正，不像其他部门哪，乱得很。"

饶静也跟着笑了一声："听说隔壁部门的姚佳请假休息了。"

涂筱柠一听到这个名字不由得竖起耳朵，前阵子姚佳不是还跟她抢客户来着吗？

赵方刚耸耸肩，只说："邢总这次可玩大了。"

涂筱柠听得云里雾里，小声问饶静："怎么了？"

饶静只对她做了个口型："怀孕，堕胎。"

涂筱柠竟然吓得打了个嗝，感觉自己听到了大新闻。

赵方刚回头看着她，友情提醒道："邢总是个人渣，最喜欢撩拨行里年轻漂亮的妹子，小涂你当心着点儿。"

他不说还好，一说她蓦然想起来有一次在卫生间外的洗手池洗杯子，碰到过邢总一次，他也来洗杯子，然后到她旁边抽纸的时候挨她特别近，突然叫了一声："小涂。"

她赶紧叫："邢总。"

他笑着应了一声，似乎完全忘了之前调户的事，还说："你头发上粘了个东西，我帮你拿下来。"

她当时还真以为头发上粘了个东西，正对着镜子照就看到他的手已经落在她的头发上了。

她下意识地往旁边退了一步，他则说："拿下来了。"

她看看他握起的手，却什么都没瞧见，但还得致谢："谢谢邢总。"

他说"不谢"，又朝她看了几眼，然后笑眯眯地离去了。

现在听他们这么一说，她不禁毛骨悚然，看来以后得绕着他走了。

可是有时候偏偏怕什么来什么，下班前她去了趟卫生间，一出来就碰到同时从男厕所走出的邢总。

她瞬间不想洗手了，打了声招呼就低头想走，却被他拦住了。

"小涂啊。"

"唉，邢总。"她硬着头皮应了一声。

"你来 DR 有些年头了吧？以前一直做大堂的。"

"嗯。"

他越靠越近："你看，你干这么多年了还是劳务派遣，就不想转正？"

她往后退："顺其自然吧。"

他笑笑："你们纪总这人啊，看着护犊子，也没提什么时候给你转正？"

她挤出笑："领导自有领导的打算吧。"

"哦？"他挑挑眉，又靠近了几分，"那你不如调到我的拓展三部好了，我这个领导可不像你们纪总那样假正经，跟着我比跟着他有前途，你要是真来了，行里下一批转正名单上我保证有你的名字。"

眼看他越靠越近，涂筱柠心生一计："哎哟，邢总，我手机刚刚落卫生间了，我去拿一下。"说完她就溜进身后的女厕所。

躲进女厕所后她在里面狂喘气，心想：这是遇到职场性骚扰了吗？

下了班涂筱柠先去看了婆婆，一从医院里出来就接到纪昱恒的电话。

"今晚有应酬，别等我吃饭了。"

"你这人，就是好了伤疤忘了疼。"想到他荨麻疹刚好又去喝酒她就不开心。

她又听他说道："小姨父不知从哪儿弄来一些野生黄鳝，说是给妈补身子的，也给我们尝尝鲜，可能已经送到家里了，都是活的你别动，等我回来。"

涂筱柠只顾着他的身子，边开车门边叮嘱："你少喝点儿酒啊。"

"好。"

"只准喝一杯红酒。"

"好。"

挂断电话后涂筱柠突然发现自己变啰唆了，把包往副驾驶座上一扔，不觉一笑，然后发动了车。

独自回到家，她像往常一样先去换衣服，然后去厨房找东西吃，只是感觉今天地上滑滑的，低头一看发现有一团黑影，不禁毛骨悚然，打开厨房的灯，看到一地的黄鳝。黄鳝又粗又壮又长，长得像蛇，快速地在地上扭动着，眼看就要朝她爬来了。

她吓得尖叫，赶紧跳到客厅的沙发上，下意识地找手机，可是包在玄关，黄鳝已经从厨房爬了出来，她不敢下去。

天哪，这玩意儿为什么长得那么恐怖啊！

最后她没办法，只能踮着脚快步走，绕过黄鳝爬的地方，迅速来到玄关，拿起包就立刻爬上餐桌。她现在觉得连客厅的沙发都离自己很远。

她抖着手给纪昱恒打电话。

纪昱恒正在跟行长陪"银监"的老同事吃饭,手机亮了,他扫了一眼,趁大家推杯换盏之际适时将手机拿了起来。

"昱恒,你以前在酒桌上可是从来不碰手机的,是不是有情况了?""银监"来的都是老领导,对他了解得很。

纪昱恒笑而不语,有点儿默认的意思。

行长也来了兴趣:"哦?昱恒有对象了,怎么也不带来给我们见见?"

纪昱恒只说:"她害羞。"

"哎哟,金屋藏娇哇,以前给你介绍了多少个对象你一个都不肯见,连照片都不肯瞧一眼,现在悄无声息地自己找了一个,到底是哪个美女能让纪大才子心动,我们好奇得很啊。""银监"的人调侃道。

手机还在振动,他笑容温和:"等以后有机会就带她出来。"

同桌的人朝他摆摆手:"快去接电话吧,从没见你对哪通电话这么上心。"

纪昱恒又打了招呼才退出包间,靠在走廊墙上接了电话。

涂筱柠带着哭腔的声音立马传来:"老公。"

他敛眸:"怎么了?"

她有点儿上气不接下气:"那个,那个黄鳝,全部爬出来了,爬得家里到处都是,太吓人了,我害怕。"

他蹙眉:"你现在在哪儿?"

"躲在餐桌上。"

"别动,我很快回来。"

挂断电话后,他往酒店的前台走。

"先生您好,请问需要什么?"

"有笔和便笺吗?"

"有的。"服务员递给他一支笔和一张便笺。

他在便笺上写了一串数字又将便笺推给服务员:"过十分钟后麻烦你帮我打这个电话,你不用讲话,只要接通就挂断就行。"

服务员接过便笺看了看,点点头:"好的,先生。"

"谢谢。"

"不客气。"

他重新回到包间,继续陪他们喝酒,果然十分钟后电话打来了。

他的手机被背扣着,只振动,他作势拿起手机看了一眼,然后跟身旁的行长咬耳朵。

"老大,我接个电话,是财政局任局长。"

行长一听注意力立刻从酒桌上转移过来:"好好好,你去。"

他又出去，差不多抽完一支烟的时间，再进去包间。

行长问他："什么事情？"

纪昱恒边给他倒酒边说："没什么事，喝多了，凑不到人打掼蛋（一种扑克游戏），顺便聊聊他女儿在我部门社会实践的情况。"

行长接过他递来的酒："任局长可是C市每年掼蛋大赛的高手，他找你去切磋牌技你应该作陪的，听说他的丫头目前在跟你部门的小赵学习？"

"是，小赵也是老客户经理，跟他能学到不少东西，她自己也愿意让他当师父。"

"小赵确实是灵的，就是跟他家老爷子一样，都是滑头，一个老滑头一个小滑头，让他好好带人家姑娘，别尽教些歪门邪道。"

"好。"看行长半杯白酒已下肚，纪昱恒又给他送去一杯茶。

行长喝了一口就说："既然任局长约你，这个面子你还是要给的，这里你不用陪了，我来应付。"

纪昱恒说："不碍事，我再留一会儿。"

行长却说："你还是尽快去吧，别打招呼了，直接走，剩下的我来处理。"

纪昱恒点头，又稍坐片刻，然后假意去卫生间离开了。

纪昱恒回到家，一开门就看到了爬得到处都是的黄鳝，还有坐在餐桌上等他回来的涂筱柠。

看到他回来了，她哭丧着脸："老公。"

纪昱恒扔下车钥匙往里走。

涂筱柠看他过来就站了起来，然后踩着桌子往他身上一跳，纪昱恒伸手把她稳稳接住并抱在怀中。

"这东西长得跟蛇一样，吓死人了，我一回来就看到爬得满地都是。"她惊魂未定，将双臂紧紧缠着他的脖子。

鼻子闻到的全是她身上特有的馨香，他轻轻地拍她的背："没事了，我来处理。"

"它会咬人吗？"她埋首在他颈侧问。

"不会。"

安抚好了涂筱柠，纪昱恒开始在家抓黄鳝，黄鳝真的爬得到处都是。

涂筱柠站在沙发上指挥："那里，这里！还有那下面！"

纪昱恒抓了好半天才将黄鳝全部装进桶里，涂筱柠还是不放心，让他好好查看还有没有漏网之鱼。

"没了。"直到他很确定地说她才敢从沙发上下来。

纪昱恒把装着黄鳝的桶放到厨房，看到之前小姨父是用蛇皮袋装的黄鳝，又怕把黄鳝闷死就没把袋口扎紧，来得匆忙，估计把蛇皮袋往厨房的地上一放就走了，黄鳝在里面动啊动地把蛇皮袋弄倒了，蛇皮袋一倒黄鳝就全部顺着松散的袋口爬了出来。

涂筱柠拿起拖把把地上清理干净，看他还在厨房就过去看看，发现他居然在杀黄鳝。他直接用剪刀剪断它们的头，然后将它们开膛破肚。

他还穿着衬衫，动作却无比熟练麻利，这副样子明明有些奇怪却还是让她看痴了。

"明天你给爸妈也送去一些，现在野生的黄鳝在市场不容易买到。"纪昱恒突然说。

"噢。"涂筱柠答应着，忍不住靠过去，"老公你怎么什么都会呀？"

"穷人的孩子早当家。"

她困惑："那我家也不富裕，但我就只会做简单的两个菜。"

他把弄好的黄鳝用水清洗："我是单亲家庭的孩子，跟正常家庭的孩子比总是不一样的。"他说这句话的时候像是在说一件再平常不过的事，可涂筱柠听着却很心疼。

她伸手从后面抱住他的腰，他的背脊一僵。

"以后你还有我。"她贴在他背上低声说。以后他还有她，无论顺境逆境，她都陪着他。

可是她的声音太低，低到被水声掩盖。

他没听清："嗯？"

她嗅嗅他身上的薄荷味，不作声了，他也没再问，就由着她这样像树袋熊般抱着自己。

除了水声，厨房里似乎没有别的声音了，此刻仿佛只属于他们两个人，连厨房里的日光灯都破天荒地给人一种温柔的感觉。

过了一会儿她又喊了一声："老公。"

"嗯？"

"我可以说一会儿工作的事吗？"她像打申请似的问。

"说吧。"

她又把脸贴在他坚实的背上："今天拓展三部的邢总在卫生间门口把我拦住了。"

他顿住手上的动作，将声音沉了几分："拦你做什么？"

涂筱柠迟疑了一下才说："他说让我去他们部门，说跟着你没前途，他会给我转正。"

水龙头被纪昱恒一关："然后？"

"然后他就越靠越近。"

纪昱恒转过身看她，涂筱柠又说："我感觉不对劲，就说手机落厕所了要回去拿，才躲了过去。"

纪昱恒把手中的黄鳝往水池里一扔，声音冷厉："以后别搭理他。"

"我跟他本来就没什么接触，也就那次调户，可他居然记住了我的名字。"她想了想又说，"小赵哥说他心术不正，是不是上次我调户的事惹得他不快，想伺机捉弄我一下？"

"他敢？"纪昱恒又一剪刀剪掉了一条黄鳝的头。

他的反应让她还挺开心的，说明他还是在乎她的。

她忍不住咧嘴，又听他说道："你之前没有在客户经理岗位工作经验的积累，现在又刚起步，转正的事至少现在还没那么容易。"

他的话让涂筱柠重新面对现实，她垂眸："我知道。"

"你要做的就是好好学习，踏实工作，其余的，我心里有数。"这是他第一次跟她提转正的话题，他们是上下级，其实不该私下谈这个敏感话题。

涂筱柠又贴在他身上："老公，我会让你为难吗？"

他们是夫妻，工作上本该就是要避嫌的，不管她以后能不能转正，他们的关系一旦被发现，他都有包庇的嫌疑，她不想让自己影响他，所以连对待转正这样的心头大事也开始变得纠结。

他又打开水龙头，说："不会。"

可社会复杂，人心险恶，行里有多少人巴不得抓到他的把柄，让他露出破绽，她想想还是怕："等我再独立一段时间，足够强大了，也有了一定的客户经理从业经验，到时候如果其他银行社会招聘对公客户经理，我就跳槽过去。"她不是心血来潮，这是考虑了很久才想出来的万全之策，只有这样以后他们才不会被影响，才能恢复正常，不用担惊受怕，不用再演戏，不用再藏着掖着，她可以光明正大地站到他身边。

他还在洗黄鳝："你现在就在想怎么离开我了？"

涂筱柠在他背后噘嘴："没有，我只是觉得这样的关系总不能维持一辈子。"

她不要一直躲在他身后，也贪心地想在人前牵着他的手。

"别多想，工作上的事我自有分寸。"他却这样说。

她点头，未再说话。她当然相信他能处理好，只是对自己，她缺乏了一点儿信心。

第二天下班涂筱柠就听纪昱恒的话给父母送去他昨日弄好的黄鳝。

"哪儿来的？"徐女士在厨房看着满满一袋的黄鳝问。

"他小姨父昨天搞的，你女婿非让我今天给你们送来。"涂筱柠口渴，狂喝水。

徐女士得意："还是我女婿好，不像女儿好久也不知道回趟家看看我们。"

"是是是，你女婿好，以后让女婿养你们。"涂筱柠故意说。

徐女士打了她一下，轰她出厨房，又问："去医院看过你婆婆了？"

涂筱柠点头。

"那你别回去自己开火了，就在家吃吧，正好有黄鳝。"

涂筱柠嬉皮笑脸："我没打算回去呀，就是来蹭饭的。"

徐女士也斜她一眼："都成家了还像个孩子似的，你老公也不嫌弃你？"

"他都习惯了，才不嫌弃我。"涂筱柠脱口而出，也不知道这会儿哪儿来的自信。

就像凌惟依说的，她总是仗着他宠她，生活上，他好像确实是什么事都由着她的。

徐女士看到她的眼中自然流露出的幸福之情，也跟着笑了，然后低头忙活。

"昱恒回来吃吗？"她问，心里还记挂着女婿。

"他有应酬，不回来。"

"他做部门老总压力挺大的吧？"

"大，大得前两天浑身起荨麻疹，好几夜都没睡好觉。"

"啊？他也有这毛病？"徐女士把菜刀一搁，"上次还得支气管炎，这孩子体质也不大好啊，要好好调理。"

"他从小就在单亲家庭生活，我婆婆既当爹又当妈的，还要教书挣钱，那会儿哪儿有那么多时间、精力花在他的饮食上，他小时候都是自己做饭吃，清汤寡水的还能长这么高也是万幸。"涂筱柠说起来心又一阵一阵地疼了。

要是初中那会儿就知道他是自己的老公，她肯定要省下零花钱给他买好吃的。

徐女士叹气，也心疼了："你们现在工作忙，还要天天往医院跑，下班就到我这儿来吃饭，我跟你爸两个人也是要天天做饭的，多两双筷子而已，正好我也能做点儿好吃的给昱恒补补身子。"

涂筱柠噘嘴："我早说过了，你女婿不肯。"

"为什么？"徐女士挤眉。

"他说，成家了不要麻烦老人。"

"这孩子，什么麻烦不麻烦的，回头我来跟他说。"徐女士边说边把黄鳝倒进盆里。

涂筱柠看她洗着黄鳝又提醒："妈，这里还有我婆婆的那份，你做的时候先少放些盐给我盛一碗，我明天要带去医院。"

徐女士看她一眼："知道了，我还会贪了你婆婆那份不成？"

徐女士抬手让她让让："你啊，现在对婆婆可比对我这个亲娘好。"

涂筱柠伸手捏捏徐女士的脸："哪儿有啊，一样好。"

徐女士忍着笑故作嫌弃："快出去，我要炒菜了。"

"好嘞。"

老涂今晚也没回来吃，有黄鳝，徐女士也没多做其他菜，娘儿俩简单地吃了点儿。

"你俩现在钱怎么管的？"难得母女相聚，徐女士有很多问题要问她。

"一起管。"

"一起管？怎么个管法？"

"理财归我管，股票、基金这种费脑子的他来。"

徐女士放了放筷子:"你老公把自己的钱给你了?"

涂筱柠点头:"给了。"

徐女士按捺不住好奇心:"多少?"

"他以前在'银监'挣得不多,一年十来万也就存下五六十万。"

"也就?"徐女士觉得她现在口气挺大的,便问,"那现在能挣多少?"

涂筱柠觉得应该提前让母亲有个心理准备,就先让母亲抬手。

"干吗?"徐女士不解。

"你还是先托着下巴我再告诉你。"

徐女士呸了她一声:"快说。"

涂筱柠做了个数字七的手势。

"年薪七十万?"

她摇头:"七位数。"

徐女士这个老会计算数比她好,不用掰手指就反应过来了,但还是吃了一惊:"年薪百万?"

涂筱柠又告诉她:"不过也要看业绩的,但估摸着差不多了。"

徐女士拍了拍大腿,喜不自胜:"涂筱柠啊涂筱柠,你看你之前还不信我算命,妈给你挑的这个老公怎么样?你捡到金元宝了吧!之前都说DR的一个营销部门的老总都年薪百万,我当时还不信,现在真是信了。"

徐女士又敲敲桌子:"你啊,你就是不转正,有你老公也能不愁吃不愁喝了。"

这个观点涂筱柠不认同:"女人哪儿能一直靠男人,还是得有自己的事业。"

"话是这么说,可男人能挣钱对家庭的保障还是不一样的。"徐女士越想越开心,觉得自己明智,很是得意,"哎呀,你说我这眼光怎么就这么好,我说什么来着,莫欺少年穷,你老公也是给我争气啊。"

涂筱柠不禁吃醋:"搞得女婿才是你亲生的似的。"

"这么优秀儿子要真是我亲生的,我做梦都要笑醒了。"徐女士继续刺激她。

涂筱柠不服:"怎么不说我旺他呢,那算命先生不是说我是天生旺夫相吗?"

"旺啊旺,他还说你俩互相旺呢。"徐女士拿筷子给她碗里夹黄鳝,"多吃点儿,我们家的福星。"

涂筱柠觉得这还差不多,又吃了几块黄鳝。

母女俩好久没说话了,东扯西扯地说了好多,时间晚了涂筱柠都没注意,直到纪昱恒打电话过来,她才发现已经十点多了。

"老公,你到家了吗?"她接过电话,娇柔的语气让一旁剥橘子的徐女士都惊了。

"还没,你回去没?"

"马上就走。"

"没走就别走了,我正好在附近吃饭,走过来没几步路,在家住一晚,明天我也好来拿车，就不请代驾了。"

"好，那你慢点儿。"

"嗯。"

放下电话涂筱柠跟徐女士说："妈，我们今晚住这儿。"

徐女士更开心了："好哇，我连昱恒的睡衣都买好了。"

"他穿什么码你还能目测？"

徐女士嫌弃她："你老公那种标准身材，还要什么码啊！"

涂筱柠想想也是，便往嘴里塞了瓣橘子瓣。

过了一会儿有钥匙开门的声音响起，她想着纪昱恒也没她家的钥匙啊，一看是父亲回来了，纪昱恒正扶着他。

涂筱柠跟徐女士赶紧迎上去："你俩怎么一起回来了？"

"正好在小区门口碰见爸了。"纪昱恒说，将视线落在涂筱柠身上。

同样喝了酒，老涂可没他那么清醒，已经醉醺醺的了。他钩着纪昱恒的肩，不住地拍："我女婿好哇，我有个好女婿。"

徐女士赶紧把他从纪昱恒身上拉开："又喝成这样，你结石还没疼够是吧？臭死了你，别熏着孩子。"

老涂却扶着纪昱恒的肩膀不松手，左看看右看看，有些口齿不清地喊："昱恒，昱恒啊。"

纪昱恒将他扶好："爸，我在，您当心。"

老涂挥挥手："我没事，我没事。"

老涂又正视他然后拍拍他的肩："孩子啊，从前你一个人不容易，以后啊，以后我就是你爸爸。"

老涂又拍拍自己的胸口："有爸爸在，别怕，别怕。"

明明是他醉酒时说的话，却让其他人动容。

涂筱柠此刻心里不是滋味，却看到纪昱恒依旧用臂膀撑着老涂，听到他柔声说："好，爸。"

不知是不是她的错觉，有一瞬间她觉得他的眼眶红了，但再看又是正常的。

最后徐女士把老涂扯开："喝得醉醺醺的就开始说胡话，快起开，孩子明天还要上班呢！别把孩子累着。"

老涂倒是被她拉了过去，但还在发酒疯，捧起徐女士的脸就亲了一口："老太婆，我爱你。"

徐女士一愣，然后红着脸挥手狂揍他："要死啊你，在孩子们面前老不正经！"

她拉着他就往房间里走，还回头跟涂筱柠说："你们先洗澡休息，你爸今天喝多了，昏了头了，看我怎么治他！"

主卧的房门被关上了，涂筱柠看看纪昱恒，纪昱恒也在看她。

父母这样秀恩爱她其实已经习以为常了，老涂一喝多就会这样，但是在纪昱恒面前还是头一次。

"我爸每次喝多了就这德行。"她边给他拿拖鞋边解释。

"挺好的，很温馨。"

他只在十二岁前短暂地经历过这样的一家三口的温馨场面，所以现在看到觉得异常温暖，也很羡慕。

涂筱柠拉拉他的手，凑近闻了闻他，今天酒气不重，看来没喝多少。

"给你冲杯蜂蜜水？"她问。

他没说话，只是手腕一用力把她抱住，然后低头吻了下去。

涂筱柠顺势踮起脚钩住他的脖子，加深了这个吻。

涂筱柠让他先去洗澡。她拿着家里的 iPad 刷了一会儿抖音。除了微博，这些娱乐性质的应用软件她都不在手机上下载，因为她深知自控力不好，而这些东西一旦玩起来就会上瘾，她怕影响日常工作，索性把它们从手机上卸载了，只留下微博，在空闲时打开微博刷刷八卦消息，不过回到家倒是可以在 iPad 上稍微玩一会儿。

她连续刷到好几个与"单手开易拉罐"这个热门话题有关的视频，都是男人单手开易拉罐的视频，评论很多是"啊！好帅！""要死了啊！""光看手就要怀孕了！"这样的。

脑子里有画面一晃，她想起初三那年第一次被同桌拉到走廊上趴着看他，那会儿他站在车库旁，靠着一辆自行车的后座，当时就是单手开的易拉罐，只仰头喝了一口，瞬间引起了全校女生轰动。

当时的她看得毫无感觉，可时隔多年再想起，竟如少女般脸红起来。

如果时光可以倒流，她一定会摇醒年少时的自己，大声地告诉她："涂筱柠！追什么星啊！追他啊！他是你老公！他就是你以后的老公啊！"

"在想什么？"他不知什么时候洗好澡站到她身边，吓了她一跳，她仰头看到他刚出浴的清爽模样。徐女士买的与其说是睡衣，不如说是一套休闲服，上身是灰白条纹的男士宽松 T 恤，下身有点儿类似单薄的运动裤，这套衣服让他年轻了几分，让她心动不已。

她咽了咽口水，还装糊涂："哦，我在看这个。"她把 iPad 往他那儿一推，点开一个单手开易拉罐的视频。

纪昱恒扫了一眼不感兴趣，涂筱柠可不打算放过他："老公，你也表演一个，把你的视频发到网上去准能火，还能成为网红。"

他抬手轻拍她的脑袋："我不会。"

她拉住他的手："谁说的？你明明会！"

他低头看她："你怎么知道我会不会？"

"初中时我趴在走廊上看到的啊！你就站在学校的自行车车库旁，拿着一罐饮料，然后用左手……"涂筱柠突然对上他隐藏着笑意的双眸,心想:完了,竟然糊涂到被他一套话就把自己给卖了的地步。

说实话,对于初中时发生的一些无关紧要的事纪昱恒真的记不得了,但她说得那么详细他还挺有兴趣听一下。

"你初中时不是没有时间关注我吗?"

"是啊,我是没关注你啊,那次也是被我同桌非拉扯到走廊去看校草的。"涂筱柠摊摊手,"纪校草,不好意思啊,说来真是惭愧,当时你的大名在我耳朵里晃了三年,可我直到初三才头一次看清你的模样。"她这说的可是大实话。

纪昱恒靠着餐桌,将指尖放在桌沿饶有兴致地有规律地敲着:"说说看,当时的感受。"

涂筱柠故意卖卖关子:"当时嘛,说实话没什么特别的感受,就觉得也就那样吧。"

他又轻拍她的脑袋:"也就那样是哪样?"

涂筱柠哎哟一声拉开他的手:"你怎么老打我的脑袋,本来就不聪明,再打傻了怎么办?"

两个人闹了一会儿,他催她去洗澡,她偏不,还走向厨房,翻了一会儿食品储藏柜,没翻到易拉罐装的饮料,只翻到一罐八宝粥。

奈何她今天偏对单手开易拉罐有执念,就算是八宝粥她也非要让他试试。

她把八宝粥递到他手里:"家里只有这个,要不你试试单手开开看?"

纪昱恒把八宝粥一推,嫌弃地说:"快去洗澡。"

"你看,这点儿小小的愿望都不满足我。"涂筱柠有些不高兴了。

"等下次有机会了。"

"下次是什么时候?"

"下次就是下次。"

涂筱柠捶他一下:"敷衍。"

纪昱恒按住她不安分的手:"别乱动。不睡了是不是?"

涂筱柠安分了,埋首在他锁骨附近,觉得他的锁骨特别好看,忍不住摸了摸。

纪昱恒拍了她一下:"睡觉。"

涂筱柠还用手摸着他的锁骨,心想:他一个男人的锁骨竟然比女人的锁骨长得还好看。他也任由她触碰,她摸着摸着就快睡着了,过了一会儿还在半睡半醒地嘀咕。

"老公。"

"嗯?"

"你初中……"

他看看她,发现她已经闭着眼神志不清要睡着了。

他用指尖抚摩了一下她的脸,温柔地问:"什么?"

她又挣扎着动了动，继续说："其实……"

"其实什么？"

她最后像蚊子般哼出一声："真挺帅的。"然后她沉沉睡去。

纪昱恒收紧了手臂，给她盖好被子又侧首亲了亲她的眉毛和紧闭的眼。黑暗中，他目光灼灼，慢慢绽开了笑脸。

　　

C市银行界篮球赛于这个周六在体育会展中心正式拉开序幕，第一场就是DR对A行。

涂筱柠本来以为赵方刚之前说看台上坐满了银行的女职工是假的，谁知道一去还真是，好在他们部门的人去得早，不然都没位子坐，连唐羽卉都来了，破天荒地跟他们部门的人坐在了一起，还偏偏坐在涂筱柠的旁边。

涂筱柠其实一点儿都不想跟她坐在一起，但没办法，她们是同一个部门的，涂筱柠还得做做样子。

没一会儿双方球员上场了，看台上的观众开始尖叫。

DR的球服是纯白色的，很显清爽，衬得每个人的皮肤又白又出挑；A行的球服是红色的，也醒目得很。

涂筱柠一眼就在球员中看到了纪昱恒，那顾长俊逸的身影帅气出众，他一出场，连旁边别的银行的女职工都在惊叹："DR不愧是C市金融界颜值最高的地方，一个个都是帅哥啊。"

"是啊，那个六号最帅啊。"

然后许多人闻声去看六号，一群女的一看就开始尖叫。

"啊，真的好帅啊！五分钟之内我要知道他的所有信息！"

过了一会儿真有人来她们的座位前问："你们行的六号是谁？"

正好被问的是一个营业部的柜员，她一脸得意地说："他啊，他是我们DR的招牌，行草。"

"哪个部门的？叫什么？以前怎么没见过？"

"拓展一部的老总纪昱恒，才从'银监'跳槽过来的，可是我们DR目前最年轻的总经理。"

"还是总经理啊？"

"那是。"

饶静把玩着看台上的加油拍，边摇加油拍边说："金子藏不住咯，纪总要火了。"

涂筱柠没说话，一直将注意力集中在球场上。说实话，她看不大懂，反正看到DR进球跟着叫就是了。

赵方刚这个队长打的是小前锋的位置，纪昱恒是得分后卫，两个人配合默契，一开始赵方刚就给纪昱恒传了一个球，球被直接投入篮中，DR领先两分，看得全场沸腾。

赵方刚跟纪昱恒在场上相互击掌，任亭亭看得脸红，忍不住站起来高呼："师父！加油！师父！最帅！"

任亭亭的声音引得好多人往她们这儿看。

饶静恨不得拿包挡着自己的脸，赶紧拉任亭亭坐下："小任，你师父在比赛不一定听得见。"

任亭亭还为赵方刚打抱不平："明明是我师父传球传得好，可是为什么大家都给纪总加油啊？"

正在喝矿泉水的涂筱柠差点儿被呛到，心想：这小姑娘果然是赵方刚的脑残粉。

A行那队的实力也不容小觑，很快就把比分追了回来。他们意识到赵方刚和纪昱恒是威胁，马上换了战术，派人死死地防他们俩。但赵方刚这个"人精"也随机应变，对方盯他们，他就"挡拆"，每次球被传到纪昱恒手上，他便跨步把防纪昱恒的那个人挡住，让纪昱恒快步移动到空位投篮。

DR又进一球，连饶静都喊帅，仿佛整个球场上纪昱恒就是天生的主宰。

对方第一次跟纪昱恒交手，连输两球后准备再次调整战术，于是申请比赛暂停。

DR也顺便调整战术，两队的人各自回到休息区，后勤人员赶紧送去水和能量饮料。

纪昱恒站着，一只手叉腰，还在微微喘气地听赵方刚布置下一步的作战方案，后勤人员过来递水，其他人都选的矿泉水，只有纪昱恒挑了罐罐装的能量饮料，然后他抬眸开始在看台上找人。

当他的视线与涂筱柠交会的时候，她觉得呼吸都要停止了，只见他左手掌心扣着那罐罐装饮料，伸出食指落在拉环上，指尖一钩拉环再往后一拉，最后一挑，顺利拉开拉环，堪称完美地做完了单手开易拉罐的动作。他举起饮料仰头喝了一口，微动性感的喉结，全场瞬间尖叫，一如当年。

旁边银行的女人们在拥抱着激动地欢呼："单手开易拉罐！还是左手单手开易拉罐！好帅啊！"

而DR这边的女人们则纷纷转过头来朝拓展一部的人看，还在议论着："纪总刚刚在看谁？"

"还能有谁，唐羽卉呗！"

只是她们的谈论声过于大了，全都传到了拓展一部的人的耳朵里，唐羽卉听着别人的议论，坐在那里轻轻挺直了背脊，还微微顺了顺长发，依旧傲然，却不自觉地面露出一丝笑意，仿佛就是别人口中说的那样。

而此刻涂筱柠身体里的某个角落像蜜桃味的汽水一样在源源不断地冒泡，她的心也像颗糖一样又甜又软，她坐着，目光一直追随着他，仿佛在场的其他人都瞬间消失了，她的眼里只能看到他，也只能容下他。

单手开易拉罐，这是他们的暗号，他是做给她看的。她忍不住露出一丝甜蜜的笑，因为全场只有她知道那个最显眼的男人是她的男人啊。

稍作休息后两队重回赛场，A行反守为攻来势汹汹，赵方刚好几次胯下运球被截断，气喘吁吁地半弓着身体开始守A行的小前锋，两个人旗鼓相当，势均力敌。

这时控球后卫朝纪昱恒运了一个球："纪总！"

纪昱恒接住，站在三分线外直接投了一个漂亮的三分球。

全场又尖叫。

赵方刚跳起来去跟他击掌，顺势掀开球服擦了一把汗，露出了白花花的八块腹肌。

台下又是呼声一片。

"DR招的都是什么'神仙男人'啊！"

"哎哟，小赵身材原来这么有料！"饶静喝着矿泉水都忍不住感叹。

涂筱柠什么都没注意，只顾着看纪昱恒了。

任亭亭却用矿泉水瓶贴着脸，饶静一看，小姑娘脸红得像个西红柿，饶静摇摇头，心想：所谓少女情怀它总是诗啊总是诗。

之后A行更加防着纪昱恒了，两队的比分追得也紧，屡次打平，不分高下，尤其到了下半场比赛后进攻更加激烈，涂筱柠看得捏了一把汗，也跟着紧张起来。

纪昱恒又抢断A行一个球，欲投篮时，被对方防守他的球员碰到了他的手臂，裁判吹哨，判A行犯规。

A行看台一片哗然。

犯规的人愤愤地转身，正抬手抹汗，涂筱柠一看，哎，那不是之前喝喜酒时碰到的那个叫宋江流的吗？

纪昱恒得到两次罚球机会，站在罚球线外，抬臂伸腕。

"砰——"球稳稳地进篮。

台下鼓掌欢呼。

第二次罚球开始，DR的观众开始有节奏地喊："纪昱恒！纪昱恒！"一声高过一声，一浪高过一浪，居然带着除了A行的其他银行的观众都在跟着喊。

一瞬间，整个场馆里全是他的名字："纪昱恒！纪昱恒！纪昱恒！纪昱恒！"加油声此起彼伏，纪昱恒的人气极高。

眼看比赛还剩最后十秒，纪昱恒像是卡着点再次投篮。

"砰——"球入筐内，毫无悬念地再次命中。

哨响，比赛结束，DR靠纪昱恒最后的两个罚球超出A行两分，赢得第一场比赛，球场上DR的队员们欢呼着去拥抱纪昱恒。

A行的球员遗憾下场，离开前那宋江流还不忘来跟纪昱恒打招呼。

"老同学，还记得我？"

纪昱恒颔首笑笑。

"你这是'下乡基层'了？"

纪昱恒接过同事递来的水，只说："还有事，先走了。"

宋江流怎会看不出他不想多聊的意思，但还是客气地笑言："有空再切磋球技。"

"嗯。"

待纪昱恒离去，A行有人过来问宋江流："你认识他？"

"大学同学的初中同学。"宋江流拿了一瓶矿泉水，没了刚才的笑，而是冷哼，"又是学霸又是A大才子，高傲得很，我还以为多了不起，最后还不是从'银监'跳出来进了银行。"

另一个同事纠正他："人家是真牛，他可是DR现在最年轻的营销部门的总经理，马上担任新城区支行行长，是DR风头正盛的当红之人，人家有高傲的资本，我们这种小客户经理人家哪里看得上哟，愿意搭理你已经算给面子了。"

宋江流才知道这些，瞬间停住拧矿泉水瓶盖的动作："什么？"

DR赢了球赛，篮球队的人都提议去聚餐庆祝。大家还沉浸在刚刚的赛事里，激动地讨论着，纪昱恒换好衣服却说："我家里有事，先走了。"

"别啊。纪总，你今天是大功臣，一起吃饭去庆祝一下。"有人开口道。

其他人应和："是啊是啊。"

赵方刚走过来把球衣一脱扔到同事头上，裸着结实的上半身，反驳："跟我们老大吃饭要预约的知不知道？他档期可都是满的！"

然后赵方刚又跟纪昱恒嬉皮笑脸："老大，你有事就先走吧，聚餐以后有的是机会。"说完赵方刚就跟同事们打闹成一团了。

更衣室里瞬间变得闹哄哄的，男人们都裸着上半身开始嬉笑打闹，纪昱恒拿好自己的东西跟他们打了声招呼便先离去了。

他从体育馆内场出来，正逢看台的观众从外场离席。他今天穿的是自己的运动常服，又刚洗过澡，头发蓬松，俊逸清朗，被出场馆的同事们看个正着。

大家第一次看到他不穿正装的样子，又被帅了一脸。

"行走的荷尔蒙啊。"有同事惊呼。

"啊，光看都要怀孕了。"

涂筱柠跟饶静一踏出场馆就看到了在围观他的人群和光芒万丈的他。

唐羽卉可没有她们那么矜持，居然在大庭广众之下就朝他走了过去。

同时离场的A行的女人还在打听八卦消息："那不是我们以前的行花唐羽卉吗？她是人家帅哥的女朋友啊？"

"啊？真的啊？这么看确实好配啊。"

"果然帅哥都是配美女的，那唐羽卉跳槽就是千里寻夫去的啊！"

涂筱柠手上还拿着没喝完的矿泉水瓶，这会儿矿泉水瓶被她捏得已经变了形。

眼看唐羽卉已经在纪昱恒面前站定，饶静伸手拉她也往那儿去，涂筱柠一愣："饶姐，干吗去？"

"给纪总道贺去啊。"饶静说着还不忘叫任亭亭，"小任，跟上。"

唐羽卉娉婷地立在纪昱恒面前，将被风带乱的长发轻拂到耳后，娇滴滴地唤了声："师哥。"

纪昱恒单肩背着运动包，两只手都插在裤子口袋里，看到她后去停车场的脚步未停，只嗯了一声。

唐羽卉跟上他："你刚刚是不是——？"

"纪总！"只是话未说完，饶静就来了。

唐羽卉皱着眉眼神不爽地看她。

饶静直接绕过她，笑呵呵地道贺："纪总威武，今天这场比赛能赢可全靠您。"

纪昱恒将视线落在紧跟在她身后的那道身影上，收住了脚步："险胜而已，不值一提。"

饶静继续恭维："领导您就是谦虚。"

任亭亭本来以为赵方刚跟他在一起，没瞧到人有些失望，耿直地问纪昱恒："纪总，我师父没跟您一道啊？"

"他还在更衣室，稍后有活动。"

"领导您不去啊？"饶静问。

纪昱恒继续迈步："我还有事。"

饶静哦了一声："那领导您忙，我们也就回去了。"

"嗯。"

独处被搅局的唐羽卉瞥了饶静一眼，然后没好气地去开自己的车了，走的时候连招呼都没打一个。

任亭亭则说："我找我师父去。"她们还没来得及拉她，一转头她已经溜了。

饶静从包里掏出粉饼补了补妆："行了，各回各家，各找各妈。"

涂筱柠看她今天还化了眼影，感觉她比平日更显妖娆，便问："饶姐，你去哪儿啊？"

饶静把粉饼盒子一盖，也不掩饰："约会去。"

涂筱柠感到惊喜："你谈恋爱了？"

"八字还没一撇呢。"

涂筱柠也难得好奇了："做什么的呀？"她还以为这世间没有哪个男人能入饶静的法眼呢。

"律师。"

"怎么认识的啊？"

这会儿涂筱柠仿佛变成了"十万个为什么"，饶静伸手推了一下她的头，但还是说了。

"国庆假期的时候，我去了趟桂林，我这人怕麻烦就报了个团，在团里认识的。"

涂筱柠觉得这种萍水相逢的缘分很神奇，忍不住感叹："好浪漫啊。"

饶静瞟她，脸上的羞涩转瞬即逝："我什么都没说呢，你就觉得浪漫了？"

"浪漫啊。"涂筱柠这会儿也像个小女生似的笃定。

饶静把粉饼扔回包里："反正现在单着，就瞎处处吧。"

说完她又看看涂筱柠："你跟你那相亲对象怎么样了？"

"还行。"

饶静笑笑："'还行'是什么意思？"

涂筱柠一时没想到说辞，就听她说道："虽然我只是你工作上的师父，我不该插手你的私生活，但你毕竟叫我一声姐，作为过来人理应要提点你几句。"

饶静将视线落在她的脸上，似乎想把她看出一个洞，语气也越发严肃："可能赵方刚他们这些男人看不出来，但我看你最近瞧纪总的眼神可不大对。的确，他现在风头正盛，长得又帅，再时不时在工作中来个英雄救美的桥段，你们这种小姑娘自然招架不住，马上被迷得芳心暗许。可你也不想想，他这种男人有多少人眼巴巴地望着？哪个女人不惦记？"

饶静又双手环胸打量她："而且在银行这个大染缸里，哪个男人又真是万花丛中过片叶不沾身的？他年纪轻轻就身居高位，人你也看到了，深沉到难以捉摸，他就是不去招惹女人也自有女人来招惹他，就像今天似的，但是唐羽卉她有背景她有爹，你呢？你有什么？他你招惹得起吗？这种男人你就不能跟他谈感情，要谈感情你只会被扒得皮都不剩，最后鸡飞蛋打，一无所有。"

饶静的话像一根根刺般扎进了她的心，最后饶静还来了个总结："纪昱恒跟你，甚至跟我们都不是一个世界的，他不适合你，你还是该相亲相亲，该交往交往，找个老实本分的男人谈谈恋爱，过过小日子吧。"

饶静如同给她浇了一盆冷水，她从头凉到脚，却也被一语惊醒。

虽然饶静不了解他们的真实情况，但有些话总是没说错，他那么优秀，走在哪里都像一道光，就拿今天的篮球赛来说，只是简单地被罚个球就引得全场为他加油呐喊，年少时尚如此，现在更加惹人注目，多少人眼巴巴地望着他，即使没有唐羽卉也会有张羽卉、李羽卉，这还只是涂筱柠身边的，她看不到的地方又有多少双眼睛？

饶静看她一言不发便看看时间："这些话我只说一次，你自己好好想想，我先走了，你路上慢点儿。"

"嗯，饶姐再见。"

"再见。"

涂筱柠一个人站了很久才失魂落魄地回到车里。

其实成长的道路上，很多人都会说"涂筱柠你该这样你该那样"，以前她总会反感，觉得她的人生凭什么要受他人干涉，可步入社会后发现人长大后是不能总一意孤行的，旁人的话有时候还是要听的，因为他们站在不同角度看事情会比自己看得透彻，就像今天的饶静和上次的赵方刚，他们是天天跟她一起工作的人，她和他们相处的时间比和家人相处的时间还多，他们都说她跟纪昱恒不是一个世界的，甚至压根儿都没把他们放在一起联想过。

连亲自给她挑这个女婿的母亲都不止一次地说若不是他家里的情况，这种天之骄子是万万轮不到她涂筱柠去相亲的，包括她的闺密凌惟依也说他们不相配，好像所有人都是这么觉得的，连她自己都知道确实是这样，如果不是婆婆喜欢，他兴许当时不会挑她，婆婆是他的软肋，他说过婆婆想做什么喜欢什么他都会满足，为了婆婆连大好前途都可以不要，更何况婚姻呢？而他与她的这段婚姻也自始至终隔了一道什么。

涂筱柠呆呆地趴在方向盘上怅然若失。

他说过他是她丈夫会给她安全感的，可是他不知道，他的心不在她这里，她又哪里来的安全感？

涂筱柠又独自在车里坐了一会儿，然后开车去医院看婆婆，到医院停车场时发现纪昱恒的车已经在了。等她停好车，副驾驶座的玻璃窗就被敲响。一看是他，她下车。

"怎么这会儿才来？"他像是等了有一会儿了。

"路上堵车。"

她今天下身穿的是格子短裙，有风吹来，风掀得她裙摆上扬险些走光。

涂筱柠用手捂了一下却听纪昱恒问："这裙子哪儿来的？"

"以前买的。"

"你以前就这么穿？"

"嗯。"

她没等他，他追上来："不过膝的裙子以后不要穿了。"

涂筱柠看看他："凭什么？"

"你说凭什么？哪个男人愿意自己的老婆走在街上被人看？"

"就这样？"

纪昱恒驻足："不然？"

涂筱柠收回视线，果然男人都有大男子主义和控制欲，他也不例外。

"你今天被人看成那样我也没说什么。"她继续走着，回了一句。

"那是比赛，能一样吗？"

"怎么不一样，我一个小客户经理助理哪儿有你招摇？"

纪昱恒蹙眉，又听她低头说道："而且行裙也不过膝，我以后是不是也不能穿了？我又不是你的私人物件，我从不干涉你，你也别干涉我。"

他没再说话，涂筱柠心里堵得更加难受，脚步走得更快，再没看他。

不过一到病房门口涂筱柠还是停下了脚步，等他来了挽住他的手臂便开门走了进去。

现在演戏这种事情她随时随地都能进入状态，不论是在同事面前还是在婆婆面前，反正人是越来越假了。

果然在婆婆面前两个人还是配合默契，婆婆丝毫没看出来两个人之间刚闹过别扭，纪昱恒给母亲削好一个梨切好递过去，然后又削了一个送到涂筱柠手边，她没接。

"怎么不吃？"婆婆问。

涂筱柠不想被婆婆发现什么，才伸手接过，但又觉得一个梨太大了，就跟纪昱恒说："你对半切吧，一个我吃不下。"

纪昱恒正在用纸巾擦水果刀："吃不下再说。"

涂筱柠觉得他是故意的，微微皱了皱眉。

婆婆却躺坐在病床上笑："傻孩子，梨是不能分的，分梨——分离。"

涂筱柠怔了怔，把那梨拿在手上半天没下得去口。

婆婆最近化疗又受了不少苦，护士说她睡眠也不大好，直到看她睡着睡熟他们才离开。

走出病房两个人又不说话了，涂筱柠觉得没有感情基础的夫妻就是像他们这样，不是什么事、什么话都能推心置腹地去跟对方倾诉的，尤其是她现在这样的患得患失的想法。

因为她很明白，虽然他人天天在她身侧，可他的心跟他的世界一样又高又远，她终究难以企及。

还在等电梯她的手机就响了，她一看是凌惟依的来电，以为是约她吃饭，正好现在也想借机逃离就接了。

谁知道电话那头凌惟依泣不成声，涂筱柠皱眉："你怎么了，老凌？"

"筱柠，筱柠，筱柠……"凌惟依哭着不停地喊她的名字。

涂筱柠攥紧手机："你别哭啊，到底怎么了？"

纪昱恒闻言看向她。

凌惟依哭得上气不接下气："我，我……齐郁不要我了。"

涂筱柠愣了愣，问她："你在哪儿？"

"在家。"凌惟依说着又狂哭，"怎么办，筱柠，以后我的世界里没有他了，没有了，再也没有了？我活不下去了，也不想活了。"

"你有病啊！为了一个男人就要死要活的！"涂筱柠赶紧按电梯，可是这会儿电梯还在底楼，她心一急就往楼道走。

纪昱恒跟上来："怎么回事？"

她来不及跟他说，哄凌惟依："你别做傻事，等我来，一定等我来！"

凌惟依哭着说:"可是我只要齐郁,我只要齐郁。"

"喂喂喂?"电话突然一断,涂筱柠再打过去凌惟依就不接了,急得快步往下走,纪昱恒拉住她。

"到底怎么回事?"

本来就不安的状态再加上凌惟依的事让她瞬间变得六神无主,他明明近在咫尺却让她觉得遥不可及,她明明想倾身靠着他却又不敢主动上前,情绪一上来声音有些哽咽。

"凌惟依失恋了,她说,她说她不想活了。"

纪昱恒扶她站好,声音冷静如常:"你现在这样不适合开车,我送你去。"

涂筱柠现在确实心情很烦乱不适合开车,便点点头,他牵着她往下走,边走边说:"真想寻死的都是万念俱灰的人,眼睛一闭一跳直接完事,她还能给你打电话哭诉,说明六根未净,尚有残念。"

涂筱柠忍不住打他一下:"都什么时候了你还有心思开玩笑。"

他的脚步沉稳依旧:"我只是不苟同失恋这种小事也值得寻死觅活。"

"你从小就受万人追捧,只有你拒绝别人的份,当然体会不到那种绝望,你觉得很小的一件事对别人来说可能就是切肤之痛。"

他就是什么事都看得过于冷静客观,有时候才会让她觉得无情冷血。

纪昱恒索性不说话了,反正今天无论他们说什么最后都会扯到他身上。

他们驱车来到凌惟依家,凌惟依果然还没寻死,披头散发,一打开门就紧抱着涂筱柠痛哭流涕:"小涂柠柠。"

涂筱柠拥着她真像个姐姐似的哄她:"好了好了,我来了,别怕别怕。"

等她情绪稳定了一些后涂筱柠陪她坐到客厅沙发上,大致了解了一下前因后果。

事情的开始其实是好的,齐郁很争气地考上了G市的水利局,工作稳定了,家里自然要开始给他考虑婚姻大事了。上周他的家人特地来C市跟凌惟依的父母见面,意思就是要定下两个人的婚事。但是他家浩浩荡荡地来了一票人,什么爷爷、外公、大伯、叔叔也跟着来了。他们家的男人都很强势,没谈几句凌惟依的父母就听出了他们的意思,就是要让凌惟依跟齐郁到G市去,而且他们一家都很大男子主义,觉得女人结了婚不适合抛头露面,就该待在家里相夫教子,也要求凌惟依以后不要出去工作,生孩子也要生到生出男孩为止。

凌家是做生意的,在老家的小镇里也小有声望,就这么一个女儿,凌父一听当场就不乐意了,想道:我这从小捧在掌心宠着的宝贝又不是没人可嫁,还受这种气?凌父当即把脸一拉:"我这女儿从小就是被我当儿子养的,今天就一句话,要么齐郁留在C市跟着我做生意,以后我凌家的一切就是他们小两口的,什么厂子、房子、车子,只要他们领证,我眼睛眨都不眨一下立马就过户,要么一切免谈。"

齐家一听也火了:"什么,让齐郁留在C市?他可是刚考到了事业单位,以后有机会是要干大事的，留在 C 市从商只会阻碍他的人生发展。"

凌父直接摇手："那就免谈，我凌家的女儿又不是没人要，非要在你齐家这棵树上吊死。"

齐家也叫板："行啊，要跟我们家齐郁好的姑娘排着队呢，也不稀罕你家姑娘，那两个孩子以后就不要联系了，就此分手。"

凌父拍桌："分就分，谁怕谁啊！"

齐家也拍桌："分！"

双方家长根本不顾他们两个人的意愿就擅作主张帮他们分了手，凌惟依哭着求父亲还被甩了一个耳光，齐郁也是被家里押着走的，然后凌惟依怎么都联系不上齐郁，直到今天齐郁打来电话问她："惟依，你愿意来 G 市吗？"

凌惟依摇头："不愿意。"

然后她问他："那你愿意回 C 市吗？"

齐郁只说："父母之命不可违，你不愿意来 G 市我也不愿意去 C 市，惟依，我们……还是分手吧。"

凌惟依泪流满面，却还是爽快地答应了："好。"

挂断电话后，她哭得撕心裂肺，昏天黑地。

凌惟依说完又哭了，两只眼睛肿得像两个水蜜桃。涂筱柠抱着凌惟依心酸不已，凌惟依现在的痛苦她太能理解了，因为她也曾经历过，只是当时是两个人的感情出了问题，并没有外界的干扰，而提出分手的人也是她，所以不会如凌惟依现在这般痛彻心扉。

她明白这就是谈恋爱和婚姻的区别：谈恋爱的时候两个人只要无忧无虑和开心就好，可是一旦要步入婚姻就不再是两个人的事，而是两家人的事，这也是那么多大学情侣一到毕业就会劳燕分飞的原因之一。因为再深的感情总是抵不过这社会的现实，大学情侣分手后再各自投入流水线一样的相亲中，与匆匆相识的所谓门当户对的合适之人迅速步入婚姻殿堂，没有过多的了解，没有坚实的感情基础，婚后双方的性格暴露，直到很多缺陷和问题摆在眼前，他们才发现这仓促的婚姻和人根本不适合自己，可等醒悟过来却为时已晚。

一念及此，她不由自主地看向纪昱恒，却发现他也在看自己。她挪开视线又安抚凌惟依，然后头也不抬地跟他说："你要是有事就先走吧，我今天要在这里陪她。"

凌惟依这才发现纪昱恒一直都在，哑着嗓子说："对不起，姐夫，让你看到我这副死样子，今天先向你借用会儿筱柠。"

"没事，你顾好自己。"纪昱恒觉得自己确实不适合留在这里打扰她们姐妹独处，便站起身说，"那我先走了。"

涂筱柠点头："嗯。"

"车留给你，我打车去医院拿你的车。"

涂筱柠却说:"你开走吧,今晚我也不回去了。"

纪昱恒缄默无言,无声地离去。门被关上的那一刹那涂筱柠终于绷不住了,眼眶也红了。

纪昱恒独自回到车里,没忙着开车走,而是先抽了一支烟,抽烟抽到一半时他的手机收到了短信。他扫了手机一眼,随手将手机放在了副驾驶座上。

手机屏幕还亮着,几行醒目的字落在打开的短信界面上。

"您好,××影院友情提醒:您预约的二人位电影《××》还有十分钟就要开场了,现可携票进入影院内。"

第八章
我　在

　　说是只陪一天，但凌惟依状态很不好，半夜哭到脸痉挛，人也很脆弱，涂筱柠很担心她，最终还是多陪了几天，反正纪昱恒也没催她回去。

　　工作上他们两个人都很忙，他现在连在办公室的时间都很少，赵方刚说行里最近在参与一个政府的纯存款项目的招标，因为任亭亭的父亲的招荐，行里指定让拓展一部负责这个竞标，如果竞标成功，拓展一部会新增六亿元的纯存款，到时纪昱恒上任新城区支行行长一职也就在行里名正言顺了。

　　四人的微信群里，许逢生先感叹。

　　绝处逢生："所以，老大走的每一步都是有计划的。"

　　让你静静："@钢铁巨人。"

　　钢铁巨人："@让你静静，姐姐你@我干啥？"

　　让你静静："你要是跟小公主好，这六个亿就是你的了。"

　　钢铁巨人："@让你静静，我大公无私啊，老大说了，这次要是竞标成功，我们一人分一个亿。"

　　让你静静："我爱老大！"

　　绝处逢生："我也爱老大！"

　　让你静静："@钢铁巨人，可是六个亿一人分一个亿还剩一亿呢？"

　　钢铁巨人："老大说了，小涂还没转正，多分她一个亿，她一人拿两个亿@高维C柠檬。"

　　涂筱柠一愣，然后在群里打："请问？"

　　三人同时发："说。"

　　高维C柠檬："一人一个亿是分钱还是分存款？"

让你静静："@钢铁巨人，请把楼上赶出群聊，谢谢。"

玩笑归玩笑，她放下手机看着电脑屏幕，只感觉胸口有点儿烫。

今天又一天没看到他，涂筱柠总觉得心里空荡荡的，加了会儿班也没见他回来，心里总记挂着便发了一条微信："再忙也要记得吃饭，少喝酒。"

他很快就回了微信："好。"

过了一会儿他又发来一条消息："什么时候回？"

"她的状态还不大好，我想过了这周再回去。"

"好。"

涂筱柠把聊天记录删除，拿包下班，谁知在电梯口就碰上了邢总。

她记得她走的时候已经快八点了，没想到他也加班到这么晚，这会儿电梯口只有他们两个人，她故意站了一个离他最远的电梯，而他却慢慢靠了过来："小涂，你用的什么牌子的洗发水？好香啊。"

涂筱柠想：她都两天没洗头了，这种撩妹方式也太老套了吧。

她叫了一声："邢总。"

然后她皮笑肉不笑："这两天我都在外面洗头，也不知道理发店用的什么牌子的洗发水。"

他哦了一声，然后又靠近些："上次我跟你说的事，你考虑得怎么样了？"

涂筱柠往旁边挪挪，装傻："什么事啊，邢总？"

他喷了一声："你这小丫头，故意拿我这老哥哥寻开心是不是？"他说着伸手就要搭上涂筱柠的肩膀。

涂筱柠刚要躲就听到一声咳嗽声，回眸一看是姚佳，她正双臂抱胸地凝视着他们俩。

涂筱柠暗自松了一口气，恭敬地喊了一声："姚姐。"

邢总一下收敛了，将双手插进袋中，装正经："小姚啊，下班了？"

"是啊，邢总，您安排给我的活我都做完了呢。"姚佳踩着高跟鞋走来，直接往他俩中间一插，站定。

涂筱柠心里可求之不得，恨不得给她抱拳作揖表示感谢。

姚佳却打量着涂筱柠，眼神不善："涂筱柠，别以为你有你们纪总撑腰，就可以像上次一样总抢别人的东西，你最好懂点儿规矩，还是本本分分地做事比较好，不然哪天惹了不该惹的人，行里想让一个临时工离开可是很简单的事。"

涂筱柠知道她意有所指话里有话，赶忙圆滑地乖乖道歉："姚姐，对不起，上次的事我也是着急做业务情非得已。"

姚佳冷哼："干好你的分内事，认清自己的位置。"

涂筱柠连连点头："姚姐，您说的都对，我刚到客户经理岗不懂事，您别跟我一般见识，我一定吸取教训好好反思。"

电梯来了,邢总跟姚佳前后脚进去,邢总还笑着问涂筱柠怎么不上。

"我突然想起来明天直接去房管局办抵押来着,材料落办公室了,去拿一下。邢总,姚姐,不好意思,你们先下去吧。"然后她假装往回走,直到看到电梯已经下去了她才折回。

她长舒一口气,感慨这复杂的职场人际关系真是让人得随机应变到见人说人话、见鬼说鬼话,而她从前的纯真感好像已经慢慢地被这现实的社会打磨得消失殆尽,现在她连笑容都变得虚情假意。

又等了一会儿电梯她才来到地下车库,经过楼道隔间的时候听到里面有人说话。

"宝贝,还生气呢?"

"我跟你讲,你以后再敢在行里拈花惹草我就把你的所有丑事抖出来!"

她一惊,这不还是邢总和姚佳二人吗?这两个人怎么阴魂不散还没走呢?她只得躲回电梯口被迫听两个人对话。

"别生气了,刚刚哪儿是我招惹她啊,是她招惹我,别看拓展一部的那些人人前都跟纪昱恒一样假正经,一个个的却都是表面清高,其实骨子里都骚得很,饶静,她,还有那什么唐羽卉,都一样,一天到晚就想着怎么勾引男人。"

涂筱柠听着有股想捶他的冲动。

"人家小姑娘没事招惹你干吗?"姚佳倒是说了句人话。

"为了转正啊,纪昱恒是什么人?那小子阴险狡诈一心只为自己的事业,从不干吃力不讨好的事,又跟那谁的千金唐羽卉有一腿,他怎么可能在女朋友眼皮子底下跟其他下属纠缠不清?那涂筱柠抱不到大腿就只能另辟蹊径转移目标,找我这个老好人来了。"

涂筱柠终于知道所谓谣言是怎么传出来的了,要不是她是当事人,这谣言逻辑、条理样样都说得通,就跟真的一样。

姚佳还是哼笑:"你好?你哪儿好?"

邢总坏笑:"我哪儿好你还不知道?"

然后一阵急促的脚步声和汽车的关门声响起。

久久没有听到汽车发动的声音,涂筱柠叹气,觉得今天要坐地铁去凌惟依家了。她重新坐电梯上楼去,刚往地铁口走就接到了母亲的电话。

母亲似在哭泣:"筱柠,你爸他,你爸他进了ICU(重症监护室)。"

涂筱柠倒吸了一口凉气。

她是直接打车到仁济医院的。作为女儿她太失败了,都不知道父亲今天做右肾结石微创手术。母亲一开始想着他们工作忙,这种小手术就不告诉他们了,谁知道父亲动好手术没像上次动左肾结石微创手术那样直接被推出来,护士告诉母亲,父亲手术结束后有一项指标不正常,直接被送入了ICU。母亲一听ICU就双腿一软,这才着急忙慌地打电话给涂筱柠。

涂筱柠一到医院就看到母亲坐在大厅里抹着眼泪，看到她来了眼泪更是如珠子般滚落。

"筱柠，柠柠。"

"怎么回事，上次不是在第一人民医院做的手术吗，这次怎么跑私立医院来了？"涂筱柠皱着眉问。

"我同事说认识这里的泌尿科的主任，说主任也是从第一人民医院出来的，我寻思着有个认识的人动手术会好点儿，就带他来了这儿。"母亲哽咽道。

"那主任呢？他怎么说？"

"他还有个手术，说了个专业术语我也没听清，反正就是有一项什么指标不正常，而且ICU也不让家属进去，我不知道你爸在里面到底是个什么情况。"母亲的声音跟她的手一样有点儿抖，她又问，"昱恒呢？"

"他最近很忙，这会儿估计有应酬，我还没告诉他。"

"那你先别说了，别影响他工作。"

"嗯。"涂筱柠应着凝了凝神，可是也不认得这医院里的人，要怎么才能探到父亲在里面的情况呢？

她的脑子里突然闪过一个人，但她很快否定了，不想欠他人情。

她先安抚了一下母亲，然后给饶静打电话，饶静之前做过这儿的代发工资的工作，哪怕是认识财务部的人也总能托人打听一下吧，只是她打了半天电话饶静都没接，又打了两个电话饶静还是没接。

她看母亲还在哭，心里又担心着父亲，等了一会儿饶静都没回电话，她来回踱步也有些沉不住气了，下意识地就给纪昱恒打过去。

她等了很久他也没接，生怕他跟饶静一样就这么一直不接，感觉心中最后的一丝希望都要没了，可就在准备放下手机的时候电话通了。

"怎么了？"电话那头有风声，他应该是特意走到外面接的电话。

一听到他的声音她就想哭，但忍住了，只沙哑着嗓音说："爸今天右肾结石手术，术后有项指标不正常被直接送进了ICU，我跟妈都进不去，医生也不在，不知道该问谁，也不知道现在到底是什么情况。"

"哪家医院？"

"仁济。"

"我马上过来。"

挂了电话，涂筱柠跟母亲一起坐在大厅里，眼神有些放空。过了一会儿，她突然想起什么，问母亲有没有吃饭。

母亲摇头。

"我去旁边超市给你买些吃的。"

"你也没吃饭吧？你给自己买吧，我吃不下。"

"总要吃的。"涂筱柠说着就跨步出去，脑子里还乱得很，低着头也没看前面，直到撞到人。

"对不起啊。"她一抬头就看到了身披白大褂的陆思靖。

"筱柠。"他俊秀依旧，柔声唤她。

她往后退了两步，只点点头，很客气地说："陆医生。"

"我刚刚在楼上看到一个人感觉很像你，还以为是自己看错了，下来一看，果然是你。"他双手插在白大褂的衣袋里，又关心地问，"怎么了？我看到阿姨也来了。"

涂筱柠说："没什么。"

陆思靖笔直地站着，凝视着她："可你的表情不像没什么。"

"真的没什么。"涂筱柠不想多说，只想快点儿走。

"我们现在连正常交流都不可以了，是吗？你已经讨厌我到这种地步了？"陆思靖眼神黯淡。

涂筱柠垂了垂眸，不知道该说什么。

静默地站了一会儿，陆思靖想靠近她一点儿又怕她反感，还是忍住了，然后开口道："我是这里的医生，如果你有什么事，可以跟我讲，兴许我能帮上忙。"

他主动伸出援助之手，但涂筱柠只是说："陆医生，我的事我自己会处理，你还是去忙吧。"

"就仅仅当作医生帮忙也不可以吗？筱柠，我没有任何别的意思，我只是想帮你。"

涂筱柠仍是一言不发。

"柠柠。"蓦地，她的身后有人在唤她，那熟悉的声音顿时稳住了她心中的慌乱。

她回首，他已站在身后。

那一刻她之前所有的坚强都溃不成军，泪水从她的眼中涌出，她下意识地直接扑进他的怀中。

"昱恒。"

他接住她，收紧手臂，只说了两个字："我在。"

陆思靖从未料到自己有一天会亲眼看着涂筱柠转身投入另一个男人的怀抱，四肢百骸犹如经受着万箭穿心之痛。这一刻他仿佛被摒弃在了她的世界之外。

涂筱柠将自己埋进纪昱恒的怀抱中，此刻不想再管什么他的心远不远近不近，只知道自己比任何时候都需要他，他人在就能给她依靠，就能让她安心，他的心远她就去追，他的世界高她就去爬，只要她足够努力，总会到达终点和顶峰的，总会的。

"我已经联系了这里的院长，把爸的名字告诉他了，一会儿就会有消息。"纪昱恒拥着她，将下巴紧紧贴着她的额头。

涂筱柠点点头，收紧抱着他的双臂，生怕他会消失不见。

纪昱恒轻轻拂开她的碎发，替她拭泪。

陆思靖攥紧放在衣袋中的手，指甲重重地嵌进了皮肤里，可这点儿疼哪儿比得上心脏的疼？眼前两个人相拥的画面他再也看不下去，这比凌迟还来得痛苦。他转身快步离去，心中嘲笑着自己，人家现在是夫妻，他算什么？前男友吗？

回到科室他胸闷得只想去抽支烟，在抽屉里翻了半天没翻到，有同样夜班的同事走进办公室，看到他跟另一个同事都在，便说："有个病人肾结石微创手术后因为氧饱和度低进了ICU，院长刚刚竟然亲自打电话给主任来问情况，其实也没什么事，只是手术室层没有ICU，又怕病人术后有突发状况才暂时将他推进ICU，病人家属又没搞清楚状况就过于紧张了，不过直接惊动院长也是吓到我了。"

这种事医院每天都在发生，陆思靖此刻哪儿有心思听，拿着考试的书胡乱地翻着，又听另一个同事问："怪不得刚刚看主任急急忙忙地出去了……"

"听说病人的女婿直接找的院长。"

"那病人叫什么？"

"叫什么不记得了，只记得姓挺少见的，'糊涂'的'涂'。"

陆思靖顿时停住翻书的动作，打开电脑开始查找今天科里的手术排班情况，一看，下午四点，右肾结石微创手术，涂石安。

他放在鼠标上的指尖冰凉，原来是她的父亲，那一瞬间他像被人重重地打了一拳，定在那里。

她的父亲就在他的科室动手术，明明就在他的科室里，可即便他站在她面前问她，她都只字不提，不愿再与他有一点儿交集，如她所说，她做到了与他形同陌路，再不与他做朋友，是真的做到了。

一滴泪落在鼠标上，紧接着又是一滴，他闭上眼睛仿佛还能看到大学里青春洋溢的她，那道倩影沐浴在阳光下，拿课本遮着头笑着唤他："陆思靖。"

可是他的女人，他心中最亮的那道光，这次没有再等他，再也不会回来了，他终究是失去她了，彻彻底底地失去了。

纪昱恒一直抱着涂筱柠直到手机响起。他单手去拿手机，发现是个陌生电话号码，接听后才知道对方是仁济医院的泌尿科主任。

涂筱柠一听是关于父亲的，便仰头看他，他边接电话边揽着她往医院里走。

"昱恒怎么来了？"母亲见涂筱柠出去半天都没回来刚要去找，就看到女婿搂着女儿进来了。

纪昱恒挂断电话叫了声："妈。"

"是我打电话给他的。"涂筱柠鼻子还塞着。

"你这孩子，我让你别影响昱恒工作的。"母亲责怪她。

"不影响，也不是什么重要的饭局。"纪昱恒告诉母亲。

涂筱柠依偎在纪昱恒身上，听着他跟母亲说话。有他在她就什么都不怕了。

一会儿泌尿科主任来了，正是今天帮父亲做手术的主治医生。他先跟纪昱恒打招呼，然后详细地做解释："就是术后氧饱和度低了一点儿，正常的指标在百分之九十五到百分之百，病人术后的氧饱和度是百分之九十二，其实是无大碍的，因为我们医院的手术室跟 ICU 不在一个楼层，出于谨慎，也是预防突发状况的原因，我们先把病人送进了 ICU，只要指标一正常，病人明早就可以转入正常病房了。"

"那他的麻醉药药效现在过了吗？"母亲担心地问。

"过了，我们已经安排 ICU 护工去照看了。"

母亲却还是紧张："他醒了看不到我，不知道发生了什么事，会慌的。"

主任安抚她："我们会告诉他情况的，不会引起病人恐慌的。"

"那他渴了饿了呢？"

"护工会照顾的，放心。"

母亲还要问，涂筱柠抓住母亲的手让她稳定情绪："妈，医生说没事的。"

母亲点点头，眼眶还是止不住地红了："我就是担心他看不到我会慌神。"

"不会的，爸又不是小孩子。"

母亲用手擦擦泪："我倒宁愿他是个小孩子，不会叫我这么担心，你看一个小小的肾结石微创手术，都算不了什么大手术，可两次都差点儿要了我的命。"

涂筱柠继续安抚母亲，纪昱恒则在一旁跟主任又交流了几句。

"反正有什么事你直接打我电话。"主任离开前跟纪昱恒说。

纪昱恒颔首说："谢谢。"

"客气，客气。"

"不早了，你们先回去吧。"母亲缓了缓神对涂筱柠说。

涂筱柠不放心："你呢？"

"你爸在这儿我哪里能走？我就在这儿凑合一夜，明天一早去 ICU 门口等。"

"那我陪你。"

"你陪我干什么？快回去，明天还要上班呢。"

涂筱柠紧握母亲的手就是不肯走。

纪昱恒便说："妈，我跟柠柠都在这里陪您，万一有什么事也能有个照应。"

"这怎么行呢？你们平时上班这么累这么忙。"

"不碍事，明天上午柠柠可以不用去，而这里总是需要有个男人在的。"

"那你们，你们睡在哪儿？"

"您跟柠柠睡床铺，我坐在走廊的椅子上靠着睡就行。"

涂筱柠跟母亲同时一惊。

"这怎么行？"母亲不同意。

"没事，之前我母亲住院我都是这么陪夜的。"

涂筱柠自然也不同意，更舍不得，她紧紧地抓住他的手说："我陪你去车里睡。"

"对对对，这可以。"母亲也认同这个办法。

纪昱恒看着她，也反握住她的手，最终答应："好。"

涂筱柠先陪母亲回病房安顿，纪昱恒帮母亲铺好床，看母女俩还在说话便跟涂筱柠说他去外面抽支烟。

涂筱柠点点头又陪了会儿母亲，看她躺在父亲的病床上睡着了然后给她掖好被角才离开。

涂筱柠给纪昱恒发微信问他在哪儿，他回复："楼下。"

她果然在大厅看到了他，两个人一道往停车场走。

"你的车停哪儿了？"纪昱恒觉得她的车的舒适性会更好些，更适合睡觉。

"在行里，没开。"

"怎么回事？"

涂筱柠的手还在他掌中，她收了收指尖跟他的五指交缠，然后把下班时发生的事情和听到的话一五一十地告诉了他。

他听完，眼神阴暗，语气平静："他也蹦跶不了几天了。"

涂筱柠困惑地看他："你的意思是，行里的领导知道？"

"职场里即便是领导，也是能睁一只眼闭一只眼就不会多事，但并不代表大家可以为所欲为，领导看破不说破，都是点到为止，如果有人过了那条线，该查办查办，该处理处理。"

"那他？"

"不会比江峰好到哪儿去，甚至更严重。"

江峰，拓展一部的上一任总经理，这个名字对涂筱柠来说已经是很久远的一个名字了。

涂筱柠牵紧了他的手，不由得叹了一口气："我感觉以前的自己就是只井底之蛙，什么都不知道，原来部门之间的明争暗斗也这么可怕，背地里为了各自的利益不知是怎么中伤别人的，连我这种默默无闻的小角色都被安上了莫须有的罪名。"

她尚且如此，他又是如何被人虎视眈眈地视为眼中钉的？人人都说他深沉，可在这复杂的行业里，在利益交织的职场中，他在这样的年纪坐在那个位置上如临深渊，又怎能松懈大意？他若无城府，怎么去对付那些心怀不轨之人，怎么才能在这条路上走得长远？恐怕自从他做出跳槽的决定的那一刻起，他就没有回头路了。

此时她竟然可以慢慢地理解他了，也开始明白之前同事所说的"狭路相逢狠者胜"的真正意思，这个物竞天择，适者生存的社会，成功只留给强者，只有狠才能抢占先机，才能独占鳌头。

"所以我说了，风言风语听听就好，你听到的未必是看到的，看到的未必是真实的，甚至所谓的真实也未必真，这就是职场。"

涂筱柠点头，难怪他以前说她嫩，她现在想想，觉得自己简直是嫩得可以。

两个人并排走着，他们的身影亲密无间。

她将另一只手也覆上他的手臂,紧紧挽住他。

她以前听人说过,一个人的第一任领导很重要,因为他(她)是这个人职业上的领路人,对这个人日后的成长之路起着至关重要的作用。她之前在营业部干大堂时没有跟直系领导过多接触,后来到了拓展一部后领导便是江总,虽然天天相见可也几乎没有交集,更别谈江总能给予她什么帮助,之后的领导就是纪昱恒。

虽然按照顺序纪昱恒是她的第三任领导,可在她心里他早就是真正意义上的第一任领导,因为只有他亲自教她业务,亲自教她争取,亲自教她明辨是非,她庆幸在职业生涯中遇到了这样一个好领导,又何其有幸在职场外也拥有着他。

他就这么无意地降落在她的世界里,慢慢地占据了她的世界,再一点儿一点儿地侵占了她的心。他不仅是她工作上的明灯,生活里也是一样,有他在的地方她就能看到光。他是她的目光所及,是她的心之所向,她不要再在乎别人的评价,不要再畏惧别人的目光,要追随他的脚步,努力地跨进他的璀璨世界之中。

纪昱恒的车是B级车,空间够大,涂筱柠躺在后座上只需稍稍蜷缩身体,然后他将副驾驶座往后放了一些,准备睡在副驾驶座上。

涂筱柠觉得他这身长腿长的一米八几的大个儿缩在副驾驶座睡肯定不舒坦,便半跪着探头到副驾驶座诚邀他:"老公,你还是跟我一起睡到后座上来吧。"

纪昱恒刚合眼,没睁眼就直接拒绝了。

涂筱柠知道两个人躺在后座上比较挤:"没事啊,我瘦,咱俩挤挤。"

"不了,医院有监控。"

"啊?"涂筱柠还下意识地伸头看看,之后才明白他的意思,脸立刻红了,抬手拍了一下他的肩,"我又不是那个意思。"

"哪个意思?"

涂筱柠又挥了一下手,不跟他说话了,脸烫得不行,他就仗着比她聪明老欺负她。

她重新躺回后座上,身上盖着他的西装,他则披着放在车里的一件薄外套。她担心他冷,又唤:"老公。"

"嗯?"

"西装还是给你吧,我怕后半夜你会冷。"

"我比你结实,睡吧。"他的声音低沉,听起来有些疲惫。

涂筱柠没再打扰他,很快就听见他轻轻的呼吸声,她又轻轻爬起来凑过去,皎洁的月光下,他的睡颜俊秀非凡,拨动她的心弦。他应该是累极了,又像还有心事,轻蹙眉头。

涂筱柠很想伸手将他的眉头抚平,但最后也只是轻轻触碰他的眉眼,如同小心翼翼地触碰一件精致且珍贵的物件。

她不知保持这个姿势凝视了多久,直到感觉腿麻才动了动,可又眷恋得迟迟不肯移开目光。看着他近在咫尺的薄唇,她一个没忍住就低头吻了他一下,犹如蜻蜓点水般,然后就像做了坏事一样立刻躺了回去,把通红的脸埋在他的西装里,如情窦初开的少女般心脏狂跳不已。

耳边仍是他有规律的呼吸声,鼻尖是他西装上的薄荷味,她收紧双臂抱着西装就像抱着他,狠狠地嗅着那专属于他的味道,甜蜜感快要从心里溢出来,仿佛只要这样嗅着薄荷味就能满足了似的。

因为,因为这是老公的味道啊。

一夜多梦,涂筱柠并未睡得很踏实。天刚蒙蒙亮她就醒了,再无睡意,不知是纪昱恒也浅眠还是她窸窸窣窣的声音吵到了他,他很快也醒了,醒来的第一件事是睁眼,第二件事是回头看她。

"是我吵到你了吗?"涂筱柠也在看他。

纪昱恒抬手挡了一下晨曦:"没有,是生物钟。"

涂筱柠坐好,给他整整西装:"你最近是不是很忙?"

"嗯,年关将至,又要无缝制订旺季营销开门红方案,部门很快会进入冲刺状态。"

她犹豫了片刻,又问:"你,真的会是新城区支行的行长?"

"不然你以为我为什么来拓展一部?"他毫不否认,甚至很直接。

"所以,拓展一部只是你的一个跳板?"

他将副驾驶座调直:"可以这么说,但也不全是。"

涂筱柠也跟着往前靠靠:"小赵哥说部门最近在竞标一个政府纯存款项目。"

纪昱恒揉揉眉心:"是上面拨下来用来修建铁路的款,一共十几家银行竞标,根据利率优势最终选两家银行。"

"我们行胜算大吗?"

"难说,相对国有银行有针对性的定制存款,我们行的产品比较单一。"

"这块儿是你亲自在弄?"

"你们的工作重心是年前的项目储备投放,这笔金额较大,加之竞标这种事你们少有经验,我亲自操刀比较稳妥。"

涂筱柠不由得心疼地伸手帮他按按肩:"你估计是 DR 第一个亲手做投标书的部门老总。"

"事情总要有人做的,谁做不是做。"

涂筱柠又给他捏捏脖子,声音也柔了下去:"小赵哥说若竞标成功,你会把存款分给部门每个人,而我是最多的那个。"

"你小赵哥还说什么了?"纪昱恒问,涂筱柠从后视镜里正好对上他略带狡黠的眼神。

涂筱柠不敢再出卖队友了:"没……没说什么了。"

367

纪昱恒说:"看来赵方刚管不住他那张嘴,回头要好好地说说他。"
涂筱柠又凑上去:"别……别啊!那你不就把我卖了?"
他坐直身体,她从后视镜里看不到他的表情了,只觉得他似笑非笑:"你以为我是你?"
涂筱柠挥手打一下他的背。
两个人闹了一会儿,涂筱柠又认真地跟他说:"存款你还是平均分配吧,我不想做一个特殊者。"
确切地说,她是想靠自己去争取,也不想在日后让他留下什么把柄。
纪昱恒安静地看了她片刻,抬手揉揉她的头,什么都没问,只说了一个字:"好。"
稍后纪昱恒先去医院门口买早饭,涂筱柠则去病房找母亲,果然母亲也是个心思重的人,早早就醒了。
"也不知道你爸昨晚睡得好不好,麻药药效过了疼不疼。"母亲还在担心父亲,眼下明显黑了一圈。
"那主任不是说了有护工照应着?"
"话是这么说,可是我们又没花钱请人家,哪儿能尽心尽力的?"母亲说着又拍拍大腿,"唉!昨天我疏忽了,应该跟主任打听一下是哪位护工当班,然后去ICU那儿给人家塞点儿钱的。"
"还要再给护工塞钱?"
母亲睨视她一眼:"亏你还是服务行业的,这点儿社会常识都没有。"
母亲又做做捻钱的手势:"虽说这个不是万能的,可没有这个啊,是万万不能的,不管做什么总归还是花这个最好使。"
母女俩说着话,纪昱恒已经买好早饭回来了,看他一身正装、仪表堂堂却手拎早饭的不协调样子,这要搁行里估计所有人要惊掉下巴了。
医院门口只有卖豆浆油条的,涂筱柠觉得油条太油,没吃几口就要将油条往一边放。
节俭惯了的母亲瞪她:"你是千金大小姐呀?才吃几口就要扔?别浪费!给我吃下去。"
涂筱柠撇着嘴有些勉强地收回动作,但是看着这油条实在再难下口。她还在纠结,纪昱恒已经从她手上把油条接了过去,同时把豆浆递给她:"喝豆浆吧。"然后他把她吃剩下的油条吃了下去,动作自然得一气呵成。
她的指腹传来豆浆的温热感,她的耳边是母亲的埋怨声:"昱恒,你不能这么惯着她,她这人心里没个数的,只会变本加厉越来越无法无天。"
纪昱恒只对母亲笑笑。
他的笑就像涂筱柠今天早上看到的第一缕晨曦,温暖又明亮,让她的胸口跟手中的豆浆一样暖,她捧起豆浆喝了一口,明明就是一杯普通的豆浆,却从喉咙甜到了心中。

吃完早饭他们一起去ICU门口等候,果然过了一会儿躺在移动病床上的父亲就被护工推出来了。

母亲直接冲了上去,叫了声"老涂"眼眶就红了,父亲也从被子下伸手去抓母亲的手,两个人的手紧紧地握在一起。

"看你以后还敢不敢喝酒了!"母亲明明心里紧张得要命,嘴上却还是在嗔怪父亲。

父亲此刻也像个孩子似的认错,只是还带着术后的虚弱感,声音喑哑:"不喝了,不喝了,结石不是病,疼起来却要人命啊。"

"好了好了,别挤在门口,快送病人回病房去。"护士出来说。

他们赶紧往后退退让路,纪昱恒去按电梯,护工推着父亲进电梯的时候朝纪昱恒笑着点点头,算是和他打了招呼。

涂筱柠注意到了这个细节,但当时她把注意力都集中在父亲身上就没多想。

等父亲回到病房安顿好后,涂筱柠看看时间便跟纪昱恒说:"爸没事了,你先去上班吧。"

纪昱恒说:"不急。"他又陪了一会儿,直到一连接了几通电话后,才被母亲催着走了。

"你快去忙,昱恒。这里有我们。"

纪昱恒看着涂筱柠:"那你照顾好爸妈。"

涂筱柠点头,他这才握着手机打开病房的门。

"等等。"涂筱柠追过去。

他驻足,她踮起脚给他拉好领带,又抚平他的衬衫,然后抬眸看着他:"好了。"

他的眸中装着她的身影,他又立了一会儿。

涂筱柠抬手推推他轻声提醒:"该走了。"

"嗯。"他收回视线转身离去。

直至再也无法在长长的走廊里看见他的身影,她才回到父亲的病床边。

母亲看看她:"要不你也上班去吧,我看昱恒累得很,年底银行挺忙的吧?"

"年头跟年末,银行里几乎是不分白天跟黑夜的。"涂筱柠找了把椅子坐下来。

母亲皱着眉:"这世上哪儿有什么容易的事情,收获总是跟付出成正比的。"

她又叹气:"要我说啊,你俩的钱够用就行了,什么百不百万的又怎么样?归根到底身体最重要,没了健康赚再多钱有什么用?回头你跟昱恒讲,让他别那么拼了。"

涂筱柠听着却没作声,这世间又有哪行哪业是容易的呢?都是一个萝卜一个坑,如人饮水,冷暖自知罢了。

手机突然响了起来,她一看来电显示是饶静,便到走廊上去接。

"昨晚手机被我小侄女拿去玩的时候掉厕所了，在米缸里插了一夜才又能开机了，一看你连打三个电话给我，怎么了？"饶静在电话里问。

"我爸在仁济医院动第二次肾结石手术，昨晚出了点儿小状况，我想你做过这儿的工资代发，兴许能问到什么人，不过现在没事了。"涂筱柠长话短说。

"啊？"饶静的语气有点儿自责，"怎么偏偏就是昨晚我手机进了水，你爸现在怎么样？"

"就术后一项小指标不正常，虚惊一场，这会儿已经恢复了。"

"那你上午就别来了，我帮你跟纪总请假。"

"嗯，谢谢饶姐。"

"没事，照顾好你爸。"

挂断电话后涂筱柠回到病房，正好看到刚才那护工换班后又来推旁边床的病人去手术室，他看到母亲就很客气地笑，还问："刚刚那小伙儿是你儿子？"

母亲说："那是我女婿。"

"女婿啊？"那护工略显诧异，又很快恢复如常，竖了竖大拇指，"你女婿灵啊，昨晚就像蹲点逮我似的，一看到我就问我是不是ICU的当班护工，里面有没有一个叫涂石安的病人。"

母亲一愣，护工又继续说，语气有点儿邀功的意思："反正您爱人昨晚在里面一点儿没受苦，我给他盖了三次被子，喂他喝了两次水，还有上厕所我都给他捧尿壶，照你女婿的叮嘱弄得清清爽爽、干干净净的。"

这架势一看就是收过纪昱恒的钱了。

涂筱柠此刻跟母亲是一个反应，母女俩互看一眼，一时半会儿嘴里都没说出话来。

涂筱柠回想了一遍昨晚的场景，他一直跟她在一起，只有她陪母亲在病房的那段时间他说出去抽烟，原来竟是去了ICU，他缜密的心思果真把什么都考虑周全了。

"我这好女婿，好女婿哟。"母亲感动得眼眶又红了，对纪昱恒更是赞不绝口，而涂筱柠也久久难以平静，仿佛他每做一件事，她的心就跟着多沦陷一分。

一上午她的电话快要被企业打爆了，都是催她放款的。她看到父亲已能正常进食，不敢再耽搁，下午赶紧回了DR，简单地跟饶静说了一会儿话，又忙得像打仗似的连水都来不及喝上一口。

企业的财务人员又打来十八个电话催她放款，她拿着放款材料恨不得在行里小跑，去审批部的时候她连电梯都不想等了，直接走楼道，谁知楼道有人，虽然人站在上一层她看不到，但声音还是透过虚掩的门的缝隙清晰地传了出来。

"你为什么非把自己逼得这么累？你明明有别的选择。"这竟是唐羽卉的声音。

涂筱柠疑惑着又不想做偷听者，便要离去。直到那个她熟悉的声音紧接着响起，她猛然停住了脚步。

"什么意思？"

唐羽卉苦笑了一声："你那么聪明的人怎么会不明白？你其实什么都明白，你明明知道只要你向我开口，这次竞标就会十拿九稳，可你偏偏要去舍近求远。"

"工作上的事还轮不到你教我。"他还是保持着一贯的淡漠疏离的态度，包括对她。

"我有时候在想你有没有心，从前在学校是这样，现在还是这样，你为什么总看不见别人对你的好？你明知道——"

"我不知道也不想知道。"他挪动了脚步同时打断了她。

她又唤："师哥。"

"现在是上班时间，别再让我听到这两个字。"他的声音已经远了些，好像是往上走了，而唐羽卉也没再追上去。

楼道又恢复了往日的静谧，涂筱柠悄无声息地走远，仿佛从未来过，脚下仍步伐急促，心里却再也没有了之前被企业催促的烦躁感，甚至走着走着还傻傻地笑出了声，明明知道不应该，却还是幸灾乐祸，原来唐羽卉于他也并不是特殊的。

下班的时候凌惟依给涂筱柠打来语音通话，表示自己已经没事了，让涂筱柠不用再陪着她，好好陪家人。

涂筱柠还是有些放心不下，但好久没回家心里又记挂着纪昱恒。

"放心，我不会寻死觅活的，我已经想通了，只是我还需要一点儿时间来忘记他和曾经的事，一点儿时间而已，很快的。"凌惟依仿佛又变回了正常的她，但涂筱柠知道忘掉一个人根本没有她所说的那般容易。

凌惟依还在开玩笑："你们银行要是有优秀的男青年你可以给我介绍介绍啊，我有房有车有厂子。"

"优秀男青年一大把，可这质量参差不齐，回头给你挑个好的。"涂筱柠说。

"我要求不高，能看就行，结婚嘛，无非就是两个人两张嘴，凑合凑合抱着睡，反正这日子都是眼睛一闭一睁就过去了，所谓白首不相离也迟早都会分离的。"凌惟依像是看透了似的，竟跟涂筱柠之前的想法如出一辙。

涂筱柠握紧手机，不知该说什么，怎么就连洒脱到没心没肺的凌惟依也走到了今天这一步？

挂断通话后，她看着微信上跟凌惟依的聊天背景。她之前将一张毕业照设置为她跟凌惟依的微信聊天背景，照片里她跟凌惟依穿着学士服，双手托着下巴趴在学校的一个亭子的栏杆上，笑靥如花，青涩稚嫩。她抬手触碰着那时无忧无虑的两个人，可她们终究是回不去了，正是印证了那句歌词："我的青春小鸟一去不回来。"

曾几何时她的想法跟凌惟依的想法一样，她以为结婚就是找个合适的人走一步算一步，得过且过凑合凑合就行了，可是真的经历了才发现之前的自己太幼稚了，那个人会慢慢地占据你的世界，参与你生活里每一个细节。那是要共度一生的人，如果你对那个人没有喜欢的感觉甚至三观不合，你们会很难走下去，至少作为女方她是这么认为的，而她是从什么时候开始喜欢他的？以前她不愿承认，但经过了昨晚和早上的那些事后越发确定，其实在父亲第一次做肾结石手术那次她就喜欢他了。那时候他细心照料父亲，耐心且认真，连被父亲的口水溅到手都没有嫌弃，那一刻她明明可以一下推开他，却整个人如同被定住，脑海里好像有个声音隐隐地在说："涂筱柠，就是他了，这个男人，你嫁了吧。"

她握着手机闭上眼，有些恍惚也有些感慨，原来所谓的冲动并不是真的冲动，那时的自己早已动了心。

她下班回到家里，看到家中还是一成不变的整洁模样，只是卫生间里堆了一些他还未来得及清洗的衣物。要是以前，她肯定直接将这些衣物一股脑儿地扔进洗衣机里。他曾经说过她一次，让她不要把内衣和外衣混在一起放入洗衣机，可是她从来不听，依旧我行我素，后来他也就不说了，只是每次洗澡的时候默默地把自己的内裤、袜子还有衬衫手洗好先挂在卫生间里滴一夜的水，第二天一早再挂到阳台的晾衣架上。

她叹了口气，心想：瞧瞧自己以前都做了些什么，一点儿都不称职。

她撩起衣袖开始手洗衣物，不过他的衬衫本来就不脏，她洗起来一点儿不费力，把它们一件件挂在卫生间里，心里还油然而生一股小小的自豪感。她又拖了拖地，擦了擦家具，一折腾就晚了，随便下了碗面吃了一口就去洗澡了。

洗头的时候她发现自己的洗发水已经没了，之前也往洗发水瓶里面灌过水把洗发水重复用过一轮了，本来想着买的，被凌惟依的事情一打岔后来就忘了。

她把空瓶子随手往旁边一扔，就用了他的海飞丝洗发水，好久不用这个牌子的洗发水，现在觉得用它洗头发好像也挺舒服的。

等她洗好并吹干头发出来，正好他开门进屋。

"回来了？"

"回来了？"

两个人又是异口同声，过一会儿涂筱柠先点点头，然后快步走过去。还好，他的身上酒味不重。

"你这每周参加的饭局都要赶上人家全年参加的了。"她接过他的西装，既心疼又关切。

"中国的酒桌文化已根深蒂固，官场、商场、职场想要谈事，喝酒都必不可少。"他看着她刚吹好的蓬松长发，一天的疲惫也跟着那柔软的发丝渐渐消散。

"可你也得顾着自己的身体。"涂筱柠把拖鞋给他递过去，又把他的西装挂在身后的落地衣帽架上，用双手把西装抚平整，可是不知是不是因为他昨晚在车里睡了一夜，西装上总有几道折痕抚不平整。

"你昨晚塞给那护工多少钱？"她未停下手上的动作，回眸问他。

他换好鞋走近，对她知道这件事也不意外："没多少，几百块钱。"

涂筱柠早上听母亲说一个护工一天的收入是小几百，一般人塞给护工一百，大方的人会塞上两百，他直接给了几百，难怪早上那护工那么客气。她也没再追问，继续拉他的西装："这事你昨天也不跟我说一下。"

他没回，只问："爸怎么样了？"

"跟上次一样，麻药的药效过了有点儿疼，但已经能正常进食了，医生说周末出院。"

他嗯了一声，又说："昨天医生说爸的肾结石并不全是喝酒造成的，主要是体质原因，他是酸性体质，再加上不注意饮食，体内就容易产生结晶，而且久坐不运动，体内的结晶就容易形成结石堆积，他的肾结石数量超出常人的很多。"

"他这确实是老毛病了。"涂筱柠记得从她读初中起父亲就经常半夜起来在客厅里绕圈跑，说是结石疼，每次疼都要折腾个几天才能把结石排出来，然后没舒服多久又面临新的结石疼了，总是陷入这种周而复始的身体折磨中。

纪昱恒看她还在拉西装，伸手把她拉过来："这种体质是有一定遗传性的，医生特别交代让你也注意饮食，平常多喝水、多运动。"

他这话倒让涂筱柠想起她以前的体检单上尿检结果里有个尿酸指标一直偏高，她都没上过心，现在想来，原来她就是酸性体质啊。

"我每天业务这么多，天天在行里上蹿下跳，放个款都跟八百米冲刺似的，也算运动了吧。"她给自己找了个很好的借口。

"不行。"他轻敲一下她的额头，"以后每天早上跟我跑步去。"

她刚要噘嘴又转念一想，这样就能跟他有更多的时间待在一起了，就摩挲着他不算平滑的手指："好哇。"

她的快速回答让他抬了抬眉："爬得起来？"

"爬得起来！"

今天涂筱柠贤惠得都不像自己。他在书房的时候，她一会儿给他送去一杯蜂蜜水，一会儿给他递去切好的水果，最后没什么好往里送的就去收杯子和盘子，看他聚精会神地盯着电脑屏幕，就磨磨蹭蹭地在旁边看。

她看到那密密麻麻的数据觉得头都晕了。其实想想也挺可笑的，从小到大数学都不好的她，大学的专业和最后的工作偏偏都是跟数字打交道，平日对接的那些财务人员都是干了十几年甚至几十年的经验丰富的老会计，又抠又精明，有时候跟她算融资成本，她根本没人家脑子转得快，经常被人一绕就绕不出来了，只能先跟那帮人打太极，挂了电话再向赵方刚求助。

"真羡慕你们这些数学好的，我看小赵哥都能给那些企业心算财务成本。"她趴在他的肩上感叹道。

"他是理科出身，对接的政府客户又多，这方面自然强些，每个人在工作上总有自己的一技之长。"他没说什么打击她的话，任由她在自己颈间蹭着。

她摇晃他一下："小赵哥说你比他更厉害，跟政府谈成本的时候人家还没讲重点，你就早把利差全在心中算了出来，等真正切入主题你就直接把方案摆上桌面，杀他们一个措手不及。"

涂筱柠很是崇拜："而且一旦对方反驳你就紧跟着抛出方案B、方案C、方案D，甚至方案E，见招拆招，小赵哥说他经常跟不上你的思维，因为你的思维太快了，对方就算有一群人也总被你说得一愣一愣的。"

他用手中的笔的尾部一下一下地轻叩着笔记本，稍微往后仰，放松了一下肢体："赵方刚怎么什么都跟你说？"

她继续趴在他的肩膀上，双手也钩着他的脖子："哪儿是只跟我说，是跟大家说，那你让我们每天坐一起吃午饭，不就只能说这些事吗？"

她的头发散发的薄荷味在他鼻尖萦绕，她柔软的身体紧紧地贴着他的背，她说话时轻轻的气音掠过他的耳畔。

蓦地，他把笔一扔，一个伸手就把她拉了下来，横抱着她站起身来。

涂筱柠还用手环着他的颈，轻声问："你不工作啦？"

"嗯。"他应着，径直走向房间。

他们回到房间后，涂筱柠喊他的名字："昱恒，昱恒，昱恒……"

她转身靠在他的怀里，他轻柔地用指尖捻捻她的耳垂，两个人能听到对方的心跳声。

"你刚刚想说什么？"良久后他问。

涂筱柠摇摇头，他以为她要睡了便未再追问，而是抬手关了灯。

耳边是他有节奏的心跳声，仿佛自己的心跳跟他的心跳节奏一致了，涂筱柠此刻极其心安。

而他不会知道的是，她刚刚每叫一遍他的名字，就在心中说一遍"我爱你"。

第二天一大早，涂筱柠在电梯里碰到赵方刚，电梯到达六楼，两个人一跨出电梯就看到楼道里挤满了人，一个衣衫整洁的中年妇女站在拓展三部的门口，双手叉腰地叫骂："姚佳，你个不要脸的女人给我出来！敢抢别人老公不敢跟我当面对质吗？"

涂筱柠一愣，耳边是赵方刚的唏嘘声："多行不义必自毙啊，这下行里有好戏看了。"

她没想到邢总的原配夫人会在上班的高峰期气势汹汹地直接冲到单位骂"小三"。

纪昱恒说得没错，邢总果然不会再蹦跶几天，可似乎还没等行里出手有些事情就盖不住了。

姚佳躲在办公室里不敢出来，邢总那老婆要往里冲，被邢总出来直接挡住，他还是一如平常的人模狗样，伸手就把老婆一推："你发什么疯？大清早到我单位瞎闹什么？"

原配被他一推，趔趄着往后退了好几步，旁边有个拓展三部的年轻男同事赶紧扶住她，力劝："嫂子，您先回去吧，有什么事等我们下了班回家再说，单位人多，您就是不顾及邢总的脸面也要顾及自己的脸面啊。"

原配抽回手，颤抖着嗓音说："脸面？他都不要脸面我要什么脸面？我还要什么脸面！"

邢总听得咬牙切齿，双手叉腰地朝部门里的其他男性喝道："你们都是死的？给我弄走她！"

然后拓展三部的其他男人都跑出来作势要拉原配，原配声嘶力竭地喊道："今天谁敢碰我试试看！"

没人敢再动，原配又一把鼻涕一把眼泪："我要找你们的一把手！我要找他评评理！我倒要看看出了这档子破事领导管不管！"

走廊里的人越聚越多，甚至还有其他楼层的同事坐电梯到六楼来看热闹的。

纪昱恒刚汇报完工作从顶楼的行长室下来就看到六楼已被人围得水泄不通，有人在走廊里哭闹，他看到了人群里涂筱柠和赵方刚的身影，迈步过去，抬手就用文件夹拍了一下赵方刚的头。

赵方刚莫名其妙被拍了一记，嘴里骂着脏话，一回头却看到了纪昱恒。

"老，老大？"

纪昱恒蹙着眉，厉声开口道："像什么样子，回部门去。"

赵方刚捂着头，嘴里哦哦着，赶紧去拉涂筱柠，涂筱柠被赵方刚一把就拽走了，回过神才发现纪昱恒在他们前面。

"被老大抓包了，让我们赶紧滚回部门去。"赵方刚边走边揉后脑勺儿。

涂筱柠也心虚地往前走。身后又传来一阵骚动，她跟赵方刚偷偷回头，发现是人力资源部经理下来了。

纪昱恒已站定在部门办公室的门口，一只手插在西装裤袋中，另一只手用文件夹重重地敲了一下门，神情严肃地等他们，同时用严厉的眼神警告他们。

赵方刚跟涂筱柠马上服软，像以前上学结伴偷溜不做早操的学生，回教室的时候才发现班主任正站在门口守株待兔。

两个人灰溜溜地往部门里钻，赵方刚先进去，一踏进门就又被纪昱恒拿文件夹拍了一下脑袋，不轻也不重。他也向着紧跟着赵方刚的涂筱柠抬手，她闭眼等着像赵方刚那样被拍头，文件夹在下落的途中微顿一下，最后只是轻轻地落在了她的头顶。

目睹一切的赵方刚捂着头哀号："老大你重男轻女啊！"

纪昱恒又动了动已经垂下的手臂，赵方刚赶紧抱头麻利地滚回座位，涂筱柠也跟着坐回自己的位子，其他人早到了，也围观了一下外面的场景，只是看到纪昱恒回来了马上各就各位没被抓住罢了。

纪昱恒依旧站在门口，沉声警告："别的部门与你们无关，做好自己的事，谨言慎行，今天的事不要让我听到从我们拓展一部传出半个字。"

待所有人应声，他才踱步进自己的办公室。

然后赵方刚贼眉鼠眼地举起手机示意大家在微信群里说话，还一无所知的任亭亭又缠着赵方刚问："师父，发生什么事了？"

纪昱恒的办公室传来一声咳嗽，赵方刚立刻做双手合十状，朝她拜拜："姑奶奶，姑奶奶，我求你别问了，我再说话就要被老大骂了。"

果然当天邢总、姚佳二人就被行里叫去诫勉谈话了，下午也没再来上班。趁纪昱恒不在，赵方刚才敢说几句话："我已经收到好多个同行发来的微信了，都来问我这件事。"

许逢生也把持续在振动的手机开启静音模式，一脸无奈："别说你了，我以前在D市的同事都陆续找来了，这八卦消息的传播速度太可怕了。"

饶静也把手机开启勿扰模式："这种事老婆总是最后一个知道的，所谓好事不出门坏事传千里，同行里传播自然迅速，闹这么大估计这两个人都要完蛋。"

"会怎么样？"涂筱柠忍不住问。

赵方刚晃着鼠标还在看单位内网的论坛："行里本来就明令禁止员工之间恋爱，违规一旦被查实，不跟你多说，要么自己识趣地提出辞职，行里还给你一个台阶下，要么双双被开除没商量。"

任亭亭啊了一声："这么不通人情的吗？为什么啊？"

"金融从业人员，家属回避政策，防止利用职权徇私舞弊，而且他俩的性质更恶劣，不开除留着过年？"

任亭亭开始垂头丧气："那我毕了业也不能进DR了。"

饶静忍不住轻轻地噗了一声，赵方刚只是把一份报告递给任亭亭："去把这份报告好好看看，下班前考你财务数据分析。"

"哦。"任亭亭噘着嘴接过。

大家又该干吗干吗，部门重归安静，只有涂筱柠一个人被赵方刚那句"双双被开除"搅乱了心绪。

涂筱柠晚上去看婆婆的时候看到邻床的家属在收拾东西，放下包坐下问婆婆："旁边床的出院了？"

婆婆摇摇头："今天下午人走了。"

涂筱柠背脊一僵，那个每次来都乐呵呵地跟他们打招呼的小老太太明明精神状态看着不错，怎么会……？

她抓着婆婆的手一时沉默，过了一会儿一对年轻男女进来，男的一进来就抽自己耳光，眼泪一滴一滴地落在脚边。

女的应该是他的老婆，看他打自己就去拉他："你别这样。"

男的此刻也顾不上病房里还有没有其他人，哭着用手捂着脸："我妈走了，我没妈妈了，我没妈妈了，我拼命地上班挣那么多钱有什么用？有什么用？"

他的老婆也跟着哭，他又捶胸顿足："我不该只顾工作的，应该每天来看她的。我连她最后一面都没赶上，都没赶上啊。"

涂筱柠也扑簌簌地落下眼泪，紧紧抓着婆婆的手没再松一下，婆婆也红着眼眶，知道她在害怕什么，便轻轻地抚着她的手背："我还能撑，我要看到我的小孙子或者小孙女出生呢。"

涂筱柠像个孩子似的伏在她的床头，婆婆摸着她的头发，两个人不是母女却胜似母女。

"昱恒这个孩子不善表达，也争强好胜，有时候会一根筋地对一些事很执着，你多包容包容他。"过了一会儿婆婆开口道。

涂筱柠告诉婆婆："他对我很好的。"

婆婆点点头："那就好，就是你们工作都太忙，要注意自己的身子。"

一会儿旁边床的儿子和儿媳走了，护士进来给婆婆的点滴里加药水，先朝涂筱柠笑笑打招呼，然后对婆婆说："吴老师还是你有福气，儿媳天天来，哪儿像旁边床平常都不见个人影，现在人没了才后悔，有什么用啊？"

婆婆看着涂筱柠："是啊，我也觉得我好有福气，儿媳像亲女儿一样。"

他们正说着话，病房门又被打开，纪昱恒踏入。

护士又笑："瞧，您的孝顺儿子也来了。"

"妈。"纪昱恒唤着，视线跟涂筱柠的视线相遇。

涂筱柠起身想让他坐，却被他按住肩膀。她抬头看他，他看向婆婆。

"今天怎么样？"

"还行，就是食欲差了些。"护士主动告诉他，然后又仔细地瞧瞧他们小夫妻两个，"哎，你们是在一个单位吗？工作服都一样？"

她这么一说，从未好好地留意他们的工作服的婆婆也朝他们看去。

涂筱柠反应挺快，对她笑笑："你不知道，现在银行行政和事业单位什么的工作服都被C市一家服装公司垄断了，专做制服的，做得多了难免有几家单位会撞款式，其实还是有区别的，我的西装是有条纹的，他的没有。"

护士发现还真是，又对婆婆说："吴老师，儿子在事业单位，儿媳在银行，都是好单位啊。"

涂筱柠给婆婆拉拉被子："哪里，都是给人打工的劳碌命。"

护士觉得她谦虚："再劳碌能有我们医疗行业的劳碌？"

涂筱柠又接话："各有各的苦，这年头哪行的饭又好吃呢？就算是自己当老板的，你看着他住豪宅开豪车，有多少是不背着贷款的？还是人前显贵背后受罪的多啊，他们也有他们的烦恼。"

护士点头认可："说得也是。"

待护士离去，从来不大关心她工作的婆婆问："筱柠，你在银行是什么工种来着？"

涂筱柠正在给她削苹果，现在动作比以前更熟练："客户经理。"

婆婆显然不是很了解银行的一些职位，又问："客户经理是什么经理呀？"

涂筱柠就给她通俗易懂地解释了一下："妈，这个经理不是您理解的那种高级的经理，它只是一个职位的统称，就像大堂经理是大堂引导员，我们客户经理就是信贷员，再说通俗一点儿就是一放贷款的。"

"哦哦。"这么一说婆婆果然就懂了，"那你们有什么指标吗？拉存款什么的？"

涂筱柠又把苹果切成小块送到婆婆手边，然后再拿一个苹果接着削："有啊，我们不仅要拉存款，还要做营销，很多考核的。"

婆婆吃了一块苹果："营销？那要陪客户吃饭吗？"

"有时候要，有时候不要，看领导安排。"涂筱柠快速地削好苹果给纪昱恒递去，还抬眼看看他。

婆婆听了不免担心："女人还是少出去应酬，你们银行的小姑娘长得又漂亮，万一碰上坏人怎么办？那你们领导，人怎么样啊？不会经常推你们这些女下属去陪酒吧？"

"我们领导啊？"涂筱柠看着纪昱恒，故意拖了拖声音。

纪昱恒一只手接过苹果，用另一只原本搭在她的肩上的手轻轻地按捏着她的肩骨，倒是不会让她觉得疼，就是会让她觉得痒，涂筱柠又不能在婆婆面前大幅度地动，只得忍着，再也不卖关子了："我们领导很好的，特别照顾我们女下属，凡是他一人能挡下的应酬就不带我们出席。"

婆婆松了一口气庆幸："这种领导好，就怕有的领导明知道对方不怀好意还推女下属出去，为了自己的前途把其他人当作棋子。"

她又握握涂筱柠的手："你们领导好人哪，现在社会上这种人不多了，马上过年了，要不要到时候给人家送点儿年货，谢谢他平常的照顾？对了，他结婚了没有？"

"妈。"纪昱恒终于发声打断，"银行是有严格的规章制度的，不可以私下给领导送礼。"

婆婆蹙眉表示不理解："那领导是榆木脑袋吗？筱柠不说他不说谁知道？"

涂筱柠在一旁乐不可支，故意说："我们领导是个不苟言笑、墨守成规、很死板的一个人。"

婆婆哦了一声："这样的啊。"

纪昱恒一边在自己的母亲面前保持着微笑，一边用手一下一下地轻拍着涂筱柠的肩，警告味十足。

今天像陪不够婆婆似的，两个人在医院待到很晚才走。

两个人走在走廊上，纪昱恒开口道："你现在临场反应不错。"

涂筱柠整整自己的行服："还好我今天穿的是行里以前发的西装，才能蒙混过关，没在妈面前露馅儿。可是你跳槽的事准备瞒妈多久？"

"能瞒多久就多久。"

涂筱柠知道他是不想婆婆情绪波动，且不谈他就是她刚刚口中所说的领导，光是他每天都在喝酒应酬，婆婆就会心疼到睡不着了。

"行里现在都在传邢总跟姚佳会被双双开除。"又走了几步，涂筱柠想起了白天的事。

纪昱恒未否认："嗯。"

他都这么说了那就是行里已经确定了，涂筱柠的心一紧："那我们？"

纪昱恒放缓脚步："我们？我们什么？"

"行里不是有家属回避政策，我们如果哪天暴露了，是不是也会落得如此下场？"

"但凡涉及开除，必然是有重大违规行为，作风问题只是导火索，他们俩在背后里应外合将客户的贷款利率放低，向客户伸手拿好处，通过牺牲行里的利润将钱收入自己的囊中，几个老实的客户怕出事，把他们俩举报到了市金融办，这还只是他们俩所做的事的冰山一角。风气不良已久，这几年两个人光搞这些小动作就捞了不少钱。"

涂筱柠还在愣神就对上他投来的目光："而我们与他们根本没有可比性。还有，我不喜欢做无谓的假设，杞人忧天。"

可涂筱柠多愁善感："可万一呢？"

世上没有不透风的墙，万一哪天他们真的暴露了怎么办？

"那就兵来将挡，水来土掩。船到桥头自然直。"他的语气跟他的步伐一样不疾不徐。

涂筱柠觉得这可能就是她跟他的区别。她总是不像他一样有那么好的心态，脚步也不禁更加沉重。为了阻止自己胡思乱想，她转了转话题。

"竞标的事怎么样了？"

"到收尾阶段了。"

"到时候需要人上台吗？"

"每个银行进行五分钟路演。"

"部门的人可以一起去吗？"

"不可以。"

"哦。"涂筱柠还挺想亲眼看他在台上演讲，暗自给他加油呢。初中时他多次作为学生代表在国旗下讲话，那会儿她不是走神就是在跟同桌窃窃私语，反正从没想过要看他，真是在学生时代白白地错过了太多的机会，现在后悔也没用了。

纪昱恒看向她，欲开口但又听她说道："对了，我最近又做了两家企业的营销方案。"

他扬起唇角:"你现在在营销上是一头的劲。"

"必须啊,那行里不也考核客户经理的管户数吗?我得努力拓展营销客户才行,而且这次其中一个客户就是上次从拓展三部调过来的那个客户介绍的,C市建材业的翘楚,两个老板是牌友,我也是无意中搭上了这条线。"那次还是她听客户闲扯,他说者无意,她听者有心,就让他牵线介绍了。

"那这条线搭得怎么样了?"

"等了两周,人家老板才定下明天上午跟我见面,可我之前营销的都是小客户,这种知名大企业的老板还是头一次见,心里有点儿没底。"她一想就紧张,"明天问问饶静或者小赵哥有没有空陪我跑一趟吧,有他们坐镇我总归安心一些。"

"他们明天一个要跑政府,一个要放项目贷款。"他直接告诉她。

她啊了一声,有点儿泄气,耷拉着脑袋走了一会儿,蓦地脑袋一开窍,找什么饶静、赵方刚啊,有尊现成的大佛就在她眼前啊!她便厚着脸皮凑过去:"老公。"

"嗯?"

"那你明天上午有空吗?"

他目视前方,倒也接了话:"什么时间?"

"约了九点半。"

"可以。"

涂筱柠以为自己听错了:"你说什么?"

他看着她重复:"可以。"

下一秒她激动地抱住他:"谢谢老公!谢谢领导!"

周围往来的医生护士都在朝他们看,纪昱恒单手接住她问:"到底谢谁?"

涂筱柠蹭着他:"你现在是老公啊。"

她又嬉皮笑脸:"都谢!先谢老公,再谢领导!"

第二天涂筱柠很早就把车开到DR门口等他,瞧见他的身影,赶紧下车给他开后座门。纪昱恒看了她一眼,坐上了后座,涂筱柠关上门又快速地回到驾驶座。这还是在工作中第一次就他们两个人出去呢,她居然还有点儿小紧张。

一路上她大致跟他汇报了一下所了解到的企业的情况,他除了听她讲话就是在接电话,反正没有一刻停歇。

他接电话的时候她就从后视镜里看他,那端坐的姿势,举着手机的修长的手指,听电话时拘谨的表情和沉静的语气,还有那俊秀的眉眼,无一处不拨动她的心弦,就连他轻轻地嗯一声她都觉得好听得不得了。

她不由得为自己叹息,自己果然跟正常人不一样,在本该花痴的年纪没有花痴,现在快三十岁了却像是被他下了蛊似的,被迷得神魂颠倒。

他还未挂电话,在跟政府谈成本的赵方刚在电话里跟他实时汇报进度并且商量方案。他朝车窗外看了一会儿，将视线转向后视镜，正好跟在偷看他的涂筱柠视线交会，她立刻心虚地移开视线。绿灯亮了，她重新踩油门，一路开到了企业。

这家企业是C市最大的建材场馆，与很多知名的品牌有合作关系。她到现在都觉得能拥有这个误打误撞来的客户是自己走了狗屎运，当然现在说这是她的客户还为时过早。

工作时间不同于私下，她很规矩地提着包捧着材料跟在他身后，坐电梯的时候还特地从包里捞出口红，打开手机前置摄像头，用口红抹了一下唇，再抿抿唇。

虽纪昱恒立在她前面，但电梯的四壁都是不锈钢材质的镜面，她在后面干什么他看得一清二楚。涂好口红她又掏出一盒不知何物，倒出一点儿粉末在手上，然后拍拍双手就把粉末往头上抹。

一时之间细腻的粉末到处飞，像面粉似的飞在电梯里，钻进人的鼻孔里让人想打喷嚏，纪昱恒这才转身："你在做什么？"

涂筱柠还在把粉末往头上抹，然后将指尖插进发丝间揉搓头发，很快头发就蓬松了起来。

"昨天没洗头，头发太油了见客户不太礼貌，这是女生快速去头油的好东西。"她把散粉盒往他眼前一伸，像在做广告，"散粉在手，去油无忧。"

纪昱恒动了动嘴唇，正好电梯到了，涂筱柠一个跨步给他用手挡电梯门，让他先走，纪昱恒又看了她一眼，先跨出了电梯。

财务人员先出来迎接他们，把他们带到了柳总的办公室。柳总得知部门总经理亲自来，自然客气得很，还亲自给他们泡茶。

坐下后纪昱恒先接过柳总递来的茶品了一会儿，然后又跟柳总聊起天来，柳总健谈，没有一点儿架子。

涂筱柠也一边抿茶一边听柳总侃侃而谈。他从创业开始讲，涂筱柠这才知道这是一家夫妻店，是由夫妻共同经营的，老公主外管应酬，老婆主内管财务。夫妻早年都是当时很吃香的纺织厂工人，可是一九九几年国家政策一变，他们双双下岗。为了生计，为了年幼的孩子，两个人出去当油漆工，后来发现装修行业有商机，便拿出积蓄开了个小装修公司，跟认识的一拨装修工人签订长期合同，然后去承接各种房屋装潢。再后来他们在采购装修所用的建材时发现这里面也有赚钱的商机，老公便寻思，他们与其做要找各种建材商比价格、谈价格的采购方，不如也做建材商，直接跟生产建材的工厂签合同来节省成本，然后再承包装修，做从头到尾的一条龙服务，这样省下的钱就都成了利润进了自己的口袋。

夫妻俩就又把积蓄拿出来去找生产建材的工厂订建材。之后的几年，随着生活水平的不断提高，人们对生活质量的要求也越来越高，买房装修成了一个大趋势，那几年装修行业迅速崛起，成为国内的新兴产业之一，也带动了上游的建材行业的发展。夫妻俩的建材公司越做越大，合作的厂家也越来越多并且越来越知名，加之有多年的客户积累，逐渐在C市成为行业龙头，发展成了如今的规模。

涂筱柠听完仿佛看到了夫妻俩当年的辛苦岁月，触动不已，受益匪浅，成功的背后果然有着不为人知的心酸。

柳总说完又喝了一口茶，仔细地打量着纪昱恒："纪总多大？看着很年轻。"

纪昱恒如实告知，柳总哦了一声："跟我儿子同龄，一样的年纪你都是银行部门的总经理了，可见优秀非凡。"

纪昱恒谦虚："乏善可陈，不足道也。"

柳总又看了坐在他身边的涂筱柠一眼，伸手要给她添热茶，涂筱柠随即起身端起精致的茶盏去接热水，连说谢谢。

"可能因为我是经历过苦日子的，所以钱这个东西我总是觉得来之不易，这些年很多银行找我贷款，都被我拒绝了，因为我总觉得向银行借的钱不是我赚的，还是要如数还给银行，我心里啊，就不踏实。"柳总主动提及涂筱柠和纪昱恒今天来的目的，又道，"包括小涂之前联系我，我也是看在我老朋友的面子上答应的，他说一个小姑娘日晒雨淋地干营销也不大容易，我就想见见聊聊也行。不过贷款怎么说呢，我目前确实不大需要，我手上的流动资金够公司周转，不过如果你们有什么好的理财产品，我倒可以考虑，反正你们银行不只做贷款吧？"

涂筱柠刚要开口解释他们部门不负责理财，就被纪昱恒抢先了一步，只见他放下茶盏，眉目带笑："当然可以，我们可以根据柳总您的预投资金和企业经营状况做个综合评估，给您订制最适合您的理财产品。"

柳总来了兴趣："那倒可以，要怎么操作呢？"

"这个需要我行负理财的部门和您对接，您看什么时候方便，我携理财部门的总经理再次登门拜访。"

柳总想了想说："快年末了，为了清库存冲销量，我们最近在搞建材的促销活动，可能比较忙，反正我有小涂的联系方式，等有空了再跟她约吧。"

纪昱恒说："好。"

他又顺着柳总刚刚的话说："我刚刚上来，看这场馆这么大，以为都是品牌租户独立经营，但柳总刚刚说要搞建材促销，这里也有你们经营的品牌？"

涂筱柠不禁佩服他对于话语中信息的敏锐度。刚刚她只当人家顺口讲了一句话。

柳总点头："有，很多，我们是好几家知名品牌的C市地区一级代理商，C市其他地方的同品牌的商家都是二级代理商或者挂牌商，我有独家的供应渠道，他们都得跟我进货，像什么×××瓷砖、×××卫浴、×××板材，等等，都是我们自己经营的。"

纪昱恒微微前倾身子，拉近与他的距离："那一场促销活动大概要办几天？一天的营业额是多少？"

柳总又侃侃而谈了："其实这些促销方案都是根据厂家的要求来的。比如，过几天要做的是×××板材的促销活动，因为全国不只我们一家一级代理商，所以一线品牌的一级代理商一般都是在同一天办促销活动，全国所有的一级代理商在各省各市同时办促销活动，根据当天的入账情况形成各代理商竞争机制，像我们C市，一场促销活动办下来，一天的净收入就有四千万元左右，每年能拿到厂家不少返点奖励。"

纪昱恒又捧起茶盏喝了一口茶："那收银方面又是怎么操作的？"

"现金、刷卡都可以。"

纪昱恒沉默片刻，再次放下茶盏："柳总，我有一个想法不知当讲不当讲。"

柳总摊手："你讲，但说无妨。"

"您有没有考虑过跟银行合作办促销活动？把您促销活动里的折扣方案与银行卡绑定。比如，当天用我们DR的银行卡或者信用卡付款的客户，成交金额达到多少就优惠百分之多少。"

柳总思忖了一会儿："可是这对我而言有什么好处？"

纪昱恒笑了："当然有好处，活动中刷卡进账的钱都进入您在我们DR开的企业账户里，只要进账达到五百万元，我就给你们比活期要高的存款利率，每递增五百万元我就再抬高利率点。我跟您直接签一对一的订制存款合同，同样是钱，放在其他银行只是普通的活期存款，放在DR就有实打实的高出其他银行且不断递增的利息，何乐而不为？"

柳总一听也茅塞顿开，顿时眼中流露出对他的赞许之情："果然年轻有为啊，你抓取合作机会的嗅觉太灵敏了，这么多年我跟很多银行的人打过交道，他们都没你这么精明。小伙子，若不是你已身在银行，我看你做生意也是一把好手。"

"柳总谬赞。"

纪昱恒初次拜访柳总就和他交谈甚欢，给他留下了深刻的印象，并且他亲自加了纪昱恒的微信，让纪昱恒有空常来喝茶。

走出场馆，涂筱柠瞬间有一股要跪拜纪昱恒的冲动。她可算明白他们之间的差距了，他们的思维方式都是不一样的，她来的时候一心只想做贷款，在发现对方没有贷款需求的时候心里就开始焦虑了，而他却不紧不慢地顺着客户的想法继续交谈，然后再抓取有用信息，慢慢地突破。

纪昱恒走了几步，看她还在后面愣神便停下等她："在想什么？"

涂筱柠跟了上去，由衷地感叹道："你太厉害了，老……纪总。"

他步伐稳健："营销和谈判不要急于求成，像这种客户，即使你今天来没谈成什么也不用觉得气馁，因为他的人生经历已经给你上了一课，就当和他聊天交朋友，你跟他能维系住关系日后就有合作的可能，哪怕是一线生机都不能轻易放弃。"

涂筱柠点头。

"以后拜访客户，要针对行业特性摸清他的经营模式，不要因为自己负责的是对公条线，所以觉得客户的需求无法让你完成业绩就忙着拒绝别人，要学会倾听和有耐心，真正缺钱的企业你不找负责人他也会主动来找你，不缺钱的企业你就是天天去找负责人也未必能打动他一丝一毫，毕竟银行是要收利息的，而商人都是精明的，哪个老板愿意无缘无故地给银行送钱？所以这种有实力财大气粗的企业，在明确表示无融资意愿时你就要缓下节奏，若执意追击，只会适得其反。"

涂筱柠再点头。

"要成为一名合格的客户经理就要有发散性思维，条条大路通罗马，他不要贷款你就想其他的合作方式，像这种人流量巨大的地方，一旦跟我们银行建立合作关系，会带来多大的日均结算量？同时在促销活动中以折扣为名让付款方式和我们银行的银行卡绑定，也增加了我们银行的发卡量并且为我们银行做了广告，一举几得，实现银、企双赢。"

涂筱柠只觉得点头点得脖子快断了，心中对他的崇拜更甚。

她缓了好一会儿才问："纪总，我现在拜你为师还来得及吗？"

他看着她："我不是已经在教你了？"

回到行里纪昱恒要直接去顶层，涂筱柠便朝他伸手道："公文包我替你带回办公室。"

他把公文包递到她手里，六楼到了，涂筱柠先出电梯，两个人就此分别。她回到部门时大家都在忙，只有任亭亭说："小涂姐回来了！"

赵方刚闻声随意地抬了个眼："小涂，你手上拎的是老大的公文包啊？"

"嗯。"

赵方刚啧了一声："我跟他出去每次要帮他提包他都说不用麻烦。"

饶静和唐羽卉也同时朝她看来，涂筱柠便解释："他有事去顶楼了，带着不方便才让我带回来。"

赵方刚固执己见："我好几次跟他一起回来他都直接去的行长室，也不肯把包给我，弄得特别见外。"

赵方刚又对涂筱柠挑挑眉："小涂涂，连老大都照顾你的情绪。"

涂筱柠故意装傻："没有吧。"然后她把包放进了他的办公室。

唐羽卉又阴阳怪气地出声："我师哥一向很绅士，大学时就这样。"

赵方刚摇头："这跟绅士没关系，绅士就不会让女人提包了，你们没发现他有点儿私人物品洁癖吗？办公室里哪样东西不是整整齐齐的？连资料都很整齐，每一张都像机器压出来的那样平整，一个角都不会多出来，也不让我们随意动他的东西。"

涂筱柠听得头皮发麻，赵方刚在银行真是屈才了，改行当侦探算了。

"好了，都闲得慌吗？领导随手一个动作都值得讨论这么久？"饶静说。

赵方刚把手中的笔往笔筒里一扔，不偏不倚地扔了进去，顺势转移了话题："老大往顶楼去是去面试行里秋季校园招聘的新员工了吧？"

许逢生探头感叹道:"这一年一度的校园招聘来得够快啊。"

赵方刚坐下跷起二郎腿:"那中午食堂里有漂亮妹子看咯。"

正在复印机旁的任亭亭突然把复印机的复印件出纸口拉开,把它拍得啪啪响。

办公室里瞬间鸦雀无声,如恐惊天上人似的没人再敢高声说话。

果然中午行里给来面试的应届生在食堂安排了固定的位子用餐,只是打饭的时候他们跟老员工一道排队。

赵方刚一直东张西望地在瞧妹子,一会儿说这个腿长,一会儿说那个腰细,饶静踩了他一脚:"不是说对学生没兴趣吗?这会儿看得挺起劲!"

赵方刚吃痛:"饶姐姐,你知不知道应届生跟在校生的区别?她们一被录用就半只脚踏入社会了。你看她们今年被录取,明年跟 DR 正式签合同上岗,后年就好结婚了啊。"

饶静嗤笑:"跟谁结?跟你结?"

赵方刚又义正词严:"那不行,我可不想被开除,我还要跟着老大走上人生巅峰呢。"

正逢今天任亭亭没在行里吃午饭,饶静又拍他一下:"我好好地跟你说,我看小任对你是来真的,你要是没那意思就别'吊'着人家,好歹她是一个小公主,不是你以前交往的那些莺莺燕燕。"

赵方刚推她一下:"过分了啊,什么叫我交往的莺莺燕燕?"

饶静也回推他:"呸,你还装什么纯情少男?"

赵方刚摆摆手:"算了,姐姐,我怕你了。"

饶静冷哼着又正经起来:"刚跟你说那事我可是认真的。"

赵方刚不耐烦地说:"行了行了,你弟弟我有分寸,懂吗?"

前面两个人在打闹,涂筱柠排在最后,听到后面有来面试的应届生在讨论纪昱恒。

"你们看到那个中途进来的面试官了吗?好帅啊!"

"看到了看到了,在一群中老年男人里简直如一缕清风啊!帅到极致!"

"听说他是拓展一部的总经理。"

"天哪,这么年轻!那我去这个部门!"

"我也要去!我也要去!"

"我也去!"

赵方刚又笑得春风得意,就像别人在夸他似的:"瞧,老大的魅力真是无处不在,看来我们部门壮大指日可待咯。"

涂筱柠中午趴在办公桌上午休,之前为了跑那家建材企业,连着几晚没睡好,今天纪昱恒亲自出马一举帮她拿下这个大客户,她了却一桩心头大事,中午睡得特别沉。手机的闹钟铃声响的时候她伸手关掉闹钟,又睡着了,任亭亭好心过来敲敲她的桌子提醒她："小涂姐，马上要上班啦。"

涂筱柠迷茫地抬头，正逢纪昱恒走进办公室到赵方刚的位子说话，两个人视线相遇，他眼神温和，她恍惚地以为自己在家，就无意识地叫了一声："老公。"

办公室里瞬间安静下来，连任亭亭都呆了，看看纪昱恒再看看涂筱柠："小，小涂姐，你叫谁？"

所有人的目光就像钉在了她的身上似的，唐羽卉正站着，用复杂的眼神审视着她。

纪昱恒也站在原地，无声地凝视她。

曾经担心的事情居然发生了，涂筱柠真的糊涂到没分清上班和私下的地方。她几乎猛地清醒了过来，意识到自己犯错了，也清晰地听到了自己慌乱的心跳声。

时间一秒一秒地过去，但挽回错误刻不容缓，她灵机一动，伸长脖子，一拍桌子，死马当作活马医了："我，我老公出新专辑了啊。"

离她最近的任亭亭一愣，才反应过来似的："你说的是你偶像啊？"

涂筱柠心仍在狂跳，却佯装镇定地拿气垫补妆："对啊，不然呢？我老公时隔五年再出单人专辑，我要买它个几十张给他加油！"

这下其他人才恢复了正常，继续该干吗干吗。

赵方刚看还有几分钟才到上班时间而且纪昱恒又面色柔和，便调节了一下气氛："小涂，你的偶像是谁啊？"

涂筱柠报出一个名字："蔺习予。"

纪昱恒抬手看了眼时间，敲敲办公桌的隔板："干活。"

话题立刻终止，赵方刚赶紧立正就差要给他敬礼了："遵命！"

涂筱柠趁着溜去茶水间的工夫深呼吸，总算缓过劲来，还有些后怕地双腿发软。她差点儿就被自己蠢死了，也不知道当时纪昱恒心里是怎么想的。

她大口地喝水，心想：要把这次犯错引以为戒。部门里每个人都有火眼金睛，她再出点儿纰漏，她和纪昱恒的关系指不定真会被人看出端倪。她不是每次都能这么好运地耍小聪明侥幸躲过的，以后要更加小心谨慎才是。

她又站了一会儿，才定了神回到办公室里，在心中哀叹职场夫妻谈何容易。

她马不停蹄地忙了半天，临近下班时好不容易能坐到位子上喘口气，微信突然接连收到多条消息，打开微信发现是初中同桌发来的模模糊糊的微博截图，要下载图片才看得清。

她以为又是哪个明星的八卦动态，随手点开一张，一看却差点儿在办公室里直接尖叫出来。

新闻内容展现在她眼前：人气组合 Dirge（挽歌）时隔八年再开唱！回忆涌现，过去有你一起成长！经典再唱，未来仍旧与你同在！A 市演唱会，期待你的到来！

刚刚还被她随口拿来当挡箭牌的偶像居然真的要开演唱会了，她一激动直接打翻了水杯，都忘了要擦，还是任亭亭看到惊呼着提醒她："小涂姐，水泼了！"

涂筱柠哦了一声，拿纸巾去擦水，擦着擦着就有水珠滴落在她桌上，一滴、两滴，然后就像断了线的珍珠一样收不住了。

任亭亭被吓了一跳："小涂姐，你怎么了？你怎么哭了啊？"

其他人也闻声看来。

"小涂妹妹，怎么了？谁欺负你了，哥给你出气！"赵方刚走过去一看，发现她真哭了。

涂筱柠只摇头，不说话。

饶静也是个急性子，联想到她父亲才开过刀还以为出了什么事，便追问道："到底怎么了？为什么突然哭啊？"

涂筱柠徒手抹着眼泪，赵方刚急得要跺脚："哎哟，妹妹哎，快说话啊，急死我们了！"

涂筱柠张了张口，有些语无伦次："演……演唱会，我……我偶像，要开演唱会了。"

赵方刚跟饶静几乎同时翻白眼。赵方刚捂着胸口装受伤："多大的事，你差点儿吓死你哥了知不知道？"

饶静也责骂："神经病啊，演唱会没看过啊，值得哭成这样？你多大了还这样？"

任亭亭抽了纸巾给涂筱柠递过去，忍不住帮她说话："并不是所有人喜欢明星都是盲目崇拜，小涂姐喜欢的那个明星跟他的组合已经出道十七年了，我想她早就过了盲目崇拜的年纪，她现在对偶像的这种喜爱更多的是一种情怀，而且再不疯狂就老了，谁又没有过青春呢？"

她简直说出了涂筱柠的心里话，涂筱柠不由得重新审视她，没想到她还是个挺有思想的小姑娘。

赵方刚喊了一声，才懒得理这些少女情怀，看涂筱柠没事甩甩手就走了。

"你们这些小臭孩儿的世界我这个老姐姐不懂，以后别吓人行不行？"饶静拿笔敲她的头。

"对不起，我就是，就是太激动了。"涂筱柠低声道，她的青春啊，那就是她的青春。

任亭亭却拍拍她的肩："小涂姐，没关系，他们不理解你我支持你，勇敢去追吧，圆梦青春。"

她的话让涂筱柠很感动："谢谢亭亭。"

任亭亭对她笑笑，露出一对可爱的小酒窝，涂筱柠心想：多可爱懂事的女人啊，怎么就喜欢上了赵方刚那个不靠谱的？

"我从初一开始就喜欢他们，最爱主唱，已经喜欢他们十四年了。以前上学的时候穷，我把零花钱都省下来买他们的专辑和写真海报，上一次他们开演唱会时我还在上大一，那会儿一场演唱会的内场门票要一千二百元以上，再加上去 A 市的交通费和住宿费，我当时是个穷学生，一个月生活费才几百元，想问室友借钱，可她们都自顾不暇，哪儿有钱接济我，再加上赶上考英语四级，最终我没去成，那天在宿舍哭了好久。"涂筱柠忍不住跟任亭亭分享起以前的事。

任亭亭不由得惊叹道："十四年？我真佩服你能喜欢他们那么久。"

"所以这一场演唱我一定要去，纪念曾经年少的他和自己，也感谢他陪我度过了最美好纯真的少女时光，我想偶像的意义就是能给予粉丝正能量，并且跟粉丝一同成长。"涂筱柠说着，心中又抑制不住地激动起来，回想起初中那个拼命地骑着自行车冲向音像店的自己：Dirge，蔺习予，你们点亮了我的整个青春啊！愿你们归来仍是少年！

父亲已经出院了，涂筱柠下班看过婆婆后就回家去看父亲了，也发了条微信跟纪昱恒说今晚想住在娘家。

"好。"如果没什么要事，他回微信的速度总是很快的。

父亲还要在家休养一阵，这次发誓再也不喝酒了。

"不仅是喝酒，你是酸性体质，易得结石，其他方面上也要注意。"涂筱柠叮嘱道。

"知道了，知道了。"父亲满口答应。

"得谨记，可别好了伤疤忘了疼。"

"好好好。"

看了会儿微博门被敲响了，她知道是纪昱恒回来了，心想：回头要给他配把钥匙才方便。

她像在家里一样给他泡了蜂蜜水，又给他拿好换洗的衣服。他洗完澡看到涂筱柠正在玩手机。

"今天——"他刚开口就被她打断了。

"老公，我偶像要开演唱会了！下个月初在 A 市！"

他倚靠着门框，淡定的语气跟她的语气形成鲜明对比："是吗？"

涂筱柠从床上站起来，用两根食指相互戳着，有点儿向他请示的意思："是周六晚上七点开场，所以可能周五下午我要稍微早一点儿走，毕竟还得赶去机场。"

"你一个人去？"

"对啊。"她点头，"但是我怕开票的时候抢不过别人，在纠结要不要找黄牛买票。"

纪昱恒蹙眉："黄牛？为什么找黄牛？"

"因为我想要 VIP 座位啊，VIP 可以跟'男神'拥抱，直接拥抱啊！"她说到拥抱这件事两眼就放光，"可是 VIP 座位只有一百个。"

纪昱恒往床边走，边掀被子边问："几号开？"

涂筱柠报出日期。

"机票买了？"

"还没，在看。"

"敢一个人去A市？"

"敢啊，只要能见他们，去A市又算什么？"

纪昱恒坐在床上，没再作声。

涂筱柠也躺回床上继续玩手机，他倾身靠过来把她的手机没收："睡觉。"

"可我还没买机票呢。"

"我信用卡的积分可以兑换飞机票，我来订。"

"那我酒店也没订。"

"场馆在哪里？"

"国家会展中心。"

"知道了，我来安排。"

涂筱柠心里一阵感动，凑过去抱抱他的腰："谢谢老公。"

"谢什么？"

"谢谢你支持我。"

其实刚刚她还挺忐忑的，以为他会觉得她幼稚。

"那不是你的梦想吗？"他的声音清晰地传入她的耳中，让涂筱柠又忍不住朝他靠了靠，他的手顺势落在她的头发上。

"人生能有几个梦想？有梦就去追吧，不要留下遗憾。"

他温柔的语气和态度让她眼角湿润，他总是对她那么好，好到她会恍惚。可是他说过她是他的老婆，所以才对她好，不是因为别的，是不可分割的夫妻关系让他做出这些，丈夫对妻子好是理所当然的。可他不知道他每对她好一次，她的心就更偏向他一分，无论是在工作上还是在生活中，她都爱他爱得无可救药。

其实她还没一个人出过远门，尤其是去A市。她明明是想让他陪她一起去的，可是话到了嘴边又不敢开口了，他那么忙又怎么会有多余的时间和精力？他能支持她去看演唱会她就很知足了，又怎能奢望他抽出时间跟她去做在别人看来又傻又不能理解的事？他是纪昱恒，时间对他来说异常宝贵。

她紧靠着他，轻声问："老公，那你的梦想是什么？"

他没有回答，只拉过被子躺下："以后再告诉你，不早了，睡吧。"

涂筱柠怅然，有点儿难过于他连梦想都不愿意跟她分享。她躺回自己的位置，心中的酸楚一点儿一点儿地往上冒，他跟她还是有距离的。

可是，他刚刚说的是她曾经的梦想，她现在的梦想是他啊。

涂筱柠又做了一夜的梦，梦里全是他，他站在她跟前神色不悦地说："涂筱柠，我跟蔺习予，你选谁？"

他转身要走,她害怕地冲过去抱住他:"你是不是不喜欢我这样?你不喜欢的事我都不做了,可是你别走,别走,昱恒。"

"别走,别走。"涂筱柠猛地睁开眼,发现只是做了一场梦,可是这场梦真实得让她浑身冒冷汗,她立刻转头寻他,他还安静地躺在她身侧,睡得正沉。

她舒了口气,想伸手触摸他,可始终没有将手落下去。她叹了口气,拿起床头柜上的手机看看时间,才凌晨四点半。看了一会儿他的睡颜她才又睡着。

涂筱柠到了单位才知道今天是部门的竞标日,今天是这么重要的日子他昨晚竟还陪她回娘家。

"怎么就不让部门的人一起去呢?我还想亲眼看老大舌战群儒呢。"赵方刚深表遗憾。

许逢生纠正道:"老大是去演讲,不是去辩论。"

"有啥区别,不都是跟人竞争,一决胜负?其实还用比吗?老大一出场就高下立判。"他怡然自得地拍拍桌子,"我们哪,就坐等一人一亿的存款吧。"

正逢任亭亭去拿快递回来,把部门里的快递全拿了,让保安用小推车帮忙推上来的。

许逢生见状赶紧去帮忙,涂筱柠也跟过去,因为她买了一个挂烫机。她一眼就瞅到一个大箱子,那大小正好装她的挂烫机。她刚要伸手去拿,就听许逢生哎了一声:"居然有老大的包裹。"

赵方刚瞬间来了兴趣:"哪里?让我看看。"

他凑近一看还真是纪昱恒的包裹:"老大也会网购啊!而且收件人的名字没有用网名,就叫纪昱恒。"

赵方刚帮他把包裹捧起来:"这买的什么啊?还挺沉,电饭煲吗?"

涂筱柠马上去翻其他包裹,嘴里还在嘀咕:"咦?我买的东西呢?难道付款的时候忘了改地址寄到家里了?"

任亭亭告诉她:"小涂姐,我拿的时候没看到你的件呢。"

"啊?是吗?那可能寄到家里去了,瞧我这记性。"她收回手笑着回自己的位子,赵方刚正把东西往纪昱恒的办公室里搬。

她又暗自松了一口气,心想:还好刚刚手没那么快,可是怎么又大意了,用家用电脑网购挂烫机的时候忘了把他的账号退出来改成她的账号了,以后这也得注意。

这两天她在做一个国内信用证的业务。企业表示 DR 报的价格比国有银行的高,希望能申请到一些优惠。涂筱柠之前就跟国际部沟通了此事,但由于各家银行有不同的定价准则,即使减免一些手续费,DR 的价格还是没有其他几家国有银行的价格优惠。她对比了几家银行的价格,最终确定 B 行的价格更划算,前几天她也询问了纪昱恒的意见,他表示可以跟 B 行合作,在给企业省一笔财务费用的同时顺便给 B 行一个顺水人情。他先跟 B 行的一个业务部门的总经理联系了一下,人家一听有业务果然开心，立刻派了客户经理对接。

挂了电话后他告诉涂筱柠："银行之间有竞争也有合作，取他人之长补己之短，今天你给他介绍客户，明天他兴许也能给你介绍客户，良性循环。"

涂筱柠点头，明白他的意思。

下午B行的客户经理就来了，涂筱柠一直跟他在微信上联系，今天是第一次和他见面，他人往拓展一部门口一站，轻轻地敲门："打扰，我找涂筱柠。"

涂筱柠一抬头，发现对方是个高个儿帅哥，赵方刚看到他就打招呼："这不是B行四大美男之一的乔穆经理乔帅吗？"

"赵帅，您过奖了。"对方也跟赵方刚打趣道。

"稀客啊，找我们小涂干吗啊？"

"合作业务。"

涂筱柠朝他招招手走过去："你好，乔经理，我就是涂筱柠，你来也没说一声，我好下去接你，我们部门挺不好找的吧？"

乔穆将视线从赵方刚的身上转到涂筱柠的身上，对她笑笑："叫我乔穆就行了。"

涂筱柠觉得他笑起来挺阳光的，也对他笑笑："证上午已经开好了，现在应该可以去国际部拿材料了，我带你过去吧。"

"好，有劳。"

"不客气。"

国际部在十楼，两个人等了一会儿电梯，乔穆就跟她聊了两句："你到DR多久了？"

"这个月刚刚第四年。"

"毕业就来了？"

"是啊。"

"那我只比你高一届。"

"是吗？"

电梯来了，涂筱柠挡了挡电梯想请他先上去，谁知道今天电梯门有些不灵敏，没感应到人的体温，门没开多久就要合上，差点儿夹着她。

"小心。"乔穆伸手拉了她一把。

涂筱柠站定后朝他道谢："谢谢。"

"不客气。"

然后他向前跨一步重新按了电梯，门再次被打开，换他去挡："还是我来吧，女士优先。"

涂筱柠捋捋头发，也没客气，就先出去了，把他领到国际部。他很认真地跟国际部的员工对接材料，对于一些细节也核对得极其认真，给人一种很专业的感觉。

趁着他在说话，有个国际部的同事小声叫涂筱柠："小涂，这是哪家银行的客户经理？"

"B 行的。"

"挺帅啊，你说你这桃花运，怎么周围都是帅哥？不说你们拓展一部的'三剑客'，随便来个合作的同行都是帅哥，我们怎么就没那好命？"

"哪里啊，凑巧而已，他正好是我的客户在 B 行的管户客户经理而已。"涂筱柠解释道。

同事又往后偷瞄一眼："DR 的员工之间不能谈恋爱，你们部门那三个你都别想了，但这个可以啊，你不是还单着吗？抓住机会啊。"

涂筱柠连忙摇手："合作关系而已，别乱说。"

同事乜斜她："我说真的，真可以考虑。"

这里还在说话，那里乔穆已经好了，重新站到涂筱柠面前："涂经理，我这里没问题了。"

"好的。"涂筱柠应着。

她又跟同事打招呼："我先下去了。"

同事笑着朝她挤挤眼，她边转身边想：看来这年头好看的男人都要保护好自己，不然什么时候被人盯上都不知道，不过，这乔穆看着确实还不错，要不介绍给凌惟依？

她越想越觉得合适，只是不知道他有没有对象，可是要怎么开口问呢？他们俩才初次见面，她直接就问人家的隐私好像不太礼貌，要不然再等等？但是后面也不一定有合作机会了，到时候再问岂不是更突兀？要不她先私下找企业的会计打听打听？乔穆是他们的管户客户经理，企业总归知道一些乔穆的大致情况。

两个人又坐上电梯，乔穆说："涂经理，我就不再去你们部门了，直接走了，明天把企业的税票给你送过来，到时候麻烦你出来拿一下。"

"好的好的，没问题，以后你叫我小涂就行了，我还比你小呢。"涂筱柠说。

乔穆笑着答应："好。"

电梯到达六楼，他又伸手帮她挡门："那明天见了，小涂。"

"嗯，明天见。"

涂筱柠最终没好意思问他有没有对象。待电梯下去，她耸耸肩，决定先跟凌惟依说一下。

她还在走廊就听到部门里大家的欢呼声，一进去就听到赵方刚在说："老大就是老大，老大出马谁与争锋！据说他人往台上一站气场就甩了其他银行的人十几条街，一开口就让他们服了。"

涂筱柠定在门口：这么说，竞标成功了？

"六个亿啊，六个亿啊，兄弟姐妹们！我们要累死累活地做多少笔政府项目，前后谈多少次利差，才能配到这么多存款！老大仅凭一张嘴就给我们搞来了，还是纯的！纯存款啊！"赵方刚激动得就差落泪了。虽然他对纪昱恒一直很有信心，可纪昱恒真竞标成功了，他还是不免感触颇深。

"要庆祝，一定要庆祝一下！"许逢生也无心工作了。

"今天行里就给老大摆庆功宴，都是上层领导，没我们的份。"赵方刚却说。

"天降六亿新增存款，年末我们部门的存款要一飞冲天了，又是妥妥的第一名，看来离纪总上任新城区支行行长一职，也就是转眼的事了。"饶静虽没站起来，但也分析得有理有据。

"必须的，新城区那边的支行大楼都装修完毕了，就等部门搬迁了，估计下个月就会宣布我们部门要搬过去的事，到时我们就要搬到支行大楼去开辟自己的一片天了。"赵方刚看到涂筱柠站在门口便招呼她进来，"小涂啊，你的春天就要来了，有了两个亿的存款，你转正有望了！"

饶静也应和道："是啊，这可不是个小数目，你都在 DR 四年了，现在存款和客户都有了，这次怎么也得给你个名分了。要是行里嫌两个亿还不够，姐姐我把我那一个亿也给你，我就不信了。"

赵方刚跟着点头："哥那一个亿也给你，先保我妹妹转正重要！"

许逢生紧随其后："小涂，我那一个亿也无所谓的，你转正要紧。"

涂筱柠的眼眶热得不行，她赶紧抬起头来朝天花板看："我，我眼里进沙子了。"

她何德何能遇到这帮同事，他们太让她感动了啊！

晚上涂筱柠跟凌惟依联系了一下，告诉她今天遇到个同业的帅哥，问她要不要考虑一下。

"要！管他帅不帅，是个男人就行！"凌惟依比她想象的要爽快。

"之前不是还说至少要能看吗？现在又降低标准了，是个男人就行？"

"反正有你帮我物色呢，对你挑男人的眼光我有信心。"凌惟依说。

涂筱柠咳了咳："你要是没问题，我明天可就帮你问人家了啊？开弓没有回头箭，到时候人家若说自己是单身并且答应了，你可得去见面，不能临阵脱逃。"

"你以为我是宿舍里那谁啊？我凌惟依是那种人吗？放心，我绝对上道！对了，月底我要去日本旅游，你有什么要买的我给你带。"凌惟依又说。

"日本？怎么突然去那儿了？"

"就去散散心吧，以前一直嚷着想看富士山呢，就去看看呗。"

"你一个人去？"

"怎么，你要陪我去吗？你年底那么忙能请到假？"

"不能。"

"那你还说？"

两个人一直聊到深夜，直到涂筱柠有点儿困了才挂断电话。她一看时间已经快十二点了,纪昱恒还没回来,可见这个庆功宴行里很重视,而他一早就知道今天会晚回来,当时就对竞标的事胜券在握了吧?他果然要么不出手,出手就必定成功。

她打算再撑一会儿,想亲口给他道贺,于是把从家里带来的大熊玩偶抱到床上,紧紧地抱住大熊玩偶就像抱着他一样,因为这是他送给她的第一份礼物,对她而言,有着很特殊的意义。

她点点大熊玩偶的眼睛和鼻子,自言自语道:"革命尚未成功,我还要很努力才能跟上他的脚步啊。"

可她撑了一会儿就撑不住睡着了,纪昱恒凌晨两点回来看到房间的灯还亮着。从前他每天回来,这座空荡荡的房子都毫无生机,总是冷冷清清的,只有他一个人;她来了之后,无论多晚都会给他留一盏灯,这座房子才终于有了家的感觉,他的父亲走后,她让他感受到了温暖。

她抱着大熊玩偶睡得香甜,他轻声地走到床头坐下,凝视了她很久,蓦然伸出手用掌心轻轻地触碰她的脸颊。

她动了一下他便停下。她又朝大熊的身上靠,睡得深沉,他替她盖好被子,然后俯身很轻地在她的眉心落下一吻。

家,这就是家。

第二天涂筱柠一醒就翻身寻他,可身旁又没有人,只有枕头上的褶皱才显示他回来过。她心中一阵怅然若失,躺到了他那一侧感受着他的余温。

她的身体的每一寸仿佛都在说想他,虽然他们每天都能见面,可只要他稍微离开一会儿她就又开始疯狂想念他了,他真是她的"毒药"啊。

她来到行里时他并不在办公室,而她的挂烫机还稳稳地放在他的办公桌旁,看来她得发条微信让他早点儿把挂烫机带回家才行。

她跟那家建材企业的财务总监对接了一会儿关于他们促销活动的合作方案的事,刚放下座机她的手机就亮了,是 B 行那个乔穆发来的微信。

风清如穆:"小涂,我来给你送材料,已经到你们行楼下了。"

高维 C 柠檬:"好,我马上下来。"

涂筱柠把门禁卡往兜里一塞,拿着手机就往外走,走到楼下却没看到他。

高维 C 柠檬:"我在工作楼大厅,你在哪里?"

风清如穆:"不好意思,我正在门口停车,你稍等一会儿。"

高维 C 柠檬:"那我出来找你。"

涂筱柠走出大楼绕到门口的停车场,果然看到了他。他朝她走来,今天没穿行服,穿的是一件黑色皮夹克,干净清爽很显嫩,一手拿着档案袋,一手捧着一杯咖啡,站定在她所在的 DR 银行的工作楼的入口处。

"你好。"他又朝她阳光地笑。

"你好。"涂筱柠点点头。

他把咖啡往她手里一送:"我刚刚看附近的星巴克出了新品,就买了一杯给你。"

涂筱柠有些不好意思:"啊,这么破费做什么?"

"哪里,我还得谢谢你把客户让给我,让我完成了一项任务指标。"

"我们没有价格优势,如果能跟同行合作给客户省下成本,他们也会开心,说到底都是为了客户。"涂筱柠说。

"是啊,都是为了客户,那就当我们因为同一个客户相识,私下请你喝一杯咖啡。"乔穆执意要把咖啡给她。

涂筱柠就给了他一个面子,接下了咖啡:"谢谢。"

他又把材料给她:"需要的材料我都按照你们国际部的要求整理好了,稍后我把国内信用证交单面函的扫描件先发给你,麻烦你先发给你们国际部看看是否符合要求,回头我再把原件寄过来。"

"好的。"涂筱柠拿过档案袋,在纠结该怎么开口问他有没有对象的事。

他却先开口了:"小涂,你有对象了吗?"

他把她的台词给抢了,她有些惊讶。

"嘀——"这时身后突然有汽车鸣笛,是有车要进来,提示行里的门卫抬起道闸杆。

他俩正好挡在门口,乔穆伸手要往后拉她,涂筱柠却已经自觉地后退。

道闸杆往上抬,有车缓缓驶入,涂筱柠一看,那不是纪昱恒的车吗?

她的思绪就跟着他的车飘了,哪里还有其他心思?

"小涂?"直到乔穆唤她。

"啊?"她回神,"你说什么?"

乔穆看着她迷茫的眼神微微一笑,涂筱柠忍不住瞥纪昱恒的车,看他正在不远处倒车才继续跟乔穆说话:"乔经理,你有对象吗?"她就这么直白地问了出来。

乔穆一愣,很快又笑了一下:"没有。"

后面有关车门的声音传来,涂筱柠又转身,看到纪昱恒已经下车了,下意识地就要挪步过去,想到乔穆还在,便说:"那个,乔经理,我还有事,回头微信联系。"

乔穆点头:"好,微信联系。"

涂筱柠抬脚就走,看到手里的咖啡又转身,看到他还在,便抬手摇摇咖啡又说了一句:"这个,谢谢了,下次还有合作机会我请你。"

乔穆依旧温和地点头。

她赶紧去追纪昱恒,可是他腿长走得快,她加快脚步总算在电梯口赶上了他。一同等电梯的还有其他同事,她气喘吁吁地站到他旁边。

纪昱恒看了她一眼。

"纪……纪总。"她唤了一声。

"嗯。"

"怎么喘成这样？做业务呢？"其他跟她比较熟的女同事问。

"是啊。"她笑笑。

女同事朝她靠靠，推了她一下："哎，刚刚跟你在行门口讲话的那个帅哥是谁？男朋友？"

"不是啊，是B行的客户经理，在合作业务。"涂筱柠赶紧否认。

同事又暧昧地撞她一下："行啊，要是没女朋友可以考虑一下。"

"合作关系，仅此而已。"

"你不要就把他介绍给我呗。"

"啊？"

同事好像是认真的，都拿出了手机："快把他微信推给我。"

涂筱柠又拒绝："不行啊。"那是她给凌惟依物色的啊，肥水不流外人田！

同事不爽："还说没私心，微信都不肯给！"

电梯来了，里面出来的人一个个都毕恭毕敬地唤着："纪总。"

纪昱恒颔首跨入电梯，涂筱柠也要上，却被那同事拦住，那同事笑着对纪昱恒说："纪总，您先上吧，我们还有点儿事。"

纪昱恒没再等她们，关上了电梯的门。

眼睁睁地看着他坐电梯上去了，涂筱柠急死了，看着同事的眼神都幽怨了几分，心里简直在咆哮。

你知不知道我为了见他一面刚刚拼了命地跑？你凭什么把我拦下来啊？

最后她直接用"乔穆不是单身"这句话把那同事打发了。

她气呼呼地回到部门，他已经坐在办公室里，她看着他，眼神不自觉就缱绻起来，心里的气也一并消散。

"小涂姐，你去买咖啡了？"任亭亭眼尖地问。

"哦，不是，人家刚刚送的，你要喝吗？给你。"涂筱柠告诉她。

"谁送的啊？"饶静好奇地问。

"就B行那个乔经理。"

"哎哟，可以啊，你们这才第二次见面他就请你喝咖啡了，是不是对你有意思啊？"

涂筱柠回到自己的位子："怎么可能？"

"怎么不可能？小涂姐，你很漂亮啊。"任亭亭说。

涂筱柠觉得任亭亭眼光不好："我吗？"

任亭亭认可地点头，又凑过来跟她说悄悄话："我觉得你比唐羽卉漂亮多了。"

这评价未免太高了，她怎么能跟行花比？她捋捋头发："谢谢你安慰姐姐，亭亭。"

"不是安慰哟，是发自肺腑的。"

"好，还是谢谢。"

"嘻嘻，不客气。"

涂筱柠知道这孩子眼光一向不好，不然怎么能看上赵方刚？不过任亭亭这么说涂筱柠还是挺开心的。

过了一会儿她的手机屏幕亮了，又是乔穆发来的微信。

风清如穆："咖啡怎么样？新品我也没喝过，不知合不合你的口味？"

涂筱柠当然不会跟他说她把咖啡转手就送了人。

高维C柠檬："挺好的，谢谢。"

风清如穆："你喜欢就好。对了，你刚刚还没回答我。"

涂筱柠已经忘了他问了什么了。

高维C柠檬："什么？"

微信聊天的对话框顶上显示"对方正在输入"。

涂筱柠等了一会儿他还没发来微信消息，性子急等不了，就直接发微信给他。

高维C柠檬："乔经理，虽然有点儿冒昧，但你介不介意我给你介绍个对象？"

他过了一会儿终于回了，居然只有一个字。

风清如穆："谁？"

涂筱柠忍不住吐槽，就打一个字那他刚刚磨磨叽叽在干什么呢？

涂筱柠开始打"我闺密"三个字。

"涂筱柠。"纪昱恒突然叫她。

"唉！"涂筱柠激动地把手机一放，就往他办公室里去了。

他正在翻她放在他办公桌上的与那家建材企业的合作方案，同时手中拿着笔在给她画需要修改的地方。

"方案我大致看了一下，有些细节要再调整一下，我已经做了标注，给你十分钟时间自己修改，一会儿我就要拿着方案去跟行长谈。"

"好的。"

他把方案递给她，涂筱柠伸手拿的时候故意将手覆在了他的手背上。她就是不要脸地想占他的便宜，末了还若无其事地说："谢谢纪总。"

他没有立刻松手，又问："你没有工号，平常绩效是怎么确认的？"

涂筱柠告诉他："我有虚拟工号。"

"那你去饶静那里登记一下，昨天竞标的一点二亿元存款确认在你的名下。"

"好的，谢谢纪总。"

"去忙吧。"他这才松手。

"好的。"她拿过了方案。

涂筱柠回到位子上时心里又甜又乐，可想到只有十分钟，还要赶紧改方案。她拿起手机看时间准备计时，发现刚刚跟乔穆的微信聊天界面还没关，他回了两条消息。

风清如穆："谁？"

风清如穆："是你吗？"

她心里顿时咯噔一下，然后看到微信聊天的对话框顶上又在提示"对方正在输入"。

下一秒他发来了消息。

风清如穆："如果是你，我答应。"

这条微信瞬间让涂筱柠呆了。这什么情况？她赶紧给人发去消息。

高维 C 柠檬："乔经理，对不起！刚刚我走开了一下，我想发的是'我闺密'。"

过了一会儿乔穆回了消息。

清风如穆："小涂，我是认真的。"

高维 C 柠檬："可我们，只见过两次面。"

他没再回了，涂筱柠只得先改方案，十分钟后正好改完，纪昱恒已经走出来了。

她站起身把新的方案打印出来交给他，他又翻阅了一下，她的手机响起了收到微信消息的提示音，她赶紧将手机调成静音模式。她再抬眸时对上了他的眼神，瞬间有点儿心虚，有种在他眼皮子底下做坏事的感觉。

他没说话，抬手看了一眼时间便拿着她的方案离去了。

涂筱柠看着他的背影怅然若失，其实不管他说什么都好，哪怕他能跟她多说一句话也好，她就是想多看看他。

她坐下后再看手机，乔穆回了消息。

清风如穆："我觉得你认真工作的样子很迷人。"

涂筱柠只想拔自己的头发，他们仅仅见了两次面他怎么就能看上她呢？她想了想，认真回复。

高维 C 柠檬："抱歉，乔经理！我有对象了，刚刚问你有没有对象也是想给我闺密介绍的，如果让你误会了，我向你道歉，对不起。"

清风如穆："是真的吗，还是只为了拒绝我？"

高维 C 柠檬："真的。"

清风如穆："小涂，今天可能是我心情最跌宕起伏的一天，你刚刚说要给我介绍对象又很久不回复，我只以为你是不好意思，所以我想那我就主动一点儿。"

高维 C 柠檬："真的很抱歉。"

清风如穆："你不用道歉，我也没搞清楚状况，不过谢谢你的好意，如果是你闺密那就算了。"

涂筱柠一时不知道还能跟他说什么，因为很尴尬。

清风如穆："希望以后还有合作的机会，你要记得你还欠我一杯咖啡。"

不过他并不是个纠结的人，说开后也很洒脱。

高维 C 柠檬："必须的。"

清风如穆:"那后会有期。"

高维C柠檬:"后会有期。"

涂筱柠松了一口气,不过这算是把凌惟侬的事弄黄了。涂筱柠挠挠头,这都叫什么事啊?

晚上涂筱柠从医院回到家里,只告诉凌惟侬对方有对象了,不能给她介绍了。关于发生的那个乌龙事件,涂筱柠不好意思也没脸提。

"无所谓啊,缘分这种东西不能强求。"

凌惟侬一副满不在乎的样子,仿佛根本没把这件事放在心上。

"我下次再给你物色个好的。"涂筱柠信誓旦旦地说。

"好。对了,你想好要我从日本给你带什么了吗?"凌惟侬问。

涂筱柠犹豫了片刻,说道:"我听说日本的劳力士手表是全球最便宜的?"

凌惟侬惊讶:"我没听错吧?你刚刚说的是劳力士手表吧?"

涂筱柠抠抠大熊玩偶的绒毛,一时不说话了。

"怎么,要买给老公?"

"嗯。"她继续戳戳大熊玩偶的鼻头。

"劳力士手表哎,涂筱柠,你一个恨不得一块钱都要存起来拿利息的人居然舍得下血本给老公买手表!我之前说什么来着?你会越来越爱他,而且爱得死去活来!"凌惟侬就像中了彩票一样兴奋。

而涂筱柠现在无法否认她的话,感觉自己真的越来越爱纪昱恒,恨不得把能给的都给他。

"他在外面应酬多,应该有块像样的手表。"赵方刚说劳力士手表是成功男人的标志,而纪昱恒也应该戴劳力士手表。

"可劳力士手表不便宜啊,姐姐。你知道光入门级别的就要几万块钱。"凌惟侬告诉她。

涂筱柠攥攥手机:"我知道,我也买不起太贵重的款式,我就想买个入门级别的。"

她最近有空就在搜有关劳力士手表的一切,也不算一窍不通了。

"你说你,以前特别抠门儿,今天说要给老公买手表,眼睛眨都不眨地就要花几万块钱,真是善变。"

"那能一样吗?一个是节省,一个是心甘情愿。"涂筱柠反驳道。

凌惟侬在那头笑:"好好好,知道你心甘情愿,看来现在对你而言老公是最重要的。"

涂筱柠在心里说:当然了,当然是他最重要了。

"那你把想买的款式发给我。"凌惟侬不跟她开玩笑了。

涂筱柠把之前存下的手表的图片发给凌惟侬:"我查了一下这款手表,它在国内的价格大概四万三，在日本买的话好像能便宜一万左右。"

"这你都了解好了？能便宜这么多呢？"

"是啊，这款手表在日本的价格一直比较低，但是据说也不大好买到，因为去买的人太多了，专柜总是缺货。"

"没事，那我到时候多跑几个专柜就是了。对了，你老公手腕的尺寸是多少？"

这个涂筱柠真不知道："回头我拿皮尺在他睡觉的时候偷偷地量一下。"

"偷偷？你还不打算告诉他？要给他一个惊喜啊？是他生日？"

"他的生日在7月份，早呢。"

"那是什么情况？"

"说了你也不懂。"

"喊。"

今天纪昱恒回来得比较早，涂筱柠刚跟凌惟依挂了电话就听到开门声，赶紧跑出去。

"回来了？"

他的手中捧着她的挂烫机，他竟然记得把挂烫机带回家。

"那天我想看看挂烫机的款式，就用了一下家里的电脑，忘了退出你的账号。"她告诉他，想去接挂烫机他没松手。

"这尺寸，赵方刚一直问我是不是电饭煲。"

"那你怎么说的？"

"我说不知道，是我表妹网购暂寄过来的。"

涂筱柠盯着他："机智啊。"

纪昱恒把挂烫机放在餐桌上准备打开，涂筱柠很有眼力见儿地给他从书房拿来小刀，他接过小刀，用小刀拆开了纸箱，开始帮她安装挂烫机。

涂筱柠还是目不转睛地看着他，随便找了个话题："那个，方案……后来行长怎么说？"

"过了，这两天就会有总行的人联系你订制存款合同。"

涂筱柠很开心："那我就多了一个大客户了？"

"这只是你打进他们公司的一个切入点，好好地保持合作关系，这家公司还值得深挖。"

"嗯嗯，我知道。"

家里又安静了，涂筱柠盯着他没话找话："你今天上午出去了？"

"去政府办点儿事。"

"哦，你把车开进行里的时候我正好站在门口，你……你当时看见我了吗？"

纪昱恒未停下手上的动作："你跟B行的客户经理？"

涂筱柠也不确定他到底是看见了，还是后来在电梯里听同事说的。

"就是之前我跟你说过的那个国内信用证的业务，客户嫌我们的议付价格高，你就帮我联系了 B 行。"

"嗯。"

"他就是 B 行跟我对接的客户经理，我看人长得还不错，本来想给凌惟依介绍给他。"

纪昱恒又从箱子里拿出一个支架，继续安装挂烫机："本来给凌惟依介绍，那后来怎么样了？"

他总是能敏锐地捕捉到话语中的关键词，涂筱柠也不打算瞒他，就把下午的乌龙事件一股脑儿地告诉他。其实她是有私心的，想看看他知道了别人对她也会有意思这件事之后会是什么反应，但是发现他好像并没有什么反应。

"这事你倒是没糊涂。"他只这么评价。

涂筱柠有些失落，心想：就算别人追她，他也不在乎，是吗？就像他现在这样只顾着闷头儿安装挂烫机，都没怎么看她。

"那当然了，哪些事不能糊涂我很清楚。"过了一会儿她说。

他终于抬眸了："哪些事？"

她咬咬唇，只说："就是不能让人误会啊。"

他又低头安装挂烫机，然后说了一句："好了。"

涂筱柠一看，挂烫机完整地展现在她的面前，她以后可以给他熨衣服了。

她伸手去碰碰："一会儿我就试着用一下。你去洗澡吗？"

他却没回答，而是走回玄关从公文包中拿出了什么东西，她看着那东西有点儿像什么券似的。

涂筱柠不明所以。他重新站在她面前，把那张纸送到她面前。

她已经摘了隐形眼镜，虽然近视度数不高但看那张纸上的小小的字还是有点儿费劲，于是抓过他的手往自己的眼睛凑了凑。

那张纸上写着"Dirge：A 市演唱会 VIP 门票，第一排一号座"。

她浑身一僵，像被定住了一样，然后看看他，再看看票。

"啊！"下一秒她就抑制不住心中的狂喜，大声尖叫起来。

"你……你……你，你怎么有的？"她小心翼翼地捧着那张票，话都说不利索了。

他松松领带："演唱会的主办方在 C 市也有分公司，之前有个饭局我正好跟他们总部的高层有过一面之缘，留下了联系方式。"

"这票是你特地帮我要的吗？"涂筱柠望着他追问道，胸口起伏着。

他在解衬衫的袖扣："他们要在 C 市启动一个项目，有融资意愿，正好最近跟我也有联系。"

涂筱柠转而低头摸摸票："哦。"

"机票和酒店都已经订好了，我跟你一起去。"耳边又有他的声音。

涂筱柠猛然抬头："一……一起吗？"

有一瞬间她有些话就要脱口而出，可他又解着另一只袖扣说。

"总行那边正好有事，需要我过去，我顺便再去参加一个大学同学的婚礼。"

涂筱柠将未说出口的话咽了下去，垂眸，用手来回摆弄着那张演唱会的门票："哦，那正好呢。"

她把票放在了餐桌上，用杯子压好票："我帮你拿好衣服了，你去洗澡吧，我有点儿困了，先睡了。"

"好。"

涂筱柠便转身，听到他去卫生间的脚步声，然后听到门被轻轻地关上的声音。

她内心失落极了。

第九章
你太过璀璨

第四季度拓展一部又以全行第一的业绩完美收官,纪昱恒仅用短短两个季度的时间就站在了 DR 的顶端,锋芒毕露。

但无论行内如何风传,他还是一如既往地低调,拓展一部的人也谨遵他的教诲,踏实做事,不参与讨论行里无关业务的任何人和事。他就像拓展一部的一个核心,在自身发展的同时带领着他们不断进步与成长。

赵方刚因为突出的业绩入围了行里新一轮的业务骨干竞聘,行内的高层也很看好他,这是他以前在江总麾下时从未有过的待遇。

他吃饭的时候感动得就差痛哭流涕了:"你们是不知道,之前因为我那笔三千万元的不良业绩,上面的领导对我的印象一直不大好,多亏了老大这小半年总带我在领导面前露脸。"

"说明老大不是个只顾着自己往上爬,不顾下属前途的人,有情有义。"许逢生也有些钦佩。

赵方刚拍拍他的肩:"你这次也要往上调级,职级调到中级客户经理的最高档,工资翻一番。"

"真的假的?"许逢生立刻放下筷子。他从 D 市分行调过来,从头开始,起初没有绩效,一直挂着个虚有其表的中级客户经理头衔,行里每月是按初级客户经理的标准发工资给他的,他想等多拉点儿客户再跟人力资源部申请上调职级,没想到纪昱恒提前帮他落实了这件事。

"废话,老大都去人力资源部给你签字了,还能有假?"

这下轮到许逢生要痛哭流涕了。

"好啊好,大家都升官发财笑眯眯。"饶静吃着菜说。

"是啊是，还没恭喜饶静姐姐晋升高级客户经理呢。"赵方刚又说。

饶静也惊讶了："这事我怎么不知道？"

行里的高级客户经理是根据工作年限和业绩考核来评定的。某人若想评上高级客户经理，要由部门的总经理亲自向分行的人力资源部递交申请，先由分行的行长面试，通过面试后再去A市的总行参加几轮面试，一旦成功，日后就可作为分行的中层储备人才来培养，晋升空间和机会都会很大。评上高级客户经理可以说是每个客户经理的奋斗目标，但总行几年才给近年来业绩突出的分行一个评这个职级的名额，稀缺的机会和层层的面试让评上这个职级难上加难，C市的分行目前也只有一个晋升高级客户经理的名额，就连整个DR的高级客户经理都屈指可数。

饶静自然是想都没想到有一天这个机会会落到自己头上。

"你当然不知道，因为名单才被总行敲定，今年C市分行的业务做得好，晋升高级客户经理的名额花落C市分行，一共送上去十个候选人，经过层层筛选，总行最后决定让你参加面试。等着吧，这两天你就要收到人力资源部的通知邮件了。"赵方刚继续说。

涂筱柠忍不住问："小赵哥，你怎么什么都知道？"

赵方刚哈哈一笑："你看，这个时候就知道平时要跟人力资源部的同事搞好关系的重要性了吧。"

饶静再也吃不下饭了："我饶静高傲了半辈子，从没向谁低头过，纪昱恒是第一个。"

"崇拜吧？"赵方刚依旧不正经。

饶静在桌下踩他，赵方刚吃痛，又看向涂筱柠："接下来就是你了，小涂。"

涂筱柠还在淡定地吃饭："我什么？"

"老大要着手安排你转正的事了。"

涂筱柠嗯了一声，心里知道一切在他的计划和安排内，包括她。

"你不激动啊？"赵方刚觉得她的反应过于冷静。

涂筱柠只笑笑："等真正尘埃落定再说吧。"

"有老大在，这事妥妥的。"

时间很快就到了涂筱柠看演唱会的前一天。

她比下班时间提前了一个小时离开，大家只当她要去见客户，也没人问。她刚把车停到家楼下，纪昱恒的电话就来了。

"我在小区门口等你。"

"来了。"

涂筱柠拖着个大行李箱走到小区门口，纪昱恒打开后备厢然后下车。

"怎么带了这个行李箱？"他接过她手中的行李问。

"不是还有你的东西吗？"

纪昱恒提起行李箱的时候觉得还有点儿分量："你带了什么？"

"我没带什么，主要是你的东西。"

"我？"

"对啊，你不是要去总行吗？我给你带了一整套行服、一双皮鞋。你去参加同学婚礼总不能穿行服去吧？我也不知道你到底要穿正式的还是休闲的，就各准备了一套。"涂筱柠边说边拉副驾驶座的门，"马上到下班高峰时段了，路上不会堵吧？"

纪昱恒放好行李后关上后备厢："现在出发还不会。"

"那我们得抓紧时间了。"

"嗯。"

又跟他一起出行了，涂筱柠心中是开心的，但又是沮丧的，因为他始终不是特地陪她去 A 市的。车在疾驰，她望着车窗外，在他看不见的地方眼神黯淡。

果然路上有点儿堵车，他们到机场的时候没有多少可以休息的时间就要登机了。两个人坐下后纪昱恒就合眼休息了，涂筱柠知道他累得很，就问空姐要了一条毛毯帮他盖好，然后拿起飞机上的杂志随便翻着。

待飞机起飞时他似乎已经熟睡，涂筱柠闭着眼，紧紧地抓住座椅扶手，跟以前一样有点儿紧张，蓦地，涂筱柠感觉手背上有温热感，一睁眼，发现是他的手覆在了她的手背上面。

她转头看他，他仍闭着眼，却将手掌滑到了她的手下，握住她的手，将她的整只手包裹在自己的掌心里。

飞机已经起飞，她的指尖感觉到他的温度，没有感觉到令她一度害怕的那种失重感。望着他的手，她动了动手指，将指尖从他的指缝插进去，然后与他的手指紧紧地交缠。

有他在，她就什么都不怕了。

她轻轻地往他那里凑近，将头靠在他的肩膀上，想安静地靠着他一会儿。他动了动，她以为自己吵到他了，就赶紧移开头，下意识地要抽走手，他却没松手。

"想睡？"他轻声地问。

涂筱柠打开座位上的小桌板，也低声地告诉他："我趴着睡就好了。"

他伸手把她拉过来："那个太硬，趴着睡不舒服。"他调整了一下坐姿，放低了自己的高度，又将她揽了过去，让她的头正好靠在他的肩膀上。

"这样舒服一些。"

"嗯。"涂筱柠点点头，就这么靠着了，他们好像很久很久没有这样亲密了。

她又忍不住往他颈间蹭蹭，他顺势低头，将下巴抵在她的头顶。

他声音温柔地哄她："睡吧。"

"嗯。"涂筱柠像个孩子似的用双手抱着他的手臂，闭上了眼睛。

下飞机后，她用名为"J夫人"的微信号在朋友圈发了一句话："我曾经害怕坐飞机，可是只要有你在，哪怕每天坐飞机我都愿意。"

他们到达 A 市时天已经很晚了，是在飞机上吃的晚饭，到了酒店她洗好澡就困得不行了，纪昱恒自下了飞机就一直在接电话，有行里的来电好像也有同学的来电。他越来越优秀，就有越来越多的处理不完的事情。

"同学的婚礼是在什么时候？"看他终于得空，她爬上床问。

他站在落地窗前转身："明晚。"

涂筱柠哦了一声，心想：婚礼的时间跟她看演唱会的时间重合了呢，不过他显然也没有要带她去参加婚礼的意思，她还挺庆幸 Dirge 这场演唱会挑了个好时间。

"明天我一早就要去总行，早饭是我叫人送上来还是你自己下去吃？"他坐到了床头。

"服务员挣钱也不容易，别麻烦人家了，我自己下去吃就好了。"

她一只脚还伸在外面，他把被子拉过去盖住她的脚："后天上午有没有什么安排？"

"我第一次来 A 市，人生地不熟的，也没什么地方去。"

"还想去 A 大吗？"

涂筱柠从被子里钻出来一些："可以去吗？"

他点头："可以。"

"想的。"

他好像笑了一下，说："睡吧。"

涂筱柠想伸手抓他的手，但最后只在被窝里动了动手，始终没有真的把手伸出来。

"你不睡吗？"她问。

他将床头柜的灯调暗："我还要准备明天去总行汇报时要用的材料，你先睡。"

涂筱柠忍不住说："你总是很忙。"

"忙过了一季度会好些。"他说着，她已经翻身背对着他了。

"那你别忙太晚，我先睡了。"

他替她掖好被子，用指尖触碰她的脖子："好。"

听着他渐远的脚步声，涂筱柠闭了闭眼，原来在巴厘岛的那段日子才是她最快乐的时光，他们可以无所顾忌地手牵手走在街头，没有人认识他们，他们不用畏惧别人的眼光，而那时的他亦是她一个人的。

怎么办，纪昱恒？你太过璀璨了，我要怎样才能踏进你的世界里？

第二日涂筱柠醒来时他果然已经走了。她去酒店楼下吃了早饭，然后就开始看之前加的粉丝微信群。

群里有人在呼呼大家下午早点儿去，可以见面，还有人在叫她，是之前聊得比较

406

好的几个粉丝，她们纷纷问她什么时候到。

涂筱柠查了一下导航，酒店离场馆还是有段距离的。她也不知道纪昱恒什么时候回来。

高维 C 柠檬："我不一定能早来，我还要等我老公。"

粉丝甲："什么，看演唱会还带老公？"

粉丝乙："现任陪你来看前任，他不硌硬吗？哈哈哈！"

粉丝丙："什么好老公啊，我还没和男朋友结婚，他都不肯让我来，说有他没蔺习予，有蔺习予没他，让我选一个，我果断选了蔺习予，男朋友算哪根葱？"

她赶紧回复。

高维 C 柠檬："别误会，我老公也是正好有事才跟我一起来的 A 市。"

可是根本没人信，她就这样不知不觉地和她们聊到了中午，直到纪昱恒打来电话。

"老公。"

"你吃午饭了吗？"

"到饭点了？"涂筱柠发现现在都十二点了，之前光顾着聊天了，"还没呢，你吃了吗？"

"没，我现在回来。"

"你下午不用在总行了？"

"不用。"

"那我等你回来一起去吃饭。"

"好。"

一会儿房间外面响起刷卡的声音，涂筱柠跷着双腿趴在床上在微信群里聊天，一抬头看到纪昱恒已经进来了。

他把房卡放在一边："想吃什么？"

涂筱柠从床上爬起来："就在酒店吃吧，我下午想早点儿去场馆那边。"

"不是七点开始吗？"

涂筱柠蹲在行李箱前翻衣服："粉丝们准备早点儿去见面，有几个人平常跟我聊得还不错。"

纪昱恒看着她抱着衣服和化妆袋走进卫生间，听到有手机在响，一摸发现是他的手机。

他移步到落地窗前接了电话，挂断电话的时候她的声音从卫生间里传来："你要是忙的话不用管我，我到楼下吃一口就成，然后走过去。我查了导航走路也就半个小时。"

他刚要向她走过去，手机又响了，这次是同学打来的电话。

"昱恒，晚上早点儿来啊！好久没见你了，每次聚会你都不来，同学们都想死班长你了啊！"

纪昱恒将视线停留在卫生间的方向："可能会晚一点儿，还有点儿事。"

"你真是够忙的，你们银行有没有人性，周六还不让人休息？"

"忙好再过来。"

"行吧，行吧，我们等你。"

"嗯。"

他又走到卫生间门口，她已经换好衣服涂好脸，正在抹眼影。

纪昱恒斜靠在推拉门板上，没打扰她，只是安静地看着她。

她抹好眼影又描眼线，然后夹睫毛，最后用卷发棒给头发定型。

化完妆她照照镜子，开始演练晚上的拥抱会上的拥抱，想象蔺习予就站在自己眼前。

她有点儿害羞地做了个比心的手势："蔺习予，加油！爱你哟！"

她被自己恶心到了，瞬间起了一身鸡皮疙瘩，快三十岁的人了装什么年轻。她开始收拾东西，突然感觉门口有人影，一转头，看到纪昱恒正抱着双臂斜倚着门框定睛看她。

她手一抖，差点儿把化妆品掉在地上。

"你……你不是在接电话？"

"挂了。"

"你刚刚看到什么了？"

"什么都看到了。"

涂筱柠想干脆做个鸵鸟把自己埋在沙子里算了。

"那个，我只是……"她刚要解释他的手机又响了。

他看了她一眼又去接电话了，涂筱柠叹了口气重新整理东西。

纪昱恒挂断电话，涂筱柠已经走出卫生间，问："你下午真的不用去总行了吗？"

他嗯了一声，将手机放入裤袋里，然后将手停留在裤袋里面把手机关机："下去吃饭吧。"

涂筱柠这才觉得有点儿饿了，跟他前后脚走出房间。

"你会化妆。"等电梯的时候他看着楼层提示灯开口道，也不知说的是疑问句还是陈述句，又都有点儿像。

"一直会啊，只是上了班一是没时间，二是不知道化给谁看。"

以前站大堂时她也涂个变色唇膏就上岗了，拥有了一大批中老年妇女粉丝，她们觉得小姑娘清清爽爽像学生那样才漂亮，看不惯浓妆艳抹的小姑娘。

电梯到了，两个人进去，涂筱柠心想：她从巴厘岛回来也每天化妆啊，他没发现吗？难道真跟网上说的一样，男人眼中女人化妆和不化妆的区别只有涂没涂口红？

因为用餐晚，他们吃完饭已经下午两点了，涂筱柠看到微信群里已经有人在发现面的合照了。

"你晚上几点去参加婚礼？"回到房间，涂筱柠一边整理小背包一边问他。

"我等你检票入场再去。"

涂筱柠停下了手上的动作："你……你要送我去吗？"

他在扯领带换衣服："钱丢了是小事，我怕你人丢了。"

她申辩："怎么会？"

"怎么不会？"他解开腰间的皮带并把它抽出，动作非常帅。

他把皮带往床上一甩："网友见面，你知道人家是什么身份？你说 A 市人生地不熟，就敢独身去赴约，害人之心不可有，防人之心不可无，我看你被骗了一次还没长够记性。"

涂筱柠愣了一会儿："你在担心我？"

"你说呢？"

她又不说话了。

他伸手拉她到自己身边，放缓了语气："我平时忙，很多时候顾不上你，你做事又总糊涂，万一碰上有坏心眼儿的人被卖了，我去哪里找你？"

涂筱柠看着自己落在他掌心的手，虽然知道他是在开玩笑，可心口热热的："我是糊涂可我又不傻，什么年代了，怎么可能被人卖，又不是满大街人贩子。"

"那是谁让人骗了三千块？你以为这年头人贩子死绝了？"

安静了片刻，她垂着眸，压低了声音说："被卖了就被卖了，你可以再娶个比我聪明比我好的。"

他拍她屁股，有点儿使劲："胡说八道什么？"

涂筱柠吃痛，怪他："你下手怎么没轻没重的？"

"这样你才长记性。"

"家暴。"

"什么？"

涂筱柠要溜，被他抓住，被他拦腰抱起，赶紧认错："我错了，老公。"

"错哪儿了？"

"胡说八道。"

"还有呢？"

"没了啊。"

他把她抛到床上，说："以后不要再让我担心。"

她望着他，眼睛有些潮湿。她伸手摸摸他的眉、他的眼、他的脸、他的唇，确认这些是真实存在的，心中对他的思念如海水般汹涌。她伸出双手抱住他的颈，好看的眸里都是深情。她听话地点点头，答应他："嗯。"

他俯身，她感觉吻落了下来。

他们果然出发晚了，最后还是打车去的场馆。他们出酒店的时候天下起了雨，纪昱恒只问酒店前台借到了一把伞。

她穿的外套是一件浅灰色双面羊绒大衣，鞋子是长筒马丁单靴，内衬是一件单薄的小V领乳白色针织裙。虽然她简单地裹了一圈围巾，可围巾主要起到装饰的作用，她这身穿搭在这渐冷的初冬里是典型的"要风度不要温度"的装扮。

雨好像又大了些，下车的时候她有些抖，纪昱恒拥着她走，将伞往下压着挡住迎面吹来的风，她顺势搂住他的腰，他低头看她一眼，她也在仰头看他，然后甜甜地一笑。

来的粉丝已经很多了，她们小跑着，一个个满脸亢奋，连踩到水坑都不自知，纪昱恒带着涂筱柠往边上靠了靠。

她已经能隐隐地听到馆内彩排的歌声了，正是蔺习予的声音。

涂筱柠瞬间激动了，拉纪昱恒的胳膊晃："你听！是蔺习予在唱歌，是他啊！"

纪昱恒倒是很给面子地听了一会儿，最后只说："哼哼唧唧唱的什么一句没听清。"

涂筱柠没好气地推他一下。

他们到达场馆门口的时候已经有工作人员在通知："请VIP拿着票来排队，还有二十分钟进行拥抱会。"

涂筱柠更紧地抓住纪昱恒的手，她的手比刚才更颤了："老公，我……我紧张。"

她的手有些凉，被纪昱恒握住，他嘴上却说："出息。"

"我真的感觉心脏都要跳出来了，他是我喜欢了十四年的偶像。从初一开始，我的梦想就是有生之年亲眼见他一面，哪怕不说话光是看看也好。"涂筱柠按着胸口，好像下一秒心脏真的会跳出来似的。

纪昱恒收紧指尖，用另一只手帮她整整衣服："不是马上就要见到了吗？"

涂筱柠点点头，又捋捋头发："我……我头发没乱吧？妆没花吧？"

他看着她："很好看。"

"真的吗？"

"真的。"

工作人员又在举喇叭呼喊，纪昱恒松了松手，提醒她："该去了。"

涂筱柠搓搓手，定定神，站稳。

"票呢？"纪昱恒又问。

"这儿呢。"涂筱柠把票从兜里掏出来。

"别胡乱塞，掉了有你哭的。"

"知道了，知道了。"

他拨开她肩上的碎发："去吧。"

涂筱柠刚抬脚却又止步:"那你呢?"

"我看着你进去再走。"

"我这边大概九点结束,到时候我打车回酒店。"

"我来接你。"

"我离场肯定比你同学的婚礼结束得早,你赶过来还要时间呢,多跟同学聚聚吧。"涂筱柠说着,跟他挥挥手,"那我去啦?"

他颔首:"好。"

然后她一路小跑到场馆前排队去了,纪昱恒举着伞,雨水还在有力地拍打着伞面,啪啪的声音不绝于耳。他伫立在原地,一直将视线落在她在的方向。

涂筱柠排了一会儿队,工作人员开始检票。

"来,第一排一号座的拿票往这里站!"

涂筱柠走过去,把票递给她。

工作人员接过一看,跟旁边的同事面面相觑,然后小声问:"你这票黄牛给你开价多少?"

涂筱柠始料不及:"啊?"

后面的粉丝也在议论:"第一排正中间?富婆啊!我买第二排的座位都花了五千五百块钱!"

"不是我买的,我不大清楚。"涂筱柠有些尴尬地说。

工作人员没再说话,给票盖了个章然后把票还给了她。

按照座位检完票后,工作人员又提示了一下拥抱会的入场规则。

"每人从上台到下台只有一分钟的时间,不可以多逗留,不可以递礼物甚至小字条,他们身边有保安也有三百六十度无死角的监控摄像头,行为过激者会被立刻请出场馆,也不能再参与之后的演唱会了,请大家务必保持理智!"

涂筱柠站在第一个,感觉脚都有点儿软了,从初一开始的梦啊,今日真的要实现了吗?她抬手掐了自己一下,确定不是在做梦。

只有一分钟的时间,她要对他们说些什么呢?

事实证明,她想多了。当工作人员真的领着她进入内场见到他们三个的时候,她要说的话全部被抛诸脑后,眼泪从她的眼里涌出。

涂筱柠发了一会儿呆,被工作人员催着拉上台。到了台上,她看着以前只能在电视里还有画报上看到的三个人。他们站着,仿佛从漫画中走出的俊俏男子,一如十四年前她在电视上看到他们那样。他们即使经过了岁月的洗礼,不再是翩翩少年,却依然阳光帅气。

涂筱柠瞬间泪流满面,感觉腿都不是自己的了,捂着嘴走过去。

拥抱的顺序是从左到右,先是队长,然后是负责说唱的歌手,最后是主唱蔺习予。

涂筱柠的脑子里一片空白，不记得怎么抱的前面两个人，反正大脑有意识的时候，她已经站在蔺习予面前了。

闪耀的灯光下，他俊秀的脸光洁白皙，轮廓棱角分明，不再像刚出道时那般稚嫩，在时间的沉淀里变得成熟。他上扬唇角，无比真实地站在距离她不到一掌的地方，正朝她伸着双手，温润如玉。

涂筱柠泪眼婆娑，却用手背抹开眼泪，要用眼睛记住这个瞬间，牢牢地记住。她也张开双臂，然后轻柔地小心翼翼地投入了蔺习予的怀抱。这十四年间的画面如同画幕般闪现在她的脑海里，关于他的一切，那些她曾为他做过的幼稚的、好笑的、糟糕的、快乐的事……仿佛就发生在昨天。

当他将双臂轻轻地搭在她的肩膀后时，她觉得浑身的血液都加速流淌了，顷刻间将之前演练的所有话都忘得一干二净，只沙哑着嗓音说："加油。"

蔺习予鼓励般轻轻地拍拍她的背："辛苦了，谢谢。"

涂筱柠都不记得自己是怎么走下来的了，只感觉全身不是自己的了，要扶着墙才能往前走，耳边仍是蔺习予刚刚的声音。她第一个走出拥抱会场，瞬间泣不成声。

蔺习予跟她说话了，活的蔺习予跟她说话了啊！

在这一场等了十四年的演唱会上，涂筱柠仿佛回到了年少，在人群里望着显眼的他们，疯狂地呐喊。

她终于圆梦了，终于可以和十几岁的自己告别了。

"再见！少年 Dirge！再见！少女涂筱柠！再见！我的青春！"

演唱会结束，外面还在下雨，涂筱柠没有伞，在纠结怎么走。

粉丝又在微信群里发消息。

粉丝甲："@所有人，因为爱上同一群人，我们相遇即是缘分，明天又要各奔东西，天南地北。趁着演唱会刚结束大家还未散，一起在场馆里合影留念一下吧？"

其他粉丝："好！"

很快，大厅里的粉丝都聚集在一起，大家互不认识却在此刻心连心，有人也顺手把涂筱柠一拉，她站在人群边，前面有人在拍照。

"三二一！"

所有人默契地大声喊："Dirge!"

涂筱柠用名为"J夫人"的微信号在朋友圈里发了一句话："虽然青春已落幕，但我们永不散场，这大概就是偶像对于粉丝的意义。"

涂筱柠正要往外走的时候，刚刚拍照时站在她身边的女人把自己的伞撑在了她的头上。

"你没带伞吗？"她问。

"是啊。"涂筱柠点头。

"你去哪里？"

"就到场馆门口打车。"

"我也去那里，可以送你一程。"

"好啊，谢谢。"

于是两个人共用一把伞往外走，涂筱柠个子高一些，女人总是要把手伸长才能撑伞遮住她，涂筱柠弯弯身子让她的手不那么吃力。

女人笑笑，问她："你在粉丝群里吗？"

"在的。"

"网名叫什么啊？"

"高维C柠檬。"

女人顿了顿脚步："啊，就是老公陪着来看演唱会的那个？"

涂筱柠没想到自己在群里已经被贴上了这个标签，不好意思地解释道："不是，他真的是刚好过来有事。"

"谦虚啦，现在很少有支持对象干这种事的男人了。我都没敢告诉男朋友有拥抱会，不然他肯定急红眼吃醋。"

涂筱柠听着竟然还有点儿羡慕："吃醋说明爱你啊。"

"可是他们是明星啊，吃明星的醋，幼不幼稚？"

涂筱柠笑笑没再说话。

"柠柠。"前方突然有声音传来。

明明音量不大，她却在混乱的人群里一下就找到了声音的主人，那道熟悉的身影还站在送她离去的地方，仿佛从未离开。

涂筱柠猛然停住脚步，女人没有注意，还在往前走，直到觉得身边空了，才发现涂筱柠不知何时停下在淋雨，赶紧往回走要给她撑伞，却被人抢先一步。

那是个高挑儿的男人，撑着伞，揽住身边的涂筱柠，然后低头跟女人说："谢谢。"

女人张了好半天嘴才说："没……没关系。"

涂筱柠回过神来，也赶紧跟女人致谢："那个，我老公来接我了，谢谢你刚刚送我。"

女人摆摆手："没事没事，我还要赶地铁，先走了。"

"我们送你吧。"涂筱柠看她是一个人，说。

"不用不用，我有同学在这儿，她在地铁站等我。"

"哦，好，那你小心。"

女人朝她挥挥手："好的，群里再聊，拜拜。"

涂筱柠也挥挥手："好，拜拜。"

目送女人离开，涂筱柠语气惊喜地挽住纪昱恒的胳膊："你怎么真的来了？"

"婚宴也吃不了多久。"他带她往前走。

"那你不跟同学聚聚吗?"

"无非就是去唱歌喝酒,以后也有很多机会。"他看她,"你呢?开心吗?"

涂筱柠眼波流转,嫣然一笑:"开心啊。"

她收紧搂着他的双臂:"你知道吗?蔺习予还跟我说话了!"

他把伞往她那侧倾斜些:"嗯,说什么了?"

"他说,辛苦了,谢谢。"涂筱柠感觉蔺习予说的那句话现在都回响在她的耳边,"他真的,很美好。"

两个人步调慢慢变得一致,他说:"十四年,必然值得。"

涂筱柠仰头,唤他:"老公。"

他低头与她对视:"嗯?"

"谢谢你。"

"谢我什么?"

涂筱柠牵过他的手,摸他的手指:"谢谢你理解我,包容我,支持我。"

他轻轻地握住她的手:"不用谢,这是我该做的。"

雨还在下着,涂筱柠紧紧地依偎着他,身边是络绎不绝的人群,可他们就像心照不宣似的,不用过多的言语就可以读懂彼此的想法,就像顾城的诗句所说的那样:"草在结它的种子,风在摇它的叶子,我们站着,不说话,就十分美好……"

一回到酒店涂筱柠就把被淋湿的衣服脱下顺便去洗澡了,洗到一半想起来没拿睡裙,便喊:"老公,帮我拿一下睡裙,就在行李箱下一层。"

纪昱恒正在接电话,她这一嗓子瞬间让电话那头轰动了。

"老公?纪昱恒,你什么情况?"

"什么?老公?敢情你在酒店里藏着个女人啊,难怪婚宴都没吃几口就要走!"

"班长!偶像!你还会有七情六欲有女人?我以为你这辈子要上山出家了!"

同学们一人一句地在说话,纪昱恒则去行李箱前俯身找她的衣物。

"我可听见了啊!她刚刚说让你拿睡裙!"同学甲扯着嗓门儿喊。

所有同学尖叫、欢呼、起哄。

"又是老公又是睡裙又在酒店!"

"班长!怎么办?你再也不是我们心目中纯洁的'男神'了!"

纪昱恒找到了她的睡裙,边朝卫生间走边对着话筒说:"没事我就挂电话了。"

同学不肯挂电话:"别啊!我们在老地方吃烧烤!你带她来啊!我们也见见'女神'!"

"没空。"

"昱恒!你小子有了女朋友这等大事都不跟我们说一声!现在见都不让见!你还是不是兄弟?"

他站定在卫生间门口，纠正道："不是女朋友。"

"什么？"

"是老婆。"

"……"

他挂断电话将手机调成静音模式，把手机扔到身后的沙发上，然后拉开卫生间的门给涂筱柠送睡裙。

涂筱柠早上醒来看手机，才发现微信粉丝群里一共有几千条新消息，关键是有好几条是找她的。

她懒得慢慢地看完所有新消息，就看了几条找她的，一看，彻底清醒了。

粉丝H："@高维C柠檬，我亲眼所见你老公超级帅！请你老公立刻出道！"

然后群里一下子多了很多新消息，全是找她求她发老公的照片的。

涂筱柠默默地关闭群聊的界面。

纪昱恒已经不在她的身旁了，她听到卫生间里的水声，一会儿他围着浴巾从卫生间里出来了。

"醒了？"

"你醒了也不叫我。"

纪昱恒俯身从行李箱里拿出一件她给他准备的白色打底衫穿上。

"我醒得早才没叫你。"

涂筱柠在床上懒洋洋地滚了一圈，然后赶紧爬起来，他说今天要带她去A大的。

"不再睡会儿了？"他看看时间，才八点半。

"不睡了。"她去洗漱，然后拿起化妆包化了个妆。

A大是全国最高学府，神圣的A大啊，她要以最好的形象出现在他的大学里。

她准备就绪走出卫生间后，发现他正坐在写字台边对着他随身携带的笔记本电脑，用蓝牙耳机接电话。

"我们DR吃不下其他银行也不会吃得下，师兄，我对二期园区项目贷志在必得，会以银团的形式做下来。DR来当牵头行，其他银行当参贷行，大家一起玩，你们也几头不得罪。"大概感觉到她出来了，他抬眼，然后将指尖轻轻地抵在桌面上的早餐券上，示意她先下去吃早饭。

涂筱柠无声地走过去，听不到对方说了什么，只听到纪昱恒点点鼠标笑了一声。

"真要到那一步，那就公开竞标各凭本事，但是师兄，你们有那个闲工夫，我们可能早把材料做好往上报了。"

涂筱柠看他没有要挂电话的意思，便先拿了早餐券往外走。

"不，要做就做牵头行，我纪昱恒要么不玩，要么就只带别人玩，怎么玩我说了算。"

415

涂筱柠出门的时候听到他还在讲话，心想：是不是部门又要接什么政府大项目了？

只是等她吃完早饭回去，他的电话还未挂。她感觉他一忙起来就没完没了的，看看时间然后默默地坐在沙发上玩手机等他，可是直到十点了他还没忙好，也只字未提带她去 A 大的事。

她玩着手机，心里越来越失落，知道不该在这个时候有负面情绪的，可是又觉得他好像是忙忘了。

她摆弄着沙发上的抱枕，又安慰自己：他那么忙所以自己要懂事一点儿，以后总会有机会去 A 大的。他仍专注地对着电脑，她就趴在沙发上静静地看着他，过了一会儿不自觉地一笑，心想：其实只要他在，不管在哪儿都一样啊。

纪昱恒看看时间已经十点十分了，将早起最终赶出来的方案发给总行，然后挂断电话合上了电脑。

他走到沙发旁看到她已经睡着了，但她睡得不熟，听到他的声音就醒了。

"老公。"她轻声地唤。

"嗯。"他俯身抚摸她的脸，"困了？"

她摇摇头，抓过他的手："你还没吃早饭，还能去楼下吃吗？"

"不吃了，一会儿去吃中饭。"他说着把她轻轻地拉起来。

"去哪儿啊？"她不明所以。

他把她抱起来："忘了？A 大。"

涂筱柠双脚腾空，被他抱着所以比他高出了一个头，低头对上他的视线，摸着他的耳朵小声说："我以为……"

"以为我忘了？"

他将她放下，让她光裸的脚踩在自己的脚上："答应你的事，我都不会忘。"

雨过天晴，一切甚好，他带她在 A 大走着，周围的学生川流不息。

"到底是 A 大，食堂都不一样，真好吃。"吃完午饭后，涂筱柠满足得只觉得肚子快被撑爆了。

"学校大大小小的食堂一共有十二个，但大部分不对外开放，刚刚那个食堂是为数不多的对外开放的。"纪昱恒告诉她。

"十二个？那你们每天吃饭'点兵点将'啊？"涂筱柠觉得不可思议，不过 A 大确实大到令她惊讶。

"那倒也不用，一个食堂即使连吃一个月菜式都不会重样，真吃腻了就换个食堂再吃一个月。"

"你们是国之栋梁，自然伙食也比我们这些学困生的好些。"涂筱柠只能这么说，突然觉得之前带他去她的学校的大学城吃饭简直太差劲了啊。

因为A大太大，再加上时间的原因，他带她逛的地方都是有选择性的。

她紧紧地挽着他，跟他共享这难得的属于他们俩的时刻。

"刚刚去的几个地方是你们学校比较著名的参观之处吗？"又走了一会儿，涂筱柠随口问道。

"不是。"

她疑惑："那是？"

他牵着她，脚下的步伐难得慢悠悠的："这都是我曾经走过的路，现在带你走一遍。"

涂筱柠心中触动，不自觉地抓紧他，微动红唇。

"纪昱恒？"蓦地，有人在后面喊他的名字。

涂筱柠转身看到教学楼旁站着个女人。

那女人手中捧着教科书，看上去是A大的老师，可年纪又跟他们的年纪差不多，应该不是他的老师。

女人缓缓走过来："大人物，什么风把你吹回学校来了？"她边说边打量他身旁的涂筱柠，最后将视线落在他们相牵的手上。

纪昱恒开口："没什么，就带拙荆回母校看看。"

女人明显一惊，视线像在涂筱柠身上定住一样，涂筱柠被她看得很不好意思，又在想他刚刚说的生僻词是什么意思，感觉念书时在文言文里看过，可这会儿又怎么都记不起那个词的意思来了。

"这是我同系的校友，毕业后留校任职的孙老师。"纪昱恒又跟涂筱柠介绍。

涂筱柠朝她笑笑："你好，孙老师。"

"你……你好。"孙老师也笑笑。

"孙老师。"

"孙老师。"

往来的学生都在跟她打招呼，她点点头。

"你忙，我们还有事。"纪昱恒并未打算多停留。

孙老师欲言又止，最后只说："好的，再见。"

待两个人离教学楼远了一些，涂筱柠问："你们留校的多吗？"

"不多，金融系大多数人不喜欢搞学术。"

"也是，你这聪明的脑袋瓜儿，不去跟钱打交道可惜了。"涂筱柠走了两步又问，"你刚刚说的那个词是什么意思？"

"什么词？"

"就那个很生僻的词啊。"有点儿拗口，涂筱柠一时半会儿想不起来了。

他继续走着："老婆的谦称。"

她感觉一股暖流从心中滑过，收紧了抓着他的手，又盘根问底道："那词叫什么来着？"

"拙荆。"

"怎么写的？"

"'勤能补拙'的'拙','荆棘'的'荆'。"

"哦。"

哦，想起来了，拙荆，真好听。

又走了几步，她突然想到一个问题："那你同学知道你结婚了，会不会把这件事传到唐羽卉耳朵里？"

他却毫不在意："那就知道吧。"

"可是她……"她话说一半，又吞回去了。

"嗯？"他还在等她说完。

"没什么。"她想想还是不说了。

他也没再追问，涂筱柠就继续挽着他的臂膀轻轻地晃着，在他没注意的时候，开心到嘴角的笑意都要溢出来了。

A市的二日游圆满结束，短暂的二人世界又切换成忙碌的工作，他们依旧是聚少离多，涂筱柠仿佛也在慢慢地习惯。新年一季度如火如荼，科技型园区二期的银团项目贷让拓展一部的业务走上顶峰，纪昱恒真的做到了他来时的承诺，将部门存款在新年一季度开门红增长了百分之七十以上。在他用实力给行里交上漂亮的答卷的同时，行里也下发了对他的调任文件，正式宣布DR股份有限公司C市分行新城区支行行长一职由他担任。

正如赵方刚之前所说的，慢慢地，一个个计划都在实现，他们也真的从分行搬到了新的办公地点。虽然离家远了，但涂筱柠还挺喜欢这个只属于他们部门的天地，仿佛站在了一个新的起点，再也不用去听分行里那些流言蜚语了。

她转正的事纪昱恒也在着手安排，赵方刚说部门整体调升成支行是一件好事，因为部门要想壮大就需要扩充得力人手，借着这个由头正好可以向行里申请让她转正，这次是十拿九稳了。不过这件事，他不说她永远不会主动问，因为他说过他自有分寸。

搬迁至新的办公地点，他有了更大更独立的办公室，跟其他人的办公区是分隔开的。除了必要的开会和业务沟通，她连在工作中能看到他的时间都更少了。只有这个时候她才会想念曾经的小办公室，想念那个一回头就能看到他的位子。

支行正式开业后，部门就举办了一次大型聚餐活动，因为现在的团队不仅仅有他们公司条线的五个人了，还有信贷条线、营运条线、理财条线的人。正如之前行里人所言，新城区就是他纪昱恒的天下。

这算是新部门的第一次聚餐，从开始到结束都很热闹，从柜员到大堂经理，再到理财经理和对私对公客户经理，所有人都在敬他酒，恭祝他调任，也庆幸自己能归于他麾下。

围着他的人太多了，被人簇拥着的他依旧光芒四射，熠熠生辉，敬他酒的人一拨接着一拨，络绎不绝，涂筱柠根本挤不进去，只能坐在原位，远远地望着。

任亭亭的实习期已满，离开很久了，涂筱柠突然觉得如果这会儿有她在，兴许还能和她说说话。涂筱柠总是缺个能真正说话的人。

他又被围住了，她再也看不见他了，胸口闷闷的，不知该如何发泄。她收回了视线，然后漫无目的地举起手边的红酒，自斟自酌起来。

部门现在一共三十几号人，几个重要角色都坐主桌，饶静没在人群中看到涂筱柠便起身去其他桌看她，没想到她已经喝多了趴在了桌子上。

"小涂？"饶静去拍拍她。

涂筱柠迷迷糊糊地抬头看到了饶静，撒娇似的抱住了她。

"饶姐，师父。"

"你怎么回事？也不来主桌敬酒，自己却默默地喝上了，喝了几杯啊？"饶静知道涂筱柠不能喝酒，涂筱柠刚来的时候江总看她年轻有姿色又无心计便故意带她去应酬，有把她推给好色的客户任由她被占便宜的意思，那会儿她才喝了一点儿酒就吐得不行。当时她才从大堂调上来，可比现在稚嫩多了。她借酒壮胆般耿直地跟饶静说："饶姐，我不喜欢这种饭局。"

可是身在职场的女人哪个又真的喜欢这种饭局呢？明知山有虎偏向虎山行，那个时候连饶静都是步履维艰，又怎能时时保护她这个不谙世事的小徒弟？她能做的只有少让涂筱柠在酒桌上被吃豆腐，好在后来江总离职，纪昱恒来了，将那些所谓的应酬全都由部门内的男人揽下，再也不用她们女人去应酬了，一如他所说："你们只管做好营销和业务，任何公关的事情自有我来处理。"

正是因为有他，像涂筱柠这样刚踏入营销行业的女人才能继续保持纯真的初心，踏实认真地扑在工作上，不用像饶静曾经那样除了忙事业，还要工于心计地周旋于那些臭男人的酒桌应酬上。饶静看似久经沙场，应付自如，却是每次都如履薄冰，小心翼翼，其实涂筱柠比饶静要幸运。

涂筱柠好像是真的醉了，蹭着饶静嘟囔道："就喝了两杯，不对，三杯。"

饶静拍拍她："好了好了，喝点儿水好不好？"

她却抱着饶静不肯松开："不好，我想回家。"

"还没结束呢，今天是纪总，"饶静立刻改口道，"是纪行长的庆功宴，你作为从他入职就跟着的下属，怎么能先走？"饶静抚着她的头。

涂筱柠摇头，头也很沉很昏，声音越来越低："我要回家，我想回家，回家。"

然后她就拿出手机给凌惟依打电话："惟依，你能不能，能不能来接我？"

饶静看她真的喝多了，就没再管她，心想：反正现在部门人多，今天这种日子涂筱柠早点儿溜应该也没事。

凌惟依很快就来接她了，饶静不放心，送她出饭店。

涂筱柠虽然醉了但还有意识，抓着饶静的手："他们要是问起来，问起来……"

"我就说你有事先回家了。"饶静扶着她把她送上凌惟依的车。

凌惟依也下车扶她，然后跟饶静致谢。

饶静摆摆手："没事，我是她师父，今天没留意她就喝多了，你好好照顾她。"

"好的好的，谢谢了。"凌惟依点头。

上了车凌惟依就闻到涂筱柠满身的酒味："你们客户经理经常要应酬喝酒吗？"

涂筱柠摇头："不经常。"

"那倒也还好，不然你每次醉成这样回去你老公肯定不让你再干了。"

"他才不会。"

"对了，你老公呢？大晚上的你不让他来接，使唤我倒使唤得挺起劲，我本来已经上床睡觉了还特地爬起来。"

涂筱柠打了个嗝，靠在车座上："他很忙的，很忙。"

"那你们两个忙人平常能有多少时间在一起？"

初春昼夜温差大，晚上有些冷，车内比外面温度高，玻璃窗上很快有了一层薄雾，涂筱柠伸出指尖在玻璃窗上面写了三个字：纪昱恒。然后她又画了个爱心把这三个字圈起来。

她看着它们傻傻地笑了一会儿，可很快笑容就消失了。她抬手把它们擦掉了，薄雾瞬间变成了水珠随着车身疾驰而滚落到不知何处。

"没有时间在一起。"蓦地，她告诉凌惟依。

凌惟依开着车侧头看看她，发现她耷拉着脑袋已经睡着了，叹了口气没再说话。

把她送回去，凌惟依就要走。

"你再陪我一会儿。"涂筱柠却不想让她走。

"陪什么陪？一会儿你老公回来了让他陪你。"凌惟依怕她躺在沙发上冷还给她盖了条毯子。

涂筱柠又不说话了，抬手遮着眼睛挡光。

"看你老公回来怎么收拾你。"凌惟依双手叉腰边说边往外走，"我回去了啊。"

凌惟依没再听到声音，只当她睡着了，没再打扰她，换了鞋就轻轻地关上门走了。

家里一下子安静了，又只剩下她一个人。涂筱柠喝了酒，感觉胃有些痉挛，弓着身子却觉得心比胃更痛，这日复一日的夜深人静的时光，她总是一个人度过。

也不知过了多久，久到她晕晕乎乎半睡半醒间，门被打开了，他回来了。

一阵窸窣声后，他走向客厅，找到了躺在沙发上的她。

"怎么一个人喝那么多酒？"他温润的声音传入她的耳中，她睁开眼，清晰地看到了他。

她没说话，他坐了下来，抬手拂开她的乱发："很难受？"

与他忽远忽近的感觉让她瞬间鼻子一酸，心里难以遏制地冒出了负面情绪，开始止不住地流眼泪。

他皱眉："怎么了？"

她就用手挡眼睛："我刚刚……刚刚也想去敬你的，可是……可是人太多了，我挤不进去，也看不见你，总是看不见你……"她一说话就开始断断续续地抽泣。

他的手落在她的发梢上："那就不要敬了，本来也只是部门的聚会而已。"

"不是的，不是的，那是你的庆功宴，他们都敬你酒了，我却没有。"

他将她抱起来，柔声道："我又不会怪你，就为这事哭？"他去拉她的手，她却紧闭着眼睛。

眼泪还在扑簌簌地落下，她哭得很急很委屈。

"不止这个。"

"还有什么？"

"还有……还有你越优秀我就越害怕，可我好像越害怕你就越优秀。"

"害怕什么？"

"害怕你不再是我一个人的。"

纪昱恒定住了，眼神深沉。

"我就是你一个人的。"良久，他开口道。

她却摇摇头："你不是，你不是的。"

"怎么不是？"

"唐羽卉喜欢你，好多人都喜欢你，她们都惦记你。"

纪昱恒拉住她的双手，她泪眼婆娑，他就抬手替她拭泪。

"那你呢？你喜欢吗？"

她望着他，眼神因醉酒变得迷离，肯定地点头："我……我喜欢的，我喜欢，可是你的世界太高了，我很努力地爬啊爬，真的很努力了，可是我……我什么时候才能爬上去跟你站在一起？"

他扶住她颤抖的肩，将手覆在她的脸颊上，用指腹轻轻地擦去她脸上的泪珠："太累就别爬了。"

她使劲地摇头："我不爬你就被别人抢走了。"

他长叹一声，将她拥入怀里："我不会。"

她又开始呜咽起来："你会的，你不喜欢我，他们都说我们不配的。"

"他们是谁？"

"好多人，好多人，小赵哥说我就是个小孩儿，压根儿不是你的菜，还有饶静，她也说我们不是一个世界的人，你不适合我。"她就像个委屈的孩子，找到一个突破口后一下子释放着藏在心中的所有负面情绪。原来别人曾经说过的每一句话每一个字她都记忆深刻，在寂静的深夜，这些话总是折磨得她更加胆怯与自卑。

"连凌惟依都说我们不相配，是我高攀了，所有人都这么说，所有人都不会把我们联想在一起，你怎么会喜欢我？"

纪昱恒紧紧地抱着她，刚要说话她又挣脱了他的怀抱，开始找东西。

"找什么？"他问。

"我包呢？"她哭哭啼啼地找自己的包。

纪昱恒这会儿什么都由着她，便把她的包从玄关处拿过来，她的手提包很大，跟她的身高很配，只是此刻沉甸甸的，不知装了什么。

她看到包就像看到了宝贝似的，把包搂在怀里抱了一会儿，然后将两只手一起伸进去，最后捧出一个精致的绿色盒子。

纪昱恒一愣，看着她小心翼翼地打开盒子，再拿出里面的东西。

涂筱柠之前摸都没摸过这么高级的劳力士手表，只在赵方刚的手腕上看过几眼，所以连手表扣都不会解，摆弄了一会儿还是没能解开，直到纪昱恒伸手帮她解开。她又固执地将手表抢回来，然后拉过他的左手。

纪昱恒似乎明白她要做什么了，解下了原本戴在手腕上的表，又看着涂筱柠亲手把那块劳力士手表戴在了他的手腕上。

"真好看。"她擦擦表盘感叹道。

"嗯，好看。"

她仰头看看他："祝贺你调任成为行长，老公。"

他低头看她，目光灼灼："谢谢，老婆。"

涂筱柠此刻又像有点儿清醒了，不舍得再摸那块表，只在表的周围他的皮肤上轻轻地来回摩挲："你……你喜欢吗？我本来想买灰色的，因为我觉得那个颜色更适合你，可凌惟依说她跑了日本几个专柜，从东京到大阪到京都再到北海道，都没看到灰色的，只有一块蓝色的。"她惆怅地抓抓自己的头发，"我不应该图日本的便宜的，兴许国内的专柜就有灰色的了。"

他拉过她的手制止她抓自己的动作，并将她拥入怀中，放低了声音说："我喜欢，只要你送的我都喜欢。"

她便往他的怀里蹭，仍有话说："还有……还有……"

"还有什么？"

"你可不可以走慢一点儿，让我可以跟上你的脚步，不然你总是在前面头也不回，我的心会痛的。"她捂着胸口低声说，"我一个人在家，总是见不着你，这里，很痛，很痛的。"

她眼前一片模糊，看不清他的表情，只感觉他捧起了她的脸，然后落下吻，吻她的眉、她的眼睛、她的鼻子、她的红唇……

她的耳边是他低沉的声音："对不起，以后不会再让你痛了，一点儿都不会。"

涂筱柠是被渴醒的，口干舌燥，伸出手摸索，直到手中被送了一杯水，睁开眼一看，纪昱恒正站在床头给她递水。

她整个脑子还昏昏沉沉的，就像被门夹了一样，浑身也酸痛无比。她看看时间，早上六点。

"你起来晨跑？"她揉着头坐起来喝水，喝得有点儿急。

"今天不晨跑。"他看她意犹未尽，又给她倒了一杯水，她又咕嘟咕嘟地将水一饮而尽。

他问："还要吗？"

"不要了。"

纪昱恒便拿回杯子，涂筱柠怔怔地看了他一会儿，开始想昨晚的事情，但她的记忆只截止到凌惟依来接她，后面发生了什么她居然断片儿了。她以前一直以为电视剧里那种喝酒断片儿是演出来的，但没想到断片儿以后真的是一点儿记忆都没有。

纪昱恒把杯子放在床头柜上，然后在她身边坐下来，安静地看着她。

涂筱柠被他看得心虚："我昨天喝多了？"

"饶静说你一个人喝了三杯红酒。"

"三杯？"到底喝了几杯她自己确实没数，又问，"那你什么时候回来的？"

"你到家半个小时后。"

"我……我没说什么胡话吧？"断片儿这种事情很可怕，她也不知道自己的酒品怎么样，总对自己不大放心，他还没回答，她闪躲目光随便一瞟，目光停在了他的左手腕上。

她抬起他的左手，看看表再看看他："这……这是……我昨天送的？"

"嗯。"

涂筱柠顿时懊悔昨晚喝了酒，连送他礼物这种重要的事情都忘得一干二净，这可是精心计划和酝酿了好久的啊，居然断片儿了！断片儿了！他当时是什么反应？开不开心？意不意外？还是不稀罕？

啊！她为什么要喝酒啊？她错过了什么？

蓦地，他伸手抬起她的下巴让她正视他："很好看，我很喜欢。"

涂筱柠愕然："真的，喜欢吗？"

"喜欢，你送的我都喜欢。"

他温柔的声音和话语让她一度觉得不真实。

"都？"

他认真地看她，如数道来："你给我买的身体乳，给我蒸的橙子，给我煮的小米粥，给我买的挂烫机……我都喜欢。"

涂筱柠慢吞吞地说："你喜欢，就好。"

他的双手轻轻地落在了她的肩头上："因为是你送的、你做的，我才喜欢。"

她困惑地抬眼，对上他的视线，他拨弄着她长了许多的头发："既然你是一切皆有可能的体质，那为什么这个'可能'不会是我？"

时间仿佛静止了，涂筱柠连呼吸都要不会了。

他没有再给她质疑的机会："柠柠，我喜欢你，也喜欢你带给我的一切。"

她在被窝里掐了自己一下，很疼，不是在做梦，可是他说他……怎么会？

下一秒她已经被他拥入怀里："对不起，我总是没有很多时间陪你，让你一个人在家没有安全感。"

他的话让她的眼泪瞬间就像开了闸的水一样，从她的眼中涌出。

他用温暖的指腹替她拭泪："以后我不会再让你难受。"

然后他又将她收紧在双臂里，在她耳边说："对不起，老婆。"

涂筱柠潸然泪下，却开始呜咽："纪昱恒，你随口一句话我都会放在心上很久很久，你不要骗我，我会信的，或者你是在骗我，也不要让我知道。"

她抹眼泪："可是你说过，你去A市是要去总行办事，要去参加同学的婚礼，不是特地陪我去的；我的演唱会门票也是主办方有融资需要有求于你，所以你顺便帮我要了一张；还有在巴厘岛，你说你对我好只是因为我是你老婆。"

她又哭得泣不成声，总觉得刚刚的一切是虚幻的："你总是一会儿离我近，一会儿离我远，我不知道哪个才是真实的你。你太聪明了，做事，跟人交际，我根本难以捉摸。像我这样的人，饶静都早早地看出来我对你的心思，你又怎么会看不出？你每次只要随便哄我一下，我就会开心得像傻了一样，你拿捏我，总是一拿捏一个准。"

当亲口讲出这些事实时，她疼得钻心，却还在自揭伤疤："因为妈喜欢我，你才会答应跟我领证，我听话又不麻烦，对你来说比唐羽卉那种女人要好掌控许多，适合当老婆。"

他沉默片刻，然后扳过她的肩，语气比刚才重："什么叫对我来说你比唐羽卉那种女人好掌控，适合当老婆？"

涂筱柠又不说话了，只能听到她难受的、委屈的、仿佛停不下来的抽泣声。

他也闭口不言了，给她时间去宣泄。过了很久，她慢慢地平缓了呼吸，他拿过床头柜上的纸巾轻轻地给她擦眼泪："早知道你是这样想的，我当初不应该答应你跟你冲动领证。"

她用泪眼瞧他，仿佛他证实了她刚才所说的话："你后悔了？"

"是，我后悔了。"他没有否认。

他的话让涂筱柠的心跟身体都颤了起来却又很快被他扶住。

"我不应该贸然答应你跟你领证，应该慢慢来，继续追你。"他伸手把她身后的那只大熊玩偶揪了过来，再拍拍它的脑袋，"若不是看你在婚宴上被人抢了玩具失落半天，我怎么会闲到去参加那种无聊的游戏，可没想到第二名就是你，赢也不是真的要赢你，只是想亲手把它送给你而已。"

涂筱柠错愕。

"是，我做人做事会用手段，可我真要有什么其他心思还用等到跟你相亲？"她裹在身上的被子因为刚才的动静险些滑落，被他敏捷地拉起，"你说的那些是事实但不完全是，去A市确实是总行有事，可即使没事我也会陪你去的，你从未独自出过远门，我怎么放心你一个人去？去总行只是凑巧，陪你才是真的，我急急忙忙地赶回来是不是说让你别让我担心了？同学的婚礼我本无计划去，我说的是顺便参加，因为陪你才顺便，怕你淋雨没吃几口就离场去接你。说到票，没错，主办方有融资需求，所以我要一张票不是难事，可那么多座位他凭什么还没和我展开合作就给我第一排一号座？你真当他们大方到有钱不赚的地步？我总想着那是你心心念念地喜欢了十四年的偶像，既然要见就让你坐最好的位子，让你一次看个够，就连你要拥抱那蔺什么，我心有不甘也让你去抱，省得以后你老念叨，你真以为他是明星我就不在意你总在我的面前提其他男人的名字了是不是？还有在巴厘岛，你问我为什么对你好，你也知道我对你好，可我看你从头到尾只记得我的不好，却把我对你的好忘得一干二净。"

他说的话比她还要长，让她一时难以消化。

"因为妈喜欢你我才跟你领证。"他重复着这句话像是在自嘲，"我生怕你会这么以为，在咱们领证前我就让你想清楚，你想了一晚上还是给我想的这个？我当时是不是说了，如果是因为妈的话，你不必放在心上？"

涂筱柠垂眸默不作声，他直接叹气道："我纪昱恒曾自诩在这世上没什么能难倒我，可涂筱柠，我对你，真的是一点儿办法都没有。"

他又轻捏她的下巴逼她抬头，再开口时语气已经变得温柔："我以为，我做的那些事，你会明白，可我忘了，你是小糊涂柠。"

她微动嘴角，想说什么又说不出来。

他直视着她，似要将她一眼望穿，然后一字一顿地说："涂筱柠，我和你领证是因为我想跟你一起生活，想跟你在一起，想每天一睁眼就能看到你，跟任何人都没有关系，即便是我的母亲。"

这些话她琢磨了很久，最后总结成一句："你对我早就……？"

他目光灼灼："我向来严谨，又怎会对婚姻大事草率？能乱我章法的只有你，因为我也是人，会有七情六欲，也会一见钟情。"

她仿佛听到大脑里轰的一声，她被吓到了，一见钟情？纪昱恒对她一见钟情？就是那次在电梯里吗？

"你怎么会？"DR比她漂亮的女生比比皆是，那天她又淋了雨像个落汤鸡似的，难道他的审美真的与众不同？

"怎么不会？我也是个正常男人。"

涂筱柠又愣了一会儿：“可我……”顿了顿，“那你怎么现在才说？”

这次他少有的目光躲闪，却被她逼得不得不说：“我做什么事都可以胜券在握，唯独对你举棋不定，尤其你那么前男友三番五次地冒出来，又是送花又是跟你站马路，我哪怕再好也总比他晚了几年才出现。”

涂筱柠恍惚了一会儿竟破涕为笑：“你吃醋？”

现在换他不说话，涂筱柠去扳他的脸：“是不是吃醋了？”

他不让她乱动：“别着凉。”

她却步步紧逼：“你答应跟我领证，是不是也怕我会跟他复合？”

"你不会。"他语气笃定。

涂筱柠心头一动，靠了过去：“嗯，我不会。”

他缓了缓气息，低首吻她的眉心：“心里舒服了？”

她点点头，又摇摇头。

他索性把她抱起来让她坐在他的腿上，大有一谈到底的意思：“还有什么今天一并说个明白。”

"你新官上任，不上班了？"她作势推他。

"我为了工作牺牲了多少陪你的时间，刚刚你寥寥数语就给我列出几大罪状，再只顾上班恐怕老婆跑了都不知道。"

涂筱柠又挥手打他，被他捉住。

"你看，到底谁家暴？就这动作你对我做了多少次了？"

她耍赖：“我才没有。”

他将她的手扣在他的胸口上，有些无可奈何：“我对他人再虚与委蛇，对你好总是真的，你怎么就分辨不出？”

"谁让你太优秀了，招蜂引蝶！"她找到机会控诉道。

他拍她：“我什么时候看别人一眼了？”

"你不看她们，她们看你了。"

"那你说要怎么办？我明天就向人力资源部申请把除你之外的女员工全部调走。"

她摇晃他一下：“神经啊，生怕别人不知道我们俩的事是吧？”

"知道就知道，我们合理合法。"他这会儿看起来倒像个任性的孩子，与平日里冷静的他极其不符。

涂筱柠拍他：“你才调任，别因小失大。”

他看着她：“于我，你才是心头最大。”

她胸口一热，在心中说了句"傻子"，与他相拥，真正感受到了他的心。

两个人就紧紧地抱着对方，像在巴厘岛那样幸福，此时这里只有他们，不一样的是，此刻他们已经向对方敞开了心扉。

她听了一会儿他的心跳声，瞥瞥床头柜上的闹钟，提醒道：“要迟到了。”

"嗯。"他却没动。

她也就没再动,又过了一会儿轻声地唤:"老公。"

"嗯?"

她凑到他耳边低语:"吾愿与君共享生活喜悦,也愿与君共赴人生无常。"

他侧首找到她的唇,吻得情真意切,而后柔声回应:"一样。"

第一个发现纪昱恒换手表的人是赵方刚。

"老大,终于换了块劳力士手表啊!"开完会他凑上去。

"嗯。"

"劳力士蚝式恒动系列宝蓝,表盘三十九毫米,入门级,还是低调了点儿。"赵方刚对这些东西果然精通,说着又笑起来,"不会是女人送的吧?"

"咚!"会议室的门被重重地拉开,唐羽卉踩着高跟鞋一脸不悦地走了出去,饶静照常翻白眼:"天天摆脸色给谁看。"

大家纷纷往外走,赵方刚没跟纪昱恒说几句纪昱恒就接电话了,赵方刚又掉头回来找她们,直接向她们宣布:"老大说第一季度大家辛苦了,他把自己的奖金拿出来这周末组织支行春游,周五出发。"

饶静和涂筱柠同时一愣。

"我们三十几号人,浩浩荡荡的,分行能同意吗?"饶静问。

"同意啊,老大以新支行团建的名义申请的,再说了,老大出马行里能不同意吗?"

"去哪儿啊?"

"周边,去楠城泡天然温泉。"赵方刚边走边坏笑,"饶姐姐,涂妹妹,到时候泳衣穿性感一点儿的。"

饶静踢他一脚:"滚。"

涂筱柠抱着笔记本低头走路,心想:去泡温泉,那不是整个支行都要欣赏到他的好身材了?她晃晃脑袋,不开心了。

晚上他一到家她就抱住他的脖子,盯着他。

"怎么了?"他低头亲她。

"为什么要去楠城泡温泉啊?"

"一是楠城比较近,适合周末出行,来回不赶时间;二是有个开旅行社的朋友在那里也开了家民宿,叫我去叫了几次,卖他个面子给他做做生意,他在旅游业混得小有名气,也有到C市来发展的打算,到时有融资需求的客户不就又多一个?"他抱着她往客厅走。

"你真是个生意人,什么都能跟工作扯到一起。"涂筱柠捏捏他的下巴。

"你小赵哥不是说了,多个朋友多条路,商场如此,干营销也是如此。"

"可是泡温泉你就要被别人看了。"她嘟着嘴帮他松领带。

纪昱恒笑笑:"谁说我要去泡了?"

"那你去干吗?"

"休息。"

涂筱柠把玩他好看的手指,依旧想不通:"老公,你到底喜欢我什么呢?"怎么就一见钟情呢?

他含混不清地答:"喜欢就喜欢了,哪儿有那么多为什么?"

她非要他说出个所以然来。

他问:"那你喜欢我什么?"

"还能有什么,我肤浅,看你帅呗。"她故意这么说。

他捏她的腰:"这事你不是初中就知道了?"

"我后知后觉行不行?初中的我还是个孩子,早恋这种东西我碰都不碰。"她又回掐他一下,"你看,我跟你相亲的时候就觉得你不谦虚,果然真不谦虚。"

他吸气,她立马看他:"弄疼你了?我明明很轻啊。"

她一凑上去就被他按住了脑袋,意识到上当就在被窝里用脚踹他:"纪昱恒!"

涂筱柠觉得被作弄了,卷着被子滚到床的一边不再理他。

他碰碰她,她就扬手甩开他的手,再碰再甩,脾气还不小。

他擒住她的双手,再用长腿禁锢住她乱动的腿,没由头地来了一句:"你早恋是没早恋,一到大学倒是尝试得够快。"

涂筱柠挣扎着:"什么呀,明明大二才谈的,怎么开始的我不是都跟你说过了。"

她又不挣扎了,不自觉地开始上扬嘴角:"怎么,又吃醋了?"

他主动松手,懒得说话。

涂筱柠乐了,又贴了上去,然后揉揉他的脸,捏捏他的鼻子:"明明就是吃醋了还不承认,这醋味都十里飘着香了。"

这次换他不理她,可他越这样她就越高兴:"所以说,谁让你成绩那么好,你要在我们大学多好啊。"

他冷哼一声:"那还能有他的事?"

涂筱柠乐得开怀:"你要是在我们学校那还不得让我们学校的那帮女生疯了,她们能直接堵得你天天出不了宿舍,你信不信?"

她又捧起他的脸:"你的意思是,你要是跟我读同一所大学,你那时候也会喜欢我?"

他拉拉被子:"一见钟情还分什么先来后到?"

她凑近吻他,两个人又亲热了一会儿才准备睡觉。

过了一会儿房间里响起窸窣声和涂筱柠的抱怨声:"你干吗老挤我?"

"我动都没动。"

"你明明就一直在动。"

"好了,你别乱扯被子。"

美好的周末从春游开始。

周五下午来了两辆大巴车,涂筱柠怕晕车就跟饶静坐在最前面,赵方刚和许逢生坐在她们附近,唐羽卉则独自坐在车尾。

"老大呢?"人差不多来全了,饶静问。

以前她跟他们私下喊纪昱恒"纪总",后来搬到新支行喊"纪行长"改不了口,就索性也喊"老大"了。

赵方刚忙着跟坐在后面的小柜员们聊天,没空搭理她,许逢生便告诉她:"老大在分行还有点儿事,让我们先走,稍后他开车去楠城。"

涂筱柠微微蹙眉,他自己开车去?从这里开车去楠城要三个小时,他岂不是会很累?

"你们俩也真是的,不知道等他一起去啊,还能帮他开开车。"饶静果然跟涂筱柠想到了一块儿。

许逢生也无奈:"我们是这么说的,老大说他不确定办事要花多长时间,还是让我们先跟大部队走,而且我跟方刚还要负责这次出行的很多事。"

许逢生看看车下没人了,便站了起来:"我去点人数了。"

饶静点头,再看赵方刚,像个甩手掌柜,跟后面的小姑娘们聊得火热,把小姑娘们逗得乐不可支。

涂筱柠听着歌很快就在车上睡着了,睡意蒙眬中听到有呕吐声,睁眼看到饶静正闷头儿捧着呕吐袋,一下子就清醒了。

"饶姐,你晕车了?"涂筱柠赶紧打开一瓶矿泉水,然后又抬手给饶静拍拍背。

"昨晚没睡好,今天又起得早,刚刚上车就有点儿头晕。"饶静吐完系好那袋子扔进脚边的垃圾桶里,然后接过涂筱柠递来的矿泉水扶着额头。

"那一会儿到了楠城你早点儿休息。"

"嗯。"

饶静吐完就好多了,闭眼开始睡觉,涂筱柠却没了睡意,拿起手机给纪昱恒发微信,问他出发了没,他很快就回复了:"还没。"

她发消息:"你自己开车小心。"

他回复:"好。"

饶静的手机也响了起来,她接电话的声音少有地温柔。

"早呢,估计才走了三分之一。嗯,知道了,你那儿怎么闹哄哄的?"她今天穿的裙子,将一双美腿交叠着,优雅地斜放着,加上现在讲话的姿态,整个人看起来少了些平常的干练，取而代之的是温婉迷人。

涂筱柠还没关微信界面，总想再跟纪昱恒说些什么，就听到饶静娇柔地问："想我了？"

涂筱柠从没见过这样的饶静，忍不住多看了她几眼，心想：这次她是遇到真爱了。不知是不是受了饶静的影响，涂筱柠看看微信，就又给纪昱恒发了一条消息："想你。"

这次他没有马上回消息，她忍不住噘嘴，等了一会儿，他还是没回复，她有些不高兴地放下手机。

纪昱恒此时正站在DR分行大楼的顶层走廊，刚从行长室里出来，得空发了几条微信就碰上来找行长签字的法律部总经理，又被截下说了会儿话，奈何对方是个话痨，一说起来就滔滔不绝。

他一只手插在裤袋里听对方说话，另一只手握着手机，直到手机又振动了一下，他低头看手机。

小糊涂柠："想你。"

他将视线定在了手机屏幕上，仿佛忘了对面还有人在跟他讲话。

对面的人见他有事也看看时间，然后哎哟一声："看我一说话就忘了要事，再不进去老大一会儿该走了。"

纪昱恒抬眸，对方已经匆忙转身往行长办公室里去了。

他捧起手机将指尖落在打字键盘上，蓦地又停下要打字的动作，退出微信界面，切换到了通话界面。

涂筱柠还在听歌，突然手机响了，一看来电显示，立刻做贼心虚地看看饶静，好在饶静还没挂电话，没空注意她。她接听电话，很小声地说："喂？"

纪昱恒似在走路，声音却很柔："到哪儿了？"

涂筱柠看看四周，看到高速公路上除了树就是车，这会儿连个道路指示牌都看不到，最后只得说："不知道。"

然后她又张望了一下四周，压低声音问："你怎么打电话来了？"

电话那头的他声音不疾不徐地说道："我也想你了。"

涂筱柠幸福得要冒泡，却只能按捺住心中的喜悦之情，低不可闻地嗯了一下。

饶静收了电话朝她看来，涂筱柠用余光感觉到饶静的视线便咳了咳："先不说了。"

"好。"

"相亲对象？"涂筱柠挂了电话后饶静又抿了一口矿泉水，问。

"嗯。"

"真谈了？"

"嗯。"

"什么时候给师父见见？"

涂筱柠歪歪头："可我还没见过师公呢。"

饶静嫌弃道："这称呼难听死了，感觉是个老头儿。"

涂筱柠笑了："那我总不能叫他师母吧？"

饶静瞟她，又整整裙子，话锋转换自然："行吧，过两天就让他请你吃饭。"

涂筱柠咧嘴："真的？"

"废话，你师父我什么时候骗过你？"看到四周的人聊天的聊天，打牌的打牌，饶静便朝涂筱柠那儿挨近了些，语气微缓，"你也老大不小了，相亲对象好的话就早点儿定下来。男人，终究要找个合适的，他喜欢你的程度不能比你喜欢他的程度来得低，这样他才会珍惜你、疼你、宠你，而不是高高在上，需要你小心翼翼，事事迁就，那种爱情或婚姻又累又卑微，终究走不长，所以老一辈常说门当户对，总是有些道理的。"

"嗯，我知道的。"涂筱柠听出饶静话里有话，知道饶静也是真心为她好才婉转地提点她。可是她现在已经知道纪昱恒的心了，而且回忆起曾经的许多细节，发现自己真的是被他捧在手心里宠溺着。他对她从来都是耐心又细致，他的一言一行和他看她时眼中的温柔，她现在细想起来发现这些并不是无迹可寻的，只是她傻乎乎地在自卑感和别人的言语中忽略了他对她的好。幸福这种东西，旁人说再多终不如自己亲身体会来得真切，而他，就是她的良人。

她又在车上睡了一会儿，醒来时已到楠城，车缓缓开上山，山上种着大片的茶树，虽然天色已暗，却也能远远瞧见那躲在百亩茶园中的简约建筑，低调又高雅。

到达民宿，大家纷纷下车拿行李。住宿这块儿是由赵方刚负责的，待大家都聚齐，他开始收身份证。

"来来来，小板凳，排排坐，两个人一间，可男男可女女可男女，性别不限自由搭配。"他举着手又开始不正经起来，被饶静踹了一脚。

他这才收起了吊儿郎当的姿态："开玩笑的，只可同性不可混合。"

"老大跟谁住？"饶静好奇地问。

"老大住单间，而且跟我们的双人房还不在一个区，老板特意给他准备了 VIP 套房。"赵方刚在数身份证。

"果然老大就是老大，我们只能标配他永远高配。"饶静拉着自己的小行李箱说道。

赵方刚仿佛把手上的身份证当牌在洗："那必须的，不是所有的牛奶都叫特仑苏，也不是所有的男人都叫纪昱恒。"

涂筱柠正在喝水，因为他这话呛了一下，心想：他果然段子张口就来。

饶静催他快点儿："饿死了，你绣花呢，数个身份证数半天。"

赵方刚抽出一张身份证："饶姐姐，今天最好对你弟弟我好点儿，不然把你的身份证照片发朋友圈。"

饶静又要踹他，被他敏捷地一躲："刚刚让让你，别来劲啊！"

饶静追他，他立刻溜进民宿里。

许逢生摇摇头，问涂筱柠："他俩以前在部门就这样？"

以前吗？涂筱柠想想，以前部门什么样？好像大家各干各的，少有交流，即使有谈笑风生也总话中带刺，气氛压抑，这样的欢乐氛围是在纪昱恒来以后才慢慢有的，在他的带领下部门人员的关系变得越来越融洽，越来越和谐，这才是一个团队该有的样子吧。

涂筱柠跟饶静住一间，她们推着行李箱到房间后发现房间的装修风格典雅，陈设精致，空间很大，还有一间阳光房，拉开窗帘就面朝茶园山野，视野开阔。

饶静一进房就懒洋洋地倒在床上："累死了，要不是还饿着我现在倒头就能睡。"

涂筱柠把行李箱放到角落里："小赵哥说晚上安排了烧烤。"

"我不管吃什么，只管什么时候能吃。看样子是要等老大来了才能开饭了，我可熬不到那时候，先吃点儿零食垫垫肚子吧。"饶静又从床上爬起来打开行李箱，居然零食就占了行李箱里的三分之一空间。饶静扔给涂筱柠一包薯片后也开了一包，然后脱鞋盘腿坐在了沙发上。

涂筱柠顿时觉得饶静可爱，心想：饶静哪里还有工作中凶巴巴的样子，果然不管外表多强大的女人，心中总是住着个少女。

"吃啊。"她看涂筱柠没动。

涂筱柠说："我留着肚子一会儿吃烧烤。"

纪昱恒说零食是垃圾食品，不让她碰来着，她戒得久了就真的没兴趣了。

"干吗？保持身材啊？怕胖了男朋友不喜欢？"饶静调侃她。

涂筱柠没说话，饶静权当默认："小样儿。"

涂筱柠安静地坐在床上玩着手机，担心他独自开车过来，想发微信问问他又怕分散他的注意力不安全。他迟迟不到，她心里总是七上八下的，直到赵方刚来敲门："出来下饭了，老大来了！"

涂筱柠是从床上弹起来的，好在饶静在骂骂咧咧地穿鞋吐槽："这个赵方刚，会不会说话！又不是猪，什么下不下饭的！"

饶静穿好鞋发现涂筱柠已经把门打开了，只当她饿狠了，还笑："让你吃点儿零食垫垫肚子，偏不吃，一会儿可别像饿死鬼投胎，吃到消化不良啊。"

涂筱柠迫不及待地想见纪昱恒，可饶静还迟迟没出来，涂筱柠不免心急："饶姐，你好了没？"

"好了好了，我系个鞋带就要饿死你啦？"

饶静磨磨蹭蹭终于过来，涂筱柠拉她就要走，饶静反拉住涂筱柠："哎哎哎！房卡！"

432

涂筱柠又折回去拿房卡，饶静还在说她："慌慌张张的，又不会少了你那口！"

她们来到露天的后院，烧烤台已经生起了火，男同事们一个个撸起袖子烤肉。

人群里涂筱柠一眼就望到纪昱恒，他没穿平日里笔挺的西装，穿着白灰渐变的牛仔夹克内搭纪梵希黑色 T 恤、直筒的藏青色休闲裤和一双男士老爹鞋。

他拿着一瓶罐装啤酒，将啤酒举到下巴高度，用左臂略显随意地横托着右肘，正跟赵方刚他们站在湖边时而说话时而饮酌。

微风习习，吹拂水面，撩动了他的发丝，也吹乱了她的心。

他身后的年轻小柜员在惊呼他很帅。也许是听到动静，他侧身回眸，一眼看到她。

她今天穿的是淡蓝色针织短袖、浅色蛋糕长裙和黑色高帮帆布鞋，休闲又不乏知性。

他们的视线交会片刻又各自移开，她跟饶静走到一个烤炉旁，许逢生看到她们来了给她们递来几串烤鸡翅。

"我刚烤的，现在正好吃，还刷了蜂蜜。"

涂筱柠闻到香味就要流口水了："谢谢逢生哥，你真是全能型好男人啊。"

饶静接过尝了一口："哎哟，不错哟。"

然后她拍拍许逢生："一看以后就是好老公。小许啊，你以后还是别跟小赵一块儿玩了，我怕他带坏你。"

这边说曹操，曹操就到，赵方刚在远处喊："小涂！拿几串鸡翅过来给哥哥们吃吃！"

"噢！"涂筱柠应着就真去拿了几串烤好的鸡翅。

赵方刚抖着腿去摸口袋里的打火机，蓦然抬眸："老大，咋了？"

纪昱恒刚刚看他的眼神竟让他冷不了后背一凉，不过应该是风大的缘故。

纪昱恒抿了一口酒："要抽烟也忍着，照顾一下女同事。"

赵方刚才叼了一支烟，立刻把烟拿下来："哦。"

不一会儿涂筱柠拿着鸡翅来了："小赵哥。"

"乖小涂，就你最好了。"赵方刚搓搓手也有点儿馋了，想着尊卑有序，就往旁边让出一步，"来，老大先尝尝刚出炉的鸡翅。"

涂筱柠站定在男人堆里，还想给他挑两串好的鸡翅，他已经伸过手来，触碰到她的手，然后抽出一串鸡翅。

他拿了其他人才敢拿，然后一个个有些狼吞虎咽，只有他稍稍咬了两口。

"不错啊，再拿点儿过来。"赵方刚吃完还不知足，又使唤涂筱柠。

"哦，好。"涂筱柠也挺乐在其中，马上往回跑。

赵方刚把吃完的竹签投进身后的垃圾桶里，刚要捧起啤酒喝就听到纪昱恒说："自己没手没脚？"

涂筱柠前脚刚到烤炉，赵方刚后脚就来了。

她吃惊："哎？你怎么跟来了，小赵哥？"

赵方刚边搜寻着食物边说："因为你是'部宠'呗，小涂涂。行了，你别跑了，我来拿。"

涂筱柠不明所以，饶静已经凑上来了，问赵方刚："公主呢？"

人群里并无唐羽卉的身影。

"她说烧烤不健康，就不吃了。"赵方刚说。

"哎哟喂，这不吃那也不吃的，还真是个公主，也是，烧烤这种东西只有咱们这些老百姓吃得下口。"饶静嘲讽着然后咬了一口刚拿的鸡心，谁知一吃就吐了。

赵方刚瞅瞅她："咋回事啊，小老姐儿，前脚刚说别人后脚你就给我吐了？"

饶静拧开一瓶矿泉水："是没烤熟还是不新鲜，一股腥味？"

"不会吧？我尝尝。"许逢生还在烤着，拿了一串鸡心吃了一口，"挺好的啊，是不是你那串有问题？再换一串。"

许逢生又给她挑了串烤的时间长点儿的，饶静重新接过，只是一闻还是觉得腥，转手就扔给涂筱柠："不行不行，吃不了。"

涂筱柠也咬了一口，确实挺好吃的啊，哪儿有什么腥味？

火炭烧了好一会儿了，开始干得冒起更多的烟，饶静被迎面扑来的烟熏得没了胃口，站了一会儿开始哈欠连天。

"我不吃了，先回去睡觉了。"她实在撑不住了，拍拍手要走。

"不是吧，姐姐，这九点都没到，你跟我说你要睡觉？你以前可是 DR 熬夜女王啊。"赵方刚拽她。

涂筱柠看饶静真的挺疲惫，便帮腔道："饶姐昨晚没睡好，今天坐车还晕车了。"

赵方刚挑眉："不是吧，这还是饶静姐姐吗？"

饶静懒得再搭理他，又打了个哈欠："真走了，一会儿老大问起来就说我不舒服。"

"行吧。"

她一走赵方刚就跟涂筱柠说："看吧，小老妹儿，这女人要是晚婚哪，就会像她一样内分泌失调，所以得早点儿有男人的滋润，阴阳结合调神补气，保你吃吗吗好睡吗吗香，面色红润喜洋洋。"

涂筱柠看看他："小赵哥，你刚刚说你来干吗的？"

赵方刚一拍脑袋："哎！"

他赶紧胡乱拿起一把烤串往回跑："老大！肉来了啊！"

饶静一走，涂筱柠只能跟许逢生一块儿吃吃烤烤了，一会儿站在湖边的男人们也来了，纪昱恒被围在中间走得靠前，即使年纪不是最年长的，但有稳健的脚步和沉稳的气质，即使穿着休闲服也像领着一群小弟，器宇不凡。

赵方刚又让服务员上了一箱啤酒，这次的啤酒是瓶装的，他居然会用网上很火的开酒瓶盖的方法，拿起点菜的小板子一个挥手就撬开了啤酒盖，看得一群小姑娘拍手称帅。

赵方刚把开好的啤酒一一放在桌子上，开始邀请男同事们："来吧各位，比对瓶吹。"

"太狠了。"有男同事立刻说。

"狠什么，我还没说连喝好几瓶呢。"

许逢生有点儿要溜的意思，被赵方刚揪住。

然后赵方刚扭头问一旁的女同事："来，你们说，想和谁一起泡温泉？"

大家互相看看，有点儿想说又不敢说的意思。

赵方刚说得起劲："没事，想看谁就大声说出来！"

于是就有胆大的喊："纪行长！"

女人们一下就像被点燃了躁动的心一样，一个个异口同声地应和道："纪行长！纪行长！"

赵方刚感觉自己捅了娄子，立刻摇摇手打断道："哎哎哎！领导不算不算！重新选。"

女人们失落："喊，那还有什么看头？"

其他男人一愣，然后回喊："我们不是男人吗？"

"不是！"

赵方刚只得一脸无辜地跟纪昱恒说："老大，要不你就给个面子参加一下再故意输一个？"

纪昱恒直接用异样的眼神看他，他马上去和其他男同事说话了，一时之间大家玩得欢快，好不热闹。

涂筱柠站在人堆里隔空望着纪昱恒，他也看了她一眼。

蓦地，他拿着手机走开了像是去接电话，不久涂筱柠的手机就响了，他发微信消息给她："E区B幢202室。"

涂筱柠默默地收回手机，又站了一会儿，然后跟许逢生打了声招呼："逢生哥，我吃好了，也先回去了。"

许逢生被赵方刚灌酒灌得直打嗝，肚子还在发胀，难受得很，点点头说："早点儿休息。"

"好的。"

涂筱柠看赵方刚还在胡闹就没再跟他打招呼，悄然离开，还不断地往回看看身后有没有其他先走的同事，确定没有后才掉头去了E区。

VIP套房所在区域大，房间难找，天又黑，她还有点儿看不清门牌号码。

手突然被人从后面捉住，她吓了一跳，直接落入一个人的怀抱。

"吓死我了。"她打他。

"走这么慢。"

"这里太黑了，门牌号都看不清。"她抱怨道。

他拉她往前走，她抱住他的手臂靠上去："你开车来累不累？"

"三个小时而已。"

涂筱柠心疼了："三个小时呢。"

他将她牵紧了些，脚下的步子也变得更快，涂筱柠感觉要小跑才跟得上。

他们终于到了他的房间门口，房卡一刷门一开，她还没反应过来就已经被抵在了门上，正好把门关紧。

他伸手搂住她的细腰，问："戴耳钉了？"

涂筱柠嗯了一声，问他："好看吗？你喜欢吗？"

"好看，喜欢。"

她捧着他的头亲了亲，亲完了叹息道："都是你，没事举办什么春游，夫妻俩独处却搞得像偷情似的，真憋屈。"

"现在部门壮大了，不比从前人少的时候，要把人心聚齐不易，得花点儿时间。"他的手还在她背后摩挲着。

她抚摸他的耳垂，认命了："好吧。"

两个人又抱着难舍难分地亲了一会儿，她又问："你明天真不泡温泉？"

"嗯，你带的什么样的泳衣？"他反问。

"就是去巴厘岛问凌惟依借的那套啊，我一直忘了还给她了。"

他拉下她乱捏他的脸的手："这民宿里就有卖泳衣的，明天重新买一套。"

"为什么？"

他掐她的腰："你说呢？那泳衣能在人前穿？"

"你怎么这样？"

"要么换，要么你明天别去了。"

她噘嘴："那我换就是了嘛。"她看看时间，真得走了。

"再不走就晚了。"她推他。

"时间上我比你有数。"

她拍他一下，他手才一松："你只会比烧烤喝酒那帮人早回去，不会晚。"

"你怎么知道？"

"我什么不知道？"

果然涂筱柠回去的时候听到烧烤区还有欢声笑语，赶紧往自己房间跑，进房的时候怕饶静发现，然而发现自己想多了，饶静已经睡着了，还未拿下脸上敷的面膜。

涂筱柠轻声地走过去替饶静拿掉面膜，饶静动了动然后睁眼，睡眼蒙眬，声音喑哑："回来了啊！"

"嗯。"

"都散了？"

"男人们还在喝酒。"

饶静揉揉眼睛："我怎么敷着面膜睡着了？"

涂筱柠蹲下身从行李箱里抽出睡衣："你太累了。"

饶静坐起身稍微动动筋骨："真是年纪大了，身体不如从前了，坐会儿车也能腰酸背痛。"

涂筱柠往浴室里走："我们每天对着电脑做业务，还要去营销和完成各种任务，高压力高强度，自然亚健康。"

饶静听了笑笑："可不是，我同学问我们这行会不会有人得抑郁症，我说银行别的岗位会不会得我不知道，但客户经理最不会得的就是抑郁症，因为我们哪，忙得根本没时间生病。"

涂筱柠认可："确实。"

在外人眼里他们是放款给钱的人，可事实上他们只是辛苦的营销员工，做各种繁重如山的任务，要营销和业务两头兼顾，还要小心翼翼地呵护领导们的小脾气，一个不注意就被扣积分和绩效。再加上这年头欠钱的才是大爷，有时候他们让企业还个利息都要好言好语打几通电话，人家老板要是心情不好还会来一句："利息我又不是不给，你一天到晚催什么催？"老板挂了电话依旧不给钱，非拖到网银系统关闭不能大额转账了，然后将整百万的利息五万五万地慢慢地打进来，劳神又费力，但是呢，等老板需要钱的时候又会拼命地打你的电话，恨不得二十四个小时不让你休息，派会计盯着你放款，最夸张的那次，一个企业的女财务人员拉着椅子就坐在涂筱柠的后面像监视一样寸步不离地看着，恨不得涂筱柠上厕所她也跟着，涂筱柠一走她就问："你去哪儿？我们的贷款还没放呢你瞎跑什么？"最后那个人是被饶静轰出去的。再加上业内有些服务不规范的同行被媒体渲染报道，外界对银行的印象更差，总觉得银行欺负弱势群体，欺负老百姓，社会对银行就跟对医院一样警惕，客户一个不开心就说"我要投诉你"，仿佛投诉就是逼银行的工作人员就范的工具，可哪行哪业没几个败类，金融市场的大环境就摆在那儿，银行里的规章制度也是根据上面的文件来定的，不是他们这种小员工可以随便更改的，群众因为个别人、个别现象就把一个行业一棍子打死，他们这种小员工也是有苦难言啊。

饶静又在外头感叹："所以啊，来世不进银行，更不做客户经理。"

涂筱柠也感叹："咋办？这辈子做都做了，受着吧。"

她打开花洒，饶静的声音又传来："都说人有什么高低贵贱，职业也分三六九等，都是乱说，我们都是打工的命，看人脸色吃饭，谁又比谁高贵哟。"

涂筱柠不由得感慨，饶静果然是师父，总结都比她总结得精辟到位。

第二日上午没安排活动，赵方刚说是纪昱恒特别安排让大家睡懒觉的。

大部分人睡到了十点，赵方刚来敲门："男人们再睡半个小时，女人们赶紧起来！"

敲到涂筱柠她们那间，换好衣服的饶静打开门，他差点儿没跌进来。

他开始不正经："大清早的，姐姐你这么热情？你那什么顾先生知道了不大好吧，再说小涂还在呢。"他说着还找找涂筱柠。

饶静双手环胸翻白眼："凭什么男的可以再睡半个小时，女的现在就要起来？"

"你们女的磨叽啊，要抹脸化妆换衣服搞头发，哪儿像我们男的，眼睛一睁牙一刷脸一抹，套个衣服裤子就能走了。"

他这话饶静竟无力反驳，涂筱柠打扮好从卫生间里出来了，看到赵方刚在便喊："小赵哥。"

赵方刚打量着她，吹了声口哨："小涂真是个'宝藏妹妹'，不穿行服的样子真好看。"

涂筱柠今天穿的是宽松的运动拖地裤，上身搭了一件浅紫色的短款收腰卫衣，脚上再搭一双白色球鞋，这套装扮显得她腿长腰细。

饶静就比她穿得成熟许多，但是身材很好，很有气质，师徒二人各有优点。

"赶紧下去吃早中饭，还要集合去泡温泉。"赵方刚交代着就又去喊其他人了。

饶静看看涂筱柠，发现她戴了耳钉抹了眼影，还画了眼线。

"哟，眼妆化得不错，你这化妆的本事可是越来越行了啊。"

涂筱柠顺着饶静的话说："熟能生巧嘛。"

饶静又看看她，本来她的眼睛就生得好看，她再一化眼妆衬得她的五官更加精致，就是个小美人胚子，饶静忍不住问："这眼妆好看，哪儿学的？"

"就是在网上看美妆博主的视频自学了一下，叫桃花妆，不过我化得比较淡。"

饶静来了兴趣："哪个美妆博主？推荐给我看看，不然以后化妆都跟不上你们小年轻的节奏了。"

女人一聊起来就收不住了，涂筱柠去翻微博："好啊，可多了，还有什么秋叶妆、落日妆、宿醉妆……"

饶静瞬间觉得自己落伍了，赶紧催涂筱柠："快快快，快把那什么博主推给我，我都跟你有代沟了！"

吃饭的时候涂筱柠没看到纪昱恒，赵方刚说他还在睡觉。

"不会吧？老大不像是会睡懒觉的人。"许逢生说。

"懒觉谁不会睡？他平常太忙了根本没时间睡，前段时间科创园区二期的项目把他累得够呛，隔三岔五地往政府跑，来回改了那方案不下十遍，去总行沟通了多少次，现在尘埃落定，DR 是牵头行，暂不谈这里的中间收入，就连被 DR 带着玩的其他银行都分到不少肉尝到了甜头。现在老大可不只在 DR 赫赫有名，在 C 市整个银行业都赫赫有名，最近联系他寻求合作的同行是越来越多，他现在又正式任职支行行长，几件大事同时落地，可不得好好休息一下？而且他确实得好好休息了，让他再睡会儿。"

赵方刚的话让大家都沉默了，涂筱柠更是五味杂陈，他从来只把自己轻松的那一面展现在她面前，从不跟她讲他的累、他的辛苦、他的压力，她那会儿还总跟他闹情绪，真是太不懂事了。

天然温泉就在民宿后面，走过去十分钟就到，赵方刚数着人头给大家发券："五点在民宿集合，温泉泡归泡，各位注意好时间。"

女同事们捂嘴笑，问："怎么没看到纪行长？"

赵方刚顺便提醒："老大昨天特别交代了，出门在外要低调些，别一口一个'行长'的，被人听到了影响不好，还是叫纪总吧。"

"哦哦。"大家点点头，然后改口道，"那纪总呢？"

赵方刚故意卖关子："怎么？想看老大穿泳裤泡温泉的样子？"

女同事们应和道："是啊，是啊。"

赵方刚用券扇扇风："美男哪儿能说看就看，自然是大轴子出场了，我们先去，他一会儿就到。"

等大家到了温泉，各自换好泳衣披着浴巾集合的时候，女同事们纷纷张望，并未发现纪昱恒的身影。

大家又问："纪总呢？"

赵方刚才慢悠悠地说："老大不来。"

女人们瞬间怒了："你刚刚还说他会来的！"

然后赵方刚被女人们合力推进了四十二摄氏度的高温温泉池里，没有从低温开始过渡，一下子进了高温温泉池，他差点儿被烫掉一层皮，原本白花花的身子通红一片："果然最毒妇人心啊！"

饶静笑得开心："活该，谁让你用老大当幌子，欺骗小妹妹！"

饶静拉着涂筱柠去药池区，只是刚下去泡了一会儿饶静就坐上岸了。

"怎么了？"涂筱柠问。

"不知是这药味重还是温度高，泡得人不舒服，心悸得很。"

"啊？"涂筱柠倒没什么感觉，而且她们才下来五分钟而已。

饶静捂了捂胸口不想再泡了，只坐在岸边把脚伸进去晃晃。

涂筱柠泡了一会儿浑身开始出汗，饶静站起来朝四周看看，跟涂筱柠说："小涂，你慢慢泡，我看那边有个地热房，我去石板床上躺躺蒸一蒸。"

涂筱柠也站起来："我陪你啊，饶姐。"

"不用，这儿我以前来过，大大小小五十几个温泉池呢，你第一次来好好泡泡，我今天是不大想泡了。"饶静重新裹好浴巾。

"那我一会儿去找你？"

"没事，我一会儿说不定随便逛逛，到时我们在民宿里碰头就行。"

"哦。"

"你自己也别乱跑，就在大部队附近啊，有事打电话。"

"知道了。"

饶静走了，涂筱柠顿时没了伴，再朝附近的赵方刚他们看看，看到他们仍在嬉戏打闹着，其他女同事也是成群结队的，跟涂筱柠也不大熟。

涂筱柠又在池里待了一会儿，突然萌生一个念头，然后起身裹着浴巾悄悄走了。

民宿给每个人准备了宽大的浴袍，供泡完温泉回来披，她去更衣室脱下湿漉漉的泳衣换上自己的衣服，穿上浴袍又戴上浴帽然后溜出了温泉区，做贼似的回到民宿，前台的工作人员正在打瞌睡，也没注意到她，她直奔 E 区的 VIP 区。

她按了按 B 幢 202 室的门铃，又抬手敲敲。

过了一会儿里面有脚步声传来，熟悉的声音响起："谁？"

她不说话，还堵住了猫儿眼，他停在了门后却没开门，沉声问："谁？"

她捂着嘴又捏着嗓子，唤了一声："纪总。"

里面没声音了，她忍不住笑了："是我呀。"

门锁被解开，他打开了门，似刚醒，披着睡袍正蹙眉看着她。

"瞎闹什么？"

她顽皮地跨进去："你以为是谁？"

他把门关上又锁住，问她要不要喝水，涂筱柠摇头，他从柜子里拿了一瓶，坐在沙发上一口喝掉半瓶。

蓦地，他吻了吻她的左手无名指，似随口一言："有空把钻戒买了。"

涂筱柠愣了愣，想起了什么："在 X 市的时候，我拒绝让你买钻戒，当时是不是，是不是伤到你了？"

纪昱恒握住她的手，过了一会儿说："没有。"

他越说"没有"她就越难受。她抱住他："我一直是一个缺乏安全感的人，你从小那么优秀，又那么完美，我潜意识里就觉得我们不是一个世界的人。初中的时候，那么多女生喜欢你，下课趴在走廊上看你，我觉得于你而言，仰慕者多一个不多，少一个不少。我从小就很平凡，又不是一个喜欢跟风的人，当大家都狂热去追一样的人或东西的时候，我就会觉得那是大家都喜欢的，争破头也未必会有我的份，倒不如不看不碰不想也就不会留恋，默默地守着我的一方小天地就好，所以一开始相亲遇见你，我也没觉得我们会再有交集。可我卷入部门纷争，被江总弃之如敝屣地推给'银监'调查，那时候我真的对一切绝望了，觉得当触及人利益的时候，大家都只求自保，没有人会真心帮我，可你出现了，明明你是调查人，是不可以私下提醒我这个嫌疑人的，你却冒险做了，而凭我们当时的交情你大可不必如此，我只是银行里一个微不足道的劳务派遣人员，怎么犯得上让你以身试险？那是我第一次觉得你不再那么高高在上,也是从那时起,我对你的感情变得不一样了。之后我又在医院偶遇你,看到你接到医生电话后慌不择路的样子。那是我头一回见你这样,我忍不住就跟着你走了,直到看到妈化疗的样子,你告诉我,你的世界并非高不可攀,我的心境就更加不同了。"

她又在他颈间蹭了蹭,眷恋地嗅嗅他的气息:"到后来妈情况不好,我提出了和你领证,你可能到现在都觉得我当时是冲动,其实我是在找一个嫁给你的借口,因为你早就不知不觉在我心上了。"她终于可以肆无忌惮地把这些话说出来了,心想:原来她喜欢他比她之前以为的要更早。

纪昱恒缄口不语,她就牵过并且慢慢地摩挲他的手:"昱恒,我时常庆幸你是我的领导。我曾经因为学历和复杂的人际交往觉得自己在这个社会中一文不值,在工作上空有一腔热血却不知该如何继续,迷茫且彷徨,是你教会我很多,比如,业务谈判、为人处世、勇敢争取……这些都让我慢慢地找到自己的价值和丢失已久的信心,让我仿佛变回到了学生时代那个无所顾忌、一往直前的涂筱柠。我更庆幸你是我老公,你那么好,不仅对我好也对我爸妈好。其实你从一开始就对我好,就拿相亲来说,我被柠檬汁溅了眼睛,你就悄然把自己的那份秋刀鱼换给了我;我出包间遇到人往后退步险些撞到门框,是你细心地伸手帮我挡了一下;你知道公交站台远,故意让我打伞送你去拿车,然后送我回家。你总是默默地为我做了很多。"

太多太多的细枝末节最近总是时不时地钻进涂筱柠的脑海中,他对她的疼爱与宠溺真的是填满了生活中的每个片段,可她每多回忆起一个细节就更心疼,对曾经的自己既懊恼又悔恨:"从前我只看到了你的优秀、你的光芒,却因为自卑和害怕一直逃避自己的心,止步不前,不敢轻易地靠近你,也被这些心绪蒙蔽了双眼,看不见你对我的好,只记住了你对我严厉的样子。"

她吸着鼻子,摸摸他的眉和眼睛还有嘴巴:"老公,你那么好,那么好,可以前的我既糊涂又不懂事,总是任性地跟你胡乱发脾气,闹情绪,还说一些言不由衷的话伤害你,对不起。"

她何其有幸拥有这么好的男人,可明白得太迟了。如果时光能倒流,她恨不得冲回去打醒那个总是气他的小浑蛋。

他下颌微微一动抵在她的发梢,半晌才说:"不用对不起,我不知道该怎样做才算对你好,只能做那些,可还是觉得自己还不够好,因为工作忙总是不能陪你,让你一个人在家胡思乱想,没有安全感。"

涂筱柠摇头:"金融行业复杂,银行也是个是非之地,各部门之间看似和谐,却为各自的利益在明争暗斗,营销岗之间竞争客户,前后台之间相互推诿,而你年轻优秀,越冒尖就越遭人嫉妒,我们这些虾兵蟹将平日里都忙得不可开交,离崩溃只有一步之遥,你一个人撑起一个部门,让部门由散乱不堪、人心不齐发展到如今这般规模,又费了多少精力承受了多少压力。"

她心疼地抚摩他的眉和脸："我以前总埋怨你忙，可忘了你忙的同时有多累多疲惫。"

他紧握住她的手："再累，也有你在家等我。"

他吻了吻她的眼睛和鼻尖："柠柠，以后你不需要小心翼翼，不用在意旁人的眼光，于我而言，你就是最好的，你也不用到我的世界里去，因为我已经先来到你的世界，从此我们同在一个空间，你不需要仰望我，不需要追赶我，只要按照原本的步调，我会一直陪在你身边，与你并肩前行。"

她动容、深情地凝视他："谢谢你，老公，谢谢你是我的良人。"

他也凝视她："谢谢你，老婆，让我成为你的良人。"

她仰头亲他的唇，他低头回应，这一刻他们的心走得更近。

之后，她用名为"J夫人"的微信号在朋友圈发了一句话："纪昱恒，此生有幸，你是我的良人。"

晚上用餐的时候饶静喝了一口当地有名的野生鱼头汤，又吐了："怎么这么腥？"

涂筱柠也喝了一口，觉得很鲜："还行啊，饶姐，你是不是对这里水土不服？"

饶静只吃菜："不会吧，以前我来不也挺好的？"

饶静看她还在喝又说："你也少喝点儿，这鱼汤尝起来鲜是因为放了很多味精，不知放了多少。"

"哦。"涂筱柠放下了勺子。

男人们坐一起，纪昱恒最显眼，没喝酒只喝茶，有人来敬酒也被他一一挡了回去。

"自家出游，都随意些，大家只管敞开吃敞开玩，不必拘束。"

"那纪总，这儿附近有个KTV，一会儿吃完了我们可以去吗？"有人问。

他颔首微笑："当然可以。"

女人们兴奋了："纪总！我们想听你唱歌！"

涂筱柠抿了一口饮料，心想：她都没听过他唱歌呢。

她上一次去KTV还是那次婚宴，被那个宋江流逼坐在角落里，后来借故上卫生间，出来就在走廊里遇到了纪昱恒，应该也不是凑巧吧？是不是纪昱恒早就看到那个宋江流借酒劲开始对她动手动脚，所以才会出来抽烟？所有相遇也不是偶然，纪昱恒就是故意让宋江流看到他们在一起的，当时又说了那些轻佻话，难怪后来她一直没再被骚扰，和宋江流加了微信却一次都没聊过。

往事翻开就像一本书，字里行间都是他细心镌刻留下的点点滴滴，她喝的饮料明明是酸梅汤，此刻却甜到了她的心里，她又不自觉地将目光往他那里飘了飘。

纪昱恒，都怪我又傻又笨又迟钝，现在才开始读懂你。

纪昱恒捧起茶盏，话锋一转："我们部门唱歌最拿手的是谁？"

大家的目光就齐刷刷地落在了赵方刚身上。

"听说小赵哥每年都被邀请出席各个企业的年会，作为特邀嘉宾压轴献唱？"有小姑娘眼睛放光地问。

赵方刚有点儿嘚瑟，佯装谦虚："还行吧。"

许逢生见缝插针："就没他不会唱的歌，那会儿我们刚入职，培训的时候他凭一首《十年》唱哭了教官，关键是教官是个女的，第二天好多同届女员工加他微信，其中也有这个教官。"

"后来呢？后来呢？"小姑娘们好奇起来。

赵方刚摆摆手，一副让她们别好奇的表情："没有后来，我怎么可能跟教官谈恋爱，一言不合擒拿我怎么办？"

"那小赵哥，你喜欢什么样的啊？"

"我妈那样的。"赵方刚又不正经起来，终止了大家对他的好奇心，"欢迎大家随意点歌，上到《好日子》《难忘今宵》，下到儿歌《爸爸妈妈去上班我上幼儿园》我都会唱，一会儿先给大家来一首周杰伦最近比较火的《等你放学》。"

涂筱柠又在喝饮料，差点儿喷出来。

有人纠正道："小赵哥，不是这名字啦。"

赵方刚哦了一声："《放学以后》？"

顿时大家哄笑成一团，气氛欢乐无穷。

饶静边吃菜边问涂筱柠："那首歌到底叫啥名字来着？前几天还听满大街在放呢。"

涂筱柠一本正经地告诉她："《下课之后》。"

"哦。"

吃完饭赵方刚真去附近的KTV开了个大包间，大家第一次一起唱歌，都很兴奋。

男人们女人们还是分开坐，赵方刚又点了很多啤酒，女人们点歌开唱，男人们喝酒划拳。

饶静坐了一会儿觉得吵得头晕，便跟涂筱柠说她先走。

"我先打的走，你再过会儿溜出来，不然我们俩同时消失太明显了。"饶静叮嘱她。

"噢。"

然后饶静假装上厕所走了。

涂筱柠又落单了，她朝男人堆里瞧了一眼，看到纪昱恒正坐在正中间手拿啤酒瓶和男同事们碰瓶。

说好要唱歌的赵方刚喝酒都来不及，点歌都没点。

几个柜员小姑娘倒是一直在唱歌，把最近流行的歌都唱了个遍，有个姑娘还唱了一首《学猫叫》，又做动作又唱歌的，看得男同事们直呼可爱。

涂筱柠觉得现在的小姑娘真是比她们刚进社会时放得开多了，心想：她那会儿哪儿有这个胆子在领导面前又唱又跳？

"涂筱柠！"

突然话筒声一响，涂筱柠被吓到差点儿灵魂出窍，捂着胸口一看是赵方刚拿话筒在喊她的名字。

"怎么了，小赵哥？"

她坐在最外面，离他们那边比较远，说话要用喊的。

赵方刚又用话筒问："你师父呢？"

"上厕所！"

大家捂嘴笑。

赵方刚："她不是来的时候才上了厕所？"

涂筱柠哪儿知道他竟记得，擦着汗，心想：饶姐，我对不起你。

赵方刚继续对着话筒喊："那行，小涂你替你师父唱，作为我们对公条线的女代表来高歌一曲！"

涂筱柠一愣。

大家唯恐天下不乱地开始吹口哨怂恿："小涂来一个！小涂来一个！小涂来一个！"

而纪昱恒也坐在那里默不作声。

他这个时候若出来救场就太明显了，涂筱柠知道自己是逃不过了，屏了屏气就大大方方地站了起来，不就是唱歌吗？又不掉块肉，唱就唱，谁怕谁。

她拿起话筒，直接跟在屏幕前点歌的小姑娘说："麻烦帮我点个《起风了》，谢谢。"

"哦哦。"

这下轮到赵方刚愣了愣："这歌音很高的，小涂，你确定吗？"

涂筱柠对他笑笑："不是你让我高歌一曲吗，小赵哥？"她在"高歌"两个字上加重了语气。

赵方刚竖了个大拇指："我妹子果然够厉害。"

掌声雷动，前奏已经响起，涂筱柠握着话筒，手心有些出汗。

大屏幕上的倒计时已经开始，她闭眼深吸了一口气，然后睁开眼正好卡着前奏的最后一秒启唇："这一路上走走停停，顺着少年漂流的痕迹……如今走过这世间，万般流连，翻过岁月不同侧脸……"

唱到这里的时候她的目光掠过他的位置，四目短暂相视，下一句副歌，她像得到了鼓励似的直接唱上了高音。

偌大的包间内吵闹声都停止了，仿佛只剩下她的歌声。她站得很直，左手覆在小腹上，右手认真地举着话筒注视着屏幕，五光十色的灯光交错地投射在她的身上，让她整个人仿佛被光笼罩着，衬得她光彩夺目。

一曲终了,余音缭绕,不绝于耳,大家都愣住了,过了几秒不知谁先叫了声:"好!"

然后掌声与欢呼声四起,赵方刚尤其兴奋不已:"小涂!你真是个宝藏啊,唱歌这么好听,你到底隐藏了多少技能?快都给哥哥砸过来!让我开开眼。"

"我其实不怎么来KTV,只是最近一直听这首歌,觉得歌词让我挺有感触的,今天头一回唱。"涂筱柠说着又看向其他同事,"刚刚献丑了,如若歌技不佳,大家就左耳进右耳出,一笑而过吧。"

涂筱柠说完拿起前面桌上的矿泉水,虽然没有再看纪昱恒,却也能感觉到他的目光落在自己身上很久。

许逢生还在拍手:"谦虚了啊小涂,你这唱得还叫不好听就没人唱得好听了!"

"就是就是!"其他同事应和道。

赵方刚兴奋了,又举起了话筒:"来,请给我点个《美丽的神话》,我要跟我小涂妹妹来个高音对唱。来,右边观众的掌声在哪里?"

涂筱柠差点儿没把矿泉水瓶拧爆,连连推拒:"这首歌我不会啊,小赵哥。"

赵方刚来劲了:"没事啊,我带你,再说屏幕上歌词全都有,你跟着我唱就行了。"

涂筱柠真不会唱这首歌,还在想要怎么拒绝,下一首歌先响了。

"不好意思,现在这首也是刚刚有人置顶点的,要直接切掉吗,还是你们等下一首?"已经专门负责点歌的妹子说。

赵方刚看没人出来唱,又举着话筒问:"现在谁唱啊?没人认领我切歌了啊?"

眼看前奏已经进入倒计时了,都没人应声,赵方刚才要唤那妹子,突然唐羽卉站起来了,拿着话筒直接走上了台,正对着纪昱恒站定。

她今晚穿了一套露背连衣裙,身材好得就跟个女明星似的,脸上化着与平日不符的浓妆,在灯光的照耀下妖艳无比,并不亚于饶静。

前奏已经在倒计时后开始,她的声音也随之响起:"我的世界变得奇妙,更难以言喻……"

所有人一刹那呆若木鸡,唐羽卉就跟旁若无人似的,将目光牢牢地锁在纪昱恒身上。

歌名《说爱你》还时不时地出现在大屏幕上,好像生怕众人看不见似的。好多坐在纪昱恒身边的男人都找人对视,然后知趣地自动转头,一时间包间内除了唐羽卉甜美的歌声外还有同事的表情中透露出的尴尬。

涂筱柠又喝了两口矿泉水,跟旁边的女同事说:"麻烦让一下,我去下卫生间。"

同事让开了,她便走了出去,门一关那刺耳的声音就被隔绝了,她长舒了一口气,怕再听下去就要失控了。她再能演戏也受不了一个女人在她面前对着她的老公唱情歌,还当着全部门人的面,那个女人还是他的绯闻对象。

她越想越不舒服，准备给他打电话，可摸摸口袋，发现她把手机落在包间的桌子上了，就更气了，也不知是气自己还是气唐羽卉，或气他。隔着门还有歌声隐隐地传来，她硌硬得慌，一刻也不想再待了，快快不乐地抬步往卫生间走。

KTV很大，她只顾着埋头生气了，忘了看指示牌，绕啊绕，怎么都找不到卫生间，心绪和脚步更乱，像个无头苍蝇乱撞。还在走着，她的手倏地被人抓住，她来不及反应就被人拽入了旁边一间无人的包间里，门被反手一关，包间里黑漆漆的，她吓得要惊叫出来。

"是我。"嘴被轻轻地捂住，她借着外面微弱的光看到了纪昱恒那张宛如被雕刻出来的俊脸。

她按着胸口踹他，带着哭腔说："你吓死我了。"

纪昱恒低头看她。

她故意别开脸躲开他的视线："你出来干什么？人家正跟你表白呢。"

纪昱恒抬她的下巴："我不出来，有人的醋会吃到明天。"

她嘴硬："谁吃醋了，你们俩的绯闻又不是一两天的了，她也大张旗鼓地生怕大家不知道似的，人家跳槽就是冲着你来的。"

他笑了："真没吃醋？"

"谁爱吃谁吃。"

"那我回去了。"他把手一收真的抬步要走。

涂筱柠伸手将他的腰一搂，又赖皮了："你敢。"她像胶带似的紧紧地贴在他的身上。

纪昱恒也将她抱紧，涂筱柠在他怀里嘀咕："就是受不了别人也喜欢你，还有她看你的那种志在必得的眼神，我总怕……"

"怕什么？"

她的声音很低："她对你的事业会有帮助。"

他拍她的脑袋，语气有些严肃："我下午跟你说的话你都忘了是不是？"

涂筱柠立刻又跟小猫似的在他怀里拱，声音有些委屈："老公，你别凶我，我就是……就是怪自己帮不了你什么。"

他又说："我从小到大走的每一步路都是靠自己，因为知道求人不如求己，依靠别人走的路终究走不长远，我以前没有那种心思，现在和以后更不会有。"

她点头："我知道，就是对自己有点儿没信心。"

他捧起她的脸让她直视他："你不是老嚷嚷着我好我优秀我完美？"

"对啊，你那么好，那么优秀，那么完美。"她重复道。

"那你连我都拿下了，还有什么可怕的？"

涂筱柠一愣，他这逻辑好像是这么一回事啊？

黑暗中他的眼眸清亮依旧，他的手有力地扶着她的肩。

"刚刚唱歌的时候不是挺自信的？拿出你刚刚那股狠劲，她充其量就是你的手下败将，以后不管做什么事，遇到什么人，你就只管大步地往前走，别虚，后面有我呢，就算天塌下来我也给你撑着。"

涂筱柠感动得眼睛又热了，摸摸他的脸："老公，你这么会说话的吗？会说你就多说点儿。"

他扣住她的脑袋俯身吻上，用行动代替说话。

"一支烟的时间快到了。"末了，他在她耳边道。

她不舍地踮脚亲他的唇，亲了又亲："还好明天就结束回家了，以后再也不参加什么春游了，耽误我俩交流夫妻感情。"

"小家固然重要，大家一样重要，我坐上这个位置就要负责带好整个团队。"

涂筱柠给他整整衣服："还是你格局大，所以你能成领导，我只能给你打下手。"

他抚摸她的长发："歌唱得不错，回去唱给我听听。"

涂筱柠咧嘴甜笑："就是唱给你听的，你不在我才不唱呢。"

他又吻下来："下次只唱给我听。"

"好哇。"

涂筱柠回到包间时唐羽卉自然早就唱完了，大概因为表白失败，脸色不大好看。

"我小涂妹妹回来了！来来来，继续情歌对唱！"赵方刚还念叨着对唱。

看样子是推不掉了，涂筱柠只得找话筒。

赵方刚正在给涂筱柠递话筒，纪昱恒推门而入，抬臂看表，来了一句："不早了，可以回去了。"

赵方刚看着他："啊？"他拿着话筒，给涂筱柠也不是，不给也不是。

"老大，我跟小涂这情歌对唱……？"

"那我先走，一会儿你记得买单。"

闻言，赵方刚还唱什么啊，立刻放下话筒："走走走！"

他又连赶带拉其他同事："走了走了，回去睡觉！谁不走我今天就跟谁急啊！"

第十章
心头好

第二日上午的行程是去天然竹林呼吸新鲜的氧气。

一大队人坐车来到目的地，赵方刚跟许逢生收了大家的身份证去买票。

纪昱恒又被簇拥在男人堆里。今天天热，他没穿外套，只穿了一件白色长袖T恤、针织运动长裤和一双浅色的运动鞋。

"这就是纪总上学时候的样子吧？"

"'男神'的青春啊，必定是由一个'女神'拥有的。"

"所以纪总到底有没有对象？"

小柜员们又开始窃窃私语起来，将视线都投向唐羽卉。

唐羽卉又是一身名牌装扮，还戴着墨镜，背着背包，虽然她的视线被墨镜遮着，大家也能看出来她一直在看谁。

等的时间有点儿长，纪昱恒就抽了一支烟，将烟含在嘴里，有人帮他点燃，他连抽了两口，直接将烟夹在手指间随手垂放着，薄唇轻吐出一缕一缕的烟。

烟袅袅飘散，随风飘到了涂筱柠那里，身旁的小姑娘们又在喊帅了，涂筱柠只觉得太阳有点儿烈，从背包里掏出防晒喷雾喷了喷，一边喷一边想：他又没喷防晒喷雾，又没戴墨镜，今天这太阳会不会把他晒伤？

一会儿赵方刚他们回来了，饶静吐槽："买个票那么久，晒死我们了！"

赵方刚指指后面成队成队的老年团："没看到今天人多啊？赶紧走，不然朝气蓬勃的我们夹在老年团里很尴尬。"

然后他挥手开始吆喝："走了走了。"

景区里第一站是登峰，为了节约时间他们买了索道缆车票，涂筱柠本来以为是那种可以一次坐几个人的玻璃缆车，直到去排队才发现是那种两人一座的铁皮镂空缆车。

赵方刚点了一下人数，确定人全了又开始喊："俩人一座啊，一个紧跟一个别走散了，不然跟后面老年团拼缆车上山吧，坐一趟二十分钟，恐高的现在后悔还来得及。"

饶静一听就不干了："啥？二十分钟？再见。"

赵方刚嘲笑道："姐姐，你不是吧？恐高恐成这样？没事，弟弟跟你坐一起，罩着你！"

饶静躲："跟你坐一起我更怕！"

赵方刚拽她，寻她开心："嘿！今天我还非跟你坐一起了，你可以在上面跟你的顾先生视频，让他看看弟弟我是怎么替他保护你的。"

然后他把涂筱柠往前一推："小涂，你跟逢生坐一起。"

大家都开始找一起坐的搭档，唐羽卉一开始没动，等大家都搭得差不多了就往纪昱恒身边一站："师哥，看来只有我跟你坐一起喽。"

他们就隔着许逢生站在前面，涂筱柠听着眉头皱得能夹死苍蝇，心想：这唐羽卉怎么就像块狗皮膏药似的甩都甩不掉了？

周围人说话的声音嘈杂，她也没再听见纪昱恒有没有回应，只能跟着人群走走停停，过了一会儿大家终于排到前面了，到了前排就由一前一后站变成两个人并排站了，涂筱柠这才清楚地看到上缆车的方式。

缆车是一批一批下来的，两个人上去的时候有固定站的区域，一个站在前面，另一个站在后面，缆车从后面过来，站在前面的人随着工作人员的口令先跳上车，然后车经过第二个人的时候那人再跳上，工作人员快速在外关门落锁，缆车便随索道缓缓而上，小小的缆车随着两个人上车的动作在风中摇摇晃晃。

涂筱柠看着觉得既惊险又刺激，在想自己万一跳不上去缆车或者一脚踩空了怎么办？

工作人员在吹哨，她一看他们前面只有三组了，她将目光又落在纪昱恒的背影上，想冲上去把那碍眼的唐羽卉给一把推开。

又一组上去了，后一组已经各自站到规定位置上，但是其中一个女同事不知是紧张还是怎么的，突然说肚子疼，另一个女同事急了："不是吧？这缆车都要来了，你搞什么？"

那女同事捂着肚子皱着眉，额间有汗："真的，不行了，我得先去上厕所，不然二十分钟撑不下来，一会儿我再跟散客拼缆车上来。"她说完真的走了。

眼看后面的缆车已经来了，工作人员开始招手让后面的人上前，后面的人正是唐羽卉和纪昱恒。

"快快快，你们谁拼一下上去？"他边说边走过来。

这种突发状况让唐羽卉一愣，下意识地回头想找个能代替的，谁知道她站得靠前，工作人员不由分说地把她拉了过去。

"缆车来了，别磨叽，跟谁坐一起不是坐！"

唐羽卉还在挣扎："师哥！"

纪昱恒纹丝不动地站在原地，直到她被工作人员硬塞进了缆车，跟前面那女同事一道上去了。

涂筱柠从头看到尾，心里说不出地暗爽。

工作人员又喊了："来！下一组。"

只是这次纪昱恒落单了，涂筱柠跟许逢生并排站在准备区，涂筱柠靠左，正好站在工作人员手边，他又不由分说地像抓壮丁似的把她一拉："快快，你站到后面去。"

涂筱柠连反应的时间都没有就被抓到指定区域了，缆车来了，纪昱恒先上去，一跨长腿都不用跳，弯下身子直接就进去了，她就看着那缆车朝自己驶来。

还有几步之遥的时候工作人员开始在后面推她，她有点儿紧张，只听工作人员一声令下："跳！"

她迈步跳上去，再加上被推了一把，跌坐在纪昱恒腿上，纪昱恒稳稳地接住她，她听到了门被关上又被锁上的声音。

缆车缓缓地上去了，车厢里瞬间只剩他们两个人了，她看着他，他也看着她。

所以说，缘分这东西，还真是妙不可言。

缆车下是层层叠叠的片片竹海，温暖的阳光似跳跃在竹叶尖上，竹叶飘动飞扬，发出阵阵的沙沙声，像古筝上的弦被轻轻拨弄，发出的声音悦耳又动听，而脚下的树影斑驳，远处高山耸立，他们坐在空中渐渐地上升，感受着天与地的距离，在阳光的沐浴下，惬意又闲适。

涂筱柠一直是恐高的，这缆车也有些陈旧了，到达卡槽点的时候会抖一下，发出咚的一声，风大的时候还会摇摇晃晃，仿佛摇摇欲坠。

她紧紧抓着纪昱恒的手，直冒冷汗，纪昱恒反握着她的手，让她轻靠着他："没事，我在呢。"

涂筱柠看向他："要是刚刚前面的小姑娘没有肚子疼，你真准备跟唐羽卉坐一起了？"

纪昱恒将手臂往边上的栏杆上随便一撑，那栏杆吱呀一响，涂筱柠吓了一跳，把他拉了回来："别靠着那儿，虽然锁了但总感觉不安全。"

"那我靠哪儿？靠你？"纪昱恒跷起二郎腿开始不正经起来。

涂筱柠拍了一下他的腿："这缆车是镂空的，别被同事们瞧见。"

缆车的车身是上半部分镂空着，下半部分却被铁皮遮掩着，每个缆车只隔了一百米的距离，果然前面的唐羽卉不死心地还在回头看，好在他们俩在唐羽卉可以看到的范围内看起来还是很正常的样子，只有在她看不见的地方紧紧地牵着手。

"若没人肚子疼，我准备肚子疼了。"过了一会儿纪昱恒的声音随风飘来。

450

涂筱柠笑了，跟他十指交缠。

车厢里全是竹叶清新的味道，她深呼吸了一下："像我们这些天天对着电脑的上班族，真的很有必要来这种天然'氧吧'呼吸一下氧气。"

"你喜欢的话，下次我们自己来。"

涂筱柠点点头："带上老人们一起来。"

他把她的手往怀里拉："好。"

"老大！小涂！"

突然赵方刚的声音划破长空，还有阵阵的回音。

涂筱柠做贼心虚地就要抽回手，却被纪昱恒按住："慌什么？又看不见。"

涂筱柠一想也是，心想：自己还是心里太有鬼了。

她回头，赵方刚跟许逢生正坐在后面那辆缆车上。

"饶姐呢？"她扬声问，赵方刚不是说好要陪饶静的吗？

赵方刚嫌弃地开口道："你师父那个厌货，临阵脱逃了，她不上去了。"

"啊？"

赵方刚又贼笑："小涂，跟老大一起坐缆车的感觉怎么样？是不是很爽？"

涂筱柠还在想怎么回答，纪昱恒回眸，赵方刚瞬间不敢再调侃了，赶紧拿起手机："帮你们拍张照留念一下啊？"

涂筱柠正在犹豫，赵方刚的手机闪光灯已经亮了，一会儿他把照片用微信发给了涂筱柠，还附上一句话："小涂，你现在可打扮得越来越俊俏了，在老大身边也丝毫不逊色，我居然有种你长大了我要嫁女儿的心痛感。"

涂筱柠回了个调皮的表情，点开那张他们俩同时回眸的照片，两个人的表情都很相似。

"一张照片看这么久？"纪昱恒看她低了半天头。

涂筱柠还在仔细地看，嘴里说着："我跟你都没什么合照。"

他又牵过她的手："我除了欠你一枚钻戒，还欠你一套婚纱照。"

涂筱柠轻轻地钩他的手指："等你有时间吧，又不急。"

不过她确实还没穿过婚纱。

他紧握着她的手，深深地凝视她。

"你在想什么？"看他一动不动地盯着她，涂筱柠问。

"想吻你。"

她耳根一红，却只能说："忍着。"

纪昱恒唇角一勾，解开了自己的鞋带，然后将视线落在她的帆布鞋上。

"小涂，鞋带开了不系吗？"他用领导的口吻问。

涂筱柠立刻心领神会，哦了一声，然后慢慢地弯下身去。

她心跳有些快，刚低下头就被同样俯身的他捧起了脸，他的吻落了下来，有淡淡的烟草味，她沉溺在这味道里难以自拔，耳边还有竹叶的摩擦声，脸上是他的指尖传递来的温度，他呼出的气喷在她的颈间，她也热烈地回吻着。

缆车还在风中轻轻地摇晃，她感觉双腿也快要失去知觉，心跳如擂鼓，前面和后面的缆车里都是同事，这是她从未体会过的甜蜜的刺激感。

下山后的行程就是到茶园采茶，年轻的女人们兴致盎然地穿梭在茶园里，采好了就把茶叶拿去给茶农炒熟，然后坐到茶室里等。

饶静跟涂筱柠怕热没去采茶，坐在茶室里喝着清口的绿茶。赵方刚一边饮茶一边和同事开玩笑，涂筱柠听完差点儿把嘴里的茶喷到他脸上，瞪他一眼："小赵哥！"

赵方刚单手甩开桌子上放的一把扇子，边扇边笑："开个玩笑还急眼了？"

涂筱柠喝着茶不理他，饶静帮她说他："不正经，有你这么当哥的吗？"

赵方刚立刻收起扇子道歉："好妹妹，哥哥错了，要不请你吃茶叶蛋？这里的茶叶蛋可正宗可好吃了。"

涂筱柠继续瞪他："不要你买，我自己去买。"然后她小跑着去小吃亭了。

赵方刚又打开扇子扇扇风，还对同桌的纪昱恒和许逢生说："小涂这孩子，脾气见长啊，以前可乖了，跟在我屁股后面一口一个'哥'的，从不跟我急眼。一定是她那相亲对象把她惯坏了，改天让小涂带出来见见，我得好好教育教育这小兄弟。"

纪昱恒手握茶盏看他一眼："方刚。"

"啊，老大？"

"以后对女同事收敛些，别整天不着调。"他抿了口茶。

赵方刚一愣，竟然哑口无言，无力反驳，关键许逢生还在一旁很认可地点点头。

一会儿涂筱柠回来了，买了好多茶叶蛋，先到他们那桌分。

赵方刚又笑了："我就知道我妹子不可能真生我的气。"

然后他伸出两根手指："我要两个。"

饶静也在旁桌扇风："小心噎死你。"

涂筱柠还拿了好几个干净的纸袋，边给他们挑边说："这里的茶叶蛋确实不错，我看个个煮得挺入味的。"

她剥好了一个茶叶蛋，首先给纪昱恒递过去。

"纪总。"

"谢谢。"

然后她才把其他茶叶蛋递给赵方刚、许逢生、饶静和其他同事。

赵方刚看看自己的茶叶蛋和纪昱恒的茶叶蛋，又故意咳了咳："小涂，你这拍马屁也太明显了呀，领导的就剥好，我们的就胡乱一给。"

涂筱柠虽然知道赵方刚是在打趣，但是发现真的是这样，给纪昱恒的那个剥好的茶叶蛋连一个破碎的蛋壳都没粘在蛋白上。

"那我给你剥一个。"涂筱柠作势要给赵方刚剥,赵方刚赶紧拦住:"别别别,哥开玩笑的。"

赵方刚把蛋在桌上来回滚了滚,然后蛋就很好剥了,他换了话题:"小涂啊,你那个小男朋友什么时候带出来给哥哥们见见?"

涂筱柠也在低头往桌上敲茶叶蛋:"有机会的吧。"

"丑媳妇总要见公婆的,我们也给你把把关。"

"细水长流,我不急。"她说着突然灵机一动,"对了,逢生哥跟那个老师怎么样了啊?"

就这样,她把话题成功地引到了许逢生身上,大家的视线果然被转移了。

许逢生也没排斥这个话题,内敛地低头笑笑。

"干吗,一副害羞的样子?"赵方刚忍俊不禁地推他一把。

许逢生将刚刚剥落的蛋壳用手归拢:"年底可能要麻烦纪总当证婚人了。"

涂筱柠惊喜:"逢生哥,成了啊?"

饶静也凑了过来:"哟,小许,恭喜恭喜啊!"

赵方刚拍了他的背一下:"你小子,一声不吭地就娶媳妇了啊!"

纪昱恒也道贺:"逢生,恭喜。"

许逢生一一致谢:"本来想过段时间订了婚再告诉你们,不过也没什么区别了,这辈子就她没跑了。"

赵方刚又敲了一个蛋:"逢生啊,你说你相了一次亲就定了,兄弟我说你什么好?"

饶静推他一下:"你以为小许是你?人家是正儿八经的好男人,要娶老婆好好过日子的。"

"哎?姐姐,你这话说得好像我不用娶老婆,不要好好过日子似的?"

"那你倒是娶一个啊!"

"你先把自己嫁了再说!"

"我马上就嫁了!"

瞬间鸦雀无声了,饶静意识到是自己造成的,便清了清嗓子:"反正差不多了。"

许逢生也恭喜她:"看来今年部门喜事多啊,我、饶姐、小涂。"然后他又无声地看看赵方刚和纪昱恒。

赵方刚扮苦相,对着纪昱恒伸出双臂:"老大,要不咱俩单身的抱一个?"

纪昱恒继续喝茶,未回应。

赵方刚仿佛嗅到了八卦消息的味道:"老大,你?你莫非?"

纪昱恒喝完最后一口茶将茶盏放在桌上起身:"明天周一,赶回C市不宜太晚,再过一刻钟安排集合。"

"哦。"赵方刚应着目送他离开,也不知去了哪儿,然后立刻跟他们三个交头接耳起来："有情况！老大一定有情况！"

饶静也打开扇子扇风："老大一看就不是缺对象的人。"

"好奇心害死猫啊，就想看看老大的对象到底是何方神圣？"赵方刚心痒痒。

涂筱柠吃蛋吃得有点儿急，噎了，想倒口水喝发现水壶没茶了，再去邻桌倒的水又滚烫得难以下口，就拍着胸口跟他们说去小吃亭买水。

她连跑带跳地买完水就拧开狂饮，艰难地咽了下去，才能喘上一口气了。

涂筱柠往茶室走，经过一个月洞门，隐隐地听到了唐羽卉的声音，她下意识地看过去，看到了她跟纪昱恒站在那一排排的柳荫下，风吹来，她的裙摆摇曳，她的体态婀娜。

涂筱柠知道不该偷听的，可看到纪昱恒跟唐羽卉独处，心中就像被堵住了似的，比刚才吃茶叶蛋噎了还难受，害怕又纠结，明明知道这样偷听很不好，可脚底就像被强力胶粘住了似的，半步都挪不动。

风中，唐羽卉的声音微颤："你非要把我拒于千里之外？你以为我在 A 行好好地为什么来 DR？若没有我介绍来的那些巨头企业和上市公司的客户，你能这么快就坐上新城区支行行长的位置？我既然可以带他们来也能带他们走，我能捧你坐上高位也能让你跌入谷底。"

他沉默半响，似在给她稳定情绪的时间，然后才不紧不慢地开口道："你的任何选择我都无权干涉，但是你可以试试是不是真的能带走你的客户、你的存款，是不是真的能撼动部门在 DR 的位置。"

唐羽卉一愣："你……？"

他把一只手插进裤袋里："威胁这种东西对我没用，当然感谢你的引路，让部门业绩变得如今那么漂亮。"

她的声音微抖："你，利用我？一开始就在利用我？"

"有资源确实是你的优势，可我一向事必躬亲，部门里的每个客户不管是存量还是新增，我都会亲自跑一遍、两遍，甚至三遍四遍，打蛇打七寸，擒贼先擒王，直到实际控制人亲自与我对接，习惯与我沟通并且事无巨细只会跟我联系。我统管这个部门，能掌控部门整个命脉的人就只有我，每一个客户我都要牢牢地抓住，客户经理既然是管户操作人，那么做好本职工作就可以，让下面的人越过我去操控客户，让客户只对客户经理唯命是从，在我这里根本不可能。"

她惊讶："所以你一早就对我有防备？"

"你不也是拿着你的优势在倒逼我？我们只是师出同门，仅此而已。"

"你太狠了，纪昱恒。我辛辛苦苦打进去的客户，你居然暗中介入占为己有，你利用我，自己深入后再把我一脚踢开架空我。"

他淡定如常："这话就严重了，不至于到那个地步，毕竟你还是我的师妹，你所做的一切我依旧会如数归算在你的业绩里，你该拿的绩效也一分不会少。"

"你，为什么这么对我？"

"你既然是兵，就只能做兵该做的事，越了线别怪我心狠手辣。"

唐羽卉冷笑："可我这个兵不是普通的兵，就算你不想承认，我还是带给了你想要的，不是吗？DR我本就没有打算长待下去，这些客户你想要就拿去，但你不要忘了，这个社会并不是空有优秀和努力就行的，你有能力、有野心，我有资源。你只有跟我在一起，才能得到更多你想要的。"

风吹乱了纪昱恒的发丝，他说："可我是个不信命的人，我纪昱恒要么不要，要就自己拿，偏不要别人给的。"

唐羽卉的指尖攥得发白："你一而再再而三地无视我，到底是为什么？就算我把前途捧给你，你都不要是吗？"

"因为你我不一样，一次受制于人，终身受制于人，别人捧来的前途终究不如自己一步步地走来得踏实。"他的声音低沉且冷漠，"你就是什么都来得太容易，才任性妄为到这个地步。我之前顾及你的颜面，念你是师妹，有些事你不说破我只提醒你收起那份心思，却给了你肆无忌惮的机会，连自己的声誉都不要了。你若再一意孤行，别怪我罔顾师兄妹之义。"

"可只要是我想要的，我就要得到，包括你纪昱恒，我最后问你一句，到底跟不跟我在一起？"

"我结婚了。"他立刻回答。

唐羽卉僵在原地，过了很久嘴角都似在抽搐："你现在为了拒绝我，要用这种方式作践我、伤害我是吗？"

"你想多了，我没那工夫，你也并非同学圈里第一个知道的。"

唐羽卉此刻眼神无比复杂，似要站不稳："什么时候的事？"

"在你到部门前。"

她呆滞，拼命地摇头："不可能，不可能，是谁？"

他未再回答，迈开脚步。

唐羽卉追上几步，几乎声嘶力竭："她到底是谁？很完美，很优秀，还是很厉害？"

他驻足，声音随风而来："她不完美，也不优秀，更不厉害，甚至还有许多缺点，就是个普通得不能再普通的人，但却是我的心头好、我的宝。"

滚烫的泪从涂筱柠的眼中滑落，她捂住嘴，任由它们一滴滴地汇聚在脚边。

涂筱柠到家的时候已是傍晚，晚霞堆在天边，橙红得似要将天烧起来，她的心好像也燃烧了起来。

她没有整理行李，安静地坐在客厅里耐心地等着，直到门被纪昱恒打开。

纪昱恒刚踏进屋子就被涂筱柠扑了个满怀。

他抱住她:"饿了吗?"

她不说话,就像只树袋熊一样紧紧地贴在他身上,他搂了她一会儿,然后轻轻地揉她的脑袋:"乖,我去做饭。"

她牢牢地抱着他的脖子,将脸埋在他的肩窝里:"不做了,我想出去吃。"

"想吃什么?"

"小龙虾。"

"那个不干净。"

"可是我想吃。"

"不行。"

她亲了他一口。

"亲也没用。"

她又亲了他一口。

"我说了没用。"

她再次亲了他一口。

"只许吃一次,就这一次。"

涂筱柠带他去了她读大学时常去的大学城附近的那家小龙虾店,两个人被领上了二楼。

"放心吧,这里干净又卫生,我读大学时每年都来,从没拉过肚子。"涂筱柠拉他坐下。

服务员拿来菜单:"现在点五斤送一斤。"

"那就先来个五斤,蒜蓉的和十三香的各一半。"

纪昱恒看她一眼:"我不吃,点这么多你吃得下?"

"吃得下啊,这还是我保守地点的呢,敞开吃我怕吓到你。"她把头发很酷地往后一甩,"我当年可是小龙虾大胃王。"

"还是控制一点儿,别吃坏肚子。"

她又把菜单还给服务员:"给我来一听啤酒。"

纪昱恒正在倒水:"我不喝酒。"

涂筱柠剥了个水煮花生:"谁给你点了,我自己喝的。"

纪昱恒无语。

不一会儿,服务员把小龙虾跟啤酒一起端了上来,涂筱柠先捧起啤酒喝了一口,然后拍桌仰天长啸:"啊,爽!"

纪昱恒看她无拘无束的样子,拆开一双一次性筷子:"你还挺会享受。"

"万事不如杯在手,一生几见月当头啊。"涂筱柠吟完诗搓搓手开始剥小龙虾。

她先给纪昱恒剥了一只小龙虾送过去:"来。"

纪昱恒不肯吃,她就站起来喂他,最终他还是吃了下去,涂筱柠眉开眼笑,伸手抬他的下巴:"真乖。"

纪昱恒拉下她的手:"再胡闹就别吃了。"

她却快速地凑过去在他的脸上吻一下:"美人在怀酒在手,怎一乐哉妙哉啊。"

其他座位的客人都在看他们,纪昱恒竟第一次被人瞧得有些不好意思,咳了一声提醒:"涂筱柠。"

涂筱柠已经开始在大快朵颐地吃小龙虾了,嬉皮笑脸:"怎么,还想被亲一口?"她作势要用她沾了油的嘴再凑过去。

纪昱恒怕了她了,把两盆小龙虾往她那儿一推也不再约束她:"你吃吧吃吧,吃到尽兴。"

"真的?"

"真的。"

这一顿涂筱柠就负责吃,纪昱恒给她剥小龙虾,慢慢地,她开始有点儿撑了。

"没有小龙虾和啤酒的人生就不是幸福的人生,你说你们这些学霸怎么就不会享受呢?"她又喝了一口啤酒,饱得打了个嗝。

纪昱恒将剥好的小龙虾放进碗里,小龙虾又堆了满满一碗了,他把碗推到涂筱柠的面前,再把空碗拿过来继续装剥好的小龙虾:"大学经常来?"

"是啊,那会儿我跟凌惟依、齐郁一起吃,我们三个能把老板吃到怕,老板每次看到我们仨一起来就说今天生意好,小龙虾没剩多少了。"说起他们俩,涂筱柠不禁惋惜,"从前的日子真是无忧无虑。"

纪昱恒说:"人总要长大的,不然还叫什么人生?"

涂筱柠看他低头全神贯注的样子忍不住说:"老公,你认真剥龙虾的样子,像极了……"

他抬眸:"什么?"

她抿嘴一笑,偏没说下去:"保密。"

涂筱柠最后真的吃到撑,一打嗝呼出的气都是小龙虾味。

纪昱恒还捉弄她:"要不要再给你来个五斤?"

她连连摇手:"不不,不用了,我已退出江湖多年,实力不胜从前。"

"尽兴了没?"

"尽兴了,尽兴了,一个月内都不想吃小龙虾了。"

纪昱恒起身拉她:"还想有以后?出家门的时候怎么答应的?"

涂筱柠没皮没脸地去蹭他:"老公,你最好了,什么都依我,哪里舍得真的管我呀?"

她身上也全都是小龙虾味,蒜蓉味加上十三香味,他嘴上嫌弃却没推开她:"手洗了没有就往我身上蹭?"

涂筱柠贴得更紧:"洗了呀。"

457

她还把手递过去:"不信你闻闻,我刚用洗手液洗了三遍呢。"

纪昱恒轻轻地拍开她的手,她还要继续伸手:"闻闻呗,香香的,再摸摸,滑滑的。"

"楼上空间大,来来来,正好还有个圆桌,够你们坐。"又有客人进来,服务员将人领上二楼,木板楼梯被踩得吱呀作响,一听人就不少。

纪昱恒将涂筱柠往边上拉了拉,让别人先走,人群中陆思靖骤然出现了,看到涂筱柠就定在了楼梯口。

涂筱柠一直将视线落在纪昱恒身上,仰头看着他,用双手紧紧地挽着他的一只臂膀,靠在他身上,边晃他边撒娇,嘴里唤着"老公老公"。

"思靖,怎么不走了?"身后的同事拍了拍陆思靖,然后顺着他的视线看过去。

陆思靖回神,挪了挪脚步,经过他们那里。

涂筱柠从头到尾都没有把视线移开一点儿,突然后头有人喊:"哎哎!陆思靖,问问大家要喝什么!"

她这才抬眼,发现陆思靖正在离她一步之遥的地方看着他们,仿佛已经看了很久。

他应了同事一声:"知道了。"然后他又看向涂筱柠,似是想打招呼又不知该如何开口。

涂筱柠仍在纪昱恒怀中,刚刚的笑容不知何时消失了。她礼貌地颔首算是打了招呼,连"陆医生"也没叫。

陆思靖觉得喉咙发干,却还是挤出一丝笑:"来吃饭?"

"嗯。"她牵过纪昱恒的手,收回视线,一副不想再停留的样子,"已经吃完了,走了。"

看她已经往楼下去了,陆思靖说:"再见。"

可是他没有得到回应,她走得头也不回,终究还是不想再见到他。

陆思靖站在原地久久没动,直到同事过来问:"怎么了?"

陆思靖只说:"没事。"

同事朝下去的那两道背影看看:"这不是之前那个来医院给我们办工资卡的、你在追的 DR 小柜员吗?人家有男朋友啊?"

陆思靖沉默不语。

同事通透地拍拍他的肩劝他:"别追了,兄弟。刚刚那男人,你一看就不是他的对手,放弃吧。"

陆思靖闭了闭眼,又立了一会儿才转身走向圆桌,圆桌边只有一个空位了,他随便一坐。

同事张望着四周跟他说:"思靖,你推荐的这地儿生意不错啊,你大学时经常来吃?"

他接过服务员递来的一次性筷子，回答："一次没来过。"

同事们惊讶："啊？"

他给大家分筷子，只说："是因为有人曾经推荐过。"

"陆思靖，我想吃小龙虾了，这家特别好吃。"

"你知道小龙虾多脏吗？自从学了医我才发现什么都不能吃。"

"可是，你不可能真的什么都不吃啊。"

"反正我不吃小龙虾，这辈子都不吃。"

"陪我吃也不行吗？"

"不行。"

"不会是前女友吧？"陆思靖的耳边是同事们的笑声。

陆思靖发完筷子坐下没再说话，觉得有点儿渴，伸手拿杯子准备倒水，不小心把手伸到了别人的杯子前面，正好他身边的人也在拿杯子，两个人不约而同地把手覆在了同一个杯子上。他身边的人是个姑娘，脸一红低唤了声："陆医生。"

他这才发现自己的杯子在左手边，抽回右手把杯子还给她："不好意思。"

"没事。"她倒了水却把杯子递到他手边。

"谢谢。"他接过杯子喝了一口水，然后转头，看到了一张略显陌生的稚嫩面孔，想了想才问，"你是新来的实习生？"

姑娘嗯了一声，点点头。

"哪里人？"

"Z 城。"

他又喝了一口水，轻轻地放下杯子，随口说了一句："挺巧的，我也是 Z 城人。"

姑娘抬眸，看着他俊秀的侧脸，神情恍惚："这么巧的吗？"

他与她对视，她那青涩的眼神让他仿佛回到了多年以前那个站在双杠下的夜晚，那时他对上的也是这么好看的一双眼眸。

良久，他蓦然一笑："是啊，就这么巧。"

涂筱柠跟纪昱恒走出小龙虾店，门口有台阶，纪昱恒走在前面伸手拉她，她反拉他，不等他回头就借着那台阶跳上了他的背，他虽猝不及防，但还是稳稳地接住了她。

他背着她在大学城里慢慢地走着，来往的学生都在看他们，有脸红的也有羡慕的。

她搂着他的脖子，长发落在他的颈间，随着他的脚步轻轻地拂过他的皮肤，让他觉得微痒，他们的心却很静，也很近。

她轻唤："老公。"

"嗯？"

"你不问我什么吗？"

"问什么？"

涂筱柠收紧手臂："你不该问他怎么也会去那个小龙虾店吗？"

他的步伐依旧沉稳："去就去了，有什么可问的，C市就那么点儿大。"

"可是我想说。"

"说什么？"

"那里并没有我跟他的回忆，灌汤包店也没，这条街的回忆大多是我跟凌惟依、齐郁的，而他，他不喜欢的东西不会因为我喜欢去迁就我。他不喜欢吃小龙虾，从不会陪我去吃，也不喜欢吃烫的东西，所以都是凌惟依跟我去吃灌汤包，但是他这个人又要面子，如果同学、朋友叫他去哪里吃饭，即使他不喜欢的一口都不吃也会去。"她靠在他坚实的肩头，感受着他的体温，"可是老公，你不喜欢吃小龙虾也会陪我来吃，之前还说灌汤包好吃，可我去过A大食堂后才发现那家灌汤包店里的灌汤包根本没有A大食堂里的好吃，你是因为我喜欢吃才总说要来吃的，还有之前在家里下面条，你看我清汤寡水吃不下去，就说没吃饱，让我点外卖，你总是在迁就我。"

纪昱恒背着她已经走了很久，却也没觉得累："夫妻过日子，不就是相互磨合、相互理解吗？"

涂筱柠将脸贴在他的颈上："可是你怎么就会喜欢我？就算你对我一见钟情，你对我的好让我觉得，觉得好像……"

他微微侧头："好像什么？"

酒精慢慢地上头，她微醺，只没头没脑地插了一句："可你是纪昱恒啊，你是纪昱恒。"

他的脚步缓慢："是，我是纪昱恒，但我也是涂筱柠的纪昱恒。"

涂筱柠满足地亲亲他："所以当时参加婚宴后去KTV，你是故意到走廊上等我的，对不对？你看到了那个宋江流对我的一举一动。"

他没作声，她就当默认了，她用头轻轻地撞了一下他的头，有些埋怨道："那当时吃饭，你还跟他换位子。"

他终于吭声了："我不换他也会找别人换，再说你当时不是还排斥我吗？你即便和我坐一桌也不看我一眼。"

她哪里会知道，当时他其实已经在算错人数的新郎桌边坐下了，是在得知要去她那桌之后，率先主动给没座的女同学让座，然后其他男士才纷纷效仿他给女士让座。

涂筱柠晃他一下，不承认了："哪儿有，我也看了你几眼的，可你当时哪儿还需要我看，那么多同学都在看你，你一进来就欢呼声不断，不知道的还以为那天你是新郎官呢。"

她嘟着嘴又追问："那他一直没完没了地跟我搭讪，你当时就没想法？"

"我想，桌上那么多菜不够他吃，还不赶紧闭嘴？"

涂筱柠笑了，又去亲他，周围的学生看得脸通红通红的。

纪昱恒用托着她的手轻拍了她的腿一下："好了，人多。"

涂筱柠不管，还是亲他，他就由着她去了，最后她亲累了埋首在他的颈间，醉得更厉害了。

她嘀咕："老公，你这么好，好到我都不知道要怎么做才能跟你一样好了。"

"你只要做好自己就行了，不用为我去做任何改变。"

她又笑了，笑容灿烂。她趴在他耳边说："老公。"

"嗯？"

"我……我不只喜欢你，还爱你，好爱你……"

他顿住脚步，回眸，她已经枕在他的肩上睡着了。

他温柔地一笑，背着她继续往前走。

唐羽卉居然毫无预兆地辞职了，从楠城回来后就未再来上班，据说是脱离银行业去国外进修了。

大家都很诧异，一时DR又谣言四起，众说纷纭，有的说是为她跟纪昱恒公开恋爱关系扫清障碍，也有的说纪昱恒家境不好，最终没入得了她父亲的眼，两个人被棒打鸳鸯，就此分道扬镳。

反正每一个传言都跟纪昱恒脱不了干系，大家都在等纪昱恒这边的动静，但是他好像每天都很淡定。

连赵方刚他们都在私下猜其中的猫儿腻，只有涂筱柠该干吗干吗，不过说实话，她对唐羽卉辞职这件事还挺意外的，看来纪昱恒结婚的事还是给了唐羽卉不小的刺激。涂筱柠心想：胜者为王，败者为寇，我成了胜者？

唐羽卉走了也好，从此涂筱柠落了个清静。

客户又不停地打电话催涂筱柠放款，她没时间再多想唐羽卉，赶紧下楼去柜台，奈何今天对公柜台都不空闲，四个柜台全坐着客户，她只能排队。

"您好，开户费一共人民币五百二十元，麻烦给现金，谢谢。"

"一定要现金吗？我可以手机扫码付款吗？"

涂筱柠旁边有个来开企业账户的客户。她想着开户时间长，等这个柜台做完开户再帮她放款不知得等到猴年马月，便去了另一个受理的业务比较简单的柜台排队等放款。

但是那边的客户就开户费收取现金的问题跟柜员争论了起来。

柜员说："不好意思，不可以，必须现金，如果您有我们DR的储蓄卡，去自动取款机那边取一下？"

客户说："我没办过DR的储蓄卡，那你们这儿能用微信或者刷信用卡付费吗？"

柜员说:"抱歉女士,不行。"

客户说:"你们银行怎么这么死板?非要现金吗?我一个人来的,到哪里去变现金给你呢?"

柜员说:"那您看,能否问旁边的客户商量借一下,然后再微信转账还给她?"

客户说:"都不认识的,谁肯借啊?要不你借我呗?"

柜员说:"抱歉女士,银行规定我们不可以跟客户发生金钱交易。"

客户有点儿来火了,把手往柜台上一拍:"你们银行什么破规定啊,非要收现金,现在都是电子时代了,懂不懂?出门买菜都能用微信付款,谁还带现金啊?你们银行却为难我们老百姓,存心的吧!"

柜员说:"不好意思女士,我们也是按上面的规定办事,给您造成了不便,敬请谅解。"

客户双手一抱胸:"我就是没现金怎么着?户我今天必须得开!我大老远地下雨天跑来就是为了这件破事,开不成户你让我再回去挨我们老板骂吗?我一会计平常做账够忙的了,还要被你们银行折腾!你能不能办?不能就让你们领导过来!我投诉你!"

柜员是个刚来一年的小姑娘,有些为难。

客户看她的年纪轻就有些咄咄逼人:"你的工号我可记住了,我要找你们的行长投诉你!"

柜员有口难言,柜台的授权主任都出面来协调了,但客户依旧情绪激动。

涂筱柠看气氛不对,又扯到投诉了,便走过去:"女士,您好,您消消气。"

客户打量她一番:"你谁啊?"

涂筱柠朝她微笑:"我是这儿的对公客户经理,您来办对公业务是吧?"

"开户!一个简单的开户你们银行都这么多条条框框的,速度慢就算了,开户费又高又非要收现金,这年头谁出门带现金啊?"

涂筱柠一副恍然大悟的样子:"我当多大的事呢。"

然后她再看看柜员,趁客户不注意朝她使了个眼色:"小文啊,你也是的,客户没带现金你打个电话给我们楼上啊,我们送钱下来就是了。"

柜员也挺配合:"下次知道了,小涂姐。"

涂筱柠又对客户说:"这样,女士,这里是柜台都有摄像监控,您跟我去趟我的办公室,我有现金,我跟您换。"

客户一听心情平复了些:"早说你们能换不就行了?浪费我半天时间。"

涂筱柠继续赔笑:"是啊,是我们服务不周,下次得设个标语提醒客户费用都是收取现金的。"

客户对柜员翻着白眼跟涂筱柠走了,涂筱柠把她带到办公室又是端茶又是送水的,总算把她的情绪抚平了,从包里掏钱包的时候顺便问她是哪家企业的,开户做什么用。"

客户边喝水边报上自家门号,又说:"还能做什么用,老板要走账呗,客户指定要把钱打到你们银行的账号上,说方便。"

涂筱柠一听,心想:这家企业不是之前她还想去营销的化工制造厂吗?这家企业是专门做塑胶的,是C市的纳税榜上有名的纳税大户,很难营销,她给这家企业的财务总监打了几次电话,财务总监要么不接,要么直接挂断。

涂筱柠看着这个客户,觉得她应该是财务上的会计。

客户又喝了口水后跟涂筱柠说:"我加你的微信,马上把钱转给你。"

涂筱柠马上拿过手机,状似无意间问:"您是专跑银行的出纳会计?"

"我是总账会计,今天出纳小姑娘有其他事,领导就差我过来了,然后我就遇到了这件破事。"

"哦。"涂筱柠打开微信的界面,"那您的单位远不远?下雨天来我们这儿挺不方便的吧?"

"远,我们厂在新城区的郊区呢,来回得四十五分钟,今天单位的公车又没空,我自己打的来的,你看看,我的裤子都湿了。"客户掸掸被水溅湿的裤腿。

涂筱柠看了一眼:"唉,你们也是辛苦,来,我扫您的微信二维码加您为好友。"

客户打开微信二维码:"开户费是五百二十元,你有零钱吗?"

涂筱柠翻翻皮夹,里面的钱都是整百的,还真没有零钱。她脑子一转,抽出六百元给客户。

客户接过现金,准备微信转账,涂筱柠突然说:"您就转五百二十元给我就成了。"

客户一愣:"那一会儿柜台找的八十元现金我还得上来还你呢,我就直接转你六百元得了,不方便吗?"

涂筱柠摆摆手:"我的意思是找的八十元不用给我了,您在这儿办完了事不是还得打的回去吗?这钱就当打的费了,也算是为刚刚我们服务不周给您道个歉。"

客户一听顿时心情愉悦:"哎哟,这怎么好意思啊,刚刚的事又不是你造成的,再说了,打的费哪儿要八十元那么贵啊,我还是转你六百元吧。"

涂筱柠笑笑:"没事,应该的,您办的是对公业务,我是对公客户经理,也应该和您对接。维护好每个客户,让客户体验到好的服务,这才是我们营业的宗旨,这一来一回的打的费我们都给您出了,刚刚的事您多担待。"

她这话让客户听得舒心,不由得多看了她两眼:"你叫什么?"

涂筱柠把自己的工作证给客户看:"涂筱柠,叫我小涂就行了。"

涂筱柠又看看外面的雨:"您怎么称呼?"

"免贵姓周。"

"周会计,我看您下去办完开户也到饭点儿了,要不中午就在我们行里吃饭吧?"

周会计连连推辞:"不了不了,我还有事呢,得赶回去。"

"可您总得吃饭的呀。"

周会计站起身:"你不懂,我们单位现在被老板的儿子接手了,新官上任三把火,这小老板要树威信,对我们的管理严得很。"

"哦,这样啊。"

周会计又喝了口水就夹着材料准备走:"我还是赶紧办事去,不然小老板发起火来我也兜不住。今天谢谢你啊,小涂。"

"不谢不谢,客气啥。"

周会计又笑笑:"那……那八十元我就真打的了?"

涂筱柠点头:"应该的呀,就是给您打的的。"

周会计又说了几声"谢谢"才离去,涂筱柠一直送她到电梯口。

涂筱柠回办公室的时候正巧碰到纪昱恒从他的行长办公室里出来。

她咧嘴一笑:"纪行长。"

他颔首。

两个人又很正常地擦肩而过,涂筱柠的步调有些欢快。

吃完午饭,有个新营销的客户临时跟她说下午老板没空不在,问她能否中午过去,她答应了,换下行服西装,披了一件自己的薄风衣就去地下车库。

新支行的员工总共才三十来号人,大家图方便,都喜欢把车停在地面上,少有人把车停在地下车库里,放眼望去,地下车库里就几辆车。

纪昱恒偏爱把车停在地下车库里,她就跟着停了。她走到地下车库,远远地就看见空旷的地下车库里他的车门开着,他正俯身探进驾驶座像是拿资料。

因为支行的楼是新办公楼,地下车库的监控还未到位,她就朝四周张望了一下,确定没其他人后便悄悄地走过去。

纪昱恒正在探身找文件,突然腰被人从后面抱住,这熟悉的抱法他不用看就知道是谁。

他扶住她在他的腰际的手,站直,然后转身,她顺势抱住他,他将她带进怀里。

"胆子越来越大了,在单位也敢抱了?"他低了低下巴。

"刚刚你从办公室里出来就想抱你了。"涂筱柠一个劲地往他怀里钻,像着了魔似的,只要一会儿看不到他,她就想得不行。

"去哪儿?"

"企业。"

"中午还去?"

"就是晚上也去啊,营销还分什么时间?"

他揽紧她:"你最近有些拼命。"

涂筱柠摸摸他光滑的下巴,只说:"你昨天回来晚,中午眯一会儿。"

"好。"

"今晚还有应酬吗？"

"没有。"

"那我回去买两条鲫鱼，炖你爱喝的鲫鱼汤好不好？"

"好。"

涂筱柠揽住他的脖子，他低头。

她微微踮脚，给他整整衬衫。

"那我走了。"

"雨天开车开慢些。"他叮嘱道。

"知道啦。"

那是一家做建筑的企业，老板承接了很多工程项目，需要购买大量建筑材料。老板很能讲，谈天说地，从目前的房地产形势讲到理财投资，就是没讲几句自己的企业。

涂筱柠忍不住打断道："王总，贵公司一年的收入是多少？"

"八九千万，有时候承接政府工程账期时间很长的，他们不打钱我们就做不了进账。"

"贵公司是房屋建筑工程施工总承包几级资质？"

"二级。"

"方便给我看一下财务和纳税系统吗？"

"哎哟，财务今天不在家。"

"那她什么时候回来？"

"反正下午不在，不过你们银行需要的材料她准备好了，你可以先拿回去给我们准备起来。"

涂筱柠觉得这个老板还挺缺钱的，就暗自留了个心眼儿。

她收好材料准备回家，上车前才有空看了眼手机，看到她、赵方刚、饶静和许逢生四个人的微信群里有很多新消息，她从头开始看。

钢铁巨人："天哪！天哪！天哪！"

让你静静："你疯了？"

钢铁巨人："不只我疯了，全行的人都疯了。"

让你静静："怎么了？"

绝处逢生："怎么了？"

钢铁巨人："有人看到老大中午在地下车库里抱着个女人！那女人踮脚抱着老大啊！他们绝对是在接吻！"

涂筱柠感觉脑袋轰的一声，立刻继续看消息。她就今天难得忍不住抱了他一下，也就这么放开了贼胆一次,当时地下车库里不是没其他人吗?就那么一会儿就被看到了?这么巧吗?

她果然没有偷情的命,要是活在电视剧里一定是第一集就死的倒霉蛋!

她把新消息从头看到尾,看的过程中手都有点儿抖,感觉心脏就要跳出来了。

钢铁巨人:"那女的好像挺高,但被老大护在怀里,所以看不清她的样子,要不是那同事有事着急走,说不定再等等就看到了,但是他说应该不是唐羽卉!天哪!老大果然有对象!现在全行的人都疯了。"

绝处逢生:"地下车库的监控到位了没?"

钢铁巨人:"还没装!"

涂筱柠看着他们的聊天记录,只觉得自己也要疯了。

涂筱柠回到单位才发现事情的发展比她想象的要严重多了,这件事都上了内网论坛。

内网论坛的首页搜索第一名:纪昱恒。

内网论坛是 DR 供员工消遣娱乐的网站,每个员工都可以用工号登录,可以匿名发帖。大家经常发发财经新闻、金融政策,还有一些不痛不痒的小八卦消息。大家只要发的消息不在行内造成负面影响,可以畅所欲言,内网论坛也算 DR 比较人性化管理的一个地方。

涂筱柠不是正式员工,用的是虚拟工号,登不上这个内网论坛,但是赵方刚一直在看内网论坛,说这件事在持续发酵,已经传到了其他分行甚至总行了,比纪昱恒跟唐羽卉的绯闻有热度多了,有条帖子还被置顶了,标题是《论 DR "男神"纪昱恒到底花落谁家?》。这条帖子的回复量瞬间上了千。

涂筱柠看着赵方刚始终没看完这条帖子的回复,心想:大家上班都那么闲吗,还有时间在内网论坛回复帖子?

不一会儿纪昱恒出现了,敲了一下对公条线的办公室的门,叫赵方刚出去。

"来了,老大!"赵方刚立马扔下鼠标,然后小声地跟他们说,"我正好给你们打听一下,探探老大的口风。"

涂筱柠心情沉重,觉得自己坏了事,心想:还好当时看到她和纪昱恒接吻的同事没有偷拍,不然他俩这次就在劫难逃了,不过她是不敢再穿那件薄风衣到行里来了,这里的人个个火眼金睛,她不想因为一件衣服露出马脚。

她心不在焉地开始整理刚收的企业材料,随手抽了几张报表看了一下,再看看纳税申报表,看到增值税报表的时候蹙了蹙眉。

赵方刚几乎是飞回办公室的,差点儿没撞上墙。

"干吗?赶着投胎?"饶静反正一向对他没好话。

赵方刚也没恼,只是站在复印机旁靠着桌子,仿佛有点儿站不稳,上气不接下气:"大新闻!"

"放!"

"老大……大……大……"

饶静急死了:"结巴了啊?大大大半天,大大卷啊!你倒是说啊。"

"老大……老大说他订婚了!"

"……"

"那神秘女子是他的未婚妻!"

"……"

涂筱柠感觉心脏跳得要不是自己的了,只想拿起杯子喝口水静静,送到唇边一碰,发现拿的哪里是杯子,而是前几天同事结婚发的罐装喜糖盒。

然后那天下午,整个DR何止是"炸了",简直像是被原子弹炸了,爆出了一朵大蘑菇云。

涂筱柠下了班先去单位附近的超市买了几条鱼,然后去医院看婆婆。开始了新一轮的化疗,婆婆这次的反应比前几次都要大,又被折腾瘦一圈。他俩工作越发忙碌,纪昱恒特意请了个护工二十四小时照顾她,贵是贵点儿,但有人照看她,他们俩心里也踏实。

涂筱柠去的时候婆婆刚睡着没多久,就让护工不要喊醒她。涂筱柠静静地坐在床边看着她,过了一会儿纪昱恒也来了,今天果然没应酬。

他一推门进来涂筱柠就做了个让他别出声的手势。他一看母亲睡得正沉,就轻轻地掩上门走了过来,扶着涂筱柠的肩膀站着,涂筱柠抬手覆在他的手背,两个人一个站着一个坐着,均将视线落在病床上。

两个人待了一会儿一起回去,护工坐在走廊上,看他们夫妻俩出来了便站起来:"纪先生、纪太太。"

他们本来想请上次那个护工,但是不巧她的女儿刚生了孩子,她要回去照顾女儿坐月子,他们只能找了这个护工,这个护工相比上次那个护工年轻些,大概四十岁出头,手脚倒也麻利,就是有点儿话多,还有些爱打听八卦消息,没事就跟各个病房各个病床的家属闲谈,有时候稍稍会怠慢婆婆。奈何现在护工难请,涂筱柠想着等上次那个护工的女儿坐完月子就把人家请回来,把这个回了。

"阿姨,我妈今天胃口怎么样?"涂筱柠开口问她。

"还是那样,说嘴里苦,喝了点儿粥。"

"明天我会带鱼汤过来,就不要给她喝医院的粥了。"

"哦,好。"

涂筱柠刚要拉纪昱恒走,那护工又唤他们。

她双手在胸前握着,开口道:"吴老师这两天胃口不大好,不想吃饭,吃的水果就比较多，你们买的那些水果一会儿就见底了，我看吴老师只够明天吃一顿了。"

纪昱恒闻言侧了侧身："是吗？"

"是的啊，就苹果有时候一天能吃三个。"

"水果的糖分太多，要控制她吃的量，一天最多吃两个水果。"纪昱恒叮嘱。

护工点点头："是呀是呀，我也是这么想的，可是她总说嘴里苦，就想吃甜的，我看她平常也挺受罪的，就……"

纪昱恒将手伸进西服内袋里，拿出皮夹抽出几百元钱递给护工："平时我们忙，没多少时间陪她，她想吃什么麻烦你先问一下医生和护士，他们说可以吃你就去帮忙买一下，辛苦你了。"

护工接过钱："哎哟，应该的呀。"

涂筱柠看他又抽出几百元钱："二十四个小时照顾病人挺不容易的，我妈就麻烦你了，有什么事及时打我的电话或我爱人的电话。"

护工还推辞了一下："哎哟，纪先生，你看你客气的，我本来就拿你给的固定工资呀，你还给我小费，怎么好意思？"

她嘴上是这么说的，但对他给的钱照接不误："你放心，我一定照顾好你妈，把她啊，当我亲姐姐照顾！"

纪昱恒未再多言，带着涂筱柠走了。

护工看他们走远，拿起刚刚到手的钱数了数，脸上笑开了花，都说这家儿子儿媳工作好，果然出手就是大方，动动嘴皮子就拿了大几百。

走出医院涂筱柠忍不住了："你明明知道那护工就是想捞钱，还真大大方方地给人送钱过去，妈一天哪里吃得了那么多水果，我看那护工也吃了不少，刚才我进去看到垃圾桶里有一个新的苹果核呢，妈睡着，谁吃的啊？"

纪昱恒拉过她："她要吃就吃吧，水果也吃不了多少钱。"

"不是我小气心疼钱，是那护工人品有问题，还耍小聪明。"

"能把妈照顾好就行了，其他的都不是问题。"

涂筱柠推他一下："还说我容易被骗钱呢，你也好不到哪儿去。"

他握住她的手，眼神黯淡："妈这次化疗反应比较大，让我想起了我们领证前的那次，我最近总是睡不踏实。"

涂筱柠覆住他的手："不会有事的，妈那么坚强，上次不就挺过来了？你别乱想。"

她陪他走了几步，心情也不由得沉重起来，思忖片刻又说："以后下班我多陪陪妈，她要吃什么我亲自给她去买。"

纪昱恒将她往自己的身边拉："我请护工就是为了不分散我们的注意力，你最近工作也挺忙，一直在跑客户，还是先顾好自己。"

"我没事。"她又靠着他，顺着说，"不跑不行啊，我客户基数少，还是多攒点儿

468

在手里才踏实。"

他揽过她的腰："中午跑的那家怎么样了？"

"收了材料，不过我准备明天就给退回去，不做了。"

他放了放脚步："怎么回事？"

"今天聊了一下感觉老板有点儿不着调，资金需求又特别急，财务系统没给我看，这都不是什么大问题，只是我回来抽了张纳税表一瞧，哼，给了我一张假的。"

"你怎么分辨那是真的假的？"

"这种建筑行业的企业开票收入怎么会跟主营业务收入百分之百匹配呢？我就寻思着即使能在报表上动手脚，但国家纳税系统的纳税表可是实打实的，系统里都能看到企业一年交了多少税，他难不成也能做个假的纳税表？我就找了几个优质企业的增值税报表看了一下，果然找出了今天收的那张纳税表的破绽，别人家的纳税表，表格里的线都是整整齐齐的实线，表格里数字靠右，每个数字都顶着表格的上框和下框，他这表格里的数字不仅不顶着框，还有点儿下沉，然后方框里的线条不是实线，有几条虚线。纳税销售额正好完全匹配主营业务收入，又不给我看纳税系统，这不就是有问题吗？"涂筱柠踢了一下脚下的石子，"我觉得银行和企业合作就跟商人做生意一样，为了各自的利益可以有各自的小算盘，可以为了价格、成本来回扯皮，但得互相坦诚，你问我借钱是看好我，我愿意借给你也自然对你有所信任，可你一开始就给我弄虚作假糊弄我，后面我还能指望你对我真诚？这钱我还敢借？借了恐怕就是肉包子打狗，有去无回了。"

两个人走到停车场，纪昱恒看着她似要说什么。

"这车是你的？"这时有保安过来，指着涂筱柠的车问。

夫妻俩的对话被打断，涂筱柠点头："是啊，怎么了，叔叔？"

"你怎么这么停？停好了也不看看的吗？压线了知不知道？你看！"他指着停车位说道。

涂筱柠不用看都知道自己压线了，只是来得急，当时想的是轮胎压一点儿应该也不会影响旁边人停车，就离开了。

"叔叔，不好意思，我车技不大好，又赶时间就没注意。"她赶紧解释。

保安又指指另一辆车："你压线，他也压线，你们俩让别人怎么停车？不知道医院车位本来就紧张啊？怎么现在你们这些小年轻都那么自私呢？"

涂筱柠一瞧，隔着一个车位也停着一辆压车位线的车，那个人比她还夸张，直接把轮胎挤出到隔壁的空车位上了。

那个人是右边出线，涂筱柠是左边压线，导致夹在他俩中间的本来就不大的车位变得更小，除了超小型车，其他车哪里还停得进来？

保安可能是被其他来停车的人责怪了，逮到机会就把气全撒在了涂筱柠头上。

涂筱柠也觉得是自己疏忽了，连连道歉："不好意思，叔叔。是我不对，我没考虑到别人停车的问题。"

"我跟你讲，你导致了停车位紧张，刚刚有辆车停不进去，其他车又要出去，造成了拥堵，你今天这停车费要加钱。"保安有点儿得理不饶人了。

纪昱恒看他上纲上线并且咄咄逼人起来便迈步上前，谁知道涂筱柠动作比纪昱恒快，她把手探进包里，居然摸出了一包烟。

"您说得一点儿没错，确实是我疏忽了。"涂筱柠嘴上赔着不是，手上倒出两支烟塞给保安，"叔叔，我才学会开车没多久，我妈在这儿住院呢，我这心里一急停车也着急忙慌的，您别跟我一般见识，来，您抽两支烟消消气。"

保安被塞了烟，愣了愣，再一看，这烟是南京九五之尊香烟。

涂筱柠仍是一副笑眯眯的样子，保安瞬间脾气下去了一半，又瞅了她几眼，觉得这小姑娘看着年轻，人倒挺机灵的。

他也没推托，接了烟咳了咳："下回注意啊，可不能再这样了，这儿是医院，不是超市，停车位每天都很紧张的，哪儿能由着你们性子停？"

"知道了，叔叔。"涂筱柠点头，又作势从包里拿皮夹，"那您说我今天给多少停车费？"

保安摆摆手："算了算了，你就该多少给多少，去前面扫码吧，我就来给你提个醒。"

涂筱柠感谢道："谢谢叔叔了，下回我一定注意。"

保安又摇手："还是别下回了，谁没事老往医院跑？"

保安把两支烟各夹在左右耳朵后吩咐："赶紧把车开走啊。"

"好的好的，这就走了。"

待保安离去，涂筱柠把烟扔回包里松了口气。

她转头一看，纪昱恒还纹丝不动地站在老地方呢。

她故意揶揄道："我还当站着个雕像呢，原来是我老公啊，看我被人训半天动也不动一下。"

他挪挪脚步走了过来，边走边问："烟哪儿来的？"

"买的。"

"你买烟做什么？"

"有烟在手，万事不愁啊，你们男人营销吞云吐雾，我们女人不抽烟还不能发啊？"

纪昱恒站到她面前端详着她。

"你这是什么眼神啊？"涂筱柠问。

"佩服的眼神。"他忽而一笑，"涂经理，你现在可厉害到我在旁边都插不上一句话的地步了。"

涂筱柠还是头一次听到他这么评价自己，有些难以置信，推他一下："别寻我开心。"

"字字真言。"

"哪儿有,就跟赵方刚学的。"

纪昱恒还在看她:"越来越有客户经理的样子了。"

"这你都看得出来?我只不过跟保安说了几句话而已,又不是跟客户。"她嘴上虽然这么说着,被他夸了心里还是很高兴的。

此刻有风吹来,她只穿着一件衬衫。

"外套呢?"他问。

"车里呢。"提到这个她还有话问他呢,但又得赶紧挪车,就先打开车门,"先回家吧,鱼我买好了。"

"嗯,你先走,我的车还在后面。"

"好。"

涂筱柠一回家就开始做饭,过了一会儿纪昱恒回来了。

他走进厨房从她身后将她抱住。

涂筱柠正在用刀刮鱼鳞,然后纪昱恒做鱼汤。

"老公,你怎么把鱼汤煮得那么好喝?鱼汤白白的,像放了牛奶。"她舔舔嘴唇,意犹未尽。

"鱼要先煎,一直煎到发黄。"他边说边给她夹鱼肚上的肉,还细心地把边上的小刺挑出来。

她看着想起那次她的喉咙里卡了鱼骨,又不害臊地问:"那次我被卡,你是不是可心疼了?"

他不说话,她就晃他的手:"是不是?"

那算是他们第一次肢体接触,她现在想起当时温柔的他,心里甜甜的。

"疼得当时就想吻你。"

他要么不开口,要么一开口就让涂筱柠脸热:"那你怎么拖到那么久才第一次吻我?"

"怕吓着你。"

她摇他一下:"那当时我不提出和你领证,不嫁给你怎么办?"

"不会。"

"你怎么就跟赵方刚说你订婚了?现在全行都知道了,你的名字在内网论坛是热搜第一。"

他拉住她的手:"与其被人议论纷纷,不如大大方方地承认,我那些子虚乌有、乱七八糟的传言还少?正好一起辟谣了。"

涂筱柠却有点儿担心:"可要是被发现了怎么办?而且你突然宣布订婚,领导要是问起你，你怎么交代？"

"一个单位人一多嘴自然杂，可银行不是靠打听八卦消息吃饭的，干业绩都来不及，谁天天真的二十四小时地盯我？事情刚出难免有人议论，热度退去就好了，只是以后我们要更加注意。"他又给她擦擦嘴角，"我既然敢放消息，自然想好了后路，领导那边不会有问题的。"

"都是我不好，今天不该忍不住去抱你，害你又被推上风口浪尖。"她自责不已，感觉自己在他身边就是颗定时炸弹。

"所谓隔墙有耳，隔窗有眼，日后还是不能掉以轻心。"他拉起她的手，"只是跟着我，让你受委屈了。"

"这算哪门子委屈？等我再强大一点儿也能硬气到说跳槽就跳槽，说把客户带走就能带走的地步，我就离开 DR，然后光明正大地跟你站在一起。"她牵过他的手说道。

他看着她："所以你现在拼命地自己跑客户？"

她默认了。

他让她靠着他的肩膀："当初介入园区时我不是没有考虑过让你跟赵方刚一同对接，但当时的你刚进入对公条线，毫无经验，是一个从零开始的新人，揠苗助长只会适得其反，你只有脚踏实地学、看、想，独自参透营销的门道，日后才可以做到独当一面，才能硬气地在行里站稳脚跟。你现在的客户基本是靠自己营销而来，你从跌跌撞撞和青涩到现在一步步地成长，我都看在眼里，而我除了分给你部门人均存款外并未给你带来任何帮助，作为丈夫，我并不是称职的。"

她摇着头并不认同："我出身于普通的工薪阶层家庭，父母把能给我的都给了我。我没有别人强大的背景和资源，想要什么只能靠自己硬着头皮上，可从前被家里保护得太好，不谙世事，直到独自去营销才发现从前的自己有多稚嫩，不知社会的规则，不擅长人际交往，处事不够圆滑，也知道了让一个毫不认识我的客户到最终能信任我有多辛苦和不易。这种靠时间和精力建立起来的合作关系跟别人赠予的或者我伸手向别人要来的是不一样的，只有踏踏实实地靠自己争取来，才会有底气。我觉得一个成功的客户经理并不是让客户只认可你所在的银行及其产品，而是不论你到了何处，日后在银行还是不在银行，客户始终都认可你这个人，在多年后有人提及 DR 时，客户会第一时间想到你，说一句'啊，这人曾经是我的管户客户经理，她很好很优秀'。"

她也看着他："从前你总说让我把工作和私下的生活分开，我当时不理解，甚至觉得你双重标准，可是随着跟你朝夕相处和共事，我才慢慢地明白你让我把工作和私下的生活分开是不想我在工作中对你形成过多的依赖心理，从而错失了独立成长的机会。你也说过，职场里没有人会无缘无故地对我好，求人不如求己，靠自己才是真的，对此我也曾觉得你冷漠，现在靠自己营销后有了亲身经历才深刻体会了这句话的含义。在我被'银监'查的时候你还说过，既然决定在这条路上走下去，就要证明我是能走这条路的人。老公，其实从一开始你就在教我，可我现在才明白你的良苦用心，我们既是夫妻也是上下级，我不想你因为我而在工作上为难，也不想你因此被人抓住把柄，所以有关转正的事你不说我也不提，因为这是我选择的路，我想证明我可以继续走下去。"

纪昱恒用指腹轻轻地滑过她的脸颊："柠柠，你真的成长了，也变得越来越自信了。"

涂筱柠低头吻他的唇："这些都是你带给我的，因为有你我才变得更好。谢谢你，老公。"

涂筱柠谢谢他支持她，爱护她，保护她。

他也回吻她，眼中柔情一片："但你也要记得，如果在这条路上累了、怕了，遇到困难了，都可以停下脚步，因为我除了是你的领导更是你的老公，你永远可以靠着我，你累了我就背你走，你怕了我就领你走，你遇到困难我就亲手替你斩断荆棘护着你走。"

涂筱柠感觉胸口一热："老公。"

他用双手抱着她的腰："关于你转正的事，我已经把你的材料签字送至人力资源部了，今年总行会给分行两个转正名额，你会是其中之一。"

她一怔，没想到他会跟她说这个。

"我？"

"你入行整整四年了，又逢新支行成立缺人手，这半年你的业绩也不错，天时地利人和，我不可能错过这个机会。"他拨开她额前的发，"我知道，这一直是你的心头大事，对你而言很重要。"

之前虽然赵方刚跟她有所提及，可终究跟纪昱恒亲口讲出来不一样，她的身体里像有百种情绪交织流过，这些情绪汇聚到一处，让她触动不已，可同时又让她担心会影响他。

"可是……"

"你是凭自己的成绩去竞聘的，我只是做了推荐，就像饶静评高级客户经理职称，赵方刚评业务骨干荣誉，许逢生评中级客户经理职称，如果没有你们的努力，光有我推荐也无济于事，你们都是我的兵，我有义务带着你们一起往前走，知道吗？"他似乎知道她心中所想，如此说道。

涂筱柠点点头，难以平复心情。

"本来是想等这件事尘埃落定了把它当作你的生日礼物告诉你，可行里的转正流程复杂且周期漫长，没能赶上你的生日。"

他突然这么说，涂筱柠才想起来今天是她的生日，4月19日。

她顿然觉得时间飞快。她二十八岁了。

她的心中不由得更加感动，可她却说："什么生不生日的，我自己都忘了，而且又不是什么大生日。"

"你从前的生日我都没有参与过，但以后你的每一个生日我再忙也会陪你一起过。"他说着，抱她站起来。

她以为他要带她去房间，并不是。他抱着她走到玄关，才把她放了下来。

他从一个礼品袋中拿出一个包装好的精美礼盒："我这个人不是很懂浪漫，本来想学网上把礼物放在车后备厢里，再弄一堆气球和花，可你肯定会怪我浪费钱。"

他说这话的样子竟然像个毫无恋爱经验的男生，让涂筱柠觉得好笑又心疼。

"还好你没这么做，不然真骂死你。"她故意说。

他将礼盒递到她面前："拆开看看。"

涂筱柠接过礼盒，觉得还挺沉，把礼盒捧到客厅坐下，慢慢地拆开，看到里面还有一个白盒子，再打开，顿住了。

那熟悉的绿色盒子全部展露在她眼前，盒子上还有个小皇冠的标志。

她惊了："劳力士？"

他微抬下巴："打开看看。"

涂筱柠犹豫了一会儿，最终还是打开了那个盒子。

盒子里是一块女款蚝式恒动系列的手表，表盘是宝蓝色的。这块手表跟他的那块除了表盘大小还有刻度线稍有区别外，乍一看几乎一样，就像一对情侣表。

"你……你……"她还在组织语言却已经被他拥入怀中，他说："老婆，生日快乐！"

她明明非常感动，却哽咽着说："纪昱恒，以后每个月只给你两千块零花钱，看你还敢不敢不经过我同意乱花钱了。"

涂筱柠来来回回地看了这块表无数遍，就差要把它供起来了。

"这是三十一毫米的表盘，我想你个子高，表盘大一点儿你戴着也撑得起来。"纪昱恒给她戴上手表，一看，觉得表腕大小也正好。

那宝蓝色的表盘在灯光的照射下十分耀眼，如他所说，真的跟她很相衬。

她不舍得用手摸，怕留下指纹："可是这块表太高调了，我平常也戴不着。"

"总会有戴得着的地方。"

涂筱柠看着他手腕上那抹相同的宝蓝色，觉得心里温暖不已，把手伸过去跟他的手并排，发现两块表真的就像是情侣表。

"还是你戴着更显气质。"她说。

他把她拉过去，她就势搂着他的颈。

"谢谢老公，就是礼物偏贵重了，我一个小小客户经理，毕竟跟你行长的身份不一样。"

他挠挠她的下巴："你也是行长夫人。"

纪昱恒开始戴戒指上班了，这枚从领证起就压了箱底的戒指率先抛弃了涂筱柠的那枚，终于重见天日，只不过结婚戒指变成了"订婚"戒指，本该戴在无名指上，他改戴在了中指上。

对于纪昱恒也有了对象这件事，赵方刚整天哀号："老大就这么抛弃了我，隐藏得也太深了吧？"

"难怪唐羽卉辞职了，这是被打败了啊。"许逢生醒悟得有点儿晚。

"能把公主打败的人，我倒也很想膜拜一下。"饶静也若有所思。

只有涂筱柠还在安静地录报表。

"小涂。"赵方刚突然喊她。

"唉？"

"'男神'名花有主了，你怎么从头到尾没表示一下？"

涂筱柠在键盘上的指尖停下："呃，我偶像当年结婚的时候我都没有什么想法来着。"

"那能一样吗？一个是明星，一个是身边的人，你就不好奇吗？那个传说中老大的对象？"

这次涂筱柠很配合："好奇的。"

赵方刚拍拍桌子开始出馊主意："所以啊！什么时候陪老大应酬，我趁他喝多借机送他回家，然后就可以看大嫂了！"

说完了，他对这个主意很认可，看向涂筱柠："小涂！哥鸡（机）技（智）不鸡（机）技（智）？"

涂筱柠点头："鸡（机）技（智）！"才怪！她立刻默默地在心里的小本子上记上一笔："赵方刚假借喝酒由头送老公回家——没门！"

过了一会儿涂筱柠突然接到一个微信语音电话，一看是上次那个跟她换钱的周会计。

她接了电话："周会计，您好！我是 DR 小涂，请问有什么事吗？"

"涂经理，你好！上次的事谢谢你了。"

"不客气，周会计，应该的。"

"是这样的，后来我回去跟我们领导说了这件事，领导也觉得你们的服务挺周到的，正好我们小老板最近也有融资需求，在找银行呢，我们就想，反正给别人做是做，给你做也是做，万一你做成了，以后我们对接起来熟哇。"

涂筱柠喜出望外："哎哟，那我真是撞上了一门好事，谢谢周会计了。"

"不客气，不客气，我就推荐了一下，最终还得由小老板自己定，估计他还会货比三家。你看你什么时候有空来一趟跟我们的小老板聊聊？"

"他什么时候有空？"

"他今天下午就有空。"

475

"那我下午两点到,您看能不能帮我约一下?"

"好的,一会儿我问了把结果发到你的微信上。"

"好的好的,谢谢。"

"没事。"

涂筱柠挂完电话就差竖起大拇指了。那天涂筱柠得知周会计所在的企业,做出那些事是有些故意的成分在里面的,因为这周会计一看就是心直口快的人,涂筱柠帮她化解了问题还给足她面子,她再受到一点儿小恩小惠,势必会回公司讲去,又是总账会计,就算不直接讲给老板听也会讲给财务总监听,到时候企业财务部不说能记住涂筱柠,至少他们公司对涂筱柠能有个好印象,后面涂筱柠再去营销应该不会再被拒于门外。

当然,这些也只是涂筱柠的个人推测,并也不是十分有把握,所以当时没有抱太大希望,没想到还没等她去营销,他们主动找上门了,这是个她"打进去"的好机会。

"小涂又跑到客户了?"赵方刚看她一副开心的模样。

"只答应了先让去聊聊。"

"哪家啊,让你笑得跟花似的?"

"优胜塑胶。"

大家同时放下笔,许逢生说:"这家可算民营企业里姿态一直比较高的了。"

"以前我接触过,这是个家族企业,创始人白手起家把建立的厂做到如今这规模,从来不要银行贷款,是一个很固执的小老头儿,不过最近听说他儿子从国外学成归来接班了。难道儿子要打破老子的传统了?"饶静说。

赵方刚再看看涂筱柠:"那你是去跟老子谈,还是去跟小子谈?"

"小子。"

赵方刚贼兮兮地笑了,嘴里又没个好话:"小子好啊,你就顺势拿下他,以后别说业务了,整个公司都是你的啊,小涂。"

许逢生咳了一声:"小涂有男朋友了,方刚。"

"知道知道,开个玩笑。"一会儿赵方刚又扯了一嗓子,"小涂,要不要哥陪你去?这种大型企业,新掌门人又是海归,我怕你一个人搞不定。"

涂筱柠已经开始准备拜访资料了:"不用了,小赵哥。你忙你的,我跟里面的会计有过交集,她到时应该会陪我。"

"真不用啊?"

"嗯。"

中午去食堂吃饭的时候纪昱恒跟赵方刚他们坐在了一起,没看到饶静、涂筱柠。

"饶静师徒最近在忙什么?"纪昱恒边抽筷子边似不经意地问。

"饶静最近神神秘秘的,中午都不在行里吃饭了。小涂嘛,一门心思扎在营销客户上,乐此不疲,喏,刚扒了两口饭就下去了,说要准备拜访客户的资料。"

纪昱恒执起筷子夹菜。

许逢生又补充道:"老大,小涂挺能吃苦的,客户营销一个接着一个做,她下午去的是优胜塑胶,C 市民营企业里的纳税大户,一个才入客户经理岗不到一年的小姑娘,靠自己'打进去'挺不容易的。"

赵方刚喝了一口汤:"这家企业以前没有银行介入过,现在改朝换代了,老爷子退休,小老板接手,估计也知道再不跟银行合作就要落伍了,开始转型,小涂运气不错,正好踩在了这个节骨眼儿上。"

纪昱恒的筷子落在菜里:"这种大型企业你们老客户经理有空就陪她一起去,她毕竟入行晚经验浅,没有你们圆滑老练,头一回上门就单枪匹马,很难让人信服。"

赵方刚一脸无奈:"老大,你问逢生,我说了陪她去的,小丫头自个儿倔,非要自己去。"

许逢生点点头。

纪昱恒继续吃饭,未再多言。

他回自己的办公室的时候经过客户经理办公室,朝里扫了一眼并未瞧见她的身影。

他走进办公室关上门,给她打电话,她过了一会儿才接。

"纪行长。"

"一个人?"

"嗯。"

"跑哪儿去了?"

"下午约了客户,我看有点儿远,就提前开车去了。"

"拜访这种大型企业你为什么没有跟我讲?"

"小赵哥说的?这个大嘴巴。"她嘟囔了一句又说,"我也是今天才接到别人电话的,之前还没数。"

"我知道你现在很想证明自己,但是不要逞强,今天应该让赵方刚陪你去的。"

她沉默了一会儿:"可我总要独立的,不能让他陪我跑一辈子啊。"

"你上进是好事,但是心态要放好,得失心不要太重,明白吗?"

"知道了,我也没有抱很大希望,就想着既然有机会试试也好。"

"下次再遇到这种事不要鲁莽,先跟我汇报。"

"知道了。"

"你边上有人吗?"她突然问。

"没有。"

"在办公室?"

"嗯。"

"那你亲我一下。"

"……"

"快点儿，我需要一个爱的鼓励。"

"……"

"不亲算了。"她一副要挂电话的样子。

他咳了一声："等等。"

"嗯？"

他对着空气亲了一口。

下一秒涂筱柠真笑成了一朵花。

涂筱柠来到企业，迎接她的是那个周会计，两个人寒暄了一会儿后周会计带涂筱柠去老板的办公室。

"我们老爷子一共三个孩子，两个女儿，就这一个儿子，老来得子。小老板从小就受宠得很，锦衣玉食，也很有个性。年前老爷子身体不大好，就有了退休的打算，这不小老板刚接手就准备改革嘛。"周会计边走边说。

"我听说你们公司以前没跟银行合作过？"涂筱柠随口问了一句。

"这公司是老爷子白手起家创立的，他思想保守，不大喜欢跟银行打交道，再加上以前公司效益好，垄断了C市这一行，账上流动资金足，公司运转得过来，都是银行来求我们，可现在这时代不比当年了，同行竞争激烈，早就不是我们一家独大了。我们又要生产又要采购原材料，我们的原材料都是进口的，这原材料的价格根据国际市场大环境变动跟股票一样一天一个价起起伏伏的，有时候我们还亏，资金就难免吃紧，怎么可能还像以前一样端着架子真不找银行？前几年就有银行介入合作了。"周会计告诉涂筱柠。

"那这次？"

周会计看看旁边，确定没人，凑近涂筱柠说道："老爷子的身子骨早就不如前些年健朗了，先前他就已经慢慢地把公司这块儿给两个女婿打理了，我们财务这块儿自然也被两个女婿把持了。我们这些会计反正也就是做做报表，对具体走账的这些东西也不能多管多问，和公司合作的银行都是他们找的，可这几年账上的财务费用和管理费用数字越来越大，老爷子总感觉有点儿猫儿腻在里面，奈何身体不好没精力过问太多，就一直睁一只眼闭一只眼等小老板回来，可算给他等到了，小老板一回来就彻查了公司从前的账目，证实了老爷子的感觉是对的，当务之急就是要把公司里小老板两个姐夫的人全部换掉，尤其是财务上，自然银行也要另找。"

短短时间里，涂筱柠感觉知道了这个家族企业里不得了的消息，觉得这个周会计以前肯定是老爷子的眼线，现在是小老板的人了，心想：自己还真是误打误撞地认识了一个还算关键的人。

"我那天在 DR 看到你就觉得你实在又机灵，不像以前我接触过的那些虚头巴脑、油腔滑调的客户经理。我们小老板刚回国，还未打开银行业的人脉，想找个实力较强的银行，同时客户经理又能踏实做事，没那些搞歪门邪道的念头，我寻思着你不是挺合适的，万一能成呢？"周会计又说。

涂筱柠听得有些不好意思，心想：周会计怎么就知道自己不会搞歪门邪道？不过企业内部"改朝换代"，确实是一个她"打进去"的好机会，她得好好地把握。

他们说着话，来到了老板办公室外，周会计又交代："小老板叫付轶均，我们喊他小付总，你就叫他付总就成。"

涂筱柠点点头整整衣服。

周会计轻轻地敲了敲门："小付总，DR 的客户经理来了。"

"请进。"付轶均的声音清亮。

涂筱柠被领进去，觉得付轶均跟她平常拜访的企业老板不一样，没有正襟危坐在办公桌前，而是站在角落里的复印机旁边。

他一只手叉腰，另一只手搭在复印机上，用指尖有规律地轻敲着复印机，袖口被捋至手肘，领带被略显随意地插在衬衫的口袋中，他头发蓬松，眉毛稠密，鼻梁很挺，看上去也就三十岁出头，一表人才又带着些不修边幅的倜傥之感。

涂筱柠率先打招呼："付总，您好！我是 DR 新城区支行的客户经理涂筱柠。"

付轶均扫了她一眼，颔首说了声："你好。"然后他看向她身后。

"周会计，用这复印机缩印你会吗？我调了怎么不对？"

周会计便走过去："我看看。"

她按了几个键，又试了一下，缩是缩了，可复印出来的字体方向不对，漏了一大半内容。她又按了按，方向对了，可字的大小又不对。

"哎？怎么弄来着？"周会计也开始嘀咕起来。

涂筱柠走上前，一看那复印机跟之前 DR 分行办公室里的复印机是一个牌子，便说："要不，我试试？"

站在复印机边上的两个人看了她一眼均往后退了几步。

涂筱柠低头去看复印机的屏幕。长发滑到了额前，她习惯性地伸手将长发别到耳后，露出了小巧的耳朵和半条脖子，耳垂上别致的耳钉也很耀眼。她转头问付轶均："付总，您想缩小到多大？"

"能放到一张 A4 纸上就行。"

她便打开复印机的盖子，拿出里面要复印的材料看看再将其放回去，然后按了按键，将原稿尺寸缩放百分之五十，并调整了纸盒方向将其设置为横向 A3 规格，同时把纸张设定也调成 A3 规格，之后拉开复印机下面的纸盒，把里面原本竖放的一沓纸拿出，拉长纸盒里的塑料固定器再把一沓纸横放进去重新固定住，最后关上纸盒按下打印键。之后，一张完整的缩印件就按要求从复印机的出纸口滑了出来。

周会计拿起一看，笑了："现在对了，就是这样。小涂，你挺行啊。"

涂筱柠也笑笑："我们经常要给客户缩印营业执照正本的，一来二去就熟练了。"

周会计点头："那倒是的，企业的营业执照正本可大了。"

付轶均拿过复印材料看看，然后先将其搁在了复印机上，再抬眼看涂筱柠，有些说不上她的全名："涂……？"

"涂筱柠。"涂筱柠递给他一张名片。

他接过名片看了看，然后去摸衬衫的口袋，只摸出了领带。他又看她，将手礼貌地往沙发方向扬了扬："先坐吧。"

涂筱柠点点头，往沙发挪步，又听他唤："周会计，倒点儿茶来。"

周会计应声去倒茶。

付轶均去办公桌拿了名片走过来，微微弯下身子用双手将名片递给涂筱柠，涂筱柠刚坐下，赶紧起身接过名片。

之前她拜访的老板给名片不是随意一递就是把名片放到桌上推给她，像他这么正式谦虚地递名片的还挺少有。

他又抬手请她坐："坐。"他举手投足间尽显绅士礼仪。

涂筱柠抚了一下行裙重新坐下，为了防止走光，将两腿优雅地斜放在一侧，坐姿显得很淑女。

"涂经理从业多久了？"付轶均坐下问。

"四年。"涂筱柠打了个擦边球，反正他也没问是不是当客户经理。

他微微扬眉，此时周会计端着茶进来，涂筱柠接过茶说了声"谢谢"。

周会计送完茶要走，付轶均说："你也拿个本子过来。"

周会计哦了一声回去拿本子了。

"是这样的，以前公司由我父亲掌管，他身体不好，目前公司转由我接手。公司内部重组，合作的银行我也打算重新选，DR是商业银行之首，口碑也一直不错，正好借机了解一下。"付轶均言简意赅地进入了主题，之后又大致介绍了一下企业的主营范围和经营情况。

涂筱柠打开笔记本记得认真，正好周会计也拿着笔记本进来了。

涂筱柠便开始提问："付总，贵公司一年的销售额有多少？开票收入又是多少？"

"去年一年大概有九个亿的销售额，开票收入我们一直是一比一匹配的。"

涂筱柠一听，心想果然是大企业，财大气粗，财务上也正规，便借机探他的融资需求："我们行的产品比较多样灵活，也可以根据客户自身情况和需求订制融资方案，不知付总这边有什么需求？"

"你们行的抵押率是多少？"付轶均先问。

涂筱柠心想，到底是大公司的接班人，也不是个一窍不通的，看周会计起身给他们添水，顺势话锋一转问："付总准备拿什么抵押？"

付轶均往沙发后背上靠了靠:"公司厂房和土地。"

"这是你们的核心资产,之前既然有其他银行介入了,那么应该已经抵押给他们了吧?"

"是,分别抵押给三家不同的银行,但我现在嫌麻烦,想打包给一家银行做。"

"我们行工业厂房折率是六折到七折。"涂筱柠只给了个范围。

"那到底是六折还是七折呢?"付轶均追问。

"这个看企业资质,不过贵公司优质,我会争取到七折。"涂筱柠保守地说道,也不说死,给自己留了余地。

"那利率呢?"

每个老板都关心的问题来了,涂筱柠没急着回答,只问:"您指的是贷款利率?"

"嗯。"

涂筱柠放了放笔:"付总,听您刚刚的介绍,你们的原材料都是进口的,进出口贸易很多,之前应该跟其他银行接触过进口信用证业务吧?"

这里周会计接话了:"有的,有时候大批量向国外上游公司采购,我们会以这个方式付款,但是这个业务品种速度没有贷款快,而且开证期限短,到期还要做那什么押,什么来着?"

"押汇或者代付。"涂筱柠帮她说。

"对对对,这个业务没有贷款方便,所以一般我们还是优先考虑贷款。"

"但是我们DR的国际业务很成熟,有一套完善的体系,速度不是问题,同时价格也在同业中很占优势。"涂筱柠夸奖DR。

付轶均静静地靠着沙发,用一只手扶着下巴,认真地听。

涂筱柠又继续说:"国内业务的话,你们是C市的纳税大户,有充足的税票,与其做贷款,为什么不做国内信用证呢?"

付轶均和周会计互看一眼。他有点儿感兴趣:"哦?涂经理的想法是……?"

"我的想法是给你们做最适合和最节省成本的业务。"涂筱柠也直言不讳。

"开证能比贷款便宜儿个点?"

"具体要看最终审批,但不管您做进口证还是国内证,成本肯定是比做贷款低。"涂筱柠告诉他。

付轶均沉默了一会儿,似在思考,然后问:"额度方面呢?"

"如果您是准备置换他行的贷款,额度上我会尽量争取抬高,至少不会比他行的低。"涂筱柠稍稍调整坐姿,两腿轻轻交叠,"如果合作成功,届时你们开证我会额外申请手续费和承兑费优免,也就是说,即使在额度上我们没有优势,也一定会在价格上降低你们的总成本,让性价比最高。"她乘胜追击。

付轶均开始把玩她的名片:"涂经理对业务挺精通的。"

她谦虚地说:"吃饭谋生的工具,精通倒也谈不上。"

他笑笑没再说话。

"那付总，您对我们行还有什么问题吗？"涂筱柠捧起茶杯询问。

"差不多了解了。"

涂筱柠喝了一口茶，杯沿留下了浅浅的口红印。

"我们行在业内虽称不上一枝独秀，但不论业务灵活度还是价格均有独特的优势。付总，您可以考虑考虑。"她适时缓了缓节奏，没有穷追不舍地当即要答复。

他将视线落在那杯沿的口红印上，微扬唇角："好，我考虑考虑。"

涂筱柠离开的时候付轶均加了她为微信好友，周会计一直送她到车位。

坐回车上，她看看时间，心想：如果开回行里离下班时间也差不多了，就偷了个懒回去拿了昨天给婆婆留好的鱼汤，把鱼汤热了一下装进保温瓶里带去了医院。

涂筱柠觉得今天婆婆像个小孩儿一样，连水果也要她喂。

"妈，这次这个护工怎么样？"她还是忍不住问，生怕婆婆这样是平常受了虐待。

"挺好的。"婆婆还是一副慈眉善目的样子。

"她要是怠慢了你，我就让昱恒换了她。"

婆婆轻轻地拍拍她的手："人家挺不容易的，男人走得早，她要赚钱供儿子念大学，也要攒钱给他娶媳妇。我最近时常想起昱恒小时候，他小学时就没了爸爸，我为了多挣些钱一心扑在学校的项目上，用空余时间给学生补课，没有给他过多的关爱，他一路走到现在都是靠自己，好不容易出人头地了，又被我这病拖累，被硬生生地从美国给拽了回来，我总是欠他太多，也没有尽到一个母亲的责任。"

婆婆泪流不止，涂筱柠抽纸给她擦拭眼泪："妈，您别这么说，百善孝为先，昱恒一直很孝顺，对我爸妈也很好的。"

婆婆牵住她的手："他这个孩子，从小心细但也倔强，不认准的人看都不多看一眼，要是认准了什么人恨不得掏心掏肺。你是他第一个带到我面前的姑娘，我第一次和你见面就知道你一定会是我的儿媳妇。"

涂筱柠一怔，又听婆婆道："他的爸爸以前就是'银监'的，所以他在'银监'的同事很多也是他爸爸的老同事，都是看着他长大的，还有我的同事也是看着他长大的，多少人要给他介绍对象，他从不搭理，更别说去相亲了，可偏偏就见了你，还带你过来，你哪怕就这么坐着，他都能目不转睛地瞧你好半天，生怕你不见了似的。不要说是对其他姑娘，他就是瞧我也从未有过那种眼神。筱柠，昱恒是我的儿子，我懂他，他爱你，很爱。"

这是婆婆第一次跟她说这些，她感觉胸口很烫，眼中也噙着热泪。

所以她是他的第一个相亲对象。可怎么又会这么巧，在他对她一见钟情之后正好跟她相亲呢？难道是他让他的母亲去菜市场"偶遇"她的母亲吗？

一念及此，涂筱柠觉得心里的情绪更加难以言喻。

晚上纪昱恒回来时涂筱柠穿着拖鞋从房间里嗒嗒嗒地跑出来。

"还没睡？"她总是第一时间扑过来，纪昱恒每次用单手就能接住她。

"你不回来我怎么睡得着？"涂筱柠看他的领带松着索性帮他解开，然后看到了他的手里还拎着东西。

"带了什么好吃的？"她低头看看。

"灌汤包。"

她又仰头："你去我学校大学城了？"

"正好在那附近吃饭。"他带她往里走，把打包盒放在了餐桌上。

好久没吃灌汤包了，涂筱柠也有点儿馋，伸手就要去打开打包盒。

"这么晚了最好别吃东西了，这是给你当明天的早饭的。"纪昱恒提醒着却也没有阻拦她。

"我就吃一个。"涂筱柠已经打开打包盒并拆开了一次性筷子夹了一个灌汤包吃，觉得有点儿烫，但还能接受。

"啊！就是这个味。"她呼了几口热气才咽了进去，然后满足地感叹。

纪昱恒的西装还挂在臂弯上，就这么站在她的身旁看着她，眼中是说不尽的宠溺之情。

涂筱柠又要吃第二个灌汤包时才发现他还站着，就把灌汤包夹到他面前："老公，你也吃。"

他这才动了动，往落地衣架走："你吃吧，我晚饭还没消化。"

把西服挂好，他顺便问："和那家企业的接班人聊得怎么样？"

她又吃下一个灌汤包，手执筷子似在认真地回忆："怎么说呢，我觉得这家企业的接班人挺深沉的，聊到最后也没看出他的心思来。"

纪昱恒开始解衬衫的袖扣和衣扣。

"这种大企业的接班人，再年轻也是从小在商圈里长大的，从小就被父辈们的交际和谈判耳濡目染，必定也学到些精髓，城府自然不同于一般人，怎么会见面一两次就被你瞧出心思？"

涂筱柠咬咬筷子："反正我该说的都说了，该吹的也吹了，他愿不愿意合作还是难以捉摸，不过其实我心里也挺没底的，推荐了国内信用证业务，他要是较真儿地去货比三家，我们的议付价格是比不过 B 行的。"

"商人都是唯利是图又精明的，谁又会跟自己的钱过不去，能省下白花花的银子何必送给银行做利润？他要较真儿才是正常的。"纪昱恒把脱下的衬衫扔在沙发上。

"那如果能合作，到时候帮他们开证，我能不能申请再跟 B 行合作一笔议付，把成本再降一降？"涂筱柠说。

纪昱恒在往卫生间走，声音却仍清晰："营销可以适当放低姿态，但不是一味地迎合讨好客户，低三下四，不要让他先入为主留下这人很想跟我合作、非我不可的印

483

象，要适时地拿出我们是甲方的姿态来。你要记住，甲乙方合作一旦有一方处于被动，后面深入交流中只会让对方变本加厉地掌控局势，弱势方再想强势地抬头就很难，从成本到回报，只能处处退让。银行也不是慈善机构，光讨好客户不考虑利润，还怎么养活下面那么多张嘴？这两天先别急着追问他，稍微缓缓，耐心等等。"

涂筱柠去给他送睡衣："领导您的高度就是不一样。我时常在思考客户经理与客户的关系。我觉得失去一两个客户DR不会倒闭，企业也不会破产，甚至对部门的影响也可有可无，但是于我客户经理的意义就不一样，每个客户都是我耐心沟通、细心维护、真心付出而努力争取的，他们对我而言不仅仅是客户，也是我成长路上的伙伴，我还付出了真情实感，所以合作的时候也想让他们看到我的真诚。"

他看着她，口吻清醒得一点儿不像喝过酒的样子："之前是怕打击你，但现在也有必要告诉你，把银行说得现实点儿，我们也不是真的每次都在雪中送炭。跟客户的关系是各取所需，是有利益牵连，时间到了兴许双方就一拍两散，甚至必要时我们还会釜底抽薪。你现在确实成长独立了，可还不够冷酷无情，工作上优柔寡断、多愁善感不是好事。"

涂筱柠咬唇看他："你看，我就说你这人有时候冷漠吧。"

纪昱恒靠在水池上，继续冷漠地说："我说了，商人大多数是唯利是图的，只在意整个企业的融资成本和今天你能给他多少钱用，只要哪天有一家银行抛出性价比更高的橄榄枝，他们说不定扭头就走，看都不多看你一眼，管你曾经和他们合作了几年还是你投入了多少精力，想跟客户谈感情，你谈得起吗？"

"我……"

他敲敲水池台："我就不谈整个行业，就我们支行，哪个客户经理从业生涯中不是有得有失？不光是营销失败，连悲欢离合都常有，客户是你的就是你的，不是你的你强求也没用，只要你努力过也没什么可患得患失的。"

看她沉默，他又给她最后一击："别觉得我现实，你既然吃这碗饭就要承认这个行业带给你的所有东西，得失心不要太重，只有保持众人皆醉你独醒的状态，你才能走得长远。"

涂筱柠终于明白他为什么能做领导了，感觉他真是冷静、清醒、理智得可怕。

"老公，你真是我的人生导师，没了你我可怎么办啊？"她长叹一声，凑过去抱他，"老公，以后这种大客户还是得由你出马，这种深沉的老板我觉得只有用你的气势才能压得住。"

"深沉都是装给别人看的，私下本性如何你又怎么会知道？"

涂筱柠笑了："对啊，就像你平常看着也深沉，其实本性又坏又讨厌。"

涂筱柠听纪昱恒的话，对那优胜塑胶没有追问，而是先缓了缓。

没想到几天后周会计主动联系了她，让她去企业收材料，她就知道这事成了。

因为这家企业资质优秀，上报后审批也很顺利，最终获批一个亿，比之前他们的银行融资多了两千万元。

涂筱柠去企业核保签字的时候周会计还在感叹她效率高。

她跟周会计来到付轶均的办公室，他似等候多时，这次和她见面要比初次见她亲和多了。

"涂经理，这段时间辛苦了，感谢你为我们公司付出的努力。"他站在办公桌前微笑着向她伸出手，"合作愉快。"

"付总客气了，应该的。"看他伸出的手，她出于礼貌也伸出了手，本想跟他轻轻地碰一下手就收回，谁知她的手刚触碰到他的指尖就被他握住了。

她抬头对上他的视线，补了一句："合作愉快。"

她赶紧抽手开始拿资料："付总，那我们就签字吧。"

"好。"

他端坐在办公桌前，涂筱柠把需要他签字的材料递过去。

本来涂筱柠站在他的办公桌对面，奈何他的办公桌太大，她递材料很吃力，根本递不到他那边，还要周会计接了传过去。

"涂经理，你这么站着也不方便递材料，我也不是很懂每份材料需要签字的位置，可能要麻烦你站到我这边来指导一下。"付轶均蓦然抬眉。

周会计也跟着说："是啊，这办公桌太宽了。小涂，你站到付总的位子旁递材料也方便。"

涂筱柠只得捧着材料站过去，抽出一份最高额的合同，翻到需要签字的那一页："付总，麻烦在法定代表人栏签字。"

"这里吗？"

"不是，是这里。"涂筱柠纠正他，顺势用手指了一下合同。

他抬手移过去，两个人的指尖又短暂地触碰，涂筱柠立刻收回自己的手。

像未发生任何事一样，付轶均落笔签字，笔锋苍劲有力，字迹潇洒。

涂筱柠又捻合同骑缝："付总，还要签个合同骑缝，我已经给您弄好了，麻烦您签名的时候把每一页都签到。"

"好。"

付轶均签完，涂筱柠检查了一下，发现最后一页并没有签到，便又把合同重新捻了一下送到他手边："最后一页签漏了。付总，麻烦您顺着刚才的签名落尾处再带一下。"

"哪里？"

"这里。"

"这样？"

"不是，不要描，直接在尾巴这边再拉一下。"涂筱柠俯身凑过去教他，长发从肩上滑落，正好拂过付轶均的侧脸。

他按照她的要求用笔拉了一道："可以了吗？"

有些许的热气滑过涂筱柠的脖子，就像他在她的耳边说话一样，她这才意识到两个人靠得太近了，下意识地拉远距离。

她嗯了一声："可以了。"然后她继续拿其他的材料。

他总算把一堆材料签好名和盖好章，涂筱柠来回检查了几遍，十分仔细。

"我这里就好了。"最终确认无误，她道，抬眸又正对上付轶均的视线，不知他已经看了她多久。

他颔首起身："麻烦你了，涂经理。"

"不麻烦，应该的。"涂筱柠将满满一沓材料装进档案袋，"那我回去赶紧整理材料，提交给授信合同岗，争取早日让你们提款。"

"好，劳你费心。"

"付总，别客气，那我就先告辞了。"

涂筱柠说着开始往外走。

付轶均也一道迈步，她只当他是要送她到办公室门口，未作声，到了门口才说："付总，请留步。"

付轶均却没有留步的意思："没事，我正好也有事要出去。"

涂筱柠不好再说什么，只得跟他一起朝外走，中途经过财务室，周会计跟她打了声招呼先离开了。

"小涂，有什么事就电话联系我，我手上还有事，就不送你了啊。"也不知周会计是不是故意做出很忙的样子给付轶均看的。

"好，电话联系。"涂筱柠跟她道别。

这下走廊里就只剩涂筱柠和付轶均了，她走路的时候跟他隔了两个人的距离，付轶均将一只手闲适地插在西装裤袋里，脚步缓慢，有点儿像在等她。

"涂经理是C市本地人？"蓦地，他开口打破走廊里的寂静氛围。

涂筱柠双手捧着资料："是。付总您以后叫我小涂就可以了。"

他投来一个眼神："好。"

涂筱柠目视前方继续走路。

"你是'九〇后'？"不久，他又问。

"是。"

"九几？"

"九二。"

"挺好的，都说现在是'九〇后'的天下，确实。"他这么说也不知是褒义还是贬义，还是都有。

涂筱柠之前收集企业材料时就看过他的身份证，他也就只比她大四岁，才三十二岁,跟她当时猜想得差不多。

走廊有点儿长,涂筱柠不接话气氛就会很尴尬,便随便跟他扯了点儿:"听说付总之前一直在国外留学,是读到了博士?"

"博士后。"他又接着调侃,"但博士后不是学位,我是读完博士找不到工作才去做了博士后。"

涂筱柠感叹道:"真厉害。"

高学历的年轻人,学成归来就接手家业,多么令人惊叹的人生啊!

"因为不好好学习就只能回来继承家业,为了多逃避一段时间,只能一直往后读,直到没书可读了为止。"他却这样说。

涂筱柠尴尬,这不就是网上说的那种明明有万贯家财却偏偏要靠才华的那类人吗?

他又看她:"你是不是在想,我最后还不是回来继承家业了?"

涂筱柠只笑笑没敢评论。

他继续往前走,声音比原先低沉了些:"我们这种人从小在外人眼里是锦衣玉食,应有尽有,可人生却不是自己的人生。"

涂筱柠倒想有这样的人生呢,这大兄弟还挺委屈的?真是人生起点高不知民间多疾苦啊。

没事,有我们这种从小什么都没有的人给你们垫底呢。涂筱柠很想这么安慰他,但也只是在心里这么想想罢了。

"这社会应该有很多人的人生不是自己想要的,可也只能随遇而安吧。"最后她只得这样说出口,觉得跟这种人还是少说话为好,怕言多必失。

他又闻声看来,好在他们终于走出了办公楼,她可以稍稍喘一口气了。

两个人又一起走到前面的停车场,涂筱柠停在了自己的车前跟他道别:"付总,那我就先回去了。"

付轶均看她打开驾驶座的门,突然说:"稍等。"

涂筱柠木然地想:还有什么事吗?

旁边的车的车灯亮了亮,他大步走了过去,涂筱柠一瞧,那不是宾利车吗?

他从副驾驶座上拿出一个礼品袋又站回她面前:"小涂,感谢你为我们公司这段时间的付出,一点儿小心意。"

涂筱柠扶着自己的车门一顿:"付总,您这样就太见外了。"

付轶均轻轻地一笑:"不是什么贵重的东西,是每个来企业的客人都会收到的伴手礼。"

涂筱柠看到那礼品袋的包装上还印着优胜塑胶的商标。这应该是公司特制的小纪念品。

看他的手还伸着,涂筱柠不接就显得很不给面子,犹豫了一下还是接了过来:

"那谢谢付总了。"

"不客气,这里离你们单位比较远,开车回去时注意安全。"

"好的,付总,再见。"

"再见。"

涂筱柠回到行里忙到傍晚才走,又匆匆赶去医院看婆婆,回到家都挺晚了,在小区里停好车下去时瞥见安静地躺在副驾驶座下的礼品袋,这才想起还有这么一个东西,顺手就把它跟手提包一起拿回去了,上楼的时候她还在纳闷儿:"这礼品还挺沉,莫不是印着企业商标的那种水晶装饰品吧?"

回到家她就把满手的东西一并放在了玄关,还没吃晚饭,觉得肚子有点儿饿了,换上睡衣,先去厨房煮了一碗拉面,然后边吃面边看日本电视剧《半泽直树》,这部电视剧是专门讲外国银行业的,虽然国情不同,行业大环境不一样,但不管在哪个国家,银行客户经理都是既惨又不好当。

这部电视剧一集有五十四分钟,她看完一集纪昱恒正好也回来了。

她迎了上去:"老公。"

纪昱恒扫到餐厅的碗筷:"怎么才吃饭?"

"加了会儿班,再去看妈就晚了些,最近她有点儿黏人,我就多陪了她一会儿。"

纪昱恒的眼神低沉:"我也应该多陪陪她的。"

涂筱柠接过他的西装:"你不是一得空就去医院了吗?我今天问过主治医生了,他说妈虽然是乳腺癌转移到淋巴结,但只要积极配合化疗、放疗,治疗三期的话,也能达到百分之三十到百分之四十的十年存活率,现在妈的情况还算稳定,但毕竟化疗过程痛苦,人有些遭罪。"

"等这次化疗结束后就再接她回来住一段时间,我知道她很想家。"纪昱恒话中有自责。

涂筱柠点头:"上次回来她的状态就好了很多,心情愉悦了对治疗也有好处。"

纪昱恒嗯了一声,将车钥匙和公文包放在玄关,看到了那礼品袋。

"今天去核保了?"

"是啊,加了会儿班把一套核保档案整理好了,他们能早些提款我也定神。"涂筱柠边说边去拿那礼品袋放到餐桌上,"那小付总虽然年轻,倒也客气得很,临走非要送我这个。我原先没要,可他说这是每个来的客人都会收到的伴手礼,不值几个钱。我寻思着这种企业的接班人,人家给我礼品也算看得起我,我不拿显得不给他面子,看着这包装也确实不像什么贵重的玩意儿。领导,我拿了客户的东西,算不算私下受贿啊?"

"那要看是什么礼品了。"纪昱恒回答了一句套话。

涂筱柠把礼品袋里长方形的盒子拿出来:"能有什么啊,估计就是什么摆件装饰品或者一套茶具。"

她说着打开了盒子，一看里面还有一个精致包装的盒子。

"什么东西啊，还里三层外三层的，搞得那么复杂？"她嘀咕着又拆开外面的包装纸，突然不说话了。

纪昱恒刚换好拖鞋走到她身边，就看到那被拆开的包装纸里露出了一片绿色，那是个绿色的礼盒，盒子还用绿色丝绸带精致地系着蝴蝶结，不过最醒目的是那绿色丝绸带上的几个代表着某高端化妆品品牌的白色字母。

手足无措的涂筱柠看看那礼品盒再看看他，只听他不冷不热地说："涂经理，你的客户还挺大方的。"

涂筱柠的第一反应是"完了，受贿了"，她的第二反应是"完了，老公你听我解释"。

"我……我不知道，他说是伴手礼啊。"涂筱柠心乱了。

见纪昱恒不说话，她更急了："我真不知道，我有他微信，我现在就找他。"

她要去拿手机却被纪昱恒拦住了："这都几点了，大晚上的你给男客户发微信，也不怕人家没想法的反倒萌生点儿想法来。"

涂筱柠一想也对，就放弃了。她看看他，有些慌张地凑过去。

"老公，我真不知道。"她像做了坏事被大人发现的小孩儿一样，去钩钩他的手指。

她的手被他握住了："我看着有这么不讲道理？"

涂筱柠贴过去，抬手摸摸他的眉目："我怕你误会，不想跟你有误会，一点儿都不想有。"

纪昱恒揽住她的腰身："夫妻之间这点儿信任都没有还怎么过日子？"他再看看那绿色的盒子，感觉比劳力士的盒子还鲜艳几分。

"不过涂经理现在越来越有能力了，说不定以后要你养我了。"过了一会儿他冒出这么一句话。

涂筱柠挥手打了他一下："刚刚还说信任的呢。"

"我指的是工作能力。"他笑着又把她抱进怀里，涂筱柠没好气地推搡他，两个人亲热地闹了一会儿，涂筱柠也看着那绿色盒子发愁。

"当时应该看一下的，可当人面拆礼物又不礼貌，这么贵重的东西，我得还给他。"

他认同："是得还给他。"

涂筱柠再瞅瞅他："你怎么知道这牌子的？"

见他不语，涂筱柠用指尖戳戳他的胸口："听你刚刚的语气你明显知道，你怎么会对女人的东西那么了解？纪昱恒，你是不是以前就给哪个漂亮的小姑娘送过啊？"

他轻挑眉梢，故意说："你这么问我得好好想想，人太多了，一时半会儿想不起来。"

"你还真有啊！"涂筱柠又打他。

纪昱恒抓住她的手："得亏我结实，不然每天遭你这么多下打，不废也内伤了。"

涂筱柠瞪他："胡说八道，谁天天打你？"

他捧住她的脸，低头跟她面对面："才说好的信任呢？"

涂筱柠嘟嘴："我又不是你的初恋，谁知道你以前有没有对谁上过心？"

他又不作声了，涂筱柠权当默认。看吧，她就知道。

"你不是说不计较从前？"片刻，他问。

"我计较了吗？"她恬不知耻地反问，然后走回餐桌，"我才不计较呢。"

被拆开的包装纸已经有些皱了，她抚平重新包回去。

纪昱恒轻轻地拍了一下她的脑袋。

她捂着脑袋："我说了不要老拍我的脑袋，本来就不聪明，被你拍得更笨了。"

纪昱恒微扬唇角："你什么时候不打我，我就什么时候不拍你脑袋。"

"你这人就是讨厌。"

他把她拉过去，远离那碍眼的绿色盒子。

第二天涂筱柠在午休的时候给付轶均发了一条微信消息："付总，昨天的礼物我看过了，太贵重了，我不能收。"

过了一会儿他回了消息："只是一点儿小心意。"

"可对我而言真的太贵重了，心意我领了。付总，您看您什么时候方便我把礼物还给您，或者我直接把礼物快递到您的公司？"

他却发过来一句："你要真觉得不好意思，就请我吃顿饭。"

涂筱柠微顿指尖，想了想又继续打字："好的，付总。您看您想吃什么？"

"我随意，都可以。"

"那日本料理？"涂筱柠脑子里能想到的又贵又方便吃饭和说话的地方只有菊川了。

"你说的是菊川？"

她心想，果然跟聪明人说话就是不需要绕弯子："对，您看您什么时候方便？"

"你若是有空的话，择日不如撞日，就今晚？"

"好，我五点半下班，那就六点见了，付总。"

"好。"

和付轶均结束微信聊天，涂筱柠起身走到纪昱恒的办公室，他关着门，应该是在午休，她轻轻地敲门。

纪昱恒打开门看到是她。

"领导，我有要事汇报。"她开口道。

他还把手放在门把手上，示意她进来。

"什么事？"

两个人站得很远，他的办公室又大，俩人就像隔了一条马路一样，各自在斑马线的两侧站着。

"领导。"涂筱柠娇滴滴地开口道。

"好好说话。"

她哼了一下，声音终于如常了："晚上能不能陪我去赴个宴？"

外面阳光明媚，温暖的光透过落地窗肆意地倾泻在他的身上，他像被光包围着，耀眼夺目，摄她心魄。

"什么宴？"

涂筱柠故意卖卖关子："其实也不是什么大应酬，就是优胜塑胶的小付总单独约我去吃个晚饭，如果领导您没空的话，我就自己一个人……"

"几点？"

涂筱柠粲然一笑："六点。"

晚上他们准时到菊川，付轶均已经在包间里等候了，服务员帮涂筱柠拉开门。

"付总。"

付轶均望着那道倩影，刚要起身却在下一秒微顿，将视线落在了她后面的人身上。

涂筱柠走进包间，淡然微笑，开始介绍："付总，这是我们的领导，纪行长。"

包间里沉寂了数秒，付轶均扶着领带站起身，走到纪昱恒面前，恭敬地开口："纪行长，您好！今日才见面，幸会。"

纪昱恒颔首微笑："幸会，付总。"

两个男人身高差不多，初次见面却十分罕见地没有握手，只是客套地说了个场面话，强者与强者目光交会，光面对面地站着就能无声地表明一切。

气氛略怪异，涂筱柠开口打了打岔："要不先坐吧？"

两个男人这才动了动，各自落座在桌两侧，涂筱柠自然是跟纪昱恒坐在一起。

她捧着菜单先客气地递给付轶均："付总，也不知您爱吃什么，今天我请客，您随意点菜。"

付轶均没接菜单，只说："涂经理点什么我就吃什么。"

一瞬间空气仿佛凝住了，包间里只能听到纪昱恒捧起茶盏的声音，涂筱柠笑笑便低头认真地点起菜来："那个，您有什么忌口的吗，付总？"

"没有。"

"那我就点个套餐了？"

"好，你随意。"

涂筱柠按了一下服务铃，服务员进来了。

"麻烦给我来个 C 套餐。"

"好的，还有什么需要的吗？"

涂筱柠想了想："再来两份秋刀鱼吧。"

"好。"

涂筱柠又看看两个男人："你们来点儿酒？"

付轶均率先颔首，直接跟服务员讲："两瓶清酒。"

服务员便低头跟对讲机吩咐："冬至包间两瓶日式清酒。"

不一会儿酒先来了，服务员拿着菜单退出包间，付轶均倒着酒似随口问了一句："涂经理喜欢吃秋刀鱼？"

涂筱柠摆摆手："没有，我不喜欢吃鱼，我是点给你们吃的。"

然后她顺手就拿起右手边的杯子，末了又补上一句："这里的煎秋刀鱼挺有名的。"

付轶均看着她捧起那茶盏轻轻地抿了一口茶，她的杯子在她的左手边，她拿起的右手边的那个杯子是纪昱恒的。

他不着痕迹地移开视线，举杯又看向纪昱恒，微笑如旧："我的公司最近获批授信多亏小涂和贵行，早该来拜访纪行长的，今日才见面，失敬。"

纪昱恒也举起酒杯："我平日忙碌，鲜少能带他们一同营销，今日听闻小涂与付总有约，哪儿有再不出面的道理，之前礼数不周，还望付总海涵。"

涂筱柠喝着茶，心想：这男人之间的场面话说起来也是一套一套的。

"客气了，纪行长。现在打开了合作，以后碰面的次数会很多。"付轶均跟纪昱恒碰酒杯，却没让杯沿比纪昱恒的杯沿低，照道理，敬人酒是要让杯沿比对方的杯沿矮个几分的。

纪昱恒显然也注意到了，只笑着接了这杯酒。

菜也很快上来了，涂筱柠没喝酒就只能吃菜，觉得带纪昱恒来赴宴这个决定既明智又正确，都不怎么需要说话，光听他们聊就够了。

他们从银行业务聊到金融市场，再聊到国际经贸、风投，涂筱柠一开始还能听听，后面就听不懂了。这都啥跟啥，还跟电视剧里一样，他们时不时说出几个英文单词，中文夹着英文，都说中文不行吗？非要显摆一下他们学霸有文化？

她吃了片三文鱼，蘸多了芥末酱，被呛了一口，立刻捂住嘴咳了咳。

付轶均注意到，将手移到一旁去拿纸巾，纪昱恒却比他快一步，把手边的纸巾递给了她。

她看了他一眼，接过纸巾也没说"谢谢"就擦了擦嘴，又端起右手边的茶杯喝了口水再放回原位。

她没事了，纪昱恒才重新看向付轶均："付总，不好意思，您继续讲。"

付轶均还将视线落在涂筱柠那里，顺着先前的话题开了口："在我看来，银企合作其实就跟我们做生意一样，靠缘分也靠情分，有缘无分或有情无缘占了一样都无法促成这次合作。"

付轶均轻轻地摇晃酒杯，对上纪昱恒的视线，脸上挂着的笑似比先前更明显："你说呢，纪行长？"

纪昱恒扬了扬唇角，顺手拿起左边的茶杯："付总说得没错，银企关系相识靠缘分，相惜靠情分，长远合作靠信任，有来有往，方能共赢。"

付轶均不动声色地看着纪昱恒的动作，只见纪昱恒拿起那杯子端到面前，那鲜艳的口红印还粘在浅色的杯沿上，纪昱恒低头看到，却视若无睹，就着那唇印也喝了一口。

付轶均在纪昱恒抬头前移开视线，按下服务铃。

"您好，请问需要什么服务？"

付轶均再开口时声音比刚才低了几分，说："加点儿茶。"他却忘了要跟服务员说"麻烦了"。

这顿饭吃的时间不太长，八点不到就结束了，涂筱柠去门口结账，却被告知已经付过了。

付轶均和纪昱恒几乎同时站到她的身后，涂筱柠还未来得及开口，就听到有人唤："付总！"

一个着装精致却大腹便便的中年男人骤然出现。

"老板。"站在门口的一排服务员齐刷刷地鞠躬。

涂筱柠这才知道他是菊川的老板。他明显是冲着付轶均来的，纪昱恒适时地往旁边让了让，那老板一个跨步将纪昱恒原本的位置取而代之，热情地握住了付轶均的手。

"付老弟，你大驾光临也不通知我一声啊！"

付轶均只客气地微笑："跟合作的银行的人一起吃顿饭，就没叨扰哥哥。"

老板眯眯眼："你这说的什么话！跟我还这么见外？难得见你一面，走，去我的VIP包间，我们再叙叙旧。"

付轶均抬了抬手，轻轻地制止了他拉自己的动作："今日不巧，我还有事，改日弟弟做东好好聚聚。"

正好涂筱柠站在他们的面前，老板听付轶均说完顺势看了她一眼，再看向付轶均的时候露出了一丝耐人寻味的笑，又拍拍他的背："行吧，那我今天就不打扰你了，改天我们哥儿俩一定好好喝个痛快。"

"一定。"

老板扬着下巴叫前台收银，悬空手臂，抬着手指在上下点啊点，也不知在点什么："把付总今天这单免了，我请。"

"好的，老板。"

然后两个人又寒暄片刻，站在一旁的纪昱恒仿佛完全被忽略，只有涂筱柠看着他，觉得这种场面很难熬，两个人隔空对视，却能彼此会心，他用眼神让她再等一等。

好在那老板逗留一会儿就走了，付轶均看向站着等了很久的涂筱柠。

"抱歉，让你久等了。"他只说了"你"，没说"你们"。

"没事，付总。"涂筱柠看到这才缓缓地走上前的纪昱恒，便也挪了挪脚步。

付轶均看她站到了纪昱恒的身边。

"付总，说好这顿我请的。"然后涂筱柠对他说。

他淡淡地一笑："反正现在也不是我请，你不必觉得不好意思。"

涂筱柠还是不好意思："可是……"

付轶均将视线停留在她的脸颊上："没关系，来日方长，还有很多机会的，小涂。"

他喊了她一晚上涂经理，这突如其来的一声小涂倒让她一时有些反应不过来。

"青山不改，绿水长流，下次有机会再跟付总尽饮畅谈，讨教一二。"纪昱恒稍稍往前一步，正好将她挡在了身后，也替她接了话。

付轶均将目光偏了偏落到他身上，收起了笑容："纪行长，谦虚了，在金融领域你比我专业。"

"不敢当。"

三个人一起往外走，一出门涂筱柠就看到了付轶均的宾利车，应该是司机直接把车开到门口来接他的。

付轶均停下脚步："纪行长，你也喝酒了，我有司机，不如我送你一程？"

纪昱恒也驻足："不用了，我坐小涂的车就行了。"

付轶均无声地看着并排而站的他们。

涂筱柠还在一旁点头："对，不麻烦付总了，纪行长我送就行了。"

后面有车要走，司机鸣笛催促付轶均的车。

付轶均便收回视线："那就告辞了。"

"告辞。"

"再见，付总。"

"再见。"

目送他上了车缓缓地离开后，涂筱柠终于松了一口气。

"总算结束了，饭好吃是好吃，可真压抑。"她可以肆无忌惮地吐槽了。

后面又有车来了，纪昱恒欲拉她的手，她已经先牵住了他的手，依偎着他："老公。"

纪昱恒揽着她往边上靠了靠。

付轶均的车停在出口，司机在等门卫找停车费，看到付轶均正看着后视镜，以为他是被后面的车鸣笛催促得不耐烦，便安抚道："付总，找个钱马上就好。"

"嗯。"

虽然付轶均只回答了一个字，司机也能听出他心情不悦，赶紧催门卫："大爷，钱找好了没？"

"来了来了。"门卫把找的钱递过去。

道闸杆一抬起来，车就疾驰而去，甩了大爷一脸灰。

大爷抹了一把脸："嘿，这年头，开车的一个个都急什么？"

涂筱柠抱着纪昱恒的手臂，慵懒地往停车场走着："老公，今天多亏有你在。"

"确实，不然那付总怕是要把你看出一个窟窿来。"

涂筱柠看他一眼，强调："他只是我的客户。"

"这又是高档伴手礼又是单独吃饭，恐怕人家可不只是想做你的客户，涂经理。"他走得懒散，说话也仿佛漫不经心，却字字有力。

涂筱柠晃晃他的手臂："又胡乱吃醋，这可不像你啊，纪同学。"

她许久没这么唤他了，他看她："怎样才像我？"

"你是万里挑一的纪昱恒啊，谁都不及你优秀，再说了，"涂筱柠摩挲着他的每一根修长的手指，不自觉压低声音，变得扭捏起来，"我眼里除了你，哪儿还容得下别人？"

纪昱恒握住她的手："你要记住，他先是男人才是客户，你不可掉以轻心，而你是我的老婆还是我的下属，我不允许有人打你的主意，还是在我眼皮子底下。"

明明用的是一本正经的语气，可他越是这样说话就越帅，比电视剧里的那些男主角的甜言蜜语更让她这个女主角心驰神往，魂不守舍。

"你真是理科生吗？这情话说得比文科生还好。"她心里当下又很暖。

"我文科也不差，只是理科更好。"他也毫不谦虚地把她的手扣在他的胸膛上。

涂筱柠就撒娇地去搂抱他的腰，一个劲地往他的怀里拱着："我以后会注意跟他保持距离的，而且也就核保签字时要跟他见面，后面就都跟会计对接了。"

他任她在他的身上蹭啊蹭："你不是要把东西还给人家，东西呢？"

涂筱柠哎呀一声："忘了。"

他缄默，涂筱柠仰头对上他面无表情的脸，美美地笑了。

"老公，我特别喜欢看你吃醋的样子，怎么办？"她嬉皮笑脸地就去揉捏他的脸。

他捉住她的手不让碰，涂筱柠就靠上去哄他："我早就用快递把东西寄回去了。"

他不理她，却松了松手，涂筱柠挣脱出来终于摸到他的脸了，把他的鼻子又按成了猪鼻子的形状，可就算这样也丝毫不影响他的颜值。

"老公，你看我为你可是错过了护肤品中的爱马仕呢，你就说怎么赔我吧。"

他任由她随意地摸他："那就买个爱马仕给你。"

涂筱柠停下动作："你疯了，纪昱恒，别仗着自己能挣钱就乱挥霍。"

"我赚钱就是给你花的，你不花我都没成就感，纪太太。"他正视她的眸。

两个人继续走向停车场，涂筱柠就想起了相亲时候的事。

"老公，当时你为什么把相亲的包间定在'蝉语'啊？"她边问边拉过他的手臂让他钩着她的肩。

"好听。"

"可是'春分''秋归'什么的都好听啊，而且你的微信头像也是一只蝉，你是喜欢蝉吗？"

他承认："嗯，喜欢。"

涂筱柠有点儿嫌弃："这玩意儿长得那么丑，你怎么会喜欢啊？"她想想都觉得头皮发麻。

他把她钩得紧紧的，说："喜欢就喜欢了，哪儿那么多为什么？"

涂筱柠牵着他搭在她的肩上又悬空下垂着的手："你这人哦，喜欢的东西总是与众不同。"

他刚要接话，手机响了。

涂筱柠也不愿意放开他，他就继续搂着她，用另一只手接电话。

涂筱柠听他唤了一声："李总。"

"李"是中国的大姓，这李总也不知是行里众多李总中的哪一个，还是行外哪个李总。

他嗯了几声，搭在她肩上的手蓦然变得有些僵硬，虽然不易让人察觉，可涂筱柠跟他心有灵犀，一下子就能感觉得到。

她去瞧他，发现他也正在看她，眼神怪异，在与她对视后眼神又变得柔和起来，先前些许生硬的声音也缓和了许多。

涂筱柠想：应该是工作上的什么事。

电话并没有持续太久，几乎是对方在说，他只是应和。

"好，我知道了。谢谢，李总。"最后他挂了电话。

涂筱柠从来不多问他的事，即便是工作，所以他挂断电话后她也不会追问"是谁啊"这种问题。她觉得还是要给他一定的空间，不能什么都管得让他喘不过气。

"我要去趟总行。"放下手机，纪昱恒告诉她。

"哦，什么时候？"她现在已经对他去总行这种事习以为常了。

"一会儿就走。"

不过这句话还是让她惊讶，他这样说走就走也是少有的事："这么急？"

"嗯。"

她知道那肯定是很重要的事了，也不敢耽搁，拉着他就往车那儿走："去几天啊？"

"待定。"

"那我赶紧回去给你准备东西去。"

"不着急，你好好开车。"

"嗯。"

回到家涂筱柠就给他拿行李箱帮他整理东西，他就在她身后安静地看着。

"你机票买了吗？"

"买了。"

"几点的？"

"十二点的。"

涂筱柠将他的衬衫平整地叠放在箱子里，有点儿心疼，转身去抱抱他："老公，要不百万年薪咱不要了，钱够花就行了，你太辛苦了。"

他的手臂在她腰间收紧："男人总是要多付出些的，再说这就吃苦了？跟很多底层劳动人民比，我这点儿算什么，苦都谈不上。"

涂筱柠闷哼："我就是心疼你，你每天那么忙，成天交际应酬，一个电话就去总行，A市和C市来回飞得比我回娘家还勤快。"

纪昱恒笑了笑："你这比喻挺生动形象。我不在家你就回娘家住几天，陪陪爸妈。"

她埋在他的怀里摆弄他的衣领："嗯，确实好久没回去了。"

他低头轻吻她的额，拍拍她的背："我去洗个澡再走。"

"好。"

洗完澡纪昱恒又在家里逗留了一会儿才走，涂筱柠要送他，他没让："我已经叫出租车了，机场远，大晚上的你一个人开车回来我不放心。"

她只得给他再整整西服："那你自己当心。"

"好。"他推着行李箱开门。

"老公。"蓦地，她唤他。

在他转身的片刻她扑向他，他稳稳地接住她。

她嗅着他身上清新的薄荷味，对这气味很熟悉："很早之前我就想，每次你出门时我就这样给你一个拥抱，可总是犹犹豫豫的不敢，生怕你不喜欢，可以后就算你不喜欢，我也要每次都给你一个拥抱，我要告诉你，不管你在外面多累多苦，我永远在家等你回来。"

他俯身埋首在她的颈间："傻瓜，我怎么会不喜欢？"

她又朝他的怀里靠靠，然后仰头看他，眼里全是他。

"老公，我爱你。"她蓦然把这句话说出口，在此刻无比清醒的状态下。

屋内寂静，他的眼神温柔，看着她，说："我知道。"

她搂住他的脖子又献上吻，心中慨叹真是一刻都不想跟他分开。

　　可她最终还是要放他走。她在阳台上望着他独自走出小区的身影，皱起眉头。

　　这并不是他第一次突然去总行，可她也不知道为什么，心里总有隐隐的不安，总觉得不像是之前单纯的业务沟通那么简单。

　　他的身影越来越远，直到她再也看不见。她揉了揉额头，觉得自己就是这样，他一不在就容易一个人胡思乱想。

　　她凝凝神，顺手收了自己的睡衣，觉得还是洗洗早点儿睡吧。

　　纪昱恒去总行的事好像单位没人知道，第二天上班赵方刚竟还在问："老大怎么一天没出现，微信也不回？"

　　涂筱柠在想：难道不是业务上的事吗？不然怎么会连赵方刚都不知道？

　　晚上下班后她给母亲发了一条要回去的微信，然后先去医院看婆婆。

　　婆婆今天精神状态还不错，看她来很开心，不要护工喂饭了，偏要她喂，像个老小孩儿似的。

　　涂筱柠坐下来耐心地执起勺子。

　　婆婆的视线一直落在病房入口，涂筱柠顺着看过去，病房的门虚掩着，只有风吹过，轻轻扇动着门在微晃。

　　涂筱柠用纸巾给婆婆擦拭嘴角，告诉她："妈，昱恒这两天出差了，回来就来看您。"

　　"哦……"婆婆也没说什么，只是眼神黯淡了下去。

　　涂筱柠知道她很失落，心里也难受得紧，又舀了一勺粥喂她，她却摇摇头不要吃了。

　　"那我给您切个水果好不好？"涂筱柠又细声询问。

　　"不了，我想坐着躺会儿，休息一下。"婆婆轻声说，有点儿困倦了。

　　涂筱柠给她披好被子，起身要去洗碗，婆婆却突然伸手拉住她。

　　"怎么了，妈？"

　　婆婆凝神看了她一会儿，才慢慢地开口："让昱恒以后别那么辛苦了。"

　　涂筱柠点着头反握住婆婆的手，婆婆也紧紧地攥了她一会儿，用的力气比平常的力气都大一些。婆婆半晌才松开手："你们要好好的。"

　　"好。"婆婆最近时常发出这样的感叹，涂筱柠也没多往心里去，就拿起碗又看了她一眼，"妈，我就去洗个碗，很快回来陪您。"

　　她点点头，笑笑："嗯，去吧。"

　　涂筱柠起身离开，像往常一样去走廊尽头的洗手池冲洗碗筷。她将碗筷洗好擦干然后捧着往回走，突然看到一堆医生护士在快走，嘴里念叨着："快快快。"

　　这种场面她看得心头忍不住一紧，不由自主地用视线追随着他们，直到他们走进了病房。她打了个寒战，捧着碗筷的手开始微颤，因为他们跑向的正是婆婆的病房。

她几乎下意识地开始奔跑，走廊里嘈杂声的音量都不及她此刻凌乱的脚步声的音量。

站在走廊一旁的护工看到她就快步迎了上来，明明一滴眼泪都没有说话却带着哭啼声，嗓门儿高扯，唯恐别人听不到："哎哟，纪太太啊！你前脚刚走吴老师就不行了啊！你快去看她最后一眼吧！"

涂筱柠像被当头打了一棒，猛地蒙在原地，然后五脏六腑从隐隐作痛到剧痛，让她几乎喘不上气来。

"你……你……"她咬着牙，恨不得把手上的东西全扔到护工脸上，"你胡说八道什么！"她最后几乎是吼出来的。

走廊里过往的其他家属都在看她，她长发凌乱，眼眶通红，全身都在颤抖。

护工指着病房还在喊："我没胡说八道啊！不然你自己看啊！都上心电除颤仪了！"

涂筱柠失神地望过去，病房的门紧闭着，病床边围了一群医生护士，他们正在给婆婆做心肺复苏。

涂筱柠手中的碗筷一下子摔落在地，那厚实的玻璃碗居然瞬间碎得稀烂，涂筱柠只觉得被浇了一盆冰水，从头凉到脚，皮肤上的汗毛都根根竖了起来。

下一秒她就冲向病房："妈！妈！"

外面的护士赶紧拦住她："纪太太，你冷静一点儿，不要影响我们抢救病人。"

"不行，我妈，我不能让我妈一个人在里面，我……我……"她已经语不成句，难以自制。

几个护士抱住她，一直在她耳边说："你冷静一点儿，冷静一点儿。"

可她满脑子只有见婆婆。婆婆明明刚刚还在跟她笑着说话，还拉她的手，怎么会？不可能的，不可能的！

她还在推搡挣扎着，病房的门突然被打开了，医生走了出来，为首的是主治医生，涂筱柠认得。

她一把上前紧拽住他的胳膊，也不顾什么礼不礼貌了，声音和身体均在抖："医，医生……"

可她还没能完整地说出一句话，医生直接对她摇了摇头，说："纪太太，很抱歉，我们尽力了。"

涂筱柠眼神空洞地越过他看向病床，护士已经在拉白布了。

涂筱柠就像一只高高地飘在天上的风筝，牵扯风筝的线突然断了，风筝晃晃荡荡，摇摇曳曳，然后猛地往下坠落，砸在地上，粉身碎骨。

她松开了抓着医生的手，两眼一黑，就往后踉跄，狠狠地跌坐在地上。

她的耳边又是一阵嘈杂声，有喊"纪太太"的，有来扯拉她的，她却犹如被抽光了所有的力气，跟着心中陨落的某处再也站不起来，感觉喉咙堵着，想哭竟也哭不出来，就呆若木鸡地在地上坐着，任人看。

在医院太平间里，涂筱柠站在角落里只觉得更加冷，不停地抖，连牙齿都在打战。

小姨夫妻是第一时间赶来的，小姨一来就趴在姐姐的身上哭得撕心裂肺，小姨父拉都拉不住。

过了一会儿涂筱柠的父母也匆匆赶来了，母亲红着眼看到站在角落里的涂筱柠，无声地走过去，看着涂筱柠伤心的眼神只紧紧地握了握她的手。

见到了母亲，涂筱柠才像振作起来一点儿，紧靠在母亲的身上，像小时候依偎在她的怀里般寻找着温暖。

"妈，你说，我是不是特别没良心？"涂筱柠蓦然开口道。

母亲看看涂筱柠，涂筱柠的视线一直落在躺在那里的婆婆身上。

"我婆婆对我……对我这么好，她走了，我……我却哭不出来，一滴眼泪都哭不出来。"涂筱柠低语着，像在跟母亲说话又像自言自语。

母亲抱着她，什么都没说，只哽咽着问："昱恒知道了吗？"

涂筱柠像个提线木偶般摇摇头，声音低不可闻："我不敢打他的电话。"

母亲越发感觉到她手冷且不住地在发颤，心疼地把她搂得更紧，然后轻声地唤丈夫："老涂。"

父亲正在陪小姨父站着，神情悲伤且严肃，听到呼唤移步过去，才发现涂筱柠面若死灰。

"快把衣服给柠柠盖盖。"母亲催促他。

父亲赶紧脱下外套披在涂筱柠身上，看女儿这样，扶住她的肩，不忍地叹了口气："闺女，难受你就靠着爸哭会儿。"

涂筱柠却像个没有灵魂的躯壳，呆呆地看着父亲："爸，可是……可是我就是哭不出来。"

她这副样子父母看了更加难过，母亲牵着她的手："要不我陪你出去坐会儿？在这儿你看着心里难受。"

涂筱柠摇头："不行啊，不行，我要陪我婆婆，要陪她，她一个人在这儿太冷了。"

这下老两口再也绷不住了，母亲背过身去抹泪，父亲摘下眼镜揉了揉眼睛，轻声说："好，那爸妈都在这儿陪你。"

涂筱柠就继续站着，望着婆婆。婆婆紧闭着双眼，就像平常睡着了的样子，涂筱柠一度以为婆婆就是睡着了，过一会儿就会醒过来，慈眉善目地唤涂筱柠："筱柠。"

涂筱柠不知站了多久，久到四肢都没了知觉，突然门被推开，那道高大的身影闯入她的眼帘，她将视线锁在了那里。

纪昱恒疾步踏进这个密闭的空间里，风尘仆仆，可表现出来的更多的是急促仓皇感。直到真的见到了他的母亲，他一刹那定在了原地。

小姨一看到他就冲了过来，扬手啪地就给了他一个耳光。

涂筱柠的瞳孔倏然放大，那巴掌明明打的不是她，她却感觉比落在她的脸上更生疼，连火辣辣的感觉都在肆意蔓延，然后整间屋子里又回响着小姨声嘶力竭的哭泣声。

"工作工作！工作有那么重要吗？工作重要得你连你妈走了你都不知道！你连她的最后一面都没见到！没见到啊！"她怒吼着又要扇他，被小姨父拦了下来："别打了！孩子也不知道！"

纪昱恒的半个脸颊瞬间就红了一片，他望着安静地躺在眼前的母亲，母亲还跟平常一样，却再也没有睁眼坐起来，温柔地笑着说："昱恒，儿子。"

最害怕的一幕终究还是来了，他的手开始颤抖，他想过去竟迈不动双脚，举步竟是如此艰难。

耳边还是小姨的哭喊声和小姨父的劝阻声，可他一句都没听进去，周身犹如被黑暗笼罩着，脑里是从未有过的混沌感，气管像被注了水，让他如同溺水之人抓不住任何东西一般，呼吸困难。

扑通一声，他直接跪下，身子却仍是笔直的，只是脸上再无半点儿血色，连嘴唇都苍白得可怕。

医院是水泥地，他那一声重响磕得涂筱柠的整颗心都被揪得没了形没了边，她也像被掐住了喉咙一样，一个字都吐不出来，更别提能正常地走到他的身边去了。

小姨终于止了声，看着跪在那里的纪昱恒，无声地流泪。

纪昱恒眼神黯淡。他一直将视线落在母亲的遗体上，仿佛一夜之间失去了最重要的东西，即便是跋山涉水步履匆匆，终究没来得及见母亲最后一面，从此他再无母亲，无父无母，独身一人，孤苦无依。

他这样一个高傲的人，此刻却像被剔了骨架，如行尸走肉一般，悲怆落寞，惨淡凄凉。

过了很久，久到他双腿麻木都浑然不觉，他蓦然叩首，头重重地磕在冷冰又坚硬的水泥地上。

狭小的空间里，他毫无生机的一字一顿的颤音响起，击在每个人的心脏上："妈，儿子不孝。"

他叩首的地方，那块浅灰色的水泥地上，湿了一片。

婆婆是在医院过世的，不能接回家，当晚医院开具了死亡证明。他们将遗体送入了殡仪馆，在那里设了灵堂。

涂筱柠和纪昱恒都换上了孝服，纪昱恒一直跪在婆婆的灵堂前，连续几个小时动都不动。

涂筱柠也陪着他跪，一晚上没吃没喝，渐渐地有些体力不支，最终被父母架起来坐到一旁。

"你总得吃点儿东西。"母亲给她递来一瓶水，她不动，母亲就喂她。

水灌进口中，涂筱柠只觉苦涩不堪，喝了一口就不想再喝了。

"再吃口苹果，不然这夜你怎么有力气守？"母亲又给她递来一个洗好的苹果。

涂筱柠看着那红彤彤的苹果就想起了婆婆平时的样子。

"我婆婆她……她最喜欢吃的就是苹果了，每天总要吃两个的。"涂筱柠低喃道。

母亲叹了口气，她的女儿她很清楚，从小重情重义，一直把这个婆婆当亲妈一样对待，婆婆是在涂筱柠面前突然走的，这个打击对涂筱柠太大，涂筱柠欲哭无泪是因为已经悲痛到了极致。

涂筱柠突然抓住了母亲的手，整个人像散了架般在低语："妈，我婆婆今天明明精神状态很好，还像个小孩儿一样跟我撒娇，不要护工喂饭，偏要我喂，然后就这样抓住了我的手，跟我说了会儿话，最后都是笑着的。你说……你说，她怎么就突然走了呢？"

母亲紧握住她的手，有些于心不忍地告诉她："那是，那是回光返照，你婆婆一直是个明事理的人，知道自己要走了，不想让你们太难过，一直都笑着跟你说话，也舍不得你们，所以缠着你喂她最后一顿饭。吃了饭，也没有饿着上路，那里路途遥远，她走过去也不会太累。明后天是双休，你婆婆考虑周到，知道你们平常工作忙，连走都挑了个周五，这样火化也不会占用你们上班时间，她到最后都在为你们着想啊。"

涂筱柠听着心头震惊，胸口钝痛不已。她接过母亲手中的苹果，婆婆最后的那抹笑一直在她记忆中摇曳。

她再看看自己的手，上面仿佛还有婆婆留下的温度，婆婆走前那么紧地握着她的手，明有万般不舍却还是松开了她的手。

苹果上突然多了一滴晶莹的泪，透亮，随后又多了一滴、两滴……

"我不该走的，我为什么要去洗碗，她那样紧地拉我，想我多陪陪她，可我却扔下她一个人在那里，把她一个人丢在了那里，她看我走的时候，一定很难过，很难过。"涂筱柠终于哭了出来，视线模糊，懊恼不已，后悔万分。

母亲心疼地抚着她的背给她顺气："哭吧，哭出来就好受了。"

"我……我不该走的，我不该走的，哪怕她再跟我多说些话，给我留个念想也好，可我……可我却留她一个人……一个人在那儿……"

慢慢地，整个灵堂都是她痛心疾首、无比自责的哭泣声。

小姨又红了眼眶，扑到姐姐的棺木上："姐，你一辈子都在为孩子操心，到走都是，从未为自己活着，到了那里有姐夫接你，告诉他昱恒长大了，也娶了媳妇，再也不用你操心了，你们夫妻终于可以团聚了，在那儿就跟姐夫好好的，有他疼你，你再也不会累了，你这一路好好走，好好走。"

婆婆的音容笑貌在涂筱柠脑海里如潮涌而至，有婆婆与她初次见面时的微笑，有婆婆平日里安静地望着她的表情，有婆婆耐心地听她说话时的神态，还有婆婆每次紧握着她的手时欢喜的模样……婆婆就像她的第二个母亲，总是听她说话，从不嫌弃她，无条件地对她好，宠爱她，关心她，她把每天下班去医院都当成了一种习惯。婆婆坚强又独立，即便被病痛折磨，也从来都是笑着的，说要等到他们有孩子，可一定是这人世间太苦了，苦到婆婆再也熬不下去，支撑不住了，才选择了离开，而这些记忆深处的东西从此以后就都没有了，再也没有了。

涂筱柠抽泣着，喉咙仿佛被堵住了，让她喘得一顿一顿，浑身止不住地瑟瑟发抖，悲伤到无以复加。

她还没来得及尽孝，婆婆就匆匆离去。真正的生离死别太过痛苦，她难受，自责，无法接受这一世的婆媳情分才开始不久就缘尽于此。

蓦地，她的肩被人有力地摁住，她头顶的灯光被一道身影完全遮住，仿佛连带着她整个人都被盖住。

耳边有母亲讶然的声音："昱恒？"

这两个字终于让涂筱柠有了一丝反应，她怔怔地抬头，看到了他红红的眼睛，刚刚过去数个小时，血丝已经布满了他的眼睛，触目惊心。

见到他，她泪如雨下，说话还是断断续续的，声音嘶哑不堪："我……我没有照顾好妈，对不起，对不起……"

他跪了很久，此刻却仍站得笔直，仿佛从未低头过。

他很轻地、很缓地将她扶靠在自己腰间，声带如同受损般，声音比她的声音还哑："妈不会怪你。"短短五个字，他说得艰难无比，甚至无法正常发声。

涂筱柠一惊，猝然站起身，含泪盯着他："昱恒，你的嗓子，你嗓子……？"

他只与她无声地对视。他面无血色，一向清亮的眸里此刻了无生机。

"是悲伤郁结攻心，难受狠了啊。"母亲也在一旁抹泪，又嘱咐父亲，"你车上不是一向备着热水，快拿来给孩子喝一口，跪了一宿，身子骨已经伤了，不能再把嗓子给废了。"

"好好好。"父亲也担心地看着女婿，赶紧往外走。

有泪落到涂筱柠的唇上，咸涩的滋味淌进她的口中，如一味药慢慢地入喉，哪怕只有几滴她却也难以下咽。她望着他，微微张口总想说些什么，可现在尚未平复情绪，又如何去安抚他？她又想伸手触碰他给他一丝温暖，可现在还寒战着，如何给他慰藉？她疏忽又无能，他不在的时候，终究没能替他守护好他的母亲。

他从小一直在守护的母亲，今夜再也没有了。他就这样被遽然抽走了肋骨，一定很疼，很疼。

夫妻俩就这样面对面站着，这一夜他们过得宛如过了几个世纪，难熬却让他们无从逃避，这就是长大，这就是不得不面对的生死与离别。

父亲很快拿着热水来了，母亲倒了一杯给女婿递过去，他却跟涂筱柠一样不接，滴水不进。

见他这样，母亲也难受至极，缓声劝道："孩子，你不能这样，换一个角度想，走了对她而言也是一种解脱，你瞧她都脱瘦成什么样了，那双手臂只剩下了骨头，人间这遭苦她是吃了个遍，走前也熬到了筱柠去，算是见了最后一面，想来是对你们放心了，她才离开得那般安静。所以你们要好好的，不要再让她放心不下。"

纪昱恒却依旧一动不动。此刻他就像一座独自屹立在海上的冰山，看似坚固又难以融化，实则孤孤单单，摇摇欲坠，不知何时就会轰塌，落至深不可测的海底。

小姨又潸然泪下地来到他们身边，姐姐骤然离世对她打击也很大。她呜咽着，伸手捶了一下外甥的胸膛，他不动她就再捶一下、两下、三下……像使着浑身解数在打他。

小姨父又要上来拦，却被纪昱恒抬手示意别过来，纪昱恒就直挺挺地站着挨着小姨的打。

涂筱柠看着那落在他身上的一拳又一拳，心如刀割，却也不能代他受之，此刻他们姨甥总是要将这无尽的悲痛来宣泄化解的。

慢慢地，那拳就弱了，小姨最终体力不支地倒了在纪昱恒身上，然后哭得肝肠寸断："昱恒啊，昱恒，我可怜的孩子，可怜的孩子啊。"她终究还是心疼他，又怎么忍心真的怪他？

小姨的泪水打湿了他的衣襟，渗到他的皮肤上，让他感觉到了些许的温度，他终于动了动，伸手将小姨，这个世界上唯一还和他有血缘关系的至亲紧紧地抱着，如同抱住了母亲。她们姐妹从小就长得像，身形也相似，感情至深，就连职业都一样，小姨身上的气息也有母亲曾经的味道，那没有药味的清香是他小时候闻到的味道，也是他记忆最深处的味道。

仿佛母亲就在怀中，他将手臂越收越紧，闭上双眼，既痛苦又努力地张口说了一句："妈，对不起。"

涂筱柠的视线再次模糊了，她任由一滴滴的泪打湿了脸颊，也看到了汇聚在纪昱恒脚边的眼泪滴滴汇聚。

远处传来了哀鸣，是其他灵堂里的送别声，她望了望如黑幕的天空，发现天空中竟没有一颗星星，仿佛连天都在悼念。她知道，今晚定是个不眠之夜。

纪昱恒守了母亲一夜，没合一下眼，这人间每天都在上演生死离别，悲欢聚散，殡仪馆没有给他们太多时间，下午母亲就要被火化，她生前他没能陪她到最后一刻，现在她走了，他要送她最后一程。

蓦地，他的肩头被撑住，涂筱柠不知何时来到他的身边。她被父母好说歹说地劝着才去眯了一会儿，却很短暂，醒来又固执地陪在他的身边。

· 504 ·

她用红肿的眼睛看着他，眼眶里还噙着泪，仿佛一夜之间也消瘦了许多，看着他时手足无措。

他伸出手将她轻轻地拉至身旁坐下，用指腹替她抹去泪水。

他毫不苛责却让她泪流得更凶，悔意在她体内泛滥，撕咬着她尚存的意念，仿佛要将她心中的最后防线冲破。

她哭他就抹，抹不掉了就将她的头按在他的肩头上，任她发泄。

他将下巴抵在她的头顶，感受着她慢慢传递来的温暖，他晃荡了一夜的心才像找到了依靠，轻柔地、如同雪花般飘落了下来。

从此，她就是他的唯一了。

婆婆的丧事按照她曾经的意愿，一切从简，所以他们也没有通知其他亲朋好友，用她生前的话说，走都走了，何必再给别人添麻烦，活着的人终究要继续活着，不必为逝者徒增忧愁，逝去的人也要独自远游，既然来时空空，离时也该了无牵挂，人生总会有散场，或早或晚，漫漫长路上走散的人也终有再见之日。

许意浓是买了最快的机票从日本赶回来的，一踏进灵堂就泣不成声："姨妈！"

她甚至都不敢相信眼前的一切，仅看了棺木里的姨妈一眼就崩溃了。

她声音极抖，整个人喘不过气来，一下就跪在了地上："姨妈，姨妈……"

所有人再次流泪。

一切流程走完，下午就是火化的时间。在和母亲告别前，纪昱恒用毛笔写了一副挽联，涂筱柠是第一次看他写毛笔字，那是极为有力的正楷字，每一笔每一画都饱含了他对母亲的深情与依恋。

纸上写着：欲报之德，昊天罔极；今生之恩，来世行孝。

他写完最后一笔，那白色的纸已经被浸湿，墨迹洇开。他久久未抬头，就那样保持着握笔的姿势一直站着，没有人再去打扰他，因为那仿佛是他在跟母亲做最后的告别。

不想分离，却终要面对，婆婆还是被推走了，涂筱柠险些站不稳，父母抱着她，她才没有跌倒在地上。在婆婆的遗体要消失的最后一刻，她用尽全力喊了一声："妈！"

然后她挣脱父母的搂抱，直直地下跪，给婆婆磕了最后一个头。

妈，今世的婆媳之缘没能长久，来世若不嫌弃，我还做您的儿媳，好好地孝敬您！

再抬头时，已经见不到婆婆了，她瞬间像个失去了珍贵宝物的孩子，泣不成声。

纪昱恒抱着骨灰盒走出来的时候，憔悴得已经没有了平日的精神。此刻他不是天之骄子，也不是那无人不知的业内翘楚，现在他只是纪昱恒，他母亲的儿子。

送婆婆去公墓的路上下起了小雨，雨滴滴在涂筱柠身上有些许凉，她抬眸看向前方的纪昱恒，他的背脊挺拔依旧，小姨父打着伞欲给他撑着却被拒绝了，他不能说话，只是摇摇头，小姨父便未再坚持。

涂筱柠的头顶也蓦然多了一把伞，她抬眸看到了父亲，也瞥见了他不知几时白了的双鬓，心中一阵触动。

她不再是孩子了，父母终究是老了。

她无声地去牵住父亲的手，就像小时候父亲牵住她那样，那双记忆中最有力的手如今也变得粗糙软皱。

父亲带着她继续往前走，将她的手反握住，给她力量，给她依靠。

一切来得快结束得也快，婆婆跟公公葬在了一起，那是涂筱柠第一次见到公公，从照片里可以看出公公拍照时是个硬朗英气的中年男子，纪昱恒的眉目跟他的如出一辙，原来纪昱恒竟像父亲更多一些。

两个人的墓碑并立，唯一不同的是，婆婆的墓碑落款除了"孝子纪昱恒"外，还多了一列"孝媳涂筱柠"。

她终于明白，原来结发夫妻就是今生分离此情不渝，生则同衾死则同穴。

道完别，纪昱恒又在父母的墓前站了许久，雨滴落在他身上，也淋湿了他的发。他凝神望着前方，仿佛父母就并肩站在他眼前，而不停地滴落在他脚边草丛里的水滴不知是雨水还是他的泪水，但不管是什么，每一滴也都落在了涂筱柠的心上。

离去的时候他和来时一样，一个人走在最前面，那背影孤寂得让人心疼，涂筱柠本跟许意浓走在后面，不由得加快脚步，也不顾越过了长辈，紧紧地牵住他的手，只是不想让他独自一人。

他微顿脚步，侧首看她，眼睛还是红的，雨打湿了他们的脸颊、肩膀，却让他们的眼里只剩下彼此。

慢慢地，他动了动指尖，像恢复了些许力气，将她的手牢牢地握在了掌心，和她指缝贴合。

这一刻他们密不可分。

第十一章
永不分离

出了公墓，母亲问涂筱柠要不要跟纪昱恒回自己那里住段时间。

涂筱柠摇摇头，父亲便轻轻地抚抚她的头，柔声说："也好，让他们俩孩子静静。"

他们回到了家，家里依旧空荡荡、冷清清的，纪昱恒站在玄关望着这间屋子里的每一个角落，想必心中是有很多怀念之情的。

涂筱柠将手覆在他的背上，轻声问："一夜没合眼，去躺会儿好不好？"

纪昱恒又站了良久，最后摇了摇头。

涂筱柠不再强迫他，弯身低头去鞋柜给他拿拖鞋，见他仍不动也不再打扰他，陪他站了一会儿，直到感觉又有泪水滑过脸颊时，去卫生间冲了一把脸。

她守了一夜，早上又淋了雨，身上的衣物早已湿透且粘在了身上。她前天还未来得及将挂在浴室里滴水的睡衣拿到阳台晾晒，睡衣就已经独自在这潮湿的环境中阴干，就像她此刻的心情一般沉重。

她拉开淋浴间的门打开花洒，需要浑身冲洗一下，试图把这压抑的情绪冲刷掉，可是随着雾气升腾，婆婆慈祥的面容在脑海里却变得越来越清晰，她再也控制不住，掩面痛哭，哭得和小姨先前一样凄惨，此刻哭声可以夹杂在这水声中，尽情地释放。

她洗好澡，纪昱恒已经不在玄关，她扫视了一圈，最后打开了书房的门，浓重的烟草味瞬间扑鼻而来，他坐在书桌前，指间夹着燃着的香烟，烟冉冉地飘浮在空中，而他面前的烟灰缸中已堆积了好几根烟蒂，有的还在亮着红星。

涂筱柠走过去，没有像往常一样责怪他，也没有抢过香烟将其掐灭，而是静静地站在一边看他，任由这烟味把她也包围住。然后她紧握住他的手，尝试给他一点儿来自她的弱小力量，即使知道它是那么微不足道。

他牵过她的手,将她的手背覆在他的脸颊上轻柔地摩挲着,似在寻找一丝慰藉,然后拉了拉她,让她坐在他的腿上,埋首在她的肩上,她像是他在这世间最后的依靠。

涂筱柠愣了愣,慢慢地伸出双手捧着他的头将他揽入怀中,如平常他经常对她做的那般,这样他就也能听到她的心跳声了。

两个人静坐了很久,动也不动一下,直到他的手指夹着的香烟的烟灰散落了一地,连余热都没有了,他才抬起头与她对视,他的唇还是那样微启着似在努力张口,可只说了一个"妈"字就顿住了,那嘶哑的声音哪里还有他原来的清亮感,像被火烤过一般。

涂筱柠的心一紧,她捂住他的嘴,摇着头示意他不要再说话了。

他却坚持拉下她的手把话说完,只是换成了用气声低语:"妈,最后,跟你说了什么?"

涂筱柠闭了闭眼,伸手去触触他的眉、他的眼,嗓子干涩地告诉他:"她说,让昱恒以后别那么辛苦了,让我们好好的。"

一滴、两滴,泪落在她的手背上和掌心,她知道是他的眼泪,却没有抬头去看,而是又将他抱入怀中,像哄孩子般轻轻地抚摸他的背脊。

她说:"以后,你还有我。"

这大概是涂筱柠过得最艰难的周末,周一的早晨她在浅眠中惊醒,伸手一摸,纪昱恒已经不在枕边,立刻下床寻他,脚步慌乱,可一开房门就看到已经正装笔挺地立在客厅里的他。

"昱……昱恒。"她喃喃地唤他的名字,前一秒还紧张的心才慢慢地落了地。

他望着她,看到她从惊慌失措到回归理智,仿佛怕他会突然消失。

他迈步将她抱进怀里,很紧很用力。

他低语:"没事了。"

涂筱柠点点头,清晰地听到他的声音,真实地触碰到他,在他怀里心才渐渐放了下来。

她刚刚醒来没看到他的那一瞬间,害怕得六神无主,生怕再也见不到他。

"你今天要去上班吗?"两个人抱了很久,她埋在他怀里问。

"嗯。"

她仰头:"可以吗?"

他点头。

她就不再说话,只紧紧地用双臂环抱着他来回应。

逝者安息,生者奋发,他们的日子却还在继续,他们得向前看,好好过日子才是。

这样短的时间内他已经调整好了自己,她一点儿也不惊讶,因为这就是他——纪昱恒。

"我给你做早饭好不好？这两天你都没好好地吃过东西。"她给他抚平衣领，细声问。

"好。"这次他没有拒绝进食，声音虽然还是喑哑，却恢复了一些。

他终于愿意吃东西了，涂筱柠这两天紧绷的神经也松了松。她抬脚欲走向厨房，却没能抽离他的怀抱，他还是紧攥着她，凝视着她。

她便将手覆在他的手上，哄他："那你跟我一起去？"

他收了收手臂，又将她拥入怀里，这次比刚刚久了一些。最后他在她的耳边说了三个字："对不起。"

涂筱柠摇着头，更紧地搂着他："是我，是我对不起。"

他未再言语，抱着她仿佛这样就可以天荒地老。

涂筱柠也调整好心情去上了班，出家门前拿冰块敷眼睛，才让那肿胀的眼睛恢复到正常的状态，至少不细看是看不出来哭过的。

涂筱柠来到单位，跨进去前深深地吸了一口气，然后屏气凝神地踏了进去。

纪昱恒办公室的门早已敞开，他坐在办公桌前听着同事排队向他一一汇报工作。他上周突然去总行，支行仅仅两天就堆积了很多棘手之事，各个条线的各项工作都需要他拿主意最终敲定方案。

此刻他端坐在众人眼前的样子让人丝毫看不出他才经历了人生中最悲痛的事。他聚精会神，不动声色，却仍是锋芒毕露，不怒自威。

涂筱柠心更定了，收回视线走向自己的办公室。

赵方刚看到她就招手让她过去："小涂，你来茶水间一下。"他少有地用了严肃的语气。

她想难道是他知道了什么？可婆婆的事情只有近亲知道，短短两天，应该还不会传那么快，而且即便是婆婆的事他也不会先叫她，难道是他知晓了她和纪昱恒的事？可那表情又不大像。

她心里想着无数种可能，还是决定放下包亲自去一探究竟。

她来到茶水间，赵方刚已经在里面等了一会儿了。看她进来，他又看看外面，然后关上了门。

他越是这样她心里就越忐忑，都已经做好了最坏的打算等他开口，谁知他来了一句："有件事，跟你说一下，你做好心理准备。"

涂筱柠抬眉看他："什么事？"

赵方刚的神情又沉重了些，他迟疑着张口道："前段时间，总行给了分行两个劳务派遣转正的名额，老大一开始就把你的材料往上送了，行里对你也是认可的，最后定了你跟一个进行五年的男员工转正，连人力资源部经理、分管行长、大行长全在你的资料上签字了，都上报总行人力资源部了，本来以为是板上钉钉的事，没想到半路被人截了。元娇，你知道吧？"

他的话让涂筱柠的脑子像个大钟，被他敲得咣咣作响，余音不绝。

元娇，这个她快要忘却了的名字，她怎么会不知道？当时她突然被推进拓展一部，在大堂经理岗位的所有客户、所有业绩全部被调入元娇的名下，那是她三年多的心血，元娇仅来了一年就毫不费力地拿走了她所有的努力成果，她一夜之间坦然接受被迫让出一切，而自始至终，她甚至连说个"不"字的机会都没有。

赵方刚看她的表情就知道她一定是认识元娇的，毕竟之前两个人在同一部门工作。他又继续说："她虽然在大堂岗位的业绩还可以，但因为进行才两年，行里优先考虑让在岗三年以上的老职工转正，她初定的时候就被人力资源部刷下了名单，但人家直接把手伸向总行。总行自然不能换下男客户经理，就临时把你的名额给撤下换成她了，全程很保密，前几天两个人的名单被录进了人力资源系统才有消息被放出来。"

涂筱柠愣了半天，像喝了哑药一样，一句话都说不出来。

当时为什么莫名其妙地把她从做得好好的营业部调入拓展一部，甚至把她调离对私条线，推到一个她完全陌生、毫无基底的对公条线？她在岗三年多，业绩在大堂经理岗位一直名列前三，是劳务派遣人员中的第一，她当时百思不得其解的事情终于在这一刻彻底有了答案。

原来比她晚入行两年的元娇一开始就是有备而来，现在又故技重施，而她则像只任人宰割的羔羊一样被她从头算计到了尾。

赵方刚叹了口气："小涂，这社会总会有不公平的事发生，有的人轻轻松松就能压你一头……总行想给谁那自然是优秀的，不想给谁也有一百个理由，这事老大是第一个知道的，即使他第一时间赶去总行，亲自出面帮你去争取也被总行驳回了，那元娇不简单，一进DR，别人就是她的陪跑。"

涂筱柠觉得自己像个气球，行将胀裂，那晚纪昱恒接到电话时眼神惊讶，那一声声的"李总"不是其他李总，而是人力资源部的李总，纪昱恒匆匆赶去总行的身影仿佛还在她的眼前，原来根本不是为了业务上的沟通，是为了她。

赵方刚见她一直不说话以为她受到了重创，怕她站不稳，还伸手扶了她一把："小涂啊，哥知道你难受，你别憋着，好歹说句话，你也别灰心，你到部门后如何努力我们都看在眼里，不就是客户存款吗？以后我的客户就是你的客户，我的存款都给你，我就不信这个邪了，看还有人挖不挖得了！你放心，这事老大也不会坐视不理，后面还有机会的！"

他说了一堆，涂筱柠却一个字都没听进去，转身拉开门就跑了出去。

赵方刚一愣："哎！小涂！"

涂筱柠是直接冲进纪昱恒办公室的，喘着气，心神不宁。

他的办公室里还有人，这些人看到她上气不接下气地突然闯进来都安静了。

她顾不上这些人了，只上前一步："纪行长，我……我有要紧事汇报。"

纪昱恒正在执笔低头签字，签完最后一张递给对面的人。

"你们先出去一下。"他的声音虽低沉，却仍带着不容抗拒的威严。

所有人应声退了出去，最后一个离开的还顺手带上了门。

办公室里瞬间安静了，只剩他们俩，他蓦然起身，她的眼眶已经泛红，她一步一步地走到他的面前。

"你……"她的视线被泪水模糊了，她看不清他的脸，一时间所有的情绪涌来，如同百川交汇，让她分不清到底有哪些情绪，只知道眼前的这个男人真的好到让她献出生命都无法承受的程度。

他看着她，就像早上那样，蓦地，又说了那三个字："对不起。"

涂筱柠再也无法控制地扑进他怀里，不想再管什么单位不单位、同事不同事，她现在需要他，非常需要，就算前面是刀山火海，万丈深渊，哪怕从此万劫不复，也要陪他一起踏进去，和他永不分离。

涂筱柠后来才知道那元娇居然还被行里调来了支行，因为元娇觉得在纪昱恒手底下干才有前途，拿钱也多，借着转正之名从营业部调入了新城区支行，一步到位。

涂筱柠对此不发表评论，因为对这种胜之不武的人不屑。

涂筱柠依旧干着她的业务，乐此不疲地跑着客户。婆婆离开后她开始明白，于她而言最重要的是什么，是亲情，那是这辈子都无法割舍的深厚亲缘，而工作只是她的生活的一部分，客户没了就再找再跑，转正没成功就再努力，总有一天机会是给有准备的人的。

优胜塑胶已经顺利进入了提款阶段，审批人又要她补签抵押物非租赁的承诺书，她联系周会计来盖章，周会计满口答应说马上就来，谁知道到了下午都没来，她就打电话过去了。

"小涂啊。"

"周会计，早上说的事……？"

"哎呀，你看我忙得都忘了跟你说，正好今天小付总到你们行附近办事，我想着反正要他签字，不如让他去一趟，我就不跑了，公章我也给他了，他说他会联系你的。"

涂筱柠有些无语，但还是说："周会计，这个承诺书其实不用付总特意过来签字，盖法定代表人章也是一样的。"

周会计啊了一声："我以为跟那些合同一样都要法定代表人本人签字呢，那让他签字不是比盖章法律效果来得更好吗？"

话是这么说，可是跟他见面涂筱柠想能避免就避免。

她还在用座机和周会计打着电话，她的手机已经响了，她一看正是付轶均发起的微信语音通话。

周会计还在说:"我们小付总这会儿也该到了吧?"

涂筱柠在周会计看不见的电话那头尴尬地笑,心想:是啊,你们小付总跟你真默契。

涂筱柠挂了座机后接手机电话。

她说:"您好,付总。"

"小涂,周会计说有个字要补签。"

"是的,您在哪儿?"

"我在楼下。"

"我下去接您。"

"我还有事,恐怕要麻烦你把材料带下来,我想就在车里签字,你看可以吗?"

涂筱柠能说不可以吗?

"好的。"她当然很违心地只能答应。

没办法,他是客户,她还是要给他面子的,而且就在银行楼下,他还能做出什么出格的事不成?这么想着她就拿着材料下了楼,果然在路边看到他打着双闪的宾利车,走过去时还在祈祷今天他也是让司机开的车,可直到副驾驶座的车门被打开,她才看到驾驶座上正坐着的是他。

她没坐上去,只猫腰探探头:"付总,要不您把章给我,我就站着盖一下。"

付轶均慵懒地靠着驾驶座的椅背,用一只手扶着方向盘,望着她忽然一笑:"怎么?怕我吃了你?"

涂筱柠赶紧摇手:"不是的,付总。"

他扬扬下巴示意她进来:"坐吧,我正好跟你说几句话。"

涂筱柠还站在外面,有些犹豫,他又笑了,眉梢一翘:"不会连坐客户的车都要跟你们纪行长汇报吧?那我现在就给他打个电话帮你申请。"

涂筱柠觉得他是故意的,便也不磨蹭了,拉开车门坐了进去。

她把材料和笔直接递给他,口气没原先那么温和了:"付总,那麻烦您在这里签个字。"

付轶均接过,就着方向盘签了字。

"还要盖企业公章。"涂筱柠又提醒道。

他就又拿出公章盖了上去。

涂筱柠拿回材料,语气略显生硬:"谢谢,付总。"她说着就要开车门,谁知他下一秒就落了锁,她没能打开车门。

她蹙眉回眸,知道他也不打算装腔作势了。

果然,他正气定神闲地看着她,唇角带着笑意:"小涂,你应该也是个聪明人,我付轶均放着这么多银行不合作,为什么偏偏找你这个经验甚浅的新人,让你一次就营销成功,你觉得凭什么?真只凭你们行的产品和你卖力地营销?"

涂筱柠默不作声，原来他早就知道她当客户经理的真实时间，也是，他这样的人，想调查她这种银行小职员简直易如反掌。

他看她低头攥着刚刚那张纸："就一张破纸，你真当我闲得慌大老远跑过来给你亲自盖章？周会计一直就是我的人，你的一举一动只要她懂的，我都懂，她不懂的我也懂。"

涂筱柠咬唇，还是死不说话。

他又往后靠了靠："我这人不是很有耐心，既然之前暗示你，你非要给我装傻，那就索性挑明了，而且我本来也更擅长这种方式。"他说完就解开了安全带，突然向涂筱柠凑了过去。

涂筱柠吓得后背抵在车门上，急切地拉着车门却一点儿都打不开。

他按住她的手，她一惊，立刻抽手："你放开！"

他偏偏不放，她用力推他："付总，我一向敬重你，请你放尊重些。"

她连尊称都省了，语气更严肃了："我有对象了，所以你刚刚说的，抱歉。"

"哦？"付轶均却没有很意外，不过倒是松开了手。看她被吓到的样子，他又坐回驾驶座上。

两个人之间的距离又回到了安全距离，他突然冷笑一声："对象？纪昱恒？"

涂筱柠瞬间瞳孔放大，随即说："我不懂你什么意思。"

付轶均仍目不斜视，笑笑："别装了，就算你想装，纪昱恒可没打算装，你们的关系绝非普通上下级的关系。"

涂筱柠攥着材料的手收得更紧了。

付轶均已经叼起一支烟，在手中把玩着精致的打火机，打火机已经燃起了蓝色火焰，就在快点燃香烟的时候他又顿然熄灭火。

她不语，他就继续道："如果我没看错，那天吃饭时他的左手无名指已经戴了婚戒。涂筱柠，和你第一次见面时你认真摆弄复印机和专注营销的样子，让我一度以为你是靠自己努力争取上进的女人，不过是我看走了眼，你挺聪明，跟着领导确实是条往上爬的捷径。"他将打火机连烟一并扔进车槽里。

涂筱柠一愣，纪昱恒那天把戒指戴在了无名指上？这种小细节不留意很难注意到。

她的耳边又是付轶均的声音："既然你本来就是那种女人，也别跟我装纯了，我也可以告诉你，他纪昱恒能给你的，我一样能给你，他不能给你的，我也能给你。就算他是行长，撑死年薪也就百万，还得干到吐血，你跟着个有家室的人能得到多少？据我所知，你在DR没有正式编制，如果你想要，我就送你一个，不要说DR，整个C市的银行都随你挑，当然你也可以不要，你想要什么是我给不起的，何必跟纪昱恒一样总让自己的女人去抛头露面？"

"说完了？"涂筱柠终于开口了，手上的纸已经被捏得皱得不行。

他耐心地等她讲。

513

"首先，我挺谢谢付总你看得起我，不管你一开始是出于什么目的答应合作的，但你终究成了我的客户，你们这样的优质大企业是我职业生涯中的一次挑战，我一开始并没抱什么希望，但你既然给了我机会，我就要感谢你，对你由衷地说声'谢谢'。其次，你对我欣赏也好嘲讽也罢，这份工作，我一直异常珍惜，也从未把谁当作垫脚石往上爬，我要真有那本事，不会在DR混了四年还是个劳务派遣人员，我们的人生起点就不一样，看人看事的角度也不同，所以除了成为合作伙伴再无其他。"她停了停，无惧无畏地正对他的视线，"最后，你说得没错，我跟纪昱恒确实不是普通的上下级关系，他也的确结婚了，可那和他一对的结婚戒指，我也有一个，我就是他的妻子。"

付轶均神色不悦。

"涂筱柠。"他似在警告她。

她却坦然依旧："付总，凭你的本事，去民政局查一下就知道了，你可以看看，纪昱恒的结婚证上的人到底是不是我。"

他沉默了很久才吐出一个字："你……"

涂筱柠更加镇定："我们是隐婚，没有公开。"

付轶均到底是经历过大场面的，很快恢复如常，目视前方："那你凭什么告诉我？又凭什么认为我不会说出去？"

"因为付总是商人，商人恪守诚信仁义，优胜塑胶发展到如今这番规模就是一直没有离开这几个字，你们的家事我不方便讨论，既然老爷子选择你做继承人，至少你的人品和能力是值得他信任的，否则这么大的一个公司，底下都是跟着老爷子打过天下的老员工，怎么会如此快地信服于你？所谓传承，不仅是家业，还有品质，我相信你的品质，也相信你的为人。同时商人又遵循利从义出，你我现在是相互依附的关系，所谓的合作说到底都是为了各自的利益，所以，要长久地走下去也离不开'义'字。"涂筱柠看向付轶均，"是吧，付总？"

付轶均没再说话，涂筱柠又将手伸向了车门："付总，现在可以开车门了吗？"

片刻后，车锁被打开，她推开了车门。

"如果……"

身后又传来付轶均的声音，涂筱柠停住下车的动作，给他说完的时间。

"如果我比纪昱恒先出现，你会选谁？"

涂筱柠毫不犹豫："纪昱恒。"

"为什么？"

"我这个人从小就不好高骛远，于我而言，日子就是有我有他有个小家，平凡普通就好，不是我的我不要，给了我我也未必能过好。"她抬眸望向不远处那间亮着灯的办公室，灯光仿佛照在了她的心上，"纪昱恒和我是一类人，他给我的，就是我想要的。"

说完，她下了车："付总，合作愉快。"

他看向她，她一如第一次和他见面时那样笑容美好纯净，他终究是没看错人。

他没有再笑出来，良久还是道了一声："合作愉快。"

涂筱柠突然名声大噪，第二天全行就在传她傍上了有钱人，然后什么版本都来了：有说她胆子巨大，在上班时间坐上了豪车，下来的时候衣衫不整，面色潮红；有说她早就被人养，那天就没来上班，是有钱人直接送她来下班打卡的；还有说她的客户其实都是优胜塑胶的小付总给的，她来银行上班就是玩玩；更有甚者说她看上去纯良，其实工于心计，最喜欢挑有钱人下手，这个优胜塑胶的小付总是因为刚回国才着了她的套……总之应有尽有，就差也要上内网了。

涂筱柠没想到自己火得这么快，居然还是以这种方式。

涂筱柠去茶水间的时候连赵方刚都在问，然后涂筱柠和他打闹了一番，两个人回办公室的路上还在打闹，差点儿撞上从纪昱恒办公室里出来的饶静。

饶静赶紧往后退了一步："干吗呢，你俩？"

两个人这才收起打打闹闹的姿态，赵方刚把手插进裤袋里："还能干吗？讨论我们小涂妹妹的绯闻男友。"

饶静看了过来，涂筱柠立刻瞪了赵方刚一眼："小赵哥，我刚刚都跟你说清楚了啊！"

赵方刚就喜欢看她被捉弄后干着急的模样，有点儿嘚瑟，又再看看饶静："饶姐姐，你最近怎么回事，好久都没看到你穿高跟鞋了啊？"

涂筱柠低头一看还真是，果然男人细心起来就没女人什么事了。

饶静没理他，走了几步去瞅涂筱柠，然后就掉头往茶水间走："小涂，来一下。"

"哦。"

赵方刚不乐意了："哎！你们说悄悄话不带我啊？不带我也别当我面搞小团体啊。"

饶静说："我们讲女人的私密话题关你什么事！"

赵方刚笑得贼贼："哎哟，得了吧，你们师徒俩什么时候把我跟逢生当男人过？"

饶静送了他一个白眼，然后拉着涂筱柠去了茶水间。

涂筱柠发现茶水间真是个当秘密基地的好地方。

饶静靠墙站着，懒洋洋的，却依旧气势很足。

"怎么了，饶姐？"饶静半天没说话，涂筱柠被看得发虚。

饶静的视线便转向了某个角落："你知道我刚刚去老大的办公室里干吗了？"

"要么签字，要么业务。"涂筱柠觉得这不是每天都要重复好几遍的事吗？

饶静又看看她，蓦然一笑："我是去给他递辞呈了。"

涂筱柠定在原地。

· 515 ·

"为什么？好好的为什么要辞职？你不是才评上了高级客户经理，多不容易啊！"过了一会儿涂筱柠才开口，一着急一下子问了好多问题。

饶静捂捂耳朵："臭小孩儿，你吵死了。"

涂筱柠缓了缓，但还有些接受不了，饶静是她调部门后第一个真心待她的人，不仅是她的师父，也是个知心大姐姐，若是走了，涂筱柠会很难过。

"哎！你不会是要哭吧？"饶静扯扯她。

涂筱柠倔强地说："没有。"

饶静敲了一下她的脑袋，慢慢悠悠地告诉她："我怀孕了。"

涂筱柠猛然抬头。

"虽然我算高龄产妇了，你也不至于那么吃惊吧？"饶静的表情依旧嫌弃，她对涂筱柠向来都是这副样子。

"不是，我……我是替你高兴。"涂筱柠这时好像比知道自己怀孕还高兴，怪不得之前去楠城旅游时饶静身体各种不适，应该那时候就怀孕了吧？

饶静抿抿唇瞟她："小臭孩儿，现在也变得油嘴滑舌了。"

涂筱柠去拉她的手，是真的鼻子有点儿酸："饶姐，可是，怀孕了也不一定要辞职啊，老大他人这么好，不会为难你的。"

"我当然知道他不会为难我，是我自己要走的。"

"为什么？"

饶静双手环臂："为什么，因为爱情呗。"

"你的顾先生不让你在银行干了？"涂筱柠只能这么推论。

饶静瞥她一眼："我家顾先生才不是那种人，是我自己拿定主意的。"

涂筱柠要急死了："这也不是，那也不是，就非得辞职不可？"

饶静看她真急了，不再绕弯了："他有个调升新加坡的机会，那对他而言很重要，可这个时候我发现自己怀孕了，他想放弃这个机会留下陪我，我不能这么自私，虽然现在的一切是我梦寐以求的，可是要用他的梦想做牺牲，我宁可不要。所以我决定还是换我来守护他，陪他一起去新加坡，工作没了可以再找，可真爱没了就真的没了。"

涂筱柠听完噤了声。如果换作她，她也会这样做的，只是没想到饶静竟是这么有勇气，在DR多年奋斗与打拼的成果，说不要就不要了，涂筱柠由衷地佩服，也觉得饶静很酷。

"干吗？吓呆了？觉得我不像是有真爱的人？"饶静用手在涂筱柠的眼前晃晃。

涂筱柠还感动着，揉揉鼻子："没有，我就是觉得你特别伟大。"

"伟大什么，等你找到真爱就知道了，而且这女人啊，本来在职场就多少受歧视，结婚怀孕后等产假一来，什么都会不一样了，即使老大人再好，我休了产假这活也得有人来顶，再回来的时候还不知是怎样一番光景，与其这样，不如干脆辞职也不招人烦，生完了娃再做打算。"饶静说着又认真地看涂筱柠，"而且我已经跟老大说了，把我名下的客户和所有存款全部调给你。"

涂筱柠一怔："你，我……"

"什么你你你……我我我的，你就是傻才总是被人欺负，转正的事被人算计了都是最后才知道的，以后我不在你身边，不能时刻护着你，但至少我的那些客户都是我这些年的心血，你拿着，只要维护好，就算不再去跑客户，这些成果都够你吃到退休了，到时再让老大出手推你一把，转正的事就好办多了。"

饶静还在说话，涂筱柠的眼角已经湿润了："师父……"

她这么软软的一声呼唤，饶静心里也难受了起来，终是叹了口气把她的手抓了过来，像个大姐姐似的抚摸她的手："师父只能护你到这里了，以后的路真要靠你自己走了，你在 DR 无名无分干了四年，我也没真正帮到你什么，能做的只有这些，你再给我争口气，以后说出去也不丢我饶静的人，懂吗？"

涂筱柠点头，饶静捏捏她的脸。

"我想抱抱你，饶姐。"涂筱柠哑着嗓子道。

饶静嘴里还是嫌弃："我最讨厌这些肉麻的事了。"

涂筱柠却不管，直接抱住了她。

饶静还在嫌弃："喂，你轻点儿，别压着我儿子。"

"啊？你已经知道是儿子了？"

"不知道啊，但我就觉得是个儿子。"

"对了，我还没见过师公呢。"

"师公真难听，下次再让我听到我打你啊！"

"那你打我啊，你不舍得。"

"呸！"

茶水间里就这样传来师徒二人的欢声笑语，美好的时光仿佛可以一直这样下去……

最近身边亲近的人一个个在离去，涂筱柠是个感性的人，在夜深人静的时候难免感伤。她独自站在家中的阳台上，望着洁白的月亮若有所思，连纪昱恒什么时候回来的都不知道，直到她的腰被他抱住才回眸。

"回来了！"

"嗯，在想什么？"他从她的背后圈着她的腰。

涂筱柠的眼神黯了黯："饶静说她今天辞职了。"

"嗯。"

涂筱柠抬手去触摸他那永远那么光滑的下巴，他总是将自己收拾得干干净净的，连胡楂都很少有。

"老公，你又要损失一员大将了。"她惋惜，是真的惋惜，如果饶静不走，日后前

517

途不可限量。

"每个人都有自己的人生规划，我只是你们工作中的领导，并不能左右你们的人生，对于每个人的选择我也没有权利去评价好与不好、对与不对，因为别人的经历我未必能懂，我的经历别人也无法感受，职场里每天都在上演相遇与离别，谁都说不准明天会发生什么，也许有一天，我也会离开DR。"

涂筱柠转身："你去哪儿？"

纪昱恒低头用额头抵着她："我也不知道，谁又知道呢？"

涂筱柠捧着他的脸："要走也是我走，你还得继续给我留在DR挣百万年薪，再继续往上爬挣到千万年薪。"

他将她揽入怀中，然后她就踩着他的脚背抱着他晃啊晃。

"送君千里终须一别，职场里没有人能陪伴你走到最后，包括我，但亲人不一样，当你身边的人越来越少，唯有我还会在你身边，就像现在，我的身边只有你一样。"他的额头抵着她的额头由她晃着。

涂筱柠埋在他的怀里，听着他的心跳声，慢慢地，她的心跳跟他的心跳仿佛在一个频率，她仰仰头，在月色下望着他。

她轻唤："老公。"

"嗯？"他低头。

她也将手搭在他的腰上，声音有点儿低："我们……我们也要个孩子吧。"

涂筱柠想要孩子的想法不是突如其来的，是从婆婆离开后就萌生了，再加上今天得知饶静怀孕的消息，觉得如果他们俩也有个孩子，这个家兴许就会变得热闹一些，而且他的孩子该多好看多聪明啊，这基因不用都可惜了。

只是最后他却说"再等等"。

涂筱柠心中一阵失落，但也知道他做什么事都有他的考量，饶静走了，部门就只剩下三个人了，即便行里会补充新人也需要一段时间，她这个节骨眼儿上再怀孕，部门肯定乱成一锅粥，而且她现在又是个话题人物，一怀孕又不知道会被其他人七嘴八舌地传成什么样呢。

所以他说等等就等等吧，涂筱柠后来也就没再纠结。

饶静真的是要走了，纪昱恒同意了她的离职申请并替她将辞呈递入分行的人力资源部，很快她就进入了离职程序，审计部门开始对她内审，而她的客户也如数转入涂筱柠的名下。

赵方刚是最伤心的。他跟饶静当同事比涂筱柠跟饶静当同事还早，看得出他是真的为饶静离开感到难过。

"什么男人让你连大好的前途都不要了？"他真是百思不得其解，在他看来，为了所谓的爱情放弃前途的人都傻，没想到一向精明的饶静也头脑发昏地一脚踏进婚姻这座坟墓里。

"我不走，怎么给你腾位置？"饶静收拾着东西反问。她这说的也是实话。她在部门一天，赵方刚就总比她矮一头，只有她走了赵方刚才能上位，而且以他的能力，后期发展只会势不可当。

"别扯这些，我赵方刚既不吃软饭也不需要人让路，你不走我还一直有个竞争对手，你一走我突然就觉得我没了价值。"赵方刚也直言不讳。

饶静笑笑："你怎么会没价值呢？你是老大的得力干将。"

"可是他的右臂没了，只剩我一个左膀也是大伤啊。"

饶静环顾办公室："亏得逢生不在，不然这话被他听了多伤人。"

"逢生性子温和，不够狠，不过小涂嘛，"赵方刚又开始打量涂筱柠，"还是可以培养一下的，不如从今天起小涂你就转投我门下，拜我为师如何？"

涂筱柠头都没抬："一日为师终身为父，我的师父只有饶姐一个，我绝不做背叛师门之事。"

"哎嘿，你个小丫头片子！"赵方刚感觉受伤了，而且是内伤。

饶静笑得开心："以为我走了就挖得动墙脚了？小涂可一直是我的人。"

"是是是，你的人你的人。"赵方刚说着撸撸袖子。

"干吗？要打架啊？"

"不，我要给你一个战友情般的拥抱，同时祝贺你从职场女强人的坑里跳向另一个家庭主妇的大深坑，希望以后再见姐姐你别变成了老太太。"

饶静朝他扔过去一个订书机，手叉腰，又像平时那样骂他："谁是老太太了？你才是，你全家都是！"

办公室里依旧欢乐如常，只有涂筱柠心里不舍，因为她知道随着饶静的离开还会有人离开，他们终会别过，而这样的日子只能成为珍贵的回忆，兴许以后再也不会有了。

她默默地看着自己的名下多出来的客户清单，并没有欣喜若狂，因为那都是饶静的心血，虽然是饶静心甘情愿给的，可她也无法拿得心安理得。她知道转正这条路靠自己走会很难，可不想成为和元娇一样的人，想靠自己，看看靠自己到底能在这条路上走多远。

她抬头望向湛蓝的天空，耳边依旧是饶静和赵方刚的打闹声，时间却在眨眼流逝。

她用名为"J夫人"的微信号在朋友圈发了一句话："天下没有不散的筵席，或同事，或朋友，或亲人，所谓成长就是有得也有失，喜忧总参半，人生总在相遇与告别，而你能做的只有继续埋头向前走。"

涂筱柠又投入了狂热的营销跑客户中，连赵方刚都说她现在是营销小达人。

她今天要跑的这家客户是做广告的，跟她的客户有合作关系，人家老板要做个小额贷款资金周转一下，客户就顺便把这个老板介绍给了她。

这个广告公司规模也不大，不过老板一直挺忙，经常出差，会计今天才联系她说老板回来了，她下午可以过去。

下午涂筱柠就带着材料上门了，按照会计发的地址开车来到人家公司楼下，看看门匾：晖煌广告。

应该是"辉煌"才对，莫不是老板的名字里有个"晖"字？可是她查了企业信息，不论是股东还是法定代表人都没有带"晖"字的。

她整整衣服走进去，先到财务室找会计。

"是涂经理吧？"

"是的。"

"真巧，我们老板也前脚刚过来，这会儿正在办公室呢。"

"好的，那麻烦你领我过去。"

"好的。"

两个人一前一后走着，涂筱柠顺口问："老板姓什么？"

"余。"

"余？可他好像不是法定代表人也不是股东。"

"我们余总是好男人，法定代表人是老妈，股东是老婆，所以他这个公司实际控制人明面上啥都没体现。"

涂筱柠笑笑："哦，是这样啊，那真是个孝子和好老公。"

两个人已经走到老板的办公室门口，会计敲敲门："余总，银行的人来了。"

"哦，请进。"

会计推门进去，一个身穿运动服的男人正坐在沙发上泡着茶，抬眸看来。

"余总，您好。"涂筱柠恭敬地打招呼。

"你好，来，坐。"余总很年轻，打扮随意，看起来也就跟她差不多大，倒也是个亲和的人，热情地招呼她过去。

涂筱柠走过去，从包里掏出名片自我介绍了一下："余总，我是DR的客户经理涂筱柠，初次见面，幸会。"

余总起身接过她的名片看了一会儿，再看看她，又看看名片。

涂筱柠拜访了这么多客户，他这反应还挺奇怪，她正纳闷儿，突然听他用略带惊讶的语气说："涂筱柠？"

她点头："是。"怎么了吗？

他放下名片，一边打量她一边靠近了些："你初中是新才中学的吗？"

涂筱柠愣了片刻："是啊。"

"2007届的？"

涂筱柠想了想。她数学不大好，被问几届还得好好回忆一下。

他又问："十二班的？"

涂筱柠诧异了："你怎么知道？"

他一拍大腿："果然是你啊！涂筱柠！"

涂筱柠仔细地看看他。难道他是她的初中同学吗？可他这张脸她不是很熟啊。

她继续保持微笑，迅速在脑子里翻初中姓余的同学，但是初中实在太久远了，除了同桌、班长等几个还有交集的，她真的记不得其他人的名字了。

他看她有些茫然，指着自己的脸："我啊！你不记得了？再想想！"

涂筱柠想啊想，怎么办？人世间最尴尬的事情莫过于人家认识你，你却不认识人家，关键他现在还是她的客户，她挤着笑看着他，说话也不是，不说也不是。

余总也一笑，索性提示了她一下："初中时，有一天你下了晚自习回家的路上，自行车是不是陷进下水道井口摔了？"

涂筱柠一听瞬间想起来了，忍不住惊讶地说："你……你……你是余……余晖？"

余总点头承认："是啊，我是余晖，现在想起来了？"

涂筱柠心中真是震惊，这是什么缘什么分啊！

她眼前的男人，此刻正在营销的客户，竟然是初中时全校有名的少年余晖，他曾在初中时威胁过她，并且让她在下晚自习的路上被掀开的下水道井盖绊到并摔下自行车！

"来来来，坐坐坐！"余晖见她一直站着便邀请她坐下，彬彬有礼的模样哪里还有以前上学时嚣张跋扈的影子？

涂筱柠没想到他现在变化这么大，心里还挺震撼。

余晖又把车钥匙扔给会计："去我车后备厢里拿一盒上好的茶叶，我要好好跟我的老校友叙叙旧。"

会计接过钥匙："好的，余总。"

"拿最好的啊！"他又叮嘱。

"好的。"

"你坐啊。"他回眸看到涂筱柠还立着，然后笑言，"你不会还在为当年我欺负你的事生气吧？"

涂筱柠摇手坐下："怎么会，都是多早以前的事了，那会儿大家都是小孩儿，懂什么。"

余晖拉拉裤腿坐下："是啊，现在想想都幼稚。你现在在银行了啊？"

陈年旧事仿佛随着时间的推移和他们的成长慢慢地被他们淡忘了，他们再次见面时只剩成年人的心平气和和故人相见时的客气。

"是啊，干客户经理呢，这不营销到余总您公司来了？看来我俩还挺有缘。"涂筱柠打趣道。

"哎哟，别埋汰我了，我算哪门子余总，就是开了个小公司做做，成绩不好学历又不高，去哪儿人家单位都不收，就自主创业了。"余晖说着先给她倒了杯白开水。

"自主创业好啊，自己当老板，不像我们给人打工，靠业绩拿工资，压力也大。你看，今天你不就是我的客户了？"

余晖捧着自己的茶壶饮了一口："别别别，你这么捧我，我都要飘了，本来也就是想找银行咨询咨询，你这一来，我就是不做贷款也得做啊！"

说话间会计拿着茶叶进来了，他赶紧打开开始泡茶，涂筱柠看他有一套茶具，先烧水，然后烫茶具，再泡茶，最后把茶水倒进一个小茶盏里亲手递给她。

涂筱柠刚想接，就听他开口道："涂同学，初中的时候是我顽劣不懂事欺负你，让你那晚摔成了那样，当年欠你一个道歉，今天还给你。"

他举起茶盏，郑重地说："对不起了啊！你多担待！"

他这样涂筱柠反倒不好意思了："余总。"

"余晖，还是叫余晖吧，余总我听着别扭。"

涂筱柠便改口道："余同学，你不用这样，这都是小时候的事了，再说当时也都是皮外伤，这些年我早就忘了。"

余晖叹气道："我是真心跟你道歉的，现在想想以前的自己，真是又浑蛋又不懂事，欺负女同学这种事我当时怎么干得出来？"

他越想越后悔，还骂了自己一句："真是个小畜生。"

涂筱柠顺势接过他的茶盏："人总有年少无知的时候，我那会儿也不对，不该先拿篮球砸你。"她现在想来，那会儿也是冲动，好好地把篮球还给他不就没后面那么多事了？

余晖也摆摆手："你毕竟是女孩子，再怎么说我当时也不该在你下晚自习的路上埋伏你，现在想想真挺过分的，也危险，好在没出事。"

两个人就这样聊了起来，全程氛围轻松，无拘无束，涂筱柠觉得他们真是长大了，多年过去了，都成熟了许多。

又闲聊了一会儿，余晖就让会计去准备资料，等的工夫又喝了一口茶，随口问了一句："对了，你后来跟我们学校当年那个校草——纪昱恒，怎么样了？"

涂筱柠也在捧茶盏，听他这话动作微顿，又处变不惊地喝茶："为什么这么问？"

余晖就笑了："你不会不知道吧？当年他让你走，然后就把我往死里揍，下手那叫一个狠啊，我那个鼻血啊流了好几天。"

他的话让涂筱柠着实地一愣，而他还浑然不知地继续说着。

"还有你当时用篮球砸了我，也是他关上篮球场的门堵住了我，我才没来得及去找你算账。"他抿口茶又摇摇头，"那小子对你上心得很啊，下手狠人也狠，他怕我在学校传他喜欢你的事，还拿会让我退学来威胁我，我当时还以为你们会在一起呢。"

涂筱柠就这么把一口茶含在嘴里，再也无法淡定地咽下去了。

今天纪昱恒没有应酬，涂筱柠到家的时候他已经在家了。

他正捧着书坐在客厅里，看到她回来合上书起身："想吃什么？"

他穿着浅色的薄衫和运动裤，因为人清瘦，一身衣服像罩在他身上般松松垮垮的。

涂筱柠看着他，一路小跑上来还有些喘，连包都忘了放下。

"怎么喘成这样？"他问。

涂筱柠顺了顺气，开口道："我今天营销了一个客户。"

"嗯。"跟平常两个人下班回来时讲的话题一样，他没觉得有什么不妥。

"你猜老板是谁？"

他俯身将书放在茶几上："谁？"

涂筱柠平复了呼吸："余晖，初中时那个欺负我的少年。"

他手中的动作稍顿，这很不易让人察觉，却还是落进了涂筱柠的眼中。

书稳稳地躺在茶几上，他又嗯了一声，再次站直面朝着她："然后呢？"

"他跟我说了一些话。"

他伫立在那里，高大的身影宛如一座被精心塑造的雕像。

他不再说话，似在静候她接下来的话。

涂筱柠向前走了两步，连拖鞋都没换。

"他说，当年你让我走后，打了他，把他打到鼻血直流不止，说当初我用篮球砸了他，是你关上篮球场的门堵住了他，还说……"她微顿，抬眼对上他投来的视线。

他依旧站得笔直："还说什么？"

涂筱柠的心脏在狂跳，比从前任何一次要强烈地失控。

她也直视他的眸："还说你……喜欢我。"

顷刻，屋里陷入寂静，静得涂筱柠只能听到自己的心跳声，不过这种寂静的氛围并没有持续太久，他微动嘴唇，开口："他没说错。"

涂筱柠不知道该如何来形容此刻的感觉，因为一下子有太多的感受在蔓延，她甚至以为自己听错了："你……我？"

他此刻的目光似要穿透她的心，他的声音轻柔，仿佛就在她的耳边，好听得要让她醉了。

他说："涂筱柠，我喜欢你，在很久之前。"

涂筱柠的眼睛一下子就热了，她的心也烫乎乎的。她感觉大脑都不是自己的了，想到什么就问什么："你，暗恋我？"

"是，我暗恋你。"

涂筱柠觉得自己在做梦，可现在发生的事真实得不像梦境。

"可你……可你，你是纪昱恒啊，我什么都不是，我……你怎么会……？"

他仍在看她，就像婆婆曾经说的那样，只要她在，他就能目不转睛地瞧她好半

523

天，生怕她不见了似的。

"我说了，我对你一见钟情。"

她的眼眶湿润了，原来他说的一见钟情不是从电梯的重逢开始的，竟是那般早，是情深已久。

情绪上涌，有喜更有惊，涂筱柠有些说不出话来了，他却在原地朝她伸手："有个东西一直想给你，本来是想等到补办婚礼的时候给你，看来今天得提前了。"

涂筱柠无声地走过去，他牵过她的手带她走进书房。

两个人站在高大的书橱前，他打开了最角落里的一个小抽屉，那个抽屉不起眼到她每次打扫卫生时都会被她忽视的程度。她以为那个抽屉只是个装饰，没想到还能打开。

他从里面拿出了一件东西，再慢慢地递到她的眼前。

这件东西仿佛一直不见天日地被藏在那里，虽被放置在几乎密闭的空间里，却还是被空气氧化了，在时间的流淌中褪色，变得陈旧。

她定睛一看，整个人呆住："你……你……？"

他抬起她的手，将这件东西轻轻地放在她的掌心里："初三那年的那个晚上，你丢的，我找了很多店，修复了很久才让它跟从前一模一样，我一直想找机会亲手还给你，可还是没能赶在毕业前还给你。"

涂筱柠的眼睛已经湿润了，她的手有些颤抖。

此时在她手中躺着的是，她那盘因为自行车轮胎陷进下水道井口翻车时摔落的磁带，那是 Dirge 成立五周年时出的专辑。当年她被余晖埋伏，这盘攒钱刚买的磁带被摔坏了，她的眼镜也碎了，她捡东西的时候看不大清，离开的时候就遗落了这盘磁带，等第二天白天上学再去找，这盘磁带已经找不到了，她一直以为是被环卫工人清理掉了，没想到是他捡回去了。

"老公，你……"她说不下去了。

所有的事，包括初中时的那个夜晚，在此刻全都明朗了，所以一切根本不是巧合，都是来自他深藏已久的深情。

她的眼睛有些模糊，她捧着那盘失而复得的磁带如同捧着他的心，看着他如同看着当年骤然出现在月光下伸手救她的少年。

"本来是想在我们的婚礼上把这个还给你的。"纪昱恒告诉她。

"那你……那你怎么不表白？"心动的感觉流淌在她身体里的每一个角落，词穷的她组织了半天语言最后只说出这么一句话。

"我表白过。"

她抬眉。

"那日，参加同学婚礼，那首诗就是念给你听的。"他的目光深情，他的声音像春风拂耳，"当时你与我一同站在台上，那就是我想对你说的话：三百篇诗，反复说着的也就只是年少时没能说出口的我爱你。"

他定定地看她:"纪太太,其实,你在我心上已久。"

涂筱柠瞬间泪如雨下,扑进了他的怀中:"纪昱恒……纪昱恒,你……你……!"

纪昱恒说的那句话是她这辈子听过的最浪漫的情话、最深情的告白。

他接住她,将她抱紧在怀里,轻轻拂开她的长发,就像初中毕业多年后他在电梯里与她重逢,她站在他的身边,将那长发撩到耳后那样。

"柠柠,我爱你。"

涂筱柠被感动得呜咽起来:"纪昱恒,你的段位太高了,我……我话都不知道该怎么接了。"

"那就别接了。"他捧起她的脸,吻她的唇。

很久之后,那本纪昱恒经常翻阅的《孙子兵法》里又滑出那张他们参加同学婚礼时的照片,那是他们的第一张合照,背后多了这样一段话,是用钢笔书写的正楷字,刚劲有力:"唯是少年时,落拓高醺后。与你万人丛中,轻轻一握手。唯是经年后,绿灯红酒过。穿越万里人中,再轻点你额头。"

这一夜涂筱柠幸福得几乎无眠,闭上眼睛脑海里就晃过他初中时的样子。

一早他还没醒,她就忍不住叫醒他,问:"你喜欢我以前怎么不说?"

他合着眼说:"怕你太得意。"

"我怎么会得意?"

"你现在这样还不得意?"

她这么明显?可他明明闭着眼啊。

"你又没在看。"

他依旧闭着眼,语气却笃定:"不用看也知道,你就是呼一口气,我都知道你下一秒想干什么。"

她索性搂过他的脖子,笑容挂在脸上毫不掩饰:"嗯,对啊,纪校草暗恋我,我可得意了,早知道你对我有意思,我当年索性跟你在一起好了,还能万人瞩目轰动全校。"哎呀,她错过了什么啊!她想想都觉得亏了。

他说:"亏你没动那个念头,否则以你的心气怕是会耽误学习,高中都考不上,我就成千古罪人了。"

涂筱柠又不承认了:"我有那么差吗?"

"英语单词都要背半天。"

她知道他是说以前她在他小姨家补课的事。

"那是因为你们都是学霸,我一小兵扎在将军堆里当然不好比,那单词密密麻麻的,头都看晕了,哪儿像你那么牛,过目不忘,而且我被大家嫌弃排挤时,当时也没见你帮我一把啊。"她说到后面还有点儿委屈。

525

"我没帮你？"纪昱恒却问。

仿佛又得到惊喜似的，涂筱柠凑上去："当时我差点儿被人撞得摔下楼梯，你伸手拉我不是顺手，是特意来拉的？"

"不然呢？我闲得慌没事天天去英雄救美？"

涂筱柠开心地捧着他的脸亲了好几下："你那会儿就觉得我美了？"

当时的她戴着眼镜，扎着马尾，要有多普通就多普通……

他不作声，她就追问："是我们两个班一起上体育课的时候吗？"

他还不说话，她就晃他："是不是啊？"

他却只说："我记住你，比你注意到我更早。"

涂筱柠再问他，他就死活不肯说了。

"那你说你这么高高在上，又在遥远的一班，你什么都不跟我说，我怎么知道？"她最后嘀咕道。

"知道了又怎么样？在一起，你敢吗？"他反问。

她事后诸葛亮："敢啊。"

她的脑袋立刻被拍了一下："敢个试试？那会儿才多大是能谈恋爱的时候吗？你那成绩，物理五十分，化学四十八分，又在与学习无关的事上花了很多精力，再谈个恋爱，你还有心思学习？"

涂筱柠一愣："你……你……你怎么知道？"

"我什么不知道？我纪昱恒的老婆理科这么差，我都觉得被打了脸。"

"哎，别这样，我也就是严重偏科理科差而已，文科还是可以的，好歹我也考上了高中，就是我考上的高中跟你们第一高级中学不能比嘛。"涂筱柠又死皮赖脸地去亲他，"那后来毕业，我们分道扬镳，你就不怕再也见不到我了？万一我嫁给别人了呢？"

他的眼神深沉："命里有时终须有，命里无时莫强求。但从你跟那谁分手开始，你就注定是我的。"

涂筱柠又笑成了一朵花，心中柔软成棉花糖。她靠过去俯首在他耳边，呼着气："所以，我是你的初恋？"

他与她十指交缠："你是我的初恋。"

"你只爱过我？"

"我只爱过你。"

"我是你的唯一？"

"一直都是，从未改变。"

涂筱柠又沦陷了，也成了自己曾经无比嫌弃的那些仰慕他的女人，在心中说着她们当时喊的话："纪昱恒，我要给你生孩子！"

饶静走之前，大家给她举行了欢送宴，涂筱柠这才第一次见到那位顾先生。顾先生斯文儒雅，成熟稳重，虽没有纪昱恒那般帅得让人第一眼就叹为观止，但也越看越耐看，最重要的是，他看饶静时眼神深情。

饶静怀了孕不能喝酒，他就替她喝，敬领导敬同事，感谢他们一直以来对饶静的照顾。

连一向不怎么喝酒的涂筱柠也喝了不少，饶静是她的师父，她要给饶静饯行，望着饶静一直停留在顾先生身上的目光，涂筱柠知道饶静也找到了此生的良人。

心中触动之余，在大家看不见的桌下，她将手递到纪昱恒那里，他还将视线落在跟他说话的顾先生那里，用右手执着酒杯，却把左手放在桌下，紧紧地牵着她，到散场都没松一下。

饶静离开后，对公条线就只剩三个人了，部门仿佛又回到了当年，人丁稀少，业务却繁多，大家每天忙得连坐下喝口水的时间都没有。

一时半会儿没有新人补足，为了保证部门正常运转，分行人力资源部便将元娇从大堂调入对公条线，让她来协助业务。

涂筱柠知道这里又有猫儿腻，这么多人不调偏偏调她，她可真是哪里风向好就往哪里钻，无孔不入。

她调来后看到涂筱柠可丝毫没有心虚，甚至在茶水间碰到了还挖苦涂筱柠："涂筱柠，你这没名没分地待在 DR 这么多年还那么卖力干，图什么？连个谢你的人都没有。"

说实话，涂筱柠是一点儿不想搭理她，可现在她跟以前不一样了，不会将心中的不满时时刻刻地摆在脸上，即便再讨厌站在眼前的人，她都能泰然自若地见人说人话，见鬼说鬼话。

"图个有事做，不闲着呗，这社会做什么不是做呢？也不是人人都有目的，不然那些不辞辛苦的清洁工、保家卫国的战士、救死扶伤的医生，他们都图什么呢？至于谢不谢的，那本来就是在打工，还能指望上面的人经常低头看看，下来道声谢不成？反正吧，我就觉得吃得苦中苦，方为人上人，你对工作几分真，工作总会回报你几分，你平日的工作态度和一举一动领导跟同事也会看在眼里，只要有人问起来涂筱柠这人工作怎么样，不是众口一词地说我差说我不行就成了。"涂筱柠甚至还能跟她谈笑风生。

元娇本来是想看涂筱柠被打击后的失落样的，不仅没看到还瞧她一副无所谓的心态，便哼笑："你现在倒挺淡定的，不过职场确实需要你这样只喜欢闷头儿苦干的人，领导也喜欢，好用，好打发。"

涂筱柠笑笑，从茶水台上拿起一包咖啡："喝咖啡吗？"

"我不喝速溶咖啡，我只喝星巴克的咖啡。"

"哦。"

元娇捧杯离去,涂筱柠把咖啡放回原处,收起笑容:"只喝星巴克的咖啡,你咋不上天喝仙露呢?"

涂筱柠回到办公室时,赵方刚在跟许逢生聊天:"我们C市马上就要有最高档次的五星级酒店了,好像也快开业了。"

"就是那个一直稳在国内前十的VG集团开发的?"

"是啊,估计也是嗅到了商机,把手伸向了临近江河的C市,这酒店当初选址就很好,都说地理位置绝佳,是块招财的风水宝地,现在酒店落成,估计这块大蛋糕各个银行都要抢着吃。"赵方刚若有所思地说道。

"这种国内数一数二,甚至国际都有名的大型企业,要'打进去'谈何容易,而且人家的根基就不在C市,你要摸进上层不知得费多少劲,说不定搞了半天连个财务总监都见不着,更别说见老板了,不过这种企业也别说做多了,就那酒店拿过来做几个亿的经营性物业,一下做十年,不谈客户经理,养活一个支行都绰绰有余,从此职业生涯抱着这条大腿就够了。"许逢生说道。

赵方刚嗯了一声:"可不是,能跟这种客户合作的银行,脸上也有光啊,这VG是个家族企业,现在的接班人是第三代了,之前一直是长孙长媳在接手打理,前几年次孙也回归了,现在是堂兄弟共同参与经营,也不知这里面又有多少豪门家族的纷争。"

"这些豪门恩怨、家族利益争斗哪里是我们这些寻常老百姓能评头论足的,里面复杂得很,那长孙当年娶了易氏的千金,强强联合,这几年VG和易氏都势不可当,不说他名下其他产业,就那房地产开发,这两家稳稳地排在全国前三,这不在开发区又拿了一块地,两家要联合开发C市最豪华的别墅区了吗?"许逢生懂得还挺多,喝了一口茶又说道,"那VG的次孙叫什么来着?"

"夏明什么来着?反正没他堂哥名字简单。"赵方刚说。

许逢生也没再纠结人家的名字了:"这次孙前段时间不是还上了热搜头条?跟那个很有名的主播,耿什么来着?"

涂筱柠插嘴道:"耿念一。"

许逢生点头:"哦对,耿念一,他跟耿念一结婚了,宣布的时候微博不是还崩溃了。"

"主播而已,也能崩溃?"赵方刚问。

许逢生笑笑:"你还真别小看这主播,她声音好听,为人亲和,主持的又是情感类节目,老少都喜欢她,她的粉丝群众基础雄厚,她的广播收听率一直蝉联国内第一,我们C市都是听的转播,但确实也牛啊,人气居高不下,再嫁入豪门一曝光,现在也从后台转前台了,主持人的活也接得越来越多,很多大型商演活动都找她主持,光她往那儿一站就有话题度,还要做什么广告?媒体马上给你送上热度,你都不用花钱,第二天就家喻户晓。"

"这么厉害？那这次孙这么有钱一个富三代，舍得让老婆就这么抛头露面的？"赵方刚又大男子主义了。

"现在那些有钱人跟明星结婚的比比皆是，女星嫁入豪门的例子还少吗？耿念一这种主播兼主持人总比在复杂的娱乐圈混的女星要好一些，大概老婆喜欢，偶尔出席接一些主持活动，这老公也就宠着呗。"

"啧啧啧。"赵方刚不知该说什么了。

元娇这时走过去打断他们："赵哥，许哥，你们最近忙的话我可以帮你们分担分担。"她显得很积极。

赵方刚瞅了她一眼，笑笑没作声，许逢生就温和许多，却也委婉拒绝："最近还算忙得过来。谢谢你，小元。"

元娇哦了一声，不大开心地回到自己的座位上，过了一会儿她站起身来到涂筱柠的办公桌前："哎，你当时上来多久给你派活的？"

涂筱柠正在看客户的朋友圈，但也回答了她："一上来就让我跑腿了。"

元娇挤眉："那我上来好些天了怎么连跑腿都没有？我看你那会儿天天跟着饶静，你一来领导就安排她带你？"

涂筱柠点头，又解释道："我跟着饶静那是前领导安排的，一来就是让她带的我。"

"那纪行长怎么也不安排人带我呢？"

涂筱柠摇摇头："不知道。"

元娇的眉头皱得更紧，她又往自己的位子走，但没坐下，站了一会儿就出了办公室的门，像是往纪昱恒的办公室去了。

不一会儿许逢生的声音传来："我们这样，是不是有点儿欺负她？"

赵方刚冷哼："有她欺负我们小涂过分？再晾晾她，小姑娘心高气傲，不知天高地厚，以为能为所欲为了？道行还浅了点儿。"

涂筱柠就顺便假意推辞了一下："小赵哥，其实我已经没事了。"

"小涂，你放心，有哥在呢，在这办公室里不会让她再嚣张的，若她不适合客户经理岗位我会让她主动乖乖走人，敢欺负我妹妹，别说门，窗户都没有！"涂筱柠越这样说赵方刚越义愤填膺。

许逢生也点头应和："放心，小涂，我们跟你永远一条战线。"

涂筱柠就不再说话了。好吧，那她就"借刀杀人"了。

她继续埋头看微信。

饶静转给她名下的几家大客户里有一家高端汽车4S店，这是一家集团公司，在DR总授信就有两个亿，算是部门民营企业里中上等的客户了，饶静离开前也盼咐过她，这家企业原始积累雄厚，跟DR合作时间长，综合回报高，让她好好维护。她一直将饶静的话谨记于心，在拜访过老板和财务人员后加了他们为微信好友，有时候看朋友圈看到他们发的东西，也会点赞留言和他们保持互动。前几天她好像看到他们最近要在 C 市举办春季车展的消息来着。

她好不容易找到了那 4S 店的财务总监的微信，赶紧把人家的备注改了，方便以后寻找，然后点进财务总监的朋友圈翻看，果然找到了举办车展的广告，打开那个广告的大图片，仔细阅读："C 市有史以来最大规模的春季车展，新车亮相，阵容豪华，还特邀当红主播耿念一主持。群星荟萃，璀璨 C 市，诚邀且期待您的到来！"

涂筱柠暗自拍桌，就记得当时扫到了耿念一的名字，那会儿还想跟纪昱恒说要私下去参加这场车展，看看她的"女神"来着，不过现在改变主意了，决定把私下改成明面上，要以管户客户经理的身份去，而且还要大大方方地去！

晚上纪昱恒一到家涂筱柠就揪着他不放："老公，我要向你借人！"

"什么人？"

涂筱柠挂在他的身上，他抱着她往客厅里走，现在只要他在家，她就像脚残废了一样，偏要他抱才行。

她揽着他的脖子："柜员。"

"干吗去？办代发工资？"

"不是，是去参加一个车展，这个车展号称 C 市有史以来最大规模的新车展销会，人流量巨大，我准备带着宣传画册还有易拉宝去营销。"

纪昱恒想了一下看她："就是饶静调给你的那个 4S 店集团，众多一线汽车品牌的 C 市总代理商？"

涂筱柠点头，两眼放光，跟他头头是道地说起来："举办这么大规模的车展，当天人一定很多，企业集团内部对到场观看的客户推销汽车都来不及，肯定忙不过来，我今天就主动对接财务总监，说如果他们需要我们银行帮忙收银，到时候我们银行可以派人去。你想啊，买车又不是买其他物件，很少有人付现金的，就算做车贷也得付首付吧，到时候应该刷卡的人居多，那我们帮忙去收银就带上连接我们行结算账户的销售终端，来一个刷一个，来一个刷一个，那一天的结算量还不是相当可观？"

纪昱恒微挑眉梢，她还在继续："然后我准备带着小礼品去，每来一个结账的人就送一份，再给来往的人群发传单，宣传我们行的借记卡、银行卡、理财业务，反正平常那些柜员去街道宣传也是宣传，这现成的做广告的机会干吗不好好利用起来？说不定就在大海里捞到针了，也比去那些社区拉大爷大妈那些老年群体成效快吧？"

见纪昱恒迟迟没说话，她晃晃他："哎，我说这么多你怎么都没个反应？"

纪昱恒一翘唇角："我是被涂经理现在的全能折服了，这顾全大局的思路假以时日也能当行长了。"

涂筱柠厚着脸皮接受了这个夸奖，还拍拍他："谁让我老公是行长呢？我得当个贤内助啊，你就说你借不借人吧。"

"要多少？"

"活动在周末，不会占用工作时间，六个吧，加我七个。"

"给你十个。"

"十个会不会太多了？"

"我也得全力支持和配合涂经理的工作，柜面上新来的大学生比较多，让他们跟着客户经理多出去接触，参与营销也是好事。"

"好吧，既然纪行长这么有诚意，那我就接受了。"

"谢谢，涂经理。"

她亲了他一下："不客气，大家夫妻一场嘛。"

两个人重复当时他第一次送她礼物的话，称呼和场景都有改变，但他们的心却靠得更近了，而涂筱柠心里还在酝酿着一个大计划，虽然很有可能做无用功，但就想去试试水，万一又踩了狗屎运呢？所谓梦想还是要有的，万一它就实现了呢？

那天如期而至，涂筱柠一早起来梳妆打扮，也没穿行服，而是穿了白色无扣小立领衬衫、黑色半身包臀裙，整个穿搭很简约，是法式的，她再配上一副细长精致的耳线，这显得她既成熟又优雅。

她就在纪昱恒面前走来走去，晃得他再也看不进去书，索性把书一合，交叠双腿坐着，看她打扮。

一会儿她去卫生间了，出来的时候带了一丝香气，应该是喷了香水，然后又去鞋柜找鞋，她弓着身子翻箱倒柜，嘴里念叨着："哎？我的高跟鞋呢？"

纪昱恒一听，起身走了过去。

涂筱柠还在埋头认真翻找，腰就被他从她的身后搂住，他把她的身子拉起，他的吻就像雨点般落在她的颈部，让她痒痒得不行。

"别闹，我马上要走了。"她抬手触触他的头。

"涂经理，去车展帮忙收银，你这身打扮是不是过于隆重了？"他呼出的气喷在她的耳后，让她更痒了，"还穿高跟鞋？你在我面前也就只穿过两次。"

涂筱柠回头亲他的唇，眉眼弯弯："又吃醋啦？我出去也代表部门的形象啊，又是周末就打扮得得体些，这家公司以前都是饶静对接的，现在换我接手，我也不能给人留下很嫩的印象，而且今天车展这么盛大，万一接触几个上流人士也不是没可能，饶姐以前说了，就算肚子里没货，气场也很重要。"

纪昱恒神色不明，只沉了沉声："离男客户远一点儿。"

涂筱柠笑着又亲了他几下，在他脸上留下好几个口红印："知道了。"

他把她圈在怀中，不舍得放手："于私讲，我是不想你再那么累地做这份工作的，可你偏干得起劲，我若不支持显得大男子主义；于公讲，你能脚踏实地地一步步成长至今，我很欣慰，你的潜力还很大，你往后发展的机会也很多，不是没可能走到饶静那步。"

"你的优秀激发了我的潜能，让我那么努力地去奔跑，虽然离你还差一大截，但我至少也在慢慢地往前赶啊，而且也很乐在其中。"涂筱柠不敢多蹭他，才化了妆，护肤加化妆，一套流程做下来很贵的！

"我有时候又只希望你是我一个人的，你的一切只能我欣赏，可你有能力和才华，不该被埋没，即使我是你的丈夫也不能将其掩盖。"

涂筱柠捧他的脸："老公，我觉得夫妻就是要一起进步，所以我能变成现在这样很感谢你，没有你的支持和教导，我还是个涉世未深的职场新人，可能还在止步不前，是你领我走进了一个全新的世界，前方的路虽然有时候我看不大清，充满了挑战，但是我每次越过一个坎就觉得又靠近你了一步，希望不久的以后，我也能像饶静、赵方刚那样成为你的左膀右臂。"

他将视线落在她娇艳的唇上："会的。"

涂筱柠主动凑上去跟他唇舌交缠，最后嘴上的口红都没了色。

涂筱柠开车来到车展，活动包了C市最大的体育馆，果然人山人海，她刚停好车就接到了小柜员的电话："小涂姐，你在哪儿？"

"刚到，停车呢，你们在哪儿？"

"会计已经跟我们碰过头了，刚把我们领到场地。"

"好嘞，我马上来。"

涂筱柠拎着包踩着高跟鞋就往人堆里去了。这里人多得就跟顶级明星演唱会一样，场内都是车，场外搭建了一个露天小舞台，应该就是一会儿车展开场和演出用的。涂筱柠仔细地环顾了一下，觉得这个舞台倒也不是特别大，而且也不高，就跟一般的婚礼舞台差不多高，除了VIP座位，其他观众席跟舞台之间用铁栏隔着。

她走到同事们所在的地方，正好企业的财务总监也在现场安排，看到她就笑着打招呼。财务总监是个跟徐女士看起来差不多年纪的中年女子，在这家企业干了几十年了，通情达理，说起话来笑眯眯的。

"谢谢你了啊，涂经理，能想到来帮我们收银，真是解了我们今天人手不够的燃眉之急。"

"别客气，应该的，以后叫我小涂就成了。"涂筱柠笑着说。

财务总监推推眼镜，把涂筱柠往边上拉了拉，压低了声音说："我给你留了VIP的位子，一会儿开幕式你就跟我坐最前面去，那些助阵明星你要是有喜欢的，我们也能安排他们给你签名。"

涂筱柠不免惊喜："这……这多不好意思啊，孙总。"

财务总监却拍拍涂筱柠的手："就当我们集团对你们这次大力支持的感谢了，只是这座位有限，其他小姑娘就不好安排了，她们要是想要签名合照我们一会儿把她们安排进后台就是。"

"好，谢谢了，一会儿我跟她们说。"

"那你到时候到前面的座位来找我，我领你进 VIP 区。"

"好的，谢谢孙总，麻烦您了。"

"你是管户经理，以后我们也要麻烦你的，大家常来常往的，客气什么。"

待财务总监离去，涂筱柠就跟同事们讲了可以去后台找明星签名合照的事，小姑娘们开心激动得就差尖叫了，一个个甜甜地跟她说："小涂姐，你好厉害，跟着你还有明星能看！"

涂筱柠觉得这帮孩子太容易满足了。不过她虽看似淡定，其实心中比她们还激动。天时地利就差人和了，她一定要抓住这次难得一遇的机会才行！

快开场的时候财务总监把她领去了 VIP 区，她感觉座位和舞台之间的距离比上次她看 Dirge 演唱会时座位和舞台之间的距离还近，简直一抬头舞台上的人就在眼前。

她还是有些激动的，毕竟耿念一是她一直以来喜欢的"女神"。

开幕式的音乐响起，露天的小舞台后面一阵骚动，然后耿念一就上台了。那是一张精致的脸，足以魅惑众生，听场下的尖叫声就知道了。

她真人比媒体拍的照片更美更瘦，难怪能嫁入豪门。

她一出场闪光灯就齐刷刷地闪了起来，涂筱柠背对着都感觉要被闪瞎了，但耿念一居然可以眼睛都不眨一下。待台下的尖叫声和掌声小了些，她笑着抬眸，举起话筒："大家好，我是耿念一。"

涂筱柠忍不住捂胸口。这声音可真好听啊。

"长那么漂亮居然只做主持人，有这样的颜值当演员多好。"

"人家嫁入了豪门当少奶奶，又不缺钱。"

"不缺钱还来参加商演？我看就是嫁入豪门老公太强势，不给钱花才出来赚点儿零花钱的。"

"这不至于吧？"

后面有人在评头论足，涂筱柠觉得他们也是够无聊的，不过还是乘机问了一下旁边的财务总监："孙总，你们这场活动怎么想到请耿念一来主持的？"

"人气高啊，她一来你看电视台媒体都不请自来，多好的打广告的机会，出她一个人的钱就能获得最大的收益。"

"那她的出场费高吧？"

财务总监又推推眼镜："还行，没有外界传言的那么夸张，她现在接商业活动其实都是冲着推不掉的人情，我们能请到她也是因为老板的女儿跟她是大学同学。"

涂筱柠没想到还有这层关系："这样啊，她哪所大学的？"

"国外什么大学，名字我记不太住，反正都是有钱人送小孩儿去混个海归文凭回来的。"

涂筱柠点头，心想：那"女神"的家境也不错啊，跟客户的女儿又是同学，有这层关系就更好突破了。

这边耿念一说完开场白便邀请老板上台致辞了，然后退至舞台一边安静地等候。

涂筱柠觉得她还挺有礼貌的，不然像她如今这种身份完全可以先去后台休息的。

今天风还有点儿大，舞台又在户外，风吹得她长发飘动。她一手拿着话筒垂下手臂，一手偶尔抬起撩一下发丝，她光这么站着都让人看得移不开眼，哪里还有什么心思去听老板讲话？

涂筱柠的视线就一直落在耿念一的身上，她还在想活动结束后让财务总监领她去见耿念一要怎么开口。

又一阵风吹来，这阵风比刚才的大了些，支架搭建的舞台在吱吱作响，那舞台的背景板也被吹得有些晃，耿念一还在认真地看手中的小卡片，蓦然一声响，像什么东西断了，巨大的背景板连同后面固定的支架一起往下压。

一切快得让人来不及反应，而耿念一还浑然不知，等听到惊叫声转身，那巨幕已经砸向了她，她呆在了原地。

"小心！"她被人猛地一拽，几乎是摔下舞台的，但却落在了一个软乎乎的东西上。

嘭的一声，巨幕和支架倒在了舞台上，腾起一阵灰尘，灰尘飞扬在人群中。

有惊恐的尖叫声响起，还有闪光灯在闪。

"耿姐！"

瞬间有人围了过来，工作人员去疏散安抚群众，保安去遮挡还在拍照的记者。

耿念一惊魂未定地爬起来，这才发现她压在了一个人的身上，又吓了一跳："你……你没事吧？"

涂筱柠坐在VIP区最边缘的位置，看到背景板倒下来，第一时间冲过去拉了耿念一一把。由于舞台有些高，耿念一整个人被她扯拽下来，重心不稳，两个人都摔倒了，涂筱柠就当了人肉垫。耿念一虽然很轻，可因为惯性，这一摔还不轻，涂筱柠的手脚都不同程度地擦伤了，她的衣服也被磨得脏乱不堪，她还是脸朝地摔的，鼻子也被压了一下，当下就没了知觉。

耿念一虽然受惊，但声音依旧好听，涂筱柠挣扎着坐起来："没……没事。"

她说着话，只觉得鼻子湿湿的，一摸，流鼻血了。

耿念一被人迅速扶起，现场一时混乱，没人顾得上涂筱柠。

"耿姐，记者太多了，先回后台。"

耿念一却将视线停留在涂筱柠的身上，吩咐道："带这姑娘一起走，她受伤了。"

这才有人来管涂筱柠，她被搀起，然后一瘸一拐地被扶去了后台的VIP休息室，几拨人被挡在了门外，只有医护人员能进来。

涂筱柠的腿上、手臂上都被蹭破了一大片，上药水的时候她觉得很疼。她现在浑身脏乱，早已没了来时的精致模样，简直要多狼狈有多狼狈。

"我就让你别接这活，这二线小城市的小公司就是不靠谱，搞个活动安全保障都不合格，差点儿出事！"

隔间外有人在说话。

"这不是没事吗？"耿念一的声音响起，她不管说什么声音都十分清亮，让人沉醉，哪怕只是私下正常交流。

"你是没事！我要有事！姑奶奶，下周这里 VG 名下的酒店开业，你家夏二少要来参加剪彩仪式，他已经在从美国回来的飞机上了，你这摔跤的名场面早就上了新闻头条，估计他一下飞机就看到了，到时候还不是先质问我？"

"没事就行了，别大惊小怪。"

又安静了，过了一会儿涂筱柠听到高跟鞋的声音，耿念一探身进来看看她。

"你怎么样了？"

第一次跟"女神"这么近距离接触，涂筱柠很紧张："没，我没事。"

耿念一走近看她的伤口："皮都破了还没事？"

涂筱柠刚要再说话又被医生用药棉消毒了一下伤口，瞬间疼得蹙眉。

医生给她消毒好上了药包扎了一下，叮嘱她最近不要碰水。她的脚也一定程度地扭伤了，医生让她最近少走路多休养。

涂筱柠的第一反应是完了，她不能跑了谁做业务？

送走了医生，耿念一仔细地看看她："你叫……？"

"涂筱柠。"

"今天多亏你了，否则后果不堪设想。"

涂筱柠摇摇头，但觉得脖子很疼："没事，我离你最近，当时也没多想。"

耿念一望着她那触目惊心的伤口，一时也不知该怎么谢涂筱柠。

助理又来喊耿念一："耿姐，我们得走了，再不走又要被记者围堵了。"

耿念一又看看涂筱柠："谢谢你了，涂小姐。"

"没事的。"

耿念一朝涂筱柠笑笑，然后转头离开了，耿念一的助理稍后走进来递给涂筱柠一张什么东西："涂小姐是吧？今天幸亏有你，我们念一才转危为安，这是我们的一点儿心意，感谢你今天出手搭救。"

涂筱柠低头一看。

有钱人都是这么简单粗暴的吗？她竟然也像电视剧里女主角一样被人送了一回支票。

涂筱柠自然是没收支票，人家助理没再多言，收回支票便走了。

涂筱柠独自坐在寂静的房间里，开始后悔没有抓住机会，刚刚其实是个很好的营销时机，比原本准备通过企业的关系进入房间里找机会跟耿念一聊都要好，一来不突兀贸然，二来在救了人后开口也不会惹人反感。

她垂头丧气地懊恼不已，好了，她这实诚的穷老百姓，不仅没拿支票，还真的错过了几个亿，几个亿啊！

到了自家楼下，涂筱柠都不能上楼，打电话让纪昱恒下来，他一看到她浑身的伤，脸就阴了："怎么回事？"

涂筱柠将语气放软了点儿："我……我也英雄救美了一把。"

纪昱恒紧锁眉头，没再追问，先弯身去抱她，涂筱柠稍动一下肌肉都疼，纪昱恒看着她，脸色很不好看。

涂筱柠被抱回了家，涂筱柠现在不用再装废人了，因为从今天开始她就是个废人。

纪昱恒表情阴郁得像是能吃人，她不敢再有隐瞒，把事情和盘托出，然后他的脸就更阴沉了。

"我看你是干营销干得走火入魔了。"他蹙眉斥责她。

涂筱柠耷拉着脑袋不敢说话。

"像 VG 这种全国知名的大型集团，不要说你，就是总行行长出马人家都未必抬个眼皮子，家族企业，人际关系早就细密如网，各家银行争先恐后地介入，人家都是自上而下总行带着分行营销，不是你、我，也不是一个商业银行的小支行动动嘴皮子就能'打进去'的。"

"我知道啊，所以就剑走偏锋想从人家老婆下手，而且也没指望真能成功，就是去试试。"涂筱柠说。

"结果呢？你还指望人家能多看你两眼？"

涂筱柠看看他，只问："领导，周末加班负伤，还能算工伤吗？"

纪昱恒站着，居高临下，答非所问："以后再这么任性就别干客户经理了。"

"你看，大男子主义了！"

"我说了不要让我担心，你又何时好好地听我的话？"

他的声音低沉，涂筱柠知道他是被她气到了，伸手抱住了他的腰，放软了语气："老公，我错了。"

"好好的人出去，回来给我弄了一身的伤，你是真要把我气死。"

"意外而已，而且我就说了吧，我是'一切皆有可能'的体质，你说 C 市每天这么多大大小小的商业活动，这种小概率突发事件怎么就突然发生了呢？大概就是因为我在场，你看我不在场的活动都好好的，什么事都没有。"

他又压低了声音："别胡说八道。"然后他将视线停留在她的身上，仔细地查看她的伤口。

"老公，对不起。"涂筱柠轻轻地靠在他的身上。

他不敢多触碰她，只将手放在她的头顶上，叹了口气，放缓了语气："工作上进也好，拼命也罢，那也只是你生活的一部分，不是你的全部，勇往直前是好事，可凡事都要有度，你救了人家替她受了伤，她无非就是一句'谢谢'再甩张支票的事，他们那类人习惯了用钱解决问题，不会管你哪里伤了疼了或者有没有后遗症，真正担心你的只有你的家人，看到你一身伤回来，你知道我是什么心情吗？"

涂筱柠撇嘴，将头往他身上蹭："我下次再也不这样了。"

她一低声下气地认错，纪昱恒就心软了，本来就心疼得紧，哪里还舍得再多怪她。

他坐下，抬起她的下巴，她的脸上也有不同程度的擦伤，鼻子下面还有凝固的血，显然流过了鼻血。

这次他的眉头瞬间皱得简直能夹死一只苍蝇。

"我现在是不是特丑？"涂筱柠还不知死活地问。

他越看那些伤口越像疼在自己的身上一样，一道道伤口像在刮扯着他的心。

"涂筱柠，我再最后警告你一次，如果以后你在工作中还是这么冲动不能保护好自己，我直接把你撤了，给我回家好好待着。"他是真的在警告。

"你……"

"你什么你，我说到做到，别跟我扯什么爱岗敬业，你要真有个三长两短，DR它能赔我个一模一样的老婆吗？"

涂筱柠瞬间收了声，心软了。她就受不了他一本正经地说情话的样子，太撩拨她了。

她向他靠过去，又乖乖地认错："好啦，知道了。"

他只敢将手轻轻地搭在她的肩头上，然后将下巴抵在她的头顶上，轻叹："你啊，有时候真的让我想拿绳子绑着你。"

涂筱柠澡也不能洗了，是纪昱恒拿毛巾给她擦拭的。她一晚上没睡好觉，翻身都不能翻，她怎么觉得浑身比昨天更疼了？

第二天企业财务总监就打来了电话，一直在道歉，也感谢她反应快，出手救了耿念一，不然后果不堪设想，他们一个小公司哪里得罪得起VG，财务总监还说老板要亲自登门来看望她。

涂筱柠想，登门还得了，立刻婉转地拒绝了，财务总监也是个知趣的人，只当她不方便也没再坚持，让她好生休养，说下次邀她吃饭。

涂筱柠放下手机，她感觉有点儿渴，就扯着嗓子喊"老公"，一会儿人就来了。

"我要喝水。"

他就端水。

"我想吃橙子。"

他就给她剥橙子喂她。

他这样一个天之骄子给她做这些，涂筱柠靠在他的胸膛上的时候鼻子有点儿酸："老公，你太好了。"

"我们是夫妻，是要携手共度余生的人，以后老了、病了，也就我们两个相依为命，生死与共。"

他说得太久远，可透过之前父亲住院，母亲细心照料的样子就能看到他们老去的画面。

她有点儿伤感，闷在他的怀里："可以后还有孩子啊，孩子也能照顾我们。"

"你还记得我们双方家长第一次见面时你妈当时怎么说的？"他却问。

涂筱柠一时半会儿还真想不起来了。

"她说，人都说养儿防老，可她从未想过让你给她养老，他们给你操了半辈子的心，不求别的，就希望你有个好归宿能幸福。"他重复当时母亲说的话，居然一字不差，"父母对子女无条件地好，是不求任何回报的，孩子总要长大不能时刻陪在我们身边，人世间相伴到最后的只有我们两个，孩子于我们是爱，是宝贝，我们也会倾尽所有去呵护孩子，但我们绝不能成为孩子的负担。"

涂筱柠动容："老公，你的三观总是那么正，你教会了我太多。"

"所谓三观，必定是一致才会觉得正，夫妻也一样，三观的吻合，灵魂的默契，精神上的门当户对，才能携手并进，共度一生。"

他的话也让她领悟到了婚姻的真谛，她真是何其有幸遇此良人。

她靠在他的怀里："以前妈老去给我算命，我一直不信。"

"说你旺夫？"

"还说我五行属火，克金，到金融行业会生财，且运旺时盛，命里有贵人相助。"她仰头，"老公，你就是我的贵人哪。"

他将手中的纸扔进垃圾桶："你还真信这些？"

"之前不信啊，现在也不信。妈当时还问小姨要了你的生辰八字跟我的一起去算，先生说我们八字特别配，互相旺。"

回到房间，涂筱柠和他聊了一会儿。

"你睡会儿。"待涂筱柠打起了哈欠，纪昱恒扶她躺下。

"那你呢？"

"洗衣服。"

如果有完美老公评选，涂筱柠觉得她的老公一定拔得头筹。

"你就往洗衣机里一塞好了，纪行长亲自洗衣服我这老婆既失职又有愧。"涂筱柠不舍得了。

他给她拉好被子："以前又不是没自己洗过，再说了，你洗得还没我洗得干净。"

涂筱柠抵赖："哪儿有，我每次搓洗得可认真了。"

涂筱柠的手机在响，纪昱恒帮她从床头柜上拿起手机。

"谁啊?"涂筱柠问。

"陌生电话号码。"纪昱恒边说边把手机送过来,还帮她按了接听键。

涂筱柠就着他的手,躺在床上听电话。别说,被纪行长服侍的滋味还真不错。只是下一秒,她差点儿没一下子从床上坐起来。

电话里是那个熟悉的甜美声音:"你好,涂小姐!我是耿念一。"

涂筱柠没想到还能再见耿念一第二面。

见面的地点在C市的一家私房咖啡店里,很隐蔽,本来耿念一说派人去接涂筱柠,被她拒绝了。她让纪昱恒送自己过去,他一直把她送到门口,还是不放心。

"没事,我可以慢慢地走。"涂筱柠安抚他。

"一切量力而行。"他叮嘱着慢慢地松手,看着她进去。

耿念一坐在角落里,看到涂筱柠来了示意助理去扶她。

涂筱柠被扶着坐到耿念一的对面,助理就安静地坐远了。

有服务员过来询问涂筱柠要喝什么,她说:"随便。"

耿念一巧笑倩兮,美丽动人,替她点了杯香蕉牛奶:"这个不管喜不喜欢喝咖啡的人都可以喝。"

"谢谢。"

服务员离去耿念一又说道:"是我该谢你才是。"

她拿着手中的咖啡勺轻轻地在精致的蓝色咖啡杯中搅拌:"我的助理说你没有拿支票。"

涂筱柠沉默,再加上耿念一强大的气势,涂筱柠一时不知如何开口。

耿念一放下勺子:"涂小姐,我给你支票并没有别的意思,是真诚地想谢谢你,我这个人不大喜欢欠人情,这是你该拿的,你也不用觉得不好意思,今天我亲自来见你,也是想告诉你不要有顾虑。"她边说边将支票推到涂筱柠的面前。

涂筱柠看着数字的尾巴比昨天的还多了一个零的支票,差点儿不知该如何呼吸了,虽然做客户经理天天看人家老板写支票,可那些支票都是写给银行的,不是写给她的,这张可是她有生之年收到的第一张支票,何德何能。

"耿……耿小姐,我真的不能收。"她又拒绝了。

耿念一笑笑,抬杯抿了口咖啡,杯沿印上了红艳的唇印,衬着那抹亮丽的蓝,看上去很有高级感。

她又悠悠地开口:"那么涂小姐想要什么?你如果什么都不要,今天就不会来见我了。"

她放下杯子与涂筱柠对视:"说吧,看看我能不能给你办到。"

果然跟聪明人交手就是痛快,涂筱柠也直言:"我想麻烦耿小姐,让我见夏总一面。"

涂筱柠的香蕉牛奶被端上来了，耿念一让她先尝尝，她喝了一口，奶香醇厚，又夹杂了香蕉微甜的味道。

"很好喝。"她感叹。

耿念一微扬唇角："我不喝咖啡的时候就点这个，甜而不腻，会让人暂时忘却烦恼。"

她又优雅地端起面前的咖啡杯，回归方才的话题："我同学昨天告诉我，你是银行的，你想见我先生，是为了过几天VG在C市开业的酒店？"

涂筱柠点头："是。"

"你昨天会来车展，也是为了这事？想找机会从我入手？"

"是，昨天我一直在找机会，一个素不相识的陌生人突然营销，如果把握不好尺度，只会让人很反感。我本来是想通过你跟企业的关系来找突破口，只是还没找到时机就突发意外，也没来得及向你开口。"涂筱柠没有任何隐瞒。

"为什么想到找我？"耿念一又问。

"因为VG这次进驻C市对所有银行来说都是一个千载难逢的机会，包括我们DR，不想当将军的士兵不是好士兵，说不想'打进去'是假的，我也想跟VG这样全球知名的大型企业合作，但我只是一个不起眼的客户经理，论能力和人脉都不及高级客户经理，若从正面的公司层面入手，恐怕撞到头破血流都未必能踏得进VG半步，我能想到的就只有另辟蹊径，先从接触您开始，当然也只是试试，我并未抱太大希望。"涂筱柠说得很真诚。

耿念一倾听，又抿了一口咖啡："隔行如隔山，我不是很懂银行和企业之间合作的种种事宜，但你不走寻常路，很聪明，不过，公司上的事我从不参与，恐怕帮不了你什么，或许你可以换个想法。"

涂筱柠捧着杯子的手落在桌上："很抱歉，耿小姐。昨天我恰好听到了您跟您的助理的对话，昨日意外发生，您虽然没事，但您的助理却很担心被夏总知道这件事，这说明你们夫妻感情和睦，非常恩爱，他很在意您。"

耿念一抬眸。

"所以于您只是回去随口一句话的事情，于我们银行而言，可能就是一个机遇。"

涂筱柠目光灼灼："我希望耿小姐能帮我这个忙，至于夏总见与不见，我努力过了，就不会再有遗憾。"

耿念一凝视了她半晌，似在思考也似在审视。

"你倒是很执着。"最后耿念一如此评价她。

耿念一又独饮了一会儿咖啡，放下了杯子："我既然欠你人情，自然得还你。"

她站起身，拎起原本放在座位后的爱马仕包："回去等我电话吧，你于我是救命之恩，我先生的面我一定会让你见，但VG不是我先生一个人说了算，你们银行能不能'打进去'就靠你们自己了。"

涂筱柠也站起来，虽然有点儿艰难。她无法形容此刻的心情，有千言万语想说却只说出两个字："谢谢。"

"不客气。"

耿念一欲离开，涂筱柠又叫住她："耿小姐。"

耿念一回首，涂筱柠把她遗留在桌上的支票递过去："您的支票。"

耿念一伸手接过，涂筱柠对她笑："再见。"

"再见。"

涂筱柠走出咖啡馆的时候纪昱恒在外等候已久。

她如果可以跑，一定是扑进他怀里的。她没走几步，他已经来到她的跟前，什么也没问，只握住她的手。

涂筱柠却有点儿抖："老……老公。"

他扶稳她，她反握住他的手："我……我们，搭上了 VG 的线。"

"先回家。"

"老公，我……"涂筱柠很激动，就差喜极而泣了。

他让她靠在他的身上，声音稳稳地落在她的耳边："你已经很努力了，剩下的交给我。"

涂筱柠靠在他的怀中，点点头，哽咽着，是真的有点儿想哭。

她终于也能为他做些什么了。

耿念一速度很快，当晚就给涂筱柠回了电话，说夏明睿后天就到 C 市，到时她带他们去见他。

涂筱柠紧握着手机，手心都有些出汗："谢谢了，耿小姐。"

"不客气，后天就他一个人，大家初步见面聊一下，他的行程也比较紧，你们不必太拘束也不要太大阵势，你跟你的领导来就行了。"

"我明白。"

"涂小姐，后天见。"

"后天见，耿小姐。"

放下电话，涂筱柠又无法淡定了："老公老公，后天，约了后天。"

纪昱恒坐在床头看书，跟她的反应截然相反："好，知道了。"

"耿念一说人不要多，我们俩去就够了。"

"好。"

"你不激动吗？"

"激动就能成功，那就不用营销了。"

"可是我紧张啊。"

纪昱恒放下书："有我陪你，紧张什么？"

涂筱柠靠在他的肩头上感叹："老公，我们这对职场夫妻，不知会不会成为完美搭档？"

纪昱恒低首："不是已经是了？"

涂筱柠看他。

他的下巴和侧脸的线条在灯光下显得坚毅俊朗："你能拓展思路，曲线营销对一个新人客户经理而言实属不易，你的潜力还尚未全部被开发，你在这条路上的成功指日可待。"

这是她听过的最高评价了，她在被触动之余也谦虚了一下："我其实就是干啥啥不行，旁门左道第一名，真去跟其他银行正面交锋我未必有优势挤进去，不如绕个小弯先去找人家老婆。枕边风这种东西有时候可比找什么财务总监、掌事经理要管用多了。"

和耿念一、夏明睿见面那天，涂筱柠依旧紧张，纪昱恒则面不改色，从容不迫。

涂筱柠进酒店前做深呼吸，跟他比，她的道行到底还是浅了些。

他将手覆在她的肩膀，声音沉稳无比："别慌，再大的老板，他都是人，就当一场普通营销，胜败与否皆经验，能跟这种企业交手，已经是你职业生涯中比别人领先的一步了。"

他的手像是传递来了力量，他的话语也给了她鼓励，她点点头，随之镇定了很多。

耿念一亲自过来迎接，今天她穿得也很正式，一身迪奥白色收腰高定西装裙，职业知性的同时端庄大气又显身材，只是白皙的手腕上有些格格不入地戴着一百零八颗的长串念珠，这串珠子涂筱柠前两次见她时她都戴着，若没猜错应该是小叶紫檀材质的，她的这串念珠光滑透亮，必定是上等的。

涂筱柠一下就想到李白《长相思·其一》里的那句"美人如花隔云端"。

耿念一这等美女，旁人可望而不可即，不过她如此年轻居然也是信佛之人。

"抱歉，我先生还在开会，可能要麻烦你们稍等片刻。"她落落大方，声音动听。

"没关系，是我们麻烦耿小姐了，劳您亲自费神。"

耿念一笑而不语，抬眼打量了一下涂筱柠身边的纪昱恒。

涂筱柠赶紧介绍："这是我领导，纪昱恒，纪行长。"

耿念一微笑颔首："你好，纪行长。"

纪昱恒同样回礼："您好，夏夫人。"

耿念一做了个"请"的姿势："先跟我去会客厅坐坐吧。"

"有劳。"

"不客气。"

果然是C市最高档的五星级大酒店，私人会客厅都彰显着气派。

耿念一邀请他们就座，俨然一副女主人的姿态："喝什么？"

纪昱恒说:"谢谢，茶水便可。"

于是茶水伴随着水果小食很快被人送进来。

耿念一则要了一杯美式咖啡，涂筱柠不禁想，是不是去国外留学的人都喜欢喝美式咖啡。

"你们都是C市本地人吗？"主播出身的耿念一自然不会让气氛冷下来。

涂筱柠点头："是的。"

"C市坐落于长江入海口，又临近大都市H市，两城隔江相望，誉有小H市之称，风调雨顺，宜居养人。"耿念一如此评价C市。

纪昱恒用手覆在杯身，将视线落在耿念一手腕上的佛串上，自然地接话："C市与国际大都市H市一衣带水，又临近江河，得天独厚的地理位置带动了经济发展，气候四季如春，造就了人杰地灵。"

他捧起茶杯，状似无意地问："不知夏夫人是否第一次来C市？"

耿念一今天双手捧咖啡杯，比上次和涂筱柠单独见面时多了一分俏皮感："确是第一次来。"

"人人都说我们C市人寿年丰，太平盛世都得益于我们的镇城之宝——凌山。C市地处平原，此山是唯一的山，西临长江，许是得它庇佑，C市从古至今平安，从无地震洪水等天灾，台风即便是往这里来，也会突转方向离去，匪夷所思，凌山也因此闻名，慕名而来的游客颇多，山上寺庙也为佛教之地，香火甚旺。"纪昱恒又轻放茶杯，"我们本地流传着这样一句话，不到凌山就不算到过C市。"

耿念一听得入神，来了兴致："当真如此神奇？"

纪昱恒笑笑，将视线转落在涂筱柠的身上："夏夫人若感兴趣可以让小涂这个土生土长的本地人陪同一游。"

耿念一微调坐姿："这多麻烦。"

涂筱柠见缝插针："不麻烦，这山有好几个门，山下都是贩香的小商，若没有本地人领路很多外地人容易被骗，就算请导游，她（他）也只会带你走大众之路，走马观花，鲜少能真正领略到凌山的美。"

"可你身上还有伤。"

"已经好多了，而且我们地处平原，这山并不高，如果坐缆车往上也走不了几步。"

耿念一安静不语了，似真在思考。

涂筱柠和纪昱恒不约而同地互看一眼，心领神会。

耿念一回神再仔细看看他们，两个人都在捧杯喝茶，举手投足姿态一致，默契十足，她便随口一问："你们，结婚了吗？"

涂筱柠喝水的动作微滞，气息略有不稳："我们……"

耿念一看她着急解释的样子不由得一笑："我的意思是，你们各自结婚了吗？不好意思，刚刚表达有误。"

纪昱恒波澜不惊："我已订婚。"

涂筱柠佯笑："我还单身。"

耿念一轻笑，未再多语。

这时外面有阵阵的脚步声传来。

"夏总。"

门被打开，一道身影踏入。夏明睿穿着一席正装，英气逼人的眉宇自带了几分与生俱来的贵气。

涂筱柠第一时间站起，按捺住激动之情。

妈妈，爸爸，奶奶，爷爷！有生之年，她这穷老百姓有幸跟国内身价前五的富豪同框了！家门荣耀，全村之光啊！

夏明睿没有涂筱柠想象中那般高高在上，他谦和有礼地说："抱歉，久等了。"

纪昱恒上前一步，倾身半鞠躬并伸手："夏总，幸会。"

夏明睿也微微倾身伸手回礼："幸会。"

"DR 纪昱恒。"

"夏明睿。"

两个人简单地问候，没有拘礼，即便在夏明睿这种出自名门世家的人面前，纪昱恒的气质竟也不输半分。

涂筱柠也一并上前，四十五度鞠躬："夏总，您好，DR 涂筱柠。"

夏明睿闻言先把视线投向了一旁的耿念一，二人视线交会，耿念一开口："就是这位涂小姐出手相救，我才化险为夷，她却替我受了伤。"

明明是在追述，她的声音却比刚刚与他们交谈时的声音要柔和许多。

夏明睿这才朝涂筱柠投来一眼，向她微倾身致谢，用浑厚却不失温和的声音说："此次我太太能平安无事，多谢涂小姐舍身搭救。"

他这一鞠躬让涂筱柠瞬间觉得自己要折寿了，就差捂紧心脏了。

"夏总言重了，当时情况紧急，我离夫人最近，救人义不容辞。"涂筱柠很快调整了情绪。

夏明睿将视线又短暂地停留在涂筱柠醒目的伤口上，不由得又看向耿念一。

耿念一便缓和气氛，又邀他们坐下。

有人给夏明睿送来茶，耿念一先接过看了一眼，然后退还过去："这茶太浓，换小青柑来。"

"是夫人。"

夏明睿端坐在她身侧，一对璧人，十分养眼。

涂筱柠脑中又冒出一句诗来："金风玉露一相逢，便胜却人间无数。"

VG 是家族企业，夏明睿已是第三代接班人。之前他并未参与公司管理，外界传言是因早年他有未婚妻,却被易氏的少董半路截了和,这件事当时沦为商界笑柄。他一蹶不振,长待国外,无心插手家业,再回国已是几年后,不久就被拍到身边有佳人相伴,这佳人就是耿念一。

这豪门恩怨说来也正常,只是未料 VG 的第一继承人,也就是这位夏明睿的堂哥夏子一多年后竟娶了易氏的小千金,堂哥娶了堂弟情敌的亲妹妹,简直是在打堂弟的脸。两家的交集是剪不断理还乱,故又有传言道夏明睿回归 VG 也是为了一雪当年夺妻之恨,绝不让 VG 跟易氏多有牵连,防止夏子一独享 VG。

涂筱柠在心里默默地构思出一部家庭伦理大剧。她想:如果把故事提供给当时在巴厘岛结识的女作家,说不定人家能写出一本豪门题材的言情小说。

这里涂筱柠在浮想联翩,那里男人们已经严谨地攀谈起来。

对于这种知名的大企业,老板的时间异常宝贵,像夏明睿这种见惯了大场面的人物,肯和涂筱柠、纪昱恒见面已属不易,见了面也只会惜字如金,所以他们不能参照平常营销的模式,要有的放矢。因此纪昱恒目的明确,直接告知夏明睿他是冲着酒店而来的。

茶被换成小青柑重新送了上来,耿念一又接过,先抿了一口觉得口感正好才将茶递到夏明睿手边。

夏明睿顺势接过,夫妻二人举手投足也是十分默契。

他望着杯中尚在漂浮的小青柑开口:"酒店经营性物业?"

纪昱恒颔首:"是。"

夏明睿抬杯轻抿,茶甘馨可口,回味无穷:"实不相瞒,自我们打算进军 C 市起,想寻求合作的银行已经数不胜数,只是我经常去国外鲜少能顾及融资这块儿,这块儿均由公司财务操持。C 市这块儿也并非由我亲手管控,银行对接早就深入,纪行长恐怕是来晚了。"

闻言,涂筱柠心里一沉,这种大企业老板都是去谈大项目的,公司只要把控大方向就行了,哪儿有闲情逸致细管什么融资,融资都是下面的人在打理,下面的人又有下面的人,而 C 市分公司只是众多分公司中的一个,夏明睿更无暇顾及了。

纪昱恒却泰然处之:"如果目前其他银行跟贵公司仅处于接洽或者上报材料阶段,我 DR 兴许也可以一试,我们会在最短的时间内制订对接方案,夏总若没时间亲自过目,可以让财务跟其他银行比,我想 VG 这样的大公司,不论哪家银行,额度、期限、利率都会史无前例地做到最优化,但最终谁最优最快,还是事在人为。"

夏明睿也不兜圈子:"这座酒店打造初期就是为了成为 C 市的新型标志性建筑。它不是一般的酒店,是 C 市最完美高端的酒店,既然完美就不能有瑕疵,我相信它创造的市值会大于银行给我们贷款所带来的利益。"

夏明睿言简意赅又一针见血,字里行间都透着我们有的是钱,不要你们银行施舍的傲气。

涂筱柠的心又沉了几分。

"VG闻名遐迩，名字本身就是价值，我学生时代不知深浅，对贵公司有所关注，也买过股票。VG一开始就是以房地产开发起家，到如今其规模令人叹服，只是2015年的房地产低谷让当时的股市动荡，贵公司也深受银行信用危机，资金链一度紧张，如今房势又起死回生，但国际局势每日在变，经济随之波动，2008年的金融危机也是说来就来，各行各业一夕之间风雨飘摇。恕我拙见，银行与企业之间是相互依存的关系，对于商人而言，没有一天不是走在刀刃上，居安思危，若有银行合作支撑，就算空有一个额度在，也能以备不时之需，而C市毕竟只是一个二线城市，作为一个一流酒店在二线城市的试点，自然无法跟一线城市或国际大都市分庭抗礼，酒店再完美也要符合当地的经济水平，经营模式和融资理念不能完全照搬以往的经验。"纪昱恒也据理力争，点到为止。

两个人都话里藏刀，涂筱柠只觉得背后凉飕飕的。

气氛一时僵持不下，耿念一唤人添热水，每个人的茶杯里再次雾气缭绕，气氛才仿佛又回到最初的平静气氛。

夏明睿低头又将茶杯往唇边送，声调没有任何起伏："纪行长的诚意我也看到了，不过这家酒店有外资引进，若真要与银行合作贷款恐不大方便。"

涂筱柠垂眸，这种强劲的对手就是不管你说什么都要把条条路都给你堵死，知名企业果然不似平常接触的那些公司，壳如钢般硬，难以突破。

耿念一此时又唤人："帮我拿些奶球和糖过来。"

夏明睿侧头，这才看看她手里的杯子："喝的什么？"

"美式咖啡。"

"怎么喝这个？"

"看你老喝我就尝尝，真苦。"明明是嫌弃的语气，被她说出来就带了些娇嗔感。

紧张的话题就此被打断，涂筱柠看了纪昱恒一眼，他不紧不慢地饮茶，静观其变，她也就跟着稍稍放松了些。

不一会儿奶球被送进来了，耿念一撕开包装往杯中倒，又撕开一包糖倒进去，要撕第二包糖的时候夏明睿伸手阻止："一包够了。"

她也不再坚持，拿着咖啡勺轻轻地搅拌，顺势岔开一句："C市我还是第一次来呢，刚刚听涂小姐他们讲有很多好玩的地方，我听得心痒痒，想感受一下当地的人文风情，以后跟听众互动倒也有个话题。"

夏明睿看着她的动作："我行程紧，接下来都是应酬不能陪你，这事稍后来安排。"

耿念一捧杯重新尝了一口咖啡，感觉比之前好下口多了，又说："不用了，我已经找到导游了。"

"你同学？"

"不是。"耿念一轻抬下巴冲向涂筱柠,"是涂小姐。"

夏明睿沉默少顷:"怎么又麻烦人家?"

涂筱柠赶紧开口:"夏总,不麻烦,我在 C 市出生长大,自幼穿街过巷,对这里熟得很,不比导游差的,而且深知哪些路人烟稀少,方便夏夫人出行不被认出。"

"我寻思着与其找陌生的导游倒不如就让涂小姐带路,反正我跟她也挺投缘的。"耿念一顺畅地接过她的话,又告诉他,"这里有一座很有名的凌山,我想去看看。"

夏明睿闻言与她四目相对,竟未再拒绝:"那我派人跟着你们,你自己当心。"

"好。"耿念一点头,又喝了口咖啡,有些抱歉地看向涂筱柠,"那就麻烦涂小姐了,带着伤还要再陪我跑,也不知该怎么谢你。"

她似无意一说,夏明睿便又朝涂筱柠扫了一眼,然后继续捧杯喝茶。

涂筱柠连连说:"无碍无碍。"

又安静许久,夏明睿放下茶杯:"抱歉,纪行长,我还有会要先行离开。"

涂筱柠的心里咯噔一下,完了,今天他们夫妻俩就是来这五星级大酒店喝了个茶又膜拜了一下富豪名人,合作看来是没戏了。

夏明睿站起身,纪昱恒也起身准备道别,但夏明睿却未立刻抬步:"我们年初在 C 市又拿了一块地,将建造 C 市最大的别墅区,同时周边配套商业化建筑,房地产开发项目贷加后期商业区建成的经营性物业,虽有众多银行已在介入,但如果纪行长对那块儿有兴趣,我倒也有时间看一下你们在最短时间内的方案。"

涂筱柠抬眸一愣,这是?

夏明睿与纪昱恒视线交会:"明天酒店开业剪彩结束后我就会离开 C 市,后期恐要麻烦你们跑一趟 A 市,据我所知 DR 的总部也在 A 市。"

纪昱恒颔首:"是的,夏总,届时我会与总行领导一同向您递送方案。"

"不过那个项目主要由家兄负责,除了我这关还有他那关,我们都是力争完美之人,与银行合作也十分谨慎,自企业创立伊始就与国有银行交情颇深,DR 这样的商业银行我们是初次接触,如果 DR 的方案与众不同,与 DR 合作也未尝不可。"

纪昱恒眸中澄明:"我也是力争完美之人,自然给夏总呈上一个最满意的方案。"

夏明睿浅笑:"我很期待。"

"与有荣焉。"

"后会有期。"

"后会有期。"

柳暗花明又一村,涂筱柠还沉浸在谈判结束后的激动心情中,内心久久不能平静,有很多话想跟纪昱恒说却只能先憋着。

夏明睿离开后,耿念一还在优雅地喝着咖啡,似乎没有走的意思,纪昱恒很适时地把时间留给了两位女士。

"夏夫人,我行里还有事,恐要先行一步。"

547

耿念一起身相送："我送你。"

"请留步。"纪昱恒礼貌地示意，又看向涂筱柠，"小涂，你陪好夏夫人。"

"好的，纪行长。"

偌大的会客厅里就只剩涂筱柠和耿念一了，涂筱柠真诚地向耿念一致谢："耿小姐，刚刚谢谢了。"

耿念一抬眸一笑："谢什么？"

涂筱柠便未再点破，两个人安静地站了一会儿，蓦地，耿念一唤涂筱柠："涂小姐。"

"叫我小涂就行了。"

耿念一便改口道："小涂。"

"您说。"

耿念一将视线转向宽敞的落地窗，似在俯瞰C市的芸芸众生："凌山能给人超度吗？"

涂筱柠没料到她会问这个。

耿念一站得笔直，此刻长发遮住了她的脸颊，涂筱柠看不清她的表情。

真的"打进了"VG，纪昱恒又以迅雷不及掩耳之势奔赴总行，总行自上而下高度重视，高层领导亲自过问，并安排所有相关部门鼎力配合此次对接，协助最优方案落地，总行的要求是"牢抓机遇，全力以赴"。

这下涂筱柠在DR彻底火了，谁都未料到第一个打进VG的竟是一个非正式编制的劳务派遣人员，分行众人也是瞠目结舌。

赵方刚对此连连夸赞："小涂，你这饶静的徒弟真要出师了，你比她胆子和野心还要大，一声不响就去攻关VG这棵摇钱树，关键还真被你歪打正着，小丫头前途无量啊。"

"我只是侥幸搭上一条线，真正营销还是靠老大，而且只是初步接洽，其他银行早就介入，竞争激烈，能否成功还是未知数。"涂筱柠其实心里仍没底。

自与夏明睿结束谈判后，纪昱恒几乎是在总行驻点办公了，给VG的融资方案在如火如荼地订制，一天未落地涂筱柠也心神不宁，夏明睿说话也十分保留余地，众多银行盯着这块大蛋糕不放，DR目前也只是拿到了一张竞技场的门票而已，能不能真的达成合作还有层层关卡要逐一攻破，她现在除了祈求老天保佑也只能奢望耿念一的枕边风了。

说起耿念一，那天涂筱柠带她上凌山，她是真的请人做了超度。涂筱柠觉得这事关人家的隐私便未站近，只是隐隐地看到那经文上写着"亡婴"两个字。耿念一双手合十，虔诚地跪拜，神情黯伤，眼角有泪。

当时望着那袅袅升起的缕缕烟雾，涂筱柠突然隐隐约约地懂了些什么。

元娇听着赵方刚对涂筱柠的赞许声，突然站起问赵方刚："赵哥，那我什么时候能开始学营销？"

赵方刚把刚填好的借款借据放置在桌角上，跟她讲："这个拿下去放个款。"

元娇不情不愿地走过去："赵哥，放款我也放了一阵了，我觉得学不到什么。"

赵方刚一听，把刚刚填好的借款借据收回一撕，重新拿了张空白的给她："那你自己填一个。"

他又把贷款购销合同推到她的面前："不要找参照，就看着合同现在直接给我写一份。"

元娇一愣："我……"

赵方刚抬眼："你不是觉得放款学不到什么？"

元娇垂眸。

"还没学会走就想跑，所有新人都是从基础开始的，你才来多久就想一步登天学营销了，先把业务参透了再说。"赵方刚语气严厉。

元娇心有不服，回顶："那涂筱柠为什么可以去营销？我一个正式工还不如劳务派遣人员吗？"

此起彼伏的键盘声瞬间停止了，赵方刚往涂筱柠那儿看了一眼，看到她把头闷在格子间下面，脸冷了下来。

"元娇，我们部门是一个整体，大家是并肩同行的战友，所有人都是平等的，我不管你在老部门是怎么样的，你既然来了我们支行就要融入我们的团队，接受我们的文化，少把以前部门那些不良风气往这儿带，你要再有这种心态我就告诉老大，麻利地把你退回人力资源部，信不信？"

元娇咬唇不语，过了一会儿又嘴硬："可她能做的，我也能做。"

赵方刚觉得孺子不可教也，用手边的笔敲敲桌子："你等吃得起小涂那样的苦，再来跟我说这句话。"

然后他把一沓企业财务报表扔给她："把这些全录到系统里去。"

元娇一脸不悦地回位子，经过涂筱柠座位的时候还不服气地瞟了她一眼。

涂筱柠懒得理她，继续埋头写报告，元娇在信贷系统里录了一会儿报表，想想还是气，便拿出手机在和之前部门的同事的微信群里发微信消息。

元娇："你们还不知道吧？人家涂筱柠转岗后可牛了，不仅会勾搭有钱的客户，还把办公室的男同事一个个骗得团团转，他们什么都向着她，她说不定私下还勾引纪行长呢，谁知道两个人单独去营销的时候，孤男寡女的，有没有干点儿什么。"

同事甲："真的啊？以前涂筱柠看着柔柔弱弱的，没想到是这样的人。"

元娇："现在部门阳盛阴衰，她特别享受被男人们包围呵护的感觉，擅长装柔弱。"

同事乙："纪行长不是已经订婚了吗，而且他为人很正啊，应该不会跟女下属暧昧不清吧？"

元娇："谁说的，那以前人家还不是照样跟女下属传绯闻？现在前人走了再找个接班人也不是没可能，男人一旦坐到这个位置上，就没几个是真能把持住的，再说投怀送抱来的他又不亏。"

同事丙："那这涂筱柠真是看不出来，不过她能营销到 VG 是真牛。"

元娇："谁知道是不是又踩了谁的肩膀，找哪个有钱人开了路，一个劳务派遣的，真有这么大能耐不是早就转正了，还用等到现在？"

同事们沉默片刻，元娇又打字。

元娇："反正她段位可高了，还仗着比我进部门早端架子呢。"

同事甲："啊？都是老同事不至于吧？"

元娇："她很虚伪的，现在只理对自己有利的人，而且大概因为我比她先转正，她心里不服得很吧。"

同事丁："转正这事行里都是择优，看业绩，你实打实的成绩摆在那儿总归跟她靠别人上位的不一样，行里领导又不是没眼睛。"

元娇："以前还在营业部时她就明里暗里抢我的客户，仗着早入行打压我，现在我和她又在一个部门了，她因为嫉妒还变本加厉了。"

同事乙："圈子不同不必强融，你的优秀大家有目共睹，不然怎么能这么快转正又归入纪行长麾下？让她走她的独木桥去吧。"

元娇这才满足地放下了手机，听着涂筱柠淡定地对着电脑打字的声音，只觉得声音更刺耳了。

纪昱恒在总行的第二周，涂筱柠收到他发来的微信："方案初步通过，合作在即。"

那一刻涂筱柠热泪盈眶，也回了几个字："待你凯旋。"

天空依旧湛蓝，而他们的脚步仍在继续。

纪昱恒一举拿下 VG 这块大肥肉，业界纷纷赞叹，也被他惊人的能力所折服，多家银行再也坐不住，陆续抛出橄榄枝，想挖走他这根定海神针，DR 也嗅到危机，总行高层领导亲自邀他到办公室见面，想了解一下他后续对职业的规划和想法。

总行领导说："这次'打进'VG 你功不可没，你年轻有为，未来指日可待。"

纪昱恒说："领导过奖，这次'打进'VG 也并非我一己之力，若没有手下的兵冲在前面，恐怕早已错失良机。"

"对，这件事你不提我也想问，这次确实多亏她才促成了此次合作，她是个值得培养的人才，叫涂……？"

"涂筱柠。"

"没想到此次 VG 合作的开端是由一个非在编的客户经理打的头阵，听说为了搭上这条线还受了伤？"

"是。"

"一个姑娘，相当不容易，DR在招人这块儿机制一向严格，但我们得就事论事，这样优秀的客户经理若不得重用我们DR未免过于教条，我们是一个惜才爱才并给予人才机会的银行，她入职几年了？"

"四年。"

领导推了推架在鼻梁上的眼镜，举起座机拨入人力资源部内线："把C市分行涂筱柠的资料发到我内网邮箱。"

涂筱柠突然被叫到了分行人力资源部，踏进办公室的时候人力资源部总经理笑呵呵地邀请她坐："小涂，好久不见了，上一次见面还是你被调入拓展一部，我也算是看着你一步步在成长。"

突然被叫上来，涂筱柠总有心理阴影，有些拘谨地不敢坐："李总，那您今天找我……？"

李总从桌前拿了一个工号牌递到她面前："这就是你以后的工号。小涂，恭喜你正式加入DR，以后你就跟大家一样了。"

涂筱柠看着这突如其来的工号牌一下子呆在原地。

李总还在讲话："本来行里的转正政策是很严格的，总行几年才拨一两个名额，今年年初才转了两个，照理来说下一次至少还要等四年，但是你努力争气，营销到了VG这样连总行多年都未打进的国际知名企业，上面的领导很看好你，再综合你之前的业绩，所以特批了一个转正名额给你，已经在走程序了，过两天就能正式签合同。"

涂筱柠的眼睛开始模糊，她久久不敢相信。工号牌，她一直梦寐以求的工号牌。

她也不知道自己是怎么接过工号牌的。当那小小的牌子躺在她的手心里的时候，她竟觉得它无比沉重，四年，四年里哭过，笑过，迷茫过，跌倒过，终于换来了这一刻。

"你也得好好地谢谢你们纪行长，你转正的事他之前也没少费心，以后好好干，跟着他打天下，他是个好领导，日后啊，前途不可估量。"

涂筱柠的耳边仍是人力资源部总经理的声音，她的工号牌上的数字早已沾染了水珠。

去时匆忙，纪昱恒是打的去的机场，从A市回来也是打的回家。

已经很晚了，他风尘仆仆地下车，拿下行李往小区走，却看到涂筱柠的身影，她也正在朝他走来。

他不由得加快了脚步，可她的步伐比他的更快，她冲撞进他的怀中："昱恒。"

行李箱被扔在一边，纪昱恒稳稳地抱住她，用身上长长的黑色风衣将她一并包裹住:"怎么跑出来了?"

"想你,很想。"她紧搂着他,不愿再松开双手。

他吻吻她的额头:"外面冷,先回家。"

涂筱柠却不肯走,贪恋这属于他们的安静时刻。

纪昱恒也不再动了,就这么抱着她,让她窝在他的怀里。

夜深人静,两个人伫立在暖色的路灯下,交叠的影子在这寂静的黑夜里充满柔情。

她的耳边,他的声音一如既往地清亮沉稳,仿佛永远是她最有力的支撑:"你已经证明了你是能走这条路的人,涂经理,欢迎你正式加入我的团队,从今以后你就是我的左膀右臂。"

涂筱柠终于转正了,母亲喜极而泣,老泪纵横:"这么多年真是不容易。"

母亲一边用纸巾擦拭眼睛一边用手拍桌子:"涂筱柠,你总算给我争了口气,以后我也能在你大伯母面前抬得起头来了!"

涂筱柠又给母亲递去几张纸巾:"本来我也从来没想跟她们比。"

母亲又打量着坐在一起的女儿、女婿,越发觉得他们般配,像变戏法似的又眯眼笑了起来:"这心头大事总算了却一桩,下一桩你们打算什么时候完成?"

涂筱柠坐在餐桌边,专注地给纪昱恒盛着汤就没仔细地想母亲说的话:"还有什么事啊?"

母亲又拍拍桌子:"孩子啊,之前工作没稳定也就罢了,现在稳定了可得把这件事提上日程。"

涂筱柠用手捧着碗,保持着盛汤的姿势,下意识地看看纪昱恒。

孩子,她之前就有打算了,只是他说再等等就等等了,现在她的编制也有了,这件事是该好好地思考一下了。

纪昱恒则习惯性地把鱼肚子上的肉夹进她的碗里:"妈,这件事我也一直在考虑,之前柠柠还没转正,我担心影响她工作和正常转正流程,现在虽然转正了但我还是想等等。"

涂筱柠不解,怎么又要等等?

"行里人多嘴杂,一来她刚转正就怀孕难免惹非议;二来职场多少对女性有歧视,现在怀孕恐怕到时落下个有了编制就立马落实结婚生子、不再把心思放在工作上的话柄,对柠柠日后的发展不会有利,所以我决定还是再缓缓,孩子靠缘分,该来的时候就会来了。"他不疾不徐地说道。

涂筱柠又被他猝不及防地温暖到了,他居然默默地想到了这么多。

母亲闻言也恍然大悟:"昱恒,还是你心思缜密,这些都能想到。"

涂筱柠把盛好的汤给他递过去,嘀咕:"这些你之前怎么都没跟我说?"

他握住她的手："现在不是说了？"

涂筱柠的眸中柔情似水："快喝汤，一会儿凉了。"

母亲看他们这样，把筷子当汤勺，差点儿把筷子捅进鼻孔里，一看是筷子立马换成勺子，尴尬地笑："喝汤，喝汤。"

从母亲家吃完饭回去，停好车涂筱柠说想去散会儿步，纪昱恒就陪她去走走。

涂筱柠挽着他的手臂，两个人在路灯灯光的笼罩下走得很慢，她一会儿摸摸他的手，一会儿摇摇他的臂，怡然自得。

"老公，以后如果要孩子，你是喜欢男孩儿还是女孩儿？"

"都喜欢。"

"可都说女儿像爸爸，生个儿子像我就完了，既不聪明，基因也没你好，还是女儿好，长得像你智商又高，到时候我就等上门女婿来家里排队提亲。"

纪昱恒不乐意了："提亲？门儿都没有，先过老丈人这关再说。"

涂筱柠笑了："你这老丈人到时候要求可别太高，以自己为标准为女儿找女婿。"

"不如我还想娶我女儿？他几个胆？"

涂筱柠推他一下："你看看，这还没女儿呢就这样了，有了还得了？"

他拉过她的手："这只是最低要求，不然免谈，如果是儿子要求会更高，男孩儿不严不成器。"

涂筱柠靠着他走："可我觉得我们会有一个女儿。"

"为什么？"

"因为我觉得妈一直还在，她会变成我们的女儿回来，她这辈子太苦了，下辈子换我们来疼她，如有来生，定当反哺。"

涂筱柠暗自祈祷："妈，若您能转世，请不要忘了回来的路，这一次换您做我的女儿，续我们今生未尽的缘。"

纪昱恒紧紧地揽着她没再说话，只是"孩子"是能触动他的一个词。他看着她的侧脸，心想：女儿，那就多一个女儿也无妨。

VG 的房地产开发项目贷款最终获批二十个亿，涂筱柠一跃成为 DR 最有发展潜力的客户经理，声名鹊起，在同业里也小荷才露尖尖角，连从来没联系过她的那个 A 行的宋江流也急着来沾亲带故。

涂筱柠只跟他客套了几句。

所谓名利场，就是你有价值的时候大家都趋炎附势，曲意逢迎；你没有价值的时候他们几年都不会联系你，碰了面兴许也只当不认识，多现实的社会啊，她能做的只有摇摇头。

找准自己的位置，不为小有成绩而沾沾自喜，时刻保持清醒，继续脚踏实地，方能在这个圈子里走得长久，这是她老公教她的。

"小涂。"蓦地，赵方刚唤她。

"唉，来了。"她收回思绪又投入工作中。

这一天天的好像更加繁忙了，她恨不得有三头六臂，却也觉得生活变得更充实了。

元娇坐在自己的位子上，将视线落在和赵方刚正在讨论事情的涂筱柠身上。元娇写废了一张转账凭证，然后直接在作废的纸上写上"涂筱柠"三个字，又打了几个叉泄愤。

涂筱柠转正这件事让元娇震惊，行里的转正名额一向紧缺，总行啬嗇得几年才给两个名额，元娇好不容易赶上了年初的东风，想办法费了不小的力才把涂筱柠给换了下来，没想到涂筱柠转头竟搭上了VG这条船拿到了总行的特批名额，现在她们职别一样，涂筱柠又比她入对公条线早，岂不是又对她造成了威胁？这个涂筱柠，为什么到哪儿都要挡她的路，真是恶心透了。

她起身去茶水间，赵方刚叫住她："小元。"

"赵哥。"

赵方刚递给她一沓放款资料："这是今天要放款的贷款，麻烦送下去给柜面，老大现在不在行里，跟柜面说先出账，他的签字后补。"

"哦。"元娇接过。

许逢生正在忙，一听也递过去两份材料："小元，麻烦把我的一起送下去。"

"哦。"

赵方刚又看看涂筱柠："小涂，你不是今天也有一笔贷款要出账？索性一起让小元带过去。"

涂筱柠的注意力还在刚刚跟他探讨的企业财务数据上，她淡淡地说："不用了，我一会儿自己拿下去。"

"你一时半会儿空不了，还是让小元一起带下去得了。"赵方刚转头又吩咐元娇，"你把小涂的也拿上。"

元娇心里一百个不情愿，但办公室现状就是大家都护着涂筱柠，元娇要是推却指不定又会惹怒赵方刚，饶静离职后他现在是对公条线的团队主管，纪昱恒的心腹，一人之下万人之上，在行里业绩突出也小有地位，到时一个不开心真把她退回人力资源部，她就是再有能耐，人家也经不住她这三天两头三番五次地找帮忙。

她只得忍着气走到涂筱柠的办公桌前，口气硬硬地问："哪个？"

涂筱柠面上也不想跟她闹得太僵，就告诉她："就是电脑前面那个已经整理好了用回形针夹好的那沓材料。"

元娇接过，看都没看就往外走。

赵方刚却把她的表情尽收眼底："天天耍小性子，还不如人家任亭亭谦虚，得好好磨磨。"

涂筱柠已经很久没听到"任亭亭"这个名字了，尤其是从赵方刚的嘴里听到，不禁咧嘴笑："小赵哥，你想念你的小爱徒了啊？"

赵方刚用手指转着签字笔："想什么，我就是觉得人没有对比就看不出差距，做客户经理的不能心比天高，不然以后摔下来可有罪受的。"

"我看她最近的朋友圈动态，她去希腊玩了，真开心啊！我上大学的时候，大门不出二门不迈的，更别说出国了，到现在也只去过泰国和巴厘岛。"涂筱柠感叹道。

"想出国还不简单，以后你也是有年假的人了，五个工作日再凑个国庆节什么的长假就能去个比较远的国家了，而且你还有婚假呢，领证一年内有效，十几天的假休得人可爽了。"赵方刚边说边停下转笔的动作，"你还去过巴厘岛？什么时候去的？"

涂筱柠继续淡定地看他电脑上的财务报表："以前跟朋友去的，好久的事了。"

"男朋友女朋友啊？"

"女的，闺密！"

元娇来到楼下对公柜面，给了柜员一堆放款材料："放款。"

柜员一看，问："今天这么多贷款？"

"大家的都集中到一起了。"

"好像你一来他们几个老客户经理就不怎么下来了，好久没看见是亲自下来放款了。"

元娇正愁气没处发，冷哼一声："可不是，因为有了我这个跑腿的啊，他们一个个使唤我不知使唤得多起劲。"

"不会吧？对公条线的人一向很好相处的。"

"你又不天天跟他们打交道，知人知面不知心。"元娇说着就要拉椅子坐下。

柜面主任提醒她："你穿着行服还是别坐了，今天有人民银行的便衣人来检查网点，到时候被看见揪住小辫子，说银行员工上班时间占用客户座就不好了。"

元娇赶紧挪开屁股。她以前是干大堂的，非常清楚人民银行的便衣人的风格，就是人民银行为了提升银行服务搞出来的突击检查，每个月一到两次，派个穿便服的人过来假扮客户办业务，实则暗中观察并偷拍银行工作人员的服务态度和质量，要是有银行工作人员运气不好被拍，整个分行都要被问责。只不过便衣人每次大概什么时候来，各个银行多多少少能在第一时间收到些小道消息。

元娇东张西望，小声地问主任："已经来了吗？"

"听说是下午两三点到，说不定就坐在营业厅里看着呢。"主任的视线落在坐在大厅里等候的人身上。

元娇也看看，什么人都有，根本看不出便衣人是谁，这人民银行也特别狡猾，每次派的便衣人都不一样，即使上一次能侥幸认出一个便衣人，下一次换了人就未必能再发现。

这时有客户来了，柜员立马站起向客户问好，然后把刚做好的一个贷款材料递给元娇。

"娇娇姐，我先做了一笔贷款，还有两笔等我给客户办好业务再做，你要不先带着已经做好的材料上去，一会儿好了我打你的座机。"

元娇一看做好的那笔是涂筱柠的，就随手一接："好的。"

她没接好，借款借据的银行留存联从纸缝中掉落。

柜员和主任的视线都转向了刚来的客户，她们在微笑迎接客户，再加之被柜台隔着，也没注意到一张巴掌大的纸页滑落了。

纸飘落在了元娇脚边，上面客户经理签字栏那里清晰地落着涂筱柠的名字。

元娇弯腰伸手去捡，突然想到了什么又直起身子，然后像从头到尾都没看到那张纸一样，拿着其他材料就往楼上去了。

她边走边抬唇角，总不能让人民银行的便衣人白来一趟，让便衣人有点儿收获才惊喜。

不一会儿一双光亮精致的皮鞋出现在那张安静地躺在地上的借款借据旁，一双手将它拾起……

涂筱柠还在做事，赵方刚的座机突然响了，挂断电话后他就看向涂筱柠："老大叫你去办公室。"

涂筱柠哦了一声，赵方刚又喊元娇："还有你，小元。"

元娇也哦了一声，两个人前后脚来到纪昱恒的办公室。

纪昱恒的坐姿并非很正式，他的座椅面朝落地窗，他露给她们一个堪称完美的侧身，将右臂撑在办公桌上，用右手执着签字笔有节奏地轻敲着桌面，在他的敲击处旁摊着一张巴掌大的小纸，涂筱柠看着有点儿像借款借据。

待她们俩在桌前站定，他停下动作将笔往那纸边一放，顺势将纸推到她们的面前。

涂筱柠仔细一看，那不是刚刚让元娇一起拿下去放款的借款借据吗？怎么会单独出现在他这里？

他侧首投来目光："这是我刚刚在大厅里捡到的借款借据，你们有什么要说的？"

涂筱柠已经大致知道发生了什么，看了元娇一眼，元娇静默无声地站着。

于是涂筱柠先开口："是我的贷款，因为下午在忙就跟其他客户经理的放款材料一起让元娇带下去了，我的业务应该由我亲自经手的，是我的疏忽。"

元娇立刻解释："可能是柜员给我的时候没夹好，才落在了地上，我当时也没注意。"

见纪昱恒不语，元娇又说："小涂现在业务可忙了，放款这种事情也没空做，我还在学东西能帮帮她就帮帮，反正举手之劳的事，我看她这款挺急的，还让柜员第一个给她做的呢，当时一心想着赶紧告诉她款放下去了，着急上来就粗心大意没检查贷后材料有没有少。纪行长，我下次一定注意。"

涂筱柠皱起眉，怎么搞得像她欠元娇一个人情了？

纪昱恒的声音很冷："今天有人民银行的便衣人检查，如果这张借款借据不是被我捡到，是被他们捡到，你们知不知道后果？"

偌大的办公室里鸦雀无声，他沉重地敲了一下桌子："粗心大意？这是银行不是其他地方，今天掉了一张纸你可以说是不小心，明天放款多放出一个零是不是也能说不小心？医生做手术攥着别人的命，我们天天跟钱打交道，攥着自己的命，一张纸一个疏忽立刻能影响一个人、一个条线、一个部门，甚至整个分行的职业生涯，让人深陷牢狱之灾！"

元娇不敢再抬头看他了。

"你们两个都刚转正，是从无到有，从基层一步步做上来的人，更要珍惜眼前的一切，而不是屡犯低级错误，因小失大。"他郑重地警示。

涂筱柠也不打算多做辩解，这事的起因确实是她的失职，她认错道："以后在业务上我会更加注重合规，做到万无一失，毫无纰漏。"

元娇应和道："我也是。"

纪昱恒将视线落向那张借款借据，声音低沉："仅此一次，下不为例。"

涂筱柠伸手拿过并承诺道："绝不会再有下次。"

两个人被训完话刚要走，纪昱恒却又开口道："元娇，你留下。"

元娇一愣，涂筱柠则继续往外走，又听纪昱恒吩咐："把门带上。"

涂筱柠就顺手关上了门。

办公室里只剩下元娇和纪昱恒了，她心中隐隐地忐忑着。

这次纪昱恒是正襟危坐，他的声音依旧低沉："知道我为什么单独留下你吗？"

元娇垂着头闭了闭眼，然后摇头："不知道。"

"元娇，我不管你是怎么到我部门的，既然你来了，作为领导我就希望你好好干。"他又用笔轻敲桌面，"我再给你一次机会，你有什么话要跟我说？"

元娇保持着看地的姿势，只说："纪行长，我不知道您什么意思。"

纪昱恒拔高声音，有警告的意味："你说还是我来说？"

元娇也要跟他僵持到底："我……我不知道。"

"机会我给过你了，出去吧，明天我会把你退回人力资源部。"纪昱恒便不再废话。

元娇猛然抬眸："纪……纪行长！"

纪昱恒的眼皮都没动一下："我绝不允许我的团队里出现心术不正之人。"

元娇争辩道："我……我没有！"

"今天你能陷同事于不义，明天又会做什么？有错不敢认，已经失去了银行人的诚信和初心。"纪昱恒凌厉地站起身，"现在我给你两条路，要么你提出辞职，我尚留你一丝尊严，要么我明天把今天的大堂录像一并交给人力资源部。"

元娇一呆："辞职？我，我才转的正，怎么可以辞职？"

纪昱恒严峻地审视她："你也知道你才转正，还敢在我的部门里在我的眼皮底下搞小动作？"

元娇知道他一定是调阅查看过录像了，可还是心有不甘："好，就算是我今天脑子发昏想给涂筱柠使个绊子，可最后不是什么都没发生吗？我也没有给部门造成任何损失，可你就这样让我辞职，凭什么？我不服！"她索性破罐子破摔了。

"不服？"纪昱恒眼神冰冷，"你做大堂的时候，受理业务代客户签字；你屡次将名下多张信用卡借予家人套现；还有你利用银行工作人员的身份在其他银行办理多笔信用贷款，投入股市和炒房。"

元娇惊恐地睁大双眼，她对上纪昱恒冷若冰霜的目光。他道："这行业内条条的死罪，还要我一一说下去吗？"

"你……你？"

"我睁一只眼闭一只眼不代表我不知道。"纪昱恒将手中的笔一扔，声音如一把无形的匕首直刺她的心脏，"还不服？那我只能把这些铁证交给'银监'了。"

元娇像是一下子被他逼到了悬崖边，瞬间无路可退："你为什么要这样对我？为什么一点儿后路都不留给我？我跟你无冤无仇，你非要这么绝吗？对你又有什么好处？"

纪昱恒的眼神也犹如锋利的刀刃："绝？那你现在根本没有时间站在这里和我讲话。"

他收回视线，不屑于多看一眼元娇："现在你重新考虑一下我给你的两条路，自己辞职，你还有机会拿着你的履历继续待在这个圈子里；如果我出手，恐怕你是要在这个行业里销声匿迹了。辞职和被开除你考量吧。"

元娇的手紧攥着都要失去知觉了，她浑身发抖，狠狠地盯着他，声音打战："纪昱恒！你……你有私心！你跟涂筱柠有一腿！你在替她公报私仇！"

"哦？"纪昱恒的声音不紧不慢，"那我跟她有什么仇？"

"我……"元娇却噤了声。

懒得再费口舌，纪昱恒若无其事地往外走，只留下一句话："明天一上班我就要看到你的辞职报告。"

他开门离去，元娇望着他的背影，再也无法站直，往后一退就跌坐在地上，下一秒捂脸痛哭……

元娇突然辞职了，涂筱柠很震惊，元娇才转正多久，怎么会辞职呢，而且就在跟涂筱柠同时被纪昱恒找去谈话的第二天？

涂筱柠便追问纪昱恒，他只说："她转正后接连触碰了几条行业红线，被行里及时发现，我是直接领导，有责任对其进行劝退。"

"就这样？"

"就这样。"

可涂筱柠总隐隐地觉得事情没那么简单，但又说不出个所以然来，也就没再追问。

就这样对公条线又变成只有她、赵方刚和许逢生三个人了，这三个人忙得团团转，却又累并快乐着。

这天许久不联系涂筱柠的凌惟依打来电话突然说要请涂筱柠吃肉。

涂筱柠简直受宠若惊："你这顿肉，我本以为要等到天荒地老。"

"带你老公一起来。"凌惟依还特别叮嘱。

涂筱柠翻了一个白眼，就知道没好事："我才不带，每次带他都是他掏钱，美其名曰你请，最后还不是骗我的钱！"

"好哇，涂筱柠，就让你老公掏了几次钱你给我记到现在！还是不是姐妹？"

"不是！"

凌惟依吽涂筱柠一声，又正经道："真的，不跟你开玩笑，你带上你老公，我们晚上好好聚聚，我有事宣布。"

涂筱柠觉得凌惟依装神弄鬼的："别告诉我你要告别单身了。"

"是啊。"

"真的假的？"

"真的。"

"啊？"

"啊什么？你就说来不来吧。"

"来来来！有帅哥看吗？"

"有有有。"

"哇！"涂筱柠兴奋感叹，可想想又说，"那我还是不带我老公来了吧。"

"为什么？"

"我老公一出场还不直接把你那帅哥碾压了？"

"滚吧你！"

正巧纪昱恒今晚没应酬，涂筱柠就带他一道去了，满心欢喜地去见帅哥，谁知一踏进包间又惊了。

她跟包间里坐着的男人大眼瞪小眼。

"齐……齐郁？"

齐郁还跟以前一样，见着她就抱拳："许久未见，别来无恙。"

559

涂筱柠看看他再看看坐在他身旁的凌惟依:"你……你们?"

凌惟依耿直地点头,郑重地宣布:"我们'复合'了!"

涂筱柠没料到兜兜转转,凌惟依跟齐郁还是在一起了。

老友许久未见一阵寒暄,齐郁注意到纪昱恒的时候诧异:"这位是……?"

涂筱柠故意说:"贱内。"

齐郁赶忙起身伸手:"幸会幸会,如何称呼?"

纪昱恒也伸出手:"纪昱恒,幸会。"

齐郁打量着纪昱恒,吟诗:"积石如玉,列松如翠。郎艳独绝,世无其二。"

齐郁又看向涂筱柠:"得夫如此,妻欲何求啊。"

涂筱柠也装腔作势地抱拳:"齐兄,谬赞谬赞。"

凌惟依听不下去了,把杯子一放:"说人话!"

齐郁立即说:"涂筱柠,你可以啊!"

涂筱柠拉纪昱恒入座,故意说:"还行吧。"

齐郁也坐下,开始向纪昱恒自我介绍:"我叫齐郁,你家涂筱柠的大学校友兼老朋友,凌惟依的男朋友。"

涂筱柠对"你家"这个平常词今天怎么听怎么顺耳,看看齐郁,齐郁也会心地朝她竖起大拇指。

老朋友就是这样,一个眼神都知道你要说什么。

纪昱恒看着他们默契的小动作,颔首微笑:"之前就常听柠柠提起你,但只闻其名,今日终有机会一见。"

齐郁热情地给他倒茶:"她说我准没个好话,肯定都是损我的。"

涂筱柠立刻反驳:"滚!"

她刚说完就对上了纪昱恒投来的眼神,又立刻捧杯喝茶装淑女:"哎?刚刚谁说话了?"

凌惟依看着涂筱柠被纪昱恒制得死死的模样忍俊不禁,推推齐郁:"我说什么来着,在姐夫面前她就装乖。"

涂筱柠要骂她,话到嘴边给憋住了。她看着对面的两个人:"你俩……什么时候的事?快从实招来!"

凌惟依便咳了咳:"有一段时间了。"

涂筱柠瞟她:"还算什么姐妹,我都不知道!"

齐郁便接过话:"是我先联系惟依的,分开后也不是没有去相亲,可就是忘不掉惟依,无法接受别人。"

他转头看向凌惟依,大方地牵起她的手:"每天一个人上下班,觉得连个讲话的人都没有,我的喜怒哀乐都没有一个真正懂我的人能分享,我就算得到了全世界又如何?"

凌惟依也紧紧地握住他的手，与他十指交缠，看着他开口："他喜欢《灌篮高手》，以前我们就相约以后结了婚一起去日本镰仓，后来分开了，我就一个人去了，站在镰仓高校前望着一闪而过的火车，本想是跟过去告别的，却发现根本告别不了。我就对自己说，等他先结婚，他结婚了我就死心了。"

齐郁紧接着道："可是我不会结婚的，如果最终结婚的人不是她，只会深深地伤害另外一个人，我的心就这么大，又偏执，住进了凌惟依，这辈子里面就只有她了，我也告诉自己，等她先结婚，只要她幸福，哪怕我打一辈子光棍也认了。"

凌惟依说："我经常会一个人回到学校曾经上过课的教室里听课，一个人走在那段很长的仿佛没有尽头的梧桐路上，可总是听着听着或者走着走着就哭了。虽然我走的是曾经和他一起走过的路，可是他不在了，我突然觉得我的世界连天空都是灰色的。"

齐郁说："我经常会一个人看以前的电影，听以前的歌，那是跟她在一起的回忆，可是她不在了，喜剧都成了悲剧，欢快歌都只剩下伤心事。"

凌惟依说："我去了G市，想再偷偷地看看他，哪怕就一眼，只想看看他过得好不好。"

齐郁说："我回了C市，想她想得彻夜难眠，不知道她好不好，有没有好好吃饭。"

"见到了，他过得不好。"

"看到了，她过得也不好。"

凌惟依红着眼，齐郁的另一只手也握住她的手："那一刻我才知道，她对我而言才是这个世界上最重要的。我决定放弃G市的工作，事业单位的工作没了就再考，可是世间只有一个凌惟依，她就是我的唯一。我去见了她的父母，告诉他们，只要他们还愿意，以后我就是他们的儿子，我愿意入赘。"

他看着凌惟依，仿佛她就是一切。

凌惟依也回握住他的手，与他十指交缠，他们四目相视，眼神中透露着矢志不渝。

涂筱柠哭得不行了，疯狂找纸巾，最后还是纪昱恒给她把纸巾递过去的。

她不停地用纸巾抹着脸，开口时声音已经带上了浓重的鼻音："你俩演偶像剧呢？太肉麻了，哭死我到时候谁给你们证婚？"

涂筱柠今天特别开心又特别不开心：开心是因为凌惟依要跟齐郁结婚了；不开心是因为他们双方家长再次见面，齐家磨不过齐郁以绝食抗议，看他那痛苦的样子，最终妥协，同意他辞职跟着凌父回老家做生意，凌惟依浪荡了这么多年，终于要为了爱情回去继承家业了。

所以最后到散场，涂筱柠都在嘀咕："凌惟依回了老家，我以后就没有人可以一起玩了。"

纪昱恒牵着她在地下车库里走着:"青春逝去,岁月珍重,各奔东西,莫问前程。"

涂筱柠依偎着他:"真的替她开心,他们有情人能终成眷属,我这个从头到尾的见证人也着实欣慰。"

直到现在涂筱柠都觉得这两个人厉害,大学开学第一天就看对了眼表白牵手成功,一步到位速战速决。

涂筱柠感叹着又去晃纪昱恒:"老公啊,你要是在我们大学上学该多好啊!当时我也不至于在开学第一天就羡慕他俩,我就可以反过来让他们羡慕了!"

纪昱恒揉揉她的头发:"好,我的错。"

"现在他们又在一起了,这次可以一辈子在一起了,真好啊。"

纪昱恒陪她放缓脚步:"你们这样的友情也很让人羡慕。"

涂筱柠看看他,抱紧他的手臂:"唯愿一生知己二三,一人久伴,足矣。我现在就是这样的状态,很满足。不对,还差一样。"

纪昱恒低头对上她的笑眼,她又说:"再有个孩子就此生圆满了。"

纪昱恒这次收紧她的腰,他目光灼灼:"年底就安排上。"

涂筱柠惊喜:"真的?"

"嗯。"

她开心地跳到他的身上:"那你要开始戒烟戒酒!"

"好。"

"不许再熬夜,要早睡!"

"好。"

"不能再那么辛苦,减少应酬!"

"好。"

两个人走到纪昱恒的车旁,涂筱柠打开副驾驶座的车门:"我的车停在地上了,我坐你的车上去。"

纪昱恒也拉开驾驶座的车门:"停哪儿了?"

"有点儿偏,一会儿我给你指路。"涂筱柠说着一屁股坐进他的车里。

纪昱恒正要上车却停了一下,蓦然站直朝四周环视了一下。

涂筱柠拉着安全带探头:"怎么了?"

纪昱恒又伫立了一会儿才上车:"没事。"

"神神秘秘。"涂筱柠说着又去拉安全带,又说,"你这安全带怎么不好拉啊?"

纪昱恒凑过去帮她看,她就得逞地偷袭他,亲吻他的唇。

纪昱恒倾着身,靠近她,她的胸口在微微地起伏,这个姿势看她就像她被他困在了身下,她偷亲了一下还不够,又抬下巴凑上去要偷亲第二次。

这次纪昱恒没能让她得逞,他将脸一侧让了让。

涂筱柠不开心了："你……"

她没能把话完整地说完，就被他吻住了唇，他的攻势凶猛，涂筱柠用双手抱着他的脖子，整个人就差要挂在他的身上，呼吸急促。

直到外面有车鸣笛，两个人才如梦初醒。

纪昱恒的半个身子还覆在她的身上，他的呼吸粗重，涂筱柠不比他好到哪儿去。他的衬衫都被她揉乱了，她的衣服也是，领口半敞。

他托住她的下巴，顺着这个姿势又吻了一会儿她。

涂筱柠抱着他不肯放手，他将她凌乱的衣服拉好，低声说："好了，回家。"

纪昱恒拉过她的手亲了一下才发动了车。

待车离去，一个身影从不远处的角落里慢慢地走了出来，元娇一脸阴沉地站着，手上捏着的手机里全是刚刚偷拍到的照片。

蓦地，她的唇角突然扯出一丝冷笑，在黑暗中令人不寒而栗。

第二天上班，涂筱柠踏进单位时感觉大家都在看她，似在对她指指点点，大家的眼神很是怪异。

她被看得浑身不自在，等电梯的时候刚要跟几个关系还不错的柜员打招呼，她们看到她却立刻转身离开了，唯恐跟她有交集。

一切突如其来又莫名其妙，她蹙着眉像往常一样到楼上的办公室。

赵方刚和许逢生正站在一起说着什么，看到她，俩人就停止了交谈，将视线落在她的身上，两个人的眼神竟然是从未有过的陌生，尤其是赵方刚，神色复杂，仿佛夹杂了一丝从未有过的失望。

涂筱柠默默地走到自己的座位，将包放好。

办公室里鸦雀无声，气温仿佛降到了冰点，这是从来没有过的，让涂筱柠难受压抑得很。

"到底怎么了？"她没能忍住，注视着他们问。

赵方刚张了张口，叹气："小涂，你……你有没有什么要对我们说的？"

涂筱柠愣怔："什么意思？"

许逢生的眼神也躲躲闪闪，他几次欲言又止，最后说："你自己去内网论坛看吧。"

涂筱柠立刻打开电脑登上内网论坛，首页有个置顶标红的帖子，标题是《所谓"男神"》。

她点开，帖子里附了好几张照片，竟是昨晚她和纪昱恒在车内的接吻照。

两个人姿势亲密，紧紧地拥抱，亲热地接吻，照片有各种角度的，两个人均露出了脸，画面无比清晰。

下面的一条条匿名评论不堪入目。

"难怪一到新部门就能这么快转正上位，唐羽卉、饶静、元娇，他们部门除了她之外的女人先后离职不是没有原因的，能把所有女同事挤走，这手段真是高明，高人高人！厉害厉害！"

…………

她的脑子里好像有一根弦嘣的一声断了，然后所有的弦都跟着断了，她的眼皮在狂跳，她的手也开始不受控制地颤抖。

急促的手机铃声蓦然响起，是人力资源部的李总打来了电话，他的音量很高。他非常生气："涂筱柠！你给我立马到分行人力资源部来！"

涂筱柠呆坐在座位上，一时竟挪不动脚步，她的手机再次响起，这次是纪昱恒打来了电话。

一听到他的声音她就哽咽了，他显然也已经知道了，口气却依旧沉着冷静："这件事由我来处理，你别轻举妄动。"

涂筱柠紧握手机："你……"

"我说过，兵来将挡水来土掩，我们没有什么见不得人的。"

涂筱柠咬唇，可他们确实触犯了行里的规定。她不是没有料到会有今天，可没想到会是以这样的形式，一切快得她都来不及接受。

"我现在已经到了分行，你等我。"

她再要开口时他已经挂了电话。

涂筱柠顿时像被抽走了力气，变得空虚，心里也乱得很，这份来之不易的工作终究还是保不住了。

她想跟赵方刚他们说些什么可又不知怎么说起，这样的曝光方式连她都无法接受何况一直把她当作妹妹的他们，他们大概也觉得气氛太压抑，去了吸烟室。

她趴在桌上等待着最终审判，时间一分一秒地过去，他的电话一直未再打来，她的心也越来越沉。

过了一会儿赵方刚和许逢生回来了，赵方刚叹着气也没了干活的心思，漫无目的地看着内网论坛，她的耳边仿佛都是他点击鼠标的声音，突然他冒出一声："啊！"

许逢生被吓得一激灵："什么情况？"

赵方刚无暇搭理他，呆呆地看电脑再呆呆地看涂筱柠的位子，反复了几次："涂……涂筱柠，涂筱柠你！"

赵方刚的电脑还显示着刚刚看的页面，许逢生凑了过去，内网论坛有人发了一条新帖子，没有写主题，只放了一张照片，许逢生仔细一看："啊！"

那是结婚证照片。男方姓名：纪昱恒；女方姓名：涂筱柠。

涂筱柠还在消沉着，赵方刚的惊诧声响彻在整间办公室："老大跟你结婚了？！"

然后他又跟许逢生互看一眼，两个人异口同声地说道："你俩隐婚？！"

涂筱柠如梦方醒，立刻点击鼠标再去看内网论坛，那条新置顶的帖子里醒目地挂着她跟纪昱恒的结婚证的照片。

她浑身僵硬，手像粘在了鼠标上，时间仿佛停止了，赵方刚和许逢生同时走过来，在她耳边叽里呱啦地说着什么，她却如同被笼罩了一层屏障，一个字都没听清，将视线牢牢地锁在发帖人的名称那一栏。

不似其他人那样匿名，而是用夺目的标红字体显示着"纪昱恒"，旁边还有系统括号标注的提示：首次登录。

他竟然直接在内网论坛发了他们的结婚证照片，向全行公开他们的关系。

涂筱柠看着电脑屏幕里熟悉的证件照，突然就明白了，原来他从一开始就做好了所有准备，像现在这样毫不保留地将他们的夫妻关系公之于众，想必他早就做了最坏的打算。

"兵来将挡水来土掩，船到桥头自然直。"

她的耳边不断地回响着他曾经对她说过的话，涂筱柠潸然泪下。

这一刻她什么都懂了。

他们隐婚的事几乎是飞速轰动了整个 DR，直接惊动总行高层。夫妻是上下级的关系，二人明知故犯，蓄意隐瞒，藐视行规，触犯了许多条行规……但纪昱恒的业绩与能力实在过于出众，加之涂筱柠刚营销成功 VG，属优秀新人，总行还是决定立刻成立调查小组深入了解情况再对二人进行处罚。

当天纪昱恒被大行长叫进办公室。

"这件事你连我都瞒！纪昱恒你！你真是糊涂啊！"领导看到他就愠怒地敲桌子，"金融从业人员，家属回避政策，防止利用职权徇私舞弊，你倒好，单位回避，部门回避，岗位回避，条条给我违规！你们俩填写所有的家属排查资料的时候都是故意并且强行隐瞒，你自己本身就是'银监'出身，不会不知道这件事对你日后的前途会有多大影响！现在全行都在传你假公济私，利用职权帮助涂筱柠转正！"

纪昱恒挺直腰杆："我知道，我犯的错我定会承担，但我有没有滥用职权，一查便知。涂筱柠怎么转的正，老大，您很清楚，她在我手底下这么久，除了人均分配的政府纯存款，我连客户都没多给她，部门里其他人，哪一个我待他们不如待她上心？"

"可你触犯了行规是真，就算你们两个人在工作上清清白白什么都没有，可这白纸黑字的规定，行里若不处置以后还怎么给其他员工树威信？谁都可以藐视和违反规定了！"领导又看看他，"总行如此看好你，你有大好的前途和机会，我真不知道你为什么要犯这种低级错误，你一向精明的一个人在这件事上居然给我犯糊涂！"领导恨铁不成钢，缓了缓又说道，"总行现在成立了专项小组对你俩进行彻查，调查的过程中我会亲自出面跟总行沟通，我会尽全力保住你，但是涂筱柠肯定是要杀鸡儆猴的，这次必须得走！"

纪昱恒闻言却垂眸："不行。"

领导蹙眉："什么？"

纪昱恒的语气坚定："她不能走，这里还有她的梦。"

"你！"领导指着他又要发火，纪昱恒索性就给领导浇了一桶油："我走。"

领导捂胸口，血压上升，手指上下抖动："你你你！纪昱恒，你要气死我是不是！"

最终总行深入调查后的结果是二人触犯了行里的明文规定，强行隐瞒婚姻事实，念二人均为行里做过重大贡献，最终决定二人不可再同时留在DR，必须得有一人离开。

在全行公示调查结果的时候，所有人都以为走的人会是涂筱柠，但最后离开的却是纪昱恒，这又让众人大跌眼镜。

就这样，纪昱恒又在同业内大火了一把。在他们的夫妻关系曝光后，他不仅自证清白让谣言不攻自破，堵住了悠悠众口，而且主动离职揽下所有责任，以此保住了老婆的工作，让他这个"护犊领导"又被安上了一个"护妻丈夫"的称号。

真相大白后，赵方刚差点儿给涂筱柠跪了："小涂，你跟老大也隐藏得太深了！你把哥骗得好苦啊，我平常跟你说的那些你是不是都告诉老大了？"

涂筱柠不好意思地笑笑，说道："也没有，只是有选择性地跟他说一些。"

"那不还是说了？难怪我经常莫名其妙地被老大针对。"赵方刚欲哭无泪，平常一直是部门小道消息第一人，却在这件事上栽了跟头，"人世间最惨的就是我拿你当妹妹，你却暗地里做我大嫂当间谍。原来老大什么都知道。小涂啊，你不仅瞒我，还毁我一世英名啊！"

与世无争的许逢生则像逃过一劫般感叹道："所以这件事情提醒我们，以后不要随便在背后讨论领导，安分守己才是正道啊。"

许逢生边说边看向涂筱柠："是吧，大嫂？"

涂筱柠无语。

赵方刚也无语了。

很久之后涂筱柠问纪昱恒："为了我你放弃了自己的前途，后悔吗？"

他只说："有你，在哪儿都有前途，我当日为你而来，如今也为你而走，一切皆我本愿，我无怨无悔，职场之路我仅能护你于此，现在终于可放手让你一搏，但人生之路且长，你我执手，仍将砥砺前行。"

涂筱柠握紧他的手，将自己埋进他的怀中，无须再问，此刻已读懂他的心……

纪昱恒，此生有幸，你是我良人。

番外合集

番外一　契　合

四年后。

涂筱柠刚升了高级客户经理，在 DR 前途大好，每天忙得晕头转向，恨不得要睡在单位，正忙碌着手机响了，她一看来电显示，心都软了。

"妈妈。"她一接电话，软软的声音就传来。

"唉，宝贝。"她温柔地唤。

"妈妈什么时候回来？"三岁的女儿已经能自己打电话给她了。

"妈妈在上班呢，下班才能回来。"她哄女儿。

"那爸爸回来。"

"爸爸也在上班呢。"

"不要你们上班。"女儿撒娇了。

"爸爸妈妈上班才能给宝贝买更多的玩具和漂亮裙子啊，这些你都不要了吗？"

女儿一听，转转脑袋，马上改了口："那上班。"

涂筱柠看看时间，又哄女儿："那妈妈工作了，你乖乖地听外婆的话，晚上妈妈给你带个小礼物回来，好不好？"

"好。"

"真乖，那你亲亲妈妈吧。"

女儿亲了涂筱柠一下："我也要妈妈亲亲。"

涂筱柠也亲了女儿一下。

"那妈妈拜拜。"

"拜拜宝贝。"

她挂了电话才发现整个办公室的人都在看她，许逢生笑着说："又是你家'小缠人精'啊？"

涂筱柠也笑笑："是啊，逢生哥，你家儿子就没那么黏人吧？"

许逢生想到家里那个"小魔兽"就摇摇头："皮得很啊，家里还催我生二胎，哪里还敢要，一个都累得够呛，要再来个儿子我不得废了？还是闺女好啊，贴心小棉袄，羡慕你啊！"

涂筱柠当初在 DR 成为轰动话题的主角仿佛还在昨日，转眼间他们两个却已成为工作上密不可分的伙伴，也各自为人母为人父，现在在 DR 新城区支行他们两个是资历最深的部门元老。

他们正说话间，有两道倩影走进办公室，各自捧着一沓材料到涂筱柠的面前。

"小涂姐！"

"师父！"

涂筱柠抬眸，两个小姑娘站在她的面前，一个是毕业后到 DR 就职的任亭亭，一个是她之前收的小徒弟。

说起这个小徒弟，还是有一天她经过茶水间的时候听到有人在里面讨论："小卞卞，你为什么进银行工作？是看着稳定还是听着好听？"

有个姑娘很认真地说："因为我觉得银行是个神圣、上档次的地方，分行那栋大楼高耸地立在那里，我每次经过仰望着，看着那夜夜都亮着灯的办公间，我觉得在这里工作的每个人都有一个梦，这些灯仿佛永远不会熄灭似的，多晚都亮着，我也想成为这样的人，所以就来了。"

涂筱柠当时就走进了茶水间里，大家都唤她"涂经理"，她只把目光落在刚刚说话的那个姑娘身上："你叫什么名字？"

姑娘满脸写着稚嫩，有些怯生生地告诉她："我叫卞可可。"

涂筱柠笑笑没再说话，第二天卞可可就被叫到了对公条线，站在涂筱柠面前单纯得像张白纸，涂筱柠问她："想学对公业务吗？"

她诚恳地点头："想。"

涂筱柠莞尔一笑："那以后你就是我徒弟了。"

卞可可呆住，立了好久，然后猛地朝涂筱柠鞠了个躬，恭恭敬敬地喊了一声："师父！"

任亭亭以前就在对公条线实习，应聘的时候直接就报了对公客户经理岗，两个女人现在搭档营销配合得很好，涂筱柠挺满意。

涂筱柠翻翻材料："先放着吧，你们去忙，回头有空了我再慢慢看。"

"好。"

"好。"

两个小姑娘就回自己的座位忙碌了。

过了一会儿所有人的手机都响了一下,大家打开一看,是员工微信群新下的任务,要求全员营销信用卡,每人完成三十张。

任亭亭叹了口气:"怎么又有信用卡任务?我的资源都快用光了。"

有同事调侃她:"亭亭,你的资源都用光了我们可咋办?"

任亭亭噘嘴:"真的啊,这每年每个季度恨不得每个月都要完成信用卡任务,我资源再多也总有用尽的时候。"

卞可可听着也一筹莫展,任亭亭还有个爹,可卞可可早就找遍了家人同学,谁还能帮她呢?

涂筱柠看两个小丫头都愁眉苦脸的样子,突然把手中的笔一放,站起身。

"亭亭,可可。"

"啊?"

"唉!"

她挎上包,一扬下巴:"跟我走。"

两个小姑娘互相看看,异口同声地问:"去哪儿?"

"办信用卡去。"

两个小姑娘跟涂筱柠来到 Y 行 C 市分行。

这家银行是近几年崛起并发展迅猛的商业银行之一,业绩突出,势头强劲,C 市分行成立仅四年已经在行业内占有了一席之地。

银行之间互相营销很正常,尤其是信用卡这种任务,不过卞可可还是第一次经历呢。她望着同样高耸的银行大楼,有点儿怕生地问涂筱柠:"师父,我们要进去营销信用卡吗?"

涂筱柠从包中掏出粉饼补妆,毫不否认:"对啊。"

"可是……可是人家会理我们吗?"卞可可看着涂筱柠腕间闪亮的劳力士手表,感觉像涂筱柠这样才能叫职场女强人。

任亭亭却神秘地笑道:"我们跟着小涂姐走就是了。"

卞可可没再说话,乖乖地跟在涂筱柠的后面走进去。

三个人一进去,大堂经理就冲涂筱柠笑,像是认识她。

涂筱柠也笑笑,然后走到办公区坐电梯直达顶楼。

卞可可看了一下电梯里的楼层指示牌,顶楼——分行行长办公室。她心想,难道师父认识这儿的行长吗?不会来办个信用卡直接来找行长吧?

答案:是的!

涂筱柠居然真的把她们直接带到行长办公室。关键是前台接待看到她们也没拦,甚至问都没问一句。

涂筱柠站定在行长室门口,敲敲门,声音清亮又带着一丝娇媚:"纪行长!"

里面原本在伏案签字的男人闻声望来。

他抬眸的一瞬间卞可可震惊了，她没料到这个Y行的行长竟然如此年轻英俊。他将视线落在涂筱柠身上，放下手中的笔，颔首示意她进来。

涂筱柠就踩着高跟鞋进去了，鞋子踏在那精致华丽的地板上嗒嗒作响。

"你怎么来了？"他开口道，声音浑厚。

涂筱柠走到他的办公桌边，直接站到他的座位旁而不是和他隔着办公桌："信用卡任务重啊，来投奔纪行长帮忙。"

男人一笑，往后微靠："小小的信用卡任务还能难倒涂经理？"

涂筱柠随手拿起他的办公桌上大概是行内员工发的一盒喜糖，一点儿没有对他敬怕的感觉，自顾自地打开看看，挑出了里面的费列罗巧克力："这信用卡的任务年年有，现在同行竞争激烈，行里恨不得每个月都下任务，我的客户啊早就被扒了一遍，这不还得帮两个小妹妹完成。"涂筱柠拆着手上的费列罗巧克力，这才想起两个小姑娘，回头一看，两个人还傻傻地在门口站着呢。

"傻站着干吗？进来啊！"她招呼。

任亭亭就先进入了，笑眯眯地打招呼："纪行长。"

卞可可就看着那纪行长对任亭亭微微一笑。任亭亭到底是不一样的，连Y行的大行长都认识她。

卞可可就没任亭亭那么有底气，僵硬地站在门口有点儿不敢进去。

涂筱柠又唤："怎么了？进都不敢进，又没人吃了你。"

卞可可这才红着脸进去了，又听到涂筱柠跟那纪行长说："我的小徒弟，卞可可。"

然后卞可可就感觉有一道视线扫过来，更加不敢抬头和纪行长对视。

但纪行长似乎只是扫了卞可可一眼，便跟涂筱柠说："这行里上上下下哪个不认得你？你要办信用卡直接办就是了，还怕有人拦你？"

涂筱柠又拆了一块费列罗巧克力："那不行，这是你的地盘，怎么也得跟你报备，得你批准啊。"

卞可可怎么听都觉得涂筱柠语气娇嗔，脸更红了，又听那纪行长笑着说："那我现在同意了，去吧。"

涂筱柠嫣然一笑，扭头吩咐她们："你俩下去办吧，从营业部开始，不完成任务数就别回去啊。"

"好嘞。"任亭亭应得干脆，拉着卞可可就往外走。

卞可可边走边看涂筱柠，见她没有要走的样子便收回了视线跟任亭亭一道出去了。

走了一会儿离行长办公室远了，卞可可才忍不住问任亭亭："亭亭，我师父跟这纪行长很熟吗？"

任亭亭一听，扑哧一笑："何止熟，他们是夫妻啊。"

卞可可一愣，只知道师父结婚有孩子了，还真不知道刚刚那纪行长就是她老公，而且也是银行的，竟然这么帅又身居高位！卞可可惊讶极了："师父她……她老公，是……是行长啊？"

"那当然了，他在业内的名气可大了，传奇人物，你没听过'纪昱恒'这个名字吗？"

卞可可觉得这名字挺耳熟，但又不记得在哪儿听过："好像听说过。"

任亭亭觉得她真的太单纯了，就继续带她往下走："看来啊，有空我得给你讲讲你师父夫妻俩的爱情故事了。"

两个人坐电梯来到营业部，挨个儿开始推销信用卡，很快就完成了一个人的任务，再去楼上营业部的对公条线办公室。

一听她们是跟 DR 涂经理来的，大家无比配合地给她们扫码，很积极地来办信用卡。

两个人忙得不亦乐乎，突然有道低沉的声音响起："上班时间干吗呢？"

大家纷纷恭敬地唤："赵总。"

卞可可想：是不是营业部的总经理啊？她抬头一看，果然有个身影站在总经理办公室门口，身形高挺，眉目清俊，将长袖衬衫的袖子卷起至胳膊肘处，双手叉腰，正严肃地审视她们，身后的总经理室门上挂着他的名牌：赵方刚。

卞可可不禁暗叹：都传 Y 行偏爱招帅哥美女，尤其男员工的颜值是 C 市第一，把 DR 稳居多年的首位都夺去了，今日一看果然不假啊。

那赵总一看到卞可可这个生面孔便蹙了眉："哪儿来的？"

有人说："DR 的，涂经理徒弟！"

那赵总的眉头没刚才那么皱了，语气却也有些不耐烦："这个涂筱柠，就知道来找我麻烦。"

然后他又跟下属说："凑合帮她办儿张得了，上次我让她帮忙办我们 Y 行的信用卡她还嫌麻烦呢。"

过了一会儿，埋头帮其他人录好信息的任亭亭也直起身子抬头，站的位置正好可以让她跟那赵总对视。

她将散落在肩头上的长发轻轻地撩到耳后，微微一笑："师……"

她顿了顿，又改口叫："赵总。"

那赵总站在原地看了她一会儿，才嗯了一声。

下属犹豫地看着她们再看看领导，小声问："那，还给她们办吗？"

只听那赵总一改先前的态度："办！所有人，都给我办！一人办两张，'万事达'那栏也给我打钩。"

所有人回答："哦哦哦。"

任亭亭也保持原样站着，又看看赵总："谢谢赵总。"

"没事。"

任亭亭就又去忙了，只剩他一个人还站着。

卞可可隐隐地觉得他俩好像也认识，但因为又忙起来了就没再细想，继续低头帮人办信用卡了。

赵方刚伫立在原地，脚就像定住了似的，将视线落在任亭亭的背影上再也移不开。

蓦地，他微扬唇角。

亭亭已玉立，现在可不小了。

后来，卞可可跟着涂筱柠学到很多，不管是工作还是做人，其中有一段话她记忆深刻，那是一段关于婚姻的感悟。

涂筱柠说："我跟我老公，与其说我们是夫妻，不如说我们是三观一致、志同道合的知己，我们可以无话不谈，毫无隐瞒地向对方敞开心扉。他是我生活中的依靠，也是我人生的导师，我徘徊了，迷茫了，他永远能站在那里向我伸来他的手。我们不需要过多言语，只要一个眼神、一个动作就能读懂彼此，有他在，在这个世界上我便无所畏惧。婚姻不只有情与爱，还有日复一日的柴米油盐酱醋茶，很庆幸，在这浮躁的社会里我们不仅深深地相爱，还拥有着对方契合的灵魂，于我而言，这就是婚姻最好的状态。"

番外二　年少时

第一幕之蝉时雨

觉得天塌下来那天，纪昱恒十二岁，仅过完生日一个月。

那天他放学回到家，家里空无一人。他像往常一样回到房间里写作业，而后就听到了急促的敲门声。

打开门，他看到了满脸是泪的小姨，她几乎泣不成声地站在那里，告诉他："昱恒，你爸他……他被车……被车撞了……"

他连父亲最后一面都未来得及见，而在出事之前他们才约定，今年过年全家一起去首都看升国旗。

在追悼会上，很多父亲的同学和同事都来了。他们抱着他哭："昱恒啊，你还这么小，以后你们娘儿俩可怎么办啊？"

他听得麻木，身体也很冷。

在他的记忆里，父亲是个文质彬彬、谦卑温和的人。父亲小时候家境不济，上面有两个姐姐早年因生病无钱医治而早逝。爷爷老来得子，有了父亲。父亲为了在村里出头从小学习异常努力。在那个年代，中专的含金量很高，还包分配，父亲考上了中专会计专业，后被分配到人民银行。当时的人民银行与现在的公务员和事业单位机制无关，只能算是个较为稳定的单位。

20世纪90年代，国家进行社会改革，许多国有企业重组，中国出现第一轮下岗潮，银行业却顺应时代潮流慢慢地崛起，甚至一度成为铁饭碗，父亲也在那时分到了单位的房子，那是他们家的第一套房子。

2003年中国银行业监督管理委员会成立（简称银监会），当地新成立的银监局从人民银行调选人员，工作一向认真严谨的父亲有幸被调入。那段时间，人人都羡慕他们这一家，父母都在事业单位工作，儿子成绩优异，是个幸福美满的三口之家。

可好日子刚到，就在同年，父亲在加班后的下班途中，被一辆司机酒驾的车撞倒，事后司机逃逸，而父亲因为脑部受了重伤，虽然及时被送到医院抢救但医生仍无力回天。他痛苦又安静地走了。人人眼中羡慕的一家三口从此失去了顶梁柱，纪昱恒小小的世界里没有了父亲，没有了太阳。

母亲出身于书香门第，年轻的时候从未嫌弃过父亲的出身。用她的话说，她第一眼就看中了他的人，其余的都不重要，可他走后，她虽还是看上去与从前无异，却再也不会笑了。

年少的纪昱恒不知该怎样才能让母亲再笑起来，变得非常努力，那时他能做的也只有每次考试都考全校第一。他要变得强大，强大到可以替父亲守护母亲的程度。

原本以纪昱恒在小学里的优异成绩，他是可以上C市最好的中学的，但当年新才中学为了提高升学率，打开知名度，小升初的招生组直接找到他家，当场承诺如果他愿意进新才初中，可以减免他三年的所有费用。

这个条件对刚刚遭受了灭顶之灾的孤儿寡母而言很诱人，母亲还在犹豫，他就先答应了，不想母亲为了他太辛苦，对他而言，只要努力在哪里上学都一样。

他以分班考试第一名的优异成绩进入一班。因为母亲是大学的高等数学老师，从小他就对数字十分敏感。他很快就觉得初中的数学课索然无味，上课经常会去做英语、物理、化学的卷子，奈何他每次数学都考满分，其他科目的成绩也是妥妥地稳居第一，所以到后来，上课的老师都不会管他听不听课，因为他已经是老师们眼中的天才。

而一个月一次的月考于他而言也跟练笔似的，根本没有难度。他总是会提前交卷，然后每次在学校公布成绩时毫无悬念地出现在百优生的榜首的位置。

那日，是暑假前的最后一次月考，考场外传来蝉鸣，他又是快速地做完了试卷。第一场考试是语文，他在翻卷检查的时候蓦然注意到这次座位的桌面上用铅笔画了很多卡通漫画。

而他的笔落处，桌上用铅笔写着三个字，虽算不上好看，却也勉强算清秀：蝉时雨。

新才中学每次月考的考场都是同年级打乱坐的，教室打乱，座位打乱，这次他坐的教室是十二班的，他看着写写画画得乱七八糟的桌面，猜测座位的主人应该是个女生。

他好像曾经在哪本杂志上看到过一篇散文，散文的名字就叫《蝉时雨》，但他不记得作者是谁了。

外面蝉鸣阵阵，大概是今日的试卷前所未有地简单，他饶有兴致地拿起填答题卡的铅笔随手就给那三个字添上了书名号。

把光秃秃的"蝉时雨"三个字变成了"《蝉时雨》"。

下午考的是数学，他检查完准备交卷，看到上午被他加了书名号的三个字并未被擦掉，而且下面还多了一行字："你也知道这首歌吗，所以加上了书名号？"

他熟视无睹，没有理会，整理好文具，交卷离开了考场。

第二日，他坐上考位，看到桌面上又比昨天多了一行字："《蝉时雨》是我偶像的新歌，如果你也喜欢，我们就太有缘了！"

今天他可没兴致了，只觉得两条留言幼稚又无聊，现在可以肯定这个座位的主人是个女生了。

第三日，桌面上又多了一行字："好吧，神秘人，我叫涂筱柠，这是我的QQ：6658××××。如果你也喜欢我的偶像，可以加我为好友。"

窗外依旧有蝉叫声，有些闷热，他考完最后一门化学，发现外面不知何时下起了小雨。

他不禁看向桌子上的第一行字。

《蝉时雨》，蝉时雨……

第二幕之初见

时年初二。

每年的开秋就是学校一年一度的运动会。

他作为班长报名了一千二百米长跑和四乘一百米接力赛，两场比赛连着，接力赛在前，为了让他留存体力，老师没让他上场跑接力赛而是换了替补，好在替补的实力也不错，一班在男子组接力赛中轻松地摘得桂冠。

下面就是女子四乘一百米接力赛。

他们一班的看台位置正好靠近起跑点，其他班的学生为了找个观赛的好角度纷纷凑过来。

"哇，我们班跑道这么外啊！"不知是哪个班的喊道。

然后有女生把双手放在嘴边当扩音器："十二班最棒！加油！加油！涂筱柠，加油！"

赛道上最后一棒的高个儿女孩儿像是听到了同学的打气声，朝看台望来，然后欢快地笑着并踮脚跳，朝她们挥挥手。

纪昱恒站在人群中一眼就看到了她。

阳光照射下，她的鼻梁上架着眼镜，头上扎着马尾，笑容恬静又自信。

一声枪响，比赛开始，十二班的势头很猛，第一棒就抢占了先机，一连三棒都保持了上风。

到最后一棒了，她从同学手中接过接力棒如风一般冲了出去。

"涂筱柠，加油！"

"涂筱柠，冲啊！"

"涂筱柠，你是最棒的！"

看台上的观众瞬间仿佛变成了十二班的后援团，他们的声音就要压过了一班的声音，一班自然不服，也开始高呼，为自己班的女生打气，两个班最后一棒的距离只差几步而已。

就在离终点越来越近的时候，眼看冠军就要被十二班收入囊中了，涂筱柠却突然摔倒了。

全场哗然，一班超过，瞬间夺冠，一班欢呼雀跃。

"班长，我们又拿了个第一！"同学兴奋地用手拍纪昱恒的肩并摇晃着，纪昱恒嗯了一声，视线仍落在赛道上。

十二班的人纷纷从看台跑过去，一下子都围了上去，好几个老师也赶紧过去处理。

不知老师问了什么，她只是摇摇头，然后在同学的搀扶下站起，老师拉过她的手臂，才发现她受伤了。老师随手招了一个十二班的高个儿男生，似乎在安排他带她去医务室。

那男生看着又高又壮又结实，收到了老师的指令，也不管三七二十一就把她背了起来，然后以百米冲刺的速度往医务室跑。

正值青春期，这种男女同学间的亲密接触难免引起轰动，看台上所有班的同学都站了起来，吹口哨的吹口哨，拍手的拍手，尖叫的尖叫，一时场面混乱无比。

"英雄救美啊！"

"十二班这女生叫什么来着？个儿挺高，长得还可以哟！"

纪昱恒的耳边是同学们的起哄声。

操场喇叭里在喊男子长跑组准备踩点就位，纪昱恒站起走下看台，男同学们都簇拥过来给他又按摩又递饮料的。

"班长！我们一班横扫冠军就靠你了！"

"知道了。"纪昱恒淡淡地应着，并未接那瓶饮料。

毫无悬念，一千二百米长跑比赛他得了第一，把第二名远远地甩在了身后。下场的时候同学们一拥而上,激动地把他抛了起来。

他没有着急回看台,而是站在操场的角落里喝水休息,顺便观看了一下后面的女子八百米比赛。

女子八百米比赛第一圈大家都太激进,到了第二圈就显得没力气了,跑在最后的女生离前面一个都差了半圈,体力渐渐不支,跑得越来越慢,似有要放弃的架势。

"加油!"蓦地,不远处传来一个女生的声音,刚才那道身影又毫无预兆地落进纪昱恒的眼中。

她手臂上的伤口已经被处理过,上了药水。

她不顾自己刚受伤就往操场走:"我要去陪她,给她打气。"

身边的女孩儿要拉她:"涂筱柠,你才受伤就省省吧,反正我们班八百米也拿不了第一了。"

"不行,本该是我去跑的,她是临时替补我的,八百米跑完得靠毅力,无关胜负,这是一种坚持和不轻言放弃的精神,我要去陪她!"她倔强地溜上草坪,从后勤可以待的操场内圈开始陪同学跑。

"加油,我陪你!"涂筱柠鼓励着同学,并摘下自己的眼镜握在手里给她坚定的眼神,明明自己的腿还有点儿一瘸一拐,却陪她一起跑。

同学看着涂筱柠,点点头,两个人在操场上齐头并进。

最后,全场就只剩下她们两个人了,她们虽然是最后一名,却一直坚持。全校所有人仿佛都被这种不服输、持之以恒的精神触动了,都开始为赛道上的这两名女生鼓掌打气。

"加油!加油!加油!"

她们也在众人的鼓励声中冲到了终点。

踩线的那一刻,她的同学体力不支,倒在了她的怀里。

她喘着气抱住同学,告诉她:"你胜利了!很棒!"

站在不远处观看了全程的纪昱恒把瓶中最后一点儿矿泉水喝完。

看台上他又听到有人在喊"涂筱柠"。

他离开的时候顺手将矿泉水瓶扔进垃圾桶里,脚步沉稳,而先前因为比赛而不匀的呼吸此刻已经变得平缓。

他把听到的这三个字跟之前考场课桌上的那个名字在脑海里慢慢地重叠在了一起。

涂筱柠……

第三幕之心上

时年初三。

作为优等生,他自然成为学校里有特权的校干,所谓校干,就是可以不用参加早操,甚至还要在早操期间检查各个教室有无逃操和逃晨会的学生。

那周又轮到他,一般他查人都会先去教学楼每层的男厕所里,因为相比教室,厕所更能抓到人。

果然一抓抓一票,初一、初二的好处理,再加上他在学校的名气,学弟们看到他直接认错:"纪学长,放过我们吧!"

"班级、名字。"可他从来不是个仁慈的人。

一个个登记完,他再去棘手的初三部,推开男厕所的门,一股浓重的烟草味扑鼻而来,他跟躲在里面抽烟的十五班的学生撞了面。

"哟,优等生来了。"为首的那个叫余晖,是学校里有名的刺儿头,典型的少年。

他们对他查岗已经习以为常,丝毫不怕。

纪昱恒也懒得跟他们对峙,只对几个生面孔问:"班级、名字?"

余晖把脚边的垃圾桶一踹:"报什么,你让报就报!真当自己是个人物了!"

纪昱恒也将垃圾桶猛踹了回去:"没问你,多什么话!"

两个人剑拔弩张,其他人安静,没料到这个优等生跟想象中的有点儿不一样,觉得这个优等生好像不是书呆子那种的。

余晖觉得倍儿没面子,把烟往脚底下一扔一踩:"干吗?想打架啊?"

纪昱恒没理他,再看向那几个生面孔:"我再问一遍班级、名字。"

他们支支吾吾,余晖挥手一挡:"谁说我余晖今天就瞧不起谁!"

没人敢说话了,余晖朝纪昱恒挑眉:"怎么样优等生,你能拿我们怎么样?啊?"他嚣张地嘲笑,狂妄无比。

"喜欢就待着吧。"纪昱恒没跟他多啰唆,只说了一句就退了出去,里面传来的是他们轻蔑的笑声。

他从口袋中掏出教导主任给他的钥匙找了找,然后拿出其中一把插进了厕所门里。

余晖好像听到了锁门的声音,警惕地去拉厕所门,没能打开,门是被人反锁了,他瞬间恍然大悟,下一秒开始踢门:"纪昱恒!你给我玩阴的!"

纪昱恒收起钥匙,没再应声。

附近传来一阵急促的脚步声,一个身影从他的眼前晃过——是她。

她有点儿像做贼,把手背在身后还在张望附近有没有检查的人。

他们之间正好隔了一个柱子,他站在柱身侧面,她看不见他,他却能看到她。

看到四处无人,她溜进了女厕所,很快里面就有对话传来。

"涂筱柠,你怎么才来?我蹲得腿都麻了。"

"你还说呢!你月经来得真是时候,为了给你拿卫生巾我没去早操,还要躲检查的校干,像地下游击队似的等人都走光了才到教室里给你找,然后再偷偷摸摸地过来。"

"行了行了,好同桌,我欠你个人情。"

"喏,你动作快点儿,我听现在这音乐才做到第二节,我们还能悄悄地溜回去,应该还没被老师发现。"

"好了好了,就快了。"

纪昱恒听完,念她们事出有因又是初犯便不打算现身。男厕所里的那些人还在狂敲门,他看了一眼就要离去。

"纪同学。"这时搭档的女校干检查完教室也来了。

听到男厕所里的敲门声和怒骂声,她笑了笑:"你又在厕所里抓到人了?交给教导主任?"

纪昱恒嗯了一声,停下脚步问她走不走。

女搭档跟他搭档这么久第一次被他主动搭话,有些意外地点点头:"走,走的。"她便上前一步要跟上他。

只是两个人没走出几步,女厕所里就有声响传来,女搭档顿时转身朝后看,厉声问:"谁在那里?"

女厕所里瞬间安静了。

女搭档朝那儿靠过去,再次问:"谁在里面?要我进去还是自己出来?"

片刻后,有人走了出来。

纪昱恒微微敛眸,是涂筱柠且仅有涂筱柠。

"你躲在厕所里逃早操?"女搭档皱着眉质问。

涂筱柠低头不语,却没否认。

"班级、姓名!"女搭档不客气地拿出了纸跟笔。

涂筱柠垂眸,声音有点儿低,如实报上:"十二班,涂筱柠。"

他再看到涂筱柠就是在周一的全校晨会上,她被公示在全校师生面前,和少年一道站在国旗下接受点名批评。

教导主任在讲台上一个个地念他们的班级、学号、姓名。被这样赤裸裸地公开在全校师生面前,是一个学生念书生涯中最丢脸出丑的时刻了,好几个女生受不住这般屈辱,都捂着脸低头痛哭。

"现在哭有什么用!你们无视学校纪律的时候就该想到今天!"教导主任丝毫没有因为她们的泪水而心慈手软,反倒言语更加犀利,"希望你们能给在列的每一位同学带来警示!"

而女生中只有她那一刻像棵孤傲无比的树般直挺地站着,没像其他人那般掉一滴眼泪。她倔强又坚强,没有因此而低下头,仿佛也不畏惧台下的任何冷眼和嘲笑。

纪昱恒站在学生代表里,将她固执的表情尽收眼底。

只是她不知道,在全校师生里,还有他知道她是替同桌顶罪的。

她与众不同,他好像不管什么时候看到她,她都不会因周围的事情所动,不在乎外界的目光，永远做着自己，自信又倔强。

他望着头顶甚好的阳光和阳光下的她，她身上的那道光也慢慢地朝他射来，仿佛照到了他在父亲去世后封尘已久的暗淡世界。

从此，"涂筱柠"这个名字就默默地落在了他的心上……

番外三　忆往昔

纪昱恒再看到涂筱柠时是在上体育课的时候，他们两个班并不是同时上体育课的，应该是临时调换的课才凑巧一起上。

那天十二班测验仰卧起坐，她因为做的速度快引起了一阵轰动。

欢呼声引得他们一班的人也看了过去。

"难得见女生仰卧起坐做得那么好的。"

"是啊，那女孩儿不就是上次运动会上摔倒的那个吗？"

"这会儿不戴眼镜更好看啊。"

青春洋溢的年纪，男生们也开始关注异性，同学们在不停地议论着，纪昱恒将视线也朝那边偏了偏，看到了众星拱月的她。

下课后他跟同学一道回教室，她也跟同学走在前面，经过篮球场的时候她的同学突然被篮球砸到，然后十五班的余晖又不可一世地出现了。

双方果然话不投机，起了争执，她也是个倔强的性子，直接把篮球扔了回去，篮球正中了余晖的头。

"也是有个性的啊，余晖都敢惹。"有同学说。

她们立刻拔腿就跑，被砸痛的余晖一脸怒气地抬起头。

眼看他暴怒地就要追过去，纪昱恒和同学正好走到篮球场门边，用长腿一踹就把铁门一关。

余晖一看是纪昱恒，上次的火还没消："纪昱恒，又是你！"

篮球场上全是余晖的人，见状都站过来作势威胁。

纪昱恒的同学们也不是吃素的，陪他一起堵在门口。

早就互看不顺眼的两拨男生的气势瞬间上来了，双方跃跃欲试，互相挑衅："你们想干吗？要干吗？"

对方喊："有种来啊！"

势均力敌，仿佛"战争"一触即发。

只有纪昱恒在人群里孤傲地站着，一如既往地冷漠："今天谁敢在学校闹事试试。"

余晖心中的火噌噌噌地冒出来，新仇旧恨交织，他双手叉腰："真把自己当一校之主了！行啊，学校里我弄不过你，到了学校外面看看谁厉害，你这个校干还能护住所有人不成？"

纪昱恒瞥了一眼那两个在人群里消失的身影，沉声警告道："那你也可以试试。"

然后他再一踹门，转身离开。

已经被激起斗志的同学们瞬间蒙了，赶紧追上去："班……班长，我们不打啊？"

余晖暴跳如雷，又不敢在学校里动纪昱恒，只在身后怒喊："谁怕谁啊！"

之后就是纪昱恒凑巧撞到涂筱柠在他小姨家补课，那天他去小姨家是受母亲嘱托去给小姨送东西，一进门他就在学生堆中看到了涂筱柠。

他看到她正咬着笔尾对着又多又杂的试卷一筹莫展，不由得翻翻被小姨放在客厅茶几上的材料。

小姨正好从房间里走出来看到他，以为他对卷子感兴趣，便问："不是说不来我这儿做题目的吗？"

他看小姨一副不知他来干吗的样子，想必是母亲并未同她提前说，就应了一声："家里的习题册都做完了，您这儿的卷子做做打发时间也行。"

小姨笑了："你这第一名倒是一点儿不谦虚。"

然后她指指一个空位："你就坐那儿吧，正好我马上讲课了，你一道听听。"

纪昱恒就坐了过去，在座的都是 C 市各个初中的尖子生，大家大多参加过市里的各种奥数和英语竞赛考试，照面打得多了自然也是相互熟悉的。大家看到他也来补课，危机意识更强了，心里都暗想：亏得来了，嘴上都说在家不看书不复习的，现在却连学霸纪昱恒都来了，所以哪儿有什么天才，要想成绩拔尖还得靠补课啊。

只有涂筱柠一个人坐在角落里，还在看着试卷发呆，后面的自我介绍也显得很无底气似的。

几张卷子下来大家的水平就显现了，涂筱柠跟他们根本不是一个档次的，垫底也理所当然。但是其他学生都心高气傲，时间久了有点儿看不上她，觉得她这种水平的怎么能跟他们在一起补课呢，真是拉低了他们的水平，便有意无意地开始排挤她。

有一次默写英文单词，涂筱柠忘带橡皮了，小声地问旁边的人借，旁边的人白了她一眼，不仅没借还故意把橡皮收起来，然后一副怕她要抄自己的答案的模样，用本子把自己的答案盖了起来。

涂筱柠一愣，低头没再说话。

纪昱恒默写好后就合上本子去卫生间了，经过表妹的房间的时候，看到她在里面认真地写作业。

他敲敲房间的门，表妹转头："哥。"

他们相差四岁，表妹正在读小学五年级，在学校里也是品学兼优的好学生。

"你有橡皮擦吗？"他问。

"有啊，你要吗？"表妹走过来递给他。

纪昱恒没接，将视线落在学生堆里："那里有人没带橡皮擦，你把你的放那儿借一下。"

表妹哦了一声。她虽然年纪小，但也是个聪明的孩子："你的橡皮擦怎么不借啊？不会是个女生吧？"

纪昱恒只往卫生间走，边走边说："我也没带橡皮擦。"

涂筱柠再次受到排挤是下课后她在换鞋的时候。

那天几个男生看到她蹲在门口穿鞋，便想恶作剧她一下。几个人一交换眼神，故意一齐冲了出去撞到了她，她重心不稳，随手抓住了其中一个男生的手臂却被厌恶地甩开："白痴，别碰我。"

这一甩，她就要跌落下楼梯，原本跟表妹站在人后的纪昱恒撞开那几个人伸手拉了她一把。

"谢谢。"她总算站稳，惊魂未定地道谢，她的发间有淡淡的薄荷味，好像是用海飞丝洗发水洗的头。

"没事。"他收回手往下走。

"喂！纪昱恒，一起打球去啊！"他的身后很快传来脚步声，是刚刚那几个男生过来了，他们一直追他到楼下。

他们约他打球好几次了，他一直没答应，今天却站定在楼下看着他们："走。"

男生们兴奋了，学习上比不上纪昱恒，如果在球场上打赢了他也算是一种荣耀，到时候在C市同一届里传出去该多有面子。

大家赶紧跨上自行车约好到前面篮球场上见，纪昱恒刚给车开好锁就听到表妹的声音："我也去！"

他赶她："女孩子去什么篮球场？"

表妹直接坐上他的自行车后座，耍赖："我就去！"

纪昱恒无奈，只得带她去。

结果可想而知，几个男生在球场上根本打不过纪昱恒。

他们直接趴在地上，看他还在拍球大有要继续的意思，气喘吁吁地连连摆手，就差给他跪下了："不打了不打了，纪同学，不，纪大神，您高抬贵手，我们甘拜下风！"

纪昱恒这才把球扔掉，擦了把汗离去。

表妹不知跑哪儿买来一瓶水给他递过来，看他仰头喝水，笑得古怪。

"笑什么？"

表妹打量着他，还是笑，然后慢悠悠地说："哥，你对那个姐姐跟对别的女生不一样。"

他瞥了她一眼："你一个小学生懂什么！"

表妹又嬉皮笑脸："别小看小学生，现在小学生懂的东西可多了。"

然后她再看她哥，乐着追上去："喂！哥！你脸红什么啊！"

那天后涂筱柠再没去纪昱恒的小姨家补课，后来纪昱恒无意中听小姨说当天涂筱柠就回了这补课，小姨叹气："是我疏忽了，都没注意她被其他孩子排挤了，其实这孩子还是挺用功的，在班里成绩也不算差，是中游，多花时间补补课还是有成效的，只是不大适合跟你们尖子生在一道上课而已，她爸爸跟你姨父还是同事，有空我还得跟人家妈妈打个招呼去。"

纪昱恒没作声，继续翻习题册，只有表妹在一旁捂嘴偷笑，被他睨了一眼。

纪昱恒再和涂筱柠有交集就是那个晚上，几个班的男生相约打篮球，球场下有男生在聊八卦消息："十五班的余晖今天放话，要找上次用篮球砸他的女生报仇，那女生惨了。"

"真是，惹谁不好惹上那种人，那余晖也是没风度，女生都不放过。"

"余晖这人心狠手辣的，不会堵住人家女生做什么坏事吧？"

"谁知道啊，他前几天还在学校的天桥上对着人家吹口哨呢。"

纪昱恒投了最后一个三分球，下场。

"不玩了啊？"同学问他。

他嗯了一声："家里还有事。"

他骑车先走了，却没回家，而是往小姨家方向去了，也是补课时无意中发现她家跟小姨家在一条线上。

果然真被他撞上了余晖，只是他来迟了，她已经受伤了。

他的出现又让余晖转移了注意力，余晖对他是恨极了，跟他打了起来，之后两个人都靠在灯杆下喘气。

余晖被他揍得用手背狂抹鼻血，却怎么都止不住鼻血，过了一会儿他突然对纪昱恒笑了："我说，优等生，你跟那个涂筱柠怎么回事？刚刚打我打得那么狠。"

纪昱恒站直："少胡说。"

余晖更加确定，像是抓住了他的把柄般一脸坏笑："不就是个女生吗？早知道……"

他没说完又被纪昱恒的篮球砸中，瞪眼："你有完没完了！"

纪昱恒的声音却冰冷无比："余晖，你别惹我……你可以不在乎你的前途，可你的父母当初是怎么在教导主任面前保证的？要我提醒你吗？"

余晖被戳中软肋："你！"

纪昱恒扶起自己的自行车："以后在学校收敛点儿，你以为你今天的事做得神不知鬼不觉？你看看那是什么。"他微微扬起下巴。

余晖一抬头看到路灯下的摄像头："你是什么意思？"

"就是告诉你，如果有人举报你在校外欺负同学，再蓄意报复殴打校干，学校要调这种监控查证是很轻松的事。"

余晖一怔，又立马反应过来："报复她我认了，打架明明你也动手了！"

纪昱恒此刻的眼神是他这个年纪少有的阴暗："那你可以试试，看学校到底是相信我还是相信你。"

余晖气急败坏，指着他："纪昱恒，你可真狠啊！"

纪昱恒骑车骑了没多远又回到那个被翻开的下水道井盖旁，看到地上还躺着什么东西。

他停下一看是一盒被摔碎的磁带，捡起了，在包装上看到三个男人和"Thanx"这个拼写不太正常的单词，应该是一个组合和专辑的名字，因为后面附上了一句"the 5th year to my fans—Dirge（献给我的歌迷的第五年——挽歌）"。他再看磁带盒的背面，上面写了十二首歌的歌名，最后一首歌是《蝉时雨》。

至此，余晖再也不敢当着纪昱恒的面在学校惹是生非，收敛很多，也再没有去骚扰涂筱柠，直至初中毕业。

纪昱恒自然以全市第一名的中考成绩考入 C 市第一高级中学的冲刺班，这个班聚集了 C 市所有同届的尖子生，学习也更为紧张，他还是心无旁骛地学习，只是偶尔会拿出那盘被修复过的磁带来听，心莫名地就会静下来。但那时的他终究背负着母亲的希望，不能有其他杂念，必须考上最好的大学，其他的事情于他而言还是太遥远了，所以每次那道身影在脑海里一闪而过后他又投入到了紧张的学习。

他参加学校和市里甚至全国的各大竞赛，最终以优异的成绩在高二时就被保送进国内最好的大学 A 大，可他的目标不止于此，他还要读硕读博甚至公费出国留学，只有越来越优秀，将来才能给母亲安稳的生活。

在很多人都在打游戏、谈恋爱的大学里，他几乎通宵泡在图书馆里，那时的他只有一个目标，变得强大、更强大。很多女生向他表白都被拒于千里之外，同学都笑他不解风情，一心只读圣贤书，再这样只会变成书呆子，但他不以为然，甚至还写了一句话贴在寝室的墙上用于警示自己："如果连明天的路都不知道如何走，你现在有什么资格去谈笑人生？"

他是母亲的希望，是她的依靠，要替父亲给母亲这个世界上最好的一切。

在大学的某一天微信应运而生，所有同学纷纷注册微信账号，微信开始流行，在一定程度上取代了 QQ 的地位。当时没有任何社交软件的他在老师的要求下才注册了一个微信账号，上传头像的时候他选了一张蝉的国画，同学问他为什么弄得像个老年人，他却笑而不语。

只有他知道这是在纪念初三的那个夏天，在他心中最特别的夏天。

其实夜深人静的时候，他的脑海中会不受控制地时常浮现出那道倩影和她无所畏惧的表情，有时也会忍不住想她现在过得怎么样，是不是也有丰富的大学生活，抑或是已经谈恋爱有了心上人。

一念及此，他就会遏制住念头，告诉自己命里有时终须有，命里无时莫强求，有些人有些事，终是可遇不可求。

陪伴他的只有那盒不为人知的磁带，直到有一天磁带这个东西也被淘汰，大街小巷全被 MP3（能播放音乐文件的播放器）和 MP4（多功能播放器）取代，他小心地收藏起这盘磁带，空出家里书房的一个抽屉来放它，细心地安置它，妥善地保管它。

因为他的心中总隐隐地有一个念头，兴许他以后还能再见到她，然后亲手把这盒磁带还给她……

读硕的时候他如愿获得去哈佛大学做交换生的机会。硕士研究生毕业前夕他已开始在华尔街实习，甚至已经争取到留美读博的名额，留在华尔街工作也是指日可待、顺理成章的事，可是一场突如其来的变故又让他的人生再次跌入谷底。

母亲的体检报告出来了，怀疑乳腺有问题，她去复诊后确诊是乳腺癌。

本来她还想瞒着他，但小姨不忍心就偷偷地告诉了他，他立刻放弃了读博的机会，义无反顾地决定回国，也舍弃了能留在 A 市的各种大好前程，甘愿回到 C 市照顾母亲。

百善孝为先，一切大不了从头再来，可母亲只有一个，他已经没有了父亲，不想再留下任何遗憾。

母亲开始了漫长的化疗，父亲的老同事们得知他已毕业回国便邀请他去银监局工作，同时承诺给他自由的时间可以去照顾母亲。他们都是看着他长大的叔叔阿姨，他一时难以拒绝，考虑到照顾母亲确实需要弹性的工作时间，便先答应了，也参加了那一年的"银监"笔试，毫无悬念被顺利录用。

只是这份工作好是好，但相对于他这个本该拼搏的年纪而言略显枯燥无味。

单位旧址拆迁，新大楼在装修，他们才将办公室搬到 DR 银行临时借出的办公楼里。那天正值雨天，雨天堵车，他险些迟到，跨进 DR 办公楼，那道身影倏然映入眼帘，却在慢慢地合上的电梯门外显得既不清晰也不真切，他下意识地跨步向前，快速地伸手挡了一下电梯，他们真的就这么偶然地再次相遇了。

她比初中时的样子成熟了一些，不再戴框架眼镜，却还有年少时的青涩感，依旧那么粗心，伞上的水滴湿了他的裤腿和皮鞋竟然都不知道。

他们并排站着一同乘电梯，她帮他按电梯的时候轻轻地把头发撩到耳后，只是发间再也没有了薄荷味。

她对他说："不好意思。"

"没事。"跟他多年前在楼道里伸手拉她时说的一样，但她可能不记得了。

那天来到办公室，他坐了很久都没打开电脑，只在桌前的笔记本上写了三个字，这三个字笔迹工整，苍劲有力：涂筱柠。

他最终打开电脑，画面一直停留在自己的微信头像上。他望向窗外，看着那快结束的小雨，听着那阵阵蝉鸣，瞬间眉角舒展，眼中温和，一如在多年前的那个考场里。

原来兜兜转转，又是一场蝉时雨……

番外四　不灭光

第一幕之宿命

纪昱恒很早之前在沈从文的《边城》里看到过这么一句话："凡事都有偶然的凑巧，结果却又如宿命的必然。"

从前他觉得这句话不现实，哪里有偶然的凑巧，又哪里来必然的宿命？直到再遇到涂筱柠他才算真正了解了这句话。

重遇的那天他依旧两点一线，奔波在单位和医院之间。

正逢表妹许意浓大四考完试回来，跟小姨一道来医院看母亲。

他当时正在给母亲削苹果，小姨突然问他："昱恒，你今天是不是有什么开心的事？"

他微顿手上的动作，嘴上只说："没有，怎么了？"

"感觉你心情很好。"

表妹插话，问她妈："这都能感觉出来？"

小姨点头肯定："能。"

他仍低着头，没再说话。

只是母亲看着邻床人家儿子儿媳一起来，开始叹气道："我们家昱恒什么时候才能给我带个儿媳妇回来？以前你只管埋头读书也就罢了，现在工作了，这事你也得上上心了，这么多叔叔阿姨给你介绍对象，你怎么就不肯看一眼呢？"

他却说："我没房没车的，工作也只是个名声好听薪酬不高的事业单位，谁肯跟我？"

"你不是有辆雷克萨斯吗？"表妹问。

"那也叫车？"纪昱恒不禁自嘲，"没看过网上那些相亲节目？人家女嘉宾说了，宁愿坐在宝马车上哭也不坐在自行车上笑。"

表妹喊了一声："去外面瞧瞧去，个个都开奔驰宝马啊？再说了，哥你有学历有颜值啊！"

纪昱恒不屑："现在满大街研究生，一抓一大把，人外有人，天外有天，我那学历算什么？少拿我的脸说事，最烦别人说这个，要是脸能当饭吃我天天去卖笑。"

表妹做嫌弃状："你倒是去卖啊，你肯卖就一定有人买，可赚钱了！你就是典型的明明可以靠颜值非要靠才华的人。"

兄妹俩拌着嘴，倒也逗得母亲露出些笑意，小姨过来打断道："你俩都多大了，怎么还跟孩子似的斗嘴？"

她又看看纪昱恒："跟你说正事呢。"

纪昱恒继续低头削苹果，似知道是什么话题："小姨，您要是说相亲的事就别提了，我是不会去的。"

小姨皱眉，拍打了他一下："你这孩子真要急死我跟你妈啊，从来不肯相亲到底怎么回事？"

过了一会儿兄妹俩去洗手，水池前表妹许意浓认真地洗着手，纪昱恒则在冲洗水果刀，低着头突然开口道："许意浓。"

"啊？"

"你跟那个谁怎么样了？"

"哪个谁啊？"

纪昱恒把水龙头一关，看了她一眼："少装蒜，你谈男朋友的事瞒你妈可以，瞒不住我。"

许意浓都忘了关水龙头，但也是个敢作敢当的，大方地承认道："谈就谈了呗，大学里还不能谈恋爱了啊？"

纪昱恒把玩着那把水果刀，笑得很坏："小姨那脾性，是明令禁止你在工作落实前谈恋爱的。而且，你真是上了大学才谈的吗？在那之前我可就看到那小子偷偷地送你回家了。"

许意浓一惊："你……你！？"

"我什么我！"

许意浓急了。

纪昱恒挑眉。

"你你你！"许意浓指着他，却有口难辩，从小就自知不是这个学霸表哥的对手，索性问，"所以呢？你要告诉我妈吗？"

纪昱恒用刀尖敲敲水池的台面。

他说："我不告诉你妈，而且会继续帮你瞒着，如果日后你们有缘走到你把他带回家的那步，我也会无条件地站在你这边，你知道的，我说的话你妈一向很听的。"

毕竟是从小一起长大的兄妹，许意浓立刻反应过来，问："说吧，你的条件。"

纪昱恒收起了玩世不恭的态度："你妈不是热衷于给我张罗相亲？她现在在DR银

行上班，我要你去让她成为我的相亲对象，不管用什么方式。"在"她"字上，他加重了声音。

许意浓看着表哥认真的神情想了一会儿："你是说，那个涂……涂什么来着？"这么多年过去了，她记得有这么个人却不大记得人家名字了。

"涂筱柠。"

她又问："DR，就是那个商业银行翘楚 DR 吗？她还没对象？"

"有对象我还找你？"

许意浓坏坏地一笑："哦，怪不得你一直不肯相亲，别人的照片看都不肯看，这么多年心里还有人家呢！哎哟，纪昱恒，你这张脸在电视剧里不应该是个花花公子的人设吗？没想到却是个痴情种！剧本拿反了吧？"

纪昱恒懒得跟她废话，只警告一声："许意浓。"

许意浓就收起了笑，但也知道了表哥的一个大秘密，有些得意扬扬："行吧，看你暗恋人家这么多年也不容易，我就出手帮你一把，但说好了，事成了你欠我一个人情！以后可是要还的，你刚刚说的得说到做到！"

"我什么时候诓过你？"

"一言为定！"

"一言为定！"

既然偶然会成必然，凑巧终成宿命，多年后再相遇，涂筱柠，我就没打算再让你逃离我的世界。

于是那天从医院回去的路上许意浓看母亲愁眉不展的样子就说："这相亲啊就不能停！"

母亲点点头又忍不住抱怨："是啊，可是他总不肯去见人家姑娘我有什么办法？"

母女俩走了一会儿路过一家银行，许意浓灵机一动："妈，我不是要去日本留学了吗？办签证还得往银行里存保证金呢。"

"那存呗。"

"那也不能白存活期啊，我想着反正这笔钱要长期放在卡上，不如存个定期，既能当保证金又能做存款，也不算浪费。"

母亲点头认同："这倒是。"

"我前段时间对比了一下，现在 DR 银行的定期性价比最高，有什么大额存单。"

她一向精明，母亲也没怀疑什么："是吗？可我没有 DR 的卡啊，你爸也没有。"

"去办啊，办张卡才多长时间！"

"也是，那要不明天就去办了？"

许意浓催道："下午就去呗，又没什么事。"

"也行。"

下午许意浓就带母亲去了 DR 分行的营业部，大堂经理看到她们就笑着走了过来，是个长相甜美、个子高挑儿的女人,笑容明丽,十分动人,只是刚要过来就被另一个大堂经理挡住了:"你们好,请问你们要办理什么业务?"

许意浓看着那道被隐藏在同事身后转身离去的倩影,对面前的女人说:"办理银行卡。"

女人笑着帮她们取号,热情是很热情,只是许意浓觉得这笑容略显虚伪了些。

母女俩坐在大厅里等着叫号,两个大堂经理继续各自忙碌着,许意浓就晃晃母亲:"妈,你觉得这两个大堂经理哪个好看?"

母亲就看过去,过了一会儿说:"左边那个。"

许意浓点点头:"我也觉得左边那个好看。"

正好无聊,母亲马上就来了兴趣:"你看啊,左边这个要身高有身高,要气质有气质,这脸蛋啊也圆圆的,但又不是婴儿肥的那种,恰到好处,笑起来也甜,你看她那额头多高,是个有福气的,这种长相旺夫啊。右边这个不谈个子了,这皮笑肉不笑的,让人看着都觉得假,还有颧骨太高显刻薄,我不是人身攻击啊,就是相比之下我更喜欢左边的姑娘那种类型的。"

许意浓还故意来了一句:"是吧?"

"是啊。"

许意浓心想这样事就好办多了,便开始假装不经意道:"妈,我怎么觉得,这左边这姑娘有点儿眼熟啊,是不是你以前的学生啊?"

她这么一说,母亲又仔细地看看:"哎?你这么一说,好像是有点儿眼熟哟。"

许意浓突然从椅子上站起来,母亲仰头:"干吗去?你不会直接跑上去问人家名字吧?"

许意浓机智地笑笑:"你女儿我有这么傻吗?银行每日都会把当班的大堂经理的名字挂在大堂员工公示栏那,我去看看不就知道了?"

母亲忍不住夸她聪明:"你这小机灵鬼。"

许意浓就装模作样地去大堂员工公示栏那一瞧,还真看到了涂筱柠的照片和名字,果然就是涂筱柠,许意浓回去告诉母亲:"看到了,叫涂筱柠。"

母亲一听,似想起些什么:"你别说这名字还真挺熟悉的!"

许意浓也不忙着提醒她,反而故意问:"你那么多学生还记得住啊?"

母亲摇摇手:"不是,是因为这名字复杂,所以我有点儿印象,但好像不是我班上的,是不是曾经补过课的哪个孩子?"

许意浓就在心里默数,想数到十母亲再想不起来她就提示了。

母亲突然轻轻地一拍双手,想起来了:"哎!这不是你爸老同事老涂家的女儿吗?初中时还在我们家补过英语的!"

许意浓佯装惊喜:"哦?"

母亲又忍不住多看涂筱柠两眼:"哎呀,这姑娘现在长得这么标致了,在 DR 上班了呀，真不错啊。"

母亲越看越欢喜："也不知道有对象了没？"

许意浓又适时地冒出一句："没对象又能咋地？"

"给你哥介绍啊！你哥在'银监'，人家在银行，不是绝配吗？而且他俩一届的，初中又同校，年龄上也相衬还有共同话题！他们家我跟你爸也是知根知底的，夫妻俩都是干会计的，通情达理，人品不错，真可以啊！"母亲已经自顾自地说了起来，那架势恨不得现在就过去问问人家有没有对象。

完美！

许意浓知道这件事已经成了一半，又在她耳边吹吹风："那你现在跟人家爸妈还有联系不？"

"后来你爸不是从老公司辞职了吗？这些年我们就没怎么和他们联系。"母亲又想想，"不过，我知道她家住在哪儿，跟我们家在一条路上，她妈妈经常去附近一家菜市场买菜，那菜市场离我们家也不远，我有时候也去，看到过她妈妈几次，可以来个偶遇，然后假装什么都不知道，去探探她妈妈的口风。"

漂亮！

许意浓给母亲点赞："妈，你真厉害！"

母亲得意："那必须。"

母亲又将视线落在那忙着接待客户的身影上，仿佛人家已经成了自己的外甥媳妇似的，再加上她是个急性子，生怕错失良机，开始嘀咕："我看这事宜早不宜迟，一会儿我就去那菜市场碰碰运气，人家妈妈以前都是下了班就去买菜的。"

许意浓跟着应和："对，宜早不宜迟。"

但母亲想到自己那外甥，又不免担心起来，推推女儿："可你哥那人，我怕他这次还是不肯见啊。"

许意浓正背着母亲给纪昱恒发微信："速战速决！事我给你办成了！剩下就看你自己了，哥！"

然后许意浓回头看母亲，面带笑容，表情微妙："说不定啊，这次就肯了呢！"

第二幕之相亲

涂筱柠依旧冒冒失失粗心大意，不是充饭卡没带钱就是在茶水间无意烫伤了纪昱恒和他的同事。她虽然在 DR 跟他打过几次照面，可好像是把他完全忘了，也可能从前就没在意过。她人还是那个人，却似乎不会笑了，他发现她身上曾经拥有的那道自信的光不见了。

小姨跟涂筱柠的母亲说了相亲后，纪昱恒加涂筱柠为微信好友她也没接受。

他耐心地等待，知道自有人比他先表露出着急之情。

果然小姨很快来问他："那姑娘你加了没？"

他说:"加了,没回。"

小姨不信:"肯定是你没加!我告诉你,这是你姨父老同事的女儿,那姑娘初中时在我这儿补课就是被你们尖子生排挤,弄得人家心灵受伤不来了,我这一直心里有愧呢,之前的孩子我不管,这个你怎么也得给我把人情还给人家!"

他觉得好笑,但只淡淡地解释道:"您别不分青红皂白一棍子打死所有人,当年排挤她的人里可没有我。"

小姨不管,有点儿借题发挥,揪着他不放:"这个,你必须得给我见!"

纪昱恒求之不得,嘴上却说:"人家都没同意我发过去的微信好友申请。"他说完故意把手机里无回应的好友申请给小姨看。

小姨立马拿自己的手机:"我去找她的妈妈!"

纪昱恒收回手机,突然觉得他的小姨真可爱。

他也不知道小姨是怎么跟人家妈妈说的,再得到消息就是说她同意见面了。

明明约的周六,可他从知道的那天起就失眠了。

终于等到了周六,她来了,见面的时候她耿直地掏出了自己的老底,看得出来她很排斥相亲,可是这个时候她仿佛又变回了从前那个活泼调皮又我行我素的她。

不知是真不记得了还是有意回避,她没有提及初中时在他的小姨家补课的事,但好在她对他这个人还是有记忆的,他竟然第一次开始庆幸自己在学生时代赫赫有名,至少这些年未被她忘记。

可是她不知道,其实他并不喜欢吃日本料理,将相亲地点定在菊川只是因为知道这里有个包间叫"蝉语"。

蝉语,蝉时雨,那是他们交集的渊源,理当成为重遇后的开始。

他故意说她还不止欠他两次人情,只是想还跟她再有交集,出了菊川他故意蹭她的遮阳伞让她送他去停车场,只是想再跟她单独多待一会儿,也想亲自送她回去。

她在车上听广播的时候话就多了起来,也会咧嘴笑,他戴着墨镜偶尔看着她,也在不知不觉中微扬唇角,然后默默地、令人不易察觉地轻轻地踩了踩刹车把车速减慢……

她虽然没有了年少时的自信,但还有独特的魅力,比如,参加婚宴时也会引来同行搭讪。不知是不是人际交往欠缺经验,她似乎不懂该如何圆滑地拒绝别人,所以当有同行跟她坐在一起有意无意地和她搭话时,她只会硬着头皮回答,再到KTV里,人家开始公然调戏她了,她还傻乎乎地把微信二维码递出去给人家扫。

若碰上心术不正之人,她被直接骗走也不是没可能,所以他出手了,男人之间的交锋不用太费时间,有时候一个眼神、一句话就能点到为止,那宋江流在人际关系复杂的金融圈里混,自然也不傻,立刻识趣地退出,从此再没敢出现在她的世界里。

那段时间他又参加了一个A大校友聚会,其中一位前辈是DR总行的副行长之一,通过介绍和交流非常赏识他，诚邀他进入 DR，再三让他好好考虑一下，并说如果顾及家里，可以留在 DR 的 C 市分行，甚至直言岗位可以任他选。

"我知道你家里的情况，如果进银行，你的收入也会高很多，到时就不用担心你母亲的医疗费用了。"

银行对这个年纪的他而言确实是个值得去挑战的地方，他知道银行的待遇会比他当前工作的待遇好很多，银行的工作是干得多拿得多，而且他确实很需要钱，但母亲也需要他的照顾，他如果去了银行恐怕不能在工作上投入太多精力，同时也不能再像现在这样好好地照顾母亲，到时只会两边都力不从心，所以没有立刻回复那位前辈，一直在考虑与抉择中。

直到 DR 拓展一部的问题爆发，银监局介入调查，她被无辜牵连，他才下定决心来 DR。

当时他在审讯室外看到她失魂落魄的模样便知道在这个复杂的行业里她简单得宛如一张白纸，没有心机不会手段，只能当只羔羊任人宰割。当她在他的车里委屈得泣不成声的时候，他觉得周围的一切变得暗淡无光，那一刻他的心也要跟着她的哭声一道碎了。

原来她从前的快乐自信与无忧无虑是被这个现实的社会剥夺了，恐怕连她都不知道自己是什么时候把它们丢掉的。

她很伤心也很累，但却说不服气。

好在，她还保留着她的那份倔强，和年少时一样。

那一晚，他主动联系了那位 DR 总部的高层前辈。

前辈欣喜的同时又有些意外："怎么突然想通了？"

他只笑笑："我也是俗人，为五斗米而折腰了。"

对方也笑笑："那么，你是愿意来 A 市总行还是留在 C 市？"

"C 市。"

纪昱恒的回答仿佛在对方的意料之中："昱恒，你是个孝子啊。那你想好去哪个岗位了？"

"想好了。"

"哦？哪里？"

"拓展一部。"

对方迟疑了一下："那可是营销岗，而且刚出问题，整个部门如同一盘散沙，你可要想清楚了，去那里并不轻松。"

他站定在窗前，只告诉他："我已经想清楚了。"

他已经想清楚了，如果这就是宿命，那么他决定，在这诸事纷扰的世间，他的女人由他亲自来教；如果她的成长必定历经磕绊，那就由他护她周全，旁人休想再欺她一毫。

往后余生，她苦他便陪她苦，她甜他亦陪她甜，顺境也好，逆境也罢，只要他在她身侧，她就是他心头的那道不灭之光。

番外五　深情爱

不久之后的一天，涂筱柠的手机没电了，她就拿了纪昱恒的手机玩，之前他已经把她的面部识别信息加进了他的手机里，所以她用起他的手机来就跟用自己的手机似的。

她打开他的微信准备退出然后登录自己的微信账号，不小心点到了"退出登录"上面的"切换账号"上，这才发现他竟然也有个小号。

她心想：好哇，纪昱恒，你背着我还有小秘密。

她犹豫了片刻，最终还是好奇地点开了。他曾经说过他的手机随便她看，那她现在也不算偷看吧。

登上去，她发现这个号的名字叫"蝉时雨"。

她攥紧手指，那不是Dirge第五张专辑里的歌吗？就是他初中时捡到的那盘磁带的最后一首歌。

这个微信小号也是没有任何好友，连他大号的好友都没有，空空的。她下意识地去翻他的朋友圈，从第一条开始看，看着看着手就开始颤抖，直接滑到最后一条重新开始看。

最底下一条也就是朋友圈的第一条动态，是2018年7月发的："今年的蝉时雨，我又遇到了你。涂筱柠，好久不见。"配图是他亲手用钢笔写的"涂筱柠"。

"今天她充饭卡被后勤大爷套路了，她气急败坏的模样还有初中时的影子，但她好像不记得我了。她还是冒冒失失的，以后我们会经常见面吧。"配图是她的青草膏。

"以前都不知道紧张是什么感觉，可第一次相亲，因为是她，我紧张了。蝉语，蝉时雨，你是否还记得？"配图是日本料理店菊川里"蝉语"的木牌。

"我以为你也会一直喜欢薄荷。"配图是那日她留给他的益达口香糖。

"第一张合照，希望下次我们来做新人。"配图是他们在婚宴上和班长夫妇的合照。

"今天她哭了。别怕，往后我护着你。"配图是当天的夕阳。这条朋友圈动态发送的时间是她被"银监"审查那天。

"她大学时有男朋友。去了她的学校，走了她曾经走过的路，可我终究晚了很多步。"这条发送的时间是她带他第一次吃灌汤包那日。

"她有一对温暖的父母，从小在这样温馨的家庭里成长，她很幸福，我也很羡慕，以后可以成为一家人吗？"这条朋友圈动态发送的时间是他第一次去她家那日。

"涂筱柠，我今天真的很开心。"配图是他们的结婚证。

"我其实很希望，初中时趴在走廊上看我的女生中有你，哪怕只有你。"配图是她初二的叛逆期拍的照片。这条朋友圈动态发送的时间是他第一次留宿在她家那晚。

"我对你严厉，是为你好，你要学会自己成长，希望有朝一日你能明白。"这条朋友圈动态发送的时间是她第一次跑客户被他拒绝那天。

"柠柠，我想把所有最好的都给你，包括我，而你，永远做自己就好了。"

"很甜，她买的。"配图是她买的星巴克馥芮白咖啡。

"她特意给我买的第一样东西，很喜欢。"配图是她给他买的身体乳。

"第二张合照。"配图是他们第一次在工作中的大合照，他截去了其他人。

"第三张合照。"配图是他们在巴厘岛梯田的合照。

"她担心我。"配图是巴厘岛的猴子。

"你比夕阳下的情人崖更美。"配图是她在情人崖被夕阳笼罩的背影。

"我从来没嫌你麻烦，我想被你麻烦一辈子。"这条朋友圈动态发送的时间是她在巴厘岛跟他闹别扭那天。

"她怕失重。以后我都会陪你坐飞机。"这条朋友圈动态发送的时间是从巴厘岛去X市的飞机降落后。

"谁是谁的良人，局中者又怎自知？柠柠，你也是当局者迷旁观者清。"配图是她在X市大学校门的照片。

"是我还不够好。"这条朋友圈动态发送的时间是她拒绝让他买蒂芙尼钻戒那天。

"她说她没有心上人。柠柠，这句话很残忍。这么多年来，除了你的身边，我无处可去。我只是想走到你的心里。"这条朋友圈动态发送的时间是赵方刚的同学骚扰她，她跟他闹别扭，说气话"没有心上人"那天。

"盐蒸橙子，她把盐放多了，橙子吃起来有点儿苦，但因为是她做的，我的心里很甜。是我太心急了，我应该再多给你一点儿时间。"这条朋友圈动态发送的时间是他支气管炎发作，她第一次给他做盐蒸橙子那天。

"我想，等老了，我们也一起牵着手相互搀扶着去市场买菜。"这条朋友圈动态发送的时间是他们第一次去菜市场买菜。

"柠柠，今天你是我的新娘，穿旗袍的你很美很美。没能给你一个盛大的婚礼，是我最大的遗憾。"这条朋友圈动态发送的时间是他们回她的老家办酒席那天。

"柠柠，其实我很想要孩子。我是单亲家庭长大的，如果有了我跟你的孩子，我会爱之如命。一个人太久了，我也会累，只是很想有一个我们之间的精神寄托。你觉得工作更重要，是我自私了，我应该尊重你，只是面对你，总不知该如何表达，让你不安了，对不起。"这条朋友圈动态发送的时间是她误以为自己怀孕，两个人冷战那天。

"她还是担心我的。柠柠，谢谢你心里有我。"这条朋友圈动态发送的时间是他得了荨麻疹，但还是去了凌惟依家里接她那天。

"我会不舍得，连一点儿苦都不舍得让你受，怎么舍得让别人卖了你？"这条朋友圈动态发送的时间是她带他去私人诊所看荨麻疹回来的时候说他不会不舍得让她被赵方刚卖那天。

"原来你初中时也趴在走廊上看过我。"这句话后面破天荒地加了个表示愉快的微信表情。这条朋友圈动态发送的时间是他们回她娘家，她让他表演单手开易拉罐那天。

"其实今天我想跟你看一场电影，我们错过了很多情侣该做的事，我只想在不忙的时候多陪陪你。"配图是两张电子电影票。这条朋友圈动态发送的时间是凌惟依失恋那天。

"我从小就失去了父亲，柠柠，你的父亲就是我的父亲。"这条朋友圈动态发送的时间是她的父亲第二次肾结石手术那天。

"傻瓜，今天在办公室叫了老公，但我有点儿开心。"这句话后面也加了个表示愉快的微信表情。这条朋友圈动态发送的时间是她在单位叫他老公那天。

"虽然我不太理解你的这种行为，但你的梦想，我会无条件支持。"这条朋友圈动态发送的时间是她买演唱会门票被骗那天。

"你已经在不知不觉中成长了，工作的时候很认真，你恐怕都没发现你有多投入，以致吸引了其他人，我多希望这样的你只有我能欣赏。"这条朋友圈动态发送的时间是她跟 B 行合作国内信用证议付，跟那个乔穆站在 DR 门口那天。

"第一排正中间，你一定很开心。"配图是 Dirge 演唱会的 VIP 门票。

"柠柠，谢谢你让我走进了你的心里。老婆，我爱你。"这条朋友圈动态发送的时间是他参加庆功宴，她喝醉断片儿那晚。

"老婆买的，以后每天都戴。"配图是她送给他的劳力士手表。这条朋友圈动态发送的时间是他向她表白那天的凌晨。

…………

纪昱恒从书房里出来就看到坐在客厅里泪如雨下、哭得不能自已的涂筱柠。

他只当她又在看什么感人的电视剧，走过去要替她抽纸巾："这么感性，以后少看那些——"他话没说完涂筱柠已经扑进了他的怀里，像块牛皮糖紧紧地粘在他的身上。

他抱住她，揉揉她的头发，放软了语气："怎么了？"
涂筱柠靠在他的怀中："就想抱抱你。"
纪昱恒圈住她，由她抱着。
涂筱柠靠了一会儿蓦然仰头，踮起脚吻他："老公，我爱你。"
收到了突如其来的表白，纪昱恒眼神深沉，低头吻了上去："我知道。"

"很爱很爱很爱很爱很爱的那种。"吻了一会儿涂筱柠又说。

纪昱恒温柔地一笑:"傻瓜。"

涂筱柠伸手去捧他的脸,像看不够似的来回打量他:"那你就是傻瓜老公。"

她永远不会告诉他,她刚才看了他微信小号的朋友圈。

她只会一直在心里默念:"老公,谢谢你宠我,爱我,包容我,默默地守护我,我也爱你。我乃一介无名之辈,此生有幸,你是良人。"

独家番外

情有独钟

纽约的凌晨,天际微微泛白,远处的云霞稀稀拉拉地飘浮着,透出淡淡的粉色。

纪昱恒站在落地窗前俯瞰这座城市——这座此刻安静而几个小时后会陷入快节奏与忙碌中的世界之都。

伴随着电视机里固定时间播放的早间新闻,他换上运动服,戴上耳机,习惯性地将运动服的帽子扣在头上,将拉链拉到最上,然后出门晨跑。

耳机里放的是他之前下载的英文版 The Black Swan(《黑天鹅》),他总会把早晨异常清醒的时间利用起来,靠听书去学习一些东西。

户外空气依旧清新,他与往常一样跑了一圈回到公寓楼下,新的一天随着太阳冉冉升起拉开了序幕。

因为晨跑,他早上也会冲一回澡。回到公寓他从房间里拿了衣物出来就撞上了刚出浴室的室友。

这间公寓一共有四个人合租,他们都在华尔街实习,为了离公司近一些,更好地利用时间,他们合租了这间公寓,迎面而来的这个也是中国人。

室友也喜欢早晨冲澡,边用毛巾擦头发边走来:"刚用了一下你的洗发水,你怎么就盯着一个牌子一个味道用?这天气用薄荷味的洗发水洗头头皮凉飕飕的不怕感冒啊?"

纪昱恒一言不发地走进浴室,他看到原本该在淋浴间置物架上的海飞丝洗发水正躺在垃圾桶里。

"你那瓶本来就没多少了,我用完就给你扔了。"外面传来室友的声音。

纪昱恒打开水龙头先冲了一把脸,一会儿室友又来了,手里拿着一瓶新洗发水:"喏,还你一瓶。"

纪昱恒看了一眼没接，只说："谢谢。"

他擦干脸就往自己的房间去了，再出来的时候手上多了一瓶未拆封的薄荷味海飞丝洗发水。

见状，室友笑了："你是真的爱这个牌子这个味道的洗发水啊！"

纪昱恒嗯了一声："用惯了。"

他冲完澡吹好头发，加热的面包片已经能吃了，他简单做了个三明治，边听新闻边用早餐。

其他室友也来餐厅冲咖啡，俄罗斯室友经过的时候问他和那个中国室友今天是不是用了同款洗发水。

"对。"中国室友搅拌着咖啡回答，又自言自语道，"他还挺细心的！"

中国室友再看向专注地看手机上的财经新闻的纪昱恒，把刚冲好的咖啡递过去："昨天看你回来挺晚的，还坚持晨跑，来一杯提提神。"

纪昱恒不大喜欢一早就喝咖啡，捧起手边的热牛奶笑笑："我喝这个就行。"

室友扬扬眉，收回咖啡，抿了一口，随口问了一句："你怎么不谈恋爱？"

纪昱恒将视线重新落在手机屏幕上，淡淡地说："还早。"

室友撕开一包砂糖往杯中倒，不表认同："不早了，这公寓里放眼望去就你单身。"

他重新拿起勺子搅了搅："还是出国前有女朋友，出国后分了？"

纪昱恒喝了一口牛奶："没有。"

室友不太信："真的假的？"

纪昱恒看他一眼："我已经说了。"

室友来了兴致："有没有兴趣找个外国老婆？"

"没兴趣。"

室友哈哈一笑，好奇地问："看来你还挺传统，那你喜欢什么样的？"

纪昱恒双手捧着牛奶杯，一时间脑海里出现了一个身影：她踮着脚在远处挥舞双手跳跃，那笑容就跟今日的阳光一样灿烂而美好。

他将牛奶杯再次送向自己的时候不自觉地扬唇一笑，温热的牛奶入喉，仿佛也温暖了全身。

室友没得到回答便追问："问你话呢，喜欢什么样的？"

纪昱恒抬眸，看到从窗户透进的光束，倒是难得地配合了一下，说："与众不同的。"

室友不满："你这太抽象了，与众不同的多了去了，能不能具体点儿？"

紧接着纪昱恒却抬腕看表提醒道："上班了。"

室友看着他放下杯子起身离开的身影下意识地要追，想起咖啡还没喝完又猛喝了几口："哎，等我！"

一行人走出公寓，阳光很耀眼。

纪昱恒仰头，宛如迎接洗礼般任由阳光洒落，跟初三那年他站在国旗下一样被照亮。

"纪昱恒。"

突然有人在喊他的名字，他循声望去，有一道身影在光下若隐若现，似在朝他缓缓地靠近。

恍惚片刻，他看不真切，刚要开口对方又开口了："纪昱恒……"

那是女人的声音，仿佛又带着一丝俏皮感，她的脚步轻快，直到她离他越来越近，他才看清了她的脸。

她停在了离他只有几步之遥的地方，看着他嫣然一笑，微动红唇："老公。"

纪昱恒一下子定在了原地……

"老公。"

纪昱恒睁开眼，涂筱柠的脸清晰地映入他的眼帘。

纪昱恒醒了。他朝她伸手，涂筱柠把自己的手递过去。

"怎么起这么早？"他再稍稍收臂，把她拉了过来。

"不早了，我都洗漱好了，倒是你，难得睡懒觉啊。"涂筱柠伸指尖戳戳他的脸颊。

纪昱恒抓过她的手，散漫地嗯了一声，告诉她："我做了一个梦。"

涂筱柠顺势趴在他的身上，轻捏着他的下巴问："梦到什么了？"

他任由她摆弄他："梦到了在美国的时候。"

涂筱柠好奇地问："在那里是有什么很深刻的事情吗？"

他似陷入沉思没回答。

涂筱柠追问道："是美好的还是不美好的？"

他看向她，眼神柔和："美好的。"

"有多美好啊？"

他招她靠近，于是涂筱柠就又凑近了些。

然后他抱住她。

今天是他的大学同学聚会，可以带家属参加，他跟她提起的时候她的第一反应就是拒绝。

"我就不去了吧，你们一群学霸聚会，我到时候都插不上什么话。"

他当时问："真的不去？"

她摆摆手："不去不去。"

他未多语，只拿起自己的手机。

涂筱柠看他打开微信，找到同学群，问他："你干吗？"

"跟他们说一声，我不去了。"

涂筱柠一愣："你干吗不去？"

他的指尖已经落在手机键盘上了："大家都会带家属，我孤家寡人去做什么？"

她赶紧拦他："你是班长，不去不大好吧？"

他抬眸："那你陪不陪我去？"

涂筱柠偷瞄他手机屏幕，装腔作势地问："你同学，真的都带家属啊？"

"嗯。"

她用手指绕着早已过肩的发丝，犹豫地说："那……那……"

他又低头像是要继续打字："实在不想去也没关系，我回了他们就是。"

"哎。"涂筱柠制止他的动作，"那我去呗。"

纪昱恒再次抬眸，涂筱柠装着蒜："你要是不嫌我丢人，我去去也没什么，就当见识一下学霸们的聚会了。"

"你不要勉强，如果不喜欢……"

"反正有你在咯，我就负责吃和貌美如花嘛。"涂筱柠搂住了他的脖子。

纪昱恒轻抬她的下巴："真去？"

她点头："真去。"

我也想勇敢地站在你的身旁，走进你的世界。

"谢谢老婆。"纪昱恒低下头，亲了她的唇一下，又补充道，"还有，你配得上一切。"

涂筱柠心动，热情地回吻："也谢谢你老公。"

就这样，她周末跟他来到 A 市，出机场的时候他接了个电话，然后告诉她有个之前在美国一起工作的朋友正好也在国内，想跟他见一面，但时间有点儿赶，只能约在明早，问她要不要一起去。

"华尔街来的吗？"涂筱柠问。

"嗯。"

她两眼放光，连连点头："去去去。"

纪昱恒还质疑她："你起得来？"

她信誓旦旦地说："当然！"

果然她说到做到，倒是他做了个梦起晚了，差点儿耽误了时间。

两人踩点到约定的西餐厅。

他们一进门，不远处就传来呼唤声："昱恒！"

涂筱柠循声一看，一个男人正在朝他们招手。

纪昱恒带她过去。

对方要比他激动，直接跑上来就给了他一个拥抱："好久不见，兄弟。"

纪昱恒也伸手轻拍他的肩："好久不见。"

两个人短暂地寒暄后，纪昱恒揽过涂筱柠向他介绍道："我太太，涂筱柠。"

纪昱恒又告诉涂筱柠："我在美国的同事，我朋友谭烨。"

对方稍稍打量她，随即补充："兼室友。"

涂筱柠展颜一笑："你好。"

"坐，坐。"谭烨邀请他们坐。

落座后纪昱恒问："Josie（乔西）没跟你一起回来？"

"时间匆忙，她现在也不方便来回坐飞机折腾。"谭烨抿了一口咖啡道，将视线又落向涂筱柠，"你们也加紧升级啊。"

纪昱恒笑言："我们随缘。"

正巧服务员来上餐饮，谭烨说："这里的手磨咖啡不错，你们尝尝。"

纪昱恒抬杯尝了一口，觉得口感确实不错，放杯的时候则顺势将自己的水杯移到涂筱柠的手旁，这是暗示她少喝咖啡多喝水的意思，涂筱柠就先礼貌地抿了一口咖啡，接下来听他们说话的时候默默地换成喝水了。

"你还是喜欢一早喝咖啡。"过了一会儿纪昱恒说。

谭烨点头："这么多年都习惯了。"

谭烨接着也调侃他："你呢，还用薄荷味的海飞丝洗发水？"

涂筱柠微顿喝水的动作，将视线转向身旁的纪昱恒，只见他搅搅咖啡，说："这么多年我也习惯了。"

谭烨就笑着告诉涂筱柠："他这人极有原则，做事这样，生活也这样，用什么东西只认准一个牌子一种味道，洗发水永远都用薄荷味的海飞丝洗发水，以前在宿舍我把他的洗发水用光了想乘机给他换一款，嘿，这家伙，又从房间里拿了瓶新的海飞丝洗发水。"

他说着放下咖啡勺有点儿要跟她爆料的意思："后来我才知道，他每次买洗发水都是十瓶起，清一色的薄荷味海飞丝洗发水，跟批发似的。"

纪昱恒不动声色，听谭烨继续打趣："他不腻，我都看腻了，而且他吧，还特别钟爱薄荷味，什么口香糖、牙膏，但凡有味道的，他买的全是薄荷味的，可谓情有独钟啊。"

谭烨不解地扬扬下巴看他："你怎么就这么喜欢呢？"

纪昱恒又抬杯喝了口咖啡，稍后回应："就这么喜欢。"

他的话落入涂筱柠的耳中，一瞬间，她红了眼眶。

跟谭烨告别走出餐厅的时候，涂筱柠紧紧地挽住了纪昱恒的手臂，说了句："傻瓜。"

纪昱恒侧眸："嗯？"

"你只闻到过一次我身上的薄荷味就推断我喜欢薄荷味，你说你傻不傻？"涂筱柠对上他的视线，"而且那还是我随手用了爸的洗发水，那会儿才多大，根本不讲究什么洗发水的牌子。"

她当年哪里知道，无意中使用了一次的洗发水竟让他牢记了那么多年。

纪昱恒紧紧地握住她的手，只说："可那是我唯一能时刻记着你的方式。"

听了他的这句话，涂筱柠既感动又心疼。

她一头扑进他的怀里，用手圈住他的腰："对不起，老公，我来晚了。"

他低头将下巴抵在她的额头上："不用道歉，你现在真实地在我身边，就是最美好的结局。"

涂筱柠抬头仰视他："我会一直在你身边的，老公。"

他温柔地一笑，笑容与阳光一样明亮。他紧拥着她说："我也是，老婆。"

涂筱柠踮起脚与他热吻。

纪昱恒，得你，我幸。

"走吧。"末了，她再次紧紧地挽着他的手臂说。

纪昱恒看到了她自信的笑容，笑容与阳光一样耀眼。

她说："纪先生，我要大大方方地跨进你的世界里去。"

他眼神宠溺，柔声回应："你一直都在我的世界里，纪太太。"

然后他执起她的手带她迈步："走。"

金光肆意地洒在他们的身上，让他们感觉温暖无比，此时他们脚下的路仿佛跟余生一样长，而他们会一直携手并肩走下去，直到尽头……